U0101176

古詩海

顾问：马茂元 王运熙 程千帆 程俊英 霍松林
编委：王镇远 杨明 李梦生 赵昌平 黄宝华 蒋见元

元明清诗鉴赏

本社编

1

执行编委

王镇远 李梦生

图书在版编目(CIP)数据

元明清诗鉴赏 / 上海古籍出版社编. —上海：上
海古籍出版社，2023.1
（古诗海）
ISBN 978-7-5732-0524-7

Ⅰ.①元… Ⅱ.①上… Ⅲ.①古典诗歌－诗歌欣赏－
中国－元代－清代 Ⅳ.①I207.22

中国版本图书馆 CIP 数据核字(2022)第 211912 号

国家普及类古籍整理图书专项资助项目

古诗海
元明清诗鉴赏
（全三册）

上海古籍出版社 编
上海古籍出版社出版发行
（上海市闵行区号景路 159 弄 1－5 号 A 座 5F 邮政编码 201101）
　（1）网址：www.guji.com.cn
　（2）E-mail：guji1@guji.com.cn
　（3）易文网网址：www.ewen.co
苏州市越洋印刷有限公司印刷
开本 787×1092 1/32 印张 40.875 插页 25 字数 872,000
2023 年 1 月第 1 版 2023 年 1 月第 1 次印刷
印数：1—3,100
ISBN 978-7-5732-0524-7
Ⅰ·3686 定价：168.00 元
如有质量问题，请与承印公司联系

出版说明

中国素有"诗国"之称，古代诗歌源远流长、奇丽宏富，作家作品众多，风格流派纷呈，为世人叹服。古诗如浩渺的大海，奇珍异宝，触目皆是；蓬莱瀛洲，时或可见，畅游其中，令人流连忘返。

1992年，本社以《古诗海》为名，出版了一套集选本、注释、鉴赏及诗史研究于一体，全面介绍中国古代诗歌的大型工具书，深受欢迎。

两百多位专家、学者参与了诗歌的挑选和鉴赏。共选录历代诗歌两千余首，上起先秦，下讫清末，既有脍炙人口的名篇佳作，也有代表各个时期诗坛面貌和流派特征的优秀作品。诗歌按各朝代和诗人的生年先后排序，每位诗人的作品则以体裁（五古、七古、五律、七律、五绝、七绝）为序。每首诗均有精彩的赏析文章，对疑难词句、创作背景、主题思想、艺术技巧进行说明和阐释；从中，不仅可见古诗之美、之精、之妙，亦可见各位鉴赏者的学识与风采。此外，每个时代前均设概述，提纲挈领，总览诗歌创作的特色和价值；每位诗人均有简介，介绍其生平和诗歌创作的特点和成就。

1998年，为了满足当时读者的阅读需要，本社将《古诗海》分为四册印行，分别为：《先秦汉魏六朝诗鉴赏》《唐五代诗鉴赏》《宋辽金诗鉴赏》《元明清诗鉴赏》。

时隔二十年，本社再版此套经典丛书，以"古诗海"为丛书名。仍分为四卷，每卷分册，小巧轻便。内文疏朗美观，并配以与诗意相符的古代绘画、书法作品，以添新意。畅游诗海，品赏书画，亦是人生快事。

上海古籍出版社

2022 年 10 月

目　录

元明诗概述

李梦生

中国的诗歌经历了唐宋的繁荣，步入了蒙族统治的元代。元诗一向不为人所注意，寻根溯源，实肇自明代。明代前后七子领袖李梦阳既提倡"文必秦汉，诗必盛唐"，自然贬斥其他朝代的作品，他断言"汉无骚，唐无赋，宋无诗"；与他同气相应的何景明也说"宋人诗不必观"，于是唐以后无诗几成定论。近人王国维在《宋元戏曲史》自序中以唐诗、宋词、元曲并称"一代之文学"，于是元诗的成就进而为元曲的光华所掩而黯然失色。这些观点统治文坛数百年，大大阻碍了人们对元诗的研究。实际上，作为我国主要文体之一的诗歌，在元代并没有荒芜消亡，而是在各个领域中有所开拓与发展，只是这开拓与发展步子迈得不大，成绩也不很显著罢了。

元诗的序幕，在公元1234年蒙古族统一北方时就已拉开，那时候南方是宋理宗嘉熙年间，也就是刘克庄、吴文英等人生活的时代。元初的诗人有一个共同的特点，他们或为金代遗民，或为亡宋遗老，故国之思，时时萦绕胸怀，所以能正视人生，抛弃嘲风弄月的末世靡风，既能挣脱金末萎颓之气，也删除了宋末纤巧之习，使诗风一变。其著名的诗人，如郝经、刘因等，诗风豪放开阔，主盟西北；赵孟頫、袁桷等人规橅杜甫，步武李商隐，倡和于东南。在诸多的诗人中，以赵孟頫最为突出。赵孟頫是宋朝宗室，他的书画可称元代第一，诗也拔萃当行。他身历国难家难，又出仕新朝，时时受到良心的责备，所作多抒发悲伤愁怨，是有真性情的诗。他古、近体均擅场，尤以近体闻名，情高韵远，用典浑和冲融，寄托遥深，一些名作如《和姚子敬秋怀》《岳鄂王墓》等，都能得杜甫律髓。

元诗的真正繁荣是在元中叶。皇庆、延祐年间，元政权稳定，经济发展，于是恢复了科举，一大批读书人有了出路，集聚京城大都，彼此唱和，迭奏风雅。到元文宗登位，崇尚文治，特开奎章阁，网罗了一批文士在内品评书画，上倡下效，诗臻鼎盛。在这期间，最出名的是被后人称为"元诗四大家"的虞集、杨载、范梈、揭傒斯。这四人在京城诗酒赓和，都以自己独特的诗风成为诗坛的主力军。虞集的诗苍劲老到，他自称如汉廷老吏，句锤字锻，显示出非凡的功力。杨载诗天禀旷达，气象宏朗，讲究骨力。范梈诗雄浑流丽，提倡以神气为主，深得唐人精髓。揭傒斯长于古诗，清丽婉转，别饶风韵，寄托绵邈。

当然，元中叶诗歌的繁荣不仅仅是由于出现了虞集等四大家，后世更为瞩目的是萨都拉。萨都拉由于成名较晚，人们常把他列为"四大家"的后辈，实际上他们年龄相仿。萨都拉的诗绮丽清新、风流俊爽，宫词及乐府歌行直逼张籍、王建，江南水乡的旖旎与塞北沙漠的壮阔在他的笔下得到了完美的体现；同时，他还是元代著名的词人，一阕《金陵怀古》几百年来都为人所倾倒。除此以外，傅与砺追从四大家，所作以律诗见长，后人以为得杜甫之鳞爪；吴莱以七古见长，气势淋漓尽致，被清王士禛推为元代最有成就的作家之一。这些诗人均以各自风格踔厉一时，使元中叶诗坛更为丰富多彩。

元末政荒，天下大乱，诗家或朝或隐，或诗酒徜徉、醉生梦死，或愤世嫉俗、忧国忧民。东南一带，由于割据势力爱好养士，优遇文人，诗风大盛，出现了畸形的发展，其中赫然名家、开宗立派的首推杨维桢。杨维桢提倡古乐府，诗以奇特险怪、藻词丽句闻名，号称"铁崖体"。他门下弟子达百余人，著名诗人杨基、张宪、贝琼等人都是他的学生，铁崖体诗风席卷整个江南。有些人因此而片面追求险怪，槎牙钩棘，形成了艰涩难懂的毛病，颇受后人指责。其他作家，如倪瓒、王冕等人，都精于绘事，出其余绪，制作诗文，复高蹈一世；而张昱、王逢等人，蒿目时艰，即事为诗，雄豪睥睨，蔚然成家。

元代的诗风，整体上来说，是以唐大历、元和为模式，讲究整饬锤炼，晚期偏重于学李贺、温庭筠，所以后人有元诗如词之说。又由于元人过分注重词句的推敲，常常有有句无篇的毛病。同时，元诗人大抵多才多艺，如赵孟頫、仇远、倪瓒、王冕等人都是画家兼诗人，元四大家也都擅长书法，所以元诗讲究布局、章法，把诗与画有机地结合在一起。虽然元代缺少李、杜、苏、陆那样的大家，但把诗歌从宋末轻巧纤丽及议论说理的诗风中扭转过来，同时又克服了本身来自沙漠的粗豪浅俗，开明正德、嘉靖前后七子的诗风，在中国诗歌史上起了承上启下的作用。在短短一个世纪中，名家之多，水平之接近，风格之多样，也自呈异彩。清康熙间《御选四朝诗选》，宋选七十八卷八百七十二人，元选八十一卷一千一百九十七人，由此可见一斑。李慈铭《越缦堂读书记》说"元诗优于南宋，元文则远过于南宋"，不能不说具有一定根据。元诗与元曲双峰并峙，在中国文学史上都有不可低估的地位。

随着政权的易帜，元末一大批有成就的诗人步入了明代。明初诗人，大多数生长于东南。由于元末东南割据者所采取的崇扬文治、仰慕风雅的政策，明初诗人在元末得到了较大程度的自由发挥。一旦国家统一，尤其是带有正统思想的文人，当他们从元蒙统治中解放出来，便纵笔讴歌统一强盛的祖国。同时，由于战乱的熏陶磨炼，他们大多数诗写得诚挚感人，剔除了元末杨维桢等人险怪纤丽之习，承笃实淳朴的诗风，归于雅正。在这期间，除了著名的文人兼政治家刘基以外，最有成就的是被称作"吴中四杰"的高启、杨基、张羽、徐贲及以《白燕》诗闻名的袁凯。

四杰中最有成就的为高启。高启被誉为有明一代诗人之冠，他一变元风，首开大雅，各体皆长，继承并发展了我国诗歌中各种体裁的表现手法，《四库全书总目提要》说他："拟汉魏似汉魏，拟六朝似六朝，拟唐似唐，拟宋似宋，凡古人之所长，无不兼之。"但由于每作以古为的，反失去了自己的风格，达不到艺术上更高的境界，明代诗风的缺陷，首先就在高启身上体现出来。

四杰以外，还有被称作"闽中十子"的林鸿、高棅等人。他们标举盛唐，崇尚文质，摹其色象，按其音节，使诗风与时代的节奏合拍入辙；但他们崇尚盛唐与高启的仿效各体，无形中也开了三杨及前后七子的模拟之风。

遗憾的是，明初各体兼起的诗风并没有坚持多久。"吴中四杰"等诗人虽然对新政权没有什么危害，但由于各种原因，几乎没有一个逃脱文字狱的法网。在统治阶级的威迫震慑之下，诗坛又开始统一了音调。与唐初大量出现应制诗、宋初西昆体泛滥一样，永乐年间，杨荣、杨溥、杨士奇这"三杨"所提倡的所谓"台阁体"诗登上了诗歌舞台。他们奏出了一曲曲"笙歌归院落"式的赞美太平盛世、皇恩浩荡的歌章，表现出对纸醉金迷的生活的陶醉与满足。他们务求雍容典雅、词气安闲，明初朴实真率的诗风，被搁置摒弃殆尽。

明诗走过了"楚材晋用"的阶段，真正开始了自己的时代，但是它的开始显然正是它的低谷，这不能不是后世攻讪明诗的一大原因。

在"台阁体"成风的时代，能够不完全为其左右的有李东阳。李东阳认为诗既要有台阁的雍容大度，也要有山林的清旷雄壮。他试图以雄浑的诗风改变当时的萎靡之习，提倡出入宋元，溯流唐代，推崇李、杜。以他为首的"茶陵诗派"诗人，讲究真趣，格律森严，富有韵味，大大活跃了当时沉闷的诗界风气。

李东阳主张的学唐音律、声调、句格，对后来的李梦阳、何景明等人的影响很大。但李、何等人又不同意李东阳出入宋元、讲究真趣的提法，只是因为李东阳身处高位，门生遍布，未能发难。李东阳一死，李梦阳等便高举复古旗帜，提倡"文必秦汉，诗必盛唐"，"文自西京，诗至中唐而下，一切吐弃"，时人翕然响应，海内才彦，尽归陶铸。李梦阳又与何景明、徐祯卿、边贡、康海、王九思、王廷相结七子社，弘扬他们的诗论，史称"前七子"。

"前七子"虽然都以复古自命，但论诗与创作，各有蹊径，何景明集中便多有与李梦阳论争诘难语，断断然不相上下。李梦阳诗雄迈浩荡，以气骨胜；何景明诗谐雅清丽，以丰神胜；徐祯卿英裁矜贵，以格韵胜；其他各子，也均有擅场。他们在同一理论下各有偏重，风格也各不相袭，拟古而多有真性情，不失为一代诗宗。在他们的努力下，明诗走入了极盛期。

到了嘉靖年间，以诗鸣者又有"后七子"——李攀龙、王世贞、谢榛、宗臣、梁有誉、徐中行、吴国伦。他们与前七子隔绝数十年，但声应气求，如出一辙，学诗者多奔走他们门下，绪论所及，嘘枯吹生，　时诗人辈出，有后四子、后四十子之目，高踞诗坛四五十年之久。七子中，李攀龙工律绝，足以弹压一世；王世贞博学多才，各体皆工；谢榛专长五律，沉着顿挫；其余诸子，亦皆一时之选。

在前后七子踔厉诗坛时，不为其风气所动的有杨慎、高叔嗣等。杨慎醉心六朝，艳情丽曲，流布天下，晚年学李、杜、苏、黄，渐趋老苍。高叔嗣契唐本宋，刮抉浮靡，所作冲澹蕴藉。其他如吴中诗人文徵明、唐寅等人，本以书画名，诗亦各具风格，自成一家。

由于七子末流趋于剿袭模拟，追崇技巧形式，涂择字句，钩棘篇章，万篇一音，陈因生厌，因此"公安三袁"——袁宗道、宏道、中道狙起而排之，创性灵说。三袁中坚为袁宏道。袁宏道顺应当时世风，认为诗要任性而发，直接表现人的喜怒哀乐、嗜好情欲，要出自性灵，才是好诗、真诗。他注重民歌，直率地表现自己的饮食男女等生活欲望的追求。在三袁的提倡下，反对复古蹈袭，诗人们转而疏瀹心灵，搜剔慧性，变板重为轻巧，变粉饰为本色，诗富有情感韵趣，新人耳目。但同时又有一批作家，盲目追随三袁，诋毁七子，上流尚不乏萧冷奇巧之趣，下者则往往学袁宏道率易浅俚的句子，变成伪俗俚巧。复古派的流弊只是刻板模拟，尚见学问，公安派的流弊却使诗歌走向轻浅鄙俚，风华扫地。有鉴于此，又有竟陵派起而攻之。

竟陵派的代表是竟陵人锺惺与谭元春。他们讲究苦吟，雕镂劖刻，提倡孤怀、孤谐，要有幽情单绪，所作用怪字，押怪韵，诗风凄清幽独、晦涩难懂，又流于另一极端，大为钱谦益等人所讥讦。

在明代末年，不随公安、竟陵的诗人也有不少，如区大相等岭南诗家，清亮高古，讲究格律锤炼；徐𤊙等闽中诗人，圭㭰唐人，无割裂饾饤之习；程嘉燧等人，亦时有佳作；皆足以方轨前哲，比美昔贤。而明末的大动荡又造就了一批爱国诗人，杰出的如陈子龙、夏完淳等，他们的诗具有强烈的现实性与时代气息，同时一变公安的圆熟与竟陵的凄峭，诗风雄劲高迈、悲壮激昂，可泣鬼神。

明代的诗歌，就真情实感来说，成就最大的当推明初与明末。社会的动荡给诗人的生活带来不幸，但丰富了诗人的生活，提供了大量写作素材；同时由于残酷的现实，诗人们抛弃了装点门面、为作诗而作诗的假性情，其诗多直抒胸臆。而台阁体、前后七子、公安、竟陵等派，亦各有所长。任何诗体，不可矫枉过正，首创者往往清恢可喜，然群从蜂起，流弊靡深，冗阘肤廓，遂走向末路，明代诗歌发展的轨迹正说明了这一点。

明诗还有一个最值得注意的地方，这就是明人强调个性，思想比较解放，公安派诗人固不必说，就是前后七子也都在大同中保留着自己独特的领域，都带有一些名士气。宋代思想上的论争，群体政治的分歧，只是表现在治国安邦上，明代却直接反映到诗歌创作中，派别之争，壁垒森严，贯串了整个时代，各派对前人的否定几乎达到了疯狂的地步，彼此纷嚣，莫辨谁是，这就使得各种诗风急剧地起落兴亡，这是我国诗歌史上绝无仅有的。同时，各流派为了阐扬门户，伐除异己，都建立了一整套的诗歌理论体系，对创作经验进行了高度总结，给后人留下了宝贵的遗产。

元、明两代的诗决不是一篇短文能够概括的，这里只不过给读者勾勒一个大致的轮廓，要真正了解元、明的诗风，还必须通过诗人们的作品。历来选家对元、明诗都不重视，选本很少；通代的作品选只仅仅选取数首诗以作点缀。在选诗方面，则大抵因袭，一副刻板面孔，且大多数带有明显的倾向，不足以反映一代诗歌的特征，由此而去了解诗人，很容易被导入歧途。有鉴于此，本书在选诗上虽然仍立足于历来公认的名篇，但更注重足以代表该诗人的时代、性情、诗歌特色的篇章，让读者因此而知诗知人，进而知道那个时代。

戴表元

戴表元（1244—1310），字帅初，又字曾伯，自号剡源先生。奉化（今属浙江）人。七岁能文，多出奇语。宋咸淳间中进士乙科，官临安教授，以兵乱归剡。元大德八年（1304），以荐举除信州教授，再调婺州，以病辞。学博而肆，以文章名重一时。性好山水，多伤时悯乱之辞。其律诗雅秀，力变宋诗积习，清新近晚唐。有《剡源集》。

（孙安邦）

剡民饥

剡民饥，山前山后寻蕨萁。

劚萁所得不满掬，皮肤皴裂十指秃。

皮皴指秃不敢辞，阿翁三日不供糜。

不如抛家去作挽船士，却得家人请官米。

如题所示，这首诗为我们描绘了一幅剡（今浙江嵊州南）地百姓寻劚蕨萁、聊以充饥的灾荒图。这大约是作者于"大德丙午（1306），归自信州"（《剡源集·自序》），途经剡溪、关岭山一带时所作。

前两句系因果关系，因"剡民饥"才引出下句"山前山后寻蕨萁"。蕨萁，羊齿科多年生草本植物，其叶鲜嫩可食；其茎多含淀粉，亦可食。劚（zhú），本为农具，此处用作动词，有刨、挖之意。结果呢？也不知用了多长时间，"所得不满掬"，而且弄得"皮肤皴裂十指秃"。一则说明萁之少，人之多；一则说明劚萁之难。人多萁少，劚之又难，自然所得无几。即使如此，劚萁者也"不敢辞"，因为阿翁已三天连一口粥也没喝到。由于劚萁难予充饥，劚萁者决定"抛家去作挽船士"。"不如"二字承上启下，有骤转之意，又有铤而走险、不得不为的无可奈何之感。挽船士，即官船上的纤夫。劚萁者抛家去作挽船士，实在是因饥饿所迫，因为作挽船士虽苦，"却得家人请官米"，总比活活让家人饿死好。"官米"是官府供给的粮米。

全诗明白如话，具有乐府民歌的特色，揭示出宋、元易代之际战乱给人民带来的深重灾难。

（孙安邦）

刘 因

刘因（1249—1293），字梦吉，号静修。保定容城（今河北容城）人。元至元十九年（1282）征授右赞善大夫，不久辞归。八年后又召为集贤学士，固辞不就。因爱诸葛亮"静以修身"语，题其居名"静修"。闲游郎山，号雷溪真隐。其诗风格豪放，师承曹刘、李杜、欧苏，无论咏史、写景、状物，均曲折地讽谕现实，既深沉诚挚，又婉转含蓄。有《静修集》《丁亥集》。
（孙安邦）

海 南 鸟

越鸟群飞朔漠滨，气机千古见真纯。

纥干风景今如此，故国园林亦暮春。

精卫有情衔太华，杜鹃无血到天津。

声声解堕金铜泪，未信吴儿是木人！

    刘因虽然出生在蒙古统治下的北中国，但由于毕生浸淫于宋儒理学，推重韩愈以来强调的道统，念念不忘华夷之辨，因而在他的诗文中充满了道学气和家国兴亡之感，其叹惋哀怨之情甚或不在宋季文人之下。但因经历所限，毕竟非切肤之痛，故其诗并不重在惨象的描写，而是更多地进行历史的反思，比兴连类，总结沉痛的教训。

    此诗首联用理学家邵雍故事。邵雍居于天津桥（在河南洛阳西南二十里洛水之上）畔之草庐，一日忽闻杜鹃啼叫，惨然不乐曰："天下自此多事矣！"或问其故，曰："天下将治，地气自北而南；将乱，自南而北。今南方地气至矣，禽鸟得气之先者也。""越鸟"即题目之"海南鸟"。按照邵雍的说法，南方的鸟飞到北方，是天下将乱的标志。现在刘因看到海南鸟群飞至北方沙漠的边缘，而此时又正值国家多事之秋，所以想到邵雍的地气说，称之谓"千古见真纯"。"真纯"，是借用朱熹赞扬邵雍之学纯而不杂之意。"气机"，是说邵氏地气说在预言北宋灭亡之后，又得到一次验证。颔联中"纥干"，即纥真山，在山西大同东。山上终年积雪，鸟雀往往冻死。故"越鸟群飞"说明南方温暖的地气北行。此联"纥干"与"故国"对举，正因为"纥干风景今如此"——即越鸟北飞，所以推想到"故国园林"必已是百花凋谢的暮春了。

　　颈联第一句，引精卫填海的神话，歌颂鸟之"有情"，言外之意是说：鸟犹如此，人当如何？"太华"即西岳华山，这里是借指精卫衔木石之"西山"。《山海经·北山经》载：炎帝之少女游东海溺而不返，化为精卫，"常衔西山之木石，以湮于东海"。"衔太华"，即指"衔西山之木石"而填海。第二句"杜鹃无血到天津"，仍用邵雍故事，但还有另一层含意：传说杜鹃乃古蜀王望帝之魂所化；望帝冤死，故杜鹃又名冤禽，啼时口中出血。但诗人却说天津（此泛指北方）的杜鹃血已啼尽，与上句"精卫填海"成对比之文。"声声解堕金铜泪"，紧承上句，是说杜鹃啼叫声中包含着深深的亡国之恨，"金铜泪"，用魏明帝拆汉武帝时所铸铜人事，金铜泪即亡国泪。末句"未信吴儿是木人"，出《晋书·夏统传》："统危坐如故，若无所谓，充等各散曰：‘此吴儿是木人石心也。’”这里反用其意，是说南方的“吴儿”听到杜鹃啼鸣声，大概不会无动于衷吧！

综观全诗，用典精切，托意深长，格律严整，结句以否定句式出之，以见对南宋的伤悼。这些地方都与宋遗民的丧乱诗相近，可见正统思想对刘因的影响。

（李正民）

白　沟

宝符藏山自可攻，儿孙谁是出群雄？
幽燕不照中天月，丰沛空歌海内风。
赵普元无四方志，澶渊堪笑百年功。
白沟移向江淮去，止罪宣和恐未公。

　　这是一首杰出的咏史诗。白沟系河名，在今河北省，是当时宋、辽界河，故又称界河。刘因辞官不就，长期生活在白沟河畔，目睹昔日宋、辽的界河，感叹宋朝亡国的惨痛，写下了这首诗。

　　刘因生活在元初，眼见蒙古贵族对南宋攻伐掳掠所造成的"数千里间人民杀戮几尽"（《静修文集》卷十七）的局面，感慨系之。

　　全诗八句分为两层意思。前四句借春秋晋国赵毋恤继承父志、伐灭代国、开拓事业的故事（见《史记·赵世家》），感叹宋太祖虽有收复幽、燕之志，却无有雄心壮志的儿孙，致使其"才到中天万国明"（赵匡胤《月诗》）的统一一抱负化作泡影；慨叹幽、燕沦陷三百有年，赵匡胤徒然模仿刘邦唱《大风歌》，而无镇守四方的"猛士"。后四句意谓宰相赵普本无收复失地的壮志，可笑屈辱的"澶渊之盟"竟成了"百年功"；后来，金邦强盛，宋室被迫南渡，江淮成了宋、金国界，这不能单单归罪于宋徽宗无能，而是因为宋统治者代代奉行对外妥协投降的路线造成的。诗人直接评述，揭示赵宋因妥协投降导致覆亡的教训。

　　这首诗在写作上有独到之处：一是含蓄深沉，巧用反衬、比喻。起句用赵简子"宝符藏山"的典故，隐喻衬托宋太祖开创的北宋始终未能收复幽、燕；用空唱《大风歌》比喻北宋无人巩固边陲，引导读者一路思考。接着议论评述，但不把兴亡的教训直接说出，而把讽刺和评论融在对史实的高度概括叙述之中，让读者品味体会其中的深刻意蕴。二是用典贴切，对仗工整。特别是诗人把典故妥帖地融入对仗中，无刻露局促之态。　　　　　　　　　　（孙安邦）

冯　道

亡国降臣固位难，痴顽老子几朝官。
朝梁暮晋浑闲事，更舍残骸与契丹。

这首咏历史人物的小诗，具有十分强烈的讽刺意味。

冯道（882—954）历仕五朝，在后唐、后晋，官居宰相；依附契丹为太傅；后汉、后周时又任太师，官终中书令。他曾作《长乐老自叙》，自诩屈节保全长乐终老。后世因他历仕五姓而毫无愧色，颇多非议。本诗即对冯道的“朝梁暮晋”又附契丹进行了嘲讽。

首句正面着笔，写亡国降臣本来很难保持权位，然而对冯道来说，却并不难。“痴顽老子”是冯道自称。他投降契丹时，耶律德光问他为什么前来，他回答：“无城无兵，安敢不来！”德光讥诮地问他是个怎样的老头子，他说：“无才无德的痴顽老子。”诗人用其自称，深含讥刺，用笔如刀。

为何一个“痴顽老子”竟能五朝为官、位至极品呢？后两句作了回答。诗说冯道对换人主、易朝代根本不当回事，事后梁、投后晋，年老了还将骸骨抛给契丹，谴责嘲讽之意自在言外。五代十国战乱频仍，社会动荡，一些朝臣朝事梁而暮降晋，自然受到后人的鄙弃。刘因在这里对历仕五朝的元老冯道进行无情的鞭挞，暗中自是影射依附元朝的降臣。

短短四句二十八字，委婉曲折，言简意赅，寓讥讽于言外。历代史家认为冯道八面玲珑，左右逢源，圆滑自保，寡廉鲜耻。有的则认为他虽身事五朝，然政绩堪称，不能因其固位自保而一概否定。孰是孰非，不妨姑存一说。

（孙安邦）

观梅有感

东风吹落战尘沙，梦想西湖处士家。
只恐江南春意减，此心元不为梅花。

此诗含蓄隽永，大约是诗人辞官归里后所作。

首句"战尘沙"犹言战火的尘埃，意谓东风吹掉了蒙在梅花上的战火尘埃，也就是说战争风云过去了，但宋朝灭亡了。第二句用"梦想"超越时、空界限，把读者引到了"西湖处士家"。西湖处士，指北宋初期诗人林逋。林逋（967—1028）字君复，钱塘（今浙江杭州）人。终生不仕，亦不婚娶，"结庐西湖之孤山，二十年足不及城市"（《宋史·隐逸传》），唯以梅花与鹤为伴，遂有"梅妻鹤子"之称。古人称林逋这样隐居不仕而有德才者为处士。这句意思是诗人梦想的"家"，正是西湖处士林逋的家。那么诗人是否羡慕林逋的隐居生活呢？后两句笔锋陡转，诗人明白地表示，只恐怕江南春意顿减，我这颗心根本不是为了梅花。那是为什么呢？细参个中真谛，诗人所梦想的"家"，是林逋所处的那个时代，隐约透露了自己生不逢时，一直生活在异族统治下的隐痛；再结合刘因从未到过西湖来看，含意就更加深沉了。

（孙安邦）

书　事

当年一线魏瓠穿，直到横流破国年。
草满金陵谁种下？天津桥畔听啼鹃。

卧榻而今又属谁？江南回首见旌旗。
路人遥指降王道，好似周家七岁儿。

　　这两首七绝均为感叹宋亡之作，但不是诗人声泪俱下的悲歌，而是哲人痛定思痛的追索。刘因作为一代学术硕儒，对于天下兴亡之巨变自有其独到的认识，这两首诗试图总结国运兴衰的规律以供后世借鉴，并运用典故来含蓄恰切地表现主旨。

　　第一首起句中之"魏瓠"，用庄子《逍遥游》中的寓言，比喻外强中干的宋王朝，谓其虽大而虚弱。"一线穿"，指王安石变法开亡国之渐，使国家混乱。"横流"，典出范宁《春秋穀梁传》序，指世事动乱。早在北宋末年，理学家杨时就攻击王安石说："今日之祸，实安石有以启之。"南宋初，在高宗直接倡导下，又对王安石变法展开了围攻，认为北宋之亡是变法造成的。《邵氏闻见录》中说：邵雍住在天津桥（在河南洛阳西南二十里）畔时，听到杜鹃的叫声，惨然不乐曰："不二年，南士当入相，天下自此多事矣！"或问其故，曰："天下将治，地气自北而南；将乱，自南而北。今南方地气至矣，禽鸟得气之先者也。"果然"南士"王安石（江西人）、吕惠卿（福建人）先后入相，而其前之宰辅韩琦、富弼皆为北人（河南）。故黄宗羲在《宋元学案》中也郑重地将邵雍的预言载入学术史。这就是此诗最后一句"天津桥畔听啼鹃"的含意。诗第三句"草满金陵谁种下"，追究宋亡的原因，指斥王安石为亡国罪魁。"金陵"指南京，同时也指王安石，因王安石罢相后退居金陵。"草满金陵"，言黍离之悲，意为：宋祚既亡，安石葬身之地何在？非害国害己乎？

第二首诗更进一步，从根本上探求宋亡的根源。"卧榻而今又属谁"，是辛辣的反问，尖锐地嘲讽宋朝开国皇帝太祖赵匡胤的不肖子孙。宋太祖曾经说过："卧榻之侧，岂容他人鼾睡？"于是把南唐吞并。但在图谋收取幽、燕时，却遭到宰相赵普的谏阻而作罢。其后历代儿孙均对辽金一味妥协退让，终于酿成覆灭之祸。诗第二句即写南宋王室在元兵追击下仓皇南逃的狼狈相。这里直接引用宋朝开国皇帝的话，并以北宋覆亡的惨痛事实作对照，尖刻地抨击了太祖之后历代儿孙对外敌妥协屈辱的国策，认为这才是亡国的根本原因。这一认识是非常深刻的。所以都穆的《南濠诗话》说，刘因此诗"辞意严正，可谓诗之斧钺矣"。岂止斧钺？直视为诗史，可也！寥寥十四字，高度概括了宋王朝衰弱直至灭亡的耻辱史。第三、四句更富有深刻的讽刺意味和沉重的历史感。公元1276年，谢太后遣使入元军奉表称臣，南宋都城临安陷，帝赵㬎降元，被押送元大都，时方六岁。令人深思的是：这一幕悲剧恰恰是公元960年那一幕"喜剧"在形式上的重演！960年，赵匡胤陈桥兵变，夺取了后周政权，其时后周恭帝宗训年方七岁，即位仅六月而降宋。诗中的"周家七岁儿"即指恭帝宗训。然而曾几何时，出现在"降王道"上的"周家七岁儿"竟然换成了赵家的小皇帝赵㬎，这又是怎样的悲剧啊！无情的历史居然开了这样沉痛的玩笑！

从表现手法上看，这两首诗最突出的是用典。对于咏史诗来讲，用历史典故几乎不可避免，何况诗人生当元朝，说话不能不有所顾忌。因此这两首诗用典既含蓄又能倾吐心曲，且富有巨大的历史包容量，易引起读者的联想和深思。

（李正民）

赵孟頫

赵孟頫（1254—1322），字子昂，别号松雪道人，湖州（今属浙江）人。赵宋宗室，宋末以父荫任真州司户参军。元世祖至元二十三年（1286）应召入仕，历官集贤直学士，官至翰林学士承旨。赵孟頫为元代最有成就的书画家，亦以诗文名。所作诗古体近六朝；近体学杜，沉郁苍莽，善驱使典故，句格整饬。有《松雪斋文集》等。 （刘明浩）

罪　出

在山为远志，出山为小草。

古语已云然，见事苦不早。

平生独往愿，丘壑寄怀抱。

图书时自娱，野性期自保。

谁令堕尘网，宛转受缠绕。

昔为水上鸥，今如笼中鸟。

哀鸣谁复顾？毛羽日摧槁。

向非亲友赠，蔬食常不饱。

病妻抱弱子，远去万里道。

骨肉生别离，丘垄缺拜扫。

愁深无一语，目断南云杳。

恸哭悲风来，如何诉穹昊。

这首诗作于至元二十五年（1288）冬，作者时任奉训大夫、兵部郎中，年三十五岁。这年春季，赵孟頫刚从家乡省亲后返京。他远离家乡亲人，思前想后，内心不能平静，于是写下了这首颇含怨尤之味的"自遣"诗。

诗一开始就紧紧扣住题"罪出"二字，追悔自己放弃山林隐遁，投入红尘官场。"在山"二句用谢安事。《世说新语·排调》载谢安隐居东山，屡征不出，后不得已出仕。有人拿一种名远志（又名小草）的药草问谢安为什么一物有二称。郝隆乘机讽刺谢安说："此甚易解：处则为远志，出则为小草。"谢安听了十分惭愧。这里是赵孟頫感叹自己没有以谢安为前车之鉴。接着，作者把自己不得已的苦衷，泻而出。他强调，自己追求和向往的是无拘无束的隐士生活，与山林为友，以读书为乐，保持自己淳真淡泊的习性；然而事不由己，被征召到朝廷，终日沉湎于官场的应酬、倾轧之中，犹如无拘无束的鸥鸟，被羁絷于笼中，失去了最为珍贵的自由，日渐摧颓憔悴。"向非"以下六句，追述当年出仕情景，也为自己出仕寻找理由。他说自己应征是由于生活贫乏，忍饥挨饿，只好别妻弃子，谋求生路。最后，赵孟頫把自己满怀忧愁与后悔之情，诉诸世人，不直接表达，但深沉感人之至。

赵孟頫是宋朝王孙。他出仕新朝，自然是十分瞩目的一件大事，尤其是一些宋遗民，对此强烈不满，纷纷指摘讥刺，连他儿子赵雍，时人也没有放过。如赵雍曾画墨兰，张伯雨题诗云："墨君石友是同参，几叶光风染碧岚。怅望王孙杳何许，年年芳草满江南。"赵雍大愧，终身不作兰。赵孟頫入仕后，虽然对新朝十分忠顺，

"且将忠直报皇元"（《讥留梦炎诗》），但世祖只是把他当作文学侍从之臣，比之"唐李太白，宋苏子瞻"，使他的政治抱负无法施展。他毕竟是宋宗室，末能完全忘记故国，出仕效忠与君国之思矛盾地交织在一起，加以仕途不得意，于是作了这首《罪出》诗。这首诗用沉挚幽婉的语调，既是自责，也是对世人嘲讽的答复，或多或少还有些为自己开脱的味道。

元初入仕的宋人，在进取心与良心交战下，所作往往显得充满沉闷之气，压抑之感，赵孟頫的这首诗就是一个极好的例子。正由于这种具有真情实感而又富于技巧的作品的出现，宋末江湖诗派圆滑纤弱的诗风才被扫除剔尽，形成了苍莽幽深的诗风，奠定了元中期诗歌繁盛的基础。

(刘明浩)

和姚子敬秋怀

（五首选二）

落日孤城动鼓鼙，愁中画角不胜吹。
山川萧瑟秋云净，草木凋伤暮雨悲。
多病马卿聊假日，数奇李广不逢时。
卷帘白水青山里，隐几无言有所思。

搔首风尘双短鬓，侧身天地一儒冠。
中原人物思王猛，江左功名愧谢安。
苜蓿秋高戎马健，江湖日短白鸥寒。
金尊绿酒无钱共，安得愁中却暂欢。

这组痛悼南宋灭亡的七律共五首，这里选第二、三首，约作于宋亡后不久。姚子敬，生平不详，与赵交友三十余年，关系很密切。

这二首诗，虽然出发点各不同，但内容都是感慨家国沦亡，深惜自己无回天斡旋之力，对国家前途、个人命运表示担心。

第一首，"落日"二句，写家乡沦陷，昔日的秀丽水乡，现在被蒙古军队占领；在凄凉的黄昏，军中响起阵阵鼓角之声，弥漫着一种悲壮惨淡的气氛。颔联点题"秋怀",写秋景,草木凋伤,暮雨凄凄,山川萧瑟,把自己的感情铸入景中,与景融为一气,把战后肃杀之气,更推进一步。且对仗工稳,字锤句炼。颈联说到自己,感叹自己犹如多病的司马相如,命运不济的李广,报国无门,株守牖下。尾联拓开,写眼前所见,白水青山,风景依旧,而神州陆沉,社稷更换,作者的"有所思"颇类杜甫"故国平居有所思"(《秋兴》),所思是什么,已通过通首苍莽低沉的格调,明白无遗地透露出来,一结有余音不尽之致。

第二首,作者重点抒发自己的感受,可以说是上首"有所思"的发挥和补充。短鬓萧骚,报国无路,天下之大,无自己立足之地。他渴望有王猛、谢安这样匡危救世的英雄人物出现,从而挽危澜于既倒,复宋朝于已亡。但首薷正蕃,蒙古人的战马踏碎山河,正处繁盛之际,复国的希望十分渺茫,他只好在故乡的山水中徜徉,与鸥鹭为友,以隐居了此残生。尾联从情、景中回到现实,满腔愁怀,无处排遣,欲借酒浇愁,而杖头贫乏,表现无可奈何的苦闷。

元代诗人,自金末元初的元好问起,便在学杜上狠花工夫。赵孟頫的七律即规橅杜甫,他主张律诗少用虚字,中间两联要填满,用典要古,因此对杜甫诗的律、调、气、势,尤得真髓。这两首诗就明显地学杜甫《秋兴八首》,全篇整饬,用典贴切,寄托深远,善于纵放,把自己复杂的思想与秋天萧瑟肃杀的气氛融为一体,是元人七律中上乘之作。

(刘明浩)

岳鄂王墓

鄂王坟上草离离，秋日荒凉石兽危。

南渡君臣轻社稷，中原父老望旌旗。

英雄已死嗟何及，天下中分遂不支。

莫向西湖歌此曲，水光山色不胜悲。

此诗咏岳飞墓，作于作者入元以后，具体年月已不可考。

宋绍兴十一年（1141）冬，南宋抗金名将岳飞被昏君高宗赵构和奸相秦桧等阴谋杀害，葬于京城临安（今浙江杭州）栖霞岭下。宋亡以后，遗民相继作诗纪念，以表不屈于蒙古族统治之意，赵孟頫这首诗为其中压卷之作。

首联写岳飞墓因宋、元战争时期无人管理而日趋荒凉，在秋色中，衰草离离，镇墓石兽摇摇欲倒。颔联二句，避实就虚，没有直接写岳飞业绩，而是说，由于宋高宗、秦桧一伙杀害了这位抗金名将，便使北中国轻易沦于敌手。这里一个"轻"字、一个"望"字是关键，通过对比，把南宋统治者的卖国嘴脸和北方人民翘首企盼岳家军早日到来的强烈愿望简捷地表现出来了。颈联写杀害岳飞以后的严重后果：失土永丧，再无收复可能，南宋偏安的局面也难以长久维持，日益衰落，终于遭到灭亡的命运。尾联由怀古回到现实：国家已广，眼前的水光山色，已足够令人无限伤情了，怎能再提那段悲怆的往事呢？把对岳飞的悲悼之情更推进了一层。

这首诗哀悼岳飞的屈死、大好河山的沦丧，表达了对这位抗金名将的钦佩、赞美的感情，也愤怒谴责了宋高宗、秦桧卖国集团丧失国土、残杀英雄的罪恶行径。

赵孟頫虽入仕元朝，但故国之思，时萦心怀，所以这首诗写得意境深远，感情沉挚悲痛，深为时人赞赏。一时题岳飞墓者不下百十家，无过其右者。

（刘明浩）

溪　上

溪上东风吹柳花，溪头春水净无沙。

白鸥自信无机事，玄鸟犹知有岁华。

锦缆牙樯等昨梦，凤笙龙管是谁家。

令人苦忆东陵子，拟问田园学种瓜。

这首七律大约写在至大庚戌（1310）或皇庆癸丑（1313）的春天。这两年，赵孟頫都告假在家乡湖州省亲，诗即写故乡即目所见及由此而产生的岁月流逝、世事多变的感慨。

首、颔二联写溪上风景，东风拂拂，柳絮飞扬，春水明净。对对白鸥，自在翱翔，燕子感受到春意，已翩翩飞来，给静态中注入了活泼泼的动态生机。颈联急转，诗人不是陶醉在明媚的春光中，而是想到战前锦缆牙樯、凤笙龙管的繁华景象，如今时异事迁，化作灰飞烟灭。这种悲观消极、盛事不常的喟叹，自然地引出末联，欲常伴湖山，学秦末东陵侯召平，隐居灌蔬以了残生。

诗写得平淡隽永，虽然内心不无疾愤，但表达时却无狠戾之气，反而有六朝诗恬然和平之致，且风格婉丽清新，自然入妙。

（刘明浩）

绝 句

春寒恻恻掩重门，金鸭香残火尚温。

燕子不来花又落，一庭风雨自黄昏。

这首伤春诗，约写在赵孟頫入元以前，可能在二十岁左右。

春季是草木萌生季节，到处呈生机无限、欣欣向荣景象。人们都希望过风和日丽、冷暖适度的春日。这样的春日，可以赏花、踏青，享受大自然赐予的充分的阳光和清新的气息；人们的心情能够随着自然界的谐和以及自身感受的舒适而愉快、而兴奋，诗人们都在这时憧憬美好的未来。然而赵孟頫的这一首绝句却一切相反。春寒恻恻，只得躲于屋内，而屋外，燕子因寒而不来，美妙的呢喃之声便听不到了。"恻恻"，凄冷貌，韩偓《寒食夜》诗有"恻恻轻寒剪剪风"句。初开的花儿被一阵风雨打落，而庭中凄风苦雨一直到傍晚未停。每年都有苦雨的春日，也有春寒难受之时，赵孟頫写下这首诗，也许是因为那时正值宋室衰微，灭亡在即，就如风雨凄凄的春寒一般。他触景生情，借景抒情，表现自己对时局深深的忧虑。

全诗音韵谐和，用语自然，较好地描写了景物，表达了思想感情。

（刘明浩）

杨 载

杨载（1271—1323），字仲弘。浦城（今属福建）人，后徙家杭州。以荐授翰林编修，复登延祐初进士，官至宁国路总管府推官。其诗含蓄清新，其文以气为主，深受赵孟頫推崇。与虞集、范梈、揭傒斯并称元诗四大家。《元史》称"自其诗出，一洗宋季之陋"。他认为诗当"取材于汉魏，而音节则以唐为宗"。有《翰林杨仲弘诗集》。

（孙安邦）

古 墙 行

建炎白马南渡时，循王以身佩安危。
疏恩治第壮舆卫，缩板栽干由偏裨。
下锸江城但沙卤，往夷赤山取焦土。
帐前亲兵力如虎，一日连云兴百堵。
引锥试之铁石坚，长城在此势屹然。
上功幕府分金钱，欢声如雷动地传。
尔来瞬息逾百年，高崖为谷惊推迁。
华堂寂寞散文础，乔木惨淡栖寒烟。
我入荒园访遗古，所见惟存丈寻许。
废坏终嗟麋鹿游，飘零不记商羊舞。
王孙欲言泪如雨，为言王孙毋自苦。
子孙再世赟门户，英公尚及观房杜。

33

如君百不一二数，人生富贵当自取，

况有长才文甚武。

公侯之后必复初，好把家声继其祖。

　　《古墙行》是一篇访古伤今之作。全篇关捩，只在兴、废、复三字。以此为纲，可将全篇分为三段。从开头至"欢声如雷动地传"为第一段，言"兴"；从"尔来瞬息逾百年"至"飘零不记商羊舞"为第二段，言废；此后至结束为第三段，言"复"。一、二段之"兴""废"，皆为写实；但"废"为目睹之实，"兴"为遥想之实。至第三段之"复"，乃写意耳。虚实相济，既是实地之见闻感想，又颇见章法结构之妙。

　　第一段共十二句，写南京抗金元老循王张浚宅第的兴建。此段以韵脚之转换为标志，可分为三节，每四句一节。第一节写南宋高宗赵构南渡称帝，年号建炎；循王张浚为一身系国之安危的元勋，承恩建第，仪仗烜赫，偏将亲自动手伐木锯材。"白马南渡"，系根据"泥马渡康王"的传说。第二节紧扣题目，写"古墙"当初之兴建。张浚宅在南京，故曰"江城"，江城之滨多沙卤，建筑基础不牢，故"往夷赤山取焦土"。南京东南有赤山湖，今已干涸。赤山当为湖边之山；或因挖土甚多，聚水成湖。"焦土"即烧后之土，欲其坚也。"一日连云兴百堵"，写府墙之高，建筑速度之快。第三节极写府墙之坚固雄伟和建成后分赏欢庆的隆重场面，为第二段古墙之"废"作反衬。这两节绘声绘色，比喻夸张，气氛热烈，直如作者亲见；故亦令读者置身其境而深受感染。所谓"长城在此势屹然"，明指墙，暗指张浚。宋孝宗封张浚为魏国公后，曾说："朕倚魏公如长城，不容浮言摇夺。"

　　第二段八句，分两节，意思一脉贯穿。第一节写百余年后"高岸为谷，深谷为陵"（《诗经·小雅·十月之交》）。一个"惊"字，将上节之"长城在此势屹然"与下节之"所见惟存丈寻许"的古墙两相对照，见出作者吊古伤今之感叹。"寂寞""惨淡"的景象，又与上节"欢声如雷"的场面形成对比。瞬息巨变，使诗人感慨不已；情节的起伏跌宕，也有力地撞击着读者的心扉。"文础"，即雕有花纹的柱础。"乔木"，向有代指世族名门之含意，故"乔木惨淡"为双关语，既是即景，又寓名门衰微之意。第二节仍写古墙之"废"，但作者从幕后转到了幕前，直接点出了作者的身临其境，为下文所写对"王孙"的劝勉作了自然的铺垫。上节写"寂寞""惨淡"是远景，是气氛的渲染；此节写"废坏""飘零"则是近景，是实物的描绘，故同为写"废"而相互补充，毫无重复之感。"商羊舞"，见刘向《说苑·辨物》和《孔子家语·辩政》，说："齐有一足之鸟，飞集于宫朝下，止于殿前，舒翅而跳。齐侯大怪，使使聘鲁问孔子，孔子曰：此鸟名曰商羊，水祥也。"诗中用这一典故，是说当年循王的府第如齐侯之宫殿一样壮丽，可以招致商羊起舞。然而现在却是满目凄凉，麋鹿在荒园嬉游；草木摇落，商羊起舞的华堂已夷为废墟。

　　第三段九句，第一句写循王之后代凭吊废园，十分感伤；以下八句一气呵成，写作者对王孙的慰藉和劝勉。"王孙毋自苦"是总的安慰；"子孙再世隳门户"两句是引历史上具体事例作反衬；"如君百不一二数"三句是鼓励其振作；最后两句进一步对王孙的重振家业寄予希望。这一番劝勉之词有理有据，情深意切，层层递进，颇具说服力而无枯燥感。其中"英公尚及观房杜"用唐太宗宰相房玄龄、杜如晦故事。史称房多谋，杜善断，号为一代名相。但房玄龄死后，两子却因谋反罪一死一贬；杜如晦的儿子亦以谋反坐诛。这就是诗中所谓"子孙再世隳门户"，"隳"者，毁也。"英公"即李勣，封英国公，四朝元老，故能亲眼看到房、杜的烜赫政绩和其子孙"隳门户"的惨痛史实。诗人引此故事，是要对王孙说明：历史上王公世家的兴废屡见不鲜，且不乏咎由自取者；而你家之衰乃改朝换代造成，并非儿孙的过错。最后两句中，诗人所说"公侯之后必复初"是再一次对王孙进行鼓励，促使他振奋精神，恢复继承其抗敌御侮的先祖之"家声"，因而也还有一定的积极意义。

刘熙载《艺概》论诗说："篇意前后摩荡，则精神自出。"这首《古墙行》之"精神自出"，也正由于"篇意前后摩荡"，而其摩荡不仅在"兴""废"二字，还有更进一层之"复"，这才"合"得妥帖、严密。杨载《诗法家数》说："征行之诗，要发出凄怆之意，哀而不伤……若伤亡悼屈，一切哀怨，吾无取焉。"所以他的《古墙行》也以光复旧物的希望作结，篇终给人以奋发向上的力量。

（李正民）

寄刘师鲁

想君游宦处，正值洞庭湖。

落日波涛壮，晴天岛屿孤。

舟航通汉沔，风物览衡巫。

天下文章弊，非君孰起予。

　　这首诗是写给远游之人的。刘师鲁，生平不详。仲弘集中，另有一首《次刘师鲁韵》，从语气上推测，刘大约是他的诗友，或许年龄略长。

　　诗的首联平铺直叙，点题"寄"诗的对象正在洞庭湖一带做官。颔联承"洞庭湖"三字展开，选取了两个特定时间，突出地再现了湖光山色之美。傍晚的湖面，夕阳放射着余晖，彩色的波涛汹涌壮阔；而万里无云的晴天，水天相连，一碧万顷，岛屿特立孤矗。两种景物，一动一静，一雄壮，一清明。以上是想象友人所处环境。"舟航通汉沔，风物览衡巫"则是进一步写刘师鲁居地形势。汉，指汉水。沔，沔水入江以后的长江也称为沔水。衡，即五岳中的南岳衡山。巫，巫山。在杨载的想象中，朋友一定会遍览湘地秀色，足以游目骋怀寄托心灵。尾联将诗思拉回到现实中来。洞庭湖水光山色，壮丽绝伦，孕育了不少诗人，杜甫、李白都在这里留下了不朽的诗篇。尤其著名的例子是唐张说,他谪官岳州后,诗日进,人以为得江山之助。在这里杨载正是祝愿刘师鲁以振起诗风为己任,在江山熏陶下,取得更大的成就。这样,前二联竭力铺陈壮丽景色的用意也就显露无遗了。

诗得寄送之正体,以所寄对象起,亦以所寄对象结,不落褒奖诔言之俗套。《诗法正论》讲这首诗"此以兴为承,以赋为转者也",主要是从艺术手法上谈它的结构布局的。从另一方面讲,它也是以情感的自然发展为线索结篇的。

(张文颖)

宗阳宫望月分韵得声字

老君台上凉如水，坐看冰轮转二更。

大地山河微有影，九天风露寂无声。

蛟龙并起承金榜，鸾凤双飞载玉笙。

不信弱流三万里，此身今夕到蓬瀛。

　　杨载为人洒脱不羁，诗文气魄宏大，多杰作，且于诗格外用功，名重当时。在他的众多诗作中，前人尤喜其《宗阳宫望月》，推为绝唱。关于这首诗的创作情况，《西湖游览志》中有记载："宗阳宫，本宋德寿宫后圃也，内有老君台、得月楼。杜道衡，当涂人，风度清雅，尝以中秋集儒彦登老君台玩月，分韵赋诗，杨仲弘为首唱。"可见在那次诗人集会中，此诗为擅场之作。

　　仲秋之夜，聚会高台，共赏月色，人人自会别有情怀。且听诗人的诉说："老君台上凉如水，坐看冰轮转二更。"本为玩月而来，首句就直接以月为重心着笔。诗人沐浴在月色里，仰望着一轮圆月悠悠升至中天，以古今同多异少的景物写起，使此句在清纯幽静的氛围中见出平淡的味道。颔联承上展开。山河略呈淡影，高天处风露悄然无声。这里写的是在视觉上或感觉上的一个阔大境界，然而作者偏又以"微""寂"来表现其细腻和沉静，恰如其分。而"微"

"寂"又点出了月色，极形象地扣住了"中秋之夜"特定的时间。颈联是想象之词。因为在道宫赏月，自然而然地与神仙、天堂联系起来。他忖度天上宫阙，蛟龙承金榜，鸾凤载玉笙，一派繁华景象；又与眼前的空灵寂静成为鲜明的对比，使人觉得眼前所见也与天宫仙阙浑同一气，引出下联"不信弱流三万里，此身今夕到蓬瀛"。谁说仙岛有弱水阻隔，我今晚已经亲临仙境了。弱水，古代传说中的水名。据说其水质极轻，鸿毛不浮，更不胜舟。蓬、瀛，则是海上三神山中的蓬莱和瀛洲。

这首诗突出的特点是法度森严，起承转合依规中矩而又不着痕迹。一线贯穿，流畅自然，天衣无缝。

(张文颖)

宿浚仪公湖亭

（三首选一）

两两三三白鸟飞，背人斜去落渔矶。

雨余不遣浓云散，犹向前山拥翠微。

　　这是一首描写江南水乡雨后春景的诗。浚仪（古县名，治所在今河南开封）公，似为封号，待考。全诗共三首，这是第二首。从第一首"夜宿湖亭水气凉"和第三首"几年乡梦隔江湖"诗句看，当是诗人五十岁左右在宁国路（治宣城，今属安徽）总管府推官任上所作。

　　这是一个春日的月夜，诗人夜宿湖亭，因怀念家乡，写下了这三首诗。此诗前两句写白鸟在久雨初霁后的活跃景象：时而三两相伴，展翅飞翔；时而悄然落下，戏水争食，不仅形象鲜明，而且意蕴深沉。"斜"字传神，把白鸟畏人，悄悄落在渔矶上的形态活现出来。后两句写浓云未散，聚拢前山，又酝酿着一场春雨。全诗由白鸟而渔矶，由江边而山前，层次分明，浓淡相宜，意境开阔，情趣横溢。江南水乡春日的常见景象，在诗人笔下生机盎然，读来使人视野为之爽朗，胸襟为之舒坦。

（孙安邦）

范梈

范梈(1272—1330),字亨父,一字德机,人称文白先生,临江清江(今属江西)人。三十六岁辞家北游,卖卜燕市,被荐为左卫教授,迁翰林院编修官,后移疾归。其诗学颜(延年)、谢(灵运),师李(白)、杜(甫),尤好歌行古体。虞集评其诗如"唐临晋帖"。揭傒斯说其诗"如秋空行云,晴雷卷雨,纵横变化,出入无朕。又如空山道者,辟谷学仙,瘦骨崚嶒,神气自若。又如豪鹰掠马,独鹤叫群,四顾无人,一碧万里"(《范先生诗序》)。有《范德机诗集》。

(孙安邦)

王氏能远楼

游莫羡天池鹏,归莫问辽东鹤。

人生万事须自为,跬步江山即寥廓。

请君得酒勿少留,为我痛酌王家能远之高楼。

醉捧勾吴匣中剑,斫断千秋万古愁。

沧溟朝旭射燕甸,桑枝正搭虚窗面。

昆仑池上碧桃花,舞尽东风千万片。

千万片,落谁家?愿倾海水溢流霞。

寄谢尊前望乡客,底须惆怅惜天涯。

从诗意来看,这首诗大约是作者在能远楼上豪饮之后所作,抒发了一种时不我待、及时行乐的情绪。

　　首句以"天池鹏"和"辽东鹤"起，是说不要羡慕大鹏的远游，也不要追问仙鹤的归期。"天池鹏"语出《庄子·逍遥游》，它是海中一巨大的鸟，起飞时能"水击三千里，抟扶摇而上者九万里"。"辽东鹤"是指辽东人丁令威，他学道成仙后化鹤归辽，止于城门华表上。有少年举弓欲射，鹤飞翔空中作歌曰："有鸟有鸟丁令威，去家千年今始归。城郭如故人民非，何不学仙冢累累。"歌罢飞去。大鹏能够一飞冲天，仙鹤可以一去千年，这非常人能及。于是有"人生万事须自为，跬步江山即寥廓"句，这才是作者要说的话。既然不是神仙而是生活在人间的普通人，那么就有常人常事，有欢乐也有忧伤，如何对待呢？所有的事情都由着自己去做，这样就是在半步之内也能见出江山无限，使胸怀远大。

　　以下开始对现实情境的描述。有酒的时候请您尽情地饮，让我们一起在王家的能远楼上把酒痛酌，不要犹豫，不要停留。酒为何物？却倾倒了古来多少豪杰。喜，举杯相庆；忧，借酒浇愁。聚，饮；别，饮。快人，痛酌；雅士，细斟。此处，酒乃排忧之具，但仍不够，还要抽出匣中利刃来砍断那新愁、旧愁、千年万古以来所有郁积胸中的愁思。其放旷的情怀见于言外。

　　醉后的思绪如野马般无处不到。"沧溟"句谓大海上升起的朝阳照射在大地上；"桑枝"句承上，用日出扶桑的传说，虚中有实，描画窗前日出之景。接着，诗人再想象昆仑池上生长着美丽的碧桃，东风一起，花瓣纷纷飘落下来。昆仑池是传说中西王母的居处，池上种有碧桃，三千年开花，三千年结果，吃了可以长生不老。但仙花也有飘零之时，所以接着写道："千万片，落谁家？愿倾海水溢流霞。寄谢尊前望乡客，底须惆怅惜天涯。""流霞"，是传说中的仙酒。这几句意谓桃花千万片都落到哪儿去了？管它落到谁家，我只愿将海水都变作美酒喝个尽兴。举杯思乡的朋友，何必哀痛自己流落他乡，让我们痛饮三百杯吧！

这首诗追求自由通脱精神。在诗人眼中，永恒的东西难以求得，无论是荣华富贵还是良辰美景，一切都会过去，何如痛快地拥有今天，忧愁自解。读之，可以感觉到诗的雄浑华美。诗中的词句均充满了瑰丽的色彩，给人留下了美丽的印象。鹏的壮丽、鹤的华贵、扶桑旭日的光彩、碧桃花瓣的灿烂、流霞仙酒的甘醇，历历如在目前。此外，本诗的构思起伏有致，先由鹏、鹤的仙境写来，转入常人常境；再转入醉中的豪情遐思；继而又指出尊前且开怀痛饮，不须惆怅思乡。如此一起一伏，免于直露，而见出意蕴深刻。

（张文颖）

题秋山图

> 我爱秋景好，自缘秋气清。
>
> 江空石露骨，木落风无声。
>
> 偶向画中见，犹如云外行。
>
> 只疑豺与虎，无地得纵横。

　　这是一首题画诗。苏东坡在题《蓝关烟雨图》（王维画）中说：
"味摩诘之诗，诗中有画；观摩诘之画，画中有诗。"范梈此诗，堪
称"诗中有画"，耐人寻味，给人以一种明丽清新的感受。

　　前两句点题，说明我爱秋景的原因。三、四句写江中巨石嶙峋
露出水面；山上树木落叶，秋风无声。木石秋风，差解人意，使人
不禁联想起杜甫"无边落木萧萧下，不尽长江滚滚来"（《登高》）的
名句。五、六句诗人观画，已进入画境，恰似"云外行"。"偶"字
绝妙，实有不期而遇、偶然见之的意蕴。末二句则借题画直写胸臆，
抒发感慨，表达出诗人的爱憎，无疑是对当时社会黑暗的诅咒！

　　全诗文字朴实精炼，语言明白如话。从视觉和听觉的不同角
度，描绘出秋山苍凉壮阔的景象。秋风木落，感慨系之，却毫无风
寒侵人、草木凋残，日气阴冷、山峦晦暗之感。从与诗人同代稍晚
的黄镇成诗"木落见人家"（《东阳道中》）和明人蔡毅中诗"木落江
空天气清"（《秋兴》）等句看，足见此诗影响之大。　　　　（孙安邦）

虞 集

虞集（1272—1348），字伯生，世称邵庵先生。四川仁寿人，侨居江西崇仁。大德初荐授大都路儒学教授，历官秘书少监，翰林直学士兼国子祭酒，奎章阁侍书学士。卒谥文靖。虞集是元中晚期最负盛名的作家，与杨载、范梈、揭傒斯称元四大家。自称诗如"汉廷老吏"，公论以为然。他的诗苍劲老到，犹如老吏用笔，字锤句锻，端严齐整；尤其是七言律诗，《麓堂诗话》以为"真得少陵家法"。有《道园学古录》。   （李梦生）

子昂墨竹

子昂画竹不欲工，腕指所至生秋风。

古来篆籀法已绝，止有木叶雕蚕虫。

黄金错刀交屈铁，大阴作雨山石裂。

蛟龙起陆真宰愁，云暗苍梧泣湘血。

吴兴之竹乃非竹，吴兴昔年面如玉。

波涛浩荡江海云，落月年年照秋屋。

　　这首七言歌行，题咏赵孟頫所画的墨竹。诗的开头一联即不同凡响，言子昂画竹不求工巧，然而笔墨所至秋风满纸，正是说明其在艺术上已达化境，因而不求工而自工。这可与作者另一首题为《子昂竹》诗中的"忆昔吴兴写竹枝，满堂宾客动秋思"句意互为发明。三、四句谓子昂用古篆籀法作画，如蚕虫之雕蚀落叶，已尽得其妙。宋人黄庭坚《论画》云："如虫食木，偶尔成文。吾观古人绘事，妙处类多如此。"可为此二句注脚。五、六句写裂石中之丛竹，似与风雨搏击，枝干交错，遒劲挺拔。南唐后主李煜写字喜作颤掣势，人目其状为金错刀。又尝有人得唐李阳冰真迹，见虫蚀鸟步痕迹若屈铁。这都是形容子昂笔法的超绝，诚如《铁网珊瑚》所云："魏公（赵孟頫卒封魏国公）真草行篆籀皆造古人地位，复能以飞白作石，金错刀作墨竹，则又古人之所鲜能者。"七、八句状画所达到的至高艺术境界：使蛟龙腾陆，真宰发愁，苍梧云暗，湘妃泣血。真宰，犹造物，假想中宇宙的主宰。"云暗"句用舜崩于苍梧，二妃哭帝极哀，泪洒竹上成斑典。九、十句拓开一层，以人品拟画品。《元史》本传说赵孟頫"才气英迈，神采焕发，如神仙中人"，他所画的竹也重在神似而不在形似。最后两句因画及人，以波涛浩荡、月照秋屋抒写自己对子昂的怀念之情。

赵孟頫《论画诗》云："石如飞白木如籀，写竹还应八法通。"他作画反对追求工巧雕琢，重视师法造化，主张书画同法。这首诗即概括了赵孟頫绘画的风格特点和艺术成就，具体描述了眼前这幅《子昂墨竹》的大气磅礴，并以人拟画，因画及人，议论纵横，却又不落痕迹。全诗用典贴切自然，前后照应，写得极有气势。

（邵海清）

白翎雀歌

乌桓城下白翎雀，雌雄相呼以为乐。

平沙无树托营巢，八月雪深黄草薄。

君不见旧时飞燕在昭阳，沉沉宫殿锁鸳鸯。

夫容露冷秋宵永，芍药风暄春昼长。

　　这是一首七言古诗。白翎雀在元诗中屡有歌咏，张宪有《白翎雀》诗，杨维桢有《白翎雀辞》，张昱有《白翎雀歌》，元世祖忽必烈并命伶人硕德闾制以为曲。张昱诗首二句云："乌桓城下白翎雀，雄鸣雌随求饮啄。"与虞诗绝类。白翎雀，即蒙古百灵，生于北方，雌雄和鸣，溽暑严寒，均不易其地。《元史·太祖纪》尝载札木合言于汪罕曰："我于君是白翎雀，他人是鸿雁耳。白翎雀寒暑常在北方，鸿雁遇寒则南飞就暖耳。"诗的前四句即赞美白翎雀生长于乌桓朔漠之地，平沙万里，无树可栖，雪深草薄，鸿雁南飞，可是白翎雀却依然雌雄相随相呼，不改其乐。诗的后四句用"君不见"三字领起，以汉时赵飞燕擅宠后宫而其余妃嫔宫娥则在深宫中寂寞幽居作比，反衬普通平民百姓即使处境艰难，但夫妻和睦相处，倒更值得羡慕。芙蓉露冷，耿耿秋宵，芍药风暄，漫漫春夜，写尽了深宫女子虽过着华贵的生活，却难以排遣空虚无聊的岁月那无比的凄苦与幽怨。全诗对比强烈，韵味悠长。

（邵海清）

题渔村图

黄叶江南何处村，渔翁三两坐槐根。

隔溪相就一烟棹，老妪具炊双瓦盆。

霜前渔官未竭泽，蟹中抱黄鲤肪白。

已烹甘瓠当晨餐，更撷寒蔬共崔席。

垂竿何人无意来，晚风落叶何毵毵。

了无得失动微念，况有兴亡生远哀？

忆昔采芝有园绮，犹被留侯迫之起。

莫将名姓落人间，随此横图卷秋水。

　　这是一首题画诗，首四句写江南渔村的自然风光。渔翁闲坐，老妇具炊，一叶小舟出没于烟波之上，把隔溪的村民连接了起来。寥寥数语，展现出一幅恬静而富有诗意的画面。"黄叶江南何处村"，翻用苏轼《书李世南所画秋景二首》诗中"家在江南黄叶村"句意，点出了这正是黄叶飘零的深秋季节。"霜前渔官未竭泽"四句，写村民和煦而朴素的生活。由于渔税还未到"竭泽而渔"的地步，渔民们还可以捕捞到肥美的螃蟹和鲤鱼；而他们自己早晚能采摘、烹煮些瓠瓜之类蔬菜来下饭，则已经感到非常满足了。"垂竿何人无意来"四句，写村民恬适淡泊、与世无争的心境。落叶在晚风之下旋舞，有人垂钓于溪畔；对他们来说，既无丝毫的得失之念，又何来深远的兴亡之感？"忆昔采芝有园绮"四句，写村民安于隐居田园的生活。诗中以秦末隐于商山（今陕西商县东南）采芝为食的东园公、绮里季等"商山四皓"的出山系迫于张良之命，反衬村民们不愿将姓名传播到尘世间去，让他们随着这张秋水渔村图一起收卷起来。

题画诗自然要切合原作的画面，同时又总要表现作者特有的视角及其独特的感受。虞集正是借这幅《渔村图》，通过合理的想象，抒发了自己对清明政治的向往和对田园隐逸生活的热爱，并在字里行间流露出深沉的兴亡之感。全诗四句一转韵，层层拓开。诗中捕捉住画面上一些富有特征的细部，诸如秋水黄叶，烟棹瓦盆，槐根莚席，蟹黄鲤白，甘瓠野蔬，纷然杂陈。于是，一幅富有生活气息的江南渔村的优美图画，也就生动地展现在我们眼前。　　（邵海清）

金人出塞图

海风吹沙如卷涛，高为陁碛深为壕。
筑垒其上严周遭，名王专居气振豪。
肉食湩饮田为遨，八月草白风飂飕。
马食草实轻骨毛，加弦试弓复置櫜。
今日不乐心慅慅，什么伍伍呼其曹。
银黄兔鹘明绣袍，鸸鹕小管随鸣鞘。
背孤向虚出北皋，海东之鸷王不骄。
锦鞲金镞红绒绦，按习久蓄思一超。
是时晶清天翳绝，驾鹅东来云帖帖。
去地万仞天一瞥，离娄属望目力竭。
微如闻音鸷一掣，束身直上不回折。
遂使孤飞一片雪，顷刻平芜洒毛血。
争夸得隽顿足悦，挂兔县狼何足说。
旌旗先归向城阙，落日悲风起萧屑。
烟尘满城鼓微咽，大酋要王具甘歠，
王亦欣然沃焦热。
阏支出迎骑小骢，琵琶两姬红颧频。
歌舞迭进醉烛灭，穹庐斜转氍毹月。

这是一首题咏《金人出塞图》的七言歌行。金、元时，女真、蒙古贵族有以海东青捕猎天鹅的风俗，这幅图即描绘金人塞外秋猎的情景。

首八句为第一段，写金人的生活习俗和对狩猎的爱好。边塞重镇，金王专城而居，气势雄豪。他们食肉饮乳，以狩猎为最好的游憩活动；而八月草白风劲，马体轻健，正是捕猎的好时节。"加弦试弓复置橐"，写出积极准备、跃跃欲试的心境。

"今日不乐"八句为第二段，写金王集结部曲和狩猎队伍的行进。兔鹘，金人束带的名称，以金玉、犀象骨角等为之。孤虚，古时占卜之法，以六十甲子日定东西南北四方，然后占其孤虚实而向背之，以卜吉凶。"背孤向虚出北皋"，谓选择狩猎的方位，向北边沼泽地带出发。海东之鸷，即海东青，也叫"海青"，雕的一种。《本草纲目·禽部》："雕出辽东，最俊者谓之海东青。""锦鞲"句，写锦臂套上所擎之雕系以红绒绦，与"银黄"句相应，夸耀金王装束的华美和海东青之俊健。"按习久蓄思一超"，谓其久经蓄养训练，亟思一显身手。

"是时晶清"十句为第三段，重点写海东青搏击野鹅的场面。晴空万里，倏有鴐鹅东来，为片云之下垂，然而离地万仞，一瞥而过，即有"离娄之明"，也要感到目力为竭了。这时海东青如同听到轻微的声响，作出了迅捷的反应，腾身直上，顷刻之间，孤飞的鴐鹅雪羽纷飞。这里化用了杜甫的《画鹰》诗："何当击凡鸟，毛血洒平芜。"众口争夸，顿足欢悦，其余丰富的猎物，挂兔悬狼，尽都不在话下了。

　　"旌旗先归"九句为最后一段,写狩猎队伍的凯旋与欢宴。落日悲风,烟尘满城,旌旗先导,鼓声微咽,写塞外出猎者晚归的情景宛然;而骑着赤黑色小马的阏支和怀抱琵琶脸颊红润的两姬的出迎,又为画幅着上一抹鲜丽的色彩。最后是歌舞迭进,烛灭月斜,这场欢宴一直持续到深夜。

　　这首诗写出了金人狩猎的全过程,从狩猎的准备,到狩猎队伍的出发、行进,到狩猎的场景,一直到凯旋庆功,仿佛在我们眼前展现出一幅《金人出塞图》的长卷。诚如明胡应麟《诗薮》所谓:"雄浑流丽,步骤中程。"从"今日不乐心悁悁",到"争夸得隽顿足悦",再到"王亦欣然沃焦热",说明狩猎活动在金人心目中所占有的位置,以及狩猎的成功给他们带来的巨大喜悦。诗中写海东青捕猎驾鹅的场面极为生动,而对边塞景色的描画更是传神逼真,诗以"海风吹沙如卷涛"起,以"穹庐斜转觳觫月"结,笔酣墨饱,一气贯注,使人恍如置身大漠荒野与边城穹庐之中,充分感受到塞外风光的特有魅力。

(邵海清)

挽文丞相

徒把金戈挽落晖，南冠无奈北风吹。

子房本为韩仇出，诸葛安知汉祚移。

云暗鼎湖龙去远，月明华表鹤归迟。

何须更上新亭饮，大不如前洒泪时。

    诗约作于元成宗大德（1297—1307）年间。元统一全国后，施用汉法，重用儒士，文网松弛，对汉人怀念故国表示理解和宽容，世祖曾命赵孟頫作诗嘲宋丞相降元的留梦炎，可见一斑。当时汉族文人仕元者也往往通过悼挽岳飞及文天祥这两位爱国志士来寄托自己的思想情感，前者最著名的篇章是赵孟頫的《岳鄂王墓》，后者则首推虞集此诗。

    文天祥是南宋末宰相，力挽颓危局势，终于兵败空坑，被俘北解，囚禁大都（今北京市），坚贞不屈，殉节柴市。此诗首联几乎概括了文天祥一篇本传，把他一生行事志节，披露无余。出句用鲁阳挥戈典。《淮南子·览冥训》载："鲁阳公与韩构难，战酣，援戈而撝之，日为之三反。"这里用以表示文天祥虽有冲天斗志，独木难支，无法挽救宋朝灭亡的命运。对句写文天祥兵败被俘。南冠指囚徒，典出《左传》；北风吹，指元兵势大。颔联以张良、诸葛亮为比，颂扬文天祥只尽人力，不管天意，兢兢业业，死而后已。子房即张良，家相韩五世，韩亡，募勇士击秦始皇不成，后佐刘邦建汉，而韩祚终于未复。诸葛，指诸葛亮，任蜀汉丞相，鞠躬尽瘁，以恢弘汉室为己任，而蜀终于被晋所灭。杜甫《咏怀古迹》有"运移汉祚终难复，志决身歼军务劳"句。"云暗"句指宋端宗及帝昺已死，用《史记·封禅书》黄帝铸鼎荆山下，鼎成，乘龙上天，后人名其处为鼎湖事。"月明"句指文天祥殉节，用《搜神后记》丁令威学道成，化鹤归来，止城门华表上事。二句说宋帝已死多年，文天祥的魂魄也不见归来，寄托了一种凄凉悲思。尾联归到眼前。《世说新语》载，晋室南迁后，过江诸人常相邀新亭，藉卉宴饮，周颛中坐而叹曰："风景不殊，正自有河山之异。"皆相视流泪。这里用此典是说：如今更不如东晋尚有半壁江山，现在整个天下都归异族统治了。下语沉痛之至。

全诗格调凄怆悲凉，在颂扬文天祥精忠报国的同时，流露出一股浓厚的故国之思，且用典用事，熨帖工切，有强烈的感染力。《辍耕录》云："读此诗而不泣下者几希。"

(李梦生)

送袁伯长扈从上京

日色苍凉映赭袍，时巡毋乃圣躬劳。

天连阁道晨留辇，星散周庐夜属櫜。

白马锦鞯来窈窕，紫驼银瓮出蒲萄。

从官车骑多如雨，只有扬雄赋最高。

　　诗约作于元成宗大德（1297—1307）年间。袁伯长，名桷，庆元人，官至翰林学士，有《清容居士集》。

　　据《草木子》载，元世祖定大兴府为大都（今北京市），开平府为上都（今内蒙古正蓝旗东闪电河北岸）。每年四月，迤北草青，则驾幸上都以避暑，颁赐宗戚，马亦就水草；八月草将枯，则驾回大都。当时袁桷作为文学侍从之臣，随驾而行，送行者纷纷作诗以赠，以虞集这首最脍炙人口。

　　诗立足于扈从，不写送别，只写路程的艰难与沿途的风光。首联写帝驾出巡，塞北四月，春寒未尽，日色苍凉，皇帝车驾向上都而去，是颂圣，也为袁桷占地位，写得庄重厚实。接着笔势一转，放手写路程之艰难及车驾之声势：清晨，队伍行进在高接云天的阁道上，夜晚收拾行杖，穹庐高支，散如繁星。诗用倒装，深得杜诗律法。櫜，盛衣甲弓箭的囊。颈联收转，由雄浑而忽入典丽，写窈窕淑女骑着备有锦鞯的白马，骆驼带着装满浓郁芬甘的葡萄酒瓮，一派塞上旖旎风光。尾联以汉代大文学家扬雄比拟，点明袁桷身分。

虞集自称诗如"汉廷老吏"，即以庄严浑厚见长，此诗可略见端倪。元人的诗喜欢讲究字句的锤炼，本诗颔联"天"字原作"山"字，"星"字原作"野"字，相传是听从赵孟頫的意见而改，仅动二字，确实使原诗的境界更为开阔深远。

（李梦生）

滕 王 阁

城头高阁插苍茫，百尺阑干背夕阳。

秋雨鱼龙非故物，春风蛱蝶是何王？

帆樯急急来彭蠡，车盖童童出豫章。

灯火夜归湖上路，隔篱呼酒说干将。

这是一首咏怀古迹的律诗。滕王阁，旧址在江西新建县西章江门上，唐显庆四年（659）高祖子元婴为洪州刺史时所建，后元婴封滕王，故名。

诗的首联描绘滕王阁的雄伟、壮丽的景色。城头，一作"天寒"。"插（一作"立"）苍茫"状其高峻，"百尺阑干"言其轩敞。滕王阁西临赣江，故云"背（一作"送"）夕阳"。颔联慨叹时序代谢，物换星移。鱼龙秋日潜入江底，然已非唐时故物；蛱蝶依然会在春风中翻飞，但有谁再像滕王那样把它摄入丹青？传滕王元婴善画，所绘蛱蝶尤为著名。所以唐王建《宫词》有云："内中数日无呼唤，搨得滕王蛱蝶图。"颈联形容那些达官显要来滕王阁观览，舟车往还，络绎不绝。彭蠡，即今鄱阳湖，在江西省北部。豫章，古郡名，即今江西南昌市。新建本属豫章郡。末联归结到自己灯火夜归，意犹未尽，于是有"隔篱呼酒说干将"之举。干将，古之善铸剑者，亦剑名。

这首诗围绕着滕王阁，抒发了作者时移境迁的今昔沧桑之感和内心的不平静，意欲有所作为的豪壮情怀。全诗对仗工稳，用典精切，气象宏大，故《麓堂诗话》云："虞伯生《滕王阁》诗，其曰'天寒'云云，曰'灯火'云云，信非伯生不能作也。"　　（邵海清）

听 雨

屏风围坐鬓毵毵，绛蜡摇光照莫酣。

京国多年情尽改，忽听春雨忆江南。

这是一首即景抒情的小诗。前两句描绘了这样一幅画面：四面绕着屏风，摇曳的红烛光映照着座上两鬓稀疏、醉态朦胧的诗人。看来诗人的心境是落寞的，颇有点借酒消愁的味道。绛蜡摇光，一作"银烛烧残"；莫，通"暮"。诗的后两句则传达了一种怀乡思归的意绪：京城多年的宦海沉浮已是意兴萧索，忽而听到传来淅沥的春雨声，陡然回忆起江南家乡一带，此时该是一派美好春光，因而为之心驰神往。

虞集在京任职三十年，并享有盛名，但他却对官场生涯感到拘束、感到厌倦，而渴望能够放归田园，过散诞自由的生活。这种情绪在他的诗中屡屡有所表露，如："乞身愿归老，吴蜀山总好"（《赠写真佟士明》），"苟遂牛马性，归放春草丰"（《后续咏贫士三首》之一），"几时将耒耜子，随意踏江沙"（《立春夜试墨》）等。"京国多年情尽改，忽听春雨忆江南"二句，也是坦露这种心曲而语意更为含蓄。他的《风入松》词中的名句"杏花春雨江南"正是由此中化出。

（邵海清）

题柯敬仲画

牵牛引蔓上棠梨，上有幽禽夜夜栖。

自有秋风动疏竹，江南落月不须啼。

　　虞集与柯敬仲是好友，在他的诗集中，有不少题柯敬仲画的诗，这是其中的一首。柯敬仲名九思，号丹丘生，台州仙居（今属浙江）人。能诗文，擅书画，善画山水、花卉，尤精墨竹、枯木，师法文同一派，笔墨苍润秀逸。

　　这首诗写棠梨树上牵牛引蔓，幽禽夜栖，稀疏的竹枝，点缀着天边的残月，是一幅幽静的江南月夜栖禽图。牵牛与棠梨，在柯敬仲的画中不止一次出现，虞集的另一首同名的《题柯敬仲画》诗中，即有"棠梨树高青子落，碧花翠蔓萦牵牛"之句。这首诗的前两句已历历如绘地勾勒出一幅幽静的图画，但诗的妙处尤在后两句，"自有秋风动疏竹"，既点出了节令，又写出了疏竹摇曳欹斜的姿态，并传达出疏竹在秋风中飒飒抖动的画外之音；既然有风动竹响，那么鸟雀也就不须在月落将晓之际啼鸣了，这又关合了上文"幽禽"二字。静中有动，画外有音，诗情与画意契合无间，引人遐想，耐人寻味。

（邵海清）

至正改元辛巳寒食日示弟及诸子侄

江山信美非吾土，飘泊栖迟近百年。
山舍墓田同水曲，不堪梦觉听啼鹃。

这首诗是作者在元顺帝至正元年（1341）寒食日扫墓时写示其弟及子侄们的。"江山信美非吾土"，语出王粲《登楼赋》："虽信美而非吾土兮，曾何足以少留！"虞集之父虞汲自四川迁居江西，至此已近百年，故云"飘泊栖迟"。由于先垄是在四川，而今庐舍墓田却同在江西滨岸临水之处，不禁油然而生对故乡的深深怀念之情。

这首诗还曲折地表达了家国兴亡之感。虞集五世祖虞允文曾在宋绍兴三十一年（1161）金人入侵时，督率诸将、大破金兵于采石（今安徽马鞍山境内），南宋赖以少安，逾百余年而宋亡。则"江山信美非吾土"，尚包含有江山虽美，却已非宋朝疆土之境。啼鹃，相传古代蜀王杜宇号望帝者逊位失国，魂化为杜鹃鸟，昼夜悲啼，唐宋诗词中常用以寄托国家兴亡。鹃啼于春暮，这首诗作于寒食，梦觉鹃啼，语意双关，有不落痕迹之妙。

（邵海清）

揭傒斯

揭傒斯（1274—1344），字曼硕，龙兴富州（今江西丰城）人。延祐元年（1314）被荐由布衣授翰林国史院编修，历官翰林待制、翰林侍讲学士，任辽、金、宋三史总裁。揭傒斯诗与虞集、杨载、范梈合称"四大家"，所作艳而新，清丽婉转，别饶风韵，神骨秀削，寄托自深。五言胜于七言，古体胜于近体，尤其是五古，宗法李白，旁参三谢，在元人中独树一帜。有《揭文安公集》。

（李梦生）

重饯李九时毅赋得南楼月

娟娟临古戍，晃晃辞烟树。
寒通云梦深，白映苍祠暮。
胡床看逾近，楚酒愁难驻。
雁背欲成霜，林梢初泫露。
故人明夜泊，相望定何处。
且照东湖归，行送归州去。

　　诗约作于大德七年（1303）。李时毅，揭傒斯挚友，南昌人，在武昌任掾史一类小官，时升任归州（今湖北秭归）地方官。南楼在武昌城南，一名玩月楼，《世说新语·容止》载：庾亮镇武昌时，秋夜气佳景清，部下殷浩等人正集南楼赏月，忽报庾亮来，众人惊慌欲避，庾亮从容止之，说："老子于此处兴复不浅！"坐胡床（一种可折叠的交椅）与诸人咏谑。从此南楼赏月成为文人骚客的风雅之举。

月夜是最能引起人们浮想联翩的时候。那淡淡银光，如水似霜，给大地披上了一层神秘的面纱。"举头望明月，低头思故乡"，李白由月而勾动故乡之思；"落月满屋梁，犹疑照颜色"，杜甫由月而引起对朋友的怀念；苏轼一曲"明月几时有"，便寄托了无限遐思，留下千古绝唱。月光在诗人的笔下，似乎不再是淡漠凄凉，而随着诗人的心情而同步变化，成为一种感觉得到，触摸得着的既抽象又形象的东西。揭傒斯这首送行诗，则通过咏月，寄托了诚挚的友情和依依惜别的惆怅，以及自己久客他乡的凄情。

诗一开始就紧紧捕捉住月亮以切题，用"娟娟""晃晃"二辞，把月亮之形态包涵殆尽。月亮照耀着古堡战场，从成片如烟的树林上升了出来。寒气逼人，月光如水，仿佛连接云梦大泽，与苍祠相辉映。下"胡床"事即用庾亮看月典，说在南楼上看月亮越升越高，但心怀愁思，饮着酒却无法销愁。下又接写夜色，月光照在夜宿的禽鸟背上，寒霜正在凝结，一片洁白，露珠从林梢上滴滴下垂，夜已深沉了，诗人由此想到，如此良夜，留客不住，明天月色中船不知泊在何处，而两地同心，两地同月，怎不令人心情怅惘？末两句写李时毅归程是东湖（在江西南昌），不久即要赴归州任所，仍用"照"字贯联，使全首无处无月，将月与情、与景紧密关合揉杂在一起。

全诗全用冷色，以景衬托自己的愁思与凄凉之感。揭傒斯五言古诗在元代独树一帜，本诗为其代表作。清彭蕴章《题元人诗十二首》论揭傒斯云："诗名藉甚揭文安，五字长城天历间。赋月南楼有佳句，参军俊逸可追攀。"因此诗善于捕捉自然景物的变化，发人所未发而大加赞赏，认为可以上追以诗风俊逸著称的鲍照。鲍照以咏月出名，他的《玩月城西门廨中》"未映东北墀，娟娟似蛾眉"是千古颂扬的名句。

（李梦生）

别 武 昌

欲归常恨迟，将行反愁遽。

残年念骨肉，久客多亲故。

伫立望江波，江波正东注。

　　大德八年（1304），揭傒斯离开客居多年的武昌，买舟归里，这首诗就作于离开武昌时。

　　几年来，揭傒斯为衣食计，不得不离乡背井，远客他乡，但每时每刻都在思念故土，怀念亲人。现在，他终于如愿以偿，即将返回家乡，心中自然充满喜悦；但是流寓武昌多年，朋友们诚挚的友谊又紧紧萦绕心头，使他依依难舍，这一别又不知何时才能见面。于是，出现了这样一种“欲归常恨迟，将行反愁遽”的复杂心情。凡是久羁他乡，乍启归程的游子，几乎都有这样难以表达的心情，而揭傒斯却将这种人们想表达而无法确切表达的心情，以平淡而又沉抑的语句，浓缩在寥寥数语之中。明胡应麟《诗薮》说揭傒斯诗学“三谢”，正是指这类诗说的。

　　去也终须去，留恋无法改变行期，分离之时，诗人在想什么呢？他正独立江边，凝视着滔滔长江流水，无语东注。把无限深情，在不言之中，一泄无遗。“江波正东注”，作者此时的思念之情不也正随着江波流向自己的家乡吗？他的归心也许也正如江水，滔滔急流。但是，也许他在想：我今天离开了武昌，也像眼前江水，一去不复返了，别时容易见时难啊！古人多以水喻愁，如"水流无限似侬愁"（刘禹锡《竹枝词》），"问君能有几多愁，恰似一江春水向东流"（李煜《虞美人》），揭傒斯凝望江波，是否又在借水表达他离别的愁思呢？这一切，诗中均没有直言，只是让读者自己去思考。这种含蓄蕴藉的表达手法，不由使人想到王维《酬张少府》结句"君问穷通理，渔歌入浦深"及杜甫《缚鸡行》结句"鸡虫得失无了时，注目寒江倚山阁"来，三者有异曲同工之妙。　　（李梦生）

和欧阳南阳月夜思

（五首选二）

月出照中园，邻家犹未眠。

不嫌风露冷，看到树阴圆。

天清照逾近，夜久月将远。

墙东双白杨，秋声隔窗满。

　　诗作于皇庆二年（1313），时揭傒斯在大都（今北京）。他已是第二次到京，为谋取一官半职，奔走权贵，这一年卢挚等名臣再次向朝廷荐举他，但仍未见用。人到中年，一事无成，叹今伤逝，揭傒斯感到无限怅惘，在凄清的秋月秋声中，写下了这组诗。欧阳南阳，生平不详。全诗共五首，这里选的是第一、第二首。这两首诗以月初升至西斜为序，以看月为中心，寄托自己的心情。

　　第一首诗写月亮出来了，照在园亭里，如水似雾。"邻家犹未眠"，看似闲句，不经意而出，实际上却蕴涵无限。写邻家未眠，诗人自己未眠则不言而喻；邻家未眠是合家欢聚，诗人未眠是独自一人，客里孤寂，无法入眠，这就逗起了下面的看月。夜寒露凄，诗人久久地站立露天，一直到月亮衔挂树梢，仍无归意。诗不直接写"月夜思"什么，只写看月，以事寄情，不言而言，尤见一往情深。月亮能引起人们无限遐思，这种写法有点像欧阳修《蝶恋花》词："河畔青芜堤上柳，为问新愁，何事年年有。独立小桥风满袖，平林新月人归后。"写一个满腹牢愁的人，对春色感叹不尽，独自一人在春风小桥上，不知不觉地站到月出人归后。揭傒斯此诗也如此，他独立沉思，时间飞逝，风露不觉。诗的格调凄惋，与萧条悲凉的秋色融而为一，给人以强烈的感染。

第二首诗是第一首的继续和补充。月丽中天，清光照人；又逐渐西偏，午夜漏断。邻人已入睡了，他们家高耸的白杨，在秋风中飒飒作响，投下了浓郁的树影。古诗有"白杨多悲风，萧萧愁煞人"句，诗人的悲愁正与白杨悲风交织成一体，度过了这整个不眠之夜。

揭傒斯的小诗往往如此，他用不加雕饰的清词丽句，寓情于景，具有六朝山水诗的风韵。历来论元诗者常以"粗豪""纤弱"二者概之，由此而观，显然是失之偏颇，无怪乎王士禛讥之曰："耳食纷纷说天宝，几人眼见宋元诗。"（《论诗绝句》）

（李梦生）

夏五月武昌舟中触目

两舻背立鸣双橹，短蓑开合沧江雨。

青山如龙入云去，白发何人并沙语。

船头放歌船尾和，篷上雨鸣篷下坐。

推篷不省是何乡，但见双飞白鸥过。

这首诗是作者大德八年（1304）在武昌所作，描绘了夏雨舟中所见。诗人乘一叶扁舟，在长江中冲风冒雨而行。摇船的舟子，披着蓑衣，屹立雨中。蓑衣随着舟子的动作敞开、合拢。橹声嘎嘎。两岸青山，蜿蜒如龙，远入天际；岸边老翁，并立沙滩，亲切闲语。诗人坐在船篷下，耳边是舟子渔歌欸乃，及沙沙敲篷雨声；展望两岸，也不知船行何处，只见到船外掠过双双白鸥，夭矫翩翔，点缀着这空濛沧江。

全诗不着一典，只是就眼前景色，信笔一一收入诗中，却写得清旷通灵，味隽意永。首联写眼前，第二联写远处，接着又回到船上，并归到作者自己，末尾既写景，又抒发了悠闲高雅的情趣。数语之中，有动有静，有声有色，有景有情，有远有近，层次分明，以朴素自然的语言，给人们描绘了一幅清新可爱的水墨小品。诗虽然写得极其平淡，却处处泛漾着一种极为浓郁的乡土气息。

元代是画家辈出的时代，我国的山水画在元代有很大的发展，而元代著名诗人大多擅长绘画，因此元代的山水诗往往讲究层次颜色，布局结构，通过形象生动的语言给人以美的享受，显得"诗中有画"。揭傒斯这首诗就很能说明这一点。

（李梦生）

高 邮 城

高邮城，城何长，城下种麦城上桑。

昔日铁不如，今为耕种场。

桑阴阴，麦茫茫。

但愿千万年，尽四海外为封疆，

终古不用城与隍。

诗作于皇庆元年（1312）春，时揭傒斯由家乡赴京谋官，途经高邮（今属江苏）。黄、淮流域是宋末遭受战争破坏最严重的地方，水利设施几乎荡然无存，人民流离失所。元统一全国后，虽然采取了一系列安民措施，但又接连遭灾，恢复缓慢。揭傒斯这次上京沿途所见，无非是赤地饿殍，诚如他经天津所作《杨柳青谣》中所述："连年水旱更无蚕，丁力夫徭百不堪。惟有河边守坟墓，数株高树晓相参。"因此，他心情十分沉重，忧国忧民之感时时在他的诗中流露出来。然而在行经高邮时，竟意外地看到战争中所筑绵亘盘桓、坚逾铜铁的城墙上下，麦满陇，桑成行，他仿佛进入桃源仙境，一股希望天下永远太平、四海一家、百姓得以安居乐业的强烈愿望不觉从心中溢出。"但愿千万年，尽四海外为封疆，终古不用城与隍"，这正代表了饱经战乱的人民的心声。

诗用杂言体，节奏分明，字里行间透出一种不可抗拒的感染力，因而深得时人叹赏。当时诗人何失对此诗击节赞扬，常常大声朗诵。每次见到揭傒斯，总要大叫："高邮城来!"

（李梦生）

李宫人琵琶引

茫茫青冢春风里，岁岁春风吹不起。
传得琵琶马上声，古今只有王与李。
李氏昔在至元中，少小辞家来入宫。
一见世皇称艺绝，珠歌翠舞忽如空。
君王岂为红颜惜，自是众人弹不得。
玉觞未举乐未停，一曲便觉千金值。
广寒殿里月流辉，太液池头花发时。
旧曲半存犹解谱，新声万变总相宜。
三十六年如一日，长得君王赐颜色。
形容渐改病相寻，独抱琵琶空叹息。
兴圣宫中爱更深，承恩始得遂归心。
时时尚被宫中召，强理琵琶弦上音。
琵琶转调声转涩，堂上慈亲还伫立。
回看旧赐满床头，落花飞絮春风急。

　　诗作于武宗至大（1308—1311）年间。李宫人是元代著名琵琶演奏家，世祖至元时被征入宫，后年老放出。当时咏李宫人诗很多，如袁桷有《李宫人琵琶行》二首，李士熙有《李宫人琵琶引》四首，而以揭傒斯此篇为擅场。

诗四句一转韵，层层递进，以李宫人的身世为贯穿脉络，对幽居深宫的宫女表示深切的同情。诗前四句写李宫人身份及琵琶技艺高超。汉代王嫱，字昭君；元帝时宫人，擅长琵琶，匈奴呼韩邪单于求美人为阏氏，帝予昭君。昭君戎服乘马，提琵琶出塞。死后葬今呼和浩特市南，其坟上草四季长青，号青冢。擅于琵琶的王昭君已成为历史，死后埋葬的青冢，在茫茫春风中寂寂地度过了一年年一月月，直至现在，才有身份和技艺与她仿佛的李宫人。"李氏"句至"一曲"句是第二层，写李宫人幼年入宫，世祖对她演技称绝，宫中其他宫人的歌舞都看不上眼了。歌筵舞场，独压群芳，一曲千金，宠遇非常。"广寒殿"句至"独抱"句是第三层，写李宫人在宫中，春去秋来，寒往暑过，演奏过多少曲子，而岁月流逝，花容憔悴，无复当年神采。广寒殿及太液池都在元后宫，是帝后游宴之处。最后数句写李宫人年老被放回，但她的绝技仍无人能比拟，时时被召入宫中。但她的心情犹如手中弹出的琵琶调一样，抑郁不畅，皇帝的赏赐堆满了，但她的青春已如落花飞絮，无法挽回。

历代写善乐伎人的诗不少，其中白居易《琵琶行》以形象、细腻著称。本诗显然也受其影响，但在描写手法上取径各别。白居易是作具体的描写，揭傒斯采取的是用旁衬、对比的手法来写李宫人的演奏技巧，机运虽别，但寄托对主人公的同情则是一致的。金圣叹批《西厢记》有"烘云托月"法，他说："欲画月也，月不可画，因而画云。画云者，意不在于云也。意不在于云者，意固在于月也。然而意必在于云焉。于云略失则重，或略失则轻，是云病也。云病，即月病也。于云轻重均停矣，或微不慎，渍少痕如微尘焉，是云病也。云病，即月病也。……云妙而明日观者沓至，咸曰：'良哉月与！'初无一人叹及于云。此虽极负作者昨日惨淡旁皇画云之心，然试实究作者之本情，岂非独为月，全不为云？云之与月，正是一副神理，合之固不可得而合，而分之乃决不可得而分。"揭傒斯此诗正用此法，他诗立意是对李宫人身世表示感伤，但放笔极写李宫人技艺超群、倍受宠爱，以之比昭君，言其"一曲千金"，"新声万变"，都是为烘托她"形容渐改病相寻"，"回看旧赐满床头，落花飞絮春风急"，写极盛正为写衰老凄凉。而全诗顿挫分明，收纵得宜，用意整密，调度合拍，故胡应麟《诗薮》特赞此诗全篇可观，不像其他人所作局促逼仄，有句无篇。

（李梦生）

归 舟

汀洲春草遍，风雨独归时。

大舸中流下，青山两岸移。

鸦啼木郎庙，人祭水神祠。

波浪争掀舞，艰难久自知。

诗作于延祐七年（1320）春，时揭傒斯由庐陵（今江西吉安）乘舟顺赣江而下，返回家乡丰城。

诗一开始就点题"归舟"字。作者回家是在春天，万物复苏，春草遍地，他独自在外，在春风春雨中赶路。汀洲，即水中小洲，诗人所见是汀洲春草，则人在舟中便不言而喻。颔联放开，他乘坐的大船在中流乘风破浪而行。春雨普降，春水暴涨，船行甚速，两岸青山，伴随行程。这两句是传颂很广的名句，用笔轻灵透脱，句格整饬，在动态中包藏着自然的、静穆的美，给人一种"人在画中行"的形象化的感受。颈联写岸上，古庙鸦啼，神祠烟袅，给山水增添了几分春色和活气，由此激发了他对大自然的热爱，对淳朴民风和无忧无虑的生活的神往。这一切，使他想到自己由布衣步入官场已七年了，仕途坎坷，满腔致君尧舜、兼善天下的抱负并没有得到施展，生活之路不也如眼前"波浪掀舞"，多艰多难吗？只有久处其中，才能充分领略到"江头未是风波恶，别有人间行路难"（辛弃疾《鹧鸪天》）哪！

写景诗固当以写景为主，但一味写景，纯用赋而没有比、兴，即使清新可喜，然无篇外意，也不耐咀嚼。《诗经·汉广》"汉之广矣，不可泳思。江之永矣，不可方思"四句只咏江汉，而文王化行南国，许多难以尽言之处，含蕴略尽。后世如六朝山水诗，多用其法，揭傒斯此诗也是如此。全诗前几联句句写景，浑和冲淡，流韵天然，但都为末句"艰难久自知"而设，重笔写景正是为了末句写情。于是全诗原本轻快的笔调，到了诗末却一下子被收束住，给人一种极为沉闷、令人喘不过气来的感觉，而作者的思想情感也就深深地锲入了人们心中。

（李梦生）

送张天师归龙虎山

闲户京城昼懒开，初闻北觐却南回。

冯夷击鼓乘龙出，王子吹笙跨鹤来。

袖里天书明日月，匣中神剑闳风雷。

回瞻魏阙红尘里，应在山中看早梅。

诗作于至治元年（1321），时揭傒斯在翰林院任职。龙虎山在江西贵溪县，是道教圣地，汉张道陵后人历承衣钵，代代相传，掌教于此地。元代崇尚道教，对历代天师都有封号，当时天师张嗣成，嗣父张与材位，为三十九代天师，领江南道教，主三山符箓。

诗首联即替张天师占尽身份。写他闭户京城，不接俗客，显得他道行高深，自尊自重，而用"北觐"二字，说他进京是为见皇帝而来，将上句更推进一层。颔联是名句，以对仗工整、用典贴切著称。水神冯夷击鼓乘龙以迎天师法驾，仙人王子乔跨鹤吹笙同气相求，以夸张的手法写张天师驭神驱鬼，参鬼神不测之机，掌造物无尽之化。以下归到张天师自己，袖藏天书，腰匣神剑，显示他的崇高地位与深奥法术。最后言天师归到龙虎山，在庄严的道宫里逍遥自得，赏梅清修，回视帝京繁华，红尘扰攘，别有一番天地。

送行诗贵在切合作者身份，有真情实感，否则便易堆砌常词，几同馈问送礼，流入俗套。杜甫《送翰林张司马南海勒碑》诗，句句切题，密合张司马身份、使命，末又用"不知沧海上，天遣几时回"暗藏张骞浮槎典点张姓，置词造语，深切入微，为后人所称道。揭傒斯于律诗刻意学杜，这首诗的写法无疑是从杜诗脱胎出来。

（李梦生）

马祖常

马祖常（1279—1338），字伯庸，世为雍古部（蒙古族部落名）人，因其高祖为金末凤翔兵马判官，遂以马为姓。父徙家光州（今河南潢川）。延祐二年（1315）会试第一，廷试第二。授应奉翰林文字，拜监察御史。历官翰林待制。元统初拜御史中丞，转枢密副使。其诗清壮，"后生争慕效之，文章为之一变"。虞集称其诗"用意深刻，思致高远，亦自成一家"。有《石田集》。　（孙安邦）

驾发上京

苍龙对阙夹天阍，秋驾凌晨出国门。
十里貔貅骑骏裹，一双日月绣旗旛。
讲蒐猎较黄羊圈，赐宴恩沾白兽尊。
赫奕汉家人物盛，马卿有赋在文园。

　　元代特殊的社会结构和发达的城市经济哺育了一批用汉文写作的少数民族作家，马祖常便是其中之一。这首诗描写了皇驾行发上京的浩大气势和大猎、宴乐的盛况。

　　诗的前四句，描写了皇驾出国门发上京。上京在今内蒙古正蓝旗境内。起首一句，点明出发的地点，是双阙对峙的宫门外。接着又点明出发的季节和时间，是秋天一个凌晨。天阍，指宫门。第三、四句，写皇驾出行的浩荡威整。随行的猛士骑着骏马，旗旛上绣着日月，行列有十里之长。貔貅，古代猛兽名，此处用来比喻勇猛的军士。骢骧，神马名，相传赤毛金嘴，一日能行万里。第一联烘托出气氛，接着第二联又通过对侍卫如林、旗旄招展的刻画写出皇驾出行的气势浩大。

后四句写途中"猎较"和"赐宴"。蒐，此指打猎。猎较，亦指打猎，较（jué）通"角"。"赐宴恩沾白兽尊"，流露出作者对皇恩浩荡的感激。最后两句以"汉家人物"之盛及司马相如之才，代指及赞美随驾的文学侍从之臣的人才众多。马卿，指司马相如，作有《上林赋》《子虚赋》，描写帝王大猎的宏大场面，铺陈颂扬之至。

此诗在内容上并没有什么可取之处，但在形式上却体现了马祖常清、丽、壮的风格。在马祖常身上有着少数民族固有的勇敢清淳的民族气质，形成了他清丽豪壮的诗风。这首诗语言丽而不艳，实而不滞，明白流畅，平易素朴，虽用典，但不晦涩，且紧紧扣住"驾发"，写车仗、扈跸，及只有帝王才能做的蒐猎较武，寓歌功颂德于描写实事中，不见谀词媚语，且前后照应，物象清晰。《诗薮》评此诗"全篇整丽，首尾匀和"，确是如此。

（姚　军）

龙虎台应制

龙虎台高秋意多，翠华来日似鸾坡。

天将山海为城堑，人倚云霞作绮罗。

周穆故惭黄竹赋，汉高空奏大风歌。

两京巡省非行幸，要使苍生乐至和。

这是一首应制诗。作于元文宗天历（1328—1329）、至顺（1330—1331）年间。龙虎台，在今北京昌平西、居庸关南口，元世祖驻跸之地，如龙盘虎踞状，元时往来上都，每驻于此。《元史·马祖常传》记载："文宗尝驻跸龙虎台，祖常应制赋诗，尤被叹赏，谓中原硕儒唯祖常云。"足见本诗在当时影响之大。

应制，旧指奉皇帝之命写诗作文，亦即应诏。前两句是颂词，意思是皇帝驻跸的龙虎台集中了大批文士应诏赋诗，就像唐德宗时的鸾坡一样。翠华，皇帝仪仗中一种以翠羽为饰的旗子，这里代指帝驾。三、四句承首句"高"，写龙虎台犹如天把高山渊海作为护城的壕沟，人以绚丽的云霞作为丝织衣物。比况奇异，遐思高妙。前四句写龙虎台的雄伟气势，后四句献颂词、发议论。"周穆"句，用周穆王游黄金丘之典，周穆王猎于苹泽，目睹风寒雪冻中的百姓，有所愧悟，作《黄竹诗》，曰"我徂黄竹"典。"汉高"句，用高祖衣锦还乡、高唱《大风歌》事，用以形容车驾盛大，歌颂元文宗的英武明睿。末联颂扬文宗巡省两京决非逸乐出行，而是要使百姓安享幸福和平，点出作诗的意旨。

诗写得格调雄浑高亢，气势闳大，且开阖得法，对仗工稳，得应制颂圣之正。
　　　　　　　　　　　　　　　　　　　　　　　　（孙安邦）

萨都拉

萨都拉（或作刺）（约1284—约1348），字天锡，号直斋。雁门（今山西代县）人，为蒙古族。早年家境贫寒，约四十三岁时中泰定四年（1327）进士，历任镇江录事司达鲁花赤、翰林国史院应奉文字、燕南河北道廉访司经历等官。萨都拉诗雄浑清雅，兼阴柔和阳刚之美，备受后人重视。《元诗选》编者顾嗣立甚至誉其诗为"于虞、杨、范、揭（元四大诗人）之外，别开生面"者，评价颇高。有《雁门集》。

（刘明浩）

早发黄河即事

晨发大河上，曙色满船头。

依依树林出，惨惨烟雾收。

村墟杂鸡犬，门巷出羊牛。

炊烟绕茅屋，秋稻上陇丘。

尝新未及试，官租急征求。

两河水平堤，夜有盗贼忧。

长安里中儿，生长不识愁。

朝驰五花马，暮脱千金裘。

斗鸡五坊市，酣歌最高楼。

绣被夜中酒，玉人坐更筹。

岂知农家子，力穑望有秋。

短褐长不完，粝食常不周。

丑妇有子女，鸣机事耕畴。

上以充国税，下以祀松楸。

去年筑河防，驱夫如驱囚。

人家废耕织，嗷嗷齐东州。

饥饿半欲死，驱之长河流。

河源天上来，趋下性所由。

古人有善备，鄙夫无良谋。

我歌两河曲，庶达公与侯。

凄风振枯槁，短发凉飕飕。

　　元顺帝至正九年（1349），萨都拉以弹劾权贵获咎召还京城，次年左迁庐州（今安徽合肥）任廉访司经历（掌出纳移文的佐吏）。这篇五古，为赴职时经行黄河所作。

　　全诗可分为三个段落。前十二句为第一段，写早发黄河的沿途所见。诗人侵晓登上黄河的行舟，随着航程的开始，曙色渐开，两岸景物依次一一迎面而来。"依依"二句，写岸上的林木隐约，晨霭渐收，既有船行的动感，又有时间的推移，是一幅绝妙的早行图。船头前方相继出现了村落人家、鸡犬牛羊、袅绕的炊烟、遍野的庄稼，无不历历如绘。然而，两岸百姓遭受官府暴敛、河患威胁、盗贼滋扰的深重苦难，却为这平静的画面投下了摆脱不去的沉重阴影，引发起诗人的联翩浮想。

"长安里中儿"等十六句为第二段，以京城纨袴与黄河农民的生活进行了鲜明的对比。前者是肥马轻裘，游手好闲，酒色无度；后者却是衣食不继，一家大小终年辛劳，仍不能维持最基本的生活需要。诗人细腻地描述了两河人民的悲惨生活，为后文述及的雪上加霜作了铺垫。

最后十四句为第三段，就黄河的治河问题发表感想，这也是题中"即事"的主要内容。至正年间黄河灾害频频，多次修治劳而无功。九年五月征发人夫加筑黄河金堤，又一次以徒然扰民告终，而朝中却在为更大规模的恢复黄河故道的工程方案争论不休。诗人回顾了"去年筑河防"对两岸百姓造成的加重苦难，谴责治河官员不能顺河之性善作防范的庸鄙无能，希望自己在诗中反映的民生疾苦，能够为朝廷当道所觉察。白发萧骚，诗人怅立于凄烈的河风之中，结束的两句，深沉隽永，作者忧国忧民的情态，跃然纸上。

全诗直抒胸臆，夹叙夹议，意到言随，笔调平易真实。而前半的写景能较好地映合清旷的氛围和人物的心境，诗中采用的对比手法也具有强烈的感染力量。中国诗歌采风陈事的现实主义优秀传统，在这首作品中得到了颇为成功的体现。

（史良昭）

燕 姬 曲

燕京女儿十六七，颜如花红眼如漆。

兰香满路马尘飞，翠袖短鞭娇欲滴。

春风澹荡摇春心，银筝华烛高堂深。

绣衾不暖锦鸳梦，紫帘垂雾天沉沉。

芳年谁惜去如水，春困着人倦梳洗。

夜来小雨润天街，满院杨花飞不起。

"燕赵多佳人，美者颜如玉。"这首七言乐府，就是对燕京（今北京）地方一名年轻女子的精心写照。

全诗分为三层。前四句为一层，先从女主人公的一次出游中，绘出了她外貌的姣美。这位燕京女儿正当二八芳华，颜若春花，目如点漆，装束鲜明地骑在马上，虽是驰逐而过，却一路留下了芬芳的气息和娇柔的风韵。寥寥数笔，动静相间，使读者同路上行人一样，对她的艳丽留下了难以磨灭的印象，收到了先声夺人的效果。

"春风"以下四句为第二层。"春风澹荡"，是实景的赋写，又兼有"兴"的意味：从春风的晃漾，领起了女主人公春心的摇荡，引导着读者去继续追踪她生活的深层的轨迹。诗人笔锋一转，由白日转入黑夜，由女主人公在公开场合下的露面，转入了她高堂深居之内的一人世界。"银筝华烛",同唐诗"银筝夜久殷勤弄,心怯空房不忍归"(王涯《清夜曲》)的意境同出一辙;而"绣衾"二句,更是显豁地透露出这位燕京女子在爱情生活上的失意,形单影只,只能寂寞地垂着衾帐捱守长宵。"紫帘垂雾天沉沉",造出了漫漫长夜的一种冷寂、朦胧的氛围,应合着女主人公悲凉惝恍的心境,又为下文的进一步展开宕出了地步。

末四句为第三层,描写的是次日晨起的情景。芳年难驻,青春不永,可谁是怜香惜玉的知音?女主人公在无尽的怨哀中终于捱来了新的一天,然而春困着人,依然是慵懒病恹,无心梳洗。门外,"天街小雨润如酥"(韩愈《早春呈水部张十八员外》句),仍是春日风光,但夜来的春雨却使院内的杨花狼藉困顿,委地不起。这"飞不起"的杨花,象征着女主人公绝望的心绪,所谓"春心已作沾泥絮",与上文"摇春心"形成了强烈的反差;它同时又象征着燕京女儿未来的命运,与"芳年谁惜去如水"对读,使人不能不感到一种深沉的怅惘与悲哀。

这首作品蕴藉婉丽,融情入景。它运用富于色彩和表现力的语言,以及暗示、象征的手法,由燕京女儿的外部肖像,不露痕迹地渡入了人物的内部生活与内心世界,一直深入封建女子命运悲剧的核心。诗中女主人公的身分,昔人或有妓女的说法;但萨都拉在《鬻女谣》中,曾有"平生睥睨纨袴习,不入歌舞春风乡"的自白,对狎妓素无兴趣,从本篇的意象来考察,描写的对象也显非青楼中人。诗人另有《京城春日》:"燕姬白马青丝缰,短鞭窄袖银镫光。御沟饮马重回首,贪看杨花飞过墙。"又《京城春日》:"三月京城飞柳花，燕姬白马小红车。"与《燕姬曲》的部分描写有近似之处。从诗人对游春燕姬的特殊印象推断，本篇极有可能作于泰定四年（1327）萨氏中举初次入京之时。诗中虽未明言燕京女儿究竟是待字思嫁抑或是独守空房，但诗人凭着丰富的社会阅历，生动形象地绘现了元代妇女个人生活情状的某种侧面，表现了她们失去自行驾驭爱情命运权利的苦闷，因而使作品带上了较高的典型性和艺术感染性。

（史良昭）

过居庸关

居庸关，山苍苍，关南暑多关北凉。

天门晓开虎豹卧，石鼓昼击云雷张。

关门铸铁半空倚，古来几多壮士死。

草根白骨弃不收，冷雨阴风泣山鬼。

道旁老翁八十余，短衣白发扶犁锄。

路人立马问前事，犹能历历言丘墟。

夜来芟豆得戈铁，雨蚀风吹半棱折。

铁腥唯带土花青，犹是将军战时血。

前年又复铁作门，貔貅万灶如云屯。

生者有功挂玉印，死者谁复招孤魂。

居庸关，何峥嵘，上天胡不呼六丁，
驱之海外消甲兵。

男耕女织天下平，千古万古无战争。

据原注，此诗作于顺帝至顺癸酉（1333）。是年春，萨都拉赴上都，途经居庸关（在今北京昌平西北），有感于时事，写下了这首诗。

致和元年（1328），泰定帝崩后，在大都的图帖睦尔（即以后的文宗，由金枢密院事燕铁木儿辅助）和在上都的阿速吉八（泰定帝太子，由左丞相倒剌沙扶持）之间，为着争夺皇位，在居庸关附近和陕北榆林大战。诗即追述这次战争所造成的恶果。

此诗可分三层，起九句为第一层。主要写了居庸关的山势高峻、地扼要冲的地形特点，以及古往今来，多少战士在此捐躯，白骨委地，冷雨凄风，描摹了一个悲惨的场面，令人感喟无穷；也为下文作者自表反战立场，打下了基础。

"道旁"以下十二句为第二层，主要写了年已八十余的老翁对路人讲述二都之间的战争和居庸关的历史。作者没有运用平铺直叙介绍经过的写法，而是意味深长地点出战争造成的后果：战争带来的一片丘墟，昔日兵器"戈铁"，今已埋在土中，使人能比较深刻理解"战争"这一意味着破坏、毁灭的怪物。尤其是"铁腥唯带土花青，犹是将军战时血"两句，更形象地即景描写战争戕害生灵的可怖景象。燕帖木儿在榆林击败了上都兵，派遣重兵镇守居庸。生者功成，显赫非凡，而为数众多的死者的冤魂呢，早被生者忘怀了。可见战争又是多么的不公平。

剩下六句为第三层。在前二层的基础上，作者作了个简单小结：他自知要靠凡人之力消灭战争，是不可能的，只有寄希望于神话中的英雄六丁，于是再向上天表达强烈愿望："男耕女织天下平，千古万古无战争"，消灭战争，永享和平。在这一层中，作者为了表达愿望，抒发感情，一反前二层隔句用韵法，而句句用韵，也不转韵。声韵更觉铿锵有力，情感更觉激昂、亢进，较大地增强了诗歌气势。

　　这首诗诗风苍凉，措词刚劲，饶有北方广野荒丘、铁马金戈的韵致。诗中哀悼为战争而死去的将士，憎恶挑起战争的统治者，悲愤之情溢于言表。作者笔底有无限怜悯和愤恨，因此，最后的吁请就显得较为合理。

（刘明浩）

过 嘉 兴

三山云海几千里，十幅蒲帆挂烟水。
吴中过客莫思家，江南画船如屋里。
芦芽短短穿碧沙，船头鲤鱼吹浪花。
吴姬荡桨入城去，细雨小寒生绿纱。
我歌水调无人续，江上月凉吹紫竹。
春风一曲鹧鸪词，花落莺啼满城绿。

　　元顺帝至元二年（1336）初，萨都拉离开京城大都，赴官福建闽海道肃政廉访司知事（负责巡察地方司法行政情形的八品属官）。在途两个多月，于四月间抵达福州任所。本诗为三月间途经嘉兴（今属浙江）时所作。

　　作品前段点明了登程向福州进发，直至进入江南地区的客行情景。"三山"为福州的古称，以城中有于山、乌石山、越王山三山得名。诗人出京之后，先是乘坐大船，沿运河扬帆直下，浩荡南征。一、二两句以洗炼的笔墨勾勒了这段客程，气象高浑，而"云海""烟水"，却同时隐露出一种长途无已、莫知其涯的苍茫之感。三句拈出"过客"二字，足见诗人前时实未摆脱飘泊的乡愁；然而，身为"过客"而"莫思家"，这正是登上江南画船后所产生的特有心理。四句"画船如屋里"极言船行的平稳，实言船中诗人心境的安适。这一段隐约围绕着客愁的变化展开，映示出嘉兴水程风物征服人心的非凡魅力。

"芦芽"以下四句，叙写舟过嘉兴所见的具体美景。岸边芦芽新苗，透出碧碧浅沙；船头鲤鱼泼剌，吹起粼粼细浪。苏轼《惠崇春江晓景》："蒌蒿满地芦芽短。"杜甫《城西陂泛舟》："鱼吹细浪摇歌扇。"确是水乡泽国典型的春景。诗人半月前途经宝应白马湖，曾有"春水满湖芦苇青，鲤鱼吹浪水风腥"之句（《夜过白马湖》），而此时的感受似更细腻、清新。更富诗情画意的是"吴姬"的两句：入城的江南女子荡桨摇橹缓缓远去；濛濛小雨挟着清气在绿纱般的水面上轻轻洒落。传神入微，使读者宛然如闻柔橹，如感轻寒，于视觉外兼得听觉和触觉的享受。

末四句是入夜后的情景。诗人歌水调、吹竹笛，唱《鹧鸪》，无人应和，重又领受了客边的况味。月凉夜深，诗人通宵难寐，但并不感到遗憾和悲凉。鹧鸪相传飞必南向，其鸣声如"行不得也哥哥"，古人取以入辞形成民歌，有《山鹧鸪》《瑞鹧鸪》《鹧鸪天》等。此处的"鹧鸪词"，暗喻诗人有感而发的离歌。一曲鹧鸪词罢，又迎来新的黎明，诗人的画船也已离开了嘉兴水境；但是"花落莺啼满城绿"，浓重的春色依然留在城中，诗人美好的记忆和感情也依然留在这块土地上。这样的结尾是十分意味深长的。

这篇七古各段紧扣题面的"过"字：前段为过嘉兴的背景，中段为过嘉兴的见闻，末段则从相见还别的客旅意义上揭示了"过"字的内涵，结构颇具匠心。全诗飘逸清婉，而寓慨深沉，清蔡琳

《读元人诗·萨天锡》七绝有句云："十幅蒲帆江上路，横吹紫竹太玲珑。"对本诗推崇备至。昔人论萨都剌"为诗声色相兼，奇正互出"（潘是仁《雁门集序》），本篇可视为体现这一风格的代表作。

（史良昭）

芙 蓉 曲

秋江渺渺芙蓉芳，秋江女儿将断肠。

绛袍春浅护云暖，翠袖日暮迎风凉。

鲤鱼吹浪江波白，霜落洞庭飞木叶。

荡舟何处采莲人，爱惜芙蓉好颜色。

元代诗人虞集曾说萨都拉的诗"最长于情，流丽清婉"，这首七言古诗恰恰体现了他的这种典型风格。

诗开始即以明快的乐府民歌格调，描画出一幅秋江芙蓉图：那渺渺茫茫的水波中，艳丽的荷花正展姿舒香，袅袅亭亭；而秋江中的少女却因此心事重重，愁绪难解。诗人在此以秋江为媒介，将盛放的芙蓉与"将断肠"的女儿对举，给人以一种意象的重叠和诗情的悬念：扬芬吐芳的芙蓉正如女儿绚烂的年华，可她为什么要忧心忡忡、寸肠欲断呢？接下去二句并不就此直接说出其中的原因，而是拓开一笔，写秋江女儿与秋江芙蓉从春至秋、由日而暮的朝夕相伴，形影不离。绛袍、翠袖当指女儿的装束；"护云暖"与"迎风凉"互对，然前句虚拟，"云"似指春季覆盖于江面的荷叶（如晋郭璞《芙蓉赞》"泛叶云布"），与后句中"风"字的实指有别。一虚一实，很好地烘托出女儿对芙蓉的关心和照料。后句似化用杜甫

《佳人》诗意而用之。正因为如此，铺锦于秋江上的艳荷才使她情思无限，放心不下。

五、六两句折回写眼前秋江上见到的情景。鱼戏荷叶，波光粼粼，原是屡见于自然与诗作的情形，然而时当秋深风起，鱼肥浪大，霜落洞庭，木叶凋零，这就更使秋江女儿为亭亭玉立于江波中的芙蓉担心。因为前人已有"鱼惊畏莲折"（梁朱超《咏同心芙蓉》）的咏叹，而现在则是"鲤鱼吹浪"、江波翻白、"袅袅兮秋风，洞庭波兮木叶下"（屈原《九歌·湘夫人》），这又怎么不使娇艳的芙蓉面临摧折的威胁呢！这二句表面写景，实际却蕴含着秋江女儿对秋江芙蓉的深深情意。末二句借采莲人面对云锦般的荷花不知从何荡舟，再次结出秋江女儿爱花惜花的一片苦心。李白《渌水曲》云："荷花娇欲语，愁杀荡舟人"，即为此所本。芙蓉颜色正好，使采莲的荡舟人也觉得无法行动，因为"棹动芙蓉落"（梁简文帝《采莲曲》），那是多么可悲可叹的事啊！诗至此，已将入篇所设悬念的答案娓娓道出，原来芙蓉的盛开之时，正是她的凋落之始，难怪秋江女儿要为之"断肠"了。

全诗以景语写情，语言流丽，风格清婉，善于借鉴化用前人的名句，组成优美的意境。诗人不正面描写荷花的色香，也不直接抒写女儿的断肠之情，但荷花的可爱可惜、女儿之情的可哀可叹，却如绕梁余韵，曲终不散。

由于诗中的秋江芙蓉与秋江女儿有一种意象的重叠，芙蓉又有出于污泥而不染的高洁，前人因有诗人以秋江女儿绝世艳丽而未逢知音自况和状写某人某种境遇等说法。然而对于今天的大多数读者来说，更重要的也许是欣赏它所直接呈现的意境和体现的艺术技巧。

（祝　道）

送䜣上人笑隐住龙翔寺

江南隐者人不识，一日声名动九重。

地湿厌看天竺雨，月明来听景阳钟。

衲衣香暖留春麝，石钵云寒卧夜龙。

何日相从陪杖屦，秋风江上采芙蓉。

这一首七律作于文宗天历三年（1330）春，时萨都拉在镇江路总府录事司达鲁花赤任上，年四十七。

䜣上人笑隐即大䜣，南昌陈氏子，自号笑隐。文宗在藩邸时，极受知遇，文宗即位后，召入京，使主南京龙翔集庆寺。

这首诗主要表达作者送别友人笑隐和盼望他日重逢的友好情谊。首二句写笑隐初不为人知，而受皇帝看重，声名鹊起。九重，指皇帝。颔联写笑隐行踪，也点题。说笑隐告别原来驻锡的杭州天竺寺，将赴南京。景阳钟，指南京景阳宫钟声。此联抓住两地最有特征的事物，组织入诗，心裁别出。颈联想象笑隐到南京后的生活，字字切高僧身份。尾联表示对离别的惋惜，殷殷之情，溢于词外。元人诗讲究字法句法，尤强调炼字。

这首诗写得工稳整饬，对仗整齐，一时脍炙人口。相传萨作此诗成唯第三句"看"字原为"闻"，名诗人虞集见后称赞不已，但说，"闻""听"二字意思重复，要改。另一著名诗人马祖常也是这个意见。萨几次想改，想不出妥当的字。后来，他因事到虞集家，提起修改为难之事。虞说：唐诗有"林下老僧来看雨"句，如将"闻天竺雨"改成"看天竺雨"，怎样？萨叹服，拜为一字师。确实"看"比"闻"字除了与下"听"字不重复外，意境愈觉深远，同时音韵谐和响亮，与全诗格调密切相合。萨都拉此联之所以轰动，与此一改大有关系。顾嗣立《题元百家集》云："天竺雨淋看点笔，上林花满听鸣珂。"特地提到这点，并把这首诗与萨都拉的宫词并认为是他诗中最有成就的作品。

（刘明浩）

京城春日

（二首）

燕姬白马青丝缰，短鞭窄袖银灯光。

御沟饮马重回首，贪看杨花飞过墙。

燕姬十五未出门，出门满眼诸王孙。

马头相见不相识，飞絮游丝空断魂。

诗作于文宗至顺二年（1331）立春日，时作者在大都任翰林国史院应奉文字职，年四十八。

这两首七绝写春日时节，作者在京城街上所见红男绿女赏花游玩的情景，从侧面反映了元大都的风物及民俗。

第一首起二句写京城某年轻女子在马上的迷人姿态和装束，并列若干名词和装饰词，而不著任何动词，但语意清新，节奏感更强。三、四句写这位女子在御沟饮马，蓦地转过了头，痴痴地看着轻盈的杨花渐渐地飘飞过墙去。写女子的神态是那么细腻，那么出神入化，使人难以相信这是出于写"六代豪华，春去也"（萨都拉《满江红》）的豪放派词家的手笔。

第二首实际上是第一首的延续。首句交代了此女子年仅十五，向未出门，这次是第一次游春。接着写她的出门所见："出门满眼诸王孙。"这些王孙公子同燕姬一样，也是出来观赏京城春日风光的。然而，马头相见，却并不相识；匆匆而过，空惹起无穷的情思。最后一句语义双关，既写春色，又写由春色而产生的感想。那碧绿飘拂的柳条，那满天飞扬的柳絮，处处触动着被禁锢已久的春心。年华悄然流逝，春光不会永驻，自己的归宿是怎么样呢？姑娘内心无限怅惘愁怨。这样，她为什么久久注目杨花，似乎在这里也找到了答案。

这两首诗清新流丽，俊逸自然，有浓厚的民歌趣味。（刘明浩）

上京即事

（五首选四）

大野连山沙作堆，白沙平处见楼台。
行人禁地避芳草，尽向曲栏斜路来。

祭天马酒洒平野，沙际风来草亦香。
白马如云向西北，紫驼银瓮赐诸王。

牛羊散漫落日下，野草生香乳酪甜。
卷地朔风沙似雪，家家行帐下毡帘。

紫塞风高弓力强，王孙走马猎沙场。
呼鹰腰箭归来晚，马上倒悬双白狼。

诗作于顺帝元统元年（1333）六月顺帝即位以后，时萨都拉赴上都访友，就眼前所见，作了这组绝句。

元上都，又作上京、滦京、滦阳，故址在今内蒙古正蓝旗东，是元朝的陪都。宪宗六年（1256），忽必烈（以后的元世祖）在滦水北岸兴建开平府城，为藩府驻所，即位后升开平为上都，以后虽定都于大都（今北京），但上都仍为皇帝夏季驻地，每岁均要巡幸，百官分署随从。故元人对此名城尤为眷恋，诗文中多有描写。

第一首写上都周围的自然风光以及当时的习俗。起句写大野连山，沙丘浩莽，气势极为豪壮；接着的"白沙平处见楼台"，由大入小，由远及近，也为三、四两句描写元廷臣民习俗打下了基础。据元末叶子奇《草木子》谓："元世祖思创业艰难，移沙漠莎草于丹墀，示子孙无忘草地，谓之誓俭草。"诗中"避芳草"云云，即指此事：人们宁可顺着栏杆从斜路上绕道而过，也不去践踏莎草。萨作此诗时，已入元代后期，当时臣民对于世祖在几十年前的不忘本源的具体规定，仍努力遵守，以致成为元人游上都的特殊习俗。这种崇扬艰苦奋斗的精神，正是当时蒙古民族能在大漠荒丘崛起的原因，是难能可贵的。

第二首写上都的祭天仪式，虽然着墨不多，却有着丰富的内容：当盛大的祭天仪式接近尾声时，人们将余酒洒向平野。一阵沙风吹起，送来阵阵青草的香气，使生活在大漠中的人尤感清新。西北天边，牧马如云，缓缓蠕动；这时，元朝的皇帝开始把紫驼驮着的美酒——一分赐给"天潢贵胄"。全诗视野开阔，极富塞外特色，使人耳目一新。

第三首以豪迈俊逸的笔调，为我们描绘出祖国北方草原风光及游牧民族生活的精彩画面。"牛羊"两句极写草原黄昏时分的恬静美。在一望无际的绿色草原上，牛羊遍野，牧马成群。远望天际，夕阳西下，晚霞映红了天幕。一群群牛羊在牧人的驱赶下，踏着落日的余晖缓缓地在茫茫的大草原上移动着。微风徐徐吹来，野草的幽香夹杂着乳酪的奶香飘散而来，令人心神俱爽。这正是北朝民歌"天苍苍，野茫茫，风吹草低见牛羊"的豪放旷达的意境。正当人们在品味这种恬静美时，诗人笔锋一转，写狂风骤起、尘沙飞扬的大漠特有景致。诗抓住了边塞气候的特点，将草原宁静闲逸的静物变为风吹沙舞的动态，极生动形象之致。"乳酪""行帐""毡帘"，诗人运用这些极能表现塞外少数民族生活的风物来描绘草原的景象，令人耳目一新。

第四首写狩猎晚归的情景。在长城边沿的沙场上，一群"王孙"正在射猎。他们骑着快马，在围猎场上来回穿梭，拉开强弓劲箭，射向远处的猎物。这时，夕阳西下，天渐转黑，这群围猎的"王孙"便召回猎鹰，把弓箭插入腰间。一路上马蹄声声，马背上还倒挂着一天的战绩——猎获物"双白狼"。这寥寥廿八字就把北方狩猎场面描绘得如此生动逼真，使人如临其境，如闻其声。这首诗的妙处还在于诗人写狩猎，并没有过多地描绘狩猎的经过，而是通过写狩猎的收获，从侧面为我们展现了狩猎的动人场面——这一为草原以外读者闻所未闻、见所未见的场面。

(刘明浩)

吴　莱

吴莱（1297—1340），字立夫，自号深袅山道人。元浦阳（今浙江义乌、兰溪）人。吴莱与黄溍、柳贯同为宋末金华地区儒者方凤的门人，以学术名。延祐七年（1320），举进士不第，在礼部谋职。未几，与礼官不合，退而归里，时年不足三十。后至元六年（1340），监察御史许克学荐为长乡书院山长，未赴任而卒，年四十四。殁后门人私谥为渊颖先生。吴莱以诗文名，尤工歌行，瑰玮有奇气，文采缛丽，雄深卓绝，颇有太白、昌谷遗风，对元末"铁崖体"诗歌有一定的影响。著述较多，今存《渊颖吴先生集》。

（刘明浩）

题钱舜举张丽华侍女汲井图

景阳宫中景阳井，手出银盘牵素绠。

铅华不御面生光，宝帐垂绡花妒影。

临春结绮屹层空，璧月琼枝狎客同。

鸳鸯戏水池塘雨，蛱蝶寻香殿阁风。

日高欢宴骄若诉，床脚表章昏不寤。

吴儿白袍战鼓死，洛土青盖降船渡。

井泥无波井栏缺，半点胭脂污绯雪。

蕙心兰质吹作尘，目断寒江锁江铁。

这一首七古具体写作年代已难考，大约作于吴莱辞去礼部官职回家闲居的泰定年间（1324—1327）。

吴莱诗画兼擅，欣赏及评析水平也很高。这首诗咏的是宋末元初大画家钱选的画。张丽华为南朝陈后主妃，深为后主宠幸。后主起临春、结绮、望仙三阁，自居临春，使张居结绮，游宴无度。隋军破建康（今江苏南京），张丽华从后主匿井（即此诗首句"景阳宫中景阳井"）中被杀。

钱的这幅画，按标题看，画的是一侍女在汲井。然而吴莱这首诗却不为画面所囿，只有开头的二句写汲井。诗的侧重点主要描写由于陈后主的骄奢淫逸生活，终于导致亡国的整个过程，极大地丰富了此诗的思想内容。

全诗十六句（三转韵）分为四个层次，每四句为一层。第一层首二句切题，写景阳宫中张丽华的侍女手持银盘，正在牵动辘轳汲水。景阳井，暗伏下张丽华入井事。接着诗正面描写侍女不施铅华而容光耀人，以至于花儿都要妒嫉。寥寥数语，已将画面概括殆尽。第二层放开，煊染陈宫中的奢华和淫逸，以鸳鸯、蝴蝶双双对对来比喻陈后主寻欢作乐、荒淫腐化的生活。第三层写陈后主只知"日高欢宴"而不理朝政，也不问敌情。隋军伐陈，陈却毫无准备，从"洛土"而来的隋朝晋王杨广刚到金陵，陈后主的部下就投降了，出现了国破主辱的可悲下场。第四层写作者对历史的感叹：物是人非，当年的"寒江"以及"景阳井"还在，而汲井的侍女和张丽华、陈后主等都已无处寻觅了，表现了无限的伤感。

题画诗讲究意在画外，不为画面所囿，吴莱的这首诗就成功地做到了这一点。全诗学南朝乐府，音调婉转，在遣词造句上注重色彩，把自己的感情深深地注入诗中。清王士禛把他的歌行与元末另一名家杨维桢并称，认为代表了元诗的成就，并非溢美。　（刘明浩）

风雨渡扬子江

大江西来自巴蜀，直下万里浇吴楚。

我从扬子指蒜山，旧读水经今始睹。

平生壮志此最奇，一叶轻舟傲烟雨。

怒风鼓浪屹于城，沧海输潮开水府。

凄迷滟滪恍如见，漭泱扶桑杳何所。

须臾草树皆动摇，稍稍鼋鼍欲掀舞。

黑云鲸涨颇心掉，明月贝宫终色侮。

吟倚金山有暮钟，望穷采石无朝舻。

谁欤敲齿咒能神，或有伛身言莫吐。

向来天堑如有限，日夜军书费传羽。

三楚畸民类鱼鳖，两淮大将犹熊虎。

锦帆十里徒映空，铁锁千寻竟然炬。

桑麻夹岸收战尘，芦苇成林出渔户。

宁知造物总儿戏，且揽长川入樽俎。

悲哉险阻惟白波，往矣英雄几黄土。

独思万载疏凿功，吾欲持觞酹神禹。

这首七言古风，约作于文宗在位时（1328—1332）。

吴莱生平游历甚广，凡中原奇绝之处，歌舞战争之地，东海岛屿奇观，莫不形之于诗。山川壮丽，开阔了他的胸襟，也形成了他凌厉雄健的诗风。这首诗就是作者在游览古城扬州后，渡江（扬子江即长江）有感而作。

诗大致可分前后二段。前段纯用赋体，写渡江所见。诗一开始就描绘了长江壮丽景色，气势闳壮之极。诗写长江导源，万里而下，作者乘一叶扁舟，航行于烟雨迷濛之中，极力渲染江景的"雄"和"奇"。"直下"句，气势壮阔，其中一"浇"字，尤觉新奇。浇，一般用作小水量的浇灌，但这里的"浇"却不同：以长江的特大水量，由万里之远，居高临下，直浇在吴楚的土地上。同时，"浇"之一词，还有浇灌、灌溉等含义。吴楚土地肥沃，水量充沛，与此"浇"字大有关系。接着，诗人写自己站在船上，遥指对江蒜山，深为能够身临奇境而感到自豪和满足。

"怒风"以下，肆笔写风浪：怒风鼓浪，高涌如城，东海波涛，直灌江内。作者纵目想象，仿佛见到上游三峡滟滪堆凄迷景象，又仿佛见到东海扶桑国浩瀚海水，一望无涯。在波涛中，草树摇曳，鼋鼍出没，水面鲸鱼掀浪，水中贝宫颠动。近听金山寺暮钟声声，远眺采石矶片帆无踪。天南地北，海阔天空，作者将所见与所想的景物混杂在一起写，既有现实的即景描绘，也有想象数百里乃至数千里外的江景、海景，其中再加上神话色彩（如"水府""贝宫"等均是）、拟人手法等等，便将开阔水域、雄伟江景，神奇般地写出来了。

　　长江天堑，引起千百年来英雄竞逐，然而尽管将军们如狼如虎，争夺的结果，只累得两岸人民在战火中大批死亡，隋炀帝锦帆十里下扬州，也只能荣华一时，铁锁沉江，当其被烧毁后同样保障不了吴国安全，往事历历如烟，当时轰轰烈烈，但事过境迁，一切皆空；硝烟初散，渔歌又起。这不都是"儿戏"吗？与其生前钩心斗角，不如"揽长川入樽俎"，徜徉吾生为佳。只有长江滚滚东流，使人缅怀大禹疏凿之功。

　　诗层次分明，由景入情，全篇气势开阔，一泄而下。同是壮笔，上半是雄壮，下半是悲壮，而瑰玮豪奇之气，一以贯之，体现了吴莱发展李白、苏轼豪放诗风的一面，是《渊颖集》中的最佳之作。

（刘明浩）

杨维桢

杨维桢（1296—1370），字廉夫，别号众多，以"铁崖""铁笛道人""东维子"较著名。浙江诸暨人。三十二岁中进士，仕途蹭蹬。曾携家浪迹东吴、杭州诸地，以友荐得官，官至江西等处儒学提举，未赴任，避元末战乱，徙家松江。明洪武三年（1370），召至金陵（今江苏南京）修礼乐书，以肺疾还家，同年五月病卒，享年七十有五。杨铁崖性格豪放，著述颇多，宋濂称之为"文章巨公"。其文明白流畅，其诗风格多样。今存多中年后所作，有《铁崖先生古乐府》《铁崖文集》《东维子文集》等。 （孙小力）

鸿门会

天迷关，地迷户，东龙白日西龙雨。

撞钟饮酒愁海翻，碧火吹巢双猰㺄。

照天万古无二乌，残星破月开天余。

座中有客天子气，左股七十二子连明珠。

军声十万振屋瓦，拔剑当人面如赭。

将军下马力排山，气卷黄河酒中泻。

剑光上天寒彗残，明朝画地分河山。

将军呼龙将客走，石破青天撞玉斗。

这是一首咏史诗，写刘邦、项羽鸿门之会。

起首二句写秦末大乱，寓秦汉抗争、汉终获胜的结局。"天关"又称"天门"，相传西北为天门，东南为地户，"迷"字则概括表现了天下纷扰、群雄混战的局势。"东龙"指刘邦，"西龙"即秦王。秦、汉之时盛行阴阳五行之说，汉初自称"土"德，东汉改为"火"，此以"白日"喻之。秦自谓"水"德，故比作"雨"。土能掩水，或者说太阳能将雨水晒干，因此汉必胜秦。四、五两句写刘邦目睹范增、项庄之险毒，无计脱身，虽貌似镇定，碰盏聚饮，然心急如焚。"碧火吹巢"喻当时情势之紧迫，犹如风卷明火，烧向鸟巢。"猰㺌"是传说中的吃人怪兽，此借喻范、项二人阴诈凶狠。紧接四句皆写刘邦。自古一天不容二日悬（相传日中有三足乌，故称太阳"金乌"，此略作"乌"。），二雄相争，胜者固然不免损伤，终究称王，犹如那残星破月，虽有败损，不影响它们缀于天边，光照天下。据说刘邦左大腿有七十二颗黑痣，且头顶常有五彩云气跟随，即所谓"天子气"，古人以此附会刘邦得天下纯属天意。"军声十万"以下六句皆颂壮士樊哙，作者赞扬他为刘邦十万军中第一壮士，生动描绘了他的声音、相貌、胆气与豪爽，甚至以为鸿门会以后，项羽不敢贸然称帝而先"分河山"，即先分封诸将相也是樊哙的利剑迫使项羽退让的结果。最终二句，以刘邦溜回军中，范增撞碎玉斗宣告了鸿门会的结束。

全诗结构紧凑，用词精炼，事至繁而笔极简。气势奔腾豪放，读之回肠荡气。作者本人颇为欣赏此诗，酒酣之时，常自歌之。其友张雨谓铁崖古乐府辞"隐然有旷世金石声，人之望而畏者"，此诗足称代表之作。

（孙小力）

庐山瀑布谣

甲申秋八月十六夜，予梦与酸斋仙客游庐山，各赋诗。酸斋赋《彭郎词》，余赋《瀑布谣》。

银河忽如瓠子决，泻诸五老之峰前。
我疑天仙织素练，素练脱轴垂青天。
便欲手把并州剪，剪取一幅玻璃烟。
相逢云石子，有似捉月仙。
酒喉无耐夜渴甚，骑鲸吸海枯桑田。
居然化作十万丈，玉虹倒挂清泠渊。

这是一首写景诗，作于元至正四年（1344），当时铁崖客居杭州。此诗妙在纯以想象写景，且所谓偕同游庐山而赋诗唱和者亦早已仙逝，故只能梦中相会。

"酸斋仙客"即贯云石，维吾尔族人，为文武全才，袭父官统领两淮万户府，辞以让弟，后拜翰林学士。不久辞官隐居杭州，卖药为生。自号酸斋，又号芦花道人。卒于泰定元年（1324），终年三十九，距铁崖赋此诗恰已二十年。

酸斋辞官，隐居杭州；铁崖无职，浪迹钱塘，出处相似。且铁崖倾慕酸斋之为人，欣赏其飘逸之诗风，引为知音，是顺理成章的事。

起首二句以赋体起，写庐山五老峰前之瀑布势如瓠子河决口，汹涌而下。银河即指瀑布，乃袭用李白"疑是银河落九天"诗意。紧接"我疑天仙"四句，诗人融"我"于离奇梦幻之中，巧思妙语迭出。素练、剪刀这些为人们日常司空见惯之物，用于此处，尤为形象、亲切。恍惚之中，诗人手持利剪（古代并州剪刀以锋利著称），欲剪取眼前这似素练而非素练，似玻璃又非玻璃的水帘。这两句写出了庐山瀑布晶莹、飘洒、似练似雾的形状。梦游之中，又遇知音贯云石。铁崖比之李白，足见其推重之甚。相传李白在当涂采石因醉泛舟，俯取江中月影，遂溺死。"捉月仙"即指此。结尾四句又驰骋开去，说云石子欲饮无酒，渴甚而吸干大海，喷泻于庐山，成此十万丈之飞瀑。

铁崖借梦吟诗，想象奇特，尤其"我疑天仙"四句，可谓写瀑布之佳句。此诗合神、人为一体，极写天界之自由，反映了诗人当时力求超脱、游戏人间的生活态度。

（孙小力）

花 游 曲

　　至正戊子（1348）三月十日，偕茅山贞居老仙、玉山才子烟雨中游石湖诸山，老仙为妓者璚英赋《点绛唇》词。已而午霁，登湖上山，歇宝积寺行禅师西轩，老仙题名轩之壁，璚英折碧桃花下山。予为璚英赋《花游曲》，而玉山和之。

　　　　三月十日春蒙蒙，满江花雨湿东风。
　　　　美人盈盈烟雨里，唱彻湖烟与湖水。
　　　　水天虹女忽当门，午光穿漏海霞裙。
　　　　美人凌空蹑飞步，步上山头小真墓。
　　　　华阳老仙海上来，五湖吐纳掌中杯。
　　　　宝山枯禅开茗碗，木鲸吼罢催花板。
　　　　老仙醉笔石栏西，一片飞花落粉题。
　　　　蓬莱宫中花报使，花信明朝二十四。
　　　　老仙更试蜀麻笺，写尽春愁子夜篇。

元顺帝至正七八年间（1347—1348），杨维桢客游姑苏一带，交诸多隐逸之士。其时他失官已近十年，仕宦无望，故肆意诗酒，自娱浇愁。

这是一首叙事诗，大致按照游湖行踪、诸人行事之先后，依次道来。但又非纯粹如实叙写，而时时蒙上一层神秘色彩，给人以虚幻飘渺之感。

石湖位于姑苏郊外，诸峰兀立，倒映湖中，水光山色，风景绝胜。杨维桢倾心慕之，游玩非止一二次。至正七年（1347）三月，曾偕吴中诸友游此胜境，撰有《游石湖记》，自述步唐代大诗人白乐天之后，不为尘世礼法所拘，又无官府冗务之扰，优游此间，胜白氏多矣。时隔一年，诗人复偕挚友过此，可谓旧地重游，乘兴而作《花游曲》。既成，遍邀友朋、门生和之，《铁崖先生古乐府》所录和诗即有七家。

"茅山贞居老仙"原名张雨，又名天雨，字伯雨，钱唐人。二十岁弃家为道士。善赋诗，尤以书法著称于世。是年二月，张雨自杭抵吴，以昆山顾瑛之招，至顾瑛舍，会杨维桢等众多文人儒士，诗酒酬唱多日。后同返姑苏，故有此游。"玉山才子"即顾瑛，一名阿瑛，又名德辉，字仲瑛，昆山人。年三十始折节读书，年逾四十，田业悉付子婿。曾营建园池亭阁，号"玉山草堂"。顾瑛亦能诗，又善作曲，时人呼之"片玉山人"。至于歌妓璚英，当是临时招来伴游助兴者。

诗起首二句，点明时间与环境。暮春时节，迷蒙细雨，如烟似雾，东风习习，挟春雨，带落花，抛洒湖面。烟雨笼罩的世界，唯有甜美歌声，回荡飞旋。不觉午时已到，猛然见彩虹出现，阳光普照，众人游兴倍增。璚英碎步如飞，登上山顶，众人跟随至小真墓前。据顾瑛和诗，小真即真娘。史载真娘为唐代名妓，美艳非常，历代文人多有至其墓赋诗称美者，白居易就有"不识真娘镜中面，惟见真娘墓头草"之诗句。然真娘墓当在姑苏西北虎丘剑池之西，不应在城西南石湖诸山之中。或杨维桢即兴浮想，以他人之坟权充真娘之墓，恰合璚英身份。接着诗人笔锋一转，始写好友张雨。张雨曾在茅山学道，茅山有洞名华阳，颇著名，故此称华阳老仙。"宝山枯禅"当指序中所云"宝积寺行禅师"，"枯禅"意为僧徒静坐参禅，此借以称人。禅师见数人来游，献茶敬客。据顾瑛和诗，铁崖诸人曾于山上奏乐起舞，此诗"木鲸"一句应是写此。句中"花板"，是古代演奏音乐时击拍用的器具；"催花板"即暗示了当时奏乐起舞的场面。"老仙"句写张雨题名于壁，落笔之捷，书法之妙，犹如"一片飞花"。结尾四句，写春去也，人更愁，隐寓良辰美景易逝难返的感慨。古人有"二十四番花信风"之说，以为风应花期而来，其来有信，简称"花信"。由小寒到谷雨共一百二十日，每五日为一候，每候应一种花信。计始自梅花，终至楝花，共二十四种。铁崖诸人此游已是暮春三月，第二十四候将至，难怪像张雨这样豁达大度之人，也止不住要抒写春愁了。

　　此诗作成之后，不仅当时和者甚众，后世亦颇为人称道，尤其是一些超然物外、愤世嫉俗之人。明代中叶，有莫氏修《石湖志》，以《花游曲》为秽作而删之。吴中才子文徵明深感惋惜，特以蝇头细书录之，且为补图，并追和一首。清代康熙年间，宝应人陶季不应博学鸿儒之荐，为表明不慕贵显、隐逸超脱之心迹，亦尝和诗一首。诸人皆透过美丽词情的外表，窥见了铁崖洒脱豪放的真性情。

（孙小力）

老客妇谣

老客妇，老客妇，行年七十又一九。

少年嫁夫甚分明，夫死犹存旧箕帚。

南山阿妹北山姨，劝我再嫁我力辞。

涉江采莲，上山采蘼，

采莲采蘼，可以疗饥。

夜来道过娼门首，娼门萧然惊老丑。

老丑自有能养身，万两黄金在纤手。

上天织得云锦章，绣成愿补舜衣裳。

舜衣裳，为妾佩。

古意扬，清光辨。

妾不是，邯郸娼。

　　明太祖洪武初年，广征天下逸士高人至金陵修礼乐书，杨维桢亦应召抵京，然此行颇为勉强。相传朱元璋遣翰林官詹同于洪武二年（1369）亲赴松江征之，不赴。次年复召，杨维桢撰《老客妇谣》一诗上呈太祖，以示不事二主之决心。并且申明："皇帝竭吾之能，不强吾所不能则可，否则有蹈海死耳。"太祖应允，杨维桢始动身赴京。后人多以此称颂铁崖的高风亮节。此诗通过叙述老寡妇的生平和描写姊藐视娼妓的心理，表现了作者"一臣不事二主"的决心。

所谓"客妇"，指客游他乡的老妇。本诗以倒叙手法，先写今日之耄耋之岁，次说昔时青春出嫁，夫死守寡（古以"箕帚"指代妻子）。亲戚劝之易嫁，但她不改初衷，虽然因此生活困顿，仅以野菜充饥，但心地坦然。一次偶然的遭遇使平静的心里掀起了波澜，"老客妇"的口吻变陈述为斥责，直至结尾。"夜来道过娼门首"，老客妇的偃蹇与娼妇的豪奢形成惊人对比（此以娼妇借喻贰臣），无怪乎引起震惊与骚动。对娼妇们的讥讽，老客妇更报之以鄙夷，自"老丑自有能养身"直至结束，均是老妇的独白，既表示愤慨，也直言剖露了心迹。诗人于此采用夸张手法，以"万两黄金"比喻自食其力之能力，以织云锦补舜衣比喻辅佐明主之意愿（古以补帝王之衣喻补救帝王之过失）。结尾"妾不是，邯郸娼"一句，简洁干脆，表白立场之同时，也痛斥了对方的变节。邯郸女子以美著称，此以对方之美艳与自己的老丑对照，讥变节之臣外表虽美，操守已亏。

元季诗家多喜作古乐府，一改宋以来近体诗独霸诗坛之局面，杨维桢尤以乐府著称于世。究其时代原因，或与元曲之影响有关。长短句之形式灵活，用韵不必拘泥一韵到底，为较大容量地叙事描写创造了条件。杨维桢以老客妇自况，深得乐府比兴之体，且诗中老客妇的大段独白，生动明白，读之如闻其声。

（孙小力）

题苏武牧羊图

未入麒麟阁，时时望帝乡。

寄书元有雁，食雪不离羊。

旄尽风霜节，心悬日月光。

李陵何以别，涕泪满河梁。

　　这是一首咏史题画诗，围绕画题"苏武牧羊"，诗人夹叙夹评，抒发了对著名爱国者苏武的敬仰之情。

　　汉武帝时，中郎将苏武奉命护送匈奴使者回国，因故被扣，不畏匈奴单于淫威，誓死不降，于北海大漠中牧羊十九年。汉昭帝时匈奴与汉和亲，苏武得返。壮岁去国，白首归来。此诗即描写苏武大漠牧羊的情景。

　　首联二句点出时、事，写苏武流放北海，仰望苍天，思家念国的情态。"麒麟阁"为汉阁名，宣帝时画功臣霍光等十一人图像于阁，苏武也是其一。"帝乡"指汉都长安。颔联承前而来，言陪伴他的只有鸿雁，食物只有羊毛和雪。上句用常惠教汉使者说天子射上林中得雁，足有系帛书，言苏武在某泽中，苏武因得归事。下句言苏武尝闭于大窖，饮食不给，只得啮雪茹毡维持生命，后徙之北海无人处，使牧公羊，且谓公羊下乳才得归。苏武遂杖节牧羊，天长日久，节旄尽脱落。颈联是作者对苏武人品的评价，"风霜节"为双关语，表面上写节旄遭岁月风霜的侵蚀而脱尽，实喻苏武的高风亮节。尾联以李陵的失节反衬苏武的忠贞不屈。李陵与苏武早年交好，苏武出使匈奴被扣之次年，李陵以五千军击匈奴数万，因无后援，兵败投降。单于使陵至海上，劝说苏武归降，武不为所动。李陵感慨万分，洒泪而别。"何以别"一语，将李陵当时无言以对、痛悔失声之态概括地勾勒出来。

历代咏苏武牧羊的作品很多，这首诗却能别出心裁，不落窠臼。它不作过多的正面描述，而是抓住几个细节发挥，且通过倒叙、对比，给人以深刻的印象。如入麒麟阁、鸿雁传书，都是以后的事，且一是实事，一是虚言，作者偏偏虚则实之，实则虚之，麒麟阁则云"未入"，传书雁则云"元有"，构思奇巧。且诗题是牧羊，但又一反历来同类诗胶泥于塞上边疆荒凉状况，只用"望乡""食雪""风霜节"等几个词，勾勒出牧羊的苦辛及苏武的志向。

（孙小力）

西湖竹枝歌

（九首选三）

苏小门前花满株，苏公堤上女当垆。

南官北使须到此，江南西湖天下无。

小小渡船如缺瓜，船中少妇竹枝歌。

歌声唱入空侯调，不遣狂夫横渡河。

劝郎莫上南高峰，劝我莫上北高峰。

南高峰云北高雨，云雨相催愁杀侬。

《西湖竹枝歌》是一组民谣形式的小诗，多咏男女欢情，也有写景之作，风格清新，明白易懂。诸诗约作于元至正元年（1341）至六年间。此前，杨维桢曾历任县令、盐官，因父亡还乡。至正元年，携家抵杭州，补官不成，遂周游杭州、吴兴等地，课徒谋生。广泛接触市民、商贩、僧侣、道士，闲暇则与在野文士聚饮唱和、登高游湖。自称"水光山色浸沉胸次，洗一时尊俎粉黛之习"（《西湖竹枝歌·自序》），于是倡"西湖竹枝"，脱尽往日之书卷气。并焚昔时所作千余篇咏史诗，以为拙劣，无真性情。《西湖竹枝歌》

当时风靡东南，和者百余家，铁崖因此名声大噪。

"苏小门前"是组诗第一首，是一首写景诗。此作不同凡响之处在于寓景于人，写佳人才女增西湖许多美色，以致南北官使慕胜境纷至沓来。

"苏小"即"苏小小"，是南齐钱塘（即杭州）的名歌妓。作者写昔日钱塘名妓苏小小的门前繁花似锦，其意以历史上的美人与现实中的美景交相辉映，从而使读者不仅陶醉于西湖的景色，而且沉湎于西湖掌故的追忆。"苏公堤"是东坡知杭州时所筑，堤横截西湖，用以开湖蓄水。"当垆女"典出西汉司马相如和卓文君的故事。卓文君才貌双全，私奔相如后，生活困顿，遂开一酒店，由卓文君亲自当垆（"垆"是专供放置酒瓮的土台）卖酒。作者笔下的"当垆女"，暗示了在苏公堤上卖酒的女郎天生丽质，楚楚动人。这前两句是从两个特殊的角度来写西湖的自然之美和人文之美，因此作者最后作一总括：南来北往的官使切莫错失到西湖一游的良机，因为此地的风光在元朝广阔的版图上绝无仅有。

"小小渡船"一首借船家少妇之口，表现她们渴望爱情、珍惜美满婚姻的心声。

摆渡小船似一牙瓜瓣，漂流在明镜般的湖面上，船家女子婉转动听的歌声，随风飘洒，醉人心脾。这诗前二句浅显明白，像一帧工笔白描小品，形象清晰，却又重点突出，耐人寻味。秀水佳人，妙曲娇声——然而诗人并不打算让读者就此沉醉，确切地说，是这船家少妇的歌声把人们从愉悦引入莫名的凄怆之中。空侯调出现了，它将绵绵哀思抛向天空，洒入湖水，催人泪下。

"空侯"即箜篌，是一种传自西域的弹拨乐器。据说《箜篌调》是朝鲜船夫霍里子高的妻子丽玉作的。相传一天早晨，子高照例到河上撑船，见岸上一个白发狂夫，披头散发，手提一壶，飞奔而来。狂夫之妻尾追高喊，叫他停步。狂夫不听，纵身入河而渡，溺死河中。其妻痛不欲生，弹起箜篌，引吭悲歌《公无渡河》，一曲才罢，亦投河而殉。子高回家，告诉妻子，丽玉伤心落泪，于是奏起箜篌，摹拟狂夫妻子的弹唱。歌声哀怨，琴声凄凉，闻者莫不断肠，称此曲为《箜篌引》，亦名《箜篌调》。此诗即援引此典，写船家女子的盼夫之情。这里没有告诉我们她丈夫的行踪，或经商常年不归，或从军累岁未返，或许近来另觅新欢，或许早已魂归黄泉……读者尽可漫无边际地遐想、探索。诗人只是要告诉人们，船家女子的思夫之情永远如同她的歌声一样亲切和实在。

"劝郎莫上"是一首由女子吟唱的情歌，表现她们渴望爱情，愿与心上人长相守、不分离的心声。

本诗词句浅显，明白易懂。末句"云雨"喻男女幽会，典出宋玉的《高唐赋》。而杨维桢于此袭用"云雨"，仅仅因为此词与爱情有关，长期以来为人们所了解；在语义上则不属用典，而直用其通常的意义：南山的重云遮掩了恋人的身影，而北峰的淫雨又使恋人的相会变成泡影。从结构上来分析，前两句是"果"，而后两句是"因"。女主人公之所以规劝情人和自己别上南高峰和北高峰，就是因为峰巅的云雨会妨碍他们的爱情。

杨维桢此诗表现了女子对爱情的渴望和追求，这在当时颇有社会基础。杨维桢的《西湖竹枝歌》流传以后，就有数位女子挥笔唱和。杨维桢亲自为之写小传，连作品一起收入《西湖竹枝词》中。由此可见，中年失官、浪迹江湖的杨维桢已不是恪守封建礼教的正统文人了。姑苏与铁崖唱和《竹枝词》的薛氏姐妹，据说就曾瞒着父亲，和意中郎幽会于闺阁之中。苏州才女郑允端也曾感叹，嫁与贵人不如嫁给农夫。农夫固穷，能白头偕老，而"嫁女王侯不久长，花落色衰情变更"，"虽夸耀于一时，而终不得偕老"（《吴人嫁女辞》）。说明其时知识女性的爱情观，和杨维桢所述是一致的。

（孙小力）

倪 瓒

倪瓒（1301—1374），字元镇。尝变姓名曰奚玄朗，字玄暎，别号云林子、荆蛮民等。其先西夏人，五世祖始徙家无锡，遂为无锡人。其先颇富，然瓒无意富家事，好赋诗作画，藏书数千卷，手自勘定。中年尽斸田产，得钱皆与知旧。晚年飘流东吴诸地，吟诗写画不辍。明洪武七年（1374）始还乡里，是年病卒。瓒诗风古淡，不假雕琢，信口成章，有唐人风。有《清閟阁集》传世。

(孙小力)

荒　村

踽踽荒村客，悠悠远道情。

竹梧秋雨碧，荷芰晚波明。

穴鼠能人拱，池鹅类鹤鸣。

萧条阮遥集，几屐了余生？

元末战乱，倪瓒避地东吴，此诗即写其飘流中的所见所感。

首联紧扣诗题，作者向我们展示了初临此地时孤寂的心情和萧索的环境：秋雨过后，泥泞道上，诗人独自踽踽而行，不期而然地遇到一座荒芜的村落，他远行的目的本来只在于领略一番荒情野趣。他悠然自得地来到村头，驻足远眺，只见翠竹、碧梧雨后显得尤其翠绿，池塘中的荷叶倒映在水光波影之中。面对这一派田园风光，诗人几乎陶醉了。诗人又是画家，所以最初引起他注意的总是那些美好的、入画的事物。他驾驭色彩的天性又促使他表现自己的感觉，来描摹那些苍翠欲滴的可爱植物：一个"碧"字，一个"明"字，就将水灵灵、郁葱葱的状态描画得淋漓尽致。颈联是写诗人进村后的所见所闻：钻穴打洞的老鼠见人也不避让，仿佛在对人作揖打拱，又似乎在对人乞食。池塘里的白鹅直着脖子发出鹤鸣般凄厉的叫声。有意思的是深感孤寂的诗人见如此荒凉的场景并不丧气，尾联中，又竭力追求他的超脱。"阮遥集"即东晋阮孚，以有魏晋风度而闻名于世。他好饮酒，生死未尝挂于心上，尤其好屐（一种底上有齿的木鞋）。曾有人上门拜访，见他正在摆弄这种木鞋，并且自言自语地说："也不知我这一辈子能穿坏几双鞋。"倪瓒在此赞赏阮孚潇洒的风度，意为要追从他那样的生活，不使纷扰的尘世万物萦绕于心。

本诗对仗工整，读来朗朗上口。顺序写来，一张一弛，即按诗人的感受依次叙述；从忧郁之情到美好的秋色，又从荒寂村景到超脱之念。淡雅自然，表现了他诗歌的一贯特色。

（孙小力）

寄李隐者

南汀新月色，照见水中蘋。
便欲乘清影，缘源访隐沦。
君住钿山湖，绿酒松花春。
梦披寒雪去，疑是剡溪滨。

倪瓒平生不慕显贵，所交多处士学者，诗酒往来，尽兴而已。此诗即其赠予同道友人之作。

冬夜，新月当空，万籁俱寂。诗人信步出门，只见屋南小塘，水平似镜，月光闪烁，映见点点蘋草，清晰可数。如此良宵，如此清静，诗人不禁游兴大发，欲乘此月夜，溯流造访那隐于幽处的友人。颔联和颈联皆是诗人的浮想，前者写其欲游之念，后者述其造访对象。隐士李君应是作者挚友，故思及其人之同时，连同其恬淡安详的生活亦浮现脑际：松花美酒，色绿如春，钿山湖（"钿山湖"可能指淀山湖，当时属松江府，今在上海青浦境内）畔，友人正举杯小酌……但是，诗人造访友人之念，终究未成事实，只能在梦中前往。尾联即借用一典，写其梦境。"剡溪雪夜访友"，说的是晋朝王徽之访戴逵的事。王徽之住在山阴，突然想念住在剡溪的友人戴逵，于是连夜乘船披雪前往。经过整整一夜的水路，他来至戴逵门口，没进去就返回了。别人非常奇怪，他却说："我本来是乘着兴头去看他，兴头一过也就可以回去了，为什么非得见到戴逵呢？"倪瓒在此借用这个典故，表现他倾慕魏晋风度，希望朋友之间不必庸俗的人情往来，仅仅乘兴、尽兴足够矣。于此亦可窥见作者我行我素的生活态度。

本诗用词不求对仗工整，无斧凿之痕。诗人沿其所见、所思、所梦一路写来，脉络清晰，明白如话，却也不无引人遐思的神韵。

(孙小力)

题郑所南兰

秋风兰蕙化为茅，南国凄凉气已消。

只有所南心不改，泪泉和墨写《离骚》。

    郑所南是宋末遗民。元蒙入主中华以后，他悲痛于故国覆亡，废弃旧名，改名思肖，意为"念赵"。又取字所南、忆翁，寄托不忘赵宋之意。所作多为思念故国、仇恨异族入侵之词。以工画墨兰闻名于时。宋亡以后，他画兰不再画土，有人询问原因，他说："土早已被番人夺走，你难道还不知道吗？"这首诗是题郑所南所画兰，但对所南的画技未作丝毫赞语，而对他的为人给予高度的赞扬，别出一格。

    起首"秋风"二句，从画面"秋兰"落笔，暗寓元初南中国的局势民情，"秋兰"在此实指当时的士大夫阶层。兰草，本是普通植物，自屈原《离骚》采之入诗以后，就一直用来象征高洁。而如此高洁之物，经元蒙大军秋风般的疾扫，衰败成为茅草，暗示昔日属于南宋的大地上，士气消沉，任人摧残，无人抗争。这前二句为后二句突出郑所南与众不同的气节埋下了伏笔，也是铺垫。离骚，既指屈原哀叹故国沦丧的爱国主义长诗，也指眼前画中之兰。诗说就在如此沉闷的气氛里，仅有所南不改初衷，对故国一往情深。

倪瓒诗以清旷散朗著称。他生平不仕，人目为"高士"。但这首诗却格调拗劲，颇露愤疾。也许他的不肯出仕的原因，由此可见一二。

（孙小力）

元 赵孟頫 | **自画像**

赵孟頫诗，见第 24 页

虞集《子昂墨竹》，见第 46 页

明　丁云鹏｜**庐山高图**（局部）

杨维桢《庐山瀑布谣》，见第 115 页

宋 李迪｜**苏武牧羊图**

寄书元有雁，食雪不离羊。

旄尽风霜节，心悬日月光。

杨维桢《题苏武牧羊图》，见第 123 页

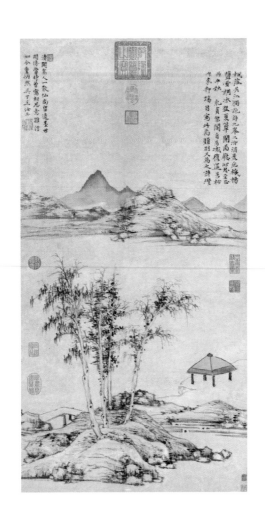

元 倪瓒 | **枫落吴江图**

倪瓒《绝句二首》，见第 135 页

元 王冕 | **墨梅图**

我家洗砚池头树，朵朵花开淡墨痕。

不要人夸好颜色，只留清气满乾坤。

王冕《墨梅》，见第 166 页

宋　陈容｜**五龙图**（局部）
刘基《题群龙图》，见第 184 页

清 石涛 ｜ **山水图·万里洞庭**

春色醉巴陵，阑干落洞庭。水吞三楚白，山接九嶷青。

杨基《岳阳楼》，见第 206 页

明 唐寅 | **草屋蒲团图**

姑苏城外一茅屋，
万树桃花月满天。
唐寅《把酒对月歌》，
见第 264 页

明 林良｜**双鹰图**
李梦阳《林良画两角鹰歌》，见第 279 页

明 吴伟｜**松阴观瀑图**

何景明《吴伟飞泉画图歌》，见第 315 页

明 蓝瑛 | 白云红树图

杨慎《赋得千山红树图送杨茂之》，
见第 326 页

長懷太白樓到此忽生穩踏泓崢古今月莫明天地秋三山常隱落五鼓曉城頭明日恣千里迴看水急流夜泊采石磯仙樓下滄湘

石濤

清 石涛 | **山水图册·太白楼**

白云海色曙，明月天门秋。

王世贞《登太白楼》，见第381页

绝句二首

松陵第四桥前水，风急犹须贮一瓢。
敲火煮茶歌白苎，怒涛翻雪小停桡。

人家近住江城外，月色波光上下天。
风景自佳时俗异，泊舟闲咏白云篇。

　　这两首诗，是某年初春时节倪云林携友人泛舟松江时所作。
　　第一首写船过吴江第四桥时的情景。"松陵"指松江，又名吴淞江，自太湖流经吴江城外，东流合于黄浦江入海。倪瓒专程至吴江访友，偕伴舟行，溯流而上，将抵吴江城时，船行桥下，骤遇风浪，小船上下于波涛之间，险象迭生。然作者镇定自若，舀水煮茶唱小曲，留无限悠然之情于不测风浪之中。起首二句明写风急，暗衬水急。"犹须"二字，生动体现了作者性格。在作者看来，用急流中取来的水煮茶更为香甜。一边看着熊熊燃烧的炉火，一边悠闲地唱起江南小曲；任凭舟外惊涛雪浪，船桨干脆暂时收起，让船在浪尖浪底遨游，由此可见作者平静、潇洒的心境。本诗虽为写景叙事之作，其实也寄托了作者的处世观。倪瓒生活于元末战乱年代，而他时时希望做到"世不太平心太平"，犹如这样泛舟舀水于惊涛骇浪之中。

第二首写夜晚船至吴江城外，泊于水边人家。倪瓒和友人没有上岸，留在船上过夜。是夜风平浪静，月光皎洁，和白天之景迥异。如此良辰美景，惹作者诗情勃发，夜不能寐，与友人唱和久之。此诗即那晚最为得意之作。起首二句点明地点和时间。"月色"一句尤为出色，水中的波光映现于天，明月的清辉溶入水中，波光水色混然一片，七个字便勾勒出一个梦幻般的境界，引出无限遐思。然而，诗人毕竟生活于人世间，结尾二句，作者抒发了他对时事的感慨和力求超脱的悠然之情。风光依旧，但人世沧桑，人心民情已今非昔比。诗人发此感叹之后，面对现实，又故作悠闲，吟唱起《白云谣》："白云在天，山陵自出……"仿佛全身心又沉醉其中了。

这两首绝句，所述一动一静，貌似迥异，旨意相似。前者于动景中反映宁静、潇洒之心境，后者于静景中表现淡泊、闲适之情趣，诗人之性情与志趣，由此可见一斑。 　　　　（孙小力）

烟雨中过石湖三绝

烟雨山前度石湖，一奁秋影玉平铺。
何须更剪松江水，好染空青画作图。

姑苏城外短长桥，烟雨空濛又晚潮。
载酒曾经此行乐，醉乘江月卧吹箫。

愁不能醒已白头，沧江波上狎轻鸥。
鸥情与老初无染，一叶轻驱总是愁。

　　这是倪瓒晚年所赋的一组写景抒情小诗。石湖位于姑苏城外，山水映带，风景绝胜，当时一些墨客骚人颇好于此诗酒酬唱，流连光景。但倪瓒晚年正逢元季战乱，四处飘泊，无以为家，虽不免于对石湖大好河山的赞美，更有诸多怀旧和感伤之情。

　　倪瓒此行正逢秋日，烟雨迷濛，笼罩四野，山啊、水啊、天啊，一派浑沌。这种含蓄、虚幻的境界，恰是水墨画最适宜的表现对象，故作者首先陶醉于此，第一首就写他初临此境时的感受。舟行湖上，波澜不起，水面平静如玉，透过濛濛雨雾，岸上的秋景在水中若隐若现。诗人将石湖比作妇女的梳妆盒，眼前的一切均是盒中之物，足见他对美景的珍惜之情。继而作者又萌生了将这一切搬上画幅的念头，他要用那湖水所呈现的、天空般透明可爱的青色，去尽情描绘眼前之景和胸中之图。结尾二句，化用杜甫《戏题山水图歌》"焉得并州快剪刀，剪取吴松半江水"句，言眼前这绝妙景色，正可直接入画。

第二首绝句的前半部分写眼前之景，后两句追忆往事。姑苏城外的江面上，晚潮初涌，烟雨依旧。穿行于大小桥洞之间，目睹岸上物换景移，诗人突然产生了深深的失落感。回首当年，与一批意气相投的朋友结伴舟游，载酒觞咏，兴来之时，坦腹吹箫……转眼青首已成白头，这一切早已悄悄逝去，但是，它们又总是不由自主地要跃入脑海之中。如果说，在第一首诗中，作者曾有意忘情于湖中之景，而在第二首诗中，诗人已无心陶醉于昔日之欢的追忆。重温旧事只能平添几多新愁。于是，作者又有了第三首赋"愁"之诗。

"愁不能醒"二句，概括总结了诗人近年的心绪和经历。元至正十四年（1354），其妻蒋氏皈依佛门。次年，诗人于飘泊中赋有"旅泊无成还自笑，吾生如寄欲何归？美人竟与春鸿远，短发忽如霜草稀"这样凄怆的诗句，慨叹学无所成，妻离家散，欲归不能，无可奈何。其年诗人五十岁。此后张士诚兵进姑苏，诗人四处飘零避乱，倍尝艰辛，始有今日白首愁肠，沧江狎鸥之叹。栖居小舟，寂寞难耐，只能与江鸥为盟。然而，鸥鸟翻飞自在，似乎并不能为白头老人解脱愁情，于是，诗人只好轻舟一叶，满怀愁绪，飘行在茫茫江面之上。本诗用字较为精巧，起首二句尤其出色。全诗首尾联结于两个"愁"字，突出主题；中间两个"鸥"字承上启下，用以贯通，读来颇为上口。

三绝各写一景，各述一事，若纵向统而观之，又脉络清晰，连成一体。第一首写诗人的直觉，沉醉于湖光山色，作者暂时忘却了自己沦落异乡的境遇。次首转而怀旧，有风光依然秀美，人事已然全非之叹。第三首进而伤今，给人"只恐双溪舴艋舟，载不动许多愁"（李清照《武陵春》）的伤感。三诗如此层层递进，生动表现了作者身处乱世的思想感情。

（孙小力）

傅若金

傅若金（1304—1343），字与砺，初字汝砺。新喻（今江西新余）人。家贫力学，以布衣至京师，词章传诵，诗名大振。以荐佐使安南，归除广州文学教授。年四十而卒。傅若金古、近体皆长，歌行格调苍莽，律诗激昂慷慨，胡应麟《诗薮》云其五律雄浑悲壮，有"老杜遗风"。有《傅与砺诗文集》。　（孙安邦）

悼亡四首

惊飙吹罗幕，明月照阶庀。
春草忽不芳，秋兰亦同死。
斯人蕴淑德，夙昔明诗礼。
灵质奄独化，孤魂将安止。
迢迢湘西山，湛湛江中水。
水深有时极，山高有时已。
忧思何能齐，日月从此始。

皇天平四时，白日一何遽。
勤俭毕婚姻，新人忽复故。
衾裳敛遗袭，棺椁无完具。
送葬出北门，徘徊怛归路。
玉颜不可恃，况乃纨与素。

累累花下坟，郁郁茔间树。
他人谅同此，胡为独哀慕！

新婚誓偕老，恩义永且深。
旦暮为夫妇，哀戚奄相寻。
凉月烛西楼，悲风鸣北林。
空帷奠巾栉，中房虚织纴。
辞章余婉娈，琴瑟有余音。
眷言瞻故物，恻怆内不任。
岂无新人好，焉知谐我心？
掩穴抚长慕，涕下沾衣襟。

人生贵有别，室家各有宜。
贫贱远结婚，中心两不移。
前日良宴会，今为死别离。
亲戚各在前，临诀不成辞。
旁人拭我泪，令我要裁悲。
共尽固人理，谁能心勿思。

这四首悼亡诗是傅若金悼念他妻子的。

　　第一首诗重点在倾诉妻子突然逝世给自己带来的沉重打击，此时作者满怀哀怨无从排遣，提笔写诗，被压抑的哀情像决堤的洪水一样一倾而出。因而这首诗还顾不到具体的描述，而只是一种感情的宣泄、直白的抒写。头四句用形象的比喻勾画出一幅凄惨的典型情境。惊飙明月，春草秋兰，既是妻子逝世的象征，又是人亡物化后诗人的孤独感受，意象是很丰富的。阰（shì），是台阶两旁所砌的斜石，"阶阰"泛指闺房的门窗台阶。朝夕相伴的妻子忽然永远离去了，强烈的孤独感使诗人更加怀念妻子。她是那样贤良温惠，知书识礼，夫妻向来恩爱，她此去的孤魂也一定在怀念我，无所归止吧。第五至第八句的这种抒写既是对妻子的赞美，更是对妻子的怀念。怀念悲思之情使妻子的形象在自己的心中变得更加美好了。因而最后的六句诗就自然地引发出爱情永恒的绝唱，迢迢西山，湛湛江水，我对你的爱情与思念比山高，比水深。可是人死不能复生，我从此要永世孤寂了。我的忧愁永无穷尽，孤零零的生活从此开始，真是度日如年呀。"日月从此始"把一个为悲哀困扰的人时光难熬的痛苦感受表现得很贴切。这首诗既有风、月、草、兰、山、水的形象点缀，又有强烈的感情倾诉，所以既生动又感人。

　　第一首诗中感情已得到一定宣泄，因而第二首诗的情调就稍微平缓一些，不像第一首那种痛苦的呼喊，而是深刻的忆念。前四句诗感慨人生无常，老天不佑，新婚燕尔的情景尚历历在目，转眼间新妇竟已作古，怎能不让人体会到人生不可言说的悲剧感呢？第五至第八句又回溯到安葬妻子时最悲哀的一幕。当时自己痛不欲生，真想与妻子同葬墓穴，想到回家一人的孤寂就感到害怕，衾枕衣裳，人亡物在，处处触目伤心。第九、十句更进一层，写出一个人在悲哀绝望达到极点后反归于无可奈何的相对冷淡的心理变化。活生生的人都不能长存，转眼就死了，何况人穿过的衣服呢，只怕很快坟场上要花草萋萋、林木郁郁了吧。既然人生就是这样无情，自己如果过于悲哀岂不是有点可笑吗？结尾两句说"他人谅同此，胡为独哀慕"，正是这样一种以生死的普遍性来自我慰藉的心理写照。这首诗的特点是能写出人在悲痛中曲折的心理演变，这正是由于作者出于深情，感受深、体会深，才能写得这样深刻真实。

由于伉俪情深，因而自我慰藉并不能真正使诗人从悲哀中解脱出来，他很快又陷入对亡妻刻骨铭心的思念之中。第三首诗有一种更为哀婉凄恻的音调。当年新婚，彼此恩爱，发誓白头偕老。可是夫妇共同生活还没多久，欢乐却变成了悲凉，剩下我一个人了。开首四句的这种重复叙述正说明诗人对这场人生的哀变感受太深，总是念念不忘，无法接受。紧接着下面各句反复渲染妻子死后触目生哀的情景，气氛十分凄惨。明月、清风都不再让人感到愉快，而染上了冷清哀戚的色调，这其实是诗人的感情移入了自然景物之中。一个人凄凄惨惨戚戚，一会儿到灵堂上给妻子的亡灵奠酒，一会儿抚摸着织布机回想妻子活着时操持家务的情景。妻子生前写下的诗稿、弹弄过的琴瑟都勾起了温馨美好的回忆，抚今思昔，更感到痛苦不堪，悲从中来。思忆之情到此已铺写得淋漓尽致，因而下面笔锋一转，说我并不是不能再娶新娘，可是新人再好，又哪能像死去的妻子那样善体我心、夫妻之间息息相通呢？结尾两句合乎情理地又归结到对亡妻的思念，涕下沾襟。这首诗重在铺叙描写，深刻的感情在生活细节的白描中曲曲传出。

经过上面三首诗不同侧面的抒发，话似乎已说得差不多了。但诗人的感情太丰富，总觉得还有话说，不忍就此搁笔。第四首诗仿佛是对自己的感情来一个小结，仿佛是封棺时对妻子的最后一瞥。这里不再是呼天抢地的悲号，不再是强自排遣的自我慰藉，也不再是对生前音容的苦苦思念，而是一种生离死别况味的反复咀嚼，对自己忠贞爱情的一再表白。这里显得似乎有点语无伦次，一会儿说"中心两不移"，一会儿又说"今为死别离"，一会儿想到生前的欢会，一会儿又闪现出临死的诀别。然而正是这种跳荡无序的意识流动，展示出诗人真诚深挚的感情真实。尽管"旁人拭我泪，令我要裁悲"，但我想的却是"生则同衾，死则同穴"的"共尽"的恩爱之情，怎么能不怀有永恒的思念呢？真是"天长地久有时尽，此恨绵绵无绝期"啊！

这四首悼亡诗各有侧重，各有特点，但都贯注着诚挚深刻的感情。这种出自肺腑的深情，是诗篇成功感人、别具魅力的根本原因所在。

（梁归智）

奉题仇工部壁间古松图歌

苍松在山自奇古，灌木翳之人不惊。

忽然图向堂上壁，满坐叹息长风生。

交柯崛走森昼晦，其下将疑鬼神会。

雾雨寒霏虎豹毛，雷霆怒折蛟鼍背。

乃知巨笔老且神，力斡造化雄千钧。

皇天不夭栋梁具，后土潜回霜雪春。

尔松已为人爱惜，见尔为尔生颜色。

山中岂无材木倚绝壁，未逢匠石嗟何益！

这是一首奉和之作，作者以巧妙的手法，为我们展示了一幅描绘逼真的古松图。第一联由松入笔。诗说山中古松苍苍，但为灌木翳蔽，使人产生不了惊奇伟特的感觉，但是"图向堂上壁"，自然的奇景跑到墙壁上去了，不由得让人惊而叹之。作者欲擒故纵，由不惊而惊叹，从观画者对画的反应，极赞了这幅古松图的逼真。

接下来是对画中古松的正面描写。第五、六、七、八句，以豪放的笔墨描画了古松的森茂古奇。"交柯崛走"言其奇，"森昼晦"写其茂，"其下将疑鬼神会"更增添了几分阴森神秘的气氛。古松的枝叶如雾如雨，森冷密茂，又如虎豹毛一般根根直立；古松的树干如雷霆劈裂了蛟鼍的脊背一样鳞斑累累。这四句的描写能给人很多的联想，"雾雨""虎豹""雷霆""蛟鼍"，这些物象本身就给人以雄浑豪壮的感觉，用它们来描写松树，愈显其苍然不凡。

第九、十句，是对画技的赞叹。以神来之巨笔力斡造化，创造出如此雄劲的苍松，怎能不令人拍案叫绝！第十一、十二句是对下文的过渡。最后四句感叹，始见出作者写作此诗的目的。这棵松树（指古松图）已被人珍存爱惜，这使人产生了无限的感慨，在山中，在悬崖边，难道没有这样的栋梁之材吗？不，只是未被工匠发现（或工匠未曾去发现）罢了，既如此，空自叹息又有何益？这几句隐含了作者对自己不受赏识的不满，道出了苦闷的心情。

傅若金的诗，气势雄浑，苍凉悲壮，在元诗坛上是有其独特风格的。这首诗的格局与对古松的刻画描绘，显然受了杜诗的影响，虽然在篇幅上稍嫌狭隘，但气度、神韵无不酷肖。清王士禛云傅与砺歌行得老杜一鳞片甲，即指此类诗而言。这首诗一传出，便很受时人好评，《傅与砺诗文集》载："虞公见之题云：'绝妙，绝妙！吾人，吾人，新来第一手。'由是名动京师。"

（姚　军）

混沌石行

九江方叔高得武侯八阵碛中小石于其处，白质而黄章，状若鸡子，字曰小混沌。揭艺文为作《混沌公传》云。

> 混沌以来不可数，万八千岁生盘古。
> 纲缊乃在拳石间，光怪潜通落星渚。
> 来从鱼腹人尽讶，坐念武侯心独苦。
> 八阵图成泣鬼神，三江石转凋寒暑。
> 苍波喷浸圆且坚，鸡子结成生理全。
> 久当化鸟非为怪，大未成羊亦可仙。
> 玉精隐月相照射，金液流霞相绕缠。
> 轻清已判中黄外，元气犹涵太素前。
> 英雄事往惟存石，天衡地轴今谁识！
> 江上常疑雾雨寒，坐中歘恐风雷黑。
> 摩挲直如见溟涬，位置岂肯同沙砾。
> 长路相将拂剑随，天阴勿使精灵得。

诸葛亮曾经"推演兵法，作八阵图"，后人有许多歌咏的诗篇，如杜甫名句"功盖三分国，名成八阵图"（《八阵图》）。八阵图据说是用石块垒成天、地、风、云、龙、虎、鸟、蛇八阵，夏日水涨时隐于水中，冬天水退时露出水面。由于后人对诸葛亮的崇拜，八阵图、八阵石也被神化了。这首《混沌石行》歌咏一块据说是得之于八阵图原址（有多种说法，一般认为在四川奉节永安宫前平沙上）的奇石，抒发思古之幽情。

石名混沌，一直追溯到开天辟地之时，可见此石之来历不凡。诗开首四句说盘古开辟的流风余韵钟灵气于拳石之上，因而这块石头天生具有"神格"，流落人间也自非等闲之辈。"细缊"，即氤氲，本意是气体流动的样子，这里指盘古神通的影响。以下接赋混沌石。诗点出这块石头是从鱼腹浦诸葛亮八阵图中得来，于是遥想诸葛亮当年意气风发，而功败垂成，所谓"江流石不转，遗恨失吞吴"（《八阵图》），又怎能不为古人一掬同情之泪呢？"八阵图成泣鬼神，三江石转凋寒暑"，正面歌咏诸葛亮的伟业和历史淘汰的无情。下面八句正面描写这块石头本身。它在江流中历炼多年，被波涛冲激得又圆又硬，白底黄纹，状若鸡子，好像真是具有生命力似的。像这样玲珑的石头，将来一定会化成活泼的小鸟，虽然形体较小不能变仙羊，但灵性神通却是具备的。这里用了两个典故。《地舆志》："零陵山多石燕，遇风雨起而群飞，雨止仍复为石。"此即"化鸟"所本。"成羊"则化用《神仙传》中皇初平牧石成羊事。"玉精"句夸张地说这块石头像美玉一般光洁莹润，在月亮照射下光华四射，仿佛金液流霞一般。"隐月"即"映月"，乃是古音通假。"轻清"句则进一步赞美灵石的稀罕珍美。"中黄"指收藏皇宫宝物的府库，《后汉书·桓帝纪》注引《汉官仪》："中黄，藏府，掌中币帛金银诸货物也。"这句说灵石轻巧清明，一定比中黄收藏的珠宝更好。"元气"句说这块石头孕含着原始的精气，与开头"绌缊乃在拳石间"意思相近。《白虎通·天地》："始起之曰天，后有太始，形兆既成，名曰太素。""太素"是原始混沌之意，极言其早。

最后八句则归结到混沌石现在的落寞，生发历史的感慨。"英雄"二句写无论盘古开辟宇宙，还是诸葛亮摆布八阵图，都已往事如烟，成为过去了，只有这块混沌石还留存下来成为历史的见证，可是又有谁能辨识混沌石当年的价值呢？"天衡"是星名，也叫天衡；"地轴"，古代传说大地有轴，《博物志》："地有三千六百轴，互相牵制。"这里是用"天衡地轴"比喻混沌石的不同凡响。"江上"句描述混沌石藏身于江中时的景况。"坐中"句则写混沌石现时的处境。总之是前途昏暗，处境不妙。这里实有着象征的意义，它的命运不就是那些身负奇才异能却得不到重用、不仅不能施展抱负还要饱经挫折坎坷的才人志士的命运写照吗？诗人不由得拿起混沌石摩挲把玩，仿佛看到石头中生生不息的自然元气（"溟滓"即自然元气），因而更感到混沌石出类拔萃，绝不是寻常的石头可比拟。这里仍是借石喻人，为天下不得志的人才惋惜，也是抒发自己怀才不遇的感慨。最后二句诗人表示要爱护珍惜混沌石，一方面仍然暗含爱护人才之意，另一方面又回到美丽的神话传说，造成一种空灵飞动的境界，余味无穷。

这首古风铺叙委婉，描写生动，融汇古老的传说，又具有象征意义，颇具艺术魅力。

（梁归智）

拒 马 河

落日苍茫里，秋风慷慨多。

燕云余古色，易水尚寒波。

岸绝船通马，沙交路入河。

行人悲旧事，含愤说荆轲。

　　这是一首纪行诗，写经过拒马河时所见。拒马河，在今河北西部，宋、辽时以此河为界河。诗一开始就为全诗定下了悲壮的格调：在一个落日飞霞、秋风萧瑟的傍晚，诗人站在拒马河畔，目睹落日余晖、苍茫原野，心有所思，感慨万端。诗人有何感慨，又为什么"慷慨多"呢？三、四句微微流露出些许蛛丝马迹：昔日的燕云十六州遗留下来的是"古色"，拒马河也像易水一样尚有寒波。"易水尚寒波"，由骆宾王"昔时人已没，今日水犹寒"（《于易水送人》）变化而来。作者由今思古，以此喻彼，暗示沧桑变化，故国何在，蕴蓄深沉。五、六句照应题目，写河岸，写沙滩……拒马河汹涌，有船通行，道路连接河边的沙滩，纵横交亘。是写拒马河，抑或写易水；是今是昔，抑或二者兼有。诗人思接千古，笔触目下，使读之者思绪万千、沉吟遐想。末二句照应"慷慨""易水"。诗人回首往事，江山易代，昨是今非；"含愤说荆轲"，诗人是赞赏荆轲的，满腔激愤，溢于言表，既有对荆轲的同情，又有自己的无奈，那种故国之思、复国之望，尽在不言之中，是诗人民族意识的流露，曲折地表现出不与元统治者合作的思想。

全诗浑然一气，对仗工稳，寓意深刻，慷慨凄怆，犹如读《易水歌》，中人肺腑。明胡应麟《诗薮》说傅若金诗雄浑悲壮，有杜甫遗风，这首诗正是他这种诗风完美的体现。

（孙安邦）

廼 贤

廼贤(1309—?),字易之。南阳(今属河南省)人。本葛逻禄氏,世居金山之西。元兴,诸部仕中朝者多散处内地,故自称南阳人。少力学,工文辞。既壮,肆志远游。后随其兄宦游江浙。又至京师,其歌诗每一篇出,士大夫辄传诵之。当时,浙人韩与玉能书、王子充善古文,与廼贤长歌诗,被誉之为"江南三绝"。以荐授翰林编修官。至正间,出参桑哥失里军事,卒。贡师泰称其诗"清润纤华,五言类谢朓、柳恽、江淹,七言类张籍、王建、刘禹锡。而乐府尤流丽可喜,有谢康乐、鲍明远之遗风"。有《金台集》。　　　　　(孙安邦)

新乡媪

蓬头赤脚新乡媪,青裙百结村中老。
日间炊黍饷夫耕,夜纺棉花到天晓。
棉花织布供军钱,倩人辗谷输公田。
县里公人要供给,布衫剥去遭笞鞭。
两儿不归又三月,只愁冻饿衣裳裂。
大儿运木起官府,小儿担土填河决。
茅檐雨雪灯半昏,豪家索债频敲门。
囊中无钱瓮无粟,眼前只有扶床孙。
明朝领孙入城卖,可怜索价旁人怪。
骨肉分离岂足论,且图偿却门前债。
数来三日当大年,阿婆坟上无纸钱。

凉浆浇湿坟前草，低头痛哭声连天。

恨身不作三韩女，车载金珠争夺取。

银铛烧酒玉杯饮，丝竹高堂夜歌舞。

黄金络臂珠满头，翠云绣出鸳鸯裯。

醉呼阍奴解罗幔，床前爇火添香篝。

这是迺贤最著名的一首诗，大约作于由江浙去京师的途中。写一个因饥饿贫困、遭受鞭笞的新乡（今属河南）老妇人，卖孙偿债的悲惨景象，读之令人心碎。

前两句照应题目，写新乡媪的装束。这是一位"蓬头赤脚"、"青裙百结"的村中老妇人。"日间"二句写老妇人昼夜劳作，白天为在田间耕耘的丈夫做饭，夜晚纺棉花直到天明。"纺棉花"作何用呢？"供军钱"，而且还要请人"辗谷输公田"。"县里"二句写老妇人"供军钱""输公田"之外，因无钱供给"县里公人"，被剥去布衫遭受鞭挞。前八句写新乡媪在官差赋役逼迫下苦不堪言。

中间十六句又一层次，好似老妇人在哭诉。两个儿子已三个月没有回家了，只愁他们又冻又饿、衣裳破裂。大儿子去为官府运木头，小儿子担土填塞黄河决口。这时屋外雨雪交加，屋内孤灯昏暗，财主豪门又来敲门索债。那么用什么还债呢？囊中无钱瓮中无米，只能领了方能扶床的孙子入城去卖。卖小孙子想多要点钱，人家还怪怨。"骨肉分离岂足论"，连卖掉小孙子也不在乎了，只图偿清所借豪门的债。债务还清了，但再讨三天就是大年，为阿婆上坟连纸钱都没有。只好用冷水代酒浇湿坟前草，低下头大声痛哭……"骨肉分离岂足论"所蕴含的无可奈何的难言之隐，揪心扒肝、扯胸撕肺之痛，尽在"低头痛哭声连天"之中得到体现。

后八句笔锋陡变，"恨身不作三韩女，车载金珠争夺取"同前文形成十分鲜明而又强烈的对比。当时，元朝皇帝喜爱三韩（古代朝鲜所谓"三韩"为：辰韩、马韩、弁韩，此处是否指此，待考）女子，挑选入宫，演歌习舞，身价百倍。"恨身不作"四字道出了人间多少不平事。三韩女车载金珠斗胜，用银器烧酒、玉杯斟饮，在高大的厅堂里连夜歌舞欢唱。她们黄金络两臂，珠玉簪满头，床上铺着绣有鸳鸯的衾被；她们歌舞欢宴，喝醉了呼唤太监放下罗帏安然入睡，床前薰炉中还不断添香燃火取暖。三韩女的富贵荣华同新乡媪的卖孙偿债，贫富悬殊，天渊之别。

诗人处在元朝由盛而衰之际，目睹大大小小统治者的荒淫昏聩、纸醉金迷和百姓处于水深火热之中、挣扎在死亡线上的现实，抚时触物，形之于咏歌，表达出内心深处的愤激和不平。

清顾嗣立《元诗选》戊集有盖苗评曰："其词质而婉，丰而不浮，其旨盖将归于讽谏云尔！昔唐白居易为乐府百余篇以规讽时政，流闻禁中……易之他诗……其关于政治，视居易可以无愧。而藻绘之工，殆过之矣。"盖氏对《新乡媪》的思想内容、艺术特点作了比较精辟的论述。

（孙安邦）

颍州老翁歌

颍州老翁病且羸，萧萧短发秋霜垂。
手扶枯筇行复却，探瓢丐食河之湄。
我哀其贫为顾问，欲语哽咽吞声悲。
自言城东昔大户，腴田十顷桑阴围。
阖门老稚三百指，衣食尽足常悬锥。
河南年来数亢旱，赤地千里黄尘飞。
麦禾槁死粟不熟，长镵挂壁犁生衣。
黄堂太守足宴寝，鞭扑百姓穷膏脂。
聒天丝竹夜酣饮，阳阳不问民啼饥。
市中斗粟偿十千，饥人煮蕨供晨炊。
木皮剥尽草根死，妻子相对愁双眉。
鹄形累累口生焰，脔割饿莩无完肌。
奸民乘隙作大盗，腰弓跨马纷驱驰。
啸呼深林聚凶恶，狎弄剑槊摇旌旗。
去年三月入州治，踞坐堂上如熊罴。
长官邀迎吏再拜，馈送牛酒罗阶墀。
城中豪家尽剽掠，况在村落人烟稀。
裂囊剖箧取金帛，煮鸡杀狗施鞭笞。

今年灾虐及陈颍，瘢毒四起民流离。

连村比屋相枕藉，纵有药石难扶治。

一家十口不三日，薶束席卷埋荒陂。

死生谁复顾骨肉，性命喘息悬毫厘。

大孙十岁卖五千，小孙三岁投清漪。

至今平政桥下水，髑髅白骨如山崖。

绣衣使者肃风纪，下车访察民疮痍。

绿章陈辞达九陛，彻乐减膳心忧危。

朝堂杂议会元老，恤荒讨贼劳深机。

山东建节开大府，便宜斩磔扬天威。

亲军四出贼奔溃，渠魁枭首乾坤夷。

拜官纳粟循旧典，战士踊跃皆欢怡。

淮南私廪久红腐，转输岂惜千金资。

遣官巡行勤抚慰，赈粟给币苏民疲。

获存衰朽见今日，病骨尚尔难撑持。

向非圣人念赤子，填委沟壑应无疑。

老翁仰天泪如雨，我亦感激愁歔欷。

安得四海康且阜，五风十雨斯应期。

长官廉平县令好，生民击壤歌清时。

愿言观风采诗者，慎勿废我颍州老翁哀苦辞。

元全止四年（1345），河南一带遇到了严重的饥荒，接着第二年又流行起瘟疫，田地荒芜，死者众多，景象惨不忍睹。迺贤的这首《颍州老翁歌》所反映的就是此事。《元诗纪事》载，迺贤年轻时曾"肆志远游"，"大河南北，古今帝王之都邑，足迹几遍"，沿途所至必要"低徊访问，或案诸图牒，或讯诸父老，考其盛衰兴废之故，而见之于记载。至于抚时触物，悲喜感慨之意，则一皆形之于咏歌"，此诗则是其中之一。

诗歌在一种非常沉重的气氛中展开。作者为我们剖示了元代社会一个灾祸横行的横断面，至今读来仍叫人心惊。全诗分三部分。第一部分为前六句，写作者相问；第二部分是全诗的主体，一共六十二句，是老翁的血泪苦诉；第三部分从"老翁仰天泪如雨"开始至结束共八句，写了作者的感叹和愿望。

在第一部分里，作者为我们刻画了这样一位老翁的形象：他瘦弱多病，头发已很稀短如秋霜垂在鬓边，手扶枯竹颤巍巍地在河边乞食。作者非常同情，上前相问，老翁未语先咽，于是引出了下文一段惨痛的叙述。

在以下六十二句老翁的叙述里，作者分了四层。从"自言城东昔大户"至"脔割饿莩无完肌"为第一层，写了河南旱灾之后的情形。老翁原颇富裕，衣食无虑，而大旱使"赤地千里黄尘飞"，"麦禾槁死粟不熟"，"市中斗粟偿十千"，百姓无粮，只好靠挖野蕨菜、剥树皮充饥。官府不顾百姓死活，"黄堂太守足宴寝，鞭扑百姓穷膏脂"，百姓的苦难到了不可言状的地步，作者通过"鹄形累累口生焰"一联描写控诉出来，非常惨痛。"口生焰"，即焰口，佛教用语，形容饿鬼渴望饮食，口吐火焰。"莩"，饿死。接下来一层，从"奸民乘隙作大盗"开始至"煮鸡杀狗施鞭笞"。这一层写"奸民"为盗，曲折地反映了元末农民起义的动态。这帮造反者的声势还是很浩大的，并且占领了州治，使"长官邀迎吏再拜""城中豪家尽剽掠"。在所谓的"奸民为盗"之后，老翁又沉痛地叙述了疫毒流行的情形，这是第三层。这十二句，令人读之发指，读之涕下！"一家十口不三日，藁束席卷埋荒陂"，"大孙十岁卖五千，小孙三岁投清漪"，人间最大的苦难、最大的痛苦还能超越于此么？从"绣衣使者肃风纪"至"填委沟壑应无疑"是这一部分的第四层。这一层主要写朝廷抚民、灭"贼"、输粮济众，可以说作者写得一片欢腾，鼓舞人心。迺贤是属于依附于统治阶级的知识分子，他预感到了社会的危机，从企图延续元朝统治的立场出发，写下了这类暴露现实、讽谕时政的作品，所以这番赞美是发自内心的，但却削弱了整首诗的艺术感染力和悲剧性。

第三部分八句，是作者由衷的祝愿，也是写作此诗的目的。作者衷心希望四海康阜，风调雨顺，为官者清廉，为民者安乐。作者写这首诗是为了使它成为历史的借鉴，"愿言观风采诗者，慎勿废我颍州老翁哀苦辞"，情真意切。

此诗被认为是"系于风化，补于政治"，"格调宗韩吏部，性情则同元道州"（《元诗纪事》），很受时人好评。全诗真情感人，叙述详尽明了，充分体现了迺贤清润流丽、不喜雕琢的特点。（姚　军）

张　昱

张昱（生卒年不详），字光弼，号一笑居士。庐陵（今江西吉安）人。少从虞集学诗。左丞杨完者镇江浙，他参谋军府事，迁左右司员外郎，行枢密院判官，后弃官。张士诚礼致之，不屈。明太祖征至京师，悯其老，曰："可闲矣！"厚赐以归。因自号可闲老人。从此徜徉于西湖山水间以终。诗以古风最擅场，风格苍莽雄肆。杨士奇序其诗曰："气宇阔壮，节制老成。"有《可闲老人集》。

（孙安邦）

过歌风台

世间快意宁有此，亭长还乡作天子。

沛公不乐复何为，诸母父兄知旧事。

酒酣起舞和儿歌，眼中尽是汉山河。

韩彭受诛黥布戮，且喜壮士今无多。

纵酒极欢留十日，感慨伤怀涕沾臆。

万乘旌旗不自尊，魂魄犹为故乡惜。

从来乐极自生哀，泗水东流不再回。

万岁千秋谁不念？古之帝王安在哉！

莓苔石刻今如许，几度秋风灞陵雨。

汉家社稷四百年，荒台犹是开基处。

诗约作于张昱晚年退居时期。歌风台，在江苏沛县东南，汉高祖歌《大风》之处。后人因筑台，并立石刻歌辞于其上。

全诗紧紧扣住歌风台，写刘邦还乡盛景，极尽讽刺挖苦，抒发自己的感受。诗一开始写得雄壮之极，一语破的，说刘邦由一个小小亭长当了皇帝，仪仗簇拥，武士护卫，威风八面地衣锦还乡，人世间快意的事哪有这样的呢？刻绘了刘邦志得意满的骄态。三、四句由扬而抑，写刘邦以天子的荣耀还乡，反而不乐。为什么呢？因为"诸母父兄知旧事"。什么旧事呢？据《汉书·高帝纪》："高祖……不事家人生产作业。及壮，试吏，为泗上亭长，廷中吏无所不狎侮。好酒及色，常从王媪、武负贳酒，时饮醉卧……"五、六句写刘邦荣耀还乡后，宴饮故人父老子弟。刘邦于十二年（前195）冬十月，"过沛，留，置酒沛宫，悉召故人父老子弟佐酒。发沛中儿得百二十人，教之歌。酒酣，上击筑，自歌曰：'大风起兮云飞扬，威加海内兮归故乡，安得猛士兮守四方！'令儿皆和习之。上乃起舞，忼慨伤怀，泣数行下。谓沛父兄曰：'游子悲故乡。吾虽都关中，万岁之后吾魂魄犹思沛。……'沛父老诸母故人日乐饮极欢，道旧故为笑乐。十余日，上欲去……""酒酣起舞和儿歌"，高度概括，含蕴着十分丰富深刻的内容。

"韩彭受诛黥布戮"八句为第二个层次。写刘邦诛韩（信）、彭（越），戮黥布。刘邦认为"左右功臣皆掣肘"，于是诛杀功臣。诗承上句而来，既然"眼中尽是汉山河"，自然不需猛士了。"且喜壮士今无多"，寓寄讽谏，有"藏弓烹狗太急迫"（萨都拉《登歌风台》）之意。"纵酒极欢"至"为故乡惜"进一步写刘邦饮酒欢宴，无限感慨。乐极生悲，自古如此，这是一条规律。刘邦虽然贵为天子，但毕竟垂垂老矣；那青春的风采和壮岁的雄姿，犹如东流的泗水一去不复返了。

最后六句为第三个层次。"万岁千秋谁不念？"乃人之常情，但"念"又有什么用呢？回答是"古之帝王安在哉"！他慨叹人生短暂，只有石碑、坟墓，流传至今，且已荒圮倾颓。最后两句说歌风台虽倾圮荒芜，但毕竟是刘汉四百年江山（"社稷"）的开基之处啊！个中既有感慨浩叹，又似有讽喻、谏诫。

总之，全诗二十句层次清晰，语言明丽。先写刘邦荣耀还乡，宴欢起舞击筑唱《大风》。接着写刘邦良弓藏、走狗烹，诛戮功臣，堂堂帝君思念故乡，感慨人生，乐极而悲。最后以感叹、讽喻收束。末二句尤其发人深思，余味无穷。《归田诗话》云："一日，（张昱）作《歌风台》诗，乘醉来过，为余朗诵之。……盖得意所作也。豪迈跌宕，与题相称。""豪迈跌宕，与题相称"正是本诗的艺术特色，也是它历代传诵不衰的主要原因之一。

(孙安邦)

王冕

王冕（？—1359），字元章，别号煮石山农、九里先生等，诸暨（今属浙江）人。年轻时从理学家韩性学，应科举不第，遂游览天下。入京，泰不华荐以馆职，以天下方乱，辞不受，归隐九里山。朱元璋攻有浙江，招致幕下，不久病死。王冕是元末大画家，也是著名诗人。诗风遒劲纵逸，不拘一格。有《竹斋集》。

（刘明浩）

伤亭户

清晨度东关，薄暮曹娥宿。

草床未成眠，忽起西邻哭。

敲门问野老，谓是盐亭族。

大儿去采薪，投身归虎腹。

小儿出起土，冲恶入鬼箓。

课额日以增，官吏日以酷。

不为公所干，惟务私所欲。

田关供给尽，醵数屡不足。

前夜总催骂，昨日场胥督。

今朝分运来，鞭笞更残毒。

灶下无尺草，瓮中无粒粟。

旦夕不可度，久世亦何福。

夜永声语冷，幽咽向古木。

天明风启门，僵尸挂荒屋。

王冕的诗风，一如他的人格：澹泊飘逸，志趣高洁。读其诗，有清气逼人之感。然而，尽管作者归隐山林，其"身居江湖之远而心忧其民"的人格在其诗作中仍时有体现。他的这部分作品在思想内容上积极入世，反映民生疾苦；在艺术风格上则趋向"沉郁顿挫"，追踪杜甫；这首《伤亭户》即是作者继承杜甫现实主义诗歌传统的代表作。

《伤亭户》是一首叙事诗，全诗叙述了亭户一家三口人的悲惨遭遇。"亭户"，指当时的制盐人家，专门承担制盐的差役。由于诗中所述的这家亭户的遭遇是作者亲耳所闻、亲眼目睹的事实，故读来给人强烈的真实感。

诗的前四句是故事的缘起：诗人某日清晨从东关（在今浙江绍兴东运河旁）出发，黄昏时分到达曹娥镇（在今绍兴东）投宿。在乡镇小客栈的稻草铺上，他辗转反侧，久未成眠。就在诗人朦胧之际，忽听西邻传来哭声；他穿衣起床，敲开西邻的大门，询问这家的老人为何深夜痛哭。那位老人在自我介绍是煎盐为业的亭户之后，便开始述他们一家悲惨的遭遇。此四句是全诗的引子，作者写得平实、简练；既无多余的笔墨，又为全诗具有的真实感奠定了基础。

从"大儿采薪去"到"久世亦何福"是全诗的主干。这部分内容是"野老"自叙身世;而作者经过艺术加工,把野老粗俗的话语升华为精练、整饬的诗歌语言,同时又不失其口语的神韵。据"野老"说,他的大儿子上山砍柴,命丧虎口;小儿子外出起土,冲撞邪恶之气,结果名登"鬼箓"(指专门记录死者的簿册)。两个儿子死于非命,这对老人是两次沉重的打击。然而,孤独与无依毕竟尚未使他完全丧失生活的信心和勇气;对野老来说,官府的敲诈和残害是比亲子夭亡更沉重的打击。在写官府对"野老"的迫害时,诗人有条不紊:前四句"大处落墨",后四句"具体而微"。官府征收的盐税数额越来越多;而由于亭户们不堪重负,官吏们为追缴盐税便变得日益残酷,没有人性。这些官吏凶神恶煞地追缴盐税,并非为了公务,实在是乘机徇私舞弊,中饱私囊。一个"惟"字,把官吏的贪墨揭露得入骨三分。结果,百姓的血汗被榨干了:田中所出尽数没入官府,而醝(cuó,盐的别名)的税额官府又屡嫌不足。"供给尽"和"屡不足"从两个方面揭露了官府的欲壑难填。接着,诗人转述"野老"个人的遭遇:前天夜里,总催(盐官名)大骂盐民;昨天,场胥(盐场小吏)亲临督责;今天,分运(盐官名)又来到镇上,狠狠鞭打交不出盐税的亭户。从总催的破口大骂到分运的鞭打荼毒,惩罚的严厉程度显然在直线上升。今天,总算煞过去了,但以后的日子如何过呢?这正是"野老"的忧虑所在。总催的辱骂,场胥的督责,分运的鞭笞,从章法上来分析,又是上文"官吏日以酷"的具体化。贪墨和残酷,这是"野老"(亦是诗人)对官吏的定评。处在如此苛政之下,"野老"不仅人格丧尽,而且连最基本的生存保障也没有:灶下无尺草作燃料,瓮中无粒粟充饥肠。因此，"野老"慨叹道：这口了眼看没法过了，即使赖在人世，也不过自找罪受。全诗至此，"野老"对人生的彻底绝望之情已跃然纸上，无须作者再费点睛之墨；而读者只要稍作思考，就不难把握全诗揭示的"苛政猛于虎"的主题。

最后四句是全诗的尾声。前两句是作者的揣想之词：作者走后，"野老"悲泣哽咽，不能自已，在寂静的长夜里走上了绝路。后两句是第二天清晨所见："野老"的家门被风吹开了，他那僵硬的尸体吊在破败的屋子里。全诗至此戛然而止，虽不作一字评说，而作者的爱憎与褒贬已完全寄寓于对人物形象和具体事件的描述之中。

全诗刻意规摹杜甫的《石壕吏》，句句辛酸，语语自然，成功地把广大盐户的悲惨命运浓缩地体现在"野老"身上。元末诗坛，讲究藻饰、淫靡纤细的诗风盛行，像这种反映民生疾苦、针砭政治弊端的作品，实在是难能可贵的。

（王兴康）

墨 梅

（四首选二）

我家洗砚池头树，朵朵花开淡墨痕。
不要人夸好颜色，只留清气满乾坤。

莫厌缁尘染素衣，山间林下自相宜。
玉堂多少闲风月，老子熟眠殊不知。

　　这二首七绝是王冕分别为自画墨梅图所作，大致作于王冕生活的后期，具体年月已无考。今存王冕的七绝诗有八十三首，除一首《题巨然画》与梅无涉外，其余全为咏梅诗；其他古近体诗中也有三十多首写到梅花的，可见他对梅的喜爱。

　　王冕为何这样爱梅？这要从梅花的生性和王冕的时代与个性等几个方面结合着研究。梅花凌霜傲雪，深藏一片向春的丹心；并又寒骨冰姿，幽香淡淡，花影疏疏。古往今来，不知牵动了多少骚人韵士的心弦，他们以梅花表达了高雅的情操和不屈的气节。王冕生于元末乱世，他尤其看重梅花那种含有深意的姿态和颜色，以及不凡的气度和风格。可以说，他的画梅、咏梅，正是他高尚品格和超人的审美感的反映。

　　第一首所题原画今尚存世。诗首句"我家洗砚池"，用晋王羲之勤奋练习书法，洗砚于池，池水皆黑事，又切合自己的姓。第二句描摹了墨梅的形象。由于吸收了墨池之水，使梅花染上了淡淡的墨晕。三、四句紧承"墨痕"来讲，说墨梅虽然不如别的梅花那样色彩艳丽，但它毫不在乎人们臧否，只是我行我素，孤高清雅。

　　第二首首句仍点墨梅。"缁尘染素衣"，用陆机"京洛多风尘，素衣化为缁"诗，喻红尘扰攘，但诗首冠以"莫厌"二字，表达梅花不受俗氛影响，同时以"缁衣"切墨梅。接下去，诗写梅花的高贵品质，它开于山林幽僻之处，不与凡卉争艳。第三、四句转而写自己正如梅花一样，耐得寂寞，不留恋向往嘲风弄月、富贵荣华的官场。

　　元人的题画诗，往往作为画的组成部分，在整个画面上占有很大比例，同时，通过诗来表现画境画意，锲入强烈的主观意识。这二首诗即很能说明问题。诗是写梅花，同时也在抒发自己的思想，把自己超尘出世、孤标傲岸的性格借梅花来发泄表露。其中"不要人夸好颜色，只留清气满乾坤"二句，历来被认为是王冕不与元蒙统治者合作的宣言，而由于全诗气势浑厚，含义深刻，譬喻、拟人手法生动、形象，能将作者富有哲理的人生观、世界观，深入浅出地表达出来，也被后人奉为题梅诗中压卷之作。　　　　　　（刘明浩）

应教题梅

猎猎西风吹倒人，乾坤无处不生尘。

胡儿冻死长城下，始信江南别有春。

这首七绝作于至正十九年（1359），王冕被吴王朱元璋召见之时。

诗题的是梅花，却不从梅花入手。一开始，先描绘了一派冬季凛冽的景象：西风劲吹，尘埃遍地。是写景，也是写当时天下大乱，元蒙统治日益崩溃的局面。下二句语意双关。梅花冲寒冒雪而开，得地气之先，所以古人寄梅有"聊寄江南一枝春"句。诗说北方长城寒冷之地，那些元蒙戍守兵士，几乎冻死，而江南已腊梅怒放了。言下之意是说北方统治者已面临覆灭，朱元璋的军队日益强大，犹如春风，给人民带来温暖。

全诗写得明白如话，明是咏梅，实则写形势，歌颂朱元璋政权，深得比兴之体。同时也表达了王冕驱逐元蒙、渴望太平的思想。

（刘明浩）

王 逢

王逢（1319—1388），字原吉，自号席帽山人、梧溪子、最闲园丁。江阴（今属江苏）人。至正中，尝作《河清颂》，行台及宪司交荐之，皆以疾辞。其诗得虞集之传，才力富健，尤工古歌行，抑扬顿挫，迈爽绝尘，不染元末纤靡堆砌之习。有《梧溪集》。

（孙安邦）

秋 夜 叹

大星芒矗张，小星光华开。

皇天示兵象，胜地今蒿莱。

河岳气不分，烛龙安在哉。

参赞道岂谬，积阴故迟回。

疏风夜萧萧，野磷纷往来。

安知非游魂，相视白骨哀。

汩汩饮马窟，云冥望乡台。

于时负肝胆，慷慨思雄材。

　　元末社会动荡，兵戈四起。王逢的这首《秋夜叹》，就抒发了在战争动乱中的无穷感慨。古代的星象家把天体的变化与社会人事的变迁联系起来，认为在人间出现灾异之际，上天会以星象的特殊变化作出预示。

这首诗的头四句就是根据这种传统的迷信，说天上的大星发出奇异的光彩，小星也不同寻常地闪耀，这正是老天爷预示人间发生兵祸，现在果然战乱频仍，过去繁华的城镇都衰败荒芜、蒿莱满地了。"芒鬣"形容星光闪烁，像野兽的鬣毛一样奋张，是很形象的比喻。第二段紧接着说江河与山岳也显示战争气象，混沌难分，一片昏昏沉沉。烛龙是古代神话传说中的神龙，它睁眼为昼，闭眼为夜。"烛龙安在哉"用问句形式，意思说由于战火连绵，昏天黑地，仿佛司日夜的烛龙也不在工作岗位，因而昼夜难分，山河混沌。"参赞"两句则从所谓"天道"角度感慨战争的不可避免。《易·说卦》"参天两地而倚数"，引申为人德与天地相关，此处指天地化育之道是很准确的，由于人间罪恶太重，"积阴"难返，所以烛龙也无法带来阳昼。"积阴"比喻战争带来的阴惨气氛。这前八句诗可以说是全诗的头一层次，主要是运用神话典故，从比较抽象的角度抒发对战火遍地的忧虑和无可奈何的愁思。

后八句是全诗的第二层次，又可分为两小段。前六句是第一小段。"疏风"两句展现出一幅战后的可怕图景。不知有多少人在战争中无谓地丧失了性命，冷风在萧萧的秋夜，到处是阴森森的磷火闪动。这种描写显示了战争的残酷恐怖。"安知"两句用设问推进一层：那些闪闪的磷火莫非就是死人的鬼魂在对着累累白骨哀哭呢？汉魏古诗有"饮马长城窟，水寒伤马骨"的诗句，也是表现战争的残酷，"汨汨饮马窟"正是借用古诗之意表现现实的悲哀。传说人死了后在去阴间的路上有一座望乡台，鬼魂可以登台最后一次向人间告别。"云冥"句正是借用这个传说，说战死的鬼魂云集望乡台上，他们愁恨深重，以致连望乡台上都笼罩着一片悲惨冥暗的气氛。这六句步步逼进，生动地烘托出战争残酷的后果，诗人对战争的感慨之情也就表达得更充分了。最后两句意气风发，慷慨激昂，作者深切渴望有雄才大略的人物降生世间，以一举结束战争，带来天下太平。

这首诗运用神话、传说、幻想等种种艺术手段，层层剥茧，抒发了作者在战乱年代悲凉的心情和向往太平的愿望，表现了元代末年一种典型的时代情绪。

(梁归智)

天 门 行

天门高高俯四极，寸田尺地登版籍。

泽梁无禁渔者多，瀚海横戈恣充斥。

去年官馕私敜攘，今年私醵官价偿。

屠烧县邑诚细事，大将不死鲸鲵乡。

烹羊椎牛醉以酒，腰缠白带红帕首。

定盟歃血许自新，御寇征蛮复何有。

国家承平岁月久，念汝纷纷迫糊口。

羽林坚锐莫汝撄，慎勿轻夸好身手。

春风柳黄开阵云，号令始见真将军。

元末社会腐败，民族矛盾和阶级矛盾激化，爆发了红巾军起义。全国各地响应起义的"无虑千百计"，其中方国珍为首的一支队伍力量相当强大。但方国珍惯于玩弄两面手法，对元朝屡战屡降，而元朝政府也是既要羁縻他，又要解除他的武装，因而出现反复无常的情况。至正十年十二月，本已降元任职的方国珍又入海"烧掠沿海州郡"。十一年二月，元朝政府命江浙行省左丞孛罗帖木儿、浙东道宣慰使都元帅泰不华夹击。方国珍俘获孛罗帖木儿，元政府又招安他，"国珍兄弟复授官有差"。王逢在《天门行》后自注曰："孛罗帖木儿讨方国珍，兵败被执，为求招安，至正辛卯岁也。"《天门行》是站在元政府立场上招安方国珍的一篇古风。

古风一般四句一段。第一段概括地交代了沿海地区的动乱。"天门"是星名，《宋史·天文志》："东方角宿二星，为天关，其间天门也，其内天庭也。""天门"两句，意思是说天门星所俯照的地方都是元朝的版图，也就是"普天之下，莫非王土"的意思。"泽梁"两句则承上联说政府对入川捕鱼不加禁止，因而方国珍得以在沿海地区作乱。第二段正面描写了方国珍与元政府的冲突。"去年"两句是写方国珍的不法行为和元政府的宽大政策。"馕"同饷，"敚（tuō）攘"是抢夺意，上句说方国珍侵吞政府的饷银。"鹾"即盐，下句说方国珍本贩私盐出身，现在元政府允许他以官价卖私盐，表示宽大。"屠烧"两句更进一步为方国珍招安留地步，示意元政府既往不咎。"大将"即指被方国珍俘获的孛罗帖木儿，"鲸鲵乡"比喻沿海地区。孛罗帖木儿被俘但没有被杀，这本是方国珍借此向元政府讨价还价。这两句诗则顺水推舟地说：既然方国珍不杀孛罗帖木儿，事情没有做绝，那么曾经"掠烧沿海州郡"的事情元政府也不追究了。总之，这四句诗是竭力为招安方国珍张本。

第三段顺笔而下，具体描写方国珍接受招安的情景。"烹羊"句见元政府招安态度的热诚，"腰缠"句显示方国珍部下甘心归顺。元末起义军大都以红巾包头，号红巾军。方国珍的部队不属于红巾军，但可能受风气的影响，也穿类似服饰。"定盟"两句以庆幸的口吻说方国珍向元政府歃血盟誓，悔过自新，从此朝廷也不会再动兵戈，天下太平了。下面四句又是一段，一方面说"念汝纷纷迫糊口"，表示元政府对方国珍部下作反可以谅解。另一方面则夸耀元政府武装力量强大，警告方国珍不要自恃武力再生事端，这是所谓"恩威并用"了。最后两句展现出一个光明的前途：春风拂熙，柳芽萌动，一派欣欣向荣，而战争的风云也终于一扫而光，接受了朝廷封号的方国珍也成了朝廷的一位将领了。

元末东南战乱频仍，人民流离，王逢自己避乱海上，身受其苦，所以萌发出强烈的对太平安定的向往。从这点出发，王逢赞成方国珍与元廷握手言和。张士诚、方国珍对文士都很优容，王逢的这种思想在当时文人中颇有代表性。全诗音节高古，时有汉魏遗音，激昂慨叹，层次分明，步步推进，有很高的技巧。　　（梁归智）

银瓶娘子辞 并序

娘子，宋岳鄂王女。闻王被收，负银瓶投井死。祠今在浙西宪司之左。逢感其节孝，敬为之辞。

碧梧月落乌号霜，寒泉幽凝金井床。
绮疏光流大星白，梦惊万里长城亡。
女郎报父收囹圄，匍匐将身赎无所。
官家圣明如汉主，妾心愧死缇萦女。
井临交衢下通海，海枯衢迁井不改。
银瓶同沉意有在，万岁千春露神采。
魂今归来风泠然，思陵无树容啼鹃，
先王墓木西湖边。

古往今来的忠臣孝子、节妇烈女，似乎最博王逢青睐，都有幸在他笔下一展风采。即使同一类型的人物，他也不吝笔墨，一一歌咏，形成了王诗取材上的特色。仅《元诗选》所选的赞烈女贞妇之作就有数篇之多。在《宋婉容王氏辞》之后，顾嗣立这样写道："原吉诗于忠孝节义之事，往往三致意焉。表微阐幽，美不胜记，兹特采其尤者录之云。"此《银瓶娘子辞》正属"尤者"之列。

诗以景起：月落梧桐，霜天中传来几声寒鸦的啼叫；而在幽暗的井中，井水也因天寒而变得凝重起来。从这凄凉冷寂的氛围里，油然升起一种不祥的预感。果然，"绮疏光流大星白，梦惊万里长城亡"。"绮疏"为镂花的窗格。"万里长城"，喻被国家所倚重的栋梁，这里指岳飞。岳飞本欲直捣黄龙，彻底收复国土，没想到功败垂成，终以"莫须有"罪名惨死风波亭。岳飞的被囚如国家长城的毁坏，这对于他的女儿正是天崩地裂的噩耗。

在气氛烘托和背景交代之后，主人公上场了。女儿无法为父收尸，只能含恨赴井，不惜一死，可谓壮烈。接着以娘子自己的口气述来。皇帝像汉文帝一样是圣明的，只是奸臣当道，愧恨自己不能学缇萦救父，唯有以死相报。缇萦是西汉淳于意之女。文帝时，意为人所告下狱，她上书请作官婢以赎父刑。以上为整首诗的中心，联系前后部。此后是诗人的陈述和评价：这口井紧邻繁华的街道，下通无垠的大海。多少个春秋过去了，海干道改，这口井依然没有改变。与鄂王之女同沉入水的银瓶也同样焕发着光彩。言外之意，无数热闹繁华，瞬间即逝，唯有节烈女儿的孝行为人称道，永远不会消褪。接着，作者又着笔银瓶，拟想与鄂王之女同沉井底的银瓶即使千秋万代之后，也仍然会显露出感人的神采。明写银瓶，暗写鄂王之女。然而，江山已改，鄂王之女的魂魄即使今日在凄惨的寒风中归来，宋高宗思陵的坟早已被掘，无树可容泣血的啼鹃，只有鄂王坟上的墓木，尚可栖身。全诗以凄凉、悲哀的意境结束全篇。

总的说来，此诗神采飞扬，娓娓可读。《风月堂杂识》载："银瓶烈女，古今歌咏其事者甚众，惟王梧溪原吉《银瓶娘子辞》、五清刘先生《孝娥井铭》二篇可诵。"评价甚高。

（张文颖）

刘 基

刘基（1311—1375），字伯温，处州青田（今浙江青田）人。元至顺四年（1333）进士，先后任江西高安县丞、浙东元帅府都事等职，弃官归隐青田山中。后从朱元璋，筹策佐命，洪武间官至弘文馆学士、资善大夫，封诚意伯。刘基在元末即以诗文称，其诗"忧时痛哭，每形于辞"（游潜《梦蕉诗话》）。许学夷论明初诗坛称："才情之美，无过季迪；声气之雄，次及伯温。"（《诗源辨体》）有《诚意伯文集》。 （刘明今）

感 怀

（三十一首选二）

驱车出门去，四顾不见人。

回风卷落叶，飒飒带沙尘。

平原旷千里，莽莽尽荆榛。

繁华能几何，憔悴及兹辰。

所以芳桂枝，不争桃李春。

云林耿幽独，霜雪空相亲。

刘基有《感怀》诗三十一首，第一首的末句写道："伫立起长歌，感叹一何深。"与历来感怀类的诗歌相同，所感叹的不出时世、人生二端。第二首"驱车出门去"正是这两方面的结合，先述时世，后及人生。

前六句为对时世的感叹。元末至正八年（1348）方国珍举事，由此至明朱元璋建国（1368），全国性的战乱历时达二十年之久。其实在此之前，农民起义也从未平息过。元右丞相伯颜鉴于起义者多为汉人、南人，竟荒诞地提出杀光张、王、刘、李、赵五姓的建议。事实上，元末张明鉴占据扬州时便曾杀百姓以充军粮，迨至朱元璋攻下扬州，城中居民仅剩下十八家。一方面是元统治者残酷的剥削，一方面是战争的大规模屠杀，元代末年社会异常萧条，人口大大地减少了。这便是刘基《感怀》诗所咏的背景。"驱车出门去，四顾不见人。"魏晋之际，阮籍《咏怀》第十七首称："出门临永路，不见行车马。……孤鸟西北飞，离兽东南下。"所写也是经过数十年战乱后的景况，但比之刘基所描绘的"平原旷千里，莽莽尽荆榛"，其悲惨萧索，似尚有所不及。如此伤心的景况不能不引起作者深沉的思索，于是后六句便自然地转入对人生的感叹。繁华是不能长久的，争妍斗宠的同时恰恰也促使了自身的早日衰败，何必与桃李争春？不如在云林深处，默居玄处，独与霜雪相亲。这一结尾似较消沉，表露的却正是愤世的情怀。

(刘明今)

结发事远游，逍遥观四方。

天地一何阔，山川杳茫茫。

众鸟各自飞，乔木空苍凉。

登高见万里，怀古使心伤。

伫立望浮云，安得凌风翔。

这首诗是《感怀》组诗第二十首。

古来男子成童开始束发，刘基年十四为郡生员，十五读书括苍城中，故称"结发事远游"。又古来往往以远游求学为立身立志之始，刘基此诗遂以此起头，自述襟怀，为避免作理念性的表达，只云"逍遥观四方"，从游观的角度写来，以景物烘托情志。

全诗每二句为一组。三、四句"天地一何阔，山川杳茫茫"，状其胸襟之开阔，目光不局限于一城一隅、一山一水，而以天下为己任。诚如徐一夔《郁离子序》所说："年二十已登进士第，有志于尊主庇民……慨然有澄清之志。"五、六句："众鸟各自飞，乔木空苍凉。"据徐一夔序称，当时"公锐欲以功业自见，累建大议，皆匡时之长策，而当国者乐因循而悦苟且，抑而不行，公遂弃官去青田山中"。徐一夔为刘基的门生，可谓深知刘基者。刘基怀大才、建长策而不用，故以"乔木空苍凉"为喻。接下"登高见万里，怀古使心伤"，言虽得骋目万里，游心千古，但是既不得见用于世，则一切均是徒然的了。末句"伫立望浮云，安得凌风翔"，则自表壮志未灭，仍有凌风远游、建功立业之意，但托之浮云，其心情其实是颇为茫然的。

全诗格调高古、气韵苍凉。刘基之所以写这组感怀诗，并且写得还比较成功，乃是因为他所处的战乱时代给人民的经济生活、文化思想带来了动荡，而刘基本人的情志、处境更使其深有所感。因此，这些感怀诗在形式上虽然有明显的拟古痕迹，但读来气韵浑厚，仍有感人之处。 （刘明今）

田 家

田家无所求，所求在衣食。
丈夫事耕稼，妇女攻纺绩。
侵晨荷锄出，暮夜不遑息。
饱暖匪天降，赖尔筋与力。
租税所从来，官府宜爱惜。
如何恣刻剥，渗漉尽涓滴。
怪当休明时，狼藉多盗贼。
岂无仁义矛，可以弭锋镝。
安得廉循吏，与国共欣戚。
清心罢苞苴，养民瘳国脉。

这是一首现实性较强的讽谕诗。在刘基的文集中诗共 1 180 篇，其中古乐府 179 篇，四言 22 篇，五言古诗 337 篇，差不多占了一半的篇幅。他提倡师法汉、魏古诗，其很重要的原因便是要发扬其讽谕现实的精神。他曾批评元末文风："为诗者莫不以哦风月、弄花鸟为能事，取则于达官贵人而不师古，定轻重于众人而不辨其为玉为石，惛惛怓怓，此倡彼和，更相朋附，转相诋訾，而诗之道无有能知者矣。"（《照玄上人诗集序》）这首诗正体现了他的诗主言事而不哦风月，主风刺而不媚悦贵人的创作主张。

本诗前八句述田家劳作的辛苦，男耕女织，早出暮归，因此云"饱暖匪天降，赖尔筋与力"。这用一句现代的话来说，即是百姓的衣食完全是自己的劳动所得，而不是朝廷的恩赐。以此为出发点，接下以四句为一组，作者向当政者提出三点建议：第一，既然百姓的衣食是通过自己的辛劳得来，官府的租税便当有所限制，不可重租盘剥，不可肆意地挥霍民脂民膏。第二，国家有责任保持稳定的社会秩序，平定"盗贼"，消弭战乱，使百姓安居乐业。第三，官吏当清廉，杜绝贪污受贿。末一句称"养民瘳国脉"，意谓只有养民才是使国家摆脱贫弱混乱的根本措施。"瘳"，病愈也。这一句也可以说是以上三点的概括。

"养民"是儒家传统政治思想的一个重要组成部分，刘基本此，针对元末的社会状况，提出节租、平乱、清廉三项，有一定的现实意义。但是在这首诗中，思想的精义乃在"饱暖匪天降，赖尔筋与力"二句。《郁离子》有《术使》一篇，叙狙公养狙，命群狙入山采实，赋什一以自奉，不与，则鞭挞之。"一日有小狙谓众狙曰：'山之果公所树与？'曰：'否也，天生也。'曰：'非公不得而取与？'曰：'否也，皆得而取也。'曰：'然则吾何假于彼，而为之役乎？'言未既，众狙皆寤。其夕相与伺狙公之寝，破栅毁柙取其积，相携而入于林中，不复归。狙公卒馁而死。"这一则寓言出于《庄子·齐物论》，但与原来"朝三暮四"之说完全不同了，肯定众狙自食其力，本不有赖于狙公。这则寓言与本诗"饱暖匪天降，赖尔筋与力"之意是一致的。它从经济的角度立论，为"养民"说提供了理论依据。刘基这首诗之所以显得有相当的说服力，理直而气壮，其原因即在此。 （刘明今）

题群龙图

世间万类皆可睹，茫昧独有鬼与龙。
此图画龙二十四，状貌诡谲各不同。
得非物产有异种，或曰神变无常踪。
一龙捷尾欲上木，足爪犹在齋沄中。
一龙出穴饮涧底，头上飞瀑泻白虹。
前有一龙已在云，顾视厥子扬双瞳。
浪波鱼鳞沓馀硗，日车块圠天无风。
中庭两龙忽相逢，须眉葩鬖如老翁。
便欲角觝争雌雄，西望积石接崆峒。
白龙擘石窥流澋，河伯远遁虚其宫。
屈蟠睡者何龙钟，老物用亢时当终。
峡外六龙狞以凶，矜牙舞爪起战攻。
龂鳞嚼甲含剑锋，陷胸折尾波血红，
之死弗悟人谁恫。
一龙引肮将欲从，回环睢盱未敢通。
最后一龙藏于堁，睥睨胜败非愚蒙，
无乃有意收全功。
云中美珠劳尔躬，不如卧沙之从容。

龙子学飞力未充，母在下视心憧憧。

何物一角额准隆，鮴然出洞若蛇虫。

有龙接之自岩炭，恐是巩穴王鲔公，

皮骨始蜕形犹蒙。

两龙归来倦不翀，痴龙攀石身已癃，

蝌蚪偲寒欻腾冲。

蜿蟺攫跃馨发茸，呿呀奔拿曲如弓。

百态并作何纷庞，是耶非耶孰能穷？

画师昔有僧繇工，能令真龙下虚空。

安得伶伦截竹筒，吹之呼龙出石祺，

使我一见开昏懵。

此为题画诗，题画诗的要求是能切中画作的内容，不但要状其形，而且要传其神，使画中的形与神得诗而益彰。此诗为题群龙图而作，对画中群龙的形态作了细致的描摹，而且加以诗人的观察与想象，使群龙生气更增，得点睛之妙。

全诗分三段，前六句为此图总体风格的介绍，末六句为作者之感叹与联想，中间一大段则为图中二十四龙的具体描绘。

龙为传说中一种善变化、通灵神异的动物，合鹿角、蛇身、鹰爪、鱼鳞为一体。世间本无此物，故画者亦得海阔天空，驰骋想象，肆意挥毫。刘基把画龙比作画鬼，鬼亦本无此物，其狰狞可怖之状，铜头铁额也好，牛首马面也好，全由人们想象为之。画龙亦何尝不是如此。刘基诗称："此图画龙二十四，状貌诡谲各不同。"画鬼的关键要掌握其可怖的特征，则画龙的关键乃是其诡谲了。故画二十四龙便有二十四种状态，此所谓"神变无常踪"。接下刘基对二十四龙一一作了描绘，其描绘约有以下三个特点。第一，动态的描写。如说："一龙搒尾欲上木"，"一龙出穴饮涧底"，一为飞动之态，一为饮水之态。另外偃息有偃息之态，争斗有争斗之态。第二，赋予龙以某种人情味。如"前有一龙已在云，顾视厥子扬双瞳"，"龙子学飞力未充，母在下视心憧憧"，此状母龙与子龙之情爱。又有写龙之痴者，"痴龙攀石身已瘝"，所谓痴，显然是赋予了人的性情。第三，赋予龙以争胜好斗、机诈诡谲的性格。如写二龙相逢，已是老龄，犹要"角舷争雄"；又如"峡外六龙狞以凶，矜牙舞爪起战攻"，一直打到"陷胸折尾"也不罢休。刘基对此是颇为反感的，称它们"之死弗悟人谁恫"。更妙的是作者在此六龙之侧又写了两龙。一条龙嘶吼着也想加入战团，但回环仰视，还有些胆怯；另一龙则狡猾得多，躲在一边窥伺着，"睥睨胜败非愚蒙，无乃有意收全功"。无疑，原画中画有六龙争斗，二龙旁观的情景，但这两条旁观的龙一怯一狡则多半出自诗人的想象，至少也是细心的观察加上想象的结果。总之，以上三个特点应该说与原画的构思是分不开的，诗人题画不可能也不应该背离原画的基础而另说一通，但作为出现在题画诗中的意境或形象来说，则诗人创造与想象之功便不可抹杀了。

末段六句，作者由此幅群龙图想到了能画真龙的张僧繇。据

《历代名画记》记载：张僧繇曾在金陵安乐寺画四白龙，不点睛，每云点睛即飞去。人以为妄诞，固请点之，须臾雷电破壁，白龙腾云而去。同时作者还希望乐官伶伦能够下世，吹笛唤来真龙。真龙历来被作为皇帝的象征，民间有真龙天子之说。刘基于此提及真龙，是否有盼望真龙天子之意？不可遽然断定，但是为什么末了要写"使我一见开昏懵"呢？据说刘基一日与诸友游西湖，望建业有五色云起，刘基慷慨说："此王气也，后十年有英主出，吾当辅之。"（见《艺苑卮言》）这段记载现在看来不免是无稽之谈，但当时人们却是相信的。至少说明刘基在那时比较早地意识到元祚将终，已在盼望有真命天子出世来收拾元末群雄混战的局面了。据此再来看此诗末了对真龙出世的呼唤，是否真的有一些象征的意味呢？

此外这首诗用了不少古字奥语，如鑫沄、块扎、葩髯、宠炎、蜿蟺、呋呀等，这固然与刘基嗜奇好古的文风有关，但用在这首诗中却并不显得别扭。读者在讽吟时即使一时不识，也无妨对全诗的欣赏。这是因为此诗所咏为龙，而龙本身便是一种奇古不可名状的怪物，因此用了这些古辞，恰恰显得和龙很相称。可以想象原作群龙图的风格一定也是诡谲怪异的。作者用了这些奇字奥语使全诗产生一种光怪陆离的效果，这样恰恰和原图的风格相一致。这也许可以说是这首题画诗之所以比较成功的一个原因吧！ （刘明今）

梁 甫 吟

谁谓秋月明，蔽之不必一尺翳；

谁谓江水清，淆之不必一斗泥。

人情旦暮有翻覆，平地倏然成山溪。

君不见桓公相仲父，竖刁终乱齐。

秦穆信逢孙，遂违百里奚。

赤符天子明见万里外，乃以薏苡为文犀。

停婚仆碑何震怒，青天白日生虹蜺。

明良际会有如此，而况童角不辨粟与稊。

外间皇父中艳妻，马角突兀连牝鸡。

以聪为聋狂作圣，颠倒衣裳行蒺藜。

屈原怀沙子胥弃，魑魅叫啸风凄凄。

梁甫吟，悲以凄。

岐山竹实日稀少，凤凰憔悴将安栖。

  古乐府《梁甫吟》咏齐晏子二桃杀三士事，立意在伤悼忠不见用，反遭构陷。刘基此诗仍沿古题本义，铺陈为之。据《明史》本传，元至正间方国珍起事海上，有司不能制。时刘基为浙东元帅府都事，议筑庆元诸城以逼之，然左丞帖里帖木儿则主招抚，二人意见相左。后方国珍重贿用事者，朝廷遂招抚方国珍授以官，而切责刘基擅威福，羁管于绍兴。后来刘基因剿捕"山寇"事立功，但以方国珍之故，一直受到压制。最终刘基绝望了，乃弃官还青田，著《郁离子》明志。此诗正是他这一愤慨、自伤、绝望心情的发泄，当为羁管绍兴或弃官前后所作。

全诗可分三段。前六句为一段，先以自然现象起兴，极小的云气可以遮却月光，微末的泥沙可以使江水变得混浊，人情世故的变化反覆又何尝不是如此呢？接下由"君不见"至"魑魅叫啸风凄凄"为第二段，以"君不见"开头，历数数千年历史上小人进谗，忠良见嫉，贤愚不辨，黑白颠倒的史实：春秋间齐桓公以管仲之谋，"九合诸侯，一匡天下"，遂成霸业，然他又信任侍从竖刁、易牙、开方等人，身未死而国已乱，以致停丧六十日，尸虫出于户。(《史记·管晏列传》)秦穆公以五羖皮赎百里奚于楚，用之，七年而秦霸，但后来听信逢孙之谗，疏百里奚，出师袭郑，惨败于殽。(《史记·秦本纪》)东汉马援南征交趾，为祛瘴气，常食薏苡，军还载之一车。迨马援卒后，就有人上书潜之，诬告马援所载一车皆为明珠文犀。光武帝（赤符天子）因此震怒(《后汉书·马援传》)。"停婚仆碑"，用唐魏徵事。唐太宗原许以衡山公主尚魏徵长子叔玉。魏徵死后，太宗信谗，猜疑魏徵，于是手诏停婚，并将先前为魏徵所树纪功碑仆毁。写至此，刘基不禁感慨系之。齐桓、秦穆、汉光武、唐太宗都算是历史上少有的明君了，管仲、百里奚、马援、魏徵也是难得的良臣了，可是他们之间犹无端地生出这些冤屈不平之事，更何况那些童角登基，诓粟米和稊草也分辨不清的皇帝呢？唐肃宗朝，飞龙厩供役使者李辅国擅权，内与肃宗所宠张良娣勾结，狼狈为奸，干预朝政。张良娣以女子预政故称"牝鸡"，李辅国以宦官预政，当时讥之为"马长角"，至代宗朝又被尊为"尚父"，"政无巨细，皆委命参决"（见《旧唐书》），此所谓小人当道，以聪为聋，以狂作圣的年代，其直接后果是广德六年（763）吐蕃攻陷长安，代宗仓皇间"出幸陕州"，故刘基喻之为"颠倒衣裳行蒺藜"。此外楚平王、怀王时代的伍子胥、屈原，则更是沉冤莫白，含愤以终了。这真是一个鬼魅横行，风雨凄其，令志士仁人伤心坠泪的时代啊！末一段四句，作者由历史的回顾转入现实中来。作者为什么还要写这首《梁甫吟》，再一次唱起这千年来"悲士不遇"的古调呢，那是因为相传为凤凰故乡的岐山之上竹实日见稀少，凤凰再也难觅栖身之处了。刘基另有一篇《述志赋》写道："乌鸢号以成群兮，凤孤栖而无所。楚屈原之独醒兮，众皆以之为咎。"与此诗立意相同，都是表达一种沉郁之气、坎壈之况！

刘基作此诗的寓意是相当明显的。原来他对元王朝一直寄予希望，以故在至正间曾三次去官三次出仕，这真有些像屈原之于楚国，"虽九死其犹未悔"了。但他毕竟不同于屈原，没有走上殉忠元王室的道路。他在对千年来君臣际遇作了反思之后，最终抛弃了对元王朝的幻想，追随朱元璋"造反"了。

沈德潜评这首诗说："拉杂成文，极烦冤瞶乱之致，此《离骚》遗音也。"（《明诗别裁集》）确实是这样，本诗在结构上并无严密的安排，纯然是由奔放的激情所驱策，一气呵成。刘基论诗主情、主气，称：“凡气有所不平，皆于诗乎平之。是故饮食非诗不甘，坐卧非诗不宁。”(《郭子明诗集序》)这首诗是刘基在极其“烦冤瞢乱”的情绪下写的，正是所谓不平之鸣吧！

(刘明今)

古 戍

古戍连山火，新城殷地笳。

九州犹虎豹，四海未桑麻。

天迥云垂草，江空雪覆沙。

野梅烧不尽，时见两三花。

军队驻防的营垒城堡为戍，此诗以"古戍"为题，是写作者登上古戍的所见所感。元末战乱频仍，烽火遍及全国，即使江浙一带历来比较平静的地区，此时也难幸免了。刘基生活在这样的时代，可以说无时无刻不在战争的阴影之下生活。他出仕，要参与平定揭竿而起的义军；他辞职回家，要组织乡曲武装，保护家园不受侵害，而他一生的志向也在于澄清天下，使四海复归于太平。因此当他登上古代营垒的遗迹，举目遥望，自不免感慨系之了。

"古戍连山火，新城殷地笳。""殷"（yǐn），震动之意。作者登上古代的营垒，只见山火相连，延烧不绝，远处新筑的城中仿佛还听到震地的胡笳声。胡笳为两汉时期西域流行的乐器，蔡琰《悲愤诗》："胡笳动兮边马鸣。"胡笳与边塞相联系，因此笳声便自然地具有了战争的象征。首二句远眺所见无非战争的景象，于是自然地引入颔联："九州犹虎豹，四海未桑麻。""虎豹"，喻群雄割据、战事纷起。刘基另有《夏夜台州城中作》"耕牛剥皮作战具，锄犁化尽刀剑锋"，可为此联的注脚。战乱不已，农事尽废，"四海未桑麻"一语深切地表达了作者对时局的担忧、对百姓的关切，如此下去，年复一年，民何以堪呢？

写至此作者笔锋一转，仍继续描摹远眺所见："天迥云垂草，江空雪覆沙。"浮云与衰草相连，说明田野的空旷；而江边无人，也无舟船停泊，以致白茫茫一片只剩下大雪覆沙。总之，一切是那么空旷寂寥，战乱之后，人间的生气何在呢？只有烧不尽的野梅还开着孤零零的两三朵花。这两三朵花究竟是作者心目中的希望，如"野火烧不尽，春风吹又生"一般，还是因为作者描写了这战后孑遗的两三朵野花，而使周围的景物更显得寂寞、孤凄，而难以忍受，因而是作者失望、悲观情绪的流露呢？或者这两种情绪都有一些吧！

这首诗在艺术上有两个特点：第一是含蓄蕴藉。通篇以写景为主，情寓景中；第二，这是一首律诗，但却显得有相当的古意，用词质朴，对仗自然，不着人工雕琢的痕迹。这是写律诗的一个相当高的境界。正如明李东阳所说："律犹可间出古意，古不可涉律。"（《麓堂诗话》）刘基论文尚古，这不但表现在他特别重视写古乐府、五言古诗，也表现在他写的律诗、绝句的风格上。

（刘明今）

北 风 行

城外萧萧北风起，城上健儿吹落耳。

将军玉帐貂鼠衣，手持酒杯看雪飞。

刘基曾在元末至正十二年（1352）、十六年两度被江浙行省辟为元帅府都事，佐戎浙东。至正二十年后追随朱元璋，运筹帷幄，并直接参与了平定陈友谅之役。他对于军营中的生活是十分熟习的，因而便选取其最常见而又最典型的事例，略加点染，成此小诗。从诗中强烈的讥刺意味来看，此诗作在刘基任元帅府都事，即至正十二年或十六年的可能性比较大。

全诗在艺术构思上用了古诗所习见的对比手法，在一个北风呼啸的严冬，一面是在城头戍卫的士卒，一面是在锦帐中身着貂皮饮酒取乐的将军。士卒的耳朵几乎冻掉了，将军却在欣赏雪景。全诗刻画极简练，寥寥二十八字，摄取了一苦一乐两个截然不同的镜头，经过巧妙的剪接，组合在一起，产生了极其强烈的艺术效果。读了这首诗，人们自然地会想起唐代边塞诗人高适《燕歌行》的名句："战士军前半死生，美人帐下犹歌舞。"显然，刘基这首《北风行》的立意是脱胎于此的。《诗谈》称刘基"元季之作，词多感慨"，于此可见一斑。

（刘明今）

题沙溪驿

涧水弯弯绕郡城，老蝉鸣作车轮声。

西风吹客上马去，夕阳满川红叶明。

沙溪在元江浙行省信州路（今属江西）境内，故此诗当为至正十二至十八年间（1352—1358）刘基在江浙行省任职期间所作。沙溪位于信江上游，两岸青山，一水绕郭，故诗称"涧水弯弯绕郡城"。时值初秋，经过整整一个夏天的鸣噪，此时的蝉声已嘶哑了，但老蝉仍然挣扎地唱着。此时的蝉声最易令人伤感，骆宾王《在狱咏蝉》"不堪玄鬓影，来对白头吟"，自伤暮年事败下狱。刘基此时还年轻，自不会作此感想，他写道："老蝉鸣作车轮声。"李贺诗"羲和敲日玻璃声"（《秦王饮酒》），古人把太阳比金盘，故可敲作玻璃声，那么老蝉又如何鸣作车轮声呢？这可能是刘基在特定的场合、特定的心理状态下的一种幻觉吧！或许刘基连日间在驿道上不断地奔驰，耳膜长时间地受着单调的车轮声的刺激，此时又听到同样单调反覆不已的蝉声，于是两种刺激重叠了、相合了，老蝉的鸣声也仿佛变作了车轮声。而且此诗是为题沙溪驿而作，以车轮声喻老蝉声既觉新鲜，又甚切题。接下两句他写了在驿中所见："西风吹客上马去，夕阳满川红叶明。"驿站傍水而筑，景色是颇佳的。夕阳与红叶，正是杜牧《山行》"停车坐爱枫林晚"的意境，何况此处在水边，枫叶在粼粼波光的映衬下，更是分外红艳夺目。可是景色虽好，人们却未见得有闲暇来欣赏。尽管天色将晚，过往的客人在此略作休息，又匆匆地在西风的吹送下骑马别去。

此诗以写景为主，动静结合非常自然。前二句，涧水绕郡城为静，老蝉的噪声为动；后二句，夕阳满川为静，征客远去为动。静，勾画出驿站优美的环境，使读者产生空间感。动，赋予驿站以欣欣的生意，使读者产生时间的流逝感。夕阳红叶，西风征马，这不就是人生的历程吗？

刘基擅写古诗，此诗虽为七绝，但全诗不论平仄，当为拗体绝句。

（刘明今）

袁　凯

袁凯（1316—?），字景文，号海叟，松江华亭（今上海松江）人。元末曾为府吏，博学有才辩，以《白燕》诗知名于时。洪武三年荐授御史，因病免归，卒于永乐初。其诗歌行、近体法杜甫，古诗法汉魏，已开弘正间七子的先河，在明初的诗人中是较为突出的。有《海叟集》传世。　　　　　　（刘明今）

客中除夕

今夕为何夕，他乡说故乡。

看人儿女大，为客岁年长。

戎马无休歇，关山正渺茫。

一杯柏叶酒，未敌泪千行。

袁凯在元末明初均曾离家为官，此言"戎马无休歇"，当作于元末。

客中除夕为历来诗人常写的题材，正所谓"独在异乡为异客，每逢佳节倍思亲"。此诗首联点题。《诗经·唐风·绸缪》："今夕何夕？见此良人。"今夕何夕，有惊叹之意。今晚是什么日子，为什么我们这些外乡人都在谈论自己的家乡呢？此为客中除夕，不言自明。接下深入一层写作者切身的感受。客中最易触景伤怀。所以思念情人便有"记得绿罗裙,处处怜芳草"(牛希济《生查子》)之句。袁凯在客中见到别人家的小孩,自然会想起远在家乡的妻孥,何况眼见别人家的小孩一天天长大成人,那说明自己离家的年岁已是相当久远了,或许日后回到家中也会闹出"儿童相见不相识,笑问客从何处来"的笑话吧!进而作者又想到当时战乱的时局,"戎马无休歇,关山正渺茫。"因此家乡中亲人的景况更令人担忧了,纵然喝上一杯新年饮的祝寿的柏叶酒,思乡之泪也不禁潸然而下了。

全诗不作刻意的雕饰,纯任感情的自然流露,紧扣客中除夕的具体感受层层写来,因而显得真切动人。

(刘明今)

白　燕

故国飘零事已非，旧时王谢见应稀。

月明汉水初无影，雪满梁园尚未归。

柳絮池塘香入梦，梨花院落冷侵衣。

赵家姐妹多相妒，莫向昭阳殿里飞。

据都穆《南濠诗话》，时袁凯尚未出仕，与一友人谒杨维桢，见几上有咏白燕诗（为时大本所作），以为未尽体物之妙，归后即作此诗，次日呈杨维桢。杨得诗叹赏，连书数纸，尽散坐客。一时呼为"袁白燕"。

题作《白燕》，全诗即紧扣白燕写来。刘禹锡《乌衣巷》诗云："旧时王谢堂前燕，飞入寻常百姓家。"飞燕秋去春来，一年一度归巢，只是江山如故，人物已非，旧日的高堂华屋已难觅见了。此二句借王谢旧事点明所咏为燕，三、四句则状其白。作者想象在三五之夜，月光如水银般洒向汉江江面，千里一白，若此时白燕飞来，大概也会溶入这银色的世界，连影子也见不到吧！或者在梁园雪满之时，也会出现同样的景况，不过时值严冬，燕子又怎能归来呢？以上四句写白燕的形与色，五、六句则更深入一层，状其精神。

晏殊《寓意》诗云："梨花院落溶溶月，柳絮池塘淡淡风。"袁凯此五、六两句显然由此化出，然意境有所不同。柳絮色白身轻，池塘边暗香吹拂，催人入梦；庭院中白色的梨花正在朦胧的月光下盛开着，时当早春二月，皎洁的夜色似更增加了人们的寒意。这些描写是诗人对白燕的一种感觉。白燕少见，而白色给人的印象是轻灵、纯洁，它飘忽似梦，又寒冷如冰，这也许就是白燕的精神所在吧！进而作者由白燕想到了汉成帝宫中赵氏姐妹，其姐体态轻盈，擅作掌中舞，号称飞燕，但怎能与灵妙的白燕相比呢。于是作者在诗的末尾提醒白燕："赵家姐妹多相妒，莫向昭阳殿里飞。"语中透露出对白燕无限珍爱、怜惜之情。

这是一首咏物诗，咏物诗的要求是切题，扣准所咏对象的特征，然而又不能滞于实。唐以前咏物诗多点出本名，唐以后则讲究不言而明，要含蓄蕴藉，富于韵致。如《南濠诗话》所称，袁凯不满时大本之作而写此诗，时作中有"珠帘十二中间卷，玉剪一双高下飞"句。以玉剪来比喻白燕便太实，一见便知，了无余味；同时直接描写白燕在珠帘间高下飞舞，也显得笨拙。相比之下，袁凯此诗的妙处便可明白了。如以"月明汉水初无影"状其白，何等空灵！而"香入梦""冷侵衣"两句尤得传神之妙，真所谓"如空中之音，相中之色，水中之月，镜中之像，言有尽而意无穷"，显然高出时大本诗许多。然此诗亦尚未能臻于咏物诗之最上乘，李梦阳序《海叟集》甚至说："集中《白燕》诗最下，最传。"所言贬之过甚，然亦自有一定的道理。此诗的缺点为末二句嫌太实，用意不高，这大概与此诗是袁凯少年时所作有关吧！

（刘明今）

京师得家书

江水三千里，家书十五行。

行行无别语，只道早还乡。

　　据《明史》本传及《历朝诗集小传》等书记载，袁凯在元末只当过府吏，而此诗题作"京师得家书"，故当是袁凯在明初为御史时所作。且由建康沿江而下，可达松江，与诗中所言"江水三千里"亦正相合（朱琰《明人诗钞》作"江水一千里"）。若由元大都返松江便与江水无涉了。

　　沈德潜《明诗别裁集》评此诗为"天籁"，即是不假人力，不作修饰，纯任天机，自然而发。首二句为对句，但对得极其自然，所谓"三千里""十五行"均是泛指，无非说明家乡之远，家书之长。正因为家乡远，故家书来之不易；也正因为来之不易，故不是寥寥数行可尽。那么家书写些什么呢？"行行无别语，只道早还乡。"末二句平顺如口语，娓娓道来，然而却又那么贴切，换一字亦不可。从字面上看是说家中人迫切期望袁凯早日还乡，因而信中反覆讲明此意。但深一层看，却是表达了袁凯思家心情的迫切。家书十五行，不会行行都讲回家，总有其他寒暄之语、家室之事，但是其他一切在袁凯心目中都不存在了，他只看到"早还乡"三字塞满了字里行间。

（刘明今）

题苏李泣别图

上林木落雁南飞，万里萧条使节归。
犹有交情两行泪，西风吹上汉臣衣。

  对李陵的评价后人颇存在一些分歧，《史记》《汉书》从当时具体的朝政、征战情势出发，颇多为之回护；其后具体的历史背景变了，人们便较多地注意抽象的气节，对李陵的批评便严厉了些。特别是宋以后，道学兴起，君臣间的节操被抬高到无以再高的位置，这时苏武越来越受到人们歌颂，而李陵则常常作为陪衬苏武的反面形象出现了。袁凯作此诗，显然也持有这样的观点，对李陵责备多于同情。

  "上林木落雁南飞，万里萧条使节归。"秋天，草木摇落，北雁南飞，苏、李在此萧瑟的景况下泣别，其伤心可想而知。"上林"是汉廷苑囿，诗中点明上林，意在突出苏武归汉，而李陵却只能羁留异域，永作他乡之客。按理接下二句应该写李陵的故国之思，然作者笔锋一转，却冷冷地写道："犹有交情两行泪，西风吹上汉臣衣。"北雁南飞，飞向汉宫，又正值汉廷使节回朝，此时此景李陵并没有引起故国之思，却只有故友之情。这真是诛心之论！尤妙的是这故友的"交情"之泪偏偏被西风吹去，洒在"汉臣"的衣上，不称苏武而称汉臣，其意正在指斥李陵已非"汉臣"，故王世贞评此句:"颇见风雅。"所谓见风雅即是具有美刺之义。作者对李陵的讥刺十分严厉,而用词却又相当微婉,仅从"交情""汉臣"等用词的细微差别上见出褒贬之意。以故沈德潜评道:"词婉意严,李陵之罪自见。'汉臣'二字,《春秋》之笔。"(《明诗别裁集》)

(刘明今)

淮西独坐

萧萧风雨满关河，酒尽西楼听雁过。

莫怪行人头尽白，异乡秋色不胜多。

　　袁凯是一个十分不幸的诗人，他的大半辈子是在元代度过的，仅做过一段时期的小官（府吏）。明朝建立，他已近五十岁了，洪武三年（1370）被荐为御史，但这不是他的幸运，而是新的恶运的开始。由于朱元璋的猜疑，不久他便被逼装疯，食狗彘之食，才幸免于难，但显然已不能再作诗了，这便是他的一生。当时的诗人如高启、杨基、张羽等命运也都是很悲惨的，因此他们的诗中往往充满了悲苦之音。这首《淮西独坐》是很典型的一首，没有用什么悲哀愁泣之类的词语，但读来却令人"悲惋欲涕"（吴国伦评语）。

　　第一句"萧萧风雨满关河"点明客观环境。风雨之时最易使人产生一种飘忽不定的情绪，充分感受到自然威力的巨大以及人生的孤弱、渺茫。第二句则写作者个人的活动，独坐西楼，酒已饮尽了，酒兴也阑珊了，正感到百无聊赖，这时天边一声雁唳，由远而近，复由近而远，渐渐地过去了，消失了，一切又归于岑寂。不论是第一句所写的客观环境，还是第二句所写的作者的个人的行动，都十分平常，也可以说就是日常的生活，既没有惊风暴雨的震荡，也没有生离死别的摧伤，那么为什么离乡的行人头都白了呢？"异乡秋色不胜多"，这是一句十分精辟的生活格言。正如"贫疑陋巷春偏少，贵想豪家月最明"（韦庄《与东吴生相遇》），春天到处都是一样的，月亮到处也都是一样的，然贫富不同所见的感受也就不同。秋色也是如此，本无哀乐忧喜之别，然而在离人的眼光中则是处处皆秋、事事可愁。也许正因为这样一种日常的心理特征是人人都具有的，也几乎是人人都曾经历过的，所以这首诗才打动了那么多的人，使人读后不胜悲凄之感。

（刘明今）

杨 基

杨基（1326—?），字孟载，号眉庵。原籍嘉州（今四川乐山），生长于吴中（今江苏苏州）。元末曾入张士诚幕，入明累官至山西按察使，后被谗削职，死于劳役工所。工书画，尤以诗著称，与高启、张羽、徐贲并称"吴中四杰"。有《眉庵集》。

（赵山林）

岳 阳 楼

春色醉巴陵，阑干落洞庭。

水吞三楚白，山接九嶷青。

空阔鱼龙气，婵娟帝子灵。

何人夜吹笛，风急雨冥冥。

此诗当作于明太祖洪武六年（1373）作者奉使湖广时。诗中所写，主要是从岳阳楼上所见洞庭湖景色以及自己的感受。

起首从大处落笔，写洞庭湖的无边春色。李白《陪侍郎叔游洞庭醉后》有云："巴陵无限酒，醉杀洞庭秋。"写的是秋景。杨基笔下所展现的，却是巴陵春色浓如酒，因而更加容光焕发，楚楚动人的景象。"阑干落洞庭"紧承上句，说春色纵横，充溢于洞庭湖面，与首句一气呵成。

　　颔联山、水分叙。水则气吞三楚（秦汉时分战国楚地为东楚、西楚、南楚），见出湖面的辽阔；山则遥接九嶷（九嶷，山名，在湖南宁远县南。传为舜葬处），显出无限的青苍。寥寥二语，便将洞庭湖及其周围环境勾画出来。

　　因为说到九嶷山，便自然想起传说中南巡死于此地的舜，以及舜亡后没于湘水的娥皇、女英。空阔的洞庭，鱼龙潜跃，气象万千，更因有了这些美丽的神话传说而增添了迷人的色彩。

　　入夜，不知何人一声长笛，划破夜空，而此时洞庭湖上，烟雨迷茫，别是一番景象。这最后两句是不是隐约包含着一点范仲淹《岳阳楼记》中所说的迁客骚人之感呢？联系到杨基入明以后短短几年间一贬河南，二贬钟离（治所在今安徽凤阳），三被免于江西任上的经历，则此时虽然起复，但胸中恐怕也不会毫无芥蒂吧？

　　此诗在明人五律中可称佳作。《明诗别裁集》称其"应推五言射雕手，起结尤入神境"，洵非虚誉。

（赵山林）

闻邻船吹笛

江空月寒露华白，何人船头夜吹笛。

参差楚调转吴音，定是江南远行客。

江南万里不归家，笛里分明说鬓华。

已分折残堤上柳，莫教吹落陇头花！

这首诗当亦作于奉使湖广时。首句先写秋江夜景。霜天寥廓，月色清寒，白露横江。此情此景，最易动人遐思，更何况邻船又传来悠扬的笛声呢。初闻笛声，知是楚调，因为地处湖广，所以是很自然的；但不知不觉之中又转为吴音，这正是诗人的乡音，所以立刻引起了诗人的敏感，猜想吹笛者一定是江南远行之客。因为是乡音，所以诗人愈加细心地聆听。笛声如怨如慕，如泣如诉，声声诉说对江南故乡的思念和青春流逝的悲哀。笛声引起了诗人强烈的情感共鸣，使诗人难以卒听。人生多离别，送行之人已经折残了堤上的柳枝；如果笛声再把陇头梅花片片吹落，更教人何以为情！

全诗以"远行客"的身份，听"远行客"之笛声，故感受格外真切。景色的描绘，烘托了音乐的意境。最后两句将《折杨柳》、《梅花落》笛曲名融化入诗，化听觉形象为视觉形象，也十分自然而动人。

（赵山林）

感　秋

　　袅袅西风吹逝波，冥冥灏气逼星河。

　　宣王石鼓青苔涩，武帝金盘白露多。

　　八阵云开屯虎豹，大江潮落见鼋鼍。

　　沅湘一带皆秋草，欲采芙蓉奈晚何！

　　本诗因秋生感，是一首充满幽怨的悲秋曲。

　　首联写西风袅袅，逝水移川，灏气冥冥，直逼星河，不但渲染出秋天的萧瑟苍凉气氛，而且包含着斗换星移、时光流逝的感伤。

　　中间二联吊古伤今，仍是承着时光如流的思路而来。石鼓文是我国现存最早的刻石文字，相传作于周宣王时，现在上面已经长满了斑驳的青苔；仙人承露盘是汉武帝为企求长生而造，可如今武帝长眠的茂陵早已年年秋风，金盘上却仍然积满了白露。诸葛亮在鱼复县（今四川奉节东）江边布八阵图，内屯虎豹之师，但出师未捷，英雄先死，如今大江潮落，只能看见鼋鼍出没了。这两联造语精警，感慨深沉，被称为气象突兀的名句（见都穆《南濠诗话》）。

　　光阴荏苒，转眼又到清秋。昔日屈子行吟的沅湘一带，如今已是秋草萋萋。诗人想采撷芙蓉，馈赠远方的友人，可是时光已晚，哪里还能采撷得到呢？古诗云："涉江采芙蓉，兰泽多芳草。采之欲遗谁？所思在远道。"杨诗末二句正从此化出，而且更强烈地表现出一种众芳芜秽、美人迟暮的感慨。杨基是一位情感丰富的诗人，而且他由元入明，对于世事沧桑有着更深一层的体味，这种感情便经常通过他的诗笔流泻出来。明顾起纶《国雅品》称杨基"才长逸荡，兴多隽永"，读此诗可见一斑。

（赵山林）

天平山中

细雨茸茸湿楝花，南风树树熟枇杷。

徐行不记山深浅，一路莺啼送到家。

天平山在苏州西，林木葱茏，山多奇石，有望湖台、白云泉、白云寺、万笏林等名胜。杨基家居天平山南麓，生于斯而长于斯，对天平山的感情自然比一般人更深一层。

诗中的关键是"徐行"二字。因为是徐行，对于细雨茸茸，沾湿楝花，南风习习，吹熟枇杷这些沿途景物，才能观察得细致，感受得真切。反过来说，正因为楝花紫，枇杷黄，加之莺啼恰恰，诗人完全陶醉在这花香鸟语之中，这才不顾细雨湿衣，仍然信步徐行，连山之深浅、路之远近也全然忘记了。诗人热爱自然、悠闲自得的情趣，通过这首简洁明净的小诗，得到了非常生动的表现。

（赵山林）

张 羽

张羽（1333—1385），字来仪，浔阳（今江西九江）人。元末游江浙，因遇兵乱，侨居吴兴。明洪武初征授太常司丞，同掌文渊阁事。洪武十八年（1386）被贬岭南，于途中复被召，因畏惧而投龙江（在今广东宜山）致死。诗学杜甫、韦应物，才力驰骋。他与高启、杨基和徐贲并称"吴中四杰"，有《静居集》。

（谢柏梁）

金 川 门

两山夹沧江，拍浮若无根。

利石伴剑戟，风涛相吐吞。

维天设巨险，为今国东门。

试将一卒守，坚若万马屯。

吾来犯清晓，天空霜露繁。

列宿森在列，北斗峭可援。

江光合海气，溟滓神攸存。

俯视不敢唾，中有蛟龙蟠。

浮屠者谁子，高居凌风幡。

下见渡口人，扰扰蜂蚁喧。

愧彼超世士，去去将何言。

　　明建文四年（1402），燕王朱棣的南征部队于瓜州（镇江对岸）渡江，逼近南京。六月十三日，兵至金川门（北门偏西之门），守军开门投降，城中文武归顺。自此，明惠帝朱允炆的四年皇位被武力推翻。次年，明成祖朱棣改元永乐，统治中国长达二十二年之久。这是中国军事史上一次著名的战役。

　　张羽以一文官，居然具备军事家的犀利目光。本诗描写金川门的险峻与气象，雄壮与森严之感并生。难怪李辰山在本诗后注云："诗作于洪武甲寅（1374），未三十载而燕师从此入矣。读之可胜浩叹！"

　　本诗的前八句，主要描写金川门的险要形势。紫金山下，惊涛拍岸，浩浩长江把两岸如剑戟般的山石吞吐涵蕴。诗人慨叹道，天设巨险，就在这金川门间。假使一夫当关，犹如千军万马，屯扎于此。从"吾来犯清晓"到"高居凌风幡"的中间八句，结合当时当地的所见所感，进一步摹写金川门的雄壮气象。诗人于拂晓时分来到此间，只觉漫天霜露，寒气凛然。二十八星宿各守其所，北斗星座好似援手可触。朦胧晨光中，只见江海之气浩荡，仿佛波神俨然远在。诗人油然起敬畏之心，似见龙盘虎踞，帝王之尊、社稷之贵俱系于此。最后六句，写诗人忽然见到一座佛庙居高临下，风幡飘飘，大有出世之意。而渡口过江的人群，却如蜂螫一般喧闹。诗人在佛国与红尘之中难以协调，只得无言而去。要之，本诗前八句叙金川门地势之险，中八句写帝王气象，诗人是否感觉到帝藩之间于平衡状态中可能出现的失衡状态呢？尾六句只能托意于佛国，在超世之念中隐寓红尘喧扰烦恼之感。

这首诗极富于画意，诗笔也有如画笔般真切。然而首句谓两山夹江，似不甚贴切，因为紫金山的对岸并无大山。但张羽对剑戟般的利石，以一当万的关隘，星空的层次位置，江光海气的庄严神秘感，都写得绘声绘色，引人入胜。只可惜如此聪明超世之士，最终不得不以溺水而死作为解脱。

（谢柏梁）

唐叔良溪居

高斋每到思无穷，门巷玲珑野望通。

片雨隔村犹夕照，疏林映水已秋风。

药囊诗卷闲行后，香炉灯光静坐中。

为问只今江海上，如君无事几人同。

在张羽诗作中，每有野游之兴，归隐之思。他曾与一位朋友徐幼文相约同隐吴兴，诗云："吴兴好山水，子我尽迁居。绕郭群峰列，回波一镜如。蚕余即宜稼，樵罢亦堪渔。结屋云林下，残年共读书。"但这一愿望并没有实现。

如果说徐幼文只是一个"欲隐者"，那么唐叔良则本来就是一位隐士。大致言，本诗的前四句是写景，即写以唐宅为中心的村舍风光。"门巷玲珑"，形容建筑之精巧细致；"野望通"，表明在庭院设计中充分考虑到"借景"的妙处，所以四边美景，尽收在唐宅之中。隔村的夕照，映水的疏林，都在眼前构成一幅和谐宁穆的画面。

拥有如许自在的环境，方才衬托出拥有清静自然心境的隐者唐叔良。看来这位唐公整天药囊、诗卷伴随左右，闲行来往，在灯光香影中，偶尔静坐，过着宁静安逸的生活，所以张羽不由得深切地感叹、由衷地羡慕说：当今世界，有几位像您这样的自在闲人呢？全诗以淡淡的素描、冷静的观照为主，诗末突然起一声发问，实际上表达了张羽自己极不平衡的心态，以及希冀有所歇息的愿望。遗憾的是，感觉到了的事体，他却并未能实行。最后终于为红尘所累，自杀于流放途中，何处去寻求本诗所描述的安详氛围呢？

(谢柏梁)

高 启

高启（1336—1374），字季地，号槎轩，长洲（今江苏苏州）人。元末隐居关淞青丘，自号青丘子。洪武初，召修《元史》，授翰林院国史编修，迁户部右侍郎，不受，退隐青丘。后因苏州刺史魏观案获罪，被腰斩于南京。高启博学工诗，其诗兼师众长，各体俱擅，变化开合不拘于一体，诗风清新超拔，为明代成就最高的诗人之一。有《高太史大全集》。

(姜汉椿)

牧 牛 词

　　尔牛角弯环，我牛尾秃速，

　　共拈短笛与长鞭，南陇东冈去相逐。

　　日斜草远牛行迟，牛劳牛饥惟我知。

　　牛上唱歌牛下坐，夜归还向牛边卧。

　　长年牧牛百不忧，但恐输租卖我牛！

　　高启善诗，且不拘一格，众体兼长。这首牧牛词，就用乐府形式，抒写当时农村牧牛人的生活。

　　开头两句，"牛角弯环"，"牛尾秃速"，仅仅八个字，就抓住了牛最突出的特征，可见诗人敏锐的观察力和驾驭文字的能力。"秃速"，言牛尾细而毛稀少。有过农村生活经历的人都知道，农家牧牛，往往三五成群，任牛东西。共拈短笛，相互相逐，正写出了放牧耕牛的特点。

由放牛，诗接着抒发牧儿对牛的感情。耕牛耕作一天，虽然日已西斜，但对耕牛的辛劳和饥饱，牧牛人心中最清楚，所以他们仍牵着牛让它在地头田边觅食青草，缓缓而行。牧牛人除了白天放牧，晚上也睡在牛栏照料耕牛，对牧牛人来说，耕牛无疑是他们的命根子。上面八句诗，诗人娓娓写来，写出了牧牛人的怡然自得和淳朴、悠闲的农家生活。

最后两句，笔锋陡转。在牧牛人看来，能保持平静、无忧的牧牛生活，便可"长年百不忧"了，但只怕交不起官府的租税，不得不将耕牛卖掉而失去赖以生活的根本。这两句诗可谓石破天惊，与前面八句诗描绘的平静、悠闲的农家生活形成了如此强烈的反差，于愉悦、悠闲中见沉重，读来尤感痛切。

这首诗，几用口语写出，诗人描绘了一幅淳朴、无忧的农家生活图，但在这平静的生活环境背后，却隐伏着随时可能爆发的灾难。这也正是作者写这首诗的本意：这种"农家乐"是不可能维持的。

（姜汉椿）

田　家　行

草茫茫，水汩汩，上田芜，下田没。

中田有禾穗不长，狼藉只供凫雁粮。

雨中摘归半生湿，新妇舂炊儿夜泣。

　　这是一首乐府小诗。诗人通过短短的六句诗，真切、形象地反映了遭受水灾后农村的荒芜景象和农民的艰辛。信笔写来，读者仿佛看到淫雨连绵，天地阴暗，大片的低田变成白茫茫的世界；而高田只是长着杂草；那不高不低的田，照理应有所收成，没想到也只是东倒西歪，遍地狼藉，"有禾穗不长"，成了野鸭、大雁的食粮。这数句，看似平铺直叙，但却蕴含着强烈的感情色彩，读来让人揪心，并为农民的命运担忧。诗人果然掉笔写道："雨中摘归半生湿，新妇舂炊儿夜泣。""摘归"两字，实为诗眼，既照应了上文的惨象，又让人体会到农民家中断炊，只得到被水淹没的地里去寻找那又生又湿的谷物，回得家来，家中主妇急忙舂捣谷物做饭——那号寒啼饥的孩子由于饥饿又在悲啼了。读到这里，使人强烈地感觉到农民在死亡线上挣扎的困境。

　　这首诗，写得浅显明白，颇有唐代新乐府诗的风格。诗人在诗中只作客观描述，未加任何评论，但从字里行间却让人领略到诗人对受灾农民的深切同情。

（姜汉椿）

登金陵雨花台望大江

大江来从万山中，山势尽与江流东。

钟山如龙独西上，欲破巨浪乘长风。

江山相雄不相让，形胜争夸天下壮。

秦皇空此瘗黄金，佳气葱葱至今王。

我怀郁塞何由开，酒酣走上城南台。

坐觉苍茫万古意，远自荒烟落日之中来。

石头城下涛声怒，武骑千群谁敢渡。

黄旗入洛竟何祥，铁锁横江未为固。

前三国，后六朝，草生宫阙何萧萧！

英雄乘时务割据，几度战血流寒潮。

我今幸逢圣人起南国，祸乱初平事休息。

从今四海永为家，不用长江限南北。

这首诗作于洪武二年（1369），明王朝刚刚建立。诗人登金陵雨花台，面对金陵的壮丽山川，引发了诗兴，于是以满怀祖国重新统一的豪情和雄健奔放的笔触，写下了这首诗。

这首诗可分三个层次：前八句为一层，中间十二句为一层，最后四句为一层。

　　先看第一层。诗人登上雨花台，举目四望，环顾金陵山川，压抑不住的激情喷薄而出。长江从万山丛中奔腾而下，江水与沿江的群山，好像一起奔向大海，"山势尽与江流东"一句，简直把群山写活了。然而，唯独钟山"如龙独西上"，诗人把钟山喻为乘长风破万里浪，逆流而上的巨龙，真可谓神来之笔，更突出了钟山的雄伟壮观。钟山钟灵毓秀，虎踞龙盘，相传当年秦始皇曾埋下黄金，想镇住金陵的王气，但却徒劳无益，至今金陵仍佳气葱葱，朱元璋刚定都于此，建立了明王朝。这一层，成功地写出了金陵虎踞龙盘的气势。

　　再看第二层。诗人先设一问，然后道出他是乘兴登雨花台游览的。面对奔流不息的江水和夕阳落照中葱葱的青山，苍茫万古之意油然而生。金陵依山临水，长江自古天堑，纵有千军万马也难以逾越。诗人着力渲染了金陵的险要，然而，接着他又出人意外地写了两件大江天险不可恃的事。"黄旗入洛"，指三国吴主孙皓迷信"黄旗紫盖见于东南"的谣言，带了王室、宫女数千人要去洛阳当天子"以顺天命"。途中遇雪，苦寒，士卒扬言要倒戈，孙皓无奈，只得返回（见《三国志·吴志·孙皓传》注引《江表传》）。"铁锁横江"，指晋太康元年王濬率水军攻吴。吴在长江中险要处用铁缆封锁，并在江中暗置铁锥，结果却被王濬攻破，孙皓投降，吴亡（见《晋书·王濬传》）。诗人连用两个典故，说明"黄旗入洛"的传言并不吉祥，长江天险也不足恃仗，否定前面的说法，并进而写金陵为六朝古都，自三国吴、东晋、宋、齐、梁、陈数易其主，如今皆已成往事，唯留下败垣残墙。"草生宫阙何萧萧"一句，就高度概括地写出了朝代更替和战争带来的严重后果—— 造成这一后果的原因，就是"英雄乘时务割据"，然而由于他们目光短浅，没有统一全国的雄才大略，终将几经血战得来的成果付诸东流。这一层，诗人以浓墨重彩抒写了对史事的评说和怀古之情。

第三层，诗人由怀古转入抒写祖国统一的盛事。朱元璋建立了明王朝，结束了元末的战乱，国家重又统一，百姓得以休养生息，诗人感到分外高兴，欣喜之情，溢于言表。

此诗以充沛的气势，酣畅淋漓的笔墨，描绘了金陵壮丽的山川，抒发了怀古之情，歌颂了祖国的统一。全诗跌宕起伏，一气呵成。诗中用典自然贴切，为诗生色不少。这是高启诗中的上乘之作。

(姜汉椿)

青丘子歌

江上有青丘，予徙家其南，因自号青丘子。闲居无事，终日苦吟，间作《青丘子歌》言其意，以解诗淫之嘲。

青丘子，臞而清，本是五云阁下之仙卿。

何年降谪在世间，向人不道姓与名。

蹑屩厌远游，荷锄懒躬耕。

有剑任锈涩，有书任纵横。

不肯折腰为五斗米，不肯掉舌下七十城。

但好觅诗句，自吟自酬赓。

田间曳杖复带索，旁人不识笑且轻。

谓是鲁迂儒、楚狂生。

青丘子，闻之不介意，

吟声出吻不绝咿咿鸣。

朝吟忘其饥，暮吟散不平。

当其苦吟时，兀兀如被酲。

头发不暇栉，家事不及营。

儿啼不知怜，客至不果迎。

不忧回也空，不慕猗氏盈。

不惭被宽褐，不美垂华缨。

不问龙虎苦战斗，不管乌兔忙奔倾。

向水际独坐，林中独行。

斸元气，搜元精。

造化万物难隐情，冥茫八极游心兵，

坐令无象作有声。

微如破悬虱，壮若屠长鲸，

清同吸沆瀣，险比排峥嵘。

霭霭晴云披，轧轧冻草萌。

高攀天根探月窟，犀照牛渚万怪呈。

妙意俄同鬼神会，佳景每与江山争。

星虹助光气，烟露滋华英，

听音谐韶乐，咀味得大羹。

世间无物为我娱，自出金石相轰铿。

江边茅屋风雨晴，闭门睡足诗初成。

叩壶自高歌，不顾俗耳惊。

欲呼君山老父携诸仙所弄之长笛，

和我此歌吹月明。

但愁欻忽波浪起，鸟兽骇叫山摇崩。

天帝闻之怒，下遣白鹤迎。

不容在世作狡狯，复结飞珮还瑶京。

　　这是一首歌行体长诗。诗前序中，诗人交代了因何自号"青丘子"，并因诗人酷爱作诗，"终日苦吟"，受到了一些人的讥讽，诗人作此诗，"以解诗淫之嘲"。

　　全诗可分三个层次：开头四句为一个层次，最后四句为一个层次，中间为第二层次。

　　第一层次四句，以神奇的笔法写"青丘子"的形象和来历：原本是五云阁下清瘦的仙人，不知何年谪降在人间。"五云阁"，古传为仙人所居之所，如白居易《长恨歌》诗："楼阁玲珑五云起，其中绰约多仙子。"

　　再看第二层次。写出了诗人"厌远游"，"懒躬耕"，不读书，不习武，和陶渊明一样，不肯为五斗米折腰，也不肯学郦食其以口才搏取功名，只是"但好觅诗句，自吟自酬赓"。"蹑屩"，谓穿麻鞋。《史记》称"虞卿蹑屩担簦"。郦食其，汉陈留人，佐高祖以口舌说齐下七十余城。接着，作者又写他"田间曳杖复带索"，不与世俗同流，被人轻视、讥笑为"鲁迂儒、楚狂生"，但他却毫不介意，仍然吟诵不绝。甚至"头发不暇栉，家事不及营。儿啼不知怜，客至不果迎"。他安于清贫，不慕荣华富贵，对世事沧桑，更是绝不关心，他吟诗到了如痴如醉的地步。

　　诗人醉心于诗歌创作，"向水际独坐，林中独行。斲元气，搜元精"。他探寻造化万物的奥秘，神游于冥茫八极，用诗歌来表现无形无象的难以捉摸的事物。诗人刻意追求，他的诗达到了"微如破悬虱，壮若屠长鲸，清同吸沆瀣，险比排峥嵘。霭霭晴云披，轧轧冻草萌。高攀天根探月窟，犀照牛渚万怪呈。妙意俄同鬼神会，佳景每与江山争"的极高的艺术境界。他的诗，耐人寻味，光彩如星虹相互辉映，丰腴似甘露滋润鲜花，音节铿锵，犹如最优美的《韶乐》，细细咀嚼，犹如品尝最美味的"大羹"。

诗人笔锋一转，写道："世间无物为我娱，自出金石相轰铿。"诗人看来，人世恶浊，他才以诗自娱。而"江边茅屋风雨晴，闭门睡足诗初成。叩壶自高歌，不顾俗耳惊"，更突出他我行我素、狂放不羁的性格。诗人还"欲呼君山老父携诸仙所弄之长笛，和我此歌吹明月"。但又恐怕由此会引起"歘忽波浪起，鸟兽骇叫山摇崩"的严重局面，由此也可见其诗的力量。

整个第二层次，诗人多角度、多层次地刻画了青丘子的外貌和内心活动，"青丘子"这一形象栩栩如生地出现在读者面前。由于诗人的傲世独立，不容于天帝，天帝遣下白鹤，将他接回天上去了。诗人以这四句诗作为全诗的结束，这一层次与第一层次四句首尾呼应，体现了诗人写诗的匠心。

诗人身处元末战乱年代，他不追逐名利，洁身自好，不与世俗同流合污，是值得称道的。但诗中"不问龙虎苦战斗，不管乌兔忙奔倾"的消极一面，也相当明显。这是读此书时应予注意的。

这首歌行体长诗，从写作笔法看，明显受李白诗风的影响。诗人用浪漫主义的手法，以酣畅的笔墨，形象、生动的语言，表现他不羡功名利禄、不拘礼法，狂放不羁、恃才傲物的性格。一韵到底，音节铿锵，富有韵味。诗中多用排比句，增强了诗的气势和节奏感。

（姜汉椿）

明皇秉烛夜游图

花萼楼头日初堕，紫衣催上宫门锁。

大家今夕宴西园，高爇银盘百枝火。

海棠欲睡不得成，红妆照见殊分明。

满庭紫焰作春雾，不知有月空中行。

新谱《霓裳》试初按，内使频呼烧烛换。

知更宫女报铜签，歌舞休催夜方半。

共言醉饮终此宵，明日且免群臣朝。

只愁风露渐欲冷，妃子衣薄愁成娇。

琵琶羯鼓相追逐，白日君心欢不足。

此时何暇化光明，去照逃亡小家屋。

姑苏台上长夜歌，江都宫里飞萤多。

一般行乐未知极，烽火忽至将如何？

可怜蜀道归来客，南内凄凉头尽白。

孤灯不照返魂人，梧桐夜雨秋萧瑟。

高启的这首题画诗，以浓笔重彩，极意描写唐明皇沉湎酒色，忘怀国事，终于酿成安史之乱的恶果，暗寓针砭时弊、劝诚明初统治者引以为戒之意。

开头四句作者以简洁的笔法，入画主题。写天刚傍晚，唐明皇急不可待，命太监锁上宫门，到花萼楼设宴夜饮。花萼楼为唐明皇新置楼名，在宫西南，其西署曰花萼相辉之楼。帝常与诸王登楼置酒为乐。"大家"，指唐明皇。蔡邕《独断》："亲近侍从官称（天子）曰大家。""爇"（ruò），燃烧。"海棠"两句用《冷斋夜话》引《杨妃外传》所述，明皇"诏妃子，妃子时卯酒未醒，命力士从侍儿扶掖而至。妃子醉韵残妆，钗乱鬓乱，不能再拜。明皇笑曰：'是岂妃子醉耶？海棠睡未足耳。'""满庭"两句写整个庭园烟雾缭绕，灯火辉煌，如同白昼，让人简直忘记了是在晚上，呼应了上文"高爇银盘百枝火"，更显示晚宴非同一般的排场。

诗接写宴会盛况。相传唐明皇自制《霓裳羽衣曲》。诗说随着一遍遍地轻歌曼舞，点燃的蜡烛已一换再换。报时的宫女，不时将铜签投于石阶，提醒明皇时已夜深。但正在兴头上的唐明皇等意犹未足，纵情声色，醉饮终宵。次日的早朝可以免去，军国大事不足挂怀，但却担心"风露渐冷"，贵妃衣衫单薄"愁成娇"，这两者形成了多么强烈的对照！

以下诗急转，对唐明皇痛下针砭。丝竹管弦满足不了唐明皇享乐的欲望，他夜以继日，沉溺于声色犬马之中，早已把百姓的疾苦置之脑后了。"此时"两句，反用唐代聂夷中《咏田家》诗："我愿君王心，化作光明烛，不照绮罗筵，只照逃亡屋"之意，讽刺唐明皇的荒淫无耻。

随后，诗人宕开笔锋，用春秋时吴王夫差和隋炀帝的故事，进一步揭露唐明皇的荒淫无度。春秋时，吴王夫差在研石山筑馆娃宫、姑苏台，纳越王勾践进献的美女西施，与妃嫔群臣日夜在台上饮酒作乐。隋炀帝杨广喜夜游，在洛阳景华宫曾征集萤火虫数斛，夜游时将萤火虫放出，光遍岩谷。诗人指出，唐明皇与夫差、隋炀帝"一般行乐未知极"，所作所为与二人毫无二致，因而终于"烽火忽至"——导致了安史之乱的爆发。诗人引用历史上这三位国君因淫逸无度遭遇变故的事例，意在讽喻明初统治者不要重蹈他们的覆辙。

最后四句写唐明皇出逃四川，返回长安后的凄凉晚景，与白居易《长恨歌》"夕殿萤飞思悄然，孤灯挑尽未成眠"、"临邛道士鸿都客，能以精诚致魂魄"、"春风桃李花开日，秋雨梧桐叶落时"等句有异曲同工之妙，表现唐明皇物是人非、愁苦凄绝的悲凉心情。

这首诗在写作上的特点是极尽铺叙、渲染之能事，着力描写唐明皇穷奢极欲、沉湎酒色，导致安史之乱的史实，来表达诗人针砭时弊之意。全诗语言精练、优美，四句一换韵，韵律铿锵。而用典贴切自然，为此诗生色不少。

（姜汉椿）

忆昨行寄吴中诸故人

忆昨结交豪侠客，意气相倾无促戚。
十年离乱如不知，日费黄金出游剧。
狐裘蒙茸欺北风，霹雳应手鸣雕弓。
桓王墓下沙草白，仿佛地似辽城东。
马行雪中四蹄热，流影欲追飞隼灭。
归来笑学曹景宗，生击黄獐饮其血。
皋桥泰娘双翠娥，唤来尊前为我歌，
白日欲没奈愁何！
回潭水绿春始波，此中夜游乐更多。
月出东山白云里，照见船中笛声起。
惊鸥飞过片片轻，有似梅花落江水。
天峰最高明日登，手接飞鸟攀危藤。
龙门路黑不可上，松风吹灭岩中灯。
众客欲归我不能，更度前岭缘峻嶒。
远携茗器下相候，喜有白首楞伽僧。
馆娃离宫已为寺，香径无人欲愁思。
醉题高壁墨如鸦，一半欹斜不成字。
夫差城南天下稀，狂游累日忘却归。

座中争起劝我酒，但道饮此无相违。
自从飘零各江海，故旧如今几人在。
荒烟落日野乌啼，寂寞青山颜亦改。
须知少年乐事偏，当饮岂得言无钱。
我今自算虽未老，豪健已觉难如前。
去日已去不可止，来日方来犹可喜。
古来达士有名言，只说人生行乐耳！

　　这是一首忆旧诗。前段描写诗人当年与友人交游的情景，后段抚今，抒发感慨。

　　诗的开头四句，是这首诗的第一层次，抒写了诗人当年与意气相投的豪杰之士的交往：虽处元末战乱年代，但他们却仍挥金如土，纵情豪游。"促戚"，迫促忧伤貌。以下诗即对豪游展开铺叙。

　　"狐裘"以下八句写射猎。严寒的冬天，诗人一行身披毛茸茸的狐裘，腰挂弓箭，在苏州郊野射猎。严冬的萧杀景象，增添了几分北国情调。"鸣雕弓"是借用隋代长孙晟的故事。《隋书》载：高祖时，长孙晟为秦川行军总管，出讨达头，破之。"有突厥达官来降，时亦预坐，言突厥之内，大畏长孙总管，闻其弓声，谓为霹雳；见其走马，称为闪电。"以此来表现射猎者都是出类拔萃之辈。"桓王"，指孙策。相传三国吴长沙桓王孙策葬于苏州盘门外三里。诗接着进一层写射猎情景：射猎者在雪地里纵马飞奔，疾似流影；

射猎归来，谈笑风生。诗人又用了《梁书·曹景宗传》中的一个典故："景宗幼善骑射，好猎，尝与少年数十人，泽中逐獐鹿，每众骑赴鹿，鹿马相乱，景宗于众中射之，人皆惧中马足，鹿应弦毙。"以曹景宗来喻当年的少年情性。诗人用寥寥几笔，将射猎场景写得生动、饱满，突出了射猎者的豪迈气概。

"皋桥"以下九句写艳游。诗说他与一批少年，挟妓高歌，白日苦短，夜以继日。春日之夜，月出东山，映照水面；游船中笛声悠扬，被惊起的鸥鸟，轻轻掠过水面，似点点梅花洒落江面，写得极有情致，给人以宁静、清幽之感。"皋桥"，在苏州阊门内。"泰娘"，唐著名歌女。

"天峰"以下十六句，写登山之游。诗人偕友登天平山南峰寺，极写天平山高耸云端；而路经的龙门则更加幽暗险绝，赞叹了大自然的鬼斧神工。"众客欲归我不能"至"但道饮此无相违"，是写在诗人的鼓动下，他们翻越了高峻的天平山，来到了灵岩山，遇到了专程前来迎候的白发寺僧。来到由当年吴王夫差为西施所筑的馆娃离宫遗址改建的灵岩寺，面对荒废寂寞的"采香径"，引发了诗人怀古的幽思，乘着酒兴，挥毫于寺壁题诗。游到夫差城南，已日薄西山，但诗人却游兴正浓毫无归意。又聚会一起，开怀畅饮。友人不断劝酒，表达他们对诗人的深厚情谊。

第二层次中，通过上述几件事的描述，反映了诗人纵情湖光山色、忘情世事的情怀。

"自从"句以下，为诗的第三层次。诗人写此诗寄赠友人，寄托对友人的怀念之情。同时，诗中也流露出诗人物是人非、时世沧桑的感慨，岁月流逝、盛景难再的叹喟，但却绝无伤感色彩。"去日已去不可止，来日方来犹可喜"，正表达了诗人开朗、豁达的性格。然而，不可否认，诗中也流露出及时行乐的消极情绪。

这首诗，诗人从昔日的交游入笔，层层展开，以精美、流畅的语言，优美的韵律，引人入胜的描写，生动地刻画了诗人狂放不羁、放浪形骸的形象，读来别有情趣。

(姜汉椿)

与刘将军杜文学晚登西城

木落悲南国，城高见北辰。

飘零犹有客，经济岂无人？

鸟过风生翼，龙归雨在鳞。

相期俱努力，天地正烽尘。

这是一首登临抒怀之作。诗人与友人同登西城，有感于烽烟遍地，作此诗与友人共勉。

首联点明了时间、地点：深秋的一个晚上，诗人一行登上西城高楼，北极星早已升起在北方。第一句中的一个"悲"字，透露了诗人心中忧国伤时的情怀。这两句诗勾勒出一幅清冷的秋景，也暗示国家正值多事之秋。接着，诗人将自己说成流落无依、飘零在外的游客，把刘、杜二位友人比作经世济民、治理国家的人才。颈联紧承上联，把刘、杜二人比作搏击长空的大鹏鸟和直上九霄的巨龙，进一步突出刘、杜二人的匡世救时的才能，同时，也说明了诗人对二位友人寄予了厚望。尾联是全诗的主旨所在：在元末各地豪强纷起割据，战争频繁的时期，诗人与友人相互勉励，决心戮力同心，以解民于倒悬。

这首诗，与《青丘子歌》相比，恰成鲜明对照。诗中丝毫没有

"不肯折腰为五斗米，不肯掉舌下七十城"、"不问龙虎苦战斗，不管乌兔忙奔倾"那游离于时代之外的处世态度，表现出诗人对处于战乱之中的人民的同情，同时，也流露出希望为国家、民族建功立业的雄心。

语言朴实流畅，感情自然真挚，于昂扬中见沉郁，就是这首诗的特点。

(姜汉椿)

兵后出郭

俯仰兴亡异，青山落照中。

民归邻树在，兵去垒烟空。

城角犹悲奏，江帆始远通。

昔年荆棘露，又满阖闾宫。

从诗题，就知这首诗写于激战后，是诗人在城外的见闻。诗人以悲愤的心情、深沉的笔调，描绘了战争给百姓带来的苦难。

首两句，劈空而出，领起全诗。虽未直接写战争，但却让人领略到战争极为惨烈：顷刻之间，一切都已改变，而只有夕阳斜照的青山依旧。颔联进一步从侧面来写战争造成的破坏。百姓躲避战乱，回到家中，见到的只有邻家的树木；战争结束，兵垒中虚无一人，没有一缕炊烟。诗仍未花过多的笔墨写战争的破坏，但通过还乡的人，自可领略当时避难离乡抛井的惨状。颈联写城楼上隐隐传来凄楚的号角声，那水天相连的江面，飘动着几片孤帆。这一切，都表明了战争刚刚结束。一个"犹"字，一个"始"字，恰到好处地形容了人们对战争的恐惧与渴望太平的心理。

面对此情此景，诗人不由地慨叹：战争，使百姓流离失所，城池毁灭，当年吴王阖闾的宫阙成为废墟的情景，不想又重现于今日。正是这两句诗,宣泄了诗人沉痛的心情。

　　这首诗,无一字直接写战争,但却又句句扣住战争。它的妙处,在于以虚写实,给人以想象的空间。而在短短的八句诗中,不仅有诗人对遭受战乱的百姓的真切同情,更有作者对不义战争的强烈谴责。　　　　　　　　　　　　　　　　　　　　(姜汉椿)

吊岳王墓

大树无枝向北风，千年遗恨泣英雄。

班师诏已来三殿，射房书犹说两宫。

每忆上方谁请剑，空嗟高庙自藏弓。

栖霞岭上今回首，不见诸陵白露中。

　　这首诗，是诗人凭吊杭州栖霞岭下岳飞墓时所作。

　　首联写得极为传神。岳飞是南宋初年著名的民族英雄，他以恢复中原驱逐金人为己任。但岳飞被投降派杀害，遗恨终天，因而相传岳飞墓周围的树木，枝干皆向南，象征了他精忠报国的气概和品质。他恢复中原的遗恨，千百年来令无数英雄为之泣下。

　　颔联用对比笔法来写。前一句写南宋统治集团的卖国苟安，在岳飞取得朱仙镇大捷后，逼迫他退兵。后一句写以岳飞为代表的抗金志士以恢复为己任的精神。岳飞即使在退兵后，仍然上书朝廷，力图恢复。"射房书"就是指岳飞上书抗金事。这一联两句写两种政治态度的强烈对比，可说是对南宋初年政治的高度概括。

　　颈联连用了两个典故。出句出自《汉书·朱云传》：朱云在汉成帝时，曾请成帝赐他尚方宝剑以诛佞臣张禹，成帝发怒，朱云攀折殿槛大呼："得从龙逢、比干于地下足矣。"对句出自《史记·淮阴侯列传》：汉高祖刘邦建立汉朝后，谋杀功臣韩信。韩信被缚后，慨叹说："狡兔死，猎狗亨（烹）；高鸟尽，良弓藏；敌国破，谋臣亡。"这一联中，诗人借用历史典故，来表达对这一历史事件的态度。诗中"每忆"两字，表露了对岳飞被杀的无限遗恨；"空嗟"两字，则对杀害岳飞的宋高宗进行了鞭挞，并表露了对这一事件的愤慨。

最后两句，写诗人从栖霞岭上回首往事，不见宋代陵寝竟在何处。这两句诗，写得委婉曲折：既有朝代兴废、世事沧桑的感慨，也包含了诗人对岳飞的怀念，同时，也暗指宋统治者由于杀害岳飞而导致亡国的结局。这两句诗凄迷清冷的意境，使全诗带上了一层凄清、感伤的色彩。

在这首短短的七律中，容纳了相当丰富的内容：既有史事的评说，也有诗人的感慨，但更多的，却是作者对民族英雄岳飞的崇敬之情。

（姜汉椿）

清明呈馆中诸公

新烟著柳禁垣斜，杏酪分香俗共夸。

白下有山皆绕郭，清明无客不思家。

卞侯墓上迷芳草，卢女门前映落花。

喜得故人同待诏，拟沽春酒醉京华。

清明节历来是诗人墨客歌咏的题材。这首诗的特点，是环绕清明思乡之情着笔，四联贯串，一气呵成。

首联未着一字，便贴切地描绘了一幅清明时节图。古时，清明前一日（一说前两日）为寒食节，是日禁火寒食，民间又有研杏仁为酪，浇于粥上的习惯。诗句中"新烟""杏酪"点明了节令。当时（洪武元年），诗人正奉诏修《元史》，任翰林院国史编修，因有"禁垣斜"之说，诗人以禁垣指代京城。第二联写诗人由金陵城为青山环绕，想到了家乡阻隔，不禁引起思乡之情。"清明无客不思家"一句，写得尤为动人，读者读到这里，往往会引起强烈的共鸣。第三联看似无着落，实际上体现出诗人的匠心。清明节，民间有外出踏青、扫墓的习俗，诗人以外出踏青为倚托，写下了这两句诗，更巧妙地用卞侯墓上荒草凄迷，卢女门前落花映照这两个特写镜头，来反衬自己的乡愁。卞侯，指东晋时人卞壶。卢女，即莫愁。《江宁府志》：莫愁湖在三山门外，昔有妓卢莫愁居此。尾联两句，写得颇为旷达。诗人欲与翰林院同仁，在清明节时一醉方休。但恰恰是"醉京华"三字，透露了诗人不过是借酒浇心中块垒，以暂时忘却乡思之情，从而反衬出诗人的思乡情切。这首七律写得从容委婉，清丽动人，有唐人风。

（姜汉椿）

送沈左司从汪参政分省
陕西汪由御史中丞出

重臣分陕去台端，宾从威仪尽汉官。

四塞河山归版籍，百年父老见衣冠。

函关月落听鸡度，华岳云开立马看。

知尔西行定回首，如今江左是长安。

这是一首赠别之作。洪武二年（1369），汪广洋出任陕西参政，诗人之友沈君随行，诗人作诗相赠。

首联两句入题。出句点明汪广洋由御史中丞离京赴陕任职。分陕，"陕"指今河南陕县。相传周朝时周、召二公所治之地，于陕分界。陕以东属周公，陕以西属召公。后来，用指朝廷派到地方去的长官为分陕。对句言汪广洋的宾客、随从，仪表庄重。"汉官"，借指明朝官员。语出《后汉书·光武帝纪》："老吏或垂涕曰：'不图今日复见汉官威仪！'"接着，诗紧承首联，写出了祖国的疆域重新统一，身受异族统治达百年之久的中原父老，又见到汉族官员时悲喜交集的心情，体会到诗人那压抑不住的兴奋心情。

第三联两句连用两个典故。"函关月落听鸡度"典出《史记·孟尝君传》：孟尝君入秦，秦王要杀他。他设法逃走，半夜抵函谷关。他急欲过关，但函谷关要等鸡鸣开城门。他的一个门客学鸡叫，骗开城门，孟尝君得以脱险。诗人在此反用其意：现今已可等月落鸡鸣从容过关了，进一层表达了诗人当时的心情。"华岳云开立马看"，是说唐代狄仁杰因荐为并州都督府法曹，他的父母在河阳别业。狄仁杰赴任，登太行山，南望见白云孤飞，对左右说："吾亲所居，在此云下。"他伫立很久，等云移开才走。诗人借狄仁杰的故事，以喻汪广洋一行入陕时的思乡情景。

尾联两句，更可看作是对"华岳云开立马看"的注释——朱元璋立国，定都金陵，因而他们西行途中，就像狄仁杰那样，回首东望，思念家乡的亲友和君上。

这是一首赠别诗，但却远远超出了赠别的内容。诗中，诗人满怀喜悦，以简洁、明快的笔调，写出了祖国统一后的新气象，表达了诗人对祖国的热爱之情。

（姜汉椿）

梅 花

（九首选一）

琼枝只合在瑶台，谁向江南处处栽？

雪满山中高士卧，月明林下美人来。

寒依疏影萧萧竹，春掩残香漠漠苔。

自去何郎无好咏，东风愁寂几回开！

　　《梅花》诗系组诗，共有九首，这是第一首。

　　诗人一开始便用简洁的笔调，来赞美遍植于江南的梅花。在诗人眼中，梅花高洁，应当长在天上。实际上是诗人对梅花斗霜傲雪、冰清玉洁的特征的赞美。接着诗人用了两个典故来疏解前联。前一句是写汉代袁安在洛阳时，一次大雪，都人都出门求食，他却僵卧不起，门外雪深数尺。唐代诗人王维《冬晚对雪忆胡居士家》诗中有"隔牖风动竹，开门雪满山。……借问袁安舍，翛然尚闭关"之句，高启即用王维诗意。后一句，据柳宗元《龙城录》载：隋朝开皇年间，睢阳人赵师雄过罗浮山，天寒日暮，看见树林里有一酒店，旁有茅屋，有美人淡妆素服出来迎接。两人一同到酒店喝酒。赵师雄酒醉睡去。醒来，发现自己在大梅树下，翠鸟在树上鸣叫。当时月落星横，不觉满心惆怅。这两句诗，以不趋流俗的高士及超尘脱俗的美女来比拟梅花，而"雪""月"又从颜色上作衬托。

颈联勾勒出了清冷、幽寂的深远意境：寒冬朔风，万物凋零，唯有萧疏的翠竹与梅花相互依傍，不改其节；春天的漠漠青苔，仍掩不住梅花的芳香，进而突出了梅花的高洁，给人以无穷的回味余地。

尾联诗人又用了一个典故。《梁书·何逊传》：东海郯（今山东郯城）人何逊，在任扬州法曹时，官署后有一株梅花，他常在梅树下赋诗。后来迁居洛阳，思念梅花而不得见，因此请求再到扬州任职。到扬州之日，梅花盛开，何逊邀请名士饮酒赏梅。诗人却反其意而用之：自从何郎去后，再也没有人做咏梅的好诗了，梅花也只能在料峭东风中寂寞开放。诗人借诗自喻，表现出他孤高自赏、傲世独立的品质。

这首诗，语言隽永、清新、耐人寻味，委婉地表现了诗人不趋附世俗、孤傲清高的情怀，但诗中也流露出作者那隐隐的孤独、惆怅的心情。

（姜汉椿）

秋 柳

欲挽长条已不堪，都门无复旧毵毵。

此时愁杀桓司马，暮雨秋风满汉南。

这是一首咏物抒怀的绝句。

首两句点题：你看都城门外昔日那轻拂的细长的柳枝，已经枝叶零落"不堪"攀折了。这两句虽无一字直接写"秋"，但却由柳枝的零落自然联想到时已深秋。"毵毵"，指柳枝细长的样子。后两句，诗人翻进一层，借用桓温的典故来抒怀。《世说新语·言语》载：桓温北伐时经过金城（今江苏句容北），见自己早年所植柳树已经长得很粗大，感慨万端，说："木犹如此，人何以堪！"不由"攀枝折条，泫然流涕"。"汉南"指江陵。当年桓温由江陵北伐，这里当借指金陵。"愁杀"两字传神地道出了诗人物是人非、年华流逝的慨叹。诗的最后一句中的"暮风秋雨"，又巧妙地照应了诗题。

这首绝句，写得朴实、自然，感情真挚。但在明白晓畅的描述中，流露出了诗人心中那淡淡的怅惘、孤寂的心绪。　　　　（姜汉椿）

于 谦

于谦（1398—1457），字廷益，钱塘（今浙江杭州）人。少有大志，二十三岁中进士，历任山西河南巡抚，为官清正。正统十四年（1449）土木堡之变，英宗被俘，于谦临危受命，任兵部尚书，拥立景帝，保卫了北京，功绩卓著。天顺元年（1457）英宗复辟，被诬遇害。于谦的诗现存六百十四首，大多作于繁忙的公务之暇，具有广阔的社会内容，以爱国忧民和表达自己坚贞节操为主要内容。诗风朴实刚劲，真切感人。有《于肃愍公集》。　　　　（褚荣昌）

北 风 吹

北风吹，吹我庭前柏树枝。

树坚不怕风吹动，节操棱棱还自持。

冰霜历尽心不移，况复阳春景渐宜。

闲花野草尚葳蕤，风吹柏树将何为？

北风吹，能几时？

这是一首咏物诗，表面上是赞颂柏树在北风中坚定自持，节操棱棱，实际是赞颂不向恶势力屈服而保持坚定节操的人的品格，表达了作者对这种高贵品格的向往。咏物自励是中国古典诗歌的优良传统。柏树历寒而长青，历来是高尚节操的象征，孔子说："岁寒，然后知松柏之后凋也。"于谦从少年时代起，就仰慕苏武、文天祥

248

的操守气节，以"殉国忘身，舍生取义"、"宁正而毙，弗苟而全"来激励自己，本诗是作者这种思想的形象体现。

诗的前四句，作者为我们描绘了一幅生动的图画，朔风凛凛，庭前柏树依然傲然挺立，郁郁葱葱。这里北风象征着邪恶势力，柏树的节操棱棱正是作者志趣的象征。接着，诗写冬去春来，柏树历尽冰雪，意志坚定，毫不动摇，更何况阳春和煦，景色宜人，展示了光明的前途。最后四句，作者在设想大地回春、花草茂盛、一片繁花似锦的景象之后，对着眼前正在劲吹的北风，发出了"北风吹，能几时"的疑问，表现了作者积极乐观、昂扬向上的情怀。诗题为"北风吹"，以"北风吹"始，以"北风吹"作结，首尾呼应。第一个"北风吹"给人以严寒凛冽的感觉，更反衬柏树的坚贞节操、后一个"北风吹"之后加上"能几时"的设问，既展示了春光明媚的前景，又让柏树以胜利者的姿态呈现在读者面前。（褚荣昌）

石灰吟

千锤万击出深山，烈火焚烧若等闲。

粉骨碎身全不怕，要留清白在人间。

这是一首咏物言志之作，写于永乐十二年（1414），时作者年十六岁。这首诗用拟人化的手法，借咏石灰表达自己的高尚情操和不平凡的抱负，而作者一生后来所经的历程也正是这首诗的最好的注脚，真正做到了"要留清白在人间"。

诗的一、二句写石灰的开采与制取。石灰原料来自深山，要经过千锤万击方能取得，然后放到炉窑中经烈火焚烧制成石灰。作者用这一过程来比喻一个人的锻炼成长。"若等闲"，好像平常一样，既是石灰的人格化，也是作者不畏艰险的人生态度的自我写照。三、四句写石灰制成后被人们使用，粉骨碎身全都不怕，一定要把自己的清白留在人间。诗人借石灰自述抱负，石灰已经变成作者的化身，表达了作者宁可牺牲也要保持高尚节操、清白品格的坦荡胸怀，要留下"清名播青史"（《收麦》）。

这首诗句句作比，语语双关。四句中无一句不是写石灰，也无一句不是在写自己。咏物寓志，由物及人，物我一体，达到天衣无缝的境界。

（褚荣昌）

上 太 行

西风落日草斑斑，云薄秋空鸟独还。

两鬓霜华千里客，马蹄又上太行山。

于谦于宣德五年（1430）起任河南山西巡抚十八年，公务之暇，创作了大量诗篇。《上太行》是其中一首意境开阔、情调高昂的七言绝句，读了使人振奋、鼓舞。

诗的一、二句写太行山的秋景：西风萧瑟，夕阳映照在斑斑的衰草上，寒云片片点缀着长空秋色，孤鸟忙着飞回它的窝巢，描绘出寥落肃杀的秋日薄暮景色。在古典诗词中，秋风落日常常用来抒发飘泊、思乡的悲苦情怀，作者也是远离故乡的千里客，却没有陈陈相因，而是摆脱俗套，跳出悲秋伤怀的框框，在紧接着诗的三、四句中，展现在读者面前的是作者鬓发苍苍跃马上山的形象。诗句豪迈地表示尽管自己年纪老迈、离家千里，但是为了国家，不辞辛劳跃马奔波。"马蹄又上太行山"，一个"又"字表现了奋斗不止、自强不息的精神。一个"上"字与前面"鸟独还"的"还"字正好是鲜明对照，表明作者为国忘家、乐观进取的精神："报国常怀丰稔念，关心不是别离情。"（《雪霁之夕闻檐溜有声因赋》）全诗在"马蹄又上太行山"句戛然而止，既形象鲜明，又留给读者以想象余地。通篇未及抒情，而豪迈昂扬之情跃然纸上。

（褚荣昌）

李东阳

李东阳（1447—1516），字宾之，号西涯，祖籍湖广茶陵（今属湖南），生于北京。天顺七年（1463）进士，官至华盖殿大学士。卒谥文正。李东阳是明代成化、弘治年间诗坛上的首领。《明史·文苑传序》说他的诗歌特点是"出入宋元，溯流唐代"。以他为首的茶陵派，是在明初台阁体与明中叶前后七子之间起了过渡作用的一个诗文流派。有《怀麓堂集》。　　　　　　　　　　（周寅宾）

夜过邵伯湖

苍苍雾连空，冉冉月堕水。

飘飙双鬓风，恍惚无定止。

轻帆不用楫，惊浪长在耳。

江湖日浩荡，行役方未已。

羁栖正愁绝，况乃中夜起。

　　邵伯湖，在江苏省中部，位于扬州北面，里运河以西，北接高邮湖。成化八年（1472），二十六岁的李东阳，时任翰林院编修，曾请假由北京回祖籍湖南。这次南行的路线是沿运河乘船南下，途经邵伯湖。他将这次旅途所作诗文编为《南行稿》，本诗是其中的一篇。

　　诗的前六句写湖空夜景。雾气弥漫，凉月缓缓而下，消失在湖水远方。轻风阵阵，拂动双鬓，时起时歇。诗人乘着一叶小舟，扯帆而行，只听见船头刺破水浪的哗哗声。前二句写湖上夜空景象，写的是远景，着重从视觉来写。后四句写湖面上的风势与浪声，写的是近景，着重从听觉来写。有色有声，通过雾、月、风、浪，组成了一个富有立体感的意境。

诗的最后四句抒怀，着重抒发了诗人南下途中羁旅的情怀。诗由景入情，说南行所见江湖日益广阔，漫长的旅行刚刚开始，远离家人，寄客他方的愁绪，至半夜尤甚。全诗写景抒怀，紧扣"夜"字。

李东阳在诗歌理论与诗作实践上均注意古体诗与律诗在法度和音调上的区别，这首五古诗在布局与音调的变化上均与律诗有明显的不同，处处露出学杜甫的痕迹。

(周寅宾)

与钱太守诸公游岳麓寺四首席上作

（四首选一）

危峰高瞰楚江干，路在羊肠第几盘。

万树松杉双径合，四山风雨一僧寒。

平沙浅草连天远，落日孤城隔水看。

蓟北湘南俱入眼，鹧鸪声里独凭栏。

岳麓寺，又名麓山寺，位于现今湖南长沙市岳麓山上，始建于西晋泰始四年（268）。明代成化八年（1472），李东阳回湖南扫墓，长沙府知府钱澍陪他游岳麓寺，他写了这组诗，原载《南行稿》。

这首律诗题为"游岳麓寺"，实际上是描写岳麓山。首联写岳麓山的形势。山平地拔起，俯视湘江，山路陡峭狭窄，盘旋而上。"危峰"，这里指岳麓山上的顶峰云麓峰。颔联写岳麓山的内景。"万树松杉"，写山上树木之多；"双径合"，写山上树木之密；"一僧寒"，写岳麓寺环境之静与位置之高。描绘游岳麓山时所见近景。颈联写岳麓山所见远景。山下，湘江中央小洲，芳草迷茫，与江水连成一片；在落日的余晖中，长沙城孤独地隔水耸立。尾联写在岳麓山上眺望时的想象与感觉。蓟（jì）北，今北京一带。诗人在鹧鸪声中，凭栏远眺，遥望北京与湖南，心潮起伏。他为什么要望这两地呢？湖南是他的老家，北京住着他全家，两处都使他魂牵梦萦；而在鹧鸪"行不得也哥哥"的叫声中，怎么能不怅然若失呢？两句借景抒情，把自己复杂的心理，含蓄地表达出来。

李东阳在《怀麓堂诗话》中曾说："诗贵意，意贵远不贵近，贵淡不贵浓。"这首诗的意境，既表现了近、浓的一面，如"万木松杉双径合"，更着重表现了远、淡的一面，如"平沙浅草""落日孤城"，因而读来既使人如亲历其境，又具有淡雅闲远的神情韵味。《四库全书简明目录》曾说茶陵派的诗"婉丽清新"，这首诗也体现了这种风格。

（周寅宾）

南囿秋风

别苑临城辇路开，天风昨夜起宫槐。

秋随万马嘶空至，晓送千旄拂地来。

落雁远惊云外浦，飞鹰欲下水边台。

宸游睿藻年年事，况有长杨侍从才。

　　"南囿"，即南苑，亦称南海子，位于今北京南郊。明成祖、宣宗、英宗常率群臣至此游猎。"南囿秋风"，是当时"京都十景"之一。据李东阳的《怀麓堂诗话》记载，"京都十景"是当时文士常写的诗题，成化年间，翰林院还以此题作为考查庶吉士的月课。据《怀麓堂集》编年，这首诗当作于成化十九年（1483）秋至成化二十一年（1485）秋之间。

　　这是一篇描写明代前期皇帝至南苑游猎的诗。通篇围绕游猎来写。"别苑"，指皇帝正宫以外的宫苑。南囿位于北京城南二十华里，故曰"临城"。"辇路"，指皇帝车驾所经的路。据《明宣宗实录》《明英宗实录》记载，明代宣德三年（1428）十一月、正统七年（1442）正月均修治过北京城至南海子的桥道。这一句是实写。"宫槐"，指宫中的树木，这一句是虚写。首联二句，虚实结合，写出了皇帝准备从皇宫动身去南囿游猎的气氛。这首诗的精彩之处，在于颔联与颈联，这四句写出了南囿游猎的壮观场景。"万马""千旄"（shāo），极言车马旌旗之盛，写出了辇路上游猎队伍浩浩荡荡的情景。雁每年秋分后由北方飞往南方，"落雁"句紧扣了诗题的"秋风"，表现了这次游猎的时令特征。明王朝在南囿筑有晾鹰台，"飞鹰"句又暗示了这次游猎的地方。

李东阳有些诗，曾受明初台阁体的影响。本诗就是如此，尤其是尾联。"宸游"，指皇帝的游猎。"睿藻"，指皇帝的诗文。南囿本是皇帝常来游猎和吟诗作赋的地方，况且当时还有像西汉著名辞赋家司马相如与扬雄那样的文学侍臣。这里以司马相如、扬雄借指明宣宗时的台阁大臣杨士奇等人。《列朝诗集小传》说明宣宗与杨士奇等人"君臣同游，赓歌继作"，尾联二句便是指此事。由此可见，李东阳对于以杨士奇为首的台阁体诗人是相当推重的。　　（周寅宾）

重经西涯

缺岸危桥断复行，野人相见不通名。

辘轳声里田田水，杨柳枝头树树莺。

看竹东林无旧主，买山南国有新盟。

不知城外春多少，芳草晴烟已满城。

这首诗作于弘治十二年（1499）。"西涯"是李东阳祖居所在地。李东阳的曾祖父是茶陵（今属湖南）人，于洪武初年从军至北京，后定居北京西涯（今北京德胜门附近的积水潭）。李东阳的童年、少年，是在此地度过的，因此长大后以"西涯"自号。他在内阁任职后，迁居北京西长安门西的孝宗赐第，但他对西涯故居仍怀有深情，在他的诗集中现存有许多首重经西涯的诗。

诗的前四句描写西涯的城郊风光。诗人重经故居，但见缺岸危桥，风景依旧，而离开此地已久，迎面碰到的农民都已经不相识了。春光之中，辘轳声响，农民正辛勤地在车水灌溉，黄莺儿在柳树枝头，宛转娇啼。诗用了"田田""树树"这一对叠词，分别写出了水田相连、莺声成阵的景象，将西涯的自然风光描写得有声有色。

诗的后四句写诗人重经西涯的感想。"看竹""买山"二句写人事的变迁。前一句写西涯旧邻的物故。李东阳另一首《重经西涯》诗有"旧邻十室九易主"之句，意思相近。后一句写诗人准备离职后去江南居住。南国，指李东阳的祖母的诞生地常州。据李东阳《文后稿》卷十《奉谦斋徐先生书》记载，他曾托徐溥（号谦斋）在常州购置田地数亩，以备自己离职后去那里居住，新盟即指此事。结尾二句，诗人将西涯的春景进一步扩大，写北京城内外已充满春光。

这首诗描写北京城内外的普通景物与日常生活，清新流丽，具有真情实感。它在表达对北京景物的观感时，还做到了微观与宏观相结合，对西涯的岸、桥、田、树作了细致的微观描写，又对北京城内外的春光作了宏观的鸟瞰。

（周寅宾）

灵寿杖歌

吾闻武当之山四万二千丈，
半在云根半天上。
不知三十六宫何处称绝奇，
产出灵株非一状。
蛟螭蟠挐露头角，熊经树颠虎山脚。
根盘节错相纠缠，含风饱雪经炎寒。
九年洪水之水浸不杀，
十日之日暴烈何时干。
梯悬磴接跬步不可上，谁采青璧红琅玕。
见之美者不容口，锡以嘉名曰灵寿。
爪之不入行有声，金可同坚石同久。
吾家此物旧所有，神与相扶鬼为守。
自从病足跛曳不得前，已觉山林落吾手。
一病经旬不出门，手中此杖嗟犹存。
下床欹足立不定，此时托子以为命。
不顾四体无微疴，但愿谢病归山阿。
左扶右策夹以二童子，
下可涉园径，上可凌坡陀。

愿栽万本截万杖，穷崖阴谷生森罗。

灵兮寿兮此物倘可致，直遣四海赤子头双皤。

在李东阳的《怀麓堂集》中，《灵寿杖歌》编在《诗后稿》内。《诗后稿》收录的是他在内阁任职时的诗作，从诗中流露的希望退休归山林的思想来看，这首诗可能是他晚年的作品。

这是一首咏物诗。李东阳在另一首题为《铁拄杖行》的诗序中曾说他写诗是"托物寄兴"。这首诗也体现了这个特点。

由开头至"金可同坚石同久"，是全诗的第一部分，这一部分主要是咏物，即歌咏灵寿杖。开头四句，描写了灵寿杖的产地武当山。武当山是道教名山之一，位于湖北西北部，"四万二千丈"，极言其高。永乐年间，明王朝曾在山上大规模营造宫观，建成八宫、二观、三十六庵堂、七十二岩庙。这里的"三十六宫"，泛指山上的道教宫观。次四句写灵寿杖产生的环境，它在蛟龙盘曲的地方露出头角，生长在熊虎出没的山林，盘根错节，饱经风雪霜暑的锻炼。再接下四句，描写灵寿杖不平凡的经历。"九年""十日"两句，承接上文的"炎寒"，再以夸张手法，借用尧时"洪水九年""十日并出"二典，写它备受洪水、烈日的考验。这两句进一步写它成材不易、采伐不易。后四句写灵寿杖的命名与质料。"见之"两句写嘉名的由来。"爪之"两句写它质料的坚固，以金石相比。这一部分，诗人从多角度多层次描写了灵寿杖的奇而坚的特征，歌咏了它外形的奇美与本质的坚固。

由"吾家此物旧所有"至结尾，是全诗的第二部分，这一部分主要是寄兴，即抒写诗人手持灵寿杖的感想。前四句写此杖是家中旧物，现落己手。"山林"一词，有承上启下的意义，上承产地武当山，下启归隐山林之志。接下四句，写本人病中对杖的依赖。子，对男子的美称。诗人将杖称为子，表现了他对手杖怀有深情。再接下五句，写本人的初步愿望。"痾"，病。"阿"，曲隅。"策"，策杖、拄杖的意思。"陀"，不平坦的地方。诗人的愿望，不是身体没有一点小病，而是退休归隐深山，为此，他还具体描绘了策杖悠游田园山林的想象。最后四句，写诗人的更高理想。"赤子"，这里指百姓。"皤"（pó），白。这四句写自己的理想是，栽培万根灵寿杖，扶助天下百姓安度晚年。这首诗后半部的寄兴，显然有两个层次：前一层次策杖山林田园，过悠闲的退隐生活，这表现了作者思想的消极面；后一层次推己及人，德泽四海，表现了作者仁爱、博爱的儒家思想，这是作者思想的积极面。

这首诗在句法、构思上对唐代杜甫、韩愈的古体诗均有所借鉴。开头二句，显然借鉴了杜甫《天育骠骑歌》"吾闻天子之马走千里，今之画图无乃是"的句法。本诗结尾，显然借鉴了杜甫《茅屋为秋风所破歌》"安得广厦千万间，大庇天下寒士俱欢颜"的构思。清代沈德潜在《明诗别裁集》卷三说此诗的语言风格是"纵横跌宕，能盘硬语"。正与韩诗"横空盘硬语"的风格接近，如这首诗前一部分的精彩诗句，也体现了韩诗奇、险、硬的一些特点。李东阳的《怀麓堂诗话》谈到古体诗时，曾说杜甫"开扩"了古体诗的范围，韩愈则进一步"衍"（展延）之。从这首诗可以看出，李东阳的诗，兼学盛唐与中唐，这与明代前后七子诗宗盛唐、否定中唐的诗风是不同的。同时从这首诗可以看出，李东阳对杜诗、韩诗虽有所借鉴，但不是机械摹拟，诗中有自己的个性，因而不与古人雷同。

（周寅宾）

唐 寅

唐寅(1470—1522),字伯虎,一字子畏,晚号六如居上,吴县(今江苏苏州)人。弘治十一年(1498)举南京乡试解元,次年进京参加会试,因科场舞弊事受牵连,罢斥还乡。自此遂无意功名,放浪形骸。后宸濠闻其名,以优礼聘之,不得已佯作颠狂,辞去。晚年居苏州桃花坞,自称江南第一风流才子。唐寅以诗画名于世,与祝允明、文徵明、徐祯卿齐名,称"吴中四才子"。其诗多不经意之作,不务锻炼工巧,然才情富丽,每出奇语,对晚明诗风有较大的影响。有《六如居士集》。

(刘明今)

把酒对月歌

李白前时原有月,惟有李白诗能说。

李白如今已仙去,月在青天几圆缺。

今人犹歌李白诗,明月还如李白时。

我学李白对明月,月与李白安能知。

李白能诗复能酒,我今百杯复千首。

我愧虽无李白才,料应月不嫌我丑。

我也不登天子船,我也不上长安眠。

姑苏城外一茅屋,万树桃花月满天。

李白有《月下独酌》诗,写自己独酌无亲,于是邀月共饮,借

此抒发他怀才不遇、不为世人所知的孤寂而狂放的情怀。唐寅以
"江南第一风流才子"自命，其才情、遭遇确实与李白有甚多相似
之处。唐寅幼豪侠，鄙夷世俗的功名，不屑为当时士人孜孜以求的
举子业，整个青年时期都在诗酒放浪中度过。二十八岁始闭户读制
义，一年后即举解元，其诗文得到当时的名家如梁储、程敏政的称
赏。后去京应试，受累于科场案，从此便绝意功名，远游湖湘浙闽
等地，啸傲林泉山水间。这段生活经历与李白前半生很相似。李白
壮年辞家远游，去京后得到贺知章等人的扬誉、天子的青睐，后来
又被疏远，以致"优诏罢遣"，然后又遍游诸名山大川。更为相似
的是他们后期都受到了藩王叛逆的牵连，李白因永王璘事件而流
放，唐寅则因宸濠之故而装疯。尽管他的头脑还比较清醒，早早脱
去，但晚年卖画为生，归心佛门，也是够凄凉的了。这也许是千古
才人在封建制度压抑下的必然悲剧吧！正因为如此，唐寅便不自觉
地对李白感到特别亲近，把酒对月，自然地便想到了李白，以李白
的知音自许，甚至以李白自拟。"李白能诗复能酒，我今百杯复千
首。"那么唐寅真是和李白那么相像吗？也不，因为时代不同了，
尽管他们才气相仿，性情相近，境遇志趣也必然有所不同了。诗中
写道："我也不登天子船，我也不上长安眠。"是唐寅不想登天子船，
不想上长安眠吗？不，不是不想，而是不能。唐寅也到过京师，但
他当时乃是应试的举子，想来必须守些规矩，不敢放肆地在"长安
市上酒家眠"的。说到"登天子船"，那只能说唐寅无此福分了。
在唐代开元天宝时期，李白可以不应科试，仗剑远游，扬名于公卿
间，甚至力士脱靴，贵妃捧砚。这一切唐寅能想象吗？他青年时期

放荡了十多年，到后来还是不得不听从朋友的劝说，埋头读八股文，规规矩矩地按照朝廷规定的路子一步步地向前走。如果不是碰到意外的科场舞弊事件，唐寅也就不会是今日历史上的唐寅了。正是这场科场案，断了他的功名之念，使他能尽其可能地摆脱社会的桎梏，还复其原来的性情。"姑苏城外一茅屋，万树桃花月满天"，这便是他理想中的遁迹之处了。这样的理想和李白也是有所不同的。李白有过挫折、悲哀、痛苦，但从不失望，同样是把酒对月，李白写道："古人今人若流水，共看明月皆如此。唯愿当歌对酒时，月光常照金樽里。"（《把酒问月》）何等豪迈！何等洒脱！而唐寅"姑苏城外一茅屋"便显然带有一种内心的畏缩与退避。以致他在《伥伥词》中写道："前程两袖黄金泪，公案三生白骨禅。老后思量应不悔，衲衣持盏院门前。"情绪消沉极了。这便是时代的差异在这两位天才诗人身上所造成的不同吧！

此诗发自胸臆，一以口语为之。好处是无雕饰之弊，有自然之趣；缺点是比较浅率，含蓄不够。以故王世贞便讥评他说："唐伯虎诗如乞儿唱《莲花落》。"（《艺苑卮言》）这一弊病在唐寅的诗中相当明显。因此，尽管他才气很高，其诗歌创作的艺术成就却是不能与李白同日而语的。

（刘明今）

和沈石田落花诗

（三十首选四）

春尽愁中与病中，花枝遭雨又遭风。

鬓边旧白添新白，树底深红换浅红。

漏刻已随香篆了，钱囊甘为酒杯空。

向来行乐东城畔，青草池塘乱活东。

　　沈石田，名周，长洲（今江苏苏州）人。长唐寅四十三岁，卜筑乡间，终生不仕。诗、书、画号称三绝，文采风流，映照一时。沈石田作《落花诗》，一时和者甚众。除唐寅外，文徵明等均有和作。唐寅共和三十首，这是第九首。

　　落花意味着春去，落花诗就是伤春诗。以落花伤春为题材的诗词，在古典文学中不计其数。这些诗约可分为两类：其一是泛泛而写，虽也言愁，其实无愁，纯为写景而作；其二则真有愁思拂郁，借伤春而自伤，这些便是所谓有寄托之作。沈石田、文徵明的落花诗属于前一类，如文徵明《和答石田落花诗十首》其十写道："情知芳事去还来，眼底飘飘自可哀。春涨平添弃脂水，晓寒思筑避风台。沾衣成阵看非雨，点径能匀衬有苔。秾绿已无藏艳处，笑他蜂蝶尚徘徊。"何等雅致，何等轻丽！而唐寅的落花诗则不然，他遭时不遇，又慷慨多气，一腔愁怀遂往往借以倾吐，因此整个的风格便显得异常的凄惋了。正如其最末一首写道："和诗三十愁千万，此意东君知不知。"

此诗前四句以同一句式的句子排比出之，十分有力。春去了，花枝遭到风雨的摧残，诗人的双鬓也添了新白，可以说整个春天便是在病与愁中度过的。因此诗人更痛切地感到生命的短促，在袅袅的篆烟中转眼间时光便消逝了，为什么还要爱惜金钱、不去痛快地饮酒呢？最后两句明写景物，暗抒情怀。作者说，一向在这里游乐的东城畔，那"青草池塘"里的"活东"（江浙人称蝌蚪为"活东"）正在自由自在地游动。如果联系颈联的"钱囊甘为酒杯空"，则不难看出作者对"行乐"的向往，同时也反映了作者落拓不羁的性格。

全诗辞意流畅，然情绪却比较低沉。名为咏落花，其实乃是自咏。

（刘明今）

> 崔徽自写镜中真，洛水谁传赋里神。
> 节序推移比弹指，铅华狼藉又辞春。
> 红颜仙蜕三生骨，紫陌香消一丈尘。
> 绕树百回心语口，明年勾管是何人？

唐寅《落花诗》三十首，主题均为伤春，内容则各各不同：有叹青春易逝，有念繁华成空，有思远人未归，有恨知己难逢。这是第十首，是怨佳人命薄。崔徽，唐歌伎，与裴敬中相恋，既别，思念不已，图影寄之，不久抱恨而亡。此为相爱而无端歧离。曹植过洛水，仿佛若见神女，情虽相感，辞意未通，其结果是："悼良会之永绝，哀一逝而异乡。"（《洛神赋》）作者此诗以佳人的命薄起兴，感叹节序之推移，转眼间春又归去。"弹指"，本禅家语，喻时光之短速，如指之一弹。"铅华狼藉"既指落花零乱，也指美人色衰。人生短，青春年少更短。佛家谓人有三生：前生、今生、来生。红颜佳人能否脱去凡胎，羽化成仙，摆脱三生轮回之苦呢？作者对此是怀疑的，因为所见所闻无非是香消翠殒，枉添了陌上的红尘。思念及此，作者绕树百回，肝肠欲裂，明年此时，花落人殒，正不知又要轮上谁了？

对人生的感叹，对死亡的忧伤，似是明代中期以后新出现的一个主题。这是伴随着对人生意义的探索而提出的。后来袁宏道也曾公然地表示对黑暗的憎恶，对死亡的恐惧。至于《红楼梦》中林黛玉的《葬花词》那就更不用说了。唐寅有《花下酌酒歌》写道："枝上花开能几日，世上人生能几何？昨朝花胜今朝好，今朝花落成秋草。……今日花开又一枝，明日来看知是谁？"与此诗末句"明年勾管是何人"同意。总之，由落花而念及人生，感叹生命之短促，进而发出朝不保夕的哀吟，这是唐寅《落花诗》的一个很值得注意的特点。

（刘明今）

　　节当寒食半阴晴，花与蜉蝣共死生。

　　白日急随流水去，青鞋空作踏莎行。

　　收灯院落双飞燕，细雨楼台独啭莺。

　　休向东风诉恩怨，自来春梦不分明。

　　这首诗是组诗的第十四首。前四句是一层意思，后四句是一层意思。前四句要旨是慨叹人生之短促。"花与蜉蝣共死生"，蜉蝣朝生暮死，习以譬喻人生之短暂，然而唐寅却别出心裁地以之喻花，当然若以昙花来说，其生命并不比蜉蝣长，故以蜉蝣喻花实不算什么夸张，但却非常新鲜。这一比喻，寄寓了作者人生易老、韶华难再的感慨。也正因如此，作者用词非常凄冷，在春日节令中独独拈出寒食（寒食是纪念介子推被烧死而冷食的节日）。颔联首句点明时间已近傍晚。句中的流水急去，是以形象可感的事物来映衬时间的流逝，给人以更直观、更深刻的感受。正因为时近傍晚，又值暮春天气，故次句言踏莎寻芳的计划也未能如愿以偿。

　　后四句的主旨是慨叹青春之难以把握，即末一句所谓"自来春梦不分明"。夜已深了，院落中的灯火也渐渐熄灭了，按理燕子早该归巢梁间，但此刻仍有一双燕子在黯淡的夜空中飞翔。此外，烟雨楼台之侧还有孤零零的一只黄莺在独自啼鸣，它在唱些什么呢？它们心中都有说不尽的恩怨吧！"是它春带愁来，春归何处，却不解带将愁去"，这样说来应当感谢春还是埋怨春呢？春来既不必感谢，春去又何必埋怨，一切恩恩怨怨，真是从何说起！古人早就说过，人生如一场春梦，唐寅更说这是一场辨不清恩怨的、模糊而不分明的春梦。

（刘明今）

花落花开总属春，开时休羡落休嗔。

好知青草骷髅冢，就是红楼掩面人。

山展已教休泛蜡，柴车从此不须巾。

仙尘佛劫同归尽，坠处何须论厕茵。

这首诗为组诗第二十二首。

唐寅晚年遁于佛，作《漫兴》诗称："白面书生期马革，黄金说客剩貂裘。近来检校行藏处，飞叶僧家细雨舟。"他由青年落拓，中年失意，到了晚年齐荣辱、等死生，其思想是很容易向宗教靠拢的。明代佛道盛行，从皇帝到百姓，多有一意崇奉的。但这是世俗化的宗教。唐寅诗称"不烧金丹不坐禅"，对此他并不置意。他与佛教的接近乃在思想上，在人生的归宿上。这首诗正体现了这一点。

"春来赫赫去匆匆，刺眼繁华转眼空。"（《落花诗》其十六）在说尽了伤春、怨春之后，还有什么好说呢？花开是春，花落又何尝不是春。这样的认识便是不执，便得空灵之妙，也正合于佛家的禅悟。为什么仅仅把春看作是百花盛开，是繁华的象征，今日的盛开不正孕育着明日的衰谢？就生长的过程来说盛开与衰谢不是一回事吗？能见于此，自然不必羡春，也不必伤春了。唐寅认为对人生也当作如是观，今日黄土垄中的白骨不就是当日红粉楼中的佳人么？明乎此，像谢灵运那样因遭贬谪而蜡屐登山或像韩康那样因受征诏而乘柴车、着幅巾就都是不必要的了。不论是修成仙家还是落入尘世，或是成佛，或是遭劫，又有什么差别呢？因此，作者用范缜《神灭论》中"坠茵落溷"的说法，以为落花飘零，有的坠在茅厕中，有的坠在垫褥上，不必为之或喜或悲，正如人的或显达，或落魄，都应乐天知命，随遇而安。这正如苏轼在《赤壁赋》中所说："自其变者而观之，则天地曾不能以一瞬，自其不变者而观之，则物与我皆无尽也，而又何羡乎！"苏轼说的是勘破死生，唐寅此诗说的是勘破荣辱、盛衰，这便是他晚年自号六如居士的原因。

唐寅这样过分消极的厌世情绪自然是不足取的。但在明代前中期之际，他这一思想又是具有非常重要的典型意义的。就佞佛而言，唐寅在明代文人中实开其先声，嘉靖以后文人谈佛便相当普遍了。此外唐寅的这一情绪又是明代中后期兴盛的市民文学的一个重要的思想特征。唐寅的才气、际遇与李白有很多相似之处，他们的不同或许就在唐寅身上带有相当明显的市民倾向，带有过多的伤感情绪吧！

（刘明今）

言　志

不炼金丹不坐禅，不为商贾不耕田。

闲来写就青山卖，不使人间造孽钱。

　　据《尧山堂外纪》记载：唐寅晚年寡出，常坐临街一小楼，惟乞画者携酒造之，则酣畅竟日。虽任适诞放，而一毫无所苟，有《言志》诗云云。可见《言志》诗之作正是唐寅晚年放诞而又耿介的性格与情操的表现。

　　唐寅的父亲唐广德以商贾为业，心慕功名，于是便让唐寅读书。然唐寅却又不是一个孜孜求仕的人，科场案受累后便绝意进取。其父早逝，他早年纵情诗酒，家道中落，因此他下半生的生活是相当清贫的。据说他和同里张梦晋尝在雨雪中作乞儿鼓节，唱莲花落，得钱便去沽酒痛饮。这虽然是他们有意狂诞傲世的表现，然亦未始不是阮囊羞涩的缘故。为此他便时常作些画来换钱，这首诗便是他就此而产生的感想。

　　明代道教、佛教都相当盛行，唐寅厌恶世事，对释、道二教自然是不排斥的。他晚年自号六如居士，"六如"语出《金刚经》，"一切有为法，如梦幻泡影，如露亦如电，应作如是观。"看来他所欣赏的是佛教教义中对社会与人生的解脱与超悟，而不是束缚人性的种种繁规缛节。因此他不耐烦坐禅，同样对道士烧炼金丹、求不死药等也是一笑置之。曾有道士说他仙风道骨，劝他去烧银，他便说："君何不自烧些用?"(《说圃识余》)对烧丹、坐禅，他不屑一为，对商贾和耕田呢? 因为他父亲自幼便让他读书，他也失去了这方面的能力。但他和当时一般重仕轻商的士人不一样，他说"闲来写就青山卖"，卖画近乎商，是以文为商。在封建时代，文人卖画总有些羞答答的，好像这样就不清高了，唐寅可不是这样，他自豪地宣称愿以卖画为生，却不愿使人间的造孽钱。这句话充分体现了唐寅的气节，他虽"任适诞放"，却又"一毫无苟"。这句话出现在十六世纪初期中国的社会中是很可贵的。

(刘明今)

李梦阳

李梦阳（1473—1530），字天赐，更字献吉，号空同子，又号空同山人，庆阳（今属甘肃）人。弘治五年（1492）举陕西乡试第一，明年成进士。历官户部主事、员外郎、郎中。正德元年（1506）以代尚书韩文草奏劾刘瑾，事败，勒致仕。正德五年瑾败，次年起为江西提学副使，为人所陷，归家闲住。李梦阳为"前七子"领袖，与康海、何景明等倡导文学复古，影响很大，为时人所推崇。所作大抵古诗雄壮富健，近体雅壮轻健。有《空同集》。　　　　　（林　川）

玄明宫行

今冬有人自京至，向我道说玄明宫。

土木侈丽谁办此，乃令遗臭京城东。

割夺面势创巖業，出入日月开帡幪。

矫托敢与天子竞，立观忍将双阙同。

前砑石柱双蟠龙，飞梁逶迤三彩虹。

宝构合沓殿其后，俨如山岳翔天中。

金银为堂玉布地，千门万户森相通。

光景闪烁倏忽异，云烟鬼怪芃香蒙。

以东金榜祠更侈，树之松榗双梧桐。

溟池岛屿鯤鲤跃，孔雀翡翠兼黑熊。

那知势极有消歇，前日虎豹今沙虫。

窗扉自开卫不守，人来游玩摇玲珑。

陛隅龙兽折其角，近有盗换香炉铜。

青苔生泥猊面锁，野鸽哺子雕花栊。

忆昔此阉握乾柄，帝推赤心阉罔忠。

威刑霹雳缙绅毒，自尊奴仆侯与公。

变更累朝意叵测，掊克四海真困穷。

长安夺地塞巷陌，心复艳此阉何蒙。

构结拟绝天下巧，搜剔遂尽输倕工。

神厂择木内苑竭，官坑选石西山空。

夷坟伐屋白日黑，挥汗如雨斤成风。

转身唾骂阉得知，退朝督劳何匆匆。

人心嗟怨入骨髓，鬼也孰敢安高崇？

峨碑照耀颂何事，或有送男充道童。

闻言怆恻黯无答，私痛圣祖开疆功。

渠干威福开者谁？法典虽严奈怙终。

锦衣玉食已叨窃，琳宫宝宇将安雄？

何宫无碑镌护敕，来者但看玄明宫！

据《名山藏》载，势力熏天的宦官刘瑾，在北京朝阳门外辟地数百顷，化银数十万，造玄明宫为帝祈福。其木石均取之内府。又在猫竹厂圈地五十余顷，毁民居一千九百余家，掘人坟墓二千五百余座，筑室居民，卖酒设娼，以收入供玄明宫香火。正德五年（1510），刘瑾败事，宫遂荒芜。这首诗记载了玄明宫的盛衰过程，表达对刘瑾穷奢极侈、祸国殃民的深恶痛绝。

全诗可分前后两大段。上半以对比形式放笔描写玄明宫的盛衰。诗从听人言入笔，这样可以给人留下自己是第三者的印象，以便末后抒发议论感慨，是作者谋篇章法所在。首四句一锤定音，说玄明宫华丽奢侈，如今遗臭京城。然后左盘右旋，极力摹写玄明宫初造时状况。诗说宫阙高耸，遮天蔽地，规模竟能与天子的宫殿一比高低。蟠龙石柱，高高屹立，画阁飞梁如彩虹横挂。重殿复廊，金碧辉煌，千门万户，烟飞缭绕。奇禽异兽，充斥其间。"巉嶪"，高耸貌。"帡幪"，覆盖物，此指宫殿。在这一小段中，诗人搜罗了大量富丽堂皇的词语，"蟠龙""飞梁""宝构""金银"……一连串的形容词令人应接不暇，把《三都赋》《两京赋》及杜牧《阿房宫赋》的排比铺陈之法引入诗中，形象而又夸张地描摹了玄明宫的侈靡。

紧接着这些盛况的描绘后，诗顿换色彩，这美轮美奂的宫殿，如今荒凉残败。门窗摇落，无人看管，任游人东攀西拆。装饰品都已损坏，连香炉也给人偷走。青苔遍地，铜锁生绿，房桅上已成了鸽子营巢之地。诗又搜罗了一连串凄凉衰冷的词句，写出玄明宫的荒芜。上一段是呼应起首"土木侈丽"，这段是呼应"遗臭京城"。盛是极其奢侈，败是极其残破，这样强烈的对比，给读者留下了很深的印象。

　　然后，诗由建筑物写到人，但仍从建筑来写人。诗指出，造这道宫的宦官刘瑾，权势熏天，他骗取了皇帝的信任，穷凶极恶，搜尽了民脂民膏，建造了这华丽甲天下的宫殿。"长安"，代指都城北京。"输倕"，古代名匠鲁班与倕。诗痛斥了刘瑾威刑缙绅、"搒克四海""夷坟伐屋"等一桩桩令人发指的罪状，也指擿了那些趋炎附势的卑鄙小人，将当时朝政的败坏暴露无遗。至于刘瑾之败，作者不再交代，从上玄明宫的衰败已有了答案。通过这一段，不由人不对刘瑾痛恨，而对宫殿的荒芜不会是通常对盛衰产生的感叹惋惜，而是既痛心，又痛快。

　　写完了玄明宫的变迁，诗进入第二大段，抒发议论。诗人以沉重的心情，想起太祖建国开疆时，曾在宫门竖铁牌，明文禁止宦官干预朝政。但成祖因为登基得到过宦官的帮助，自坏法典，使宦官势力日益强大，尾大不掉，酿成国乱。因此诗人大声疾呼，要以玄明宫为史鉴，不可再蹈覆辙。

　　刘瑾事败后，咏玄明宫盛衰的诗不止一首，如何景明集中亦有《玄明宫行》，但以李梦阳这首最著名。全诗用铺陈夸张的手法，详细描述了玄明宫的今昔，给人以强烈的感受。后段议论着笔不多，但正是前段的延伸，且鞭辟入里，抒发了自己的愤慨，提出了令人深思的问题。这种有叙有议，叙议分明，以叙为主的风格，正是继承了杜甫歌行及白居易新乐府的表现手法。

　　　　　　　　　　　　　　　　　　　　　　　（李梦生）

林良画两角鹰歌

百余年来画禽鸟，后有吕纪前边昭。
二子工似不工意，吮笔决眦分毫毛。
林良写鸟只用墨，开缣半扫风云黑。
水禽陆禽各臻妙，挂出画堂皆动色。
空山古林江怒涛，两鹰突出霜崖高。
整骨刷羽意势动，四壁六月生秋飚。
一鹰下视睛不转，已知两眼无秋毫。
一鹰掉头复欲下，渐觉振翮风萧萧。
匹绡虽惨淡，杀气不可灭。
戴角森森爪拳铁，迥如愁胡眦欲裂。
朔风吹沙秋草黄，安得臂尔骑驹骦。
草间妖鸟尽击死，万里晴空洒毛血。
我闻宋徽宗，众兽貌此鹰。
后来失天子，饿死五国城。
乃知图画小人艺，工意工似皆虚名。
校猎驰骋亦末事，外作禽荒古有经。
今王恭默罢游宴，讲经日御文华殿。
南海西湖驰道荒，猎师虞长皆贫贱。

吕纪白首金炉边，日暮还家无酒钱。
从来上智不贵物，淫巧岂敢陈王前！
良乎，良乎，宁使尔画不直钱，
无令后世好画兼好畋。

这是一首很别致的题画诗。题画诗的写作一般是就画生发，或赞美图画的技法、布局，写出画上的意境，补足未尽之意；或赞扬画者的人品、造诣，叙写身世，寄托今昔之感；或论述画理，兼及文理。独有这首诗，却以称物开始，而以直言图画乃淫巧小技不值得重视作结，最后收束到玩物丧志、关系政治理乱等一番大道理上来。全诗分成先扬后抑、对比鲜明的两大段。

第一大段自首句起，至"万里晴空洒毛血"止。诗从百余年来禽鸟画的发展情况写起，由远及近，由反及正，以吕纪、边昭两画师作画"工似不工意"（偏重形似，不讲求神韵）作反衬，然后把诗笔转移到林良身上来。林良作画时的风神气调，画艺的高超都在"林良写鸟只用墨"以下四句中作了概括性的介绍，起了先声夺人的作用。经过如此一番渲染之后，诗人才开始对林良所画的角鹰图作正面描写。先是对画的大体布局作了交代，在空山、古林、江涛这样严威境界中，霜崖高耸，两角鹰兀然特立，顾盼自雄，给人一种壮观的气势。然后分写两角鹰的神态：一角鹰寂然下视，于闪闪的鹰目中，从专注的神情中，人们感到它的动势；一角鹰蓄势待发，人们仿佛已能感受到它飞跃时的振羽声。"匹绡"两句极力一扬，把林良画笔力透纸背的艺术造诣刻画了出来。以下的六句，诗人从眼前神武的角鹰引起想象，想象如能架着这两只角鹰出猎，奔驰在黄沙秋草的原野上，则必将大有收获，这是从另一个角度赞美了林良角鹰图的神妙，也为第二大段的议论作了必要的铺垫和过渡。角鹰是鹫的一种，头部后面有羽毛，长而有白丝，像帽子，故称戴角。第一大段的写作方法，可以称之为步步收束法，由旁人收束到林良，由林良而及画，由对画的总体布局收束到中心点——两角鹰，仿佛电影中由远镜头而中镜头，再用近镜头拉近、放大，然后再从放大的图像上渐隐渐现地映出另组校猎镜头，两个画面同时存在、交替。从诗的文理上说，是由画工而及画，由画而及校猎。

第二大段用"我闻宋徽宗"四句作转折，通过反面教训来点出"乃知图画小人艺，工意工似皆虚名"这一中心思想。宋徽宗工书善画，画长于花鸟，但侈靡淫佚，朝政昏暗，终至亡国，被俘后因死于五国城（今黑龙江依兰）。第一段由画鹰而联及校猎，"校猎"两句则再次由画鹰而联及校猎，同时加以否定。下文"今王"四句则全从校猎生发，今王不喜好校猎，与酷爱书画小人之艺的宋徽宗正好相反，所以诗人大加赞扬。诗人用一反一正两个例子来表达自己对画与猎的见解。但是这首诗毕竟是题画诗，所以诗笔一荡开后，又不得不回到题画上来。因为今王不喜田猎，自然对鹰隼之类的禽鸟图也不感兴趣，这样擅长花鸟画的老画师吕纪之流就无事可干而穷愁潦倒了。吕纪是如此，那么林良的境遇会怎样呢？他的画又将如何呢？这样一位天才画家和他如此神妙的作品，将受到冷落，自然是十分可惜的，但比起由此而带来的君王因喜欢淫巧之艺、校猎之游而荒怠国政，使国家遭受不幸，当然是不可同日而语了。所以诗人最后不得不带着惋惜的口吻写道，林良啊，林良啊，宁可你的画不值钱，而不要惹得后世帝王由于喜画爱猎、玩物丧志，而招致亡国之变呀！

这首诗虽然较长，但脉络井然，正如清人沈德潜所评："从画说到猎，从猎开出议论，后画猎双收，何等章法！笔力亦如神龙蜿蜒，捕捉不住。"

李梦阳是明诗坛前七子的首领，主张诗必盛唐，批评他的人说他作诗模拟剽窃，如婴儿学语。《林良画两角鹰歌》有意学杜，但并非"窃贼"，师意师法而不模句，值得称道。如此诗起首四句由远及近，就是学杜甫《韦讽录事宅曹将军画马图》的起笔法。"二子工似不工意"的句式很接近《丹青引》中"干唯画肉不画骨"的句式。"吕纪白首"六句与《丹青引》的结尾也有相似之处，但用意恰恰相反。类此的例子很多，读者不妨可以寻出杜甫的几首题画诗来对照。

（丁如明）

出使云中作

黄河水绕汉边墙，河上秋风雁几行。

客子过壕追野马，将军韬箭射天狼。

黄尘古渡迷飞挽，白月横空冷战场。

闻道朔方多勇略，只今谁是郭汾阳？

弘治十二年（1499），李梦阳以户部主事出使云中（今山西大同），写下这首诗。诗题一作《秋望》。

"黄河水绕汉边墙"，这里"绕"并非是"环绕"，是"沿着"的意思；汉边墙指长城。黄河水以它一往无前的气势奔流向前，呈现出一幅雄浑壮观的景象。可是诗至此笔锋一转，写西风凄凄，北雁南飞。"阳关万里道，不见一人归。唯有河边雁，秋来南向飞。"（庾信《重别周尚书》）"秋风起兮白云飞，草木黄落兮雁南归。"（刘彻《秋风辞》）自古以来，秋风、秋雁给诗人带来多少忧叹感伤，作者在这里透露出一丝悲凉情味。

首联两句虽然情调有异，但两句所写景物——河水、地面、天空——却组成了一个高远的世界，为颔联的描写和联想、想象提供了广阔的空间。旅居异地的人叫客子，这里是作者自称。"野马"指尘沙，"天狼"即天狼星。古代传说，狼星出现，必有外来侵略。

这里指北面的敌人鞑靼。一片旷野，一个青年（弘治十二年李梦阳二十六岁）策马扬鞭，纵横驰骋，他多想效法古代名将，率领明朝军队去迎击鞑靼，可惜美好的愿望只能表现为对古人的企慕和歌颂，并不能成为现实。

颈联出句还是联想。"飞挽"是"飞刍挽粟"的省文，意思是迅速运送粮草。运粮车飞驰，车轮滚滚，扬起阵阵黄土尘埃，看不清渡口在哪儿了。这里借运送粮草的紧张来暗指、衬托战斗的紧张。如今，激烈的战斗已成过去，诗人所见是一片清冷，一弯皎洁的月亮高悬在天空。"冷"字与上句"迷"字一样，用作动词。秋月冷辉，洒在这古战场上，仿佛这片古战场的清冷不是因为战事已停，而是因为月亮洒下了冷光。一个"冷"字写出了古战场之静，也透露出诗人的忧虑。

弘治以来，边患频繁。如果说"白月"句还只是内心忧虑的话，尾联二句就是急切的呼喊、寻觅了。郭子仪，唐朝名将，在平定了安史之乱、官军重占长安和洛阳之后，他升任中书令，进封汾阳（治所在今山西静乐西）郡王，后曾数次抵御吐蕃等的进攻。朔方，这里泛指北方边境。北人尚勇，但作者感叹像郭子仪那样忠勇的将领，如今却在何处呢？

整首诗有如黄河之水倾泻而下，不可遏止。要是套用司空图《诗品》中的话，此诗应属"雄浑"品，王世贞评为"雄浑流丽"，是说到点子上了。这是一首近体诗，近体诗一般不用重字，但这首诗却不避重字："黄河""河上""黄尘"，然而读来并不觉其重复，浑成流转，反见洒脱之美。

（林　川）

竹 枝 曲

黄河岸头卖酒家，处处春风吹柳花。
白马寺前风浪恶，吕家潭上为停槎。

这首诗不见《空同集》，清人桑调元编选《空同诗钞》时从《扶沟县志》收入。

这是一首民歌体小诗。诗人乘着木筏，由黄河入贾鲁河，至吕潭而止。开头二句点明时地——春天的黄河岸边。这两句看似平常，其实颇有变化。如果说"黄河岸头"是写静的话，那么"春风""柳花"便是写动。"卖酒家"，从房舍建筑看，当然也是写静，但卖酒人和买酒人的流动来往，饮酒人的谈笑风生，都是能够想象的事。所以如果说"春风""柳花"是写动以见动的话，"卖酒家"则是写静以见动了。和风拂拂，柳絮飞飞，已够春风气息，"处处"二字又把春景扩大了，把春天的生动气息浓化了、加强了。"黄河岸头卖酒家，处处春风吹柳花"，所写都是平常事物，但经诗人之笔的神奇组合，黄河岸边的春景春便已跃然纸上，使人不禁想起杜牧《江南春绝句》"千里莺啼绿映红，水村山郭酒旗风"两句也是有风有酒的春色描写。杜诗写南方，李诗写北方；《江南春》浓墨重彩，《竹枝曲》浅淡素朴。

后二句承前"处处"二字而来，拈取黄河边的两个小地名进行发挥，说白马寺边风波险恶，因此小船停泊在吕家潭歇息。白马寺和吕家潭皆在扶沟。从黄河岸边到贾鲁河中游的扶沟，见出诗的空间跨度，也充分体现了民歌体诗自由跳跃的特色。

此诗全篇写景，但前两句意境淡宕，后两句意境险恶，故于平稳中见变化，于一气贯注之中见对比、映衬之妙。　　　　（林　川）

汴京元夕

中山孺子倚新妆，郑女燕姬独擅场。

齐唱宪王春乐府，金梁桥外月如霜。

　　正月十五闹元宵是中国人的一项民族色彩浓厚的传统活动，这首诗就是写汴梁（今河南开封）男女青年闹元宵的热闹场面。

　　前两句写闹元宵的人物。中山是春秋时国名，地域在今河北省保定、衡水一带。"中山孺子"泛指北方男青年。郑、燕都是古国名，郑地在今河南，燕的辖境在今河北省北部、辽宁省西端，"郑女燕姬"泛指北方少女。这两句诗表现了节日的欢乐气氛。

　　从形象上看，头两句只是静态描写，"中山孺子"只是穿着新衣、化了妆，没有动作描写；写"郑女燕姬"也只是笼统甚至是抽象地说"独擅场"，仍然没有具体的动作刻画。这两句虽然是静态描写，但可以成为动态描写的有力铺垫。而三、四两句则写动，一个"唱"字把男女青年欢乐的神情、动作和歌声都活脱脱地表现出来了。宪王指朱元璋的孙子朱有燉（1379—1439），他是有成就的杂剧、散曲作家。结句紧接极其热闹的场景之后，忽然顿开一步，不写人而写景，不写动而写静，把局部的闹景投入无限的静景之中，给人以无限的回味。同时"月如霜"三字，又点明是元宵佳节。全诗只就眼前所见收入诗中，明白清通，以一点而囊括了整个元宵的场面。

（林　川）

经行塞上

（二首选一）

山作垣篱海作池，弯弓百万羽林儿。

桑乾化作银河水，北极光芒夜夜垂。

这是《经行塞上》组诗的第一首。第二首有"昨日杨河大战还"句。杨河即阳和（在今山西阳高），阳和之战在正德十二年冬，诗即作于该时。

开头二句写边境防卫的坚强。"垣篱"指屏障，池是护城河。山作屏障，海作护城河，这是写自然地势的险峻难以逾越。"弯弓百万羽林儿"，极写军士之多，说明朝军队的强大不可侵犯。

前二句写实为主，后二句纯是想象了。桑乾即桑乾河。诗说愿眼前的桑乾河水尽化作天上的银河水，荡尽虏氛，洗涤兵马，象征中华的北极星永远垂天，放出耀眼的光芒，表现出痛击侵略者、捍卫疆土的愿望及对祖国强大的祝福。诗讲求意境或情景，李梦阳这两句诗以"柔"境写"刚"意，实在巧妙。假如套用"以乐景写哀，以哀景写乐，一倍增其哀乐"（王夫之《薑斋诗话》）的说法，不妨说，以"柔"境写"刚"，倍增其刚。李梦阳擅长古风，绝句同样拿手，此诗即是一例。

（林　川）

徐祯卿

徐祯卿（1479—1511），字昌毂，一字昌国，吴县（今属江苏省）人。明孝宗弘治十八年（1505）进士，官国子监博士。是"前七子"之一，又与祝允明、唐寅、文徵明并称"吴中四才子"。其古诗精警熔炼，小诗也神韵超逸，富有情味。有《迪功集》和《谈艺录》等。　　　　　　　　　　　　　（吴承学）

送士选侍御

壮士乐长征，门前边马鸣。

春风三月柳，吹暗大同城。

芦沟桥下东流水，故人一尊情未已。

胡天飞尽陇头云，惟见居庸暮山紫。

羡君鞍马速流星，予亦孤帆下洞庭。

塞北荆南心万里，佩刀长揖向都亭。

　　这首诗是诗人在京城送友人熊卓到西北而作的。当时诗人自己也将离开京城，到荆南一带。熊卓，字士选，号东溪，丰城人，曾任监察御史，为人刚直，后来受刘瑾排挤。

　　诗一入手已气势不凡，写门前马鸣萧萧，熊卓器度轩昂，准备出发。"春风"二句，点明熊卓此行目的地。暮春三月，柳絮飞扬，作者想象边城大同，定是满城迷濛，显得昏暝起来，"暗"字极写柳絮之多。古人写送别，往往喜欢用依依的杨柳为背景，烘托惜别之情。这二句即利用柳絮渲染了送别的气氛。诗接着从正面写出题目中的"送"字。诗人在芦沟桥和故人饮酒告别，遥望边塞，白云乱飞，丛山中，惟见长城、居庸关，在落日中呈现一片紫色。句中的"东流水"既是即目所见的真实描写，也寓有深意。李白写过"请君试问东流水，别意与之谁短长"（《金陵酒肆留别》），诗人化用这二句，以"东流水"反衬"情未已"，表达对故人深长的友谊。"陇头"，指陇山，这里用古诗《饮马长城窟行》中所述的陇头流水呜咽凄惨的塞上肃穆萧瑟之景。居庸关，在北京昌平西北部。"羡君"以下，诗由送人行而联想到自己也将踏上南下的路途。熊卓北去，鞍马如流星；自己南下，孤帆似白云。从今后，一在塞北，一在楚地南部，相见之日渺茫，惟有两人一心，时时想念对方。"塞北荆南心万里"，也就是"海内存知己，天涯若比邻"之意，写身隔万里而心相通。"塞北"，指外长城以外的地方。"荆南"，唐代方镇名，这里指诗人要去的洞庭一带。

　　送别诗因表现离情，容易染上感伤的情调，而此诗写得昂扬乐观，热情爽朗。开端"壮士乐长征"和结尾"佩刀长揖向都亭"格调高昂，豪侠英拔之气溢于言外，而与故人的深情厚谊，也尽在其中了。

　　钱锺书先生曾指出明代人学唐诗，喜欢在诗歌中大量运用地名，以追求一种高昂的气象，这种风尚以明七子为最（《谈艺录》八九)。这首古诗也用了许多地名,如大同城、芦沟桥、陇头、居庸关、洞庭、塞北、荆南,但在诗中,这些地名并非拼凑,与送别的主题非常契合,的确予人以雄壮之感。　　　　　　　　(吴承学)

杂 谣

(四首选一)

夫为虏，妻为囚；

少妇出门走，道逢爷娘不敢收。

东市街，西市街，黄符下，使者来。

狗觫觫，鸡鸣飞上屋。

风吹门前草肃肃。

明武宗正德五年（1510）八月，太监刘瑾伏诛。刘瑾曾权倾朝野，附逆者很多，一旦被诛，受牵连被加罪的人也不可胜数，其中也不乏无辜者。这首诗着重描写了当时收捕刘瑾党徒时社会上的恐怖气氛。

诗前四句描写一户人家的遭遇：丈夫被流放，妻子被囚禁；年轻的儿媳妇匆忙出避，路上碰到了自己的父母，父母怕事，不敢收留她。寥寥数语，勾勒出一幅活生生的家破人亡、众叛亲离的景象。下文扩而广之，东市、西市，是概言之，诗说一时市井坊巷中，到处是搜捕的使者。最后二句写大搜捕之后的可怕景象。许多人家人去室空，风吹衰草，连鸡犬都心有余悸。

此诗以民谣形式来创作，显得高古浑朴，其创作精神和艺术风格，明显受到"感丁哀乐，缘事而作"的汉乐府民歌的影响。明代七子的作品，有不少是反映社会现实之作，这是值得肯定的。

（吴承学）

在武昌作

洞庭叶未下，潇湘秋欲生。

高斋今夜雨，独卧武昌城。

重以桑梓念，凄其江汉情。

不知天外雁，何事乐长征。

　　这首诗是秋天将临之时，诗人在武昌写的。悲秋是中国古代诗文的一个传统题材。迁客骚人，感觉尤为敏锐。本诗一开始就写道，洞庭湖边的木叶尚未凋零飘落，诗人已强烈地感受到冷落肃杀的秋节即将到来。《楚辞·湘夫人》有"洞庭波兮木叶落"之句，古人还有"一叶落知天下秋"之语，而诗人揉合二句，更深逼一层，言"叶未下""秋欲生"，便更显出感受之强烈。颔联写诗人自我感觉。耳听潇潇细雨，诗人独宿在武昌城中书斋里。这种凄清的环境，加重了诗人惆怅的心情。五、六句点明自己此时凄凉的心境，是由于思念故乡引起的。"桑梓"，指故乡。"江汉"，长江和汉水，这里指武昌。末二句以反衬的写法，反问道：离乡背井是这般愁苦，而群雁何以毫无眷恋地离开家乡飞往遥远的南国？

　　这首五言律诗的章法很有特点。颔联本应对偶，而诗人偏用古诗句法，显得更为高古，平仄亦不全协。《明诗别裁集》引李舒章云："八句竟不可断。"此诗前半重在写景，后半重在言情。触景生情，故一气连贯，浑成自然。

（吴承学）

送范静之迁威州

（五首选一）

吾怜范巨卿，悃愊不邀名。

作吏竹林下，清风讼狱平。

与君同得罪，独窜夜郎城。

万里巴江水，相思猿狄鸣。

据《明史·文苑传》，徐祯卿弘治十八年（1505）举进士后，"授大理左寺副，坐失囚，贬国子博士"。大理左寺是复理各地奏劾和疑狱大罪的中央审判机关。徐祯卿因失职而降职。范静之是徐祯卿的同事，也因失职而被贬威州。威州，在今四川阿坝藏族自治州东南部。这首诗就是徐祯卿送范静之去威州时写的。

上半仿李白《赠孟浩然》"吾爱孟夫子，风流天下闻。红颜弃轩冕，白首卧松云"句格章法。首联赞美范静之人品高尚，不求名利。范巨卿，东汉人范式，以笃于友情著名，这里用以切范静之的姓，也暗喻他人品。"悃愊"，忠实至诚。颔联表彰范静之为官清明，豁达潇洒。颈联折入送行。如此廉能的官，如今因"得罪"而被贬官威州，诗人觉得十分不平。而诗通过"同"字、"独"字，不惟把自己介入诗中，在对范静之的同情之中，也对自己的贬官表示愤慨。"夜郎"，是古国名，在今贵州西北部，这里指代威州。末联表达送别与怀念之情，写范静之迁谪威州后虽处境艰辛，但彼此的友谊不会因此消歇。"相思猿狖鸣"语含双关。既推测故人会在凄厉的猿鸣声中思念自己，也写自己自然会思念在凄苦环境中的故人。"猿狖"，泛指猿猴，其声凄厉，故古人有"猿鸣三声泪沾裳"之语。

　　这是一首五律，但颔联、颈联均不对偶，这是有意识地在律诗中追求高古的美感。因为律诗过于工整，有时反而失去浑朴之趣。明人吴讷就说："律诗拘于定格，固弗若古诗之高远。"(《文章辨体序说》)所以明人的律诗，有时喜欢以古诗句法写律诗。李东阳就提出"律犹可间出古意，古不可涉律"(《怀麓堂诗话》)，徐祯卿这首五律，正是"律间出古意"之作。

（吴承学）

济上作

两年为客逢秋节，千里孤舟济水旁。

忽见黄花倍惆怅，故园明日又重阳。

王世贞称赞徐祯卿的诗"如白云自流，山泉泠然，残雪在地，掩映新月"（《艺苑卮言》卷五），喻其自然高洁，神味隽永。这首诗也体现这种特色。

诗作于山东济水之上。诗人短促的一生中，离乡宦游时间很多。这诗便是诗人在外地为客两年时思乡的感叹。客中思乡，本属自然；两年漫长的时光，尤加强这种思念。在平时，思乡之情或因宦旅艰辛紧张的生活而压抑淡化；而如今，孤零零的小船停泊在济水岸边，面对着肃杀冷落的清秋季节，两年来思乡愁绪便再也压抑不住了，一种强烈的孤独感笼罩着诗人。在忧愁中忽然瞥见岸上盛开的菊花，更增添了他的思乡之情，他想到明天就是重阳节，故乡的亲朋们就要登高赏菊，共度佳节，他们定然会思念我这个在千里之外飘泊的游子。这两句不写自己过节的孤寂，而写家人过节的热闹；不写自己思亲，而思亲之感无处不在。沈德潜《明诗别裁集》评此诗"语不必深而情深，唐人身分如此"，确为的评。此诗明显受到王维"独在异乡为异客，每逢佳节倍思亲"诗句的启迪，但取熔其意，又自造意象，不落痕迹。全诗因触景生情，联想自然，语短味长，词浅情深，颇有唐人绝句的遗风。

（吴永学）

何景明

何景明（1483—1521），字仲默，号白坡，又号大复山人，信阳（今属河南）人。年二十中进士。弘治十七年（1504）授中书舍人。正德初，因奸宦刘瑾擅权，上书吏部尚书劝其秉政毋挠，被免官。正德六年（1511）复职，官至陕西提学副使。何景明为"前七子"之一，与李梦阳并称文坛领袖，倡导复古，其旨在以复古求革新，所论往往比李梦阳更蔑视传统，对永乐、成化间台阁体平庸诗风的终结、晚明文学要求个性解放意向的开启起了重要作用。创作上对政治现实较为敏感，追求"风人之旨"。有《大复集》。

（陈广宏）

种　麻　篇

种麻冀满丘，种葵冀满园。

孤生易憔悴，独立多忧患。

当行思故旅，当食思故欢。

先机失所豫，临事徒嗟叹。

升萧艾乃至，锄桂致伤兰。

物理有相附，畴能识其端？

断金俟同志，抱玉难自宣。

交结良匪易，君当图未然。

这是一首以交友之道为主题的古体诗。在中国的历史文化传统中，交友之道作为伦理道德的一个重要方面有其特殊的地位，因而以之为主题的文学表现也就成为中国文学的重要内容之一，并且形成自己的传统。就这首诗而言，作者决非是在图解传统的道德情操，而是自己多年倡言文学复古运动的实践，尤其是在坎坷多艰的政治实践中累积的切身体验。

作者以"种麻"和"种葵"兴起全篇，这是汉魏六朝古诗的惯用手法和思路。该句与"孤生"一句互成因果，构成全篇的立意。正因为"孤生""独立"这样自我封闭的渺小，人们就应该互相依扶，增强集团的凝聚性。这也就是陈子龙所指出的"陈思君子之遗"。"孤生"一句是名句，并且《东泉诗话》特别点明这样的古体佳句是"力摹六朝"。其实，就风格言，这样的评价应该用之于全篇。

"当行思故旅"至"畴能识其端"为一层，或此诗背景即指诸臣请诛刘瑾失败、纷纷罢归一事，其"思"其"叹"皆极为沉痛。在何景明《与何粹夫书》中有这样的叙述："海内友朋，属目几何，三四君子，悉已谢时。仲木退耕于高陵，献吉羁处于大梁，德涵久废于岐下，子衡伏窜于海滨，有忧国伤人之思，而宁无云亡珍瘁之叹乎。"萧艾、桂兰之喻，取之《离骚》，此处用来说明小人得志、鸡犬升天、忠臣遭斥、同志并黜这样一个物以类聚并且它们的命运也因此休戚相关的道理。"畴"，谁。这两句，作者的愤懑之情溢于言表。

其下两句重申开头的立意。"断金"典出《易·系辞上》："二人同心，其利断金。"后人遂用之为"同心"的代辞；"抱玉"则是用的卞和献玉楚王之典，往往比喻身怀美才和忠义。这一句表达了作者顽强的信念和执着的追求。末两句既是致规箴之意，也是由衷的慨叹，结得平平。

（陈广宏）

侠 客 行

朝入主人门，暮入主人门，

思杀主仇谢主恩。

主人张灯夜开宴，千金为寿百金饯。

秋堂露下月出高，

起视厩中有骏马，匣中有宝刀。

拔刀跃马门前路，投主黄金去不顾。

这是一首乐府诗，大致属何景明的前期作品。侠客形象的主题，在中国文学历史中往往成为一种反抗现实的伦理价值观念、追求人格独立、精神自由的象征。何景明不仅仅是一个忧国忧民、积极进取、以改造社会为己任的政治家，也不仅仅是一个追求"发乎情止乎礼义"这种情感形式的谦谦君子。他性耿介，鄙荣利，面对权阉，有"金刚怒目"式的刚勇；也有愤世嫉俗，以闭目养神或干脆坐于便桶之上来蔑视时辈附庸风雅的社集那样的傲放（见何良俊《四友斋丛说》）。这首诗寄托了他对不为形形色色之外物（无论环境、观念）所役的独立人格和行藏由我的自由精神的羡慕。其豪迈率直的意气与后来所作的"独有扬雄尚陪从，白头抽笔赋《长杨》"显然不可同日而语。

诗的起首套用了古乐府常用的句式，在由反复出现的"主人""主仇""主恩"所构筑的句子中，实际上"义"是脉注。同时也点明只要豪侠一旦立志，必果于实现，而为下文张目。"主人张灯"一句既是实写主人的隆遇和巨酬，也是为"秋堂"一句作铺垫，越是辉煌之际，这位侠客越是格外地清醒，风清月明的秋色与厄觥交错、灯火通明的宴席形成反衬，侠客此刻心中惦念的唯有骏马、宝刀，其他的一切对他来说皆属身外之物。于是，在末句中作者终于让大侠拔刀跃马、不辞而别，那弃置万金、连头也不屑一回的瞬间潇洒不能不说是成功的一笔。

何景明在诗歌创作上的总体风格，应该说是"以清远为趣，俊逸为宗"。但这首诗写得却如沈德潜所评"生气坌涌，音节亦健劲"（《明诗别裁集》）。这一方面体现了前七子为首的北方文学集团雄浑高古、质朴劲练的共同文学趣味，另一方面也表现了何景明风格上的多样性。

(陈广宏)

岁 宴 行

旧岁已晏新岁逼，山城雪飞北风烈。

徭夫河边行且哭，沙寒水冰冻伤骨。

长官叫号吏驰突，府帖连催筑河卒。

一年征求不少蠲，贫家卖男富卖田。

白金纵有非地产，一两已值千铜钱。

往时人家有储粟，今岁人家饭不足。

饥鹤翻飞不畏人，老鸦鸣噪日近屋。

生男长成娶比邻，生女落地思嫁人。

官家私家各有务，百岁岂止疗一身。

近闻狐兔亦征及，列网持矰遍山域。

野人知田不知猎，蓬矢桑弓射不得。

嗟吁今昔岂异情，昔时新年歌满城。

明朝亦是新年到，北舍东邻闻哭声。

　　这首七言歌行作于正德二年至五年（1507—1510）间，时何景明因上书吏部尚书许进劝与刘瑾抗节，谢病归。正德二年、三年，河南连年有荒灾。尤其正德三年，汝南大旱，朝廷虽遣臣赈之，怎奈其政不修，虎狼恣横。作者于忧国伤民的沉痛之中，表现了干预现实的强烈的批判意识。

全诗开头至"府帖连催筑河卒"，故意以一种静观的姿态向我们展示了一幕完整的场景，含而不露，导而不迫。首句之状景，不仅点明时地，更为下文起到了烘托气氛的作用。岁除已至，瑞雪纷飞，本该是万家团聚这么一个其乐融融的时候。但是，一"逼"一"烈"，却先为下面的具体描写铺垫上一层凄厉惨淡的色彩。"徭夫"一句和"长官"一句，会使我们很自然地联想到杜甫《石壕吏》中"吏呼一何怒，妇啼一何苦"的对比手法，作者在这里无需多言，只要突出描写徭夫之悲苦与恶吏之横暴，事件始末便昭然若揭。并且，他将矛头直接指向了官府，一通接一通的布告对在这个时节被强征徭役的家庭来说，意味着天灾人祸交加。于是，作者在以下的段落中终于让自己加入进来，通过夹叙夹议，为生民代言疾苦，暴露时政之黑暗。

"一年"两句是叙述，指责官府的苛赋杂税，导致百姓家破人亡；而"白金"两句则是议论，指自明英宗时起，田赋开始改征白银，农家交税须用铜钱兑换白银，实际上又多受一层盘剥。"往时人家有储粟"至"生女落地思嫁人"是叙述，实际上暗寓了"厥德不用，厥灾荒"这么一种传统思想。"官家""私家"结构并列而语意偏正，其侧重在"私家"。作者以为，不要说只是官家有公事，私家也有私家的事：娶媳妇，嫁女儿，私家的负担也很重，岂止仅仅养活一身而已。"近闻"两句是叙述，缯即是箭；"野人"两句又是议论，旨在进一步揭露现实之荒唐。诗末以北舍东邻迎接新年的哭声与起首的场景遥相呼应，只是此刻作者在将此与往昔迎接新年的欢歌声作了强烈对比之后，终于由衷地发出了浑沉的吁叹。

何景明与李梦阳等"前七子"的其他成员一样，主张古体诗"必从汉魏求之"（《海叟集序》），以其"风气规模犹有朴略宏远者哉"（《汉魏诗集序》），虽因此颇多拟古不化之作，然亦实有所得。首先是继承和发扬了乐府歌行的叙事传统。徐祯卿《谈艺录》所说"乐府往往叙事，故与诗殊"，可以说代表了他们这一文学流派的普遍看法。何景明在这首诗中比较自觉地追求汉魏乐府诗状景扼要平铺、陈事切实沉着、写情诚朴贯注诸特点，故虽属政治题材，读来却令人感到情有所会、感有所触，因为他将情感体验投注于普通人的命运之中，表现了他感知人生的独特方式。其二，他努力追求平实、拙朴的语言风格，因而使得整套文字高古劲练、自然浑厚，较曾经笼罩文坛的台阁体之精致、典雅、萎弱和千篇一律，反倒透出一些新鲜原生的活力。

（陈广宏）

易 水 行

寒风夕吹易水波，渐离击筑荆卿歌。

白衣洒泪当祖路，日落登车去不顾。

秦王殿上开地图，舞阳色沮那敢呼。

手持匕首掷铜柱，事已不成空骂倨。

吁嗟乎！

燕丹寡谋当灭身，光也自刭何足云，

惜哉枉杀樊将军！

　　这是一首咏史诗。"易水"，在今河北省西部，明属京师。荆轲之侠义忠勇，尤其是知不可为而为之的豪迈精神，历来为高人雅士所歌颂（其事迹详见《史记·刺客列传》）。但是，何景明的凭吊却另有一番深慨，或许这正与他当时的生活处境有关。

　　诗的起首，作者择取了一个最为生动也最为悲壮的场面，从"寒风"至"去不顾"，骤然将气氛推至高潮。在萧萧寒风的易水之滨，燕太子丹及其宾客都穿着丧服（白衣）慷慨相送，荆轲的挚友高渐离擅击筑（筑似筝，十三弦，用竹击之），此刻正竭其心力奏出一曲悲歌，而荆轲相和而唱，更是道出了壮志与愁绪交织的心境。祖，饯行的一种仪式，祭路神后，在路上设宴送行。于是，朋辈无不为献身于对自身生命理想的设置的崇高和感伤（这种感伤决非仅仅是对永别的悲哀）感动得垂泪泣涕；而荆轲终于随落日就车而去，义无反顾。作者在这个场景着意渲染的不是"志在报强嬴"（陶潜《咏荆轲》）的凌厉雄气，而是蕴藉心底的沉痛。

第二段，从"秦王殿上"至"空骂倨"，作者向我们展示了另一个悲壮的场面——一个英雄失败的场面。在秦王政的宫殿中，荆轲将夹有匕首的督亢（今河北易县、涿州、固安一带）地图呈献上去，随行的燕国勇士秦舞阳竟然在这样的场合大惊失色。荆轲刺秦王不中，在被秦王刺断左股后，仍奋力将匕首投向秦王，结果仅击中铜柱。司马迁如此描写荆轲的勇毅："秦王复击轲，轲被八创。轲自知事不就，倚柱而笑，箕踞以骂……"而何景明却出人意料地用一个"空"字，使第一段推出的高潮至此戛然而止。

第三段一声呼叹之后，不同凡响的议论才使我们明了作者的真实意图，原来就是这个被陶潜赞为"善养士"的燕丹，胸无远略，败事有余。先是荆轲要秦将樊於期之首，燕丹不与；荆轲欲待侠友同行，燕丹又疑其改悔，结果匆忙成行，酿成失败。且不说田光为激励荆轲此行自刎身亡，樊於期之壮举也成了白白牺牲。这种惋惜实际上可以认为在某种程度上表现了作者对"士为知己者死"的传统道德观的否定，尤其是在主非英主的前提下。

整首诗写得纵横自如，前面两个场景尽量铺垫沉痛之情绪，引导读者重新审视荆轲的悲剧；末段痛定思痛，毅然以议论作结，真可谓"三语千古断案"（《明诗别裁集》）。

（陈广宏）

明 月 篇

仆始读杜子七言诗，爱其陈事切实，布词沉着，鄙心窃效之，以为长篇圣于子美矣。既而读汉、魏以来歌诗，及唐初四子之所为而反复之，则知汉、魏固承《三百篇》之后，流风犹可征焉。而四子者，虽工富丽，去古远甚，至其音节，往往可歌。乃知子美词固沉着，而调失流转，虽成一家语，实则歌诗之变体也。夫诗本性情而发者也，其切而易见者，莫如夫妇之间，是以《三百篇》首乎《关雎》，六义始乎《风》。而汉、魏作者，义关君臣朋友，辞必托诸夫妇，以宣郁而达情焉，其旨远矣。由是言之，子美之诗，博涉世故，而出于夫妇者常少；致兼《雅》、《颂》，而风人之义或缺，此其调或反在四子下与！暇日为此篇，意调若仿佛四子，而才质猥弱，思致庸陋，故摘词芜紊，无复统饬，姑录之以俟审音者裁割焉。

长安月，离离出海峤。

遥见层城隐半轮，渐看阿阁衔初照。

潋滟黄金波，团栾白玉盘。

青天流影披红蕊，白露含辉泛紫兰。

紫兰红蕊西风起，九衢夹道秋如水。

锦幌高褰香雾浓，琐闱斜映轻霞举。

雾沉霞落天宇开，万户千门月明里。

月明皎皎陌东西，柏寝峉峣望不迷。

侯家台榭光先满，戚里笙歌影乍低。

濯濯芙蓉生玉沼，娟娟杨柳覆金堤。

凤凰楼上吹箫女，蟋蟀堂前织锦妻。

别有深宫闭深院，年年岁岁愁相见。

金屋萤流长信阶，绮栊燕入昭阳殿。

赵女通宵侍御床，班姬此夕悲团扇。

秋来明月照金微，榆黄沙白路逶迤。

征夫塞上行怜影，少妇窗前想画眉。

上林鸿雁书中恨，北地关山笛里悲。

书中笛里空相忆，几见盈亏泪沾臆。

红闺貌减落春华，玉门肠断逢秋色。

春华秋色递如流，东家怨女上妆楼。

流苏帐卷初安镜，翡翠帘开自上钩。

河边织女期七夕，天上嫦娥奈九秋。

七夕风涛还可渡，九秋霜露迥生愁。

九秋七夕须臾易，盛年一去真堪惜。

可怜扬彩入罗帏，可怜流素凝瑶席。

未作当垆卖酒人，难邀入座援琴客。

客心对此叹蹉跎，乌鹊南飞可奈何！

江头商妇移船待，湖上佳人挟瑟歌。

此时凭阑垂玉箸，此时灭烛敛青蛾。

玉箸青蛾苦缄怨，缄怨含情不能吐。

丽色春妍桃李蹊，迟辉晚媚菖蒲浦。

与君相思在二八，与君相期在三五。

空持夜被贴鸳鸯，空持暖玉擎鹦鹉。

青衫泣掩琵琶弦，银屏忍对箜篌语。

箜篌再弹月已微，穿廊入闼露斜辉。

归心日远大刀折，极目天涯破镜飞。

这首长篇巨制的七言歌行，作于在京居官之暇，是以"姿制赢秀、神气和朗"（陈子龙语）著称的何景明精心结构的代表作，连同小序在内，比较集中地体现了他的创作思想和审美意趣。

整篇歌行的结构是典型的中国绘画中所见的大全景式，视点变换，随心所欲。虽然从诗歌的形体上看，正如小序中所称，作者是刻意追求流转的音节，他巧妙地运用了蝉联技巧和韵脚的转换，因而使各段落之间的组接显得严密齐整而又富于变化，但是，就描述的诸意象间的内在联系而言，确实有些复沓。这倒并非是因为作者没有能力驾驭这样的巨制宏构，而恰恰在这里体现了他追求《诗经》、汉魏诗以来的渊雅传统。无论从深宫丽姬、金屋娇娃或到闺中怨人、江头商妇这些托诸男女间离情别绪的表现，都是以"风人之旨"为根干，主要不是措意于构造一个和谐纯净、无迹可寻的完整意境。何景明认为，像七言歌行这种体格的作品，贵在"辞必托诸夫妇"以达情，且须写得既高华明丽又沉郁敦厚，韵味与势度俱在，方是古诗之真谛所在。这恐怕代表了他们整个文学集团的看法，因为李梦阳在正德元年因韩文、刘健、谢迁等请诛刘瑾而去位，就曾作了一首愤痛惋惜的《去妇词》。

全诗大致可分作五层。第一层从起首至"琐闱斜映轻霞举"，描绘了中秋月的绚丽多姿。先从作者自己的视角，想象皓月渐渐从海山背后升起，在京城的重重画栋飞檐之间仰望一弯初魄。"阿阁"，出《古诗十九首》，指四面有栋、有檐霤的楼阁。从高悬中天的"白玉盘"（语出李白的《古朗月行》）到"万户千门月明里"，就叙述的内在逻辑言，直接承接也未尝不可，但作者却在中间点染华缛，使读者在月光下五色陆离的景致面前心目俱眩。"九衢"，这里指京城的通衢大道；"琐闱"，指宫门。

第二层，从"雾沉霞落天宇开"至"班姬此夕悲团扇"，表现了月光普照之京城下的悲欢离合。就在读者眼花缭乱之际，玉宇忽地一片澄澈，不仅朗润千家万户，远在东海的齐地之柏寝台亦清晰可辨。"岩峣"，状柏寝台所在之高峻。随着月升中天，万物分照，作者的视角渐渐地转换成月亮本身全能的视角。从"侯家台榭光先满"到第二层末，作者化用了许多典故，列举出京城中秋这样一个具有某种象征意义的特定时空中的众生相。公侯贵戚家的莺歌燕舞、富丽堂皇与普通人家的离恨别愁、与深宫内院的凄清哀婉各自形成对照，而一联中如"吹箫女"与"织锦妻"、"赵女"与"班姬"又自成一比，均旨在体现人生的宠辱遭际。戚里，汉代长安城中外戚居住的地方，见《汉书·石奋传》。"吹箫女"，典出《列仙传》中弄玉事，谓求得佳偶；"织锦妻"，典出《晋书·列女传》，即窦滔妻苏蕙将思夫之情织成回文诗锦；"赵女"，即赵飞燕，汉成帝深宠于昭阳殿内；"班姬"，乃汉成帝失宠之妃，供养于长信宫，因作悲团扇的怨诗一首。

全诗第三层从"秋来明月照金微"，到"玉门肠断逢秋色"。金微，唐羁縻都督府名，故地在今蒙古国境内。此层的视域拓至边塞，所谓"清晖应万里，不独照长安"（杜牧句）。于是，充戍北地（郡名）的征夫与独守京城（"上林"在此处为借代）的年轻妻子之间说不尽的相思之苦，作者用在月夜各自"行怜影""想画眉"这样微妙的举止，用雁书、羌笛之催泪加以浓郁地渲染。春花秋月，岁月无情，令人肠断的还在于人生之聚散无法由自己来主宰。

第四层由"春华秋色递如流"至"乌鹊南飞可奈何"，与第五层一起，是作者重点寓意之所在。在承接上一层对岁月易逝人易老的感伤中，视角又移到了东邻女身上。"流苏"二句，化自杜甫的"尘匣开元镜，风帘自上钩"（《月》）。面对一轮圆照，东邻女所抒发的"七夕""九秋"之感慨，实际上并不是对月长圆、人长聚的强烈向往，而是对自己正处于青春盛年而不得知遇的哀怨，因而用"可怜"的叠句描绘皎皎清晖空洒罗床的那份落寞，因而用司马相如琴挑卓文君遂而私奔之典，说明未曾觅得知音的苦恼。如果我们拿作者小序中"义关君臣朋友，辞必托诸夫妇"来理解作为作者诗中形象的"客"那一声嗟叹，则"风人之义"昭然若揭。

第五层从"江头商妇移船待"至篇末，套用了白居易《琵琶行》的构思。"玉箸"，形容美人的眼泪；"青蛾"，青黛画的眉。江头商妇心中正有无限幽愁暗恨。白居易原作正是通过叙述"老大嫁作商人妇"的不遇，来浇自己宦途升沉的块垒，而何景明进一步强调商妇愿意以自己的迟辉（菖蒲，初夏开花）与知遇相期在月圆之时，而理想依然破灭，展示出自身强烈的用世意识与黑暗的政治现实之间剧烈冲突的悲剧。故末句虽脱胎于杜甫的"满目飞明镜，归心折大刀"，用来表达沉郁而晦涩的心境则恰到好处。

七言歌行肇自曹丕、鲍照，永明以还，规模始就。尽管后人对何景明舍少陵而宗初唐各有评说，我们应该承认，这首诗对中国文学的这一体裁是有贡献的。诗中极尽修辞之能事，利用如叠字、叠句、顶针、连绵、叠韵、互文、转韵等种种手段，确实达到了他所追求的跌宕流动、回环往复的韵律效果。

（陈广宏）

吴伟飞泉画图歌

长安独过田子舍，留我一玩飞泉画。

绝壁如闻风雨来，晴天安得蛟龙挂。

吴生跌宕得画理，潦草落笔皆可喜。

飞泉却出沓嶂间，山即真山水真水。

客堂六月生昼寒，耳中仿佛高江滩。

源潭窈窕不可测，波浪汹涌多奇观。

泉边二老颜色异，偶坐似是庄与惠。

万里谁论到海心，百年讵识临渊意？

伟哉田子今儒宗，文标南指匡庐峰。

不须对此更惆怅，会观瀑布青天上。

杉风松日隔缥缈，云泷雪瀚何雄壮？

我常梦往神空向。

岂无吴生好手笔，为我写寄庐山障。

　　这首题画诗作于正德六年（1511），时诗人复官，任中书舍人。吴伟，字士英，更字次翁，号鲁夫，别号小仙，江夏（今湖北武昌）人，擅画山水人物。明宪宗时，待诏仁智殿，好剧饮狎伎，豪放有气岸，画亦奇逸。孝宗登极，复召见便殿，尝赐画状元印。何景明、李梦阳集中，于吴伟之画屡见题咏。

诗可分作两段。从"长安独过田子舍"至"百年讵识临渊意"为一段，细细地品味飞泉图的神韵和意蕴。田子，即田汝籽，字勤父，祥符（今河南开封）人。弘治十八年（1505）进士，官至湖广副使。擅词赋，在京居官时与何景明过从甚密，每浮白吟诗，慨愤时政，文学旨趣亦同。"绝壁"一句起得突兀，却将作者乍一见此图所产生的飞动感和惊叹表现得淋漓尽致。"吴生"一句是插入的议论，实即上述惊叹的具体内容。史志载吴伟作画，用墨如泼云，纵笔不甚经意，山水树石，俱作斧劈皴，而画毕观之，则巨细曲折，各有条理。由此可见，何景明谓吴伟"跌宕得画理"，实为笃论。如果说"绝壁"一句是表现对强烈的瞬间印象故作惊讶的欣喜，那么，"飞泉却出沓嶂间"以下就表现了作者在悉心揣摩的过程中参与感觉、神意俱会的愉悦和深慨。乍一见只感觉到飞瀑临空垂挂，声势俱下，至此才细辨出此瀑原来源自层岩叠嶂之间，因而由瀑知山。作者仿佛身临其境，在六月酷暑之际，赏玩于田子的客厅，竟能感受到飞瀑凛凛生寒，听到飞瀑咆哮而下，汇成深不可测、波浪汹涌的积水潭。这是由瀑知潭。"泉边"一句中的"颜色异"，既是对吴伟将二位古貌道心的隐者描绘得风神毕现表示赞赏，也是对历来传统中的大隐表示钦佩和仰慕。这是由泉知人。"到海心"典出《庄子·逍遥游》；"临渊意"典出《庄子·秋水》中庄子与惠施于濠梁之上的对话，此处均用来表现高人的宏远之志、自然之心非凡辈可识。何景明在这首诗中，并非就画论画，见物咏物，联系下一段来看，"万里"这句评点恰恰成了作者寓意和联想的自然衔接点。

第二段从"伟哉田子今儒宗"至篇末。何景明对田汝籺一直期许很高，这倒并不仅仅是因为他也"雅好秦汉诸家书"，所谓"平生今古开万卷，摇笔风云动五彩"（何景明《田子行》），更在于"爱君襟期特奇遇，谏垣给舍持风采"（同上）。田汝籺在给事中任上，敢断决值，不惧权贵，终于遭忌，迁江西提学佥事。这就是"文标南指匡庐峰"的背景。在其即将告别京师这一政治中心之际，本应为挫跌和离散而沉痛，像何景明在《田子行》一诗中所描述的："我今与子俱落魄，过饮悲歌慨今昔。"然而作者却偏偏在这里唱出高亢与雄放，一下子由吴伟所画的飞瀑联想到壮丽奇伟的庐山瀑布，并投入李白所创的"疑是银河落九天"的浪漫意境。庐山被描绘得如此奇谲雄壮，令人梦萦神绕，这固然是一种劝慰，又何尝不是抑郁之壮志的宣泄呢。而这种自解自慰之所以还能使实际上失去慰藉的心灵不致失衡并萎缩，大概是因为自恃有上述所谓的"到海心""临渊意"吧。

（陈广宏）

答望之

念汝书难达，登楼望欲迷。

天寒一雁至，日暮万行啼。

饥馑饶群盗，征求及寡妻。

江湖更摇落，何处可安栖？

　　这首诗作于正德二年至五年（1507—1510）家居时。望之，即孟洋之字。孟洋，信阳人，何景明的姊夫，也是何景明少年时代便相期许的挚友。弘治十八年（1505）进士，旋授行人。居京时与李梦阳、何景明、王廷相、崔铣、田汝籽等扬榷风雅，人称十才子。景明谢病归，正德三年又被免官，家居数载，堪称落寞。而此间恰逢孟洋奉使南方，于是对社会之乱离仓皇、人世之因缘宠辱的种种深慨，皆寄托于对这位有着共同的政治理想和审美趣味的知交的远念之中。

　　诗的起首应该说仍属平铺直叙，因"念"而起，登楼远眺；望断天涯，怅惘恰如这辽远之苍穹，迷离莫测。登高怀远，是我国古典诗歌辞赋中常见的一种固定思路。颔联的描写仍然顺着登楼之后的视角，调动了各种感官，去感受这深秋黄昏的凄凉惨淡，去凝望这孤飞的归雁，谛听那点点哀鸣；使归雁和远行客之间自然而然构成了比兴关系。颈联的出现有点突兀，或许是作者在远眺中看到了失却生机的城郭村野，痛感世事日非，民不聊生，转而敷陈其事。岁有饥馑，故盗贼增多，官府的税赋，却连孤儿寡妇也不放过。因而尾联的视角，不再是首、颔两联的那种自然视角，而渗入了作者的理性判断，江湖摇落，世途日艰，末句一问既指百姓何处安家，也指何、孟辈何以安身立命，成为全篇之警策。　　　　　　（陈广宏）

昭 烈 庙

漂泊依刘计，间关入蜀身。

中原无社稷，乱世有君臣。

峡路元通楚，岷江不向秦。

空山一祠宇，寂寞翠华春。

　　这首五律是首怀古之诗，作于正德十三年至正德十六年
（1518—1521）之间。当时作者由吏部验封司员外郎升为陕西按察
使、提学副使。昭烈庙，祀蜀汉昭烈帝刘备，在今四川成都南郊。
这三年，是何景明一生短暂的三十九年旅程的终端，该经历的都经
历了，对历史、人生、社会的理解和表述也绝不再会是"为赋新诗
强说愁"，因而此诗避免了一般感怀古事之诗情辞太滥而缺乏甄陶
之力量的通病，显得清峻脱俗。

　　首联按着时间顺序，叙刘备创业之艰。汉灵帝末年，刘备在军
阀混战中曾先后投靠公孙瓒、陶谦、曹操、袁绍，而至荆州依刘
表，实属权宜之计。间关，崎岖展转之意，刘备因得荆州而力量始
壮，旋又夺取益州和汉中，终于在221年立国成都。颔联承上而发
议论，东汉自曹操"挟天子以令诸侯"以来，到这时已彻底瓦解，
在这乱世中，唯有刘备能尽臣之职，诸葛亮能竭忠为君。叙事简

扼，议论则既正统又耿直，故黄清甫云："匪直俪词，亦存名教。"（《明诗别裁集》）颈联借四川地形生发。"峡"指三峡，岷江是四川境内的主要河流。刘备入川后，诸葛亮制定的基本国策是东联东吴，北拒曹操。所以诗中用"元通""不向"二词，概括了这一国策，与三峡、岷江紧密相扣。而刘备最终错误地兴兵伐吴，大败而归，使得汉朝复国无望，所以诗人在尾联中生出感叹，将历史的苍茫感置于充满生机的大自然之中，以满目苍翠掩映下的空山古祠寄托自己的兴怀。

（陈广宏）

鲥 鱼

五月鲥鱼巳至燕，荔枝卢橘未能先。

赐鲜遍及中珰第，荐熟应开寝庙筵。

白日风尘驰驿骑，炎天冰雪护江船。

银鳞细骨堪怜汝，玉筯金盘敢望传。

这是一首咏物诗，以"鲥鱼"为题材，然而所咏之意却再明显不过：围绕鲥鱼的进贡与赏赐这样一件宫廷生活的琐事，作者揭露出弘正间朝政大弊之所在，那就是皇上耽于宴乐，置社稷百姓于不顾，而且专宠信一帮宦官，疏远朝臣，致使忠良遭弃，群小祸国。因此，这实际上是一首矛头直接指向最高统治者的政治讽刺诗，正如沈德潜所指出的："中含讽谕，不同寻常赋物。"（《明诗别裁集》）我们能从这首诗中强烈感受到作者批评时政的勇猛与尖锐。

诗的首联特意点明时令，因为鲥鱼是在春夏之交溯江产卵，惟初入江时，其体腴脂厚，最为鲜美。这样，在"已至燕""未应先"这些时序性的描述中已显含讽意，并且使读者自然联想到唐玄宗为博杨贵妃一笑，让驿骑千里驰传鲜荔枝的故事，使颈联的描写落到了实处。颔联的"中珰"即指宦官，珰是宦官的冠饰；"寝庙"即宗庙，因其后一部分置放牌位及先人遗物的地方称寝，前一部分祭祀之处称庙。作者在该联和尾联化用了杜甫《野人送朱樱》的作法，正如沈德潜已经指出的。但是，杜甫是通过回忆往岁皇上先命内园进樱桃于寝庙，然后宴赐近臣这样的定制，将昔日自己也曾得到的一份荣耀与眼下的流落作鲜明的比照；而何景明在这首诗中虽始终从鲥鱼的叙述角度出发，却并非什么委曲含蓄之笔，比之杜甫有着更直接的干预现实的动机。实际上他是直接讥讽武宗既不克尽其孝、又不克尽其职，整日价与一班佞幸寻欢作乐，生活放纵。尾联的一"怜"一"敢"，更使讽谕增剧，"玉箸"，即玉制的筷子。杜甫的"金盘玉箸无消息"，掺杂着此生对难以驾驭的命运一种绝望的企盼，而何景明主要表现的虽不是对个人生活的感慨，却也流露出对具体政治环境的失望情绪与忧患意识。　　　　（陈广宏）

怀寄边子

汝从元岁侍君王，谁念先朝老奉常。
一出云霄空怅望，十年歧路各苍茫。
春光缥渺金茎露，昼日氤氲紫殿香。
独有扬雄尚陪从，白头抽笔赋《长杨》。

这首七律是寄给好友边贡的，作于正德十年（1515）至十二年（1517）间，时居北京。边贡，字廷实，历城（今属山东）人。弘治九年（1496）进士，官至南户部尚书。早负才名，为前七子之一，又与李梦阳、何景明、徐祯卿称四杰。

这首诗的起句应该是颇令作者自得的。叶矫然《龙性堂诗话》称"起最似李义山《上令狐相公》诗，王元美最爱而屡效之"，又谓"陈子龙寄杨伯祥一律，深得其妙"。"元岁"，指正德元年武宗立；"先朝老奉常"，则指边贡在孝宗朝曾做过太常博士，"奉常"是秦代官名。诗娓娓道来，现出心中的愤愤不平。颔联"一出"句指边贡在武宗朝屡劾中官，触怒权贵，因而由兵科给事中改太常丞，又迁卫辉知府（寻改荆州），离开了政治中心；"十年"句则指正德元年以来，由于宦竖肆行，政治黑暗，使得他们这一批志同道合者仕途遭挫，无所作为。"怅望"是绵绵思念之情，是思念而不得相见的惆怅，也是对现实如此不公平的不可思议；"苍茫"则涵盖了更为丰富的情绪，是对人世之因缘际会、社会之动荡乱离的种种思考和感受。无论"怅望""苍茫"，都尽在不言之中。颈联开始将叙述角度由"汝"转至自身，"金茎"，典出《汉书·宣帝纪》的"金芝九茎，产于函德殿铜池中"，"紫殿"典出《三辅黄图》，言成帝永始四年（前13）行幸甘泉郊泰畤，神光降于武帝所起的紫殿。这一联状摹宫殿氛围，是为了衬托尾联作者自比扬雄作为文学侍臣的不甘寂寞而又无可奈何的心境，因而虽有一丝自我揶揄，却仍是以沉郁为基调。

何景明于近体诗取法李杜二家，旁及初、盛唐诸人，虽有取径过狭之嫌，不少作品又过于拘泥古格，不及销熔，但这首诗却做到了不着形迹而自见神情。

（陈广宏）

杨 慎

杨慎（1488—1559），字用修，号升庵，四川新都人。正德六年（1511）试进士第一，授翰林修撰。嘉靖三年（1524）上议大礼疏，谪戍云南永昌卫（治所在今云南保山），卒于贬所。杨慎学问博洽，著述繁富，居一时之首。他从事诗文创作之际，适值"前七子"风靡文坛。他首先冲破七子格局，提出"人人有诗，代代有诗"口号。诗歌创作上他取途广阔，上溯汉魏六朝，出入三唐，不废宋诗，在博采众长基础上，形成了自己渊雅流丽的风格。他的著作被后人汇编成《总纂升庵合集》。

（邬国平）

赋得千山红树图送杨茂之

萧郎雅工金碧画，爱画碧鸡与金马。

画作千山红树图，行色秋光两潇洒。

摇落深知宋玉悲，登山临水送将归。

丹林初晓清霜重，紫谷斜阳赤烧微。

故人辞我故乡去，滇树遥遥接巴树。

桑落他山共醉时，枫香客路销魂处。

白首遐荒老未还，流波落木惨离颜。

锦城红湿那能见，千里随君梦里攀。

杨慎在长期的流放中，写下了许多表达故乡之念的诗歌，这是其中著名的一首。此诗又名《题千山红树图送杨茂之还成都》。杨茂之，蜀人。杨慎因他离滇还蜀，故作此诗题画相赠。

　　全诗分为四层意思，每层四句。首先是介绍"千山红树图"的作者和他的绘画特点。萧郎，名旭，字于东，内江（今属四川）人，是杨慎同时代的画家，两人曾有交往。金碧画，唐代画家李思训擅画山水树石，金碧辉映为一家法，后人称作金碧山水。萧旭作画继承金碧画的传统，杨慎对他的画风表示赏识。次句中的"碧鸡""金马"均为山名，一在昆明西南，一在昆明东，这里既说明萧郎喜对当地风景写生，不是临摹前人的画作，也以此二山名在字面上与上句的"金碧"二字相呼应。前二句泛述大概，作为铺垫；后二句具体引到"千山红树图"，用以合题。接着，诗人从述画转入别友的现实。画图展现的是深秋的景致，诗人别友也是在这一时节，因此二层意思的过渡十分自然。"摇落"二句分别借用杜甫《咏怀古迹》之五和宋玉《九辩》中的成句，以抒写诗人在草木摇落的季节送别故乡友人的凄凉意绪；"丹林"二句诗人犹如运转一支画笔，摹绘出一幅布色浓丽的旅途秋景。再以"故人"四句点明故人归往何地，并忆及与故人同客滇中的情形。桑落，酒名，也用作酒的代称。杨慎被长期逐放滇中，心情郁愤，经常借酒浇愁，遇见故人，酒兴更浓。"他山共醉"正说出他与友人一起饮酒潦倒之状。"枫香客路"是写他与友人送别时的悲愁情怀，从此他们只能像天各一方的两棵孤树，遥遥相望，心情十分伤感。诗的最后四句，述及自己长期滞留异乡的悲恨和对故土的殷切怀念。自从杨慎等人被谪戍以后，不断有人为他们奏请赦免，未获准许。嘉靖十六年（1537）刑部请赦一百四十二人归田，杨慎仍在少数不赦之例，他内心的忧愤、痛苦是可想而知的，故有"白首遐荒老未还"的愤慨。今天故人回乡，使他在滇中又少了一位朋友，多了一份孤独，这怎能不叫他"离颜"惨悴，感慨万端！"锦城红湿"语出杜甫《春夜喜雨》"晓看红湿处，花重锦官城"。锦官城，简称锦城，在今四川成都市南，这里指诗人的故乡。诗人说：美丽的故乡不可望见，但愿我能在梦中伴随友人将她寻访。这一结尾不仅表达了诗人对故乡和友人的深厚感情，也反映出他对恢复行动自由的内心渴望。

脉理清晰、布置井然是本篇结构上的一个特点。四层意思，由画作而及现实，由送别友人而及自己处境，层层递进，承转自如。它先后四次换韵，平、仄相间，适与每层意思的转换互相协调，这更增添了阅读的流畅感。

诗人将述画、状景、写情三者融成一体。他所赋写的画主要显现了自然界的"秋"和"色"，即所谓"行色秋光"，而这正好也是他状景的对象。"摇落""登山"二句出于宋玉《九辩》的咏秋名句（杜甫"摇落深知宋玉悲"句实也是从《九辩》中化出），它们突出了一个"秋"字；"丹林""紫谷""赤烧"诸词，色彩明朗艳丽，与"千山红树"的图景相一致，突出了一个"色"字。这给人以画如景色，景色如画的强烈视觉印象。同时，诗人叙说别情也是紧紧结合悲秋的氛围，这与画、景中的秋天景象又存在着内在的和谐关系。古代有些题画送别诗，画景别情的结合显得较为牵强生硬，缺乏有机性和整体感。杨慎此诗则谐调自然，表现出诗人高超的艺术才能。

（邬国平）

塞垣鹧鸪词

秦时明月玉弓悬，汉塞黄河锦带连。

都护羽书飞瀚海，单于猎火照甘泉。

莺闺燕阁年三五，马邑龙堆路十千。

谁起东山安石卧，为君谈笑靖烽烟。

这是一首边塞内容的诗歌。"鹧鸪词"为唐乐府曲调，常以征人思妇为题材，也写一般的闺情春怨和自然景致。"塞垣"指边境关防。本诗篇名在鹧鸪词前更加"塞垣"二字，含有突出边塞之思的用意。

王夫之《明诗评选》卷六称此诗"八句四层，密成一片"。它每两句为一层意思。首联秦月、汉塞对举互文，泛指西北疆域。次联以羽书飞传、敌兵逼临，来渲染边情危急和战事紧迫。第三联唱叹战争驱迫男性青年离家远征，他们的恋人爱妻只好空守闺房，这从一个侧面反映出长期的战祸带给人民、社会的危害。最后诗人希望朝廷起用谢安这样的能臣，克敌制胜，靖平战火。四层意思前后衔连，贯通一气。通篇结构宽宏，气象雄阔，而又缜密工巧，稍见绮丽。

首联从王昌龄《从军行》"秦时明月汉时关"句化出，"汉塞黄河"谓据黄河为塞，取代原句"关"字。和原句相比，它于铺排中更见藻饰，如以"玉弓"喻月（李贺《南园》之六"晓月当帘挂玉弓"似为杨诗所本），以"锦带"比河，皆呈现色彩之美，由此颇能见杨慎诗歌尚丽的特点。次联用高适《燕歌行》"校尉羽书飞瀚海，单于猎火照狼山"之句，仅改"校尉"为"都护"，"狼山"为"甘泉"。改句中的官职升高，地更接近内腹（甘泉，山名，在陕西淳化西北），以见边事军情更加危急。第三联改用皇甫冉《春思》"莺啼燕语报新年，马邑龙堆路几千"句而成，上句经杨慎改写，叙闺阁少妇思边之情。"马邑"，治所在今山西朔县。"龙堆"，是白龙堆沙漠的简称，在新疆罗布泊以东至甘肃玉门关间。此句指男子出征路途遥远。"莺闺燕阁"，词语绮丽，和首联"玉弓""锦带"风调一致。"年三五"对"路十千"比原句工整，因原句是首联，一般不用对仗，即使用对仗，要求也不严格；改句为第三联，对仗需要工切。四联出李白《永王东巡歌》之二"但用东山谢安石，为君谈笑静胡沙"。东晋人谢安（字安石），曾隐居会稽东山。前秦苻坚率军南侵，谢安时为宰臣，组织抵抗，获"淝水之战"大捷。李白在诗里以谢安自比，语多自豪。杨慎改为疑问语气，用以表达忧虑和盼望的心情。

　　明代边患严重，杨慎每拟唐人边塞诗歌，陈古喻今，寄慨时事，表现出诗人忧国忧民的情怀。虽然它也反映了明人普遍好拟唐人风调的心理，但与泥古胶柱的流习毕竟不可同日而语。（邬国平）

柳

　　垂杨垂柳绾芳年，飞絮飞花媚远天。

　　金距斗鸡寒食后，玉蛾翻雪暖风前。

　　别离江上还河上，抛掷桥边与路边。

　　游子魂销青塞月，美人肠断翠楼烟。

　　柳是诗人喜爱咏唱的对象。柳与"留"谐音，古人离别，有折柳遗赠的风习，借以表达相互的怀念。诗人通过对柳的吟讴，诉说人生别离的苦楚、憾恨和对重新团聚的想望，于是形成了我国古诗特有的咏柳主题。

　　此诗与前人咏柳诗不同之处在于，它不仅一般地将缠绵的情思融入咏歌的对象中（这是多数同类题材的作品共有的特点），而且对柳作了工致和神妙的摹画，其体物之工为其他柳诗所难匹，故有人称赞说："明明是一株活柳。"（王夫之《明诗评选》卷六）

　　首联景象开阔。上句写低垂、袅娜的柳丝轻轻摆摇，它们似乎多情地绾系着人们的青春，不愿它流逝；下句写柳树的花絮纷纷扬扬，洒满天穹，将春色点缀得更加妩媚。颔联赋物工细，是咏柳名句。古人斗鸡，有以金属做成鸡爪状物，加套鸡足上，增其锋利。诗人用"金距斗鸡"形容寒食（清明前一两天）后柳条吐露的新芽，兼备柳芽色、形、神，堪称精妙。下句将柳絮离树舞风比作"玉蛾翻雪"，其素白之色、轻盈之态如在目前。颈联转写人间别情。亲朋情侣从插满柳树的河道告别而去，那坠落在桥边路旁的柳絮恰好似神色黯然的送行者。"抛掷"一词极写离别的无奈和凄苦。尾联更述游子、思妇别居两地，感怀不绝，愁绪万端。

此诗摹物工巧，思致悱恻，接近六朝体格。其声韵流转而不伤靡弱，语词绮缛而不失清新。此外，八句皆对，工整自然，又颇见工力。

（邬国平）

宿金沙江

往年曾向嘉陵宿，驿楼东畔阑干曲。

江声彻夜搅离愁，月色中天照幽独。

岂意飘零瘴海头，嘉陵回首转悠悠。

江声月色那堪说，肠断金沙万里楼！

　　这是一首通过抒写旅愁来寄托身世憾恨的诗作。杨慎在贬谪期间，曾数度被准从谪所返回故乡新都，与家人短暂团聚。此诗就是作于某次经金沙江往返家乡的途中，或说作于嘉靖十七年至十八年（1538—1539），诗人当时五十一二岁。

　　全诗分为怀昔和叙今两个部分。前四句忆早年被祸之前诗人的旅途愁绪。嘉陵江，源出陕西凤县嘉陵谷，至四川重庆汇入长江。杨慎早年因访亲、应试、公务等故，多次来往于新都和京师之间，中经嘉陵江，曾在江畔的驿栈投宿。夜间听着江水翻卷的声响，对着一片凄清的月光，他每每会有愁闷和孤独之感。后四句说目前自己的飘零和悲忧。金沙江，长江上游自青海玉树县至四川宜宾市之一段，以产金沙故名，古有瘴海烟岚之称。"瘴海头"即指金沙江上，以合诗题。诗人如今独栖"瘴海"之边，境况比早年羁宿嘉陵更为凄惨，过去毕竟还是一般的别家之愁，现在他却是被朝廷放逐的一名钦犯。"嘉陵回首转悠悠",这句不仅是说他今夜栖息在金沙江边离开当年宿于嘉陵江岸在空间和时间两方面都很邈遥,还寄寓着他对身世浮沉的慨叹。所以,今夜虽然依旧是水浪拍岸,月色残照,可是诗人产生的已经不是过去那种愁闷和孤独感,而是难以用语言讲述的断肠般的哀痛和悲愤。

在写法上,此诗采用衬托法,以昔日的别恨来照映目前的苦状,前后两段诗情呈现为由愁变为更愁的递进关系,这增强了作品的感染力。它押韵的特点是,前半段用入声韵,语调短促,似有吞咽断续之响;后半段用平声韵,声气转长,在不绝的唱叹中,更见诗人心情的沉郁和悲切。两段之间如此换韵,有效地反映出抒情者感情的进一步强化。

(邬国平)

昆阳望海

昆明波涛南纪雄，金碧滉漾银河通。

平吞万里象马国，直下千尺蛟龙宫。

天外烟峦分点缀，云中海树入空濛。

乘槎破浪非吾事，已斩鱼竿狎钓翁。

昆阳州（治所在今云南晋宁），地处滇池西南端。滇池又名昆明池、昆明湖、滇南泽，是云南最大的湖泊，据杨慎《海口修濬碑记》云：当地百姓亦称它为"海"。诗人被贬寓云南期间，曾到过此地，写下多首诗作。

本诗述诗人从昆阳观望滇池的所见和所思。雄阔奇壮的湖光水色，令人意气风发，精神昂扬，此时在诗人心里漾起了几分幻想。然而，他又清醒地意识到自己现在只是朝廷的一名钦犯，处境危难，前途叵测，不能有所作为，于是顿生一股雄心遭挫、壮怀受抑的难言的委屈和痛楚。

前六句摹绘昆明池浑涵明丽的景色，其中也寓含着诗人对自然的欣羡之情。首句写其波涛之雄，居南国众多湖泊之首。二句顺接首句"雄"字，通过湖波远接银河的夸张，具体显出其阔大的景貌；"金碧"二字，形容湖水在阳光照耀下清澈明丽。二层意思合看，湖景之雄阔和秀媚方见完全。云南有大象和马，古时用于耕作和打仗，故有"象马国"之称。三句以平视的眼光，写述滇池吞吐万里的气势。四句从垂直的角度，状说其莫可窥测的深沉。五、六句又转为仰视，分别描绘点缀在湖边的耸入云端的山峦和高拔挺立的树列。通过取景视点的不断换转，诗人向我们展示了一幅立体的、全貌式的滇池图景。

最后两句由状景转为明显的抒情。诗人望着昆明池壮阔的景象，从内心溢出一股喜悦。他多么想望能在浩渺的水波"乘槎破浪"，作一番豪举。然而他却不能。他能做的事情，唯有伴渔翁垂钓，消磨时光。"非吾事""狎钓翁"，正说明他想做而不可做、不愿做而只好做的愿望与现实的矛盾，这是一种正言反说的写法。我们不难理解乘槎和垂钓在诗里的比喻意义。诗人遭贬斥以来，忍受了极大的屈辱和痛苦，但是他并没有因此而消沉。他切盼自由，希望有所作为。然而这一天却迟迟不来。他的浩叹正是为此而发。读至诗篇最后两句，我们仿佛感到，那昆明湖的波涛恰似在为诗人的不平澎湃涌动，宣泄悲愤。

（邬国平）

锦津舟中对酒别刘善充

锦江烟水星桥渡，惜别愁攀江上树。

青青杨柳故乡遥，渺渺征人大荒去。

苏武匈奴十九年，谁传书札上林边？

北风胡马南枝鸟，肠断当筵蜀国弦。

　　嘉靖二十年（1541），杨慎受聘回成都纂修《蜀志》，事竣还滇，至东泸因病又回成都。次年七月重返戍所。本诗就是作于这一年。诗人自嘉靖三年被祸，至今已渡过十九年的流亡生活，心情十分愤懑和痛苦。他离蜀时，刘善充曾到锦江发舟处为他饯行。此时，诗人心中充满了乡愁别恨和对身世的感慨，于是就写下这首诗。

　　"锦江"，在今四川成都平原，是岷江分支之一，传说人们织锦濯其中则锦色鲜艳，非其他水流可比，故名。"星桥"，据载，战国时蜀郡守李冰在成都西南两江上建造七桥，以应天上七星，后人故有星桥之称，这里泛指津江渡口。此诗首句写杨慎与人叙别的地点。第二句从送者的角度，讲他抚攀着岸上的树枝，目送行者远去，愁肠百结。杨慎采用这种写法，表示对送者情谊的珍重和谢意。三、四句写他辞离故乡，行往边荒。在前面四句诗里，"锦江"

"星桥"虽然是表示地点的名词，但它们含有的美好内容常激起人们对这一地方产生亲切的依恋，故在诗里具有加强诗人惜别之情的作用；"青青杨柳"环绕的"故乡"与边鄙偏僻的"大荒"相对，显出诗人强烈的感情色彩。这些措词和描写正表现出家乡的可爱和别离的愁苦。

五、六句写诗人对身世的感慨，这不仅丰富了作品的内涵，还使乡愁别恨显得更加悲沉。苏武被匈奴拘禁十九年。昭帝初年，汉朝与匈奴和亲，汉使要求放回苏武，单于诈言苏武已死。后来，汉使对单于佯称："汉天子在上林（皇帝射猎的宫苑）射下一只雁，雁足系有帛书，上写苏武现在北海。"单于无奈，只好释放苏武，使回汉朝。杨慎借用这一典故，表达自己流亡的痛苦和对赦免的期待。但是明世宗因"大礼议"一事，对他恨之入骨，在他流亡期间，不忘对他督察，"每问慎作何状"（《明史·杨慎传》），他又怎么可能得到宽大？杨慎当时还蒙在鼓里，仍寄希望于世宗。诗歌最后二句说，胡马越鸟尚且怀恋故土，自己此刻聆听乡音、对筵道别，又怎能不肠断心碎！

全诗一气呵成，浑成自然。诗人将传统的思乡主题与个人悲苦的身世经历结合起来，真愁真怨，凄惋感人。沈德潜评道："才人远窜，千古恨事，读数诗（指《宿金沙江》《赋得千山红树图送杨茂之》及本诗等），令人百端交集。"评断甚确。

（邬国平）

谢 榛

谢榛（1495—1575），字茂秦，号四溟山人，临清（今属山东）人。嘉靖年间游京师，与李攀龙、王世贞等结诗社，为"后七子"之一。后与李攀龙绝交。遍游秦、晋、燕、赵诸藩王之间，以布衣终其身。有《四溟集》《四溟诗话》。

（赵山林）

怨 歌 行

（二首）

淡妆寂寞妾愁深，若个浓妆欢至今。

郎到蓟门传尺素，谁知浓淡在郎心。

长夜寒生翠幕低，琵琶别调为谁凄？

君心无定如明月，才照楼东复转西。

"怨歌行"一作"怨诗行"，为乐府《楚调曲》名。相传汉班婕妤失宠于成帝，托辞于纨扇而作。现存《怨诗行》古辞及曹植等拟作，均为五言。谢榛此诗，虽沿用"怨歌行"旧题，但形式却与竹枝词一样。

诗的内容是写思妇之怨，二首意思是贯串的。丈夫到蓟门（故地在今北京西南)去了，虽然也有书信捎回来，但人却久久未归，因此思妇怀疑他是另有新欢了。

第一首用自己的"淡妆"与新人的"浓妆"、自己的"寂寞"与新人的"欢"相对比。"浓淡在郎心"，说明责任全在男子身上，句中已有"怨"意。

第二首写翠幕低垂，长夜寒生，自己百无聊赖，只有借弹奏琵琶排遣愁思，可是又有谁能理解、同情自己呢？这时偶一抬头，看见空中明月已由楼东转到楼西，于是想到男子的心就像这月亮一样，时时转移，没个定准。至此，已写足"怨"之意。

全诗不用故实，明白如话，略借眼前景物以作比兴，这些特点都近于民歌。谢榛论诗，反对"专用学问而堆垛"，赞许"不用学问而匀净"(见《四溟诗话》)，这二首《怨歌行》的创作，正是他贯彻这种艺术主张的一次有益的尝试。

(赵山林)

居 庸 关

（二首选一）

控海幽燕地，弯弓豪侠儿。

秋山牧马处，朔塞用兵时。

岭断云飞迥，关长鸟度迟。

当朝有魏尚，复此驻旌旗。

居庸关又名蓟门关、军都关，在今北京昌平西北，是北京的大门。谢榛《居庸关》共有二首，这里选的是第二首。

诗的首句写居庸关控制着临近海边的幽燕之地，可见位置之重要；次句写此地多盘马弯弓、箭法娴熟的豪侠之士，可见民风之剽悍。正因为位置重要，所以北方少数民族常在秋高马肥之时，南下用兵，战争往往发生在此时，所以特别需要严加戒备。

五、六两句描绘居庸关山势高峻，耸入云霄，关塞绵延，鸟儿也难飞越。这是阻止强敌入侵的有力保障。但最重要的还是要有精兵良将，为我长城。像汉文帝时曾任云中（今山西大同）太守的魏尚，爱惜士卒，治军有方，使得匈奴不敢贸然进犯，千秋以下还为人民所怀念。而现在，又有魏尚一样的将军率军驻守在居庸关上了，这怎么能使诗人不感到欣慰呢？

　　谢榛平生曾长期游历燕赵，此诗正表现出他对边塞风光的特殊感受以及对边防的关切。诗中"魏尚"，可能是泛称，也可能有所指。隆庆年间戚继光曾任蓟镇总兵，居庸关即属于他的镇守范围。其时谢榛尚在世，诗中"魏尚"是否指戚继光，那就不得而知了。

（赵山林）

元夕道院同公实子与
于鳞元美子相五君得家字

> 长空月正满，游骑临京华。
> 夜火分千树，春星落万家。
> 乘闲来紫府，垂老问丹砂。
> 笙鹤归何处，依稀见彩霞。

　　嘉靖二十九年（1550）前后，谢榛在北京与李攀龙、王世贞等结社唱和，称为"后七子"。这首诗当作于此时。诗题中的公实、子与、于鳞、元美、子相，分别为梁有誉、徐中行、李攀龙、王世贞、宗臣，他们都是"后七子"的成员。

　　诗的前半切"元夕"，写北京元宵之夜景象。首句见月之圆，次句见游人之众，三、四两句见灯火之盛。特别是三、四两句，火树银花，明灯盏盏，仿佛璀璨的春星，降落在京城的百万人家，写得极为壮丽动人。《明诗别裁集》评曰："'春星'五字，亦警亦秀，自能高压满座。"

　　诗的后半切"道院"，"紫府"也就是道院的别称。李攀龙等五人都是春风得意的盛年进士，都有官职在身，因此说"乘闲来紫府"。同行六人中，唯有谢榛年近花甲（比宗臣、王世贞年长三十余岁），故自称"垂老"，更何况自己一介布衣，仕途无望，恐怕只有"问丹砂"、求仙学道才是自己的归宿。但这只不过是诗人的自我解嘲而已。神仙之事本来虚无缥缈，试看那骑鹤吹笙的仙人王子乔又在何处呢？只是遥望长天，依稀得见几片彩霞而已。

　　六人同赋元夕，而谢榛此诗显得比较突出，看来与他的独特经历和颇多感慨不无关系。

（赵山林）

古 意

南国动幽思，春洲搴绿芳。

九嶷云物夕，帝女怨潇湘。

华月照瑶瑟，灵风吹绮裳。

那知苦调罢，楚客立苍茫。

诗的抒情主人公是"楚客"。"楚客"指的是来到或经过楚地的迁客骚人。

春天的一个傍晚，楚客漫步春洲，采撷芳草。眼前的南国风光，更牵动他的幽长思绪。遥望九嶷山，景物（"云物"即景物之意）变幻，使人自然想起舜南巡时死于此地的种种传说。近观潇湘，流水潺湲，仿佛是娥皇、女英为思念大舜而轻轻呜咽。在朦胧的夜色里，娥皇、女英仿佛出现在楚客的眼前，清朗的月华照着她们手中的瑶瑟，轻灵的晚风吹动着她们华丽的衣裳。一曲奏罢，娥皇、女英悄然而逝，而楚客却独立苍茫，陷于久久的遐思之中……

此诗运用"以仙比俗"的比兴手法，创造出一种幽微隐约的意境。最后二句，大似钱起《省试湘灵鼓瑟》中的名句"曲终人不见，江上数峰青"。但诗的本意究竟为何，是写自己的某一段经历，还是听了一曲乐章之后的感受，或是其他，那就不得而知了。作者本人的《四溟诗话》说："凡作诗不宜逼真，如朝行远望，青山佳色，隐然可爱，其烟霞变幻，难于名状；……远近所见不同，妙在含糊，方见作手。"本诗的艺术魅力，正在于此。

（赵山林）

赴石门峡

石门西去道，烟色树冥冥。

秋草地全白，夕阳山更青。

闻虫惊节序，立马问边庭。

潦倒还词赋，徒惭两鬓星。

石门峡，在今河北遵化西五十里，为出入长城马兰峪关的通道，古来兵家争战之地。

秋天的一个傍晚，诗人风尘仆仆，奔波在赶赴石门峡的旅途中。烟树冥冥，塞草全白，西风残照，远山显得更为青苍……诗人立马问路，道旁的老乡正向他指点着石门峡的方向。这时，传来秋虫的唧唧声，诗人猛然意识到，节令已经是深秋了。想到自己两鬓白发星星，却还是个以词赋为生的潦倒文人，诗人怎能不感慨万千！

谢榛一生，曾多次北游于燕赵秦晋诸藩王之门，虽说是受到礼遇，但曳裾侯门，那滋味总是不好受的。因此，本诗所反映的，是他的真实感情。

从艺术上说，此诗沉炼雄伟，句响字稳，当得起"坚整如城，宛然唐调"（潘德舆《养一斋诗话》）的评语。　　　　　　　（赵山林）

秋 兴

（四首选二）

山昏云到地，江白雨连天。

鸿雁寒无赖，芙蓉秋可怜。

旅怀须痛饮，世事且高眠。

京国迷茫外，空歌美女篇。

地旷藜芜老，庭空蟋蟀寒。

山河秋瑟瑟，风露夜漫漫。

白首谁同醉，黄花只自看。

吾生真浪迹，沧海一渔竿。

杜甫有《秋兴八首》，是唐诗中的名篇。所谓"秋兴"，即因秋感兴之意，谢榛《秋兴》诗命意亦同。原诗共四首，这里选的是第二、第四两首。

前一首着重写京国迷茫。山昏云密，江白雨横。寒气侵逼，使鸿雁无法禁受；西风愁起，芙蓉香销叶残。眺望京国，正在迷茫风雨之外。本来，诗人像陈思王曹植一样，经常高歌《美女篇》，表达"君子有美行，愿得明君而事之"（曹植《美女篇序》）的企望；

现在，京国既然不见，空唱《美女篇》，又有什么用处呢？世事既不可问，故只有痛饮、高眠而已。

后一首着重写浪迹沧海。秋风瑟瑟，蘼芜已老；风露漫漫，蟋蟀悲鸣。诗人头上的白发又增添了几茎，可无人可以同赏黄花，共博一醉，仍然是浪迹天涯，孑然一身。这里，无边无涯的"沧海"与微小纤细的"渔竿"形成强烈的对比，更显示出一种漂泊无依的孤独感。杜甫《秋兴八首》其七云："关塞极天惟鸟道，江湖满地一渔翁。"谢诗末二句正似之。

谢榛《四溟诗话》云："景乃诗之媒，情乃诗之胚"，"情景相融而成诗"。本诗写景，处处关乎情思。如"芙蓉秋可怜""地旷蘼芜老"等句，大有众芳芜秽、美人迟暮之感。情景交融，堪称佳作。

（赵山林）

秋日怀弟

生涯怜汝自樵苏，时序惊心尚道途。

别后几年儿女大，望中千里弟兄孤。

秋天落木愁多少，夜雨残灯梦有无？

遥想故园挥涕泪，况闻寒雁下江湖。

首二句弟、己分说。首句说弟弟在家乡，务农为生。取薪曰樵，取草曰苏，因此"樵苏"便成了务农的代词。次句说自己漂泊他乡，年复一年，转眼又到了西风落叶的季节。弟弟务农，当然是布衣；自己客游于秦、晋、燕、赵诸藩王之间，也仍然是布衣。一"怜"一"惊"，包含着对兄弟二人命运的无限感慨。

由"时序惊心"便想到"别后几年"，彼此的儿女都已长大，这是聊可欣慰的；但老兄弟天各一方，总使人感到落寞孤单，觉得这是人生的一大缺憾。

颈联即景写情。时已深秋，我心中的忧愁就像无边落木，萧萧不已；夜雨残灯，我时常梦见你，不知你是否也如此？按"夜雨对床"为兄弟聚首之约，屡见于苏轼、苏辙诗中，如苏辙《舟次磁湖，以风浪留二日不得进，子瞻以诗见寄，作二篇答之》："夜深魂梦先飞去，风雨对床闻晓钟。"谢榛以夜雨残灯入诗，亦取与兄弟团聚之意，但美好的愿望不能实现，只有托之于梦，更何况连梦也不知道有无，真是令人何以为情！

怀弟至此，情感已臻于高潮，故不觉一挥涕泪。此时更闻寒雁声声，飞下江湖，更动诗人凄然之思，给这首诗增添了悠然不绝的余韵。

（赵山林）

送谢武选少安犒师固原因还蜀会兄葬

天书早下促星轺，二月关河冻欲销。

白首应怜班定远，黄金先赐霍嫖姚。

秦云晓渡三川水，蜀道春通万里桥。

一对郫筒肠欲断，鹡鸰原上草萧萧。

　　这是一首送别诗。题中的谢少安，即谢东山，字少安，射洪（今属四川）人，时任兵部武选员外郎。

　　谢少安此去，目的有二，作者便分层叙写。"犒师固原（今属宁夏）"是公，时间上也在先，故先写；"还蜀会兄葬"是私，时间上也在后，故后写。

　　"星轺"指皇帝的使者乘坐的车子。首联说，皇帝的诏书早已下达，催促使者登程，所以现在时方二月，关河之冻尚在欲消未消之时，而您就要出发了。颔联从谢少安此行的任务——犒师着墨，谓谢君此行，是代表朝廷，抚慰、犒赏像班超那样白首未归、像霍去病那样壮志未酬的边关将帅。此处以班、霍比边将，很贴切为国效力的边关将士的身份。"秦云晓渡三川水"为两层之间的过渡。诗人悬想，谢少安犒师完毕，必先由固原至秦（今陕西），渡过三川（今陕西境内的泾水、渭水、沔水），然后入蜀。万里桥在成都南面，来到万里桥，也就是来到蜀中了。这两句历数行程，却一气流走，毫不呆滞。

四川郫县盛产郫筒酒，回到故乡，刚刚能喝上故乡的酒，可是马上肝肠欲裂，因为此来是为兄会葬。《诗经·小雅·常棣》："脊令（即鹡鸰）在原，兄弟急难。"此处便用"鹡鸰原上草萧萧"指代谢兄之亡，极富深情。

此诗的长处主要在于题事较复杂，而写来不见断续之痕。正如《明诗别裁集》所评："将题意逐层安放，一气转折，有神无迹，与高青丘《送沈左司》诗，三百年中不易多见者也。"　　　　（赵山林）

边　警

太白秋高烽火惊，羽书飞下晋阳城。

沙场风急来边马，亭障云深出汉旌。

战守何人能仗策，朝廷今日始言兵。

悬知驾驭还多术，早晚亲临细柳营。

"太白"即终南山，在陕西。"晋阳"即今山西太原。明世宗嘉靖年间，鞑靼经常侵扰这一带。本诗所反映的，正是此时的战事。

正当秋高马肥之时，敌兵又大举进犯。边马驰骤，烽烟四起，报急的文书像雪片一样飞来。面对强敌，明军也已进入高度紧张的临战状态。边塞的堡垒（亭障）之上，战云笼罩，旌旗飘扬，将士们厉兵秣马，严阵以待。

明政府对于鞑靼的态度，可以说是游移不定。是战，是和，是攻，是守，曾反复辩论而莫衷一是，为此曾多次贻误时机，招致损失。这一次，看来皇帝是下了决心，要对侵扰者用兵了。对此，诗人是感到欣慰的。

欣慰之余，诗人表示殷切的期望：我知道皇上驾驭臣下是很有办法的，早晚会像汉文帝亲临周亚夫细柳营一样，给三军将士以巨大的激励和鼓舞。这也就是希望君是明君，将是良将，上下齐心，早日取得战斗的胜利。这样的用典十分得休，也使诗的结尾增添了一种振奋人心的气氛。

谢榛长期游历塞北，对边事极为关切。除本诗外，集中尚有《秋日即事》五首、《边警寄张太史子维》等作，也表现了类似的思想感情。

（赵山林）

高叔嗣

高叔嗣（1501—1537），字子业，祥符（今河南开封）人。嘉靖二年（1523）进士。少年得志，三十七岁时死于湖广按察使任上。他的诗清新婉冲，每为李梦阳、王世贞等人所称道。王世贞曾说高诗"如高山鼓琴，沉思忽往，木叶尽脱，石气自清"。有《苏门集》。

（谢柏梁）

夏夜同袁德延骑出宿村家

景落息炎氛，轻策稍相试。

微风送林木，皓月临平地。

路远忘前期，情惬随所至。

田父止我宿，茅屋劝客醉。

起步中天空，仰对明星次。

一贪鸡黍宴，三叹前贤意。

轩冕愁束缚，江海伤憔悴。

且愿为老农，敢谓辞高位。

明发返故墟，努力看身世。

　　这是一首纪游诗。在一个炎热的夏夜，诗人与同伴袁德延策马野游，借宿农家，夜望星空，深有所感。

全诗可分为前后两个部分。前半部到"茅屋劝客醉"结束，写诗人出游、止宿的景象。后半部从"起步中天空"开始，写诗人触发的感慨。

前半部分，先写太阳既落，酷暑炎氛也就渐次消散。诗人与同伴策马扬鞭，稍稍试了一番轻快的马步，一路上微风习习，林木后退，动感中掺和了清凉之感和欢快之意。忽然树林已尽，平野上升起一轮皓月。此时景美情惬，信马而行。淳朴的田父，殷勤地将两位客人迎进家中，在茅屋中频频劝酒，使得诗人已微有醉意了。

后半部分写诗人的感慨。酒后闲步仰观星辰。"一贪鸡黍宴，三叹前贤意"，用《论语·微子》中记子路"遇丈人以杖荷蓧"，"止子路宿，杀鸡为黍而食之"之典。前贤待人的直率真挚，诗人于田父处得到了印证，转而感叹轩冕之华贵反而束缚了自身，江海之驱驰更复使容颜憔悴。想到此，诗人竟愿意辞去高位，宁可去当一老农。结句意为明天一早就起来，返回故里，将自家身世、出处好好掂量一番。

陈来为高叔嗣《苏门集》写序，说他"有应物之冲澹，兼曲江之沉雄，体王、孟之清适，具高、岑之悲壮"。就本诗言，更多的是体现了王维、孟浩然清新自然、晓畅适意而富于启迪感的诗风。

（谢柏梁）

饮任文选宅

敢谓齐年齿，常嗟抱夙心。

文章知汝在，交契为谁深。

华屋春灯艳，层城夜柝沉。

赖蒙终夕语，客路一开衿。

在一个静谧而融和的春夜，诗人在旅途中止宿朋友任文选（吏部文选司郎中）的家，且饮且谈，终夕未眠，这便是《饮任文选宅》的大致情趣。

"敢谓"两句，谓诗人与任文选是同年友。也许同龄人间的情调、志趣和心理、抱负，多有相似之处，所以两位朋友谈得十分投机。"文章知汝在，交契为谁深"，盛赞任文选的文章之美，并确认二人的友情之深，是他人所难以比拟的。"华屋春灯艳，层城夜柝沉"，可以想见在任宅夜饮的环境气氛。尽管打更人历数夜之深沉，宅内仍然春暖灯明，其乐融融。"赖蒙终夕语，客路一开衿"，是诗人的感激之语。他以为好友的终夕相谈，使他的寂寞之旅增添了色彩，使他的郁郁襟怀得到了舒展。

高叔嗣少年聪慧，曾作《申情赋》几万言，传诵一时。二十余岁由进士授官，官至湖广按察使，当然会有许多身份高贵、品位不凡的挚友。这首诗写得清新婉挚。王世懋《艺圃撷余》曾说他"以深情胜",评语比较切合。蔡汝楠称高叔嗣为"本朝(明代)第一",则未免言过其实。

（谢柏梁）

王慎中

王慎中（1509—1559），字道思，号南江，别号遵岩居士，福建晋江（今泉州市）人。嘉靖五年（1526）进士，官至河南参政。因冒犯夏言落职。早期推崇复古，称"文必秦汉"。后反对李梦阳、何景明"前七子"的复古主张，推崇欧阳修、曾巩的散文，成为"唐宋派"的代表作家。与唐顺之齐名，人称"王唐"。其诗于严整中见幽趣。有《遵岩先生集》。　　　　　　　　（谢柏梁）

游麻姑山

云出本无心，择栖多奇巘。

类予慕真胜，涉趣不知远。

初缘碧涧行，几傍丹崖转。

林迫去虎踪，磴蹑飞猿践。

泉流递浅深，岩谷变阴显。

歇瀑遇留憩，石床时仰偃。

桂芳洞里秋，霞映山中晚。

探异寻前期，入幽忘后返。

神游力不惮，理惬情俱遣。

天路如可梯，欲以微官免。

这是一首纪游诗，当为其免官之前所作。从诗尾两句看，王慎中其时还在官场中。

麻姑山在江西南城。相传东汉桓帝时，仙人王远与麻姑降于蔡经家。据云麻姑其时年方十八九，美色可餐，但已见过东海三度变为桑田。王慎中在本诗中不涉及有关麻姑传说；只是围绕着自己的游山行程，于严整中见幽趣，在细致中显性情。

人与自然的遇合和高度谐调，是本诗的一个根本出发点。无心之云彩，偏喜围聚簇拥在奇巇异峰；诗人探幽寻胜，深得山林之趣，行来不知其远。前四句可以当成是全篇的序曲和引子。此下各句，次第叙述登山的全过程。诗人先沿清澈的涧溪而行，又几度转过一重重赭红色的山崖，走在树林中的小路上想象自己是追随着老虎的踪迹，攀援石磴时更想到猿猴飞纵的身影。泉流的或深或浅，岩谷的阴晴变化，都引起了诗人极大的兴趣。有时憩息在瀑布边，有时仰卧在平整的石床上。时当秋季，石洞边桂花散发着幽香；日色已暮，晚霞映红了山岩。这才提醒诗人莫要只顾着了却心愿，游玩尽兴，以致忘却了归去。以上十二句依次描述了诗人入山探异的各个阶段。最后四句集中写诗人的内心感受和哲理领悟。他在自然界神游中并不感到疲劳（谢灵运《登临海峤……》诗中有"顾望脰未悁"句，《文选》李善注云："《说文》曰：痐，疲也。"痐与悁通），反而在尽兴遣情中获得了一种明理的惬意：那便是仕途之路比起登山通天之路来，还是后者更令人神往！

本诗写得自然清新而有深趣，层次分明而显变化。不过人生的旅途也实在是变化莫测：王慎中"欲以微官免"的诗句在日后竟变成了现实，而且不是他自动辞职，乃是由忤犯权重一时的夏言而落任。但是失之于仕途而得之于文坛，开一代文论风气，作一时创作典范，这也足够令王慎中释怀、知足而常乐的了。　　（谢柏梁）

李攀龙

李攀龙（1514—1570），字于鳞，号沧溟，历城（今山东济南）人。嘉靖二十三年（1544）进士，官至河南按察使。李攀龙与王世贞同为"后七子"领袖，家有白雪楼，延纳天下文士，饮酒赋诗，极一时之盛。论诗与"前七子"遥相呼应，提倡复古。古乐府模拟汉、魏，往往诘屈聱牙。近体学唐，尤工七律，得唐人气韵风味，但造语境界颇雷同。七言绝句高迈清远，语近情深，压倒同侪。有《沧溟集》。

（李梦生）

初春元美席上赠谢茂秦得关字

凤城杨柳又堪攀，谢脁西园未拟还。
客久高吟生白发，春来归梦满青山。
明时抱病风尘下，短褐论交天地间。
闻道鹿门妻子在，只今词赋且燕关。

这首诗是即席所作，"关"字是分韵所得字。元美即王世贞，谢茂秦即谢榛，二人与李攀龙均为后七子之一。

诗从反面切入。"凤城"，为京城的代称。诗写京城送走了严冬，迎来了春天。路边的杨柳抽出了长长的枝条，正好供行人攀折话别。而谢榛尚宴游京师，没有回乡的意思。古人有折柳送别的习惯，所以写离别常常涉及杨柳。这首诗写的是聚会，偏从离别的象征物柳写起，构思奇特。次句以著名诗人谢朓比谢榛，既切合他的姓，又符合他诗人的身份。"西园"，是曹操所建园，曹丕、曹植常与诗人名士们宴游赋诗于园内。谢榛在京与朝中权贵交往甚密，诗用西园事，与他行事密相关合。这样用典，灵活自然，正是七子学杜甫、李商隐用典的具体反映。

中国古代推崇清高，对隐逸之士每每褒扬企慕。所以首联写谢榛滞留京师不回后，下联立即加以补足拉回。诗说谢榛年事已长，由于苦吟和久居他乡，暗换了青青鬓发，每逢春天到来，魂梦一直萦绕着故乡的青山。这就把谢榛不归说成是不得已，无法归，并寄予同情。

颈、尾两联在谢榛的身份上大作文章。诗说他生当清明之世，正是可以出仕为帝室效力的时候，他却托病不起，甘以布衣终其身，虽然无官无禄，清寒贫苦，却结交遍天下，声名籍甚。他目前是游走京师，最终仍然要像著名的隐士庞德公携妻子隐居鹿门山一样，在家乡悠然高隐。这两联还是一纵一收，把他的高人与诗客的形象有机地结合在一起，为他占尽身份。虽是颂扬，而颂扬得非常得体，不露谀媚之态。

赠答诗往往碍于情面，很难写得恰如其分，更难表达真实情感，所以措词很难，往往流于空泛。李攀龙这首诗巧妙地化用典故，收放自如，明赞暗誉，牢牢粘连谢榛身份，以精湛的技巧弥补了感情的不足。李攀龙写这首诗时刚与谢榛订交，当时七子方结诗社，以谢榛年最高、名最大，推为主盟，所以诗极尽颂扬赞美之能事。后来李攀龙在论诗上与谢榛发生龃龉，遂与王世贞等人将谢榛排斥在七子之外。这种同类相引、异类相斥的作风，正是明代诗坛的风气。　　　(李梦生)

和聂仪部明妃曲

天山雪后北风寒，抱得琵琶马上弹。

曲罢不知青海月，徘徊犹作汉宫看。

这是一首和诗，原倡聂仪部名静，嘉靖十四年（1535）进士，官仪部郎中。明妃即王昭君，名嫱。据传，王昭君为汉宫中绝色女子，因不肯贿赂画工毛延寿，埋没深宫。匈奴呼韩邪单于求美人为阏氏，汉元帝以昭君与之。昭君戎服骑马，提琵琶出塞。

历代咏王昭君的诗很多，自从杜甫《咏怀古迹》及王安石《明妃曲》以来，很少有所突破。宋、元以来的明妃诗，常以议论出之，尖新斗巧，没有深刻的底蕴。李攀龙这首诗，抓住昭君出塞一个片断，从正面吟咏，直接继承杜诗格调，在当时很有影响。

诗以塞外风光起。茫茫草原戈壁，巍巍天山雪岭，雪后北风似刀，中人肌骨。王昭君骑在马上，抱着琵琶，款款而弹，哀怨不能自已。诗扣紧塞上，把唐人写边塞风雪寒冷的诗"九月天山风似刀""青海长云暗雪山""天山雪后海风寒"等句的意境浓缩起来，让昭君从富丽温馨的宫廷一下投入艰难困苦的绝地，形成强烈的反差，从而勾起人们的同情。

一曲方了，明月东升，照在青海边，惨淡凄凉。昭君仰首企望，忘记了自己置身何处，而把这明月仍然当作汉宫里的月。末句是想象之词。明月固是一个，但照耀的地方不同，人们的心情也就随之改变。自从王昌龄高唱出"秦时明月汉时关"等句，明月往往伴随着边塞诗中的风刀雪剑。这首诗即信手将这为人熟用的明月拈来，巧作比喻，说昭君把塞外之月当汉宫之月，那么，昭君一心眷恋汉宫的如痴似醉般的心情便曲折地表现了出来。

怀古诗措笔极难，怀古绝句要把上下千古之事包罗含蓄在短短数句之中，更为难作。这首诗写得平稳庄重，不加一语褒贬，而情文相生，有我有人，意不竭而识自见，不落寻常史论一派的恶趣中。

（李梦生）

送子相归广陵

广陵秋色雨中开，系马青枫江上台。

落日千帆低不度，惊涛一片雪山来。

　　这是一首送别诗。子相即宗臣，与李攀龙同为后七子之一。宗臣中进士后，官刑部主事，与李攀龙、王世贞、谢榛、梁有誉等结诗社，朝赓暮和，风雅迭奏。但没过几年，谢榛、梁有誉离京而去。嘉靖三十二年（1553）春，王世贞奉使南下，秋天宗臣告病归扬州（即广陵）兴化。李攀龙感叹诗友分散，相聚无期，于是把一腔惆怅惜别的情思含蓄地凝聚在这首送别小诗中。

　　眼前虽然是离别，但诗人的心已伴随着宗臣飞向了江南。诗设想，目前正是萧瑟的秋季，江南的秋天，定然在催寒的风雨中拉开了序幕。宗臣将在风雨中到达江南，纵马高台，极目远眺，思绪翩跹。扬州是江边名城，广陵潮水自从汉代枚乘的《七发》作了铺叙渲染后，一向为学子游人所瞩目，所以诗接笔描绘长江景致。诗写道，在疾风骤雨中，那滔滔不绝的长江日夜奔注，傍晚时分，出现的肯定是无数江船密集地停泊在江边的情况，那澎湃的江涛犹如雪山般高高耸起，铺天盖地。

　　离别是中国诗歌中一大关目，自从江淹《别赋》说了"黯然销魂者，惟别而已矣"后，离别诗往往直抒离愁思。但李攀龙这首诗却另辟蹊径，无一字涉及"别"字与"愁"字；在写作手法上又拓开一层，不从眼前写，而直写宗臣此行的目的地扬州。同时，诗四句全写景，但又把自己的关怀与惜别通过凄凉风雨、连天白浪等景表现出来。正因为惜别，才会由此而想到友人所处之地；正因为充满了感伤，笔下的景色才会如此苍莽悲壮：这种"不写之写"，正是盛唐绝句蕴藉浑含的特点。

（李梦生）

挽王中丞

司马台前列柏高，风云犹自夹旌旄。

属镂不是君王意，莫作胥山万里涛！

　　这是一首哀挽诗。王中丞名忬，字民应，江苏太仓人。他是李攀龙好友王世贞的父亲。王忬以右副都御史出为蓟辽总督，进右都御史。嘉靖三十八年（1559），因滦河之役失机，御史王渐、方辂上章弹劾，刑部论戍边。因王忬父子与权臣严嵩不和，严嵩改论戍边为斩。王忬留心边事，多有建树，虽然失机，罪不当斩，所以李攀龙写了两首挽诗以鸣不平，这是第一首。

　　诗由王忬居官之处入笔。御史府前，那成行的松柏，高高耸列，风云仍然吹拂着高高飘扬的旗帜。司马台，即御史台，王忬官右都御史，所以以司马台指他的官位。汉御史府中有列柏，后世因以柏台指御史台，这里也用了这个典故。首两句写明王忬身份，而用“犹自”二字，明言风景依旧，人事已非；又以苍翠劲节的松柏，暗示王忬的风节及忠正不阿的品格。诗通过御史台肃穆萧飒的气氛，寄托自己沉痛的哀悼及悲叹。

　　三、四句是告英魂之语。据《史记·伍子胥传》等书载，伍子胥助吴王称霸，后伯嚭谗子胥于吴王，吴王赐子胥属镂之剑，令自杀。子胥死后，吴王用大皮袋盛其尸，浮于江上。传子胥后为潮神，常驾素车白马出入于波涛之中。这里借伍子胥的典故，明白地说：杀你不是皇帝自己的意思，而是像伯嚭那样的奸臣严嵩蒙蔽圣聪、构陷残害，你不要学伍子胥，化作滔天巨浪，发泄郁怒和不平。中国诗歌传统有为尊者讳的惯例，如杜甫《北征》"不闻夏殷衰，中自诛褒妲"，为玄宗开脱；李白《巴陵送贾舍人》"圣主恩深汉文帝，怜君不遣到长沙"，将贬寓于誉。因为诗哀悼的对象是被朝廷赐死的，所以李攀龙在诗中表面上也为皇帝开脱，实际用意明白若揭。

（李梦生）

徐　渭

徐渭（1521—1593），字文长，号天池山人、青藤道士，别署田水月，山阴（今浙江绍兴）人。明代文学家、画家兼书法家。二十为诸生，但乡试皆不得中。曾为浙闽总督胡宗宪幕客。胡下狱后，徐渭惧祸发狂，曾因杀妻罪系狱。万历元年获释后，浪迹京中、边塞，潦倒而终。诗、文、戏曲皆不拘一格，奇恣纵肆，戛戛独造，每有逸出礼法处。花鸟画重神似写意，行草奔放而有力度。有《徐渭集》。

（谢柏梁）

画　鹰

闽南缟练光浮腻，传真谁写苍厓鸷。
生相由来不附人，绿鞲空着将军臂。
八月九月原草稀，百鸟高高兔走肥。
烟中敛翼远不下，节短暗合孙吴机。
此时一中贵快意，深秋燕雀何须避。
惟将搏击应凉风，谁贪饱裹矜山雉。
昨见少年向南市，买鹰欲放平原缰。
凡才侧目饱人喂，不似画中有神气。
夜来鸥梟作精魅，安得放此向人世，
秋风一试刀棱翅。

　　徐渭特别钟爱有"鸟中之王"美称的鹰。在他的诗集中就有数首以鹰为题的诗篇，这说明了徐渭对勇猛的雄鹰，怀有深深的敬意。徐渭曾在浙闽总督胡宗宪的帐下出谋划策，抗击倭寇，对军旅生涯有着深切的体验。军人的斗志与雄鹰骁勇的精神一拍即合，这应该说正是徐渭每每咏鹰、画鹰的契机。在这首诗中，徐渭把画中之鹰人格化、理想化，以致超越了现实中的凡鹰，赋予了画中之鹰以战士的风采。

　　我们把本诗划分为五节来次第说明。前四节每节四句，最后一节三句。第一节开首两句，切题画鹰，说在这洁白细腻的闽南缟练上，是谁把这苍崖间的鸷鸟，摹画得如此真切呢？三、四句叙苍鹰的形体如此矫健，习性如此高傲，恐怕很难归附于某家主人。即使贵为将军，穿着皮革作的韝——供猎鹰栖息的臂衣，那苍鹰也决不会飞下来俯就的。第二节四句，写秋高气爽之时，草木稀疏，百鸟高飞，肥兔竞走。那苍鹰却在云中徘徊周旋，不肯轻易扑击猎物。那种从容的气度、盘旋的阵脚，简直可以同战国时的大军事家孙武和吴起一比韬略。第三节紧承上文，似向那些胆怯的燕雀、畏缩的山雉作一说明：苍鹰此时在长空翱翔，都只是为了锻炼身手，显示智谋，实现一搏而中的快意；它决不是为了捕食弱小，并借此来向野鸡们夸耀。第四节话题一转，诗人叙说自己昨日看见有人在南市买鹰，欲在原野中一显其身手。怎知那南市之鹰凡才侧目，只知抢吃人剩下的残食。如此的猥猥琐琐，畏畏缩缩，那有这画面上的苍鹰虎虎有生气。最后一节只有三句，句型的缩短带来节奏和语气的急迫，指出夜来那些鸱枭之辈，又在搬弄精魅，作神弄鬼，何不把这画中苍鹰放到人间，让它镇妖压邪，一试身手呢？陈维崧《醉落魄·咏鹰》词结末"人间多少闲狐兔，月黑沙黄，此际偏思汝"几句，与这首诗结尾三句的运思相似。"夜来"句中的"鸥枭"与陈词中的"狐兔"都是喻指人间的邪恶势力，表达的是作者疾恶如仇的愤慨之情。

　　这首诗题为《画鹰》，实则是赞颂着骁勇的战士和具备韬略的英雄，并时时呼唤着这样的战士和英雄的介入现实。其中当然也不乏一些自矜和自负，希冀能受到更大的起用。徐渭一生，屡试乡试皆不得中，丧失了为朝廷报效韬略的机会；虽曾一度作为胡宗宪幕僚而出谋划策，对抗倭作出了贡献，但终难充分发挥自己的才能。所以画鹰的人格化实则是徐渭理想之梦的具象物化。其次，本诗用实写、虚写、比照、映衬的多种笔法，使画中之鹰高出于现实之鹰，使理想之鹰雄踞于燕雀、山雉之上，为勇敢之鹰寻找鸥枭精魅等凶猛的敌手，这都使得画鹰的品位渐次提高，形象渐趋丰满。这种写法，变幻有致而又自然流泻，既富于画面感又富于诗意美。完全可以看成是历代咏鹰之作的一首绝唱。

　　　　　　　　　　　　　　　　　　　　　　　　（谢柏梁）

杨妃春睡图

守宫夜落胭脂臂，玉阶草色蜻蜓醉。

花气随风出御墙，无人知晓杨妃睡。

皂纱帐底绛罗委，一团红玉沉秋水。

画里犹能动世人，何怪当年走天子。

欲呼与语不得起，走向屏西打鹦鹉。

为向华清日影斜，梦里曾飞何处雨。

中国历史上的著名美人杨太真，小名玉环，生于公元 719 年，卒于 756 年。她本为寿王妃，玄宗媳。后被玄宗看上，命其过渡为女道士，再引进宫中，封为贵妃，一家荣显。安禄山作乱时，玄宗携贵妃出奔。行至马嵬坡，六军怒杀败坏朝政的杨玉环之兄杨国忠，杨玉环也被迫缢死。作为红颜，玉环虽如此薄命；然而作为贵妃，她的千娇百媚及其与玄宗的种种情愫，却成为历代文人墨客们调说渲染的风流故事，也成为丹青好手的描绘对象。徐渭的题画诗极多，然而如此首《杨妃春睡图》题诗之优柔婉转的，却不多见。

全诗可分为两部分。前六句主要写杨妃春睡的情景。妙就妙在画家与诗人注目之处，并不着力于杨妃睡态的具象描绘上，而是偏重于逐层烘托出春睡的氛围。"守宫夜落胭脂臂，玉阶草色蜻蜓醉"

二句，写杨妃娇睡时宫中景态。那表示处女贞节的鲜红的守宫砂，由于夜里新承主恩，悄悄褪落。一夜缱绻后，杨妃此时正酣然入睡，宫外的玉阶、青草，装点着这无边春色，就连蜻蜓也呈现出几分醉态。此时花香随风阵阵飞出御墙，但无人知道贵妃此时睡得正好。这四句，把贵妃春睡的整体氛围烘托得艳丽缠绵。"皂纱"二句，虚写贵妃睡态，谓贵妃在纱帐中熟睡时似沉于秋水的红玉。"画里"二句说明玄宗朝政败坏，终于仓皇出走的原因，正是因为贵妃之美在画里都如此动人，当然就难怪玄宗对她那样宠爱了。"欲呼与语"二句，写画图之逼真。作者仿佛已进入了画境，想过去把杨妃请起共语，又怕画中鹦鹉呼叫，惊醒杨妃春睡，于是才想把画中鹦鹉驱走。这里"打鹦鹉"的"打"字，即唐诗"打起黄莺儿"之"打"。最后两句是诗人的想象：看着杨妃春睡姿态如此甜美，在华清斜日丽景映照之下，真不知她此时魂梦中又在哪里寻欢作乐呢？

从写法上看，本诗主要在刻画情境，渲染气氛，把一位酣睡无声的贵妃春睡图完整地再现出来了。时而变化的视角、镜头与句型，又从不同方面对画面作了伸展和解析。至于色彩变化的丰富、对比的谐调，那更是徐渭作为诗画家的本色。

（谢柏梁）

从少保公视师福建抵严宴
眺北高峰同茅大夫沈嘉则

晋公雅望复英姿，坐领楼船远视师。

夜半自平淮蔡日，秋深同上华山时。

军营列岸江全绕，骑火穿林席屡移，

却说陪游宾从美，不妨帐底有风吹。

　　徐渭为人，颇多狂狷之态，但在这首诗中，主要表示了对主帅胡宗宪的敬佩和对茅、沈二位的友好之情。然而他把胡宗宪比成是裴度，又特意注出韩愈曾为裴度幕僚，因此也不免透露出自比韩愈的几分自负。胡宗宪在闽浙抗倭有功，升为总督，与赵文华和严嵩父子有所联络。在他诱杀通倭汉奸王直、徐海等人后，官至太保。所以此时徐渭等人此番随他到福建视师督军，都有跟随主帅而志得意满的感觉。

　　本诗上半阕写故实，极叙裴度的风采英姿和韩愈的风华意气。唐宪宗时，淮蔡不服朝命，裴度力主征伐，于元和十二年（816）督师破蔡州，生擒吴元济。徐渭于此极陈裴度的胆略气派和主帅威势。借与韩愈华山题名的悠然自得体现出其运筹帷幄、平定藩镇的大将风度。这正是对胡宗宪巧妙的赞誉和自矜才干的表现。下半阕与福建军威之盛，列岸绕江；"骑火穿林"，动态地展示了人军囤积的场面。尾联不忘称道茅、沈等陪游宾从的雅致，最后用了南朝江淹"帐饮东都、送客金谷"的画面，以及石崇与送者帐饮叙情的故典，当然也不排斥几分帐底香风、酒前红颜的狎趣。

作为一首应景诗，本诗除了相互吹捧的意旨外，也较多地流露出徐渭掩盖不住的自得之情。这也从一个侧面反映了徐渭的人格精神。

（谢柏梁）

王世贞

王世贞（1526—1590），字元美，号凤洲，又号弇州山人，太仓（今属江苏）人。嘉靖二十六年（1547）进士，历官主事、按察使、布政使等职，因得罪权相严嵩去职。严嵩败，起复，官至南京刑部尚书。王世贞为"后七子"领袖，摹秦仿汉，追踪盛唐，博综经籍，谙习典故，所作以乐府古诗雄冠诸人，律诗流丽精切，令人赏心。他掌诗坛多年，以汲引后进、月旦天下为己任，经他品评的诗人就有后五子、续五子、广五子、末五子以及于四十子，绪论所及，嘘枯吹生。生平著述极富，传世有《弇州山人四部稿》等。　　　　　（李梦生）

钦䲭行

飞来五色鸟，自名为凤凰。

千秋不一见，见者国祚昌。

飨以钟鼓坐明堂。

明堂饶梧竹，三日不鸣意何长！

晨不见凤凰，凤凰乃在东门之阴啄腐鼠，

啾啾唧唧不得哺。

夕不见凤凰，凤凰乃在西门之阴媚苍鹰，

愿尔肉攫分遗腥。

梧桐长苦寒，竹实长苦饥。

众鸟惊相顾，不知凤凰是钦䲭。

这是一首寓言诗。钦䲹是《山海经》中的恶鸟，状如雕而黑文，白首赤喙而虎爪。当时严嵩父子垄断朝政，深为在朝正人君子所痛恶，王世贞因作此诗，借钦䲹冒充凤凰以讥刺严嵩。

诗先破题。"飞来五色鸟，自名为凤凰"，"自名"二字已道出不是货真价实的凤凰，是自吹自擂。他自吹什么呢？是自诩为千古难见的神鸟，将使国运昌明久远。严嵩读书故里时，荦荦有大志，天下人比为唐名相姚崇、宋璟，以为他一旦出仕，定能富强国家，天下大治。这四句切合严嵩身世，把他未入官前欺世盗名的丑恶嘴脸暴露无遗。

这冒充凤凰的钦䲹，在窃居要职后怎么样呢？相传凤凰非梧桐不栖，非竹实不食，现在殿堂多梧桐、竹实，是凤凰栖息的好地方，这"凤凰"住了下来，不飞不鸣，丝毫没有给国家带来好处，难道它像当年楚王一样将有惊人之举吗？事实完全相反，它只是在东门与鸱鸮争夺腐鼠，在西门向苍鹰献媚，求分一点余腥；不是嫌梧桐寒冷，就是嫌竹实无法填饱肚皮。《庄子·秋水》载，鸱鸮得腐鼠，有鹓鶵（属于凤凰一类的鸟）飞过，鸱鸮以为鹓鶵要夺其食，仰而视之曰"吓"。这里即用此典讥刺假冒的凤凰。以上数句有意参差语句，以乐府赋体，化用典故，把凤凰决不会做的行为写作钦䲹最乐意干的事，充分刻画它的下流低贱、卑鄙无耻，逼出结句，告诉大家这不是凤凰，而是钦䲹。用"不知"来加重语句，且与诗首"自名"二字遥相呼应。

寓言诗一般要求写得平和稳重，由于王世贞与严嵩父子水火不容，其父即遭严嵩陷害被斩，所以这首诗写得语句尖利，表现了强烈的憎恶。王世贞擅古乐府，他才气横溢，善于融化词句，不像七子中有些人生吞硬剥、割裂仿造，这首诗有很强的思想性与娴熟的技巧，很能代表王世贞的成就。

（李梦生）

登太白楼

昔闻李供奉，长啸独登楼。

此地一垂顾，高名百代留。

白云海色曙，明月天门秋。

欲觅重来者，潺湲济水流。

太白楼在今山东济宁市南城，传唐李白客居任城时，县令贺知章请他在此楼饮酒。历来题太白楼的诗很多，王世贞提倡"诗必盛唐"，对李白极为推崇，具有真情实感，因此所作压倒余子。

诗写登楼，但妙在起首不说自己登楼，却说听说李白当年意气风发、长啸睥睨，登上这高高的酒楼；而这楼经他一度垂顾，遂扬名千古，酒楼也就用"李白"来命名。诗不正面写李白的神韵风采及他的诗歌成就，仅凭空掣入，以李白登过此楼而使楼名声大盛来烘托李白的才貌及在当时与对后世的影响。这种荡开一层、反逼中心的写法，在前、后七子的诗中经常可以见到。

题是"登太白楼"，自然还要回到自己登楼所见。诗接着写楼上风光：清晨，曙色依微，白云连天，远远延伸到海边；秋晚，明月普照，天空澄澈。诗选取了楼上应当见到的两个典型景色，用跳跃性的手法组成一组画面，具有强烈的真实感。同时，远观海色，上窥天门，海阔天高，气势磅礴，不仅形容出太白楼的高峻，也使人联想到李白当年豪饮于此的情景，对李白的胸襟气魄加深了认识。

尾联以情语写自己的感想，而以景语出之。诗说如今只见到楼下济水日夜奔流不息，再也见不到像李白这样超凡的诗仙来登此楼了。以流水寄托古今之感，伤叹世无英雄，同时把自己俯仰天下、目空余子的豪壮心情也表露无遗。

全诗从空中结撰，首四句着墨不多，却将李白的神情气格从纸上逼出；下半写景抒情，不即不离。诗笔力雄健，是学盛唐律诗的成功之作。

（李梦生）

送顾舍人使金陵还松江

汝岂因鲈脍，吾曾识凤毛。

青云归暂得，白雪和谁高。

海色钟山雨，秋声笠泽涛。

南征有诸将，为语圣躬劳。

这是一首送别诗。"舍人"，指中书舍人，官名。

首联即点题。《世说新语》载，西晋吴郡名士张翰，工文章，辟齐王（司马冏）东曹掾，在洛阳，见秋风起，因思念故乡莼羹、鲈鱼，便弃官还吴中。第一句即用此典，点出题中"还松江"三字。但句中用一"岂"字，则说明顾舍人还松江是因公顺道还乡，并非专为鲈鱼脍、莼羹而来，这样就点出了题中的"使"字。第二句是说明顾舍人的身份。"凤毛"，谓先人遗下的风采，尤指能继承先人的文学才能。自杜甫《奉和贾至舍人早朝大明宫》"池上于今有凤毛"之后，多用作父子先后任官中书舍人（或其他文学侍从官）的典故。两句十字便将诗题全部包融，颇见匠心。

颔联是就顾舍人的情趣和才学生发。"青云"喻隐逸，顾舍人还乡，所以能暂时享受一段时间的隐逸之乐；"白雪"句喻顾舍人之才华高超。颈联写顾舍人的行程，先经金陵，后返松江。"钟山"，在金陵附近；"笠泽"，即松江（吴淞江）。从这　联中，我们可以想象出顾舍人南行时的愉快心情，大有"舟摇摇以轻飏，风飘飘而吹衣"的意趣。

尾联结到顾舍人这次出京的使命：要他向南征诸将士宣言皇上的思念、慰问之情。

全诗紧扣诗题，无一笔松懈，顺着"使金陵""还松江"这两条线，交叉而下，既写顾舍人出京所负的重要使命，又写其还乡的乐趣，而归结到忠君，两线合一，严正而不板滞，灵动而不轻浮，写得非常得体。

（丁如明）

戚将军赠宝剑歌

（十首选一）

毋嫌身价抵千金，一寸钝钩一寸心。

欲识命轻恩重处，灞陵风雨夜来深。

戚将军（1528—1587），戚继光，字元敬，号南塘，明代抗倭名将。在一次酒席宴上，他送了一柄宝剑给诗人，诗人作此以答。原诗共十首。从本诗的最后两句及另一首"芙蓉涩尽鱼鳞老，总为人间事渐平"来看，诗作于戚继光福建平倭归来时。

首联言戚将军赠剑的情谊之重、之珍贵，它已远远超过了千金宝剑本身的价值，宝剑上凝聚着戚将军的一片真诚与情谊。用现在的话来说，也就是黄金有价，情谊无价的意思。"钝钩"，宝剑名，据《博物志》载，为欧冶子所铸。

后两句用汉李广故事，为戚继光遭受压抑鸣不平，故从这两句中似可听闻剑鸣之声。李广是汉代名将，但一生数奇，累次获罪。一次李广因敌众我寡，兵败逃归，被贬罢职。一天深夜打猎回来，经过灞陵（故址在今陕西西安东），被一个小小的灞陵尉官羞辱。明代中后期，皇帝喜怒无常，有功者往往遭贬斥，王世贞的父亲王忬即屡立战功，却因过被严嵩陷害而斩首。王世贞在这里引李广事，显然是有感而发。一方面是借此以抒发心中块垒，对朝政腐败，奸党握权，残害忠良表示不满；一方面，又对戚继光戎马一生，转战南北，新近平倭又立功彪炳，却升赏无望表示愤慨。

此诗对戚继光的重情谊极力赞扬，对他的境遇无限同情。前两句是反衬，戚继光的人品越是可敬可爱，也就越使人同情。诗写得很豪迈，壮而不哀，符合大将军的身份。　　　　　　(丁如明)

袁宏道

袁宏道（1568—1610），字中郎，公安（今湖北公安）人。明神宗万历中举进士。初任吴县知县，有政声。后迁国子监助教、礼部主事和吏部郎中等职。他是明代继前后七子之后的又一文学流派公安派的代表人物，与其兄宗道、弟中道并称"三袁"。论诗文主张独抒性灵、自铸新辞；反对剽拟古人，拾人唾涕。作诗宗白居易、苏轼。其诗多任性而发，"从自己胸中流出"（袁宏道《答李元善》），故能清新轻俊，得诗之真趣，然亦时显浅率刻露之病。有《袁中郎集》。

（袁啸波）

棹 歌 行

妾家白蘋洲，随风作乡土。

弄篙如弄针，不曾拈一缕。

四月鱼苗风，随君到巴东。

十月洗河水，送君发扬子。

扬子波势恶，无风浪亦作。

江深得鱼难，鸬鹚充糕臛。

生子若凫鶂，穿江复入湖。

长时剪荷叶，与儿作衣襦。

《棹歌行》是乐府旧题，属于乐府《相和歌》中的《瑟调曲》。

此诗作于万历二十六年戊戌（1598）。本诗以渔妇自叙的方式来描写艰辛的渔家生活，语言纯朴，音韵谐和，具有浓郁的民歌风味。

全诗可分三层：前四句为第一层，交代渔妇身份。水滨的白蘋洲上是渔家简陋的居室。而渔民的大部分时光是在船上度过的。风帆漂流，无有定止，所以说"随风作乡土"。"弄篙"二句把渔妇的特征表露无遗。"不曾拈一缕"指从来没有做过针线活。渔妇在船上长大，针线活一点也不会做；然而，撑起竹篙来却像穿针引线一样轻松灵便。不同的生活塑造出不同的人，渔家女那粗犷的性格自然形成于艰辛的水上生活。

中间八句为第二层，写渔民的捕鱼生涯。"鱼苗风""洗河水"皆渔家谚语。"巴东"，古代郡名，今湖北秭归一带。"扬子"，即扬子江，长江别称。渔妇四月份随丈夫去湖北捕鱼；十月份又送丈夫到扬子江去捕鱼。作者写四月时二句带过，而将主要笔墨放在写十月扬子江风波之险、得鱼之难上。"鸬鹚"，鱼鹰，渔人养以捕鱼的水鸟。"臛"，肉羹，泛言食物。因为捕不到鱼，船上食物遗乏，为了充饥，只好将鱼鹰宰食了，这当然是夸张说法，极言捕鱼生活之艰危。

最后四句为第三层，描写渔妇养儿育女的景况。凫是野鸭子。彡指幼小者。此句谓渔妇生下的儿女一个个都像小野鸭一样，穿江入湖，随意戏嬉波浪。显然是因为他们生来就与水打交道，所以谙熟水性。诗的最后是说，渔妇剪"荷叶"以代布，充当儿女们的衣裳，说明渔家生活十分清苦。二字写出一片慈母之心。生活的艰难并不能扑灭渔妇对于生活的信心，相反，倒是磨炼了她的意志，使她更坚定地承担起了生活赋予她的重任。

此诗主要有三个特色：一、比喻生动妥帖。如"弄篙"比作"弄针"，渔家子女比作小野鸭。如此妙喻，令人叹绝。二、叙事得详略之宜。本诗写捕鱼生涯略四月而详十月。这样写既无过简之病，又免冗繁之讥。三、全诗的气氛富于变化。这首诗主要描绘渔家的艰苦生活，但一味写艰辛，气氛势必就太压抑。作者妙在能于第二层描写艰险的捕鱼生活之外，在诗的首尾添上轻松乐观的情调。"弄篙如弄针"，"生子若凫雏"，这二句尤其能起到调节全诗气氛的作用。

（袁啸波）

紫骝马

紫骝马，行且嘶，

愿为分背交颈之逸足，

不愿为追风绝景之霜蹄。

霜蹄灭没边城道，朔风一夜霜花老。

纵使踏破天山云，谁似华阴一寸草。

紫骝马，听我歌，壮心耗不尽，

奈尔四蹄何！

　　这是一首拟乐府古题的作品，作于明万历二十年（1592）。乐府《紫骝马》的古辞多写从军久戍怀归之情，本诗突破了原乐府的写作范畴，赋予了它新的内容。

　　边塞军旅生活的题材经唐代高适、岑参等人的大力描绘，后人已很难再写出新意。袁宏道却别开生面，选择紫骝马作为描述对象，采用拟人和反衬的艺术手法，抒发边庭将士精忠报国的豪情壮志，写得新颖别致。

　　胡风吹沙，八月飞雪，在那春风不度的北地长久驻扎，紫骝马已不堪其苦。诗的开端，紫骝马一边走一边仰天长鸣，若有所思。第三句至第六句以拟人手法揭示了紫骝马的内心世界：它后悔来到这冰天雪地、荒凉恶劣的地方。华阴（即今陕西东部、渭河下游的华阴）泛指中原地区。紫骝马觉得，就是踏破天山上的白云，也比不上踩在中原的一寸草上，极言它对北地的憎恶以及对于故乡的无比怀恋。紫骝马的嘶叫并没有引起主人的伤感，他悲壮激昂地对马说："我的壮心未曾耗尽，没办法，只能委屈你的四蹄了！"诗的最后二句掷地有声，是点睛之笔，它把戍边将士们的肝胆剖露无遗，将士们何尝不怀归呢？但是为了国家的安宁，他们情愿离家万里，历尽风霜。作者以紫骝马的好逸畏艰，后悔动摇，反衬出边庭将士不畏艰险、矢志卫国的崇高精神。

作者写此诗时年方二十五岁，又值新中进士不久，故诗篇格调昂扬向上，充分展现了作者初出茅庐时那意气风发，一心报国的奕奕神采。

（袁啸波）

显灵宫集诸公以城市山林为韵

（四首选一）

野花遮眼酒沾涕，塞耳愁听新朝事。

邸报束作一筐灰，朝衣典与栽花市。

新诗日日千余言，诗中无一忧民字。

旁人道我真聩聩，口不能答指山翠。

自从老杜得诗名，忧君爱国成儿戏。

言既无庸默不可，阮家那得不沉醉？

眼底浓浓一杯春，恸于洛阳年少泪！

显灵宫，在北京西郊，明代名胜之一。万历二十七年己亥（1599），袁宏道与几位友人趁着明媚春光，游览了显灵宫。此诗即当时分韵而作。城市山林为四韵，因此共有四首诗。此为第二首，押市韵。明中期后，神宗皇帝不理朝政，凡大臣所上奏折皆留中不发；手下臣僚又多争权夺利，放任自恣。他们大肆搜刮民脂民膏，唯逞一己之私欲。因此弄得朝政日非，边事危急，国将不国。袁宏道曾说："每见邸报必令人愤发裂眦。"（《与黄平倩》）可见他对于时事的愤激之情简直无法遏制。

袁宏道一生写了许多优美的游记，他的诗集中也有不少闲适文字，因此，容易使后人产生一种错觉，似乎他是一个寄情山水、不问世事的逍遥人物。事实并非如此，袁宏道看不惯世态，不愿混迹污浊的官场是真，不关心国事是假。不然的话，他的这首诗怎么能写得如此震人肺腑呢？

此诗可分三层：前四句为第一层，写国事使人忧心，因而不愿听到朝中消息，唯以赏花饮酒遣闷。中间六句为第二层，写自己不做忧国忧民的诗篇，这是愤激语。最后四句为第三层，描写作者无可奈何、借酒浇愁的郁闷情怀。

本诗开首二句檃栝全诗旨意，起得突兀峥嵘，让读者一下子进入了诗人的艺术氛围。"野花遮眼"，浊酒自浇，掩耳塞聪，无非是痛于时事之非，所以才既不欲见，又不欲闻。"邸报"即朝报，由内阁与六科抄发。此句是说，发来的朝报也不去看它，随手就扔进废纸筐里，任其积灰。下句写典朝衣，意有二层：一为换酒浇愁，二是厌倦为官，故将上朝穿的官服也典掉。以上二句都是开首二句的自然引发。诗的第二层继续展开题旨。诗人无所事事，就将大部分时间花在写诗上。日日千余言而无一字忧民，惹得旁人还真以为诗人昏聩糊涂了。诗人想辩解，但又觉得没有必要，显示出无可奈何之情。"指山翠"谓欲归隐青山，这也是诗人难以解脱愁苦而说的气话。"自从"两句解释了前面"无一忧民字"的原因。杜甫作诗以忧国忧民著称，后人纷纷仿效，然略无真意，全类儿戏，不过是装点门面罢了。诗人耻与为伍，故不作忧民诗。但诗人并非真的不作，而是愤激之辞。诗的第三层紧接第二层而来。诗人的一腔愤慨，说既无用，又沉默不得，于是，只好像阮籍那样时常大醉一场。"春"代指酒。"洛阳年少"指贾谊，他少时曾上《治安策》给皇帝，以为当时政治"可为痛哭者一，可为流涕者二"。时势衰微，贾谊犹可上书，而袁宏道却只能一杯独饮，清泪双流，因为神宗皇帝荒淫无道，根本就不览大臣奏折，难怪其痛苦与悲哀要远远超过贾谊了。

此诗从"遮眼""塞耳"写到"口不能答"，再由"口不能答"写到"默不可"，诗意层层递进，步步紧逼，到最后，诗人的一腔热血犹如火山爆发，喷射而出，读来惊心动魄，催人泪下！

（袁啸波）

闻省城急报

黄鹄矶头红染泪，手杀都堂如儿戏。

飞鞚叠骑尘碾尘，报书一夕三回至。

天子圣明臣敛手，胸臆决尽天下事。

二百年来好纪纲，辰裂星纷委平地。

天长阊永叫不闻，健马那堪持朽辔。

书生痛哭倚蒿篱，有钱难买青山翠！

万历三十二年甲辰（1604），楚藩王位继承问题引起明宗室内部的激烈纠纷，最终爆发了由武昌皇族朱蕴钤等人发动的内讧。他们在事变中杀掉了湖广巡抚、都御史赵可怀。省城急报即指此事。省城指武昌城，明代为湖广省治所。当时袁宏道家居湖北公安，因而径称武昌为省城。在武昌发生的王位纠纷中，宰臣受贿，皇帝昏庸，哄变中宗人肆虐，袁宏道有感于此，作此诗以讽之，同时抒发自己对于明王朝的绝望与悲慨之情。

此诗可分二层，前后六句各为一层。第一层叙省城急报事。"黄鹄矶"，在今湖北武昌的黄鹄山下。当时参加哄变的宗人超过三千，他们曾肆意烧杀劫掠，故以"红染泪"绘其惨状。"都堂"，官名。明代总督和巡抚都可称为都堂。这里指被杀害的湖广巡抚赵可怀。"如儿戏"表面上似乎是形容宗室兵将的矫勇，而实际上是控诉他们目无王法，为后面"好纪纲""委平地"的议论伏笔。"鞚"，马络头，此处代指马。"飞鞚叠骑"谓报警的驿马奔驰如飞，前后重叠排列。报书一夜三至，将"急报"二字题意揭出。下句"天子圣明"是反语，因不可明言皇帝昏庸。"敛手"即袖手旁观意。"决尽天下事"指能操办天下的全部事务。以上二句是说：当今皇帝无比贤明，能胸有成竹地处理好包括宗室哄变在内的一切天下大事，大臣们尽可袖手旁观，不劳费神。这是反话正说，实际上袁宏道是在骂皇帝昏庸无道，不用朝中贤才，听任宦官专权，以致贪官污吏横行。

第二层是诗人由急报事引发出的议论和悲慨。明朝开国至万历三十二年，其间共二百三十余年。诗中称"二百年"是约言之。"辰裂星纷"，古人以星辰陨坠为恶兆，常预示国家有危乱。此处用来比喻纪纲败坏。这二句谓洪武皇帝朱元璋开创的好纪纲，到现在已如星陨辰崩，不可收拾。下句"阊永"指宫门深远。句中以天喻天子，谓自己的想法（即下句中所言）没法让皇帝知道。"健马"句典出《尚书》五子之歌："懔乎若朽索之驭六马"，用朽烂的缰绳来驾驭烈马，其后果是不堪设想的。宏道以"朽辔"（即朽烂的马缰绳）暗喻纲纪之坏。纲纪已坏，国家的命运也将随之而被断送掉。最后二句将诗人的悲慨之情一泻无遗。"书生"，宏道自谓。"蒿篱"，指篱笆边长满蒿草。诗人自伤在国家危亡之际，草野之人无力回天，无奈只好靠在杂草丛生的篱笆旁痛哭流涕。"有钱"句是说无处可以避乱。《世说新语·排调》中载晋支遁向竺法深买印山，法深说："未闻巢、由买山而隐。"后人遂称归隐为买山。本诗用此典而意思微有不同。世间并无桃源，山林亦非天堂。袁宏道是一位头脑清醒并以国事为重的人，他在给友人黄平倩的信中说："时事如此，将何底止？因念山中殊乐，不见此光景也。然世有陶唐，方有巢、许，万一世界扰扰，山中人岂得高枕？"（《与黄平倩》）国亡之后，山林绝不能独立存在，不受事变的影响，袁宏道有见于此，所以才说出"有钱难买青山翠"这样一句令人心酸落泪的话语来。

本诗的最大特点是语言凝炼而生动。如以"红染泪"三字概括宗室哄变造成之惨状；以"臣敛手"来说明大臣不劳费力；用"辰裂星纷"来比喻纪纲之败坏；又以"健马""朽辔"来比喻国家之命运。这些词句都能化繁复为简炼，变抽象为形象，使得许多原来不易表达的意思能够既简炼又生动地表现出来。这首诗的成功与作者善于锤词炼句是分不开的。

（袁啸波）

憩 法 相

峰脚微微仄，篁稍个个清。

听钟龙忏悔，入室虎经行。

鞭笋和泥重，头茶带纸轻。

山僧谈往事，一倍惜尘情。

万历二十五年丁酉（1597），袁宏道辞去吴县令，游于吴越之间，尽揽江南名胜。本诗是他游杭州时所作。

"法相"，寺名，在钱塘县（今属浙江杭县）南高峰下，旧名长耳院。诗首联描绘寺外环境：山脚略略倾斜，山坡上长满修竹。"个个清"三字颇得竹叶之风神。颔联改用虚写，乃作者所想。山寺深幽，钟声远扬，毒龙猛虎至此亦应悔改恶性，摄心向善。"龙忏悔"典出佛经故事。传说"西方山中有池，毒龙居之。昔五百商人止宿池侧，龙怒，泛杀商人"（《法苑珠林》）。后来，槃陀王"就池咒龙，龙悔过向王，王乃舍之"（《槃陀王婆罗门咒》）。诗中用此事以强调寺庙之肃穆庄严，法力无边。颈联写寺中食品，皆山中所产。"鞭笋"回应上文"篁稍个个清"，此笋即寺外竹林里所生。"鞭笋和泥"谓竹笋刚从泥中挖出，还沾着湿漉漉的黄泥。"头茶"即最早采摘的茶，一般清明以前采制。两句皆谓土产时新，非山中莫得。而下一"重"字、"轻"字，显出春笋之肥与茶芽之嫩，非等闲之笔。诗的最后才归到题中"憩"字上。作者此时坐于方丈，与僧人闲聊。山僧述说往事，情绪特别激动；亦见得尘情难断，虽蛰居深山野寺尚不能免。尾联与元稹的"白头宫女在，闲坐说玄宗"有异曲同工之妙，都能给人以一种恍若隔世的感觉。

此诗尾联颇见功力。写寺庙的诗歌很多，一般都不露半点烟火气。本诗却偏偏选择山僧谈旧事而唏嘘太息的细节入诗。这样写不但不破坏寺庙气氛，反而更能衬托出山寺平日之清冷寂寞、断绝尘事。此种写法与"蝉噪林愈静，鸟鸣山更幽"同致。　　　（袁啸波）

感　事

湘山晴色远微微，尽日江头独醉归。

不见两关传露布，尚闻三殿未垂衣。

边筹自古无中下，朝论于今有是非。

日暮平沙秋草乱，一双白鸟避人飞。

　　袁宏道进士及第后，并没有马上被授职。依明朝官场惯例，新科进士选期未及者，多以给假省亲省墓为辞，得以暂还故里。因此，宏道中榜不久就请假回到了公安。此诗为万历二十年（1592）家居时所作。

　　宏道身在家中，却时刻关注着时政。这首《感事》诗表达了他对时事的感慨。万历十九年，洮河告警，朝廷委派尚宝少卿周弘禴赴宁夏巡阅边务。回京后，弘禴荐宁夏指挥哱承恩及守备士文秀有将才，二人分别被朝廷起用。万历二十年二月，巡抚党馨及兵备副使石继芳将原允发放的三年冬衣布花银，仅给一年费用。兵士刘东旸和许朝等人愤而提出抗议。哱承恩等人闻知后更是怒不可遏，遂起兵作乱，杀掉了党馨和石继芳。四月，周弘禴因曾举荐过哱承恩而被贬为海澄典史。诗的中间两联写的就是上述之事。"露布"为军中檄文。"三殿"乃明代的皇极殿、中极殿、建极殿，是皇帝举行重大仪式和处理政务的地方。这二句是说，边疆事变猝发，驻守的军将来不及发布征讨文书就已经做了刀下鬼；而此时此刻，皇帝老爷酣梦未醒，还没坐朝垂衣听政呢。"边筹"句指周弘禴被降职事。全句谓自古以来还不曾有过为边务出谋划策，结果反遭贬谪的事。此句在理解时应调整为"自古边筹中无下"，"中"作"中间"讲，"下"指降职。哮承恩等人的叛乱，罪责全在朝廷及其官吏，与周弘禴何干？但是，皇帝为了推卸自己的责任，就拿周弘禴做了替罪羊。尽管如此，舆论自有公断。"朝论"句即指此而言。这二句诗隐含了作者对周弘禴的同情以及对于朝廷措施的不满。其中"自古无"与"于今有"相对待，将诗人的一腔愤慨显露无遗。

作者在诗中并没有直接对时事抒发感想，而是寓感于景，在首、尾两联中把对朝政的愤懑之情表达得隐约而深婉。"湘山晴色"，美妙无比，而诗人却无心观赏，整天独自一个人在江边喝得醉醺醺的回来，其心情之愤懑不言而喻。尾联中"白鸟"指江上的鸥鸟。古人常以鸥鸟来象征没有机巧之心。鸥鸟避人而飞，意谓世事反复，人心无常，杀机四伏，连鸟也畏惧与人亲近了。尾联妙在写秋景既堪入画，又能以寄兴手法透露出诗人对于人事的失望以及希求避世远害之心。

本诗以景起，以景收，感寓于景。中间二联言事，对仗工稳而流利，使人浑然不觉。此诗一反律诗喜堆垛典故的习惯，"变板重为轻巧"（《四库全书总目提要》语），能于平易中见蕴藉，较好地体现了作者"性灵窍于心，寓于境。境所偶触，心能摄之；心所欲吐，腕能运之"的论诗主张。

（袁啸波）

郊外水亭小集

山自萧森涧自寒，却怜胜地在长安。

桐荫恰好当窗覆，柳色偏宜近水看。

已倦呼儿犹问酒，不情逢客强加冠。

湘江亦有幽居处，多少芙蓉忆钓竿。

此诗为万历二十一年（1593）袁宏道在公安故里待选官职时所作。宏道家居期间，常与诸亲友相往还，或游宴，或论诗，或聚谈，以此来消磨时光，日子似乎过得颇为自在。但是，宏道并不像后人所想象的那样超脱世事。这首诗所表现出的那种恼人的心境就证明了这一点。这种烦恼是无名的，它来自那个走向没落的时代和宏道本人落拓不羁的性格。

本诗采用一抑一扬的手法，表现作者心情的几度变化。诗的开端描绘了郊外旷野的风光：山色衰飒，涧水生寒，此时此地，诗人的心情自然十分压抑。为了排遣这种心情，于是想到了在京城旅居、揽胜时的快乐。紧接着第二联写作者看到水亭边的桐荫柳色，美景使他的心境转佳，暂时忘却了烦恼。但作者内心深处的烦恼还是禁不住要流露出来。因而第三联写平日以酒浇愁，并交代本日来到郊外小集的缘由：心绪不佳，原无心会客，但客人既来，便无法推辞。烦恼既然如此缠身，看来是无法排遣的了。但作者并没有绝望。尾联宕开一笔，设想湘江之畔，万柄风荷，正可静心垂钓。于是精神又为之一振，心境再度变得明朗起来。

整首诗忽抑忽扬，兼之意象跳跃，因此给读者以扑朔迷离，不可捉摸的感觉，其特点颇与现代西方的意识流文学相似。七言律诗能够写得如此奇特，这是很少见到的。尽管此诗思想内容较为单薄，意境也欠浑成，但无疑是一种大胆的尝试，更是对于当时那些专讲格律、章法，不讲性灵、真趣的复古派的有力反叛。"文章新奇，无定格式，只要发人所不能发，句法字法调法，一一从自己胸中流出，此真新奇也。"（袁宏道《答李元善》）从这首诗可以看出，袁宏道的创作实践与他本人所提倡的艺术理论完全吻合。（袁啸波）

别王百谷

河上青霜雁字斜，西风匹马又天涯。

锦帆泾绕郎官舍，冠子桥通处士家。

好事每挥林下麈，清斋长试谷前茶。

东邻不是无姝子，眼底何人解浣纱。

———

　　王百谷即王稚登，为明代著名文学家，百谷是他的字。袁宏道任吴县令期间，结交了不少当地名流，其中尤以与布衣名士王稚登的友情最笃。万历二十五年（1597），宏道辞官获准，将要离开吴地。与挚友相别，他倍感留恋，因此写下了这首饱含无限情思的别诗。

　　清人吴景旭评此诗曰："清疏绝俗，无半点烟火，中郎与百谷身份俱出。"（《历代诗话》）这个评语十分精辟。善于写人物性情，正是此诗的最大特点。宏道论诗主张独抒性灵，"性灵"指的就是人物的真性情。如何表现它呢？他在诗中并不直接描写性情，而是寓性情于景中、事中。你看，河上清霜，碧空雁斜；西风中诗人匹马远行，飘荡天涯。读者不是很容易从这一幅美妙的别景图中体会出诗人孤傲绝俗的性格来吗？不言性情而性情自出，妙就妙在寓性情于景中了。颔联锦帆泾为姑苏城内河名。冠子桥为苏州城内桥名。

袁宏道在吴地为官多年，与王百谷结下了深厚友情。二人常相往来，彼此对于各自居所周围的景物自然十分稔熟。值此别离之际，对于那些留有二人友情印记的小桥流水，怎能不倍感亲切和无限依恋呢？此联以寻常河名、桥名拈入诗中，颇能表现江南水城风光，又能因景见情，似板实活。颈联以林下挥麈，清斋品茶表现王百谷的人品。晋人清谈，好挥麈尾以作谈助。王百谷学识渊博，十分健谈，有晋人之风，故以此相喻。陆羽《茶经》以茶为清贵之品，最宜精行俭德之人。故诗中以清斋品茶来体现王百谷清疏绝尘、不喜攀结权贵的性格特征。这种撷取典型事件以写人物性情的艺术方法是很值得我们学习的。

此诗前数联一大特点是善于化用古人句意。元代马致远《天净沙》写道："枯藤老树昏鸦，小桥流水人家，古道西风瘦马，夕阳西下，断肠人在天涯。"本诗首联即化用这首小令的意境。虽说化用，却能夺胎换骨，别开新界。小令前配以"老树昏鸦"，色调灰暗，此诗换以"河上清霜雁字斜"，遂使全诗色彩明朗，境界壮阔。两者风格迥异而各有千秋。"西风匹马"一句骔括小令末三句词意又能自成佳句，可谓善于驱使古人。宏道痛恨时人剽袭前人诗文，但他并不反对创造性地借鉴古人的某些词句、意境来为我所用。这也许正是袁宏道高于"前后七子"的地方。

最后，本诗用典亦能不落窠臼。请看尾联："东邻"，指西施邻居。"姝子"，即美人。"浣纱"，指代浣纱女。西施未被选入宫中时，曾经和邻女们一起在河边浣纱。二句意谓，除却西施之外，并非就没有绝色佳人了，只是眼下再也没有人去发现那些浣纱女中的佼佼者罢了。隐寓王百谷怀才不遇，藏于草野。通常用西施典皆以西施比喻怀才之士，而袁宏道却能别开生面，以西施之外，别有美人托喻，这又是他锐意创新的地方。 　　　　　　　　　　　　　　　　　　　（袁啸波）

大 堤 女

文窗斜对木香篱，胡粉薄施细作眉。
贪向墙头看车马，不知裙着刺花儿。

此诗是万历三十年（1602）袁宏道在湖北时所作。大堤女指住于江边的女子。这首即景小诗将一位活泼可爱的少女的神态动作描绘得活灵活现。

"文窗"即雕刻、组合成各种图案的窗户，此处指闺房之窗。"木香"，本是一味中药，属于草本植物。但李时珍在《本草纲目》"木香"条释名中还说到："今人又呼一种蔷薇为木香。"诗人与李时珍是同时代人，诗中既云以木香为篱，且后又说"刺花儿"，可证此处"木香"应是指一种蔷薇类植物。

第一句交代环境，谓绣楼周围篱笆边种满木香花。"胡粉"指外域传入中国的化妆品。脂粉薄施，蛾眉淡扫，少女的芳容娇态已跃然纸上。最后二句说，那位少女从篱笆间隙观看过路车马，罗裙却被木香花刺钩住了。一"贪"字写出少女活泼顽皮的心理，而"不知"二字又将少女的憨态画出。可以想见，少女一闻车马声，便奔出绣阁，仓猝之中，裙幅才被花刺钩住了。诗人的这一细节描写十分生动，读来如在眼前。古人说，好诗千载如新，此诗足当此论。

（袁啸波）

宿朱仙镇

（四首）

秋高夜铎冷空庭，草木犹疑战铁腥。
地下九哥今悔不？六陵花鸟哭冬青。

羯胡岁岁括金钱，称侄称臣也枉然。
马角不生龙蜕冷，酸心直到犬儿年。

青骢挽断绿杨丝，寒食西湖祭酒时。
第六桥头香十里，桃花风起叠琉璃。

祠前箫鼓赛如云，茹泣争劖吊古文。
一等英雄含恨死，几时论定曲将军？

　　这组怀古诗是袁宏道在万历二十八年（1600）路经河南、投宿朱仙镇时写下的。朱仙镇位于河南省开封县西南境。南宋绍兴十年（1140）岳飞在郾城大败金兵后，曾乘胜进军至此。朱仙镇大捷后不久，岳飞就被急于求和的宋高宗遣回京城，不让他继续领导抗金斗争。次年十一月，宋高宗与金人订立绍兴和议，向金称臣纳币，并划定以淮河为边界。南宋偏安之局就此形成。十二月，秦桧又以莫须有的罪名杀害了岳飞。朱仙镇这个历史名地既然曾经与岳飞以及整个宋朝的命运发生过密切的关系，自然就激发了袁宏道的怀古之情。

全诗由四首绝句组成。题为《宿朱仙镇》，而实写朱仙镇的只有二句，即第一首的开头二句。其他都是作者由朱仙镇生发出的对于历史的联想和感慨。

第一首前二句点题。秋夜冷寂，唯闻铎铃声声；空庭中的草木似乎还散发出当年岳家军的兵戈所留下的腥味。"九哥"，指宋高宗赵构，他是徽宗第九子。"六陵"，为南宋高宗至度宗六个皇帝的陵墓。元军下江南后，元僧杨琏真伽发掘南宋帝后在绍兴的陵墓，盗取殉葬宝物，宋遗民林景熙、唐珏等人收高宗、孝宗骸骨埋于绍兴山中，又从宋宫移植冬青树于其上以为标志。这二句是说，六陵已被元人挖掘，只有花鸟还在冬青树间哭泣。时至今日，高宗的亡魂是否对当年的所作所为有所悔恨了呢？

宋高宗亡魂应该为何事而悔恨？第二首道出了其中原委。羯胡指金人。南宋年年要向金国进贡银、绢各二十五万两、匹，又要向金人称臣称侄，可谓竭尽卑躬屈膝之能事，然而到头来还是徒然，因为金人还是常常要南下侵扰。"马角不生"，用王充《论衡·感虚》所记"燕太子丹朝于秦，不得去，从秦王求归。秦王执留之，与之誓曰'……令乌白头，马生角，厨门木象生肉足，乃得归。'"此用以指被金兵掳去的徽、钦二帝终未能返宋。"龙蜕冷"指二帝的先后死去。令人酸心的事还不止这些，到了咸淳十年（1274）七月，宋度宗死，四岁的赵㬎即帝位，九月，元军攻破襄阳，大举分兵东下，南宋的灭亡也就成了定局。此年为甲戌年，故诗中以犬儿年（即狗年）称之。

第三首描述岳飞受到后人的隆重祭典。岳飞一生精忠报国，人民是绝不会忘记他的。每逢春暖花开、绿波荡漾的寒食节，人们纷纷来到杭州西湖边的岳坟旁，洒酒相祭。因为车马多，以至堤边的杨柳被拴马的缰绳挽断了许多。后二句纯写景。"叠琉璃"喻波纹。这二句虽似闲笔，却有烘云托月之妙。香花碧波与岳墓相邻，英雄也当安息了。这与第一首中"六陵花鸟哭冬青"形成了鲜明的对比。

第四首前二句写热闹的祭典场面。武穆祠前，鼓乐震天，不少人噙着泪水争着凿刻祭吊岳飞的碑文。后二句笔锋一转，余味不尽。曲将军，谓宋代名将曲端，他也像岳飞一样，被奸臣罗织罪名陷害而死。正史中认为曲端罪有应得，而野史记载却相反。曲端与岳飞同样是含恨而死的英雄，什么时候才能给曲将军彻底昭雪呢？言外之意，世间英雄含冤者尚多，又有谁来为他们恢复名誉呢？

这四首绝句是一个有机的整体，应该连起来欣赏，这样才能充分地理解诗人的旨意。诗人由朱仙镇向外展开丰富的联想，诗中或回顾历史，或写景，或议论，或发问，笔法灵活波动，内涵丰富。全诗形似散而神不散，四首合成全璧，堪称古代组诗中的佳制。前人只重第四首中为曲端翻案语，恐亦有所偏至。

（袁啸波）

顾问：马茂元 王运熙 程千帆 程俊英 霍松林

编委：王镇远 杨明 李梦生 赵昌平 黄宝华 蒋见元

元明清诗鉴赏

本社编

2

执行编委

王镇远 李梦生

钟 惺

钟惺（1574—1625），字伯敬，号退谷，湖广竟陵（今湖北天门）人。万历三十一年（1603）中举，七年后中第十七名进士，授行人，改授工部主事，历南京礼部仪制司主事、福建按察使金事提督学政。钟惺是明代竟陵诗派首领，其论诗主张信心与信古、重情与重理、求灵与求厚相结合，引起了晚明诗坛又一次重大变化。其诗作追求"幽深孤峭"的风格和意境，形成鲜明的个性。有的作品用虚词过滥，貌似晦奥，实无深意。有《隐秀轩集》等，又与谭元春共同评选《诗归》一书。

（邬国平）

经观音岩

洞岩但如此，今来较不同。

泉石稍差次，遽觉心目通。

峰气值残霁，往往变苍红。

曲屈失故径，层深翻得穷。

向者攀援处，乃在颗视中。

安知所蹈历，其下非嵌空？

何心觅前源，径尽忽以逢。

水木发秋籁，而非谷中风。

悯然观因应，怳焉如发蒙。

浮渡山，亦称浮山，在今安徽庐江以南。山上岩景奇美，观音岩即为其一。钟惺四十一岁那年，由京返回竟陵，途中偕友登山，作数日快游，曾玩赏过观音岩的景致。本诗一开始写道："洞岩但如此，今来较不同。"又诗中"曲屈失故径""向者攀援处""何心觅前源"等句，都说明它所叙诉的是诗人后来重上浮山的游历和感受。他这次行游的路线与那年偕友同游有所改变。

虽说本诗是一首纪游状景之作，但是诗人在摹绘自然景色风光上面着墨并不多。完整的写景句，仅有"泉石稍差次"和"峰气值残霁，往往变苍红"，它们在诗篇中构成了少数清晰的画面，后者更具有色彩之美。其他则通过形容词"曲屈""层深"和动词"攀援""颊视"，于若断若续、隐约散碎之中，使浮山盘曲多折，陡峭峻嶒的姿影依稀可辨。

全诗的重点是通过述说游历经过，写出诗人对世事物理的体验和感知，这使作品带有较多的和明显的理悟成分。如下列诗句都是将理趣寓于游迹之中："曲屈失故径，层深翻得穷。"意谓没有沿着上行次游的道途去观赏山景，唯其如此，才得以领略新的胜境，弥补了过去的缺憾。"安知所蹈历，其下非嵌空？"据钟惺第一次游山后写的《游浮渡山记》载："岭上行里许，随步铿然，响出于足，知其下处处空也。"说明其山道中空而不实。那么，上述诗句也可以说是一种纪实了。可是又不尽然，它也是写诗人当时的一种心理感觉。他登上山的高处，想到自己是在空脆、不坚实的险道上行走，惊惧之意隐然而生。而这又多么像是诗人对艰危不安的时代和充满凶机的宦途的一种隐喻。诗的最后六句，理悟特点更显得清楚。诗人本来没有意识到要去寻找上次行游过的地方，然而走完山径之后，无意中却又与旧地重合了，这似乎是一种出于个人意愿之外的必然归结。犹如水流和树枝发出声响是它们自身的天籁，并不是靠了山风的吹荡。诗人由此受到启示，应该以随任自然的态度去对待人生世事的一切因缘变化，瞻前顾后，疑虑重重，只会自寻烦恼，其实全无必要。在这种释然的、淡泊的心境中，诗人得到了超脱。

还可以提到一点，《经观音岩》叙述诗人的游历，自始至终伴随着他对自己第一次行游经验的记忆。这比单单讲说一次经历，内容变得更加宽厚，表现也显得更加纡余；同时，又充实了作品一开始"今来较不同"句的具体意旨。这种手法在诗篇结构上所起的作用是值得注意的。

（邬国平）

瞿　唐

至此始称峡，岸束江齟齬。

江势有往还，前山几茹吐。

两崖何所争，终古常相拒。

水石日夜戛，无所触而怒。

滟滪根孤危，悍流不能去。

立石如堵墙，中劈才一缕。

岸回不见江，舟行无乃迕？

舟过其隙中，乃知此其户。

还顾始自失，怃然警徒旅。

钟惺中进士次年，奉使入蜀。进蜀途中，曾作《巴东道中示弟恮二首》，有云："欲尽瞿唐胜，归途定觅舟。"当时他已有趁使回之便坐船游览瞿唐胜境的打算。本诗就是他在这一年冬季从蜀返归的旅途上写成的。同时写的还有《巫峡》《归州峡》《新滩》《西陵峡》诸作。这些作品摹绘了长江美丽奇险的风光，叙说了他自己在这趟经历中各种复杂的内心感受。

自四川奉节至湖北宜昌之间的长江，两岸重岩叠嶂，险峡星布，而以三峡最为险峻。瞿唐峡，又名广溪峡、夔峡，位于奉节县东，为群峡之首。此诗一、二句指出瞿唐所处峡首的位置和它的窄曲怪险的形貌。接着六句，状景摹声，通过不同的角度和对象来展示瞿唐峡种种惊险之状。由后往前看，前面的山陵随着涌动起伏的江势时隐时显；从左右观两岸，则见岩崖峻峭对峙，好比两队准备奋力争斗的仇人；峡间风急水疾，礁石水浪怒吼不息，更增添了惊骇的气氛。九至十二句，诗人对最能反映瞿唐险境的滟滪堆作了突出的描述。滟滪堆，也称淫预堆，俗称燕窝石。《水经注·江水》："（白帝城西）江中有孤石，为淫预石，冬出水二十余丈，夏则没。"钟惺过峡时值寒冬，水位低落，故见巨石孤危高拔，犹如一堵石墙，横阻河道。巨石与两岸之间，似被用剑劈开，仅留下一线间隙，供船只通行，其险恶景象令人心惊胆寒。十三至十六句，诗人说自己乍视急转陡折、见岸不见江的水道，简直以为航船无处可以通行；当坐舟从缝隙中穿过后，方才知道瞿唐船道竟是如此凶险。最后两句，写诗人出峡以后产生的后怕心理，以及由此而引起的对行旅生活的惊恐和茫惑。

诗人极善形容自然景貌，如用"束"字描述长江的江面至瞿唐骤然变得十分狭窄，以"龃龉"状江岸参差凹凸，"茹吐"写水势湍回低昂；激流称"悍"，航道如"隙"。此外，他还辅以拟人手法，如将两岸岩崖描写成为好似自古以来一直互相抗衡争斗的有生命的物体，形神兼具，堪称妙笔。有的诗句恰似实录，比如"立石如堵墙""岸回不见江"等，以平易之笔摹奇险之景，甚见生动。钟惺通过这些不同的艺术手法，使瞿塘险境在诗里得到了真切的映现，人们读完作品，会有身临其境之感。

作品只用少数诗行来直接表述诗人的内心活动，而大量的篇幅则是用于状摹景色，但是，众多状景的诗句，又无不打上了诗人悚怛惊奇的心理印记。这种将个人的思理意绪不露痕迹地融化在作品描写的自然景象之中，正反映了竟陵派文学创作的一个重要特点。

（邬国平）

江行俳体

（十二首选一）

虚船也复戒偷关，枉杀西风尽日湾。

舟卧梦归醒见水，江行怨泊快看山。

弘羊半自儒生出，馁虎空传税使还。

近道计臣心转细，官钱曾未漏渔蛮。

万历三十六年（1608）冬，钟惺坐船离鄂，沿长江赴南京会试。次年初春达金陵。途中写下组诗《江行俳体》十二首，杂述一路见闻、游历经过和内心感想。凡内容以游戏取笑为主的诗文，旧称为俳谐体，略称俳体。钟惺这组诗多述异乡风情，间杂一些趣笔。

本篇是组诗的第二首。它先写诗人坐船通过长江关津，不得不停泊等候检查，对这种不便于行旅的水道管理办法，诗人表示相当反感。然后，诗歌又以愤怒的笔调反映了税吏盘剥的情况，这从一个侧面暴露了明代社会赋税的繁苛。以上构成了本诗的纪实性特点。

从鄂至金陵，水程遥远，沿江设有多重关卡，以稽查来往船只，旅人则需在那里泊船或另易船而行。组诗第一首写道："大小关梁六易舟",即指此而言。首联写诗人的坐船虽然空空荡荡,未载货物,也须久泊江关,以候查验。尽管此时西风悍劲,也只是枉然,它不能吹送被羁留的船只直下东行("湾"作动词,意谓泊船)。"枉杀"二字,移情入景,极写诗人遗憾、沮丧、厌烦之意。第二联叙述在长江上行旅的情景,甚见真切。入梦归乡,醒来见水,其心情自然是十分的无聊。尤不堪者是船只停泊不前,只有观赏两岸山景,旅人的心情才会一为舒展。在这一联中,诗人把前面对整日泊船,难以通过江关的厌恶之情又重述了一遍,以见不快之深。

三、四联写税使的凶横,官吏的苛细。桑弘羊是西汉著名的理财家,出身商人家庭。钟惺在诗里将他作为当时朝廷搜刮财物的官员的代称。他们中不少人出身儒生,诗人以为这无疑是对儒家仁义学说的嘲弄。他还十分形象地将税使比作饥饿的虎狼,从而道出了他们敲骨吸髓的贪婪、残暴的本质。"计臣",主财物及出纳的官员。最后两句是说,听说近来官吏盘剥百姓的名目更加繁杂,连贫寒不堪的渔民也难以躲过他们张开的巨大而又细密的税收之网!

过去,人们对竟陵派诗歌有一种误会,以为他们追求"幽深孤峭"就是逃避社会现实。其实不然。他们并没有失去对现实的热情和兴趣,在其笔下也不乏触及社会矛盾的写实之作,本诗就是一个例证。这种关心现实、针砭时弊的精神,在钟惺后来的诗歌创作中依然得到一定程度的体现。

(邬国平)

宿浦口周茂才池馆

江边事事作山家，复有山斋著水涯。

一壑阴晴生草树，六时喧寂在莺花。

潮寻故步沙频失，烟叠新痕岭若加。

信宿也知酬对浅，暂将心迹借幽遐。

寻访幽事寂境是钟惺一生最大的爱好。清幽静寂的环境会帮助他消除种种官场和尘俗的烦恼，获得心灵的宁静与淡泊。他的诗歌经常描写这类题材，以此宣叙他的生活乐趣和志尚。

"浦口"，也称浦子口，在长江北岸江浦（今属江苏）东面，与南京下关隔江相望。一次，钟惺在浦口一位周姓的朋友家小住两夜，那里幽丽的自然景色促使他赋写了本诗。

首联叙说偎江傍水的周生馆舍犹如山居之家，充满隐逸的真趣。二、三联刻摹居舍周围清寒虚澹的风景。四联一面写诗人怡然忘情于幽寂旷远的自然的欣悦，一面又流露出自己在此驻足过于短暂的惋惜。

其中二、三联是全诗的精粹，最见诗人的才力。壑谷南北，草木在自由生长；白昼黑夜（佛教分一昼夜为晨朝、日中、日没、初夜、中夜、后夜，称为六时，即昼夜之意），唯闻莺、花或喧或寂，除此之外，周围再无杂响；沙滩因潮水涌涨而经常消失，山岭被烟霭堆叠好似有所增高。诗人未对这些景色另加一句赞语，他此刻的心境恬静极了，在这片原生的自然环境中，自己仿佛已经与山水草木浑然一体，成为自然的一部分，因此，增加赞语只会是一种多余。

此诗意象幽寒，笔致隽秀，语言清而不涩，淡而不枯，是竟陵派诗歌创作成功的一例。

(邬国平)

谭元春

谭元春（1586—1637），字友夏，号鹄湾，别号簑翁，湖广竟陵（今湖北天门）人。天启七年（1627）乡试第一，崇祯十年入京应试，殁于途中。曾加入"复社"。他与钟惺同为声气，是竟陵派第二号人物。创作主张与钟惺基本一致，晚年对追随者过求"幽寒"有所批评。他的诗歌清秀简隽，富有灵气，部分作品则有破碎僻涩之失。有《谭友夏合集》。　　　　　　　　　　　　（邬国平）

邻舟诗赠邹孟阳李缁仲

内外湖争碧，朝昏时觉遐。
友朋非一处，山水作邻家。
偶逐蒭船散，同随渔火斜。
频呼免相失，桥隔是天涯。

　　谭元春旅寓异乡，一次与邹、李二位友人分坐两条船出外赏景，他们互相招呼追逐，使这次行游别有一番情趣。本诗就是为记叙此次出游而作。

　　诗人先状湖光水色。湖面为堤岸隔断，故有内外之称。加一"争"字，越见湖水清碧可爱。早晨，湖上水气氤氲，日光柔淡；傍晚，湖波闪烁，暮色迟临。因此，这里清晨和黄昏的时间比其他地方持续得更为长久。接着他叙说，自己与朋友虽然不是并坐一条船上，可是有山水为邻，自然不会感到寂寞和凄清。后面四句，诗人详细描述了两船在玩乐中相离相逐的情景：白天，有时偶尔为了去追随、观看采葑船（葑，菰根，即茭白根，可食），他们暂时离散；晚上，河道点点渔火，串成一条斜线，他们归来也加入这一行列；由于暗中难以辨认，故他们依靠频频招呼来保持联系，要知道夜间行船，两船行距即使只是相隔一桥，也犹如有天涯之遥。

首联描写湖景（尤其是写湖上"朝昏"持续时间之久）和尾联刻画夜间乘船者唯恐失散的心理，都非常真切、细微，是诗人实实在在的观察和体会。在写法上，此诗近乎白描，运笔轻灵随意，并不依循通常起承转合的习惯，这构成竟陵派诗歌创作更重写意的风格。

（邬国平）

瓶　梅

入瓶过十日，愁落幸开迟。

不借春风发，全无夜雨欺。

香来清静里，韵在寂寥时。

绝胜山中树，游人或未知。

这是一首咏居室景致的五言律诗，它流溢出一种理趣，反映了诗人对生活和处世所持的态度。

首联写珍惜瓶梅之情。诗人将梅枝插入花瓶已有十天，因恐怕它早早凋落，反而为它迟迟绽开而暗自庆幸。颔联表现出瓶梅自由自在的品格和乐趣，它既不像一般长在野外的花卉依靠春风的催助才烂漫开放，同时也避免了夜雨寒风的无情侵凌。颈联揭示瓶梅的清高出俗，它乐于在清净静寂的环境中吐露阵阵芬芳，呈现自己的丰韵，毫不在意寂寞和冷落。尾联总括前面的颂说，肯定瓶梅的风姿神韵远远胜过长在山野里的梅树，然而游人一般只知到野外赏梅，对更美的瓶梅反而不知珍爱，诗人替它感到不公和委屈。

这首诗曲折地闪露出诗人的心曲。谭元春生活在异常动乱的晚明时代，他的求仕经历相当坎坷，一生未作官，这也使他免遭了官场的风险，"不借春风发，全无夜雨欺"二句，显然是有感而发的。

他性格孤傲，以浊世中的清流自居，故每有歌咏静寂环境中的清物的诗作，以表达自己的志趣。然而他又不满清者沉沦的世道，希冀改变自己的处境。这就形成了本诗既咏颂瓶梅清高出俗，又怨咎世人不知赏识的复杂的感端意绪。

（邬国平）

徐熥

徐熥（生卒年不详），字惟和，闽县（今属福建省）人。万历四十六年（1618）举人。一生未仕，以诗自娱。才思婉丽，以唐人为师，不染时习。所作尤以七绝擅场，源本王昌龄，声调谐畅，能作情致之语。有《幔亭诗集》。　（李梦生）

春日闲居

草阁春方暮，桎阴日未斜。

蜗涎分断壁，莺语共邻家。

曲鸣藏修竹，轻云覆落花。

卑栖有至性，长此卧烟霞。

　　暮春三月，诗人闲居草庐，悠然自得。门外一株桎柳树，树阴浓郁，正是午时。这两句紧扣题目，"春日"二字直接出于字面，"闲居"二字隐于句中。"春方暮"与"日未斜"虽然是两个时间概念，但一经并列，却告诉了人们，因空闲而觉得时光流逝缓慢，春天久久未尽，太阳迟迟不坠，日长无事，百般慵懒。因为清闲，无所营求，自然对周围环境特别关注；而观察的时间长，次数多，便能领略其中的趣味，道出细微之处。因此，诗接着描摹自然风光。颔联是近景。断垣残壁上，蜗牛爬过，剩留的蜗涎，仿佛把墙壁划分为二；院内院外，一片莺啼，增添了中午的幽静。这联着意动态与静态、无声与有声的结合，把景色与自己恬适的心情充分体现出来。颈联写远景。弯曲的山邬，隐现出葱绿的竹林，远处片片淡云，仿佛低浮在满山落花之上。景色的萧散疏淡与人的闲情逸致融合在一起，达到了物我两忘的境地。写近景则写细微之处及声响，写远景则刻意色彩，充分体现了作者观物之细腻。尾联是味道之言。在闲适中，他悟出自然与人生的哲理，觉得与世无争、与物同化是人的最高寄托与享受，因此愿意永远隐居，过无拘无束的生活。

在中国古代诗歌中，山水闲适诗一直是重要的组成部分。明中叶后，诗坛逐步强调个性，以意支配自然，反映在山水闲适诗中，便把人与自然融为一体，突出自己对自然的理解，不单单是自然给人的感受，言景是为了言情。徐熥这首诗着重刻画自己的惬意，便是这种倾向的具体表现。

（李梦生）

酒店逢李大

偶向新丰市里过，故人尊酒共悲歌。

十年别泪知多少，不道相逢泪更多。

别离是人生一大憾事，而相逢却使人欣喜，尤其是久别重逢，更使人喜不自胜。这首诗表现的就是这种久别重逢的喜剧场面。

独自在外，踽踽凉凉，充满家山身世之感。一天偶然经过一个市镇，听到酒店里有人在饮酒高歌，音调悲壮，一看，却是分别了多年的老朋友李大。新丰在陕西，唐马周曾纵饮于此，这里代指市镇。一、二句写相逢，直从诗题入手，但从偶然性着笔，增加了相逢带给人的惊喜。诗中写李大"尊酒共悲歌"，一是说他独自一人，郁郁不得志，流落酒市，而慷慨壮志不泯，为李大传神；一是说悲歌吸引了自己，才使自己与李大相遇。

"他乡遇故知"，两人喜悦心情自不必说。会面后，照理该互询别后生活，共忆往事。但此诗只字不写细小琐碎之事，只说别离十年，时刻怀念，不知流了多少相思泪，没想到见面后流的泪比十年加起来还多。末句虽然是夸大之词，但引人深思。一句话，把相会的惊、喜、悲、愁写深写透了。

这首诗完全从心底流出，平铺直叙，道人人所欲道而不能道，有很强的感染力，是作者丰富的生活经验与娴熟的写作技巧的反映。读这首诗，很容易使人联想到唐李益《喜见外弟又言别》及司空曙《云阳馆与韩绅宿别》这二首著名的相逢诗来。　　　（李梦生）

陈子龙

陈子龙（1608—1647），字人中，更字卧子，号大樽，松江府华亭县（今上海松江）人。崇祯十年（1637）进士。初任绍兴推官，后擢兵科给事中。甲申（1644）六月，事福王于南都，因不容于权奸离去。南都沦丧后，积极参加抗清活动。后因谋结太湖兵被捕，乘间投水，以身殉国。陈子龙是明后期最重要的诗人，论者推称为"空同、大复之后，一人而已"（倪永清《诗最》）。早年诗学七子，多拟古之作。后目击时艰，诗风丕变，不但内容充实，且格调沉雄，具有较高的认识价值与美学价值。又善词。有《陈忠裕公全集》。 　　　　（汪涌豪）

边 风 行

十月居延边草死，黄风吹沙万余里。

落日半照牛与羊，入暮胡笳马上起。

枯桑渐渐杂声来，城头鸣角何时已。

千烽齐过玉门关，一声夜渡黄河水。

鸱枭宵蹄啄战场，白狐青冢磷光紫。

此时将军归帐中，霜戈壁立月在空；

金铙十部尽胡乐，屈卮舞女酬新功。

美人起唱伊州曲，飒然四坐生悲风。

回首中朝冠盖子，赐貂方出明光宫。

崇祯二年至九年（1629—1636），清兵三次入扰关内，进逼明都，一时京师为之戒严，特别是崇祯二年那一次，皇太极十余万大军由喜峰口拆毁长城，冲入关内，山海关总兵赵率教、巡抚都御史王元雅、推官何天球战死。崇祯急召总兵满桂、袁崇焕入援，诏天下镇巡官勤王，结果清兵仍然逼近德胜门。十二月，满桂、孙祖寿俱战殁。明朝军队的战败虽有清兵力量确实强大的客观原因，但也与其内部权力斗争，为将者不用命有关。作者这首作于崇祯四年（1631）前后的咏古诗，写的虽是汉唐故事，所反映的正是对明朝边将抗敌不力的愤懑。

诗的开头六句写边地风光，黄风吹沙，落日牛羊，还有入暮胡笳，城头鸣角，是唐以来边塞诗人常咏及的。如高适《燕歌行》写的"大漠穷秋塞草腓，孤城落日斗兵稀"，就与作者此诗拓出的场景相同。接着四句是说敌军突然入侵，一夜之间已突入玉门关，渡河南下，并且通过鸥枭夜啄尸体与坟冢间骨磷闪光的描写，表现两军对垒之际，死伤无数的战场悲壮一幕。"青冢"，本指汉王昭君墓，这里泛指边塞的坟墓。后面六句写边将纵情歌舞的情形。隋时已有九部乐，唐太宗平高昌，收其乐，自是初有十部乐（参看《唐书·礼乐志》）。唐乐曲又多用边地名为题，如大曲中的《伊州曲》就取自古伊州（今新疆哈密）。此处以舞女酬功，美人起唱极写边将的荒唐；以此荒唐放纵与前及"鸥枭宵啼""白狐青冢"相对比，即高适"战士军前半死生，美人帐下犹歌舞"之意。最后两句作者拨回笔锋，对妄以边境无事、尽心力于承宠加爵的朝官进行了讽刺。貂是汉侍中、中常侍的冠饰，此处代指官位。"明光宫"为汉宫名，此处实指明宫。

　　作者在这首诗中，对边将的荒唐放纵作了直接的揭露，应该说，其揭示的主题已为唐人写过。并且，即以高适的《燕歌行》而言，它包括了征战生活的各个方面，如将士马上、征妇楼头，无不入其笔端。作者此诗则专意于对边将醉生梦死的揭露，尽管涉及面不广，但惟其不广，倍见专注，也倍增抨击的力量。如"鸱枭宵啼"两句之后，作者不动声色地续写"此时将军归帐中，霜戈壁立月在空"，在很自然的对比中，把战士奋死疆场的英勇与边将偷安保命的无耻点了出来，特别是"此时"两字，看似平浅，实寓无比的愤慨和轻蔑。而美人起唱悲感四坐，则写出了在战地偷欢的边将们的虚妄与无所振作。最后两句由边地而及中朝，是作者对诗歌批判意义的深化与加强，它表明作者不是仅在一般意义上泛咏边事，他所谴责的也不仅是边将的醉生梦死。边事屡起，边地不宁，难道与朝官不明形势，不尽职守，贪图官禄无关？而朝官的所作所为又难道与当政者的昧于大局、不知用人无关？答案是很明显的。

　　这是一首长篇古诗，全诗运用排偶、对比等修辞手法，且依诗歌内容的需要转换音韵，使急切抑愤的情绪与抑扬错落的音节达到了和谐，这也是它成功的地方。

（汪涌豪）

小 车 行

小车班班黄尘晚，

夫为推，妇为辂。

出门何所之？

青青者榆疗吾饥，愿得乐土共哺糜。

风吹黄蒿，望见墙宇，

中有主人当饲汝。

叩门无人室无釜，踯躅空巷泪如雨。

　　崇祯十年（1637）六月，北京附近与山西大旱，七月，山东又
遭蝗灾。是时作者铨选出都，目击饥民流离之状，写下了这篇《小
车行》。

　　全诗用对答体展开。在向晚时分，大路尽头出现一对流民夫
妇，他们推着小车，车声辚辚，碾起一路黄尘。一问：此番何往？
一答：弄一些榆叶、榆荚充饥，能有地方喝上一些粥更好。问者就
指示他们道：在前方一片被风吹偃的枯蒿中有一所房屋，相信里面
的主人一定会弄一些东西给你们吃的。哪知当他们辛苦地到达那里
时，叩门竟无人应，入室也不见有一点可吃的东西，连锅也没有。
想必这里的人也都离乡背井，与自己一样，沦为流民。想及此，不

由得泪如雨下，彷徨于无人的街巷，悲不能已。

作者在这首诗中，以充满关切的口吻，表达了自己对颠沛流离的饥民的深切同情，其感情的沉痛急切，通过寥寥数语跃然纸上。他作于同时的《卖儿行》，对"十钱买一男，百钱买一女"及"死当长别离，生当永不归"的人间惨剧作了直接的反映，其沉痛之情一如此诗。

诗属新乐府体，在创作及表现手法上，对汉魏乐府诗也有所吸收。如汉魏乐府诗有四言、五言体之分，但更多的是杂言体，此诗亦如此，短短的篇章，已有三、四、五、七言的变化。汉魏乐府有以对答成诗的，此诗亦同。

（汪涌豪）

寄献石斋先生

（五首选一）

南箕堕地人不识，天子梦中见颜色。

岩花岩草几春秋，岩下胥靡侍君侧。

致君尧舜会有期，许身稷契非无术。

夫君八月上浔阳，彭湖朱雁云苍苍。

短衣白帽老江汉，寒风秋月连潇湘。

至尊夜坐南薰殿，甲帐沉沉罢深宴。

诏书飞渡巴陵湖，迁客旋归少阳院。

朝士相逢但相贺，凤至麟游岂足美。

造膝之言不可明，纷纷论荐皆成名。

自是汉皇思故剑，此身今已属苍生。

　　崇祯十年（1637），作者入京参加会试，得中三甲十七名，因他这一房的房官是黄道周，按过去时代的惯例，这便有了师生的名分。黄道周（1585—1646），号石斋，是明代学识事功兼长的杰出人物，《明史》本传称其"以文章风节高天下，严冷方刚，不谐流俗"，因此作者对能出其门下，有由衷的欣喜。其自撰《年谱》谓："予又出于漳浦黄石斋先生之门，生平所宗也。"兴奋之情，溢于言表。越明年，崇祯用兵部尚书杨嗣昌为大学士，道周以此时杨母初死，尚在服中，上疏劾其冒丧数伦，忤旨被贬，降为江西按察司照磨。过了两年，江西巡抚解学龙荐所部官，推奖道周备至，被大学士魏照乘以滥荐弹劾。帝怒，责以党邪乱政，立削两人籍，下刑部吏，旋移狱镇抚司掠治，远戍广西。崇祯十五年八月，终因周延儒、蒋德璟等人进言，才得复原职。作者的《寄献石斋先生》五首，就作于此后不久。前四首分别言自己侍师禹航、遇师邵伯驿及其师远戍广西事，本诗是最末一首，主要是感于其师复职而发。

诗以天象为喻发端，"南箕"即箕宿，为二十八宿之一。紧接着写逐臣养志林岩，终于得起用，"许身稷契""致君尧舜"用杜甫《自京赴奉先县咏怀》"窃比稷与契"及《奉赠韦左丞丈二十二韵》"致君尧舜上，再使风俗淳"、《暮秋枉裴道州手札率尔遣兴寄近呈苏涣侍御》诗"致君尧舜付公等，早据要路思捐躯"诸句意。"胥靡"是汉时对刑徒的称谓。底下四句详写逐臣由浔阳（今江西九江）而两湖，于寒风秋月中度过放逐生活的情形，此处"彭湖"当指江西彭泽附近的湖。"至尊夜坐"句起，言天子深夜宴罢，下诏召回逐臣，朝臣共来祝贺，逐臣终得与天子接席倾谈，"甲帐"为当日汉武帝所造的幕帐，后指皇帝闲居休息的地方。这最末四句作者是用汉文帝夜见贾谊的典故，《史记·屈原贾生列传》载其事。后李商隐作《贾生》诗，对此予以讥讽，诗谓："宣室求贤访逐臣，贾生才调更无伦。可怜夜半虚前席，不问苍生问鬼神。"这里作者化用、反用其意，谓天子想到逐臣，召回黄道周，与之造膝而谈，而道周复官后，从此参与国事，此身已属苍生了。

　　这首诗是在说黄道周蒙赦复职一事，诗中可觇作者此时愉快的心境。至于最末四句本无实事，是作者幻设。因道周复职被召时，称疾请假，得崇祯的允许，其与崇祯帝之间没有深夜倾谈之事。作者这样写，是一种期待，还是有意讽谏，可待后来读者细细品味。朱笠亭《明诗钞》论作者七言古诗，谓其能广采博取，"七言古，杜诗出以沉郁，故善为顿挫；李诗出以飘逸，故善为纵横，卧之兼而有之"。读此诗，对这一评价不难有真切的体会。

（汪涌豪）

易 水 歌

赵北燕南之古道，水流汤汤沙皓皓。

送君迢遥西入秦，天风萧条吹白草。

车骑衣冠满路旁，骊驹一唱心茫茫。

手持玉觞不能饮，羽声飒沓飞清霜。

白虹照天光未灭，七尺屏风袖将绝。

督亢图中不杀人，咸阳殿上空流血。

可怜六合归一家，美人钟鼓如云霞。

庆卿成尘渐离死，异日还逢博浪沙。

这是一首咏古诗，作于顺治元年（1644）。时北京业已陷居，留在南京的明臣推福王朱由崧监国，不久即帝位，改元弘光。弘光朝偏居江南，号令所及不过东南一隅，但仍有一定的实力，且朝中颇有一些力图进取、通达大体的大臣，以为撑柱，故形势尚有可为。当时，他们议决用左懋第为兵部侍郎兼右佥都御史，经理河北，联络关东军务，其实是负责与清政府的联系工作。对于这个在当时颇有争议的决定，作者是拥护的，并曾作《通敌实出权宜疏》予以阐发。此诗就是他为懋第奉使而作。懋第出使之前，曾上书弘光帝："臣此行生死未卜，请以辞阙之身效一言。"力主加强备战，以实力求和议。言辞慷慨悲壮，其情形有似当日诀别燕太子西去的荆轲，因此，这首诗虽是咏古，实为伤今。

诗的开首两句即点明燕太子设酒送荆轲的地点，次写在萧瑟天风中太子率领众宾客亲送荆轲的场面。《骊驹》是古人离别时唱的歌。"羽声"，五音之一。《史记·刺客列传》："高渐离击筑，荆轲和而歌，为变徵之声，士皆垂泪涕泣。……复为羽声忼慨，士皆瞋目，发尽上指冠。"接着四句实写荆轲刺秦之事，荆轲刺秦用的是借献督亢图，于图中暗藏匕首的计谋。匕首锋锐，熠熠有光，且焠过剧毒，人受之无不立死，但可惜的是只划断了秦王的宽袖，而未伤及其身，更可惜的是荆轲刺秦未成，反丧身剑下，此所谓"不杀人""空流血"。底下几句是作者的感叹之辞，写秦始皇荡平四境一统天下、美人钟鼓列于廷前的显赫气派。"六合"指天地四方，《史记·秦始皇本纪》有"履至尊而制六合"之句。最后两句寄托了作者强烈的感情色彩：尽管荆轲被杀，高渐离遭诛，但是过不多久依然有张良在博浪沙（今河南原阳东南）以铁椎狙击一事发生。"庄卿"即荆轲，齐人，徙于卫，卫人谓之庄卿。高渐离乃荆卿好友，善击筑，荆卿死后入为秦王奏，以铅置筑中击秦王而不中，被诛。

作为咏古诗，本诗在章法上沿用了此体诗常用的写法，先叙史实，后发议论，而以一定的主观感情贯穿全篇；然而在具体的描写及主题开拓上，却有不同凡俗的处理。就前者而言，如起句以"水流汤汤沙皓皓"写出一片空廓肃穆的场景，再辅之以底下"天风萧条吹白草""羽声飒沓飞清霜"的描绘，起到了烘托气氛的作用。而以荆轲闻《骊驹》歌心茫茫而不能饮，写壮士虽存一去不返之志，但在相知故交面前不能抑掩某种悲绝之情的真实心态，把一个"沉深好书"的勇士情绪的微细变化生动地传达了出来。为确保刺秦成功，先死田光，再死樊於期，这一切会一一在荆轲心中浮现。就后者言，如诗歌最后四句作者感叹荆轲、渐离刺秦的失败，但坚信后继有人，博浪沙张良的狙击终将发生。而事实上张良狙击秦王也未成功，作者这样写，正反映了他不甘绝望常思振起的坚强意志与斗志。他似乎是在宣告，尽管清兵长驱入关，然而断难扑灭明朝臣民奋起抵抗的星星之火，这恰如博浪沙的一击当不会灭绝。作者当明室倾圮之际，力挽颓势，知不可为而为之，并以"异日还逢博浪沙"送懋第，正是对同道的一种砥砺。

（汪涌豪）

辽事杂诗

(八首选一)

卢龙雄塞倚天开,十载三逢敌骑来。

碛里角声摇日月,回中烽色动楼台。

陵园白露年年满,城郭青磷夜夜哀。

共道安危任樽俎,即今谁是出群才。

《辽事杂诗》专写辽东边事,共八首,约作于崇祯十年(1637)前后,此为第七首,记清兵入扰关内事。清朝是在建州女真贵族努尔哈赤建立的后金基础上发展起来的,神宗末年,建州卫已成为一个实力极强的集团,此后自称满洲国,崇祯九年(即后金天聪十年),皇太极嗣皇帝位,改国号清,至此清政权正式建立。在其扩张势力的过程中,曾于崇祯二年十一月、七年七月与九年七月三次侵入关内,进逼北京,对明朝构成巨大的威胁。作者有感于边境不宁,京畿不保,作此诗,对国事表示深切的忧虑。

首联说自热河七老图岭起,蜿蜒于长城内外,东接山海关北松岭的卢龙山,地势虽险峻,却仍不足以抵御后金兵马的入侵,致十年间边关三度告急。颔联写敌军在大漠上铺天盖地而来,声势壮大,号角声撼动日月;边地烽火频举,使明朝园围楼台为之动色。

回中，古地名，在今甘肃固原，秦有回中宫，此处借指京师附近的皇家园囿。颔联写因清兵入关，明诸皇帝陵受到严重威胁，景象荒凉，而边城死于战争之人不胜枚举。尾联用杜甫《诸将》"安危须仗出群才"一句，表示对能担当与敌周旋重任的杰出人物的期待。"樽俎"为"折冲樽俎"的省语，代指外交谈判，盖当日后金为更好地积聚力量，曾多次向明朝政府表示和好的愿望，本句所云当与此有关。

本诗是一首格局精严的七律，韵脚齐整，对仗工稳。特别是颔联，以"碛里角声"与"回中烽色"相对，则敌方嚣张、我方懦弱之情势顿现。帝陵荒落、城郭萧条，是对明朝懦弱无力的描写。正是有鉴于此，作者在最后发出深切的浩叹：值此生死存亡关口，有谁能力挽狂澜，扭转乾坤呢？这是对整个明朝前途的担忧，作者担心明朝没有一定的军事实力作后盾，则所谓和议，终难逃城下立盟的耻辱。也正是因有这种深切的忧虑，使得整首诗在总体上透出一种沉重抑郁的气息。前人论作者诗，所谓"结辖郁勃，以发为声律"（《二十四家诗定》），正是指此而言。

（汪涌豪）

秋日杂感

(十首选一)

行吟坐啸独悲秋，海雾江云引暮愁。

不信有天常似醉，最怜无地可埋忧。

荒荒葵井多新鬼，寂寂瓜田识故侯。

见说五湖供饮马，沧浪何处着渔舟？

　　《秋日杂感》是陈子龙晚年避居嘉兴武塘时作的一组七言律诗，初收入门人王沄辑的《焚余草》，共十首，此为第二首。顺治二年(1645)六月，清兵入金阊，吴江进士吴易与同邑举人孙兆奎、诸生沈自炳等人聚众抵抗，屯兵长白荡，出没太湖、三泖间，与敌周旋。(事见《明末忠烈纪实·吴易传》与《吴江县志》)作者则在松江起兵，先吴而败，遂与吴在太湖登坛誓师，共谋进取，后因叛徒出卖，吴被捕，在杭州草桥门就义。时苏、松已下，国事日非，作者痛感复明无望，袍泽凋落，于此年写下了这首悲忿沉郁的诗歌。

　　诗歌起首两句写自己悲秋愁暮之情，行止起坐，一刻不能去怀，满目海天，皆成感伤的触媒。或谓作者当日与福建的唐王朱聿键、浙江的鲁王朱以海均有联系，故此处海雾江云为实指。第二联折进一层，深写自己的忧国之情。前一句反用张衡《西京赋》所云天帝醉赐秦缪公以鹑首之地，以及李商隐《咸阳》"自是当时天帝醉，不关秦地有山河"的典故，谓天无常醉，不信会让清军屡屡得手乃至奄有天下；后一句反用仲长统《述志诗》"寄愁天上，埋忧地下"句意，感叹江南已为清兵侵占，连埋愁之地也没有了。颈联是作者对凋亡与沦落的故人的追念。"葵井"谓长满冬葵的井台，"新鬼"则指吴易等死事诸人。吴易"生有膂力，跅弛不羁"（《明史·杨文骢传》），在共同的抗清斗争中与作者结下了深厚的友谊，作者《九日虎丘大风雨》一诗中，曾将他与桓温、刘裕相比配，感叹"江左英雄安在哉，彭城南郡生蒿莱"。"瓜田故侯"用的是秦亡后东陵侯邵平隐居长安城东种瓜为生的典故。当日清兵压境，南都不守，中山王裔孙魏国公徐弘基曾奔亡隐迹于吴江，或以瓜田故侯指弘基，然明亡后，隐匿草泽的故侯不少，故作者此语很可能是泛指。"荒荒""寂寂"两词写尽寥落清冷之情状，用语平浅，蕴含却深。尾联承此意而来，江山有改姓之危，故国将不复存在，欲泛舟湖上，逍遥自得自不可能，故作者所谓"何处着渔舟"，虽是基于当日苏、松已下而湖中未靖的实情，然未尝不包含故国沦丧、无地容身之叹。

在作者的诗文集中常可见到申叙矢志报国之情的诗篇，也常见到同志间声气相求互勉互励的篇什，写来激昂慷慨，哀感顽艳。这首诗则主要抒写作者知大局不可挽回，自己又力殚势孤的悲怆心境，其格调是沉郁的，用语也简洁，刊落浮华，语不虚发，与早期一些华妍之作大不相同。

（汪涌豪　华宇红）

渡 易 水

并刀昨夜匣中鸣，燕赵悲歌最不平。

易水潺湲云草碧，可怜无处送荆卿！

本诗作于崇祯十三年（1640）作者母丧服满入都途中，是一首怀古诗，但也有伤时之意。

相传楚王命莫邪铸双剑，铸成后莫邪留下了一把雄剑，将雌剑献给楚王，雌剑因失其偶而常在匣中悲鸣。前人多以此指朋友间别后的殷切思念，如鲍照《赠古人马子乔》诗就有"双剑将离别，先在匣中鸣"。这里作者引用此典却另有深意，他写刀夜鸣于匣中，是指其有所郁结，有所忿懑，故跃跃欲试，不愿闲处，如韦庄"未知匣剑何时跃，但恐铅刀不再铦"之意（《冬日长安感志寄献虢州崔郎中》）。"并刀"即并州（今山西大部与内蒙古、河北一部）出产的刀，相传由这地方出产的刀特别锋利。"燕赵古称多感慨悲歌之士"（韩愈《送董邵南序》），耿耿志节，意气难平。诗歌起首两句写出勇士壮怀激烈的意气，当日荆轲提一匕首入不测之强秦，临行前意气慷慨，长歌易滨，是何等的壮烈。后两句是前两句的对比，时隔千余年，河水仍自潺湲流去，云天芳草，一望青碧，当年历史，已成陈迹，而今既无大智大勇如荆轲者，也无与之诀别之地了。这两句与首句紧密呼应，诗人的愤慨与不平也就深深地蕴含在喟叹之中了。

（华宇红　汪涌豪）

张煌言

张煌言（1620—1664），字玄著，号苍水，鄞县（今浙江宁波）人。崇祯举人。清兵南下，偕人于浙东起兵抗清，奉鲁王监国，官至兵部尚书。曾与郑成功合兵北伐。郑进兵台湾后，又苦撑三年，见大势已去，遂遣散部曲，退居海岛，不久被俘就义。其诗多反映亲身抗清经历，格调郁壮，辞采英赡，慷慨悲歌，激荡着凛然之气。有《张苍水集》。

（俞灏敏）

辛丑秋虏迁闽浙沿海居民壬寅春余舣棹海滨春燕来巢于舟有感而作

去年新燕至，新巢在大厦。

今年旧燕来，旧垒多败瓦。

燕语问主人，呢喃泪盈把。

画梁不可望，画舰聊相傍。

肃羽恨依栖，衔泥叹飘荡。

自言昨辞秋社归，比来春社添恶况。

一片蘼芜兵燹红，朱门那得安无恙。

最怜寻常百姓家，荒烟总似乌衣巷。

君不见晋室中叶乱五胡，

烟火萧条千里孤。

春燕巢林木，空山啼鹧鸪。

只今胡马仍南牧，江村古树窜鼪鼯。

万门千户徒四壁，燕来亦随檐上乌。

海翁顾燕且太息，风帘雨幕胡为乎？

辛丑即清顺治十八年（1661），郑成功率部东渡台湾。清兵为孤立郑军，逼令闽浙沿海居民内迁，一路烧杀，沿海一带几成废墟。张煌言曾引兵入闽，致书挽郑以共图复明大业，未成，遂于翌年春由海路还师浙江。北归途中见沿岸屋宇圮毁，墙垣倾颓，不禁感慨万千，写下了这首五七言古诗。

此诗可分为三段。起句至"衔泥"句为首段，诗人即景感怀，以燕子的栖息无所衬出沿海的荒芜萧条。起笔连着两个醒目的新旧对比，突出强烈的内心感受：燕子依旧相识，人间却不复相认，昔日的广宇大厦毁成一片残砖败瓦，隔年恍如隔世。这种"沧桑"之感蕴含着对清军残暴的愤慨之情，流贯全诗，激宕回旋，直注入读者的心灵。"画梁"四句是"春燕来巢于舟"的具体描写。"画梁"指上文"大厦"，已荡然无存，燕子只得依傍海舟，但风雨飘荡，巢难筑，身难栖，怎能不恨、不叹！这恨、这叹，也饱浸着作者家国身世之感。大厦成败瓦，象征明朝的覆灭；而燕巢于舟，正是他当日困境的形象写照。此段实寄寓着作者对敌焰益炽的愤恨，对国运日蹙的悲叹。那泪盈满面的问者，是燕子耶？是作者耶？早已融为一体了。

"自言"句至"荒烟"句为次段，作者借燕语将自己感触的视线从沿海拓展到整个大明江山。春社、秋社是祭祀他神的社日，此处代指季节。"比来"即近来。燕子经秋历春，仅半年之隔，近况愈恶，沿海已残破如此，广袤的大好河山则更遭清军的践踏。从前芳草满甸（蘼芜，香草名），如今兵火弥野；过去村郭稠集，现在人烟稀少。作者以伤今之情反用唐刘禹锡《乌衣巷》诗怀古之意，仍叫燕子做乌衣巷变迁的见证人，而蕴义更深一层。世族的衰败仅使它由繁华变冷落，但清军的暴虐更使它由冷落变荒芜。一个"似"字把历史的感慨转为现实的悲叹，从而启引下文。

"君不见"句以下为末段，作者又将笔触从现实追溯到历史，并站在这一高度，集中抒发其对外族入寇、家国沦亡的悲愤之感。"五胡乱华"是历史的概括，"胡马南牧"是现实的写照，它们都给民族带来深重灾难：千里萧条，十室九空，唯有鹧鸪空啼，鼯鼪乱窜。连燕子的遭遇也一样，昔日筑巢画梁，而今依栖海舟（樯上乌，桅杆上刻木作乌形，以测风向），受尽风雨的煎熬，这正是民族厄运的象征。"海翁"，诗人自谓，他对燕子的叹息，是对人民流离的慨叹，是对江山沦陷的慨叹，更是对民族历史厄运的慨叹！

诗人的慨叹以燕子为引发。燕子这一贯穿全诗的艺术形象，其生动的韵味固不及作者的另一首《白燕》，但象征涵义却远过之。它作为民族灾难的见证人，引导作者的感触拾级而上，由沿海的荒芜到祖国的沦亡，由现实的悲愤到历史的遗恨，最后都融汇在一声深深的叹息之中。这种艺术构思使诗人的抒怀具有一种博大深邃的厚实感，足以打动读者的心灵。

此诗在谋篇上也颇具匠心。整篇章法以首段为引子，其中又以"燕语问主人"为眼目而铺展。次段燕语描述明朝江山破碎，生灵涂炭，是对"旧垒败瓦"的扩写；末段主人叹息民族灾难深重，殃及春燕，是对"燕傍海舟"的感受。与此相应，首段纯用五言句勒背影，笔墨简洁；后两段多以七言抒写感受，纡曲尽意，寄慨遥深，唯"春燕巢林木"两句仍用五言，与首段合观，揭示其深含寓意的历史命运。由于作者的精心结撰，全诗文势生动，毫无板滞之感。

(俞灏敏)

甲辰八月辞故里

国亡家破欲何之？西子湖头有我师。

日月双悬于氏墓，乾坤半壁岳家祠。

惭将赤手分三席，敢为丹心借一枝。

他日素车东浙路，怒涛岂必属鸱夷！

这首七律作于康熙三年（1664）八月。是年七月，张煌言在南田悬岙岛（今浙江象山南）被俘，押至鄞县；八月初，解往杭州。临行，送者几千人，张氏辞别故乡父老，赴杭就义。故此诗又名"入武林（杭州别名）"。

起句劈面提出一个人生选择的严峻问题：国亡家破，我将何去何从？作为南明抗清的最后一面旗帜，作者的选择将影响到一个民族的士气士志，故深受国人关注。据清全祖望《神道碑铭》，有个叫史丙的守卒，夜间在船头吟唱苏武曲，以激励他保持民族气节。作者答云："吾志已定，尔无虑也。"此诗即慷慨陈述了其既定之志，次句作了提示性的透露。首联也兼叙本事，上句点"辞故里"，下句指"入武林"。

颔联承"西子湖头有我师"展开。岳飞、于谦分别是宋、明两朝抵御外族入侵的民族英雄，死后皆葬于西子湖畔。"日月双悬"

形容于谦死后永垂不朽，堪与日月同存共辉；"乾坤半壁"称颂岳飞生前丰功伟绩，独撑南宋半壁江山。

颈联两句分别以情态词"惭""敢"领起，承上联剖露作者功业未竟、愧对前贤与仰追师表、矢志成仁交织的心理，曲折地表达了他的遗愿：与于、岳相比，自己两手空空，未有建树，愧与他们鼎足而三，但自己一寸报国丹心踵继二公，英勇效死，无愧忠魂，或许可在岳祠、于墓之前借取一席安息之地。"一枝"，语出《庄子·逍遥游》"鹪鹩巢于深林，不过一枝"，喻栖身之所。作者就义后，鄞、杭士人重金购其首级，遵其遗愿，营葬于西湖南屏山荔子峰下。

尾联将作者悲壮的感情推到最高潮。"素车"，即白色的灵车，枚乘《七发》形容江水逆流、海水上涨的波涛"如素车白马帷盖之张"。"鸱夷"，原是皮制的口袋，此处指春秋的伍子胥，传说他受谗而死，被装入鸱夷中投入大江，其精魂不死，化为怒涛。作者在这里承自己的遗愿，寄言破亡的故家旧国：我虽身葬西子湖畔，但抗清的精魂不会泯灭，必将像伍子胥一样化为钱塘江的怒潮，滚滚而来，震撼浙东。

此诗以作者殉国之志为抒情的基点，联联蝉承，层层递进，将悲壮之情节节推至顶点。同时在一气贯注之中，又抑扬顿挫，一、三联抑，极为沉郁；其中次句稍展，引发下联的扬起。全诗形成一种弱、次强、强的音乐节奏，诵之，若见诗人慷慨击节，悲昂高歌，那强烈的感情盘旋急上，直冲云霄。此诗很能体现张诗的艺术特色。

（俞灏敏）

夏完淳

夏完淳（1631—1647），字存古，华亭（今上海松江）人。他的父亲夏允彝和老师陈子龙都是明末为国捐躯的民族英雄。夏完淳九岁即能诗文，有"神童"之称。十四岁就随父亲、老师起兵抗清。十七岁殉国。夏完淳的诗受明代前后七子的影响，古诗心摹汉魏，律诗上追盛唐。语言华美，意境苍凉悲壮，慷慨生哀，充满着爱国激情和时代气息。有《夏完淳集》。 （吴承学）

长　歌

我欲登天云盘盘，我欲御风无羽翰。

我欲陟山泥洹洹，我欲涉江忧天寒。

琼弁玉蕤珮珊珊，蕙栊桂櫂凌回澜。

泽中何有多红兰，天风日暮徒盘桓。

芳草盈篚怀所欢，美人何在青云端。

衣玄绡衣冠玉冠，明珰垂结乘六鸾。

欲往从之道路难，相思双泪流轻纨。

佳肴旨酒不能餐，瑶琴一曲风中弹。

风急弦绝摧心肝，月明星稀斗阑干。

此诗用比兴手法，表达作者对崇高理想的追求和求之不得的悲哀。诗作于吴志葵抗清失败之后。当时作者已参加抗清义师，在太湖水上作战。

"我欲"四句，用汉代张衡《四愁诗》体，陈述自己追求理想的艰难。"登天""御风""涉山""涉江"都比喻对一种崇高理想的追求。在当时，可能就是诗人抗清复国的志向。"盘盘"，形容云的回旋曲折。"洹洹"形容很多。开头四句是总写，下面则详写对理想的追求和最终难以企及的痛苦。诗人写道，自己为了追求理想，盛服乘舟飞越急流，但只见众多的红兰，别无他物，所以失望盘桓。"琼弁"，玉冠；"蕤"指披散的冠缨。"蕙桡桂櫂"，极言舟楫之美。下面"芳草盈篋"六句，写自己带着芳草，去追求"美人"，美人身着丽服，头戴玉冠，坐着鸾凤拉的车在云端上飞驰，可望而难即。这里的"芳草""美人"是沿用屈原《离骚》的用法，以比喻君子高尚的情操。

"珰"，珠做的耳环。"绖"，悬挂。"鸾"，传说中为神仙驾车的鸟。末尾渲染了求"美人"不得的痛苦心情。"佳肴旨酒不能餐，瑶琴一曲风中弹。"这里用了两个典故。鲍照著名的《拟行路难》中有"对案不能食，拔剑击柱长叹息"之语，表达不得志的愤懑，这就是"佳肴旨酒不能餐"一句所本。"瑶琴"则暗用钟子期听伯牙鼓琴的故事。岳飞写过"欲将心事付瑶琴，知音少，弦断有谁听"（《小重山》），这种无人理会的悲哀和夏完淳内心的痛苦完全一致。这两个典故用得浑化自然。结尾则荡开一笔，以"月明星稀斗阑干"之景作结，把自己的无限感慨深寓于苍茫的宇宙之中。

这首诗反复用各种意象来表达同一主题，这种低回往复的咏叹形式，伴以句句用韵的音节，准确地表达出诗人忧思茫茫、愁绪无端的心情。从形式看，此诗明显受到《四愁诗》的影响，而诗中表达的为了理想上下求索的精神和创作上香草美人的比兴手法，则直接继承《离骚》的传统。此诗语言华美，文笔俊逸，情调浪漫，想象丰富，颇能表现少年诗人的才情，当然诗中还存在拟古的痕迹。

（吴承学）

即　事

（三首选一）

复楚情何极，亡秦气未平。

雄风清角劲，落日大旗明。

缟素酬家国，戈船决死生。

胡笳千古恨，一片月临城。

　　这首诗作于南明绍宗隆武二年（1646），当时诗人在吴易抗清军中任参谋。暮色降临，阵阵军号触发了诗人的诗情，便写下此诗。抗清复明是夏完淳的理想，而此时，这种激情达到极点。第一、二句中，"楚"和"秦"分别借代明朝和清朝。古语说，"楚虽三户，亡秦必楚"，这里很恰当地化用了这个典故。首联即用对偶的形式，予人以突兀而来、喷薄而出的感觉。接着正面描写抗清军队的雄壮阵容。强劲的风送来清越激昂的号角，战旗在落日余晖里映照得更为鲜艳。三、四句对偶甚工，气魄雄伟，使人联想起盛唐诗的气象。夏完淳的诗悲而能壮，毫无衰飒之气，于此可见一斑。夏完淳的父亲于1645年殉国，夏完淳即着孝服从军。五、六句说，自己穿着素服抗清，既为了雪国耻，也为了报家仇，所以愿意在战船上和敌人一决死生。末二句又描写实境。月色照临孤城，一声声军号，如咽如诉，似乎寄寓着亡国的千古遗恨。此诗的结构较有特点，以强烈之情、劲健之笔开端，而以浑化的意象作结，神韵远举，余音袅袅，给人以含不尽之意见于言外的美感。　　　（吴承学）

别 云 间

三年羁旅客，今日又南冠。

无限河山泪，谁言天地宽？

已知泉路近，欲别故乡难。

毅魄归来日，灵旗空际看。

　　这是著名的组诗《南冠草》中的一首，是夏完淳 1647 年诀别故乡松江时所作。云间是松江的古称。诗的开头说，自己奋斗三年，终于被捕。诗人跟随陈子龙抗清失败后，在长江下游继续斗争，后回故乡活动，事泄被囚。面对着遭受异族蹂躏的河山和人民，诗人禁不住流下不尽的眼泪。作者悲愤地问道，谁说天高地广呢？而我们的天地——明王朝的地盘日见蹙缩，眼看就没有容身之地了。这二句诗以"河山"和"天地"对比，效果很强烈。五、六句非常真实地表现诗人诀别家乡时的心情。诗人说，我已经知道自己死期已近，对此感到安然无惧；不过此一去就永远告别了生我养我的故乡，所以内心又有一种无比依恋之情，难以决然而去。这种矛盾心情统一在对故国深沉的爱之上。"泉路"，即黄泉路，传说是人到阴间的去路。最后两句说，自己死后，不屈的魂魄仍将回到故乡，高举着飘扬的战旗继续斗争。"毅魄"，刚毅的魂魄。"灵旗"，古代的一种战旗。

　　这首诗，无论从内容方面，还是从艺术表现手法来看，都堪称夏完淳诗歌的代表作。在这首短诗里，诗人视死如归的精神、对故国留恋的情怀以及永不消歇的斗志，得到淋漓尽致的抒写。艺术上也摈弃拟古的痕迹，直抒情愫。中间两联对句，很有功力，相当凝炼。末二句富有浪漫气息，想落天外，这也是夏完淳诗歌创作的一贯特色。

（吴承学）

鱼 服

投笔新从定远侯，登坛誓饮月氏头。

莲花剑淬胡霜重，柳叶衣轻汉月秋。

励志鸡鸣思击楫，惊心鱼服愧同舟。

一身湖海茫茫恨，缟素秦庭矢报仇。

　　此诗作于南明绍宗隆武之年（1645），当时作者跟随老师陈子龙在太湖抗清。"鱼服"即"白龙鱼服"，典出于《说苑·正谏》："昔白龙下清泠之渊，化为鱼，渔者豫且射中其目。"古人以"白龙鱼服"喻化装微行。在诗中比喻明亡后明王室微服逃难的艰难困境。

　　诗开头两句自叙最近投笔从戎，发誓消灭敌人。"定远侯"，东汉班超的封号。"登坛"，登坛拜将，用汉高祖筑坛拜韩信为大将军的故事。"月氏（ròu zhī）"，古西域国名，这里代指清朝。《史记·大宛列传》："匈奴老上单于杀月氏王，以其头为饮器。"此用其事，表达对清朝的仇恨。接着诗人描写抗清将士的高昂斗志。在秋月照耀下战士身着柳叶形的轻甲，经淬火的利剑寒光闪闪如霜雪。"莲花"，或称"芙蓉"，古时或用以比喻宝剑。"柳叶"，指甲衣，因锁子甲上连缀柳叶形的甲片。第五句诗人用刘琨、祖逖闻鸡起舞和祖逖渡江北伐、中流击楫而誓的典故，砥砺自己抗清复明的斗志。第六句说，王室贵人微服逃亡，令人心惊，深愧自己未能帮助他们，以尽同舟共济之义。末尾说，我怀着满腔的亡国之恨，要在民间从事抗清活动，身着素衣，像申包胥哭秦廷那样，誓死恢复故国。"缟素"，孝服，为明亡服丧。"矢"，同"誓"。

这首律诗高华悲壮，对仗工整，语言华美。几乎句句用典，但融化自然，如五、六句用"鸡鸣""击楫""鱼服""同舟"四典，一气呵成，毫无恒饤之病。用字造句斟酌锻炼，出以自然。作此诗时，诗人才十四岁，其艺术才华已非常杰出了，"神童"之称，并不为过。

（吴承学）

绝 句

扁舟明月两峰间，千顷芦花人未还。

缥缈苍茫不可接，白云空翠洞庭山。

顺治三年（1646），夏完淳所参加的抗清部队被打败。败退时，夏完淳与队伍失去联系，孤身奔逃，流离于民间。这首诗是作者在太湖地区写的，大约作于秋天。

初读此诗，可能会觉得其语言浅易明白，似乎只是一首纯粹写景的小诗。但联系到当时诗人的处境与心情，我们就会感受到这种闲情逸致的深层，是一种隐隐约约，难以名状的感伤和忧郁。

诗人泛舟太湖，望月兴怀，也许是想起谢庄的《月赋》"美人迈兮音尘阙，隔千里兮共明月"的名句，他望着明月，自然想起"音尘阙"的战友。诗中的"人"和组诗第一首中的"美人"，均指战友。第二句已流露出忧郁之情，但诗笔一转，感情又深藏不露。他对着苍茫的缥缈峰（太湖洞庭西山最高峰）和洞庭山出神，似乎在悠闲地欣赏湖山景色。作者这种欲扬故抑、欲显故晦的手法非常高明，这使我们想起辛弃疾《丑奴儿》词"而今识尽愁滋味，欲说还休，欲说还休，却道天凉好个秋"所描述的复杂心理。夏完淳在诗中非常含蓄巧妙地表达了自己当时难以言状的痛苦。　　（吴承学）

清诗概述

王镇远

清代诗歌是我国古典诗史的最后阶段，然而如落日余晖，散作绮霞；江河入海，混浩流转。清代的诗坛表现出五彩纷呈、百卉争艳的奇姿异态，其诗人之众多、流派之纷繁、风格之变化、内容之丰富，都几能超越前代，堪称古典诗歌的后劲。

清初社会动荡，沧桑鼎革之变在士人们的心中投下了深沉的暗影，因而强调个性解放、寻求自身价值的晚明精神为砥砺名节、关心国是的遗民心理所代替。有识之士抛弃制举，转而致力于诗歌创作，蕉余道者的《南东草序》中说："自变故以来，诗书之气，无所附丽，天下之才人，往往化为诗人。"（邓之诚《清诗纪事初编》卷七）就道出了清初遗民诗特盛的原因。他们的诗歌记录了当时中原板荡、民生劫难的现实和自身对时代的责任感和忧患意识，但他们又不乏各自的创作个性和艺术风貌。如阎尔梅由"明七子"入手，诗风豪放粗犷；钱澄之、杜濬取法陶渊明、白居易，所作感慨讽谕，婉而多风；顾炎武推尊杜甫，其诗不仅以深切的现实感而被视为一代"诗史"，而且以其渊深朴茂的风格与杜诗为近。由于他学问渊博，尤以善于用典见长；吴嘉纪的诗同为学杜，但工于白描，出于胸臆，被视为"天籁"，故沈德潜说"陋轩诗以性情胜，不须典实而胸无渣滓，故语语真朴而越见空灵"（《清诗别裁》）；王夫之的诗以奇思丽句出之，而词旨深复，气韵沉郁；屈大均崛起于岭南，与陈恭尹、梁佩兰一起被称为"岭南三家"，其诗直承屈原、李白的浪漫精神，比类托讽，异情壮采，气势纵横，想象奇诡，实为三家之冠。

在清初遗民诗人之外，主持一代风会对后世产生巨大影响的还有被称为"江左三大家"的钱谦益、吴伟业和龚鼎孳。他们都出仕过清廷，但各人的处境却不同。钱氏在明末已负盛名，然迎降清军，大节有亏，出仕新朝仅六月，深知不为所用，故暗中支持抗清的力量，其诗多感叹时事，托旨遥深。他力倡革除"明七子"以来的摹拟肤廓之弊，也不满公安、竟陵的空疏窘狭，主张转益多师，欲以学问与性情为作诗之本，遂开启有清一代的诗风，所作沉郁博丽，俨然大家。其乡人冯舒、冯班及钱曾等人受其沾溉，形成了所谓"虞山诗派"。吴伟业至顺治九年（1652）始不得已而出仕，然终身抱恨。他早期的诗风华艳丽，鼎革之后则变为苍凉激楚，不少作品表现了当时重大的历史题材。论诗宗唐音，尤擅歌行，取法元、白长庆体而变化出之，时人称为"梅村体"，影响深广，自当时的吴兆骞、陈维崧，乃至清末的王闿运、樊增祥、王国维等都曾拟其体而作过长篇歌行。他的家乡在其熏染下出现了"太仓十子"的诗人群，号称"娄东派"。龚鼎孳降清后官至礼部尚书，在清廷供职近三十年，其诗虽不逮钱、吴，然也有一些反映民生疾苦和写景清丽之作。他喜奖掖后进，故当时也有相当影响。

继遗民诗人和"江左三大家"之后而出现于诗坛的重要人物是所谓的"国朝六家"——施闰章、宋琬、王士禛、朱彝尊、查慎行和赵执信，他们主要活动在康熙年间，其时清代的统治已渐趋稳固，因而所作较少沉痛的沧桑之叹，而转求温雅清夐之风，故被后人称为"盛世元音"（郭曾沂《杂题国朝诸名家诗集后》）。其中施闰章与宋琬年齿最长，并称"南施北宋"。施诗题材较广，取法唐人，注重形象，格调平和，尤擅五律，俨然唐律风调。宋琬一生仕途蹭蹬，两次入狱，故多牢骚怨悱之言，其诗雄奇俊发，初由七子入手，晚年兼取宋、元。王士禛主盟康熙诗坛最久，他继承了司空图、严羽的诗论，提倡清夐淡远、含蓄深蕴的审美趣味，提出了以"神韵"为核心的理论主张，因这种理论与当时社会安定、统治者提倡"清真雅正"的祈尚相契合，所以成为统治一代的思想。他自己的诗中虽也有伤悼前朝、反映现实的作品，然终以写景吊古之作为主，七绝尤为擅场，自然流利、风雅清新，是其"神韵"说的实践。与王士禛齐名的是朱彝尊，被称为"南朱北王"，他的诗早年颇有表现亡国之痛、反映社会现实的篇什，出仕后的作品则内容较为窄狭。由于其学问博洽，才思敏捷，动辄一篇数十韵，一题数十首，故有"贪多"之讥。朱诗初学唐，后兼取宋，晚年有些作品纵横跌宕，戛戛独造，开启了后来"浙派"的风气。康熙中期，诗坛厌薄摹拟唐人的窠臼，转而提倡宋诗，其中最杰出的代表是查慎行，他于苏轼的诗用力最勤，对王安石、黄庭坚、陆游等人也相当推重，作品气势宏放，潇洒滉漾，善用白描，不乏清新之致，体现了诗风的转变。赵执信是王士禛的甥婿，但论诗与渔洋不合，作《谈龙录》与《渔洋诗话》立异。他主张诗中有人、诗外有事，故所作多反映现实，针砭时事，或写景抒怀，出于真切的体验，思路锋刻，清警峭拔，然时失之纤巧。其他活跃在康熙时的诗人还有毛奇龄、汪琬、叶燮，吴兆骞、宋荦、洪昇等。

　　雍正、乾隆年间的诗坛是流派纷呈、名家叠起的时期。继查慎行之后学宋诗而能自树坛坫者为厉鹗，他精熟两宋典籍，曾撰《宋诗纪事》一百卷，所作取法南宋的陈与义及永嘉四灵等，以描写家乡杭州山水的作品最为著名，故全祖望《厉樊榭墓志铭》中说他"最长于游山之什，冥搜物象，流连光景，清妙轶群"。他与同时的杭世骏、金农、符曾，及稍后的吴锡麒等人形成了以幽峭隽妙为特点的"浙派"诗。与厉鹗为同年而相友善的严遂成，诗思豪迈，风格迥异，尤长咏史，也足雄踞一时。同为浙江人的秀水（今嘉兴）钱载则专取韩愈、黄庭坚、陈师道、杨万里一路，硬语盘空，于句法上争奇，而罕用僻字僻典，上承其乡先辈朱彝尊，与同时的王又曾和稍后的钱仪吉、钱泰吉兄弟等人形成了"秀水派"。

　　与当时的所谓盛世相适应的是沈德潜标举的"格调说"，沈氏本人身历康、雍、乾三朝，但他晚年受乾隆的殊恩，其影响也以后期为主。"格调"在明七子的理论中是指学有本原而气势开张、音调高朗，所谓"高古者格，宛亮者调"（李梦阳《驳何氏论文书》），但在沈德潜的理论中则注入了"温柔敦厚"诗教的成分。他对具体的诗法虽不无见解，但所作平平，终乏生动的个性。稍后的王鸣盛、钱大昕等受其影响，以唐音为归。与沈氏立异的是提倡"性灵说"的袁枚。他主张诗歌抒写真挚的性情，强调创作的灵感，反对摹拟因袭，思想上不满道学家的拘限，艺术上追求新鲜活泼的情趣，代表了当时否定传统、倡言个性解放的新思潮，所作痛快淋漓，清新隽永，然时有浮滑之弊。与袁枚同称为"乾隆三大家"的是赵翼和蒋士铨。赵翼是一位学问博洽、识见高超的史学家，他以历史发展的眼光来看待诗史，遂得出"江山代有才人出，各领风骚数百年"的结论。所作抒怀写物，能基于自己真切的感受，议论中不乏理趣。蒋士铨的论诗也不满因袭，然囿于儒家的诗教，作品多表章忠臣节士、孝子贞女，诗作则能镕铸唐宋，为时人所重。

　　翁方纲的"肌理说"则代表了乾嘉考据学风兴盛之后诗歌学问化的倾向。"肌理"一词实是针对"神韵""格调"而发，意在矫正"神韵说"的空灵虚无和"格调说"的摹拟因袭，主张用考据和义理来充实诗歌的内容，提倡宋诗质实的风气来矫正囿于唐人的空泛肤廓。翁氏的诗未免落于言筌，枯燥乏味，被讥为"误把钞书当作诗"（袁枚语），但对清季学人之诗的发展不无影响。此外，桐城古文家自刘大櫆、姚范起也擅长诗歌，至姚鼐而成就更高，其诗由七子入手而兼取苏、黄，七律在同时诸家中堪称翘楚。在乾嘉之际，广东也出现了两位值得一提的诗人，他们是宋湘和黎简。宋湘注重抒写个人的真性情，反对拘于一格，因而所作自然磊落，直出胸臆，又能以古诗入律，对后来其乡人黄遵宪有较深的影响。黎简也不满随人作计，其诗幽深曲折、奇峭警拔，在前代诗人中与李贺的诗风最近。他又擅长绘画，小诗色彩明艳，多诗情画意。四川的张问陶异军突起，他的诗学观点与袁枚最为合拍，但欲摆脱一切樊篱，故云："汉魏晋唐犹不学，谁能有意学随园？"（《颇有谓予诗学随园者笑而赋此》）所作空灵清警，时含谐趣。

卓然独立于乾隆诗坛者还有郑燮（板桥）和黄景仁，他们的诗可以说是盛世哀音。板桥以一腔不合时宜之气发而为诗，故多怨怼愤激之辞，而揭露现实尤为深刻。黄景仁以其天资踔绝之才备受困顿坎壈之苦，因此"好作幽苦语"（《诗集自叙》），不仅表现了自己的叹老嗟贫，而且体现了对时代的忧患意识，艺术上则能博取众长，而最得力于李白、李商隐，古体清新迥拔，近体哀感顽艳。他的同乡诗友中以洪亮吉、孙星衍、杨芳灿最为著名，俨然有一常州诗派在。

乾隆至嘉庆年间的舒位、孙原湘、王昙被法式善称为"三君"，他们继承了"乾隆三大家"的创新精神，各有面目，但更注重了学问的功底，诗风也更趋于拗涩诡异，加强了诗中用典与议论的成分，开启了近代诗歌的风气，如龚自珍就极力推尊舒位之诗，称其为"郁怒横逸"（《己亥杂诗》）。生活于嘉道间的陈沆、程恩泽则与近代诗的关系更甚。陈沆与龚自珍、魏源都有交往，其诗清苍幽峭，冲淡深邃，多为后人师法；程恩泽宗韩愈、黄庭坚，对清季的宋诗运动产生了直接的影响。

　　鸦片战争以后，中国社会起了本质的变化，史家称为近代。近代诗以龚自珍为开山，虽然他的大部分作品写于鸦片战争之前，但他能站在时代的前列，预示社会的危机，在表现心灵和反映现实两方面都能注入新的意识，突破了古典诗歌的樊篱，诗风瑰丽奇肆，有"龚派"之称。其时深感民族危机而能以诗表现时事的有林则徐、张维屏、魏源、张际亮、朱琦、鲁一同、贝青乔等人。他们或以诗歌歌颂军民抗击外来侵略的英雄业绩，或讥刺现实的腐败和黑暗，或表现自己的爱国热忱，谱写了我国诗史上的新篇章。同时，嘉道以还，诗坛上出现了崇宋的风气。曾国藩接受桐城诗派之濡染，又受到乾嘉考据学风的影响，标举宋诗质直瘦硬的风格，一时何绍基、郑珍、莫友芝等人群起呼应。何氏追踪苏轼，诗多本色语；郑珍既有生涩奥衍的一面，也有平易自然的一面，在近代宋诗派中成就最高；莫友芝则以学人为诗，以古奥为尚。他们的诗又得到当时官至礼部尚书的祁寯藻之提倡，故清季宋诗运动由是而起。在此期间能独创一格者还有姚燮、金和与江湜。姚燮的不少作品反映了鸦片战争前后的社会现实，他主张诗宜"自寄其性情"，于前辈诗人中最重黎简，并能吸取民歌的修辞手段，故风格奇肆秾丽，生峭幽异。金和也擅长以古诗叙事，表现出反侵略的爱国精神，艺术上不拘一格，气势阔大。江湜诗功深厚，主张脱略前人，有所创新，所作流畅自然，能写真性情。

同治、光绪时期，随着资产阶级维新派的兴起，诗坛上掀起了"诗界革命"之风，代表人物有黄遵宪、丘逢甲、康有为、梁启超等，他们以诗表现时代的风云，抒发自己的政治理想，主张在旧诗中引入新名词、新思想。黄遵宪提倡"我手写吾口"，吸收了散文化的笔法，故诗风博大宏深，不避俚俗，开一新境界，梁启超称其"有诗以来所未有"（《饮冰室诗话》）；丘逢甲出身台湾望族，经历家乡沦入日人之手的创痛，故渡海之后的作品多写家国之恨，激楚不平，凄恻感人，不为格律所拘，梁启超称之为"诗界革命巨子"。康有为的诗气势磅礴，形象瑰丽，卓然大家，在维新人士中尤以气魄胜。此外如谭嗣同、夏曾佑、蒋智由、严复等人也都能以新思想注入诗中。晚清最大的诗歌流派是所谓的"同光体"，主要人物有陈三立、陈宝琛、郑孝胥、范当世、沈曾植、袁昶等人。他们继承了嘉道以还程恩泽、何绍基、郑珍等人取法宋诗的传统，虽然各人的门径也略有不同，但重视韩愈、黄庭坚、王安石等奥衍清苍诗风的祈尚是一致的。他们早期的作品不无鼓吹维新和感时伤世之作，然清亡后往往以遗老的身份有故宫黍离之叹。此外还有以王闿运、邓辅纶为代表的汉魏六朝派，和以樊增祥、易顺鼎为代表的中晚唐派，他们的某些长篇叙事诗反映了当时重大的历史事件，艺术上也各具特色。至于清末的秋瑾和苏曼殊，虽一为革命营垒中的人物，一为活跃于民国时期的南社成员，然他们以富于个性的诗歌创作成为清末诗坛上值得一提的诗人。

纵览有清一代的诗歌发展，大致有以下特点：一、以某一重要诗人为核心而出现的诗人群形成了各自不同的流派，流派又与地域的关系密切，故清代诗派往往以地域为名，如虞山派、娄东派、浙派、秀水派等。二、清人十分重视对诗歌理论的探讨，表现出理论与实践相结合的风气，绝大多数的诗人都有其论诗主张，"神韵""格调""性灵""肌理"，不仅是理论上之标格，而且出现了与之相应的创作风气。三、宗唐和宗宋始终是清人在诗歌继承传统和审美要求上两种不同的祈尚，对唐、宋诗风的不同理解导致了诗坛上各种风格的争奇斗艳。四、清诗与现实生活的联系十分密切，优秀的诗人无不在自己的作品中记录了时代的脉搏，尤其在清初和晚清诗坛，出现了具有现实主义创作精神的双峰对峙。五、就艺术技巧而言，清人也有超越前人之处，他们对声韵、造句、用典、结构的讨论更趋细密。综上所述，清诗在古典诗歌中的地位不可轻视，自有其供人研读和欣赏的价值。

钱谦益

钱谦益（1582—1664），字受之，号牧斋，后又号蒙叟、绛云老人、敬他老人，晚号东涧遗老。江南常熟（今属江苏）人，明万历三十八年（1610）探花及第，授翰林院编修。因卷入党争，屡起屡踬。崇祯初官至礼部侍郎。南明弘光时，任礼部尚书。清兵南下，迎降，授礼部右侍郎兼内秘书院学士、明史副总裁。旋告病归里。钱谦益为明清之际文坛宗主。学问淹博，著述宏富，诗歌成就尤高，博采杜甫、白居易、陆游诸家之长，形成自己的独特风格，本于性情，立足现实，昌大宏肆，浑融变化，一扫前后七子复古模拟及公安、竟陵浅薄纤涩的积弊，开创有清一代诗风。有《初学》《有学》《投笔》诸集。　　　（李学颖）

十六日冒雨游玄墓

发兴上篮舆，贾勇著芒屦。

寻花欲乞命，岂为风雨怖。

冒雨发龟峰，穿花到玄墓。

参月横清晨，玉雪蔽行路。

沾湿闻雨香，登顿入花雾。

初疑雨妒花，转为花惜雨。

梅亦爱清妍，裛雨如含露。

孤标宜轻寒，靓妆倚薄暮。

秉烛如有思，吮毫未能诉。

欲偿清游逋，更觅寒饿句。

这是一首游览诗，写于崇祯元年（1628）正月，钱谦益时年四十七岁。他自削籍后，为避祸计，杜门家居，形同软禁。天启七年（1627）八月熹宗死，十一月，思宗罢阉党，魏忠贤自杀。政治形势发生了根本变化，党人吐气。他即于初春去苏州作探梅之游，一路写了不少赏花纪游诗，此即其中之一。

诗为五言古体，每四句为一段，共分五段。第一段写出发前的准备。"篮舆""芒屦"，是物质准备；"发兴""贾勇"是精神准备。春寒料峭，冒雨山行，确实是需要一点勇气的。"乞"在这里是"给"的意思，化用韩愈诗"都将命乞花"。游兴之高，形容尽致。第二段写出发和到达，交代了游程的地点、时间。"龟峰"，即光福山。"玄墓"，即邓尉山，盛植梅花，号"香雪海"。冒雨而有"月"，似乎矛盾，然这正是化用苏东坡梅诗"纷纷初疑月挂树，耿耿独与参横昏"，以在熹微的曙色中只见白茫茫的一片，几疑月光辉映。玉、雪都是古代诗人形容梅花洁白的惯用语。盛开的花树，不但弥山遍谷，而且把通往玄墓的道路都遮蔽了，以致游人只能"穿花"而行。这的确不是一般的梅园梅林，初步凸现了"香雪海"的盛况。

三、四两段是全诗的中心，着力摹写。三段以人为主，四段以花为主，是游赏的正面文字。"沾湿"，见山行之久；"登顿"，见入山之深。"雨香""花雾"，精切入微。雨本无香，通过花滴落人身，故带香；花本明妍，因在雨丝水气之中，故如雾。二句雨中有花，花中有雨，融为一体，不辨是雨是花，但觉香雾弥漫无边无际，与晴时"积玉弥崇林，屯云接遥嶂"（陈子龙《登玄墓山》）相较，更有一种迷蒙缥缈之美。诗人的心情也因此而由"疑雨妒花",转作"为花惜雨"。如果说"雨香""花雾"给我们的还是一个总体概念,是远景,那么"含露""靓妆",就是具体的描画,是近景和特写。"清妍",是花经雨洗,明净娟丽的写照。"孤标"承"清","靓妆"承"妍",有如幽秀绝俗,妆束端严的美人。"薄暮"二字,既化用杜甫"天寒翠袖薄,日暮倚修竹",又从时间上巧妙地过渡到下文。

末段写游罢归来,灯下赋诗纪游。冒雨探梅,清绝韵绝,必有佳作始得相称。东坡诗云:"秀句出寒饿。"作者正是自许己诗为秀句,是足以不辜负这次"清游"的。

这首诗结构整齐,造语清新,意境恬美,姿态横生,真是非此笔不称此花,表现了钱谦益诗风中清绮的一面。而诗中洋溢着的轻松闲适气氛,则正是他此时心情的写照。

(李学颖)

天都瀑布歌

天都诸峰遥相从，连绵崿属无罅缝。

山腰白云出衣带，云生叠叠山重重。

峰内有峰类皴染，须臾翕合仍混同。

层云聚族雨决溜，溪山天水齐溟蒙。

是时水势犹未雄，江河欲决翻坌壅。

良久雨足水积厚，瀑布倒写天都峰。

初疑渴龙甫喷薄，抉石投奇声碻磏。

复疑水激龙拗怒，捽尾下拔百丈洪。

更疑群龙互转斗，移山排谷轰圆穹。

人言水借风力横，那知水急翻生风。

激雷狂电何处起，发作亦在风水中。

波浪喧豗草木亚，搜搅轩簴心忡忡。

潭中老龙又惊寱，绿浪渍涌轩窗东。

山根飒拉地轴震，旋恐黄海浮虚空。

亭午雨止云戌戌，千条白练回冲融。

凭阑心坎舒撞舂，坐听涛濑看奔冲。

愕眙莫讶诗思穷，老夫三日犹耳聋。

这是一首游览诗,作于崇祯十四年(1641),作者时年六十岁。上年冬,与名妓柳如是定婚姻之约,度岁后同游西湖,心情舒畅。三月游黄山,写下一组纪游诗,恢丽奇诡。本诗是其中之一,天都峰观瀑布所作。天都峰,黄山最高峰。

诗的特点是所描写的非"万古常如白练飞"的长年流泻的瀑布,而是随雨来去的临时瀑布。全诗可分为三个段落。自起句至"瀑布倒写天都峰"为第一段,写瀑布的形成,每四句一层,分别描绘了山巅出云、云聚生雨、雨积成瀑的过程。其间如写云,初时无见,渐出山腰,渐生叠叠,渐类皴染,渐翁合,渐层聚,直到溟蒙。又如写水,从初时的"决溜"到"积厚",中用"垄壅"一折,然后"倒写",观察十分细致。

"初疑渴龙甫喷薄"至"旋恐黄海浮虚空"为第二段,写瀑布的声势,是全诗的中心部分,也可分为三层。前六句仰视,以龙为喻,状瀑布下泄,从"渴龙"到"怒龙"再到"群龙",形容瀑势的渐急渐大,其声音也从落石发炮的硠礚声直到移山排谷,震天动地。"人言"六句平视,雨暴风猛,雷鸣电闪,仿佛一切都不复存在,整个世界都在风与水的搏斗之中。"潭中"四句俯视,狂瀑奔泻,激起潭中波浪汹涌,水生风而山根震动,风卷水而如海浮空,极言潭水陡涨,弥漫无际,而潭中的"老龙"与上文的诸"龙","地轴震"与上文"轰圆穹",又互相呼应,构成了一幅从山顶到山根的浩淼激荡的壮观画面。其间融化前人诗句,如韩愈"投奇闹硠礚",皮日休"连拳百丈尾,下拔湖之洪",李白"飞湍瀑流争喧豗",杜甫"草木尽亚洪涛风"等,信手拈来,恰到好处。

最后六句为第三段，是全诗的尾声。"亭午"二句，总束上文：雨止而云尚密，收第一段；悬瀑千条而势已缓，收第二段。然后以"心坎舒撞舂"倒衬前此的神惊心骇；以"涛濑奔冲"状暴雨后的山涧急流。"三日犹耳聋"用怀海禅师"佛法不是小事，老僧昔被马大师一喝，直得三日耳聋"典，以数日之后耳畔还回荡着瀑布的震响作结，不但将瀑布的声势更进一步写足，且令人回味不已。

这首诗，运用夸张的语言，渲染出天都峰瀑布险恣磅礴的气势，使读者目眩心掉，如身临其境，收到了强烈的艺术效果。全诗想象奇肆，笔力雄放，却又组织严密，层次分明。松圆老人程嘉燧评钱诗说："奇怪险绝，变幻不测。"邓之诚说钱诗"局度精整"，此诗可谓兼而有之。

（李学颖）

南归感事

（十首选一）

破帽青衫出禁城，主恩容易许归耕。
趁朝龙尾还如梦，稳卧牛衣得此生。
门外天涯迁客路，桥边风雪寒驴情。
汉家中叶方全盛，《五噫》何劳叹不平。

　　原题为《天启乙丑五月奉诏削籍南归自潞河登舟两月方达京口途中衔恩感事杂然成咏凡得十首》。乙丑为明熹宗天启五年（1625），作者时年四十四岁，任詹事府少詹事。当时宦官魏忠贤专权，兴大狱倾害东林党人，杨涟、左光斗、魏大中、周顺昌等拷掠至死，赵南星、高攀龙等数十人被削籍，或遣戍，或放归，朝中正人为之一空。钱谦益在放归途中写下这组七律，抒发满腔的悲愤感慨。本诗为第一首，从出城写起，前半扣"削籍南归"，后半扣"感事成咏"；在次序上，用前六句写出城的行程及途中的感慨，最后以尾联缴足题面，绾领全章。

　　出城时的穿着"破帽青衫"，这是削籍的象征，作者对此至为痛心，一上来便冲口而出。接以"出禁城""许归耕"，写已出京师，脱离虎口，得以还乡，实为不幸之幸。但回望京城，却转而徘徊瞻顾，感慨丛生。龙尾道是皇宫内升殿的斜坡道，代指朝廷；用麻或草编成为牛御寒的蓑披叫牛衣，贫穷的人也用作被卧，西汉王章就曾困卧牛衣中。此时念及往日"趁朝"情景，恍如一梦，空怀逐臣恋阙情思，遥想未来的"牛衣"生活，虽可安度此生，又不免有失落之感，其心态是极其矛盾复杂的。因为有这许多感触在胸中蓄积酝酿，当出城后行至桥边，便不能已于咏言兴叹，尽情一吐。这桥即卢沟桥，为南北往来大道，其地位略等于唐代长安的灞桥，故用郑綮"诗思在灞桥风雪中驴子背上"之典。否则，五月风雪，便难索解。一结纯用反说，将组诗比作东汉梁鸿的《五噫歌》。说"全盛"，其实衰乱已甚；说"何劳叹不平"，其实首首在倾诉着政局国事、个人身世的不平。

诗写于政治斗争失败后，无心描写沿途景物，不暇修饰词藻，直抒胸臆，感慨淋漓，一气回旋，虽叙个人遭遇，然感时伤事，不乏对现实的忧患意识。

（李学颖）

费县道中

阑珊心事怯余春，残梦惊回一欠伸。

病树不禁蛇在腹，野花终倚草为身。

枥中马老空知道，爨下车劳枉作薪。

当食为君三叹息，难将更仆话穷尘。

　　崇祯十年（1637），钱谦益五十六岁时，常熟人张汉儒进京告讦他的劣绅恶迹。当时首辅正是作者的死对头温体仁，于是皇帝震怒，三月，作者与门生瞿式耜被逮入京狱讯，沿途有诗。本诗即为行经山东费县所作，共三首，第一首寓感慨于鲁地史事，第二首隐寄托于费县风景，这是第三首，作者自书"心事"。

　　温体仁是明末著名的奸相，贪残忮刻，偏得皇帝信任，秉政九年，国事大坏。作者虽赋闲，无时不思再起，声名之盛，更为温所忌。此次事件仍是阁讼（见下首）斗争的继续，其时作者正处于劣势。

　　三首中此首是重点。首联点出"心事"兼书时序；二联忧国，三联伤己，是"心事"的具体化；末以更仆难尽收束"心事"，不结之结，章法谨严。

　　春事已"阑珊"，心情是"怯"，为全诗定下了低沉的基调。国势内外交困，已如病树，奸相是盘据在树身中的蛇；小人逞志，如野花竞开，奸相就是野花所赖以生存的蔓草。这一联借咏物寄情，表现了自己的忧愤。颈联言身世的可伤，用了两个典故。春秋时齐桓公伐孤竹，迷路被困，放老马前导，才寻到归路。这就是常说的"老马识途"。老马扎于枥中，纵然富有经验，志在千里，也是空的，喻自己不被任用。西晋荀勖吃饭时对同坐的人说：这饭是用劳薪烧的。经了解，果然是用旧车脚烧的火（车辆运行，车脚最为劳累，故称劳薪）。喻自己曾为国家出力，反遭罪戾。这两联与第一首中的"歌风有人供放逐，斗鸡无相系安危"遥相呼应。尾联以"当食三叹"表自己的忠心忧国，承次联。夏秋时魏献子想接受贿赂，阎汲、叔宽就在陪伴献子吃饭时接连叹息了三次，借进食讽谏。魏献子听出了他们的弦外之音，终于拒绝了贿赂。"更仆穷尘"承颈联，感叹自己遭受的患难太多，说也说不完！

　　由于作者是被拘的罪人，许多事难以直言，因此使用了一系列的典故和譬喻，作含蓄曲折的表达，极纵横变化之能事。虽当赭衣赴征之时，而无俯首乞怜之态，于忧伤中能自占身分地步。而其博学厚积，神运笔融，亦可见一斑。

（李学颖）

岁暮杂怀

卒岁闲门有雀罗，流年徂谢意如何。

看花伴侣青春少，种菜英雄白首多。

佩剑定须悬旧垅，明珠只合换新歌。

剧怜渭水垂纶叟，未应非熊兆已旛。

这是一首感怀诗，作于崇祯十二年（1639）岁末，作者时年五十八岁，于前一年出狱，仍旧家居。自崇祯元年（1628）廷推枚卜（宰相候选人）被温体仁告讦免职（史称"阁讼"），第二次放废以来，已十一年。他热衷于功名富贵，然而尽管身为东林党魁，文章泰斗，名满天下，在政治角逐中却是失败者，长期不得立朝预政，一展廊庙经济，只能"领袖山林"。在同一时期所作的《明发堂记》中云："叹老至而悲无闻。"诗中所表露的正是这样一种牢骚失意的心情。

诗的前六句，从各个侧面怨"闲"嗟老，反复抒写。首联"雀罗"，用汉廷尉翟公罢官后"门外可设雀罗"的典故，言处境冷落；"流年徂谢"，言老之将至。以下即就此发挥：次联写当前，"看花""种菜"，是闲得无聊；"伴侣青春少"是旁衬老，"英雄白首多"是正说老。以"种菜英雄"自况，用刘备事，又直接化用陆游"闭门种菜英雄老"。刘备种菜是借以韬晦，陆游种菜是逃避现实，正见作者不甘心于赋闲。颈联想今后，剑悬旧垅，意谓将会终老家乡；珠换新歌，说只得以声色遣闲。事实果真如此么？《明发堂记》中自述狱解归来后，"洛中之冠带，汝南之车骑，蜀郡之好事，鄠杜之诸生，闻声造门，希风枉驾，屡舄交错，舟船填咽，邑阛阓其无人，空山为之成市"，他何尝闲？其所以苦闷焦急溢于言表，点睛之笔在尾联：史载文王将猎，卜云："将大获，非熊非罴，天遗汝师。"果得吕尚于渭水之阳。原来是做宰相的心愿未了！而与太公八十遇文王相比，更谈不上老，现在要用还来得及！

"阁讼"之后，"宰相梦"已经成为作者生命中的最大欲望和追求。正是由于他几乎得到过，因而更贪婪，执着地想要得到。为此导致他放弃了立身品格甚至民族气节。从这首诗里我们看到了作者一生悲剧之所在。

（李学颖）

和盛集陶落叶诗

秋老钟山万木稀，凋伤总属劫尘飞。

不知玉露凉风急，只道金陵王气非。

倚月素娥徒有树，履霜青女正无衣。

华林惨淡如沙漠，万里寒空一雁归。

　　顺治二年（1645），清军入南京，弘光政权覆灭，钱谦益以礼部尚书领衔迎降。次年授礼部侍郎兼内秘书院学士、明史副总裁，数月即告病南归。顺治五年六十七岁时，因反清义军黄毓祺案牵连，下南京狱，月余，改狱外看管。这期间，他的朋友盛斯唐（字集陶）、林古度、何㟳明等经常来看望慰藉，"相与循故宫，踏落叶，悲歌相和"（《有学集·新安方氏伯仲诗序》）。本诗即和盛斯唐《落叶》之作，共二首，这是第二首。

　　作者降清后，又以未被重用而辞官，为明臣不终，为清臣不成，地位无分，声望尽失，还要受缧绁之厄，可谓生平经历最困苦、心情最颓丧的时期。写落叶，也是写自己。年已迟暮，正如万象萧瑟的残秋；见弃新朝，更似随风飘坠的落叶。"劫尘"二字，无奈何而为解脱语，反更沉痛。朝代更迭，时序变迁，自身浮沉，总归一劫，无从抱怨，也无可解释，这里面包含了多少难以启齿的苦衷。

重点在颈联。李商隐的名句"青女素娥俱耐冷，月中霜里斗婵娟"（《霜月》），表现了一种在严峻环境中的乐观态度，作者却反其意而用之。嫦娥孤独无依，只有桂树相伴，不啻是作者政治生涯的缩影；后来作于康熙元年（1662）的《后秋兴之十三》第二首中"姮娥老大无归处，独倚银轮哭桂花"，则尤为显豁。青女是司霜的女神，却履霜而又无衣，说明当前处境的险恶。这两句作为诗人的内心独白，大有天地茫茫，何处容身之感，反不如寒空一雁犹有归宿。与前后凋伤衰败的景象相映衬，使全诗笼罩着一片黯淡苍凉的气氛。

古人常借咏叹落花、落叶来表达亡国之恨，从"钟山""劫尘""金陵王气"等句看，本诗同时也含有暗伤南明覆灭之意，隐寓兴亡的感慨。

诗中关合题面正写落叶的，是第一首起句"寒林万树怨萧骚，只为中庭一叶凋"和本诗的首、七二句。因风动而"萧骚"，是叶之初落；"万木稀"时，叶落大半；至"惨淡如沙漠"，则叶已落尽。三个层次，一脉贯通，针线也极为细密。间以"玉露""凋伤"（用杜甫《秋兴》"玉露凋伤枫树林"）等暗写落叶，更显饱满。

（李学颖）

众香庵赠自休长老

略彴缘溪一径分，千林香雪照斜曛。
道人不作寻花梦，只道漫山是白云。

这首诗与《十六日冒雨游玄墓》为同时之作。作者于正月十六日冒雨游玄墓后，十七日放晴，续游茶山、西碛、弹山、铜坑等处，当晚宿于众香庵，写此诗赠庵主自休长老。

诗的前二句写庵，略彴即小桥。度桥越溪，循小径而入庵。绕庵是一望无际的梅林，积雨初晴，万树盛开的梅花沐浴在斜阳的金辉里，大气中浮动着沁人的芳香。就作者眼中点出庵的位置幽邃，景色佳胜，以烘云托月的笔法衬托出庵主的身分。后二句写长老，可以想见是作者兴致勃勃地叙说此次探梅之游并表示对庵景的羡慕之后，所记下的长老的回答。"道人"，即修道、得道之人，对世俗之人而言，此指自休长老。白云又隐喻神仙境界。俗人为实现"寻花梦"，连日奔波，远道而来，自以为雅人韵事；而道人足不出户，每日坐赏"千林香雪"，却根本眼中无花，鼻端无香，只视作漫山白云，任其自生自灭而已。对比之下，不啻当头棒喝。一位道力深湛又不乏风趣的高僧形象宛然纸上。

佛门以清净空寂为宗。作者深通禅理，此诗颇有顿悟气象。

（李学颖）

金陵杂题绝句二十五首
继乙未春留题之作

（选一）

顿老琵琶旧典刑，檀槽生涩响丁零。

南巡法曲谁人问，头白周郎掩泪听。

这首诗是顺治十四年（1657）冬游金陵时所作，作者时年七十六岁。诗末原有自注："绍兴周锡圭字禹锡，好听南院顿老琵琶，常对人曰：此威武南巡所遗法曲也。"

顿氏是秦淮琵琶世家。正德十四年（1519），浪子皇帝明武宗自称"威武大将军"，以亲征宁王朱宸濠为名，带着一批幸臣乐工，南下游玩，驻跸金陵，遍选声妓。南院乐师顿仁以善琵琶得供奉，创作了一批新乐曲，大为武宗欣赏，令随行乐工习学。由于是"南巡"中所造，又供御前演奏，故名"南巡法曲"。顿老即顿仁的后人和传人。诗中一上来提出的正是顿老琵琶这种特殊的身分地位。"槽"是弦乐器上架弦用的格子，高级的以檀木制成，故称"檀槽"。唐杨贵妃的琵琶槽为逻逤檀（西藏所产优质檀木），南唐小周后的琵琶名"烧尾檀槽"，后世遂多以檀槽代称琵琶。"丁零"本为古代北方少数民族，此借指清室入主中原后流行的北方乐曲，含蓄地表达了作者的鄙视。朝代迁易已久，一般人对前朝旧曲不再感兴趣，老乐师终于也不得不改习新朝乐歌，以适应时尚，而造诣愈深，转变愈难，"生涩"正是转换过程中指法未臻纯熟的表现（后来又流行太仓弦索。周在浚《金陵古迹诗》有云："顿老琵琶奉武皇，流传南内北音亡。如何近日人情异，悦耳吴音学太仓。"可以参看）。那么"南巡法曲"还有谁来过问呢？就只有周锡圭这样的遗民。这里法曲实际上已经成为朱明王朝的象征。"周郎"直接指周锡圭，间接乃自指。随着南明各政权次第覆灭失败，作者渐感恢复无望，心态由期盼转为哀伤，借听法曲寄托对故国的怀念，自不禁潸然泪下了。

在写法上，一句一折，环环紧扣，层层深入，最终推出全诗主旨。题目虽小，而蕴含极大，觉少陵《江南逢李龟年》不得专美于前。

（李学颖）

冯 班

冯班（1602—1671），字定远，号钝吟，常熟（今属江苏）人。明末诸生，入清不仕。少与兄舒齐名，称"海虞二冯"。冯班是清初虞山诗派的重要诗人，论诗主张宗法晚唐，以批点《才调集》教人。所作多沉细丽密。有《钝吟集》《钝吟杂录》等。　　　　　　　　　　　　　　　　　　　　　　　（赵永纪）

朝歌旅舍

乞索生涯寄食身，舟前波浪马前尘。

无成头白休频叹，似我头白能几人？

　　旧时许多下层知识分子，并没有固定的职业，为了谋生，有些人在三家村设馆授徒，有些人依附官僚作幕友，干不了多长时间就要转换迁徙，经常在外奔波。冯班就是这样的人。此诗即作于旅舍。

　　诗的前二句写因寄人篱下，以乞索为生，不得不经常流离颠沛。作者正是这样度过了几十个春秋，到了头白之年，还是一事无成，不由人不哀伤叹惜，怨老嗟贫。但诗的后二句却说"休频叹"，认为自己够幸运的了，因为活着到了白头之年的人，又能有几个呢？

　　这种外表上的旷达，包含了深沉的悲痛，有着深刻的社会背景。在明清之际，清兵打过长江之后，为了镇压人民的反抗，在江南各地实行了残酷的屠杀。冯班亲身经历了这场劫难，他的不少诗记述了当时"杀人不异屠牺牲""血流遍地未可洗"（《雪夜归村中即事》）的惨不忍睹的景象。若干年之后，许多地方还是"鬼磷隔林千点有，荆榛极目一人无"（《早春述怀次夕公韵》），清兵的铁蹄过后，不少地方人口锐减。所以"似我头白能几人"，并不是故作旷达，也不是空泛地感慨，而是当时社会的实录。

唐代诗人沈千运《感怀弟妹》诗中，有"近世多夭折，喜见鬓发白"之句，冯班此诗或许是受到沈诗的启发。但沈诗明白说出，意尽句中，略不含蓄。而冯班此诗则委曲蕴藉，耐于咀嚼。吴乔《围炉诗话》中曾赞赏冯班的诗作"不着议论而含蓄无穷"，这首诗就有此特点，在对个人身世的感叹中，蕴含了对清兵屠杀人民的残暴行径的极大愤慨。

（赵永纪）

阎尔梅

阎尔梅（1603—1679），字用卿，号古古，又号白耷山人，沛县（今属江苏）人。崇祯三年（1630）举人，复社成员。明亡后，因参与抗清义军的活动，被捕下狱。后流亡各地。阎尔梅诗风豪宕雄壮，多表现民族气节及民生疾苦之作。有《白耷山人集》。 (赵永纪)

沧州道中

潞河数百里，家家悬柳枝。

言自春至夏，雨泽全未施。

燥土既伤禾，短苗不掩陂。

辘轳干以破，井涸园荼萎。

旧米日增价，卖者尚犹夷。

贫者止垄头，怅望安所之。

还视釜无烟，束腰相对饥。

欲贷东西邻，邻家先我悲。

且勿计终年，胡以延此时？

树未尽蒙灾，争走餐其皮。

门外兼催租，官府严呼追。

大哭无可卖，指此抱中儿。

儿女况无多，卖尽将何为？

下民抑何辜，天怒乃相罹；

下民即有辜，天怒何至斯！

视天非梦梦，召之者为谁？

呜呼！雨乎！

安得及今一滂沱，救此未死之遗黎！

阎尔梅在各地流亡途中，见到沧州一带旱灾严重、民不聊生的情景，遂写下这首诗篇。

全诗可分为四段。前八句为第一段，描写旱灾的情况。潞河是北运河的上游，流域相当于今河北省、北京市一带。在这数百里地域里，都遭受了旱灾，自春至夏，滴雨未下，因而河干井涸，禾枯茶萎。百姓们为了求雨，就沿用传统的迷信方法，把柳树的枝条折下，挂在屋檐下。这当然是无济于事的，可是他们又有什么好办法呢？从"旧米日增价"到"争走餐树皮"是第二段，描写了旱灾之中，百姓缺粮忍饥的情形。有了灾荒，粮食歉收，米价必然高涨。一些奸商财主，还在囤积居奇，希望价格涨得更高。而贫苦的百姓，本来就是缺衣少食，这时就更揭不开锅了，只得勒紧裤带，忍受饥饿的折磨。实在买不起粮食吃，只能去吃树皮，幸好这时"树未尽蒙灾"，还有树皮可供人吃。但这还不是百姓苦难的全部。接下去六句是第三段，描写了催租逼赋的官吏，对贫苦百姓的摧残。

百姓已经忍饥挨饿，官吏却仍在严厉催科，对那些完不成租税的百姓，鞭扑拷打。穷困已极的百姓，该卖的都卖了，无计可施，只好把自己的亲骨肉卖掉，来交租税。但儿女卖尽了，以后还有什么办法呢？从"下民抑何辜"至结束为第四段。作者见到百姓遭受到如此深重的灾难，不由得义愤填膺，怒斥苍天，为什么要让百姓遭受这样的灾难？难道是广大百姓犯下罪孽了吗？即使是有什么罪孽，苍天也不该如此残酷呀！"视天非梦梦"是反用《诗经·小雅·正月》中"视天梦梦"之语，意思是看起来天也并不是那样糊涂不明的呀，那么这些灾祸究竟是什么人招致而来的呢？这里隐然把矛头指向了清廷统治者，正是清廷统治者和它的爪牙，在百姓遭受旱灾之时，还来催租逼赋，使百姓雪上加霜，不堪忍受。作者祈求苍天赶快降下大雨，来解救在死亡线上挣扎的广大百姓。遗黎，是用《诗经·大雅·荡》中"周余黎民，靡有孑遗"句意，这里指灾民，意思是苍天如果再不降雨，百姓很快就要死光了。

这首诗用通俗的语言，描写了沧州一带百姓在旱灾和官吏摧残下的痛苦生活。前三段是叙述描写，后一段是议论。在描写中，作者有重点地选择了一些典型事物。第一段描写干旱的情况，写到了"辘轳干以破"，辘轳本是用来提水浇园的工具，现在连辘轳都因干旱而破，灾情的严重就可想而知了。第二段写百姓的饥荒，写到了"争走餐其皮"，一个"争"字，写出了为饥饿所迫的百姓的窘况，以及忍饥受饿的百姓之多。第三段写到百姓连"抱中儿"也被迫卖掉，则百姓穷困已极的情况也就可想而知了。前三段的描写一层比一层深入，写出了百姓的苦难一层比一层深重。在三段之后，作者已经按捺不住胸中的愤慨，直接以议论来发泄了。"下民抑何辜"与"下民即有辜"两个对句，表现了作者对苍天的严厉责问。"视天非梦梦"，暗示了他的愤慨是针对最高统治者而发的。这段议论也是一层比一层深入。

这首诗基本上都是五言句，到了最后，句式一变，用了两个两字的感叹句，又用了两个七言句，这表明作者的愤慨之情达到了顶点，只有打破整齐的句式，才能把这种强烈的感情有效地表达出来。

诗歌中一般不尚议论。这首诗则是在叙述描写的基础上，直接以议论来表达作者胸中的愤激。由于议论带着强烈的感情，因而增强了整个诗篇的表现力和感染力。

（赵永纪）

金圣叹

金圣叹（1608—1661），原名采，字若采，明亡后，更名人瑞，吴县（今属江苏）人。明诸生，入清不仕。顺治十八年（1661）因"哭庙案"被处斩。圣叹为人狂放不羁，以评点小说《水浒传》、戏曲《西厢记》著称于世。有《沉吟楼诗选》等。　　　　　　　　　　　　　　　　　　　　　　　　　（赵永纪）

塞　北

塞北今朝下教场，孤儿十万出长杨。

三通金鼓摇城脚，一色铁衣沉日光。

壮士并心同日死，名王卷席一时藏。

江南士女却无赖，正对落花春昼长。

这是一首有关时事的诗。邓之诚《清事纪事初编》指出："《塞北》一首，为江阴城守而作。"

开头两句写出了时代背景。"塞北"，泛指我国的北边地区，诗中暗指清兵。"教场"，即演武场。"长杨"，汉代宫名，故址在今陕西省周至县。这两句写清兵从关外长驱直入，很快攻下北京，占领中原，杀害了无数百姓，使成千上万的孤儿到处流浪。"孤儿十万"，极言其多。接着清兵乘胜渡过长江，灭亡了南明弘光朝，基本上没遇到多少抵抗。但到了江阴城，却是久攻不下。诗中以下四句就是描写江阴守城之战。"金鼓"是军中用器，金鼓声即为三军的号令。"铁衣"是指古代战士所服的有铁片的战衣。这两句写出了当时战斗的激烈残酷：金鼓声，呐喊声，厮杀声，震地动天，直杀得天昏地暗，日月无光。当时江阴人民为了反抗清廷的薙发令，在阎应元等人领导下，与清兵进行了激烈的战斗，坚守县城八十多天。然而由于寡不敌众，江阴城终于被清兵攻陷。五、六两句即写城破之事。清兵付出了很大代价才打下江阴城，江阴的百姓也是尸骸枕藉，街巷皆满，但是没有一个人投降。名王则暗指南明弘光朝的衮衮诸公，此时都已销声匿迹。结尾两句却把笔锋陡转，写出江南士女对落花、赏美景、做春梦的百无聊赖的生活，他们这些人根本忘记了亡国之痛。

这首诗以"塞北"为题，《沉吟楼诗选》中以"塞北今朝"为题，都是采用第一句开头几个字作为诗题，这样在古诗中往往又相当于"无题"。从这首诗可以看出金圣叹对清兵残杀百姓，对明朝的灭亡是感到悲痛的。而这种揭露清廷暴行、表现亡国哀痛的作品，在当时是被视为禁忌的。后来金圣叹遇难而死。诗文中有关这类内容的作品，早被传抄整理者删削殆尽。这首诗或许是因为"无题"，诗意又比较隐晦曲折，才幸存了下来。

诗的前六句一气贯注。其中三、四两句尤为精彩，对仗工稳，意象鲜明，气势雄壮。结尾两句则转过一层，深化了诗篇的意蕴。

（赵永纪）

绝 命 词

鼠肝虫臂久萧疏，只惜胸前几本书。
虽喜唐诗略分解，庄骚马杜待何如？

《沉吟楼诗选》此题下注："先生临难时作也。"顺治十八年
（1661）正月，清帝福临去世，全国按制举哀。吴县的百姓、秀才
数百人，乘地方官哭临的机会，要求惩治贪官县令。清廷统治者为
了压制江南人民的抗清情绪，以"大不敬"罪，逮捕了不少人，并
处死了为首的十八人，金圣叹就是其中之一。这首诗是他临刑之前
所作。

首句"鼠肝虫臂"，是用《庄子·大宗师》中的典故，比喻微
末卑贱的事物。圣叹以此比喻世俗之事，诸如科举做官、经商发财
之类的事情。这两句意为自己对世俗之事早已不去费心思了，所深
感惋惜的，就是自己早已准备好、正在着手进行的几本书无法完成
了。"唐诗略分解"，是指金圣叹把唐人重要的七言律诗都进行了评
点，每首诗都是分成前后两解，加以分析，即是现存的《贯华堂选
批唐才子诗》一书。此外，圣叹还把《庄子》、《离骚》、《史记》、
杜诗、《水浒传》、《西厢记》依次定为"六才子书"，欲加以评点，
已完成行世的《第五才子书水浒传》、《第六才子书西厢记》，在当
时社会上产生很大影响，金圣叹也因此得盛名于世。但是"庄骚马

杜"的评点有的已完成一部分，有的还未开始，如今将赴刑场之际，怎能不感叹惋惜呢？

这首绝命诗体现了圣叹为人的旷达，他对生命的依恋只在于未尽的著述，然正是在这旷达的小诗中，可见到他对清政府滥杀无辜的控诉和他自己临刑前前的复杂内心活动。

（赵永纪）

吴伟业

吴伟业（1609—1672），字骏公，号梅村。太仓（今属江苏）人。明崇祯四年（1631）以会试第一、殿试第二之优异成绩考取进士，历任翰林院编修、南京国子监司业、左庶子等职。弘光朝任少詹事。入清后曾长期闲居故里，顺治十年（1653），应召仕清，任国子监祭酒。三年后因母丧弃官归里。吴伟业是明清之际诗坛上的风云人物，和钱谦益、龚鼎孳并称"江左三大家"。其诗宗法唐人，博采兼收，终于形成自己独特的风格。各体皆工，歌行体尤为著名，后人称"梅村体"。《四库全书总目提要》评其诗云："其少作大抵才华艳发，吐纳风流，有藻思绮合、清丽芊眠之致。及乎遭逢丧乱，阅历兴亡，激楚苍凉，风骨弥为遒上。"此外，还精词、曲、绘画等。有《梅村家藏稿》。　　　　　　（高章采）

捉　船　行

官差捉船为载兵，大船买脱中船行。

中船芦港且潜避，小船无知唱歌去。

郡符昨下吏如虎，快桨迎风摇急橹。

村人露肘捉头来，背似土牛耐鞭苦。

苦辞船小要何用？争执汹汹路人拥。

前头船见不敢行，晓事篙师欲钱送。

船户家家坏十千，官司查点候如年。

发回仍索常行费，另派门摊云雇船。

君不见，官舫黾峨无用处，打鼓插旗马头住。

顺治年间，江南抗清斗争此起彼伏，清廷为了镇压各地义军，经常调动军队，而地方官吏也乘机向百姓勒索无度，中饱私囊，或以转运兵士为名而敲诈船民，或以征收供养战马的草料为名而挨户摊派。吴伟业的这首《捉船行》就以讽刺的笔墨揭露了地方官吏强征民船的现象。

诗的头一句说"官差捉船为载兵"，直截了当地点明捉船的目的，一方面将老百姓遭受勒索的原因归结到清军；另一方面随着下文内容的展开，证明这完全是个骗局，谴责之意溢于言表。大船自然是大户人家所有，早已与官府有了联络，花钱买通后自可畅行无阻，中船在芦苇丛中潜伏，说明也已得了消息，早早地隐蔽起来，"小船无知唱歌去"一句则生动地写出了小船自投罗网的情形。"唱歌"说明小船上的人本来无忧无虑，殊不知等待他们的灾难，与下文舟人的备受凌辱恰成对比。

"郡符"以下写捉船的经过。官府征用船只的公文刚下达，差役们个个如狼似虎，急橹快桨，飞也似的四处追捕船只。村民们裸露着手臂，被揪着头颈捉来，船夫的背脊如土牛一般忍受着鞭笞。古人迎春时用土制春牛，以鞭捶打，称为鞭春，所以这里以土牛比船夫。那些被捉的穷人苦苦哀求，连忙解释说小船没什么用处，但官差却不分青红皂白，气势汹汹地拖拽着他们，引起过路人们的围观。前面的船见了也不敢再行，识时务的篙工赶紧凑出钱来打点官差，于是小船上的人们都纷纷仿效，几乎每个船户都破费了十贯铜钱。官吏们也就堂堂皇皇地收下钱财，一五一十地盘点清楚，那些船家只能忍气吞声地等待着，敢说半个不字？这里虽然以十分通俗的语言交代了船夫们被迫送钱的细节，但将他们的无可奈何、战战兢兢的神态与心态刻画殆尽，官吏的横蛮无理、公然索贿也被揭露得体无完肤。至此，捉船之事已完，然官府放船时却还要勒索行船费，另外，雇其他船去代役的钱还得摊派到每户的头上。这样又莫名其妙地加了两笔钱，百姓真是不堪负担啊！

"君不见"二句最后用了衬垫的方法。诗人不再去写小船上人们的可怜可悲，而掉转笔锋，说停驻在码头上高大雄伟的官船却打着鼓，插着旗，放着不用。这貌似节外生枝的一笔，其实包含着极尖锐的针砭之意，说明这场"捉船"的把戏本来是官府演出的一场闹剧，目的只是敲诈百姓。

梅村这首诗的成功，不仅在于它有深刻的批判现实的意义，而且艺术上也颇具特色。首先，本诗在塑造人物上采用了绘声绘形的手法，其中不仅写了人的形态、言语，甚至还有心理的刻画，如写被捉的人们"露肘""捉头""背似土牛"，可见其备受凌辱的情形。"苦辞小船要何用"，正通过他们嗫嚅着的申辩，体现其无可奈何、祈求哀悯的可怜相，至如以"晓事"形容"篙工"，更说明人们心中的敢怒而不敢言，"候如年"三字一方面说明官差的故作姿态，一方面写出船民忧虑焦急的心情。其次，本诗的结构也堪玩味，意在写小船，而先以大船、中船为陪衬；而写了捉小船的经过之后又说发回索费，另派门摊，揭露更深一层；最后以官舫无用而停泊码头作结，衬托出捉船实以欺压百姓为目的，所以前人说此诗"通篇俱用加一倍写法"（靳荣藩语）。最后，本诗不避俚俗的口语，如

"买脱""唱歌""晓事""常行"等都是十分通俗的词汇，却给全诗增添了生活气息和真实感，也是梅村接受杜甫、白居易等人现实主义创作传统的体现。

（袁　真）

圆 圆 曲

鼎湖当日弃人间，破敌收京下玉关。

恸哭六军俱缟素，冲冠一怒为红颜。

红颜流落非吾恋，逆贼天亡自荒宴。

电扫黄巾定黑山，哭罢君亲再相见。

相见初经田窦家，侯门歌舞出如花。

许将戚里空侯伎，等取将军油壁车。

家本姑苏浣花里，圆圆小字娇罗绮。

梦向夫差苑里游，宫娥拥入君王起。

前身合是采莲人，门前一片横塘水。

横塘双桨去如飞，何处豪家强载归？

此际岂知非薄命，此时只有泪沾衣。

熏天意气连宫掖，明眸皓齿无人惜。

夺归永巷闭良家，教就新声倾座客。

座客飞觞红日莫，一曲哀弦向谁诉！

白皙通侯最少年，拣取花枝屡回顾。

早携娇鸟出樊笼，待得银河几时渡？

恨杀军书抵死催，苦留后约将人误。

相约恩深相见难，一朝蚁贼满长安。

可怜思妇楼头柳，认作天边粉絮看。

遍索绿珠围内第，强呼绛树出雕栏。

若非壮士全师胜，争得蛾眉匹马还。

蛾眉马上传呼进，云鬟不整惊魂定。

蜡炬迎来在战场，啼妆满面残红印。

专征箫鼓向秦川，金牛道上车千乘。

斜谷云深起画楼，散关月落开妆镜。

传来消息满江乡，乌桕红经十度霜。

教曲妓师怜尚在，浣纱女伴忆同行。

旧巢共是衔泥燕，飞上枝头变凤皇。

长向尊前悲老大，有人夫婿擅侯王。

当时只受声名累，贵戚名豪竞延致。

一斛珠连万斛愁，关山漂泊腰支细。

错怨狂风飏落花，无边春色来天地。

尝闻倾国与倾城，翻使周郎受重名。

妻子岂应关大计，英雄无奈是多情。

全家白骨成灰土，一代红妆照汗青。

君不见馆娃初起鸳鸯宿，越女如花看不足。

香径尘生鸟自啼，屧廊人去苔空绿。

换羽移宫万里愁，珠歌翠舞古梁州。

为君别唱吴宫曲，汉水东南日夜流。

这首诗写于清顺治九年（1652），作者仕清之前。

陈圆圆，原名陈沅，为江南一代名妓，与李香君、卞玉京、马湘兰、柳如是、董青莲、顾横波、寇白门有"秦淮八艳"之称。

明清之际，以陈圆圆为题材的诗文颇不少，其中要数吴伟业的《圆圆曲》最为著名，流传也最广。陈圆圆因一曲《圆圆曲》而传世，吴伟业也因《圆圆曲》而诗名益增。

吴伟业精于律诗，尤其擅长歌行体，而歌行中又以七言为胜，后人所谓"梅村体"云云，多指这类作品。《圆圆曲》便是其中重要的代表作。此诗以陈圆圆和吴三桂悲欢离合的故事作为经纬线，将人物形象的塑造和历史事件的描述紧密交织在一起，使这首长篇巨制散发着浓郁的时代气息。由于作者在艺术处理上摆脱了"英雄加美人"的模式，使主题得以深化，诗的社会意义也明显得到加强。

此诗结构宏伟，头绪纷繁，明末清初一些重大的历史事件——闯王进京、崇祯自尽、吴三桂引清兵入关、李自成失败、清朝一统天下等，在诗中都有所反映，可以看作是晚明史的艺术再现。在一首诗中能够包容如此丰富的历史内容，实为罕见，真不愧有"史诗"之誉。

诗以《圆圆曲》为题，顾名思义，陈圆圆自是诗中的主人公，吴三桂只不过是陪衬人物。可是推敲全诗，"出场"不多的吴三桂在某种意义上讲倒是真正的主角。吴在历史上是一位声名狼藉的民族败类，但囿于当时的环境条件，作者只能"反面文章正面做"，即在正面的描述中，予以冷嘲热讽，读之令人拍手称快，这是此诗的一个明显特征。

这首诗一开头就给吴三桂"亮相":"鼎湖当日弃人间,破贼收京下玉关。恸哭六军俱缟素,冲冠一怒为红颜。"明崇祯十七年(1644)三月,李自成领导的农民起义军以摧枯拉朽之势攻占北京,刚愎自用的崇祯帝在煤山(今北京景山)自缢身亡。这时镇守山海关的辽东总兵吴三桂,迫于当时形势,曾表示愿意接受农民军的招降,但当他得知陈圆圆被李自成部将刘宗敏掳去后,便不顾民族利益,引清兵入关,成为历史罪人。为了掩人耳目,他打着为君王报仇的旗号,演出一幕"六军俱缟素"的闹剧。但是作者敏锐指出,他的"冲冠一怒"不是为别的,而是"为红颜",这就撕下为君报仇的假面具,把一个背叛朝廷、卖身求荣的汉奸暴露在光天化日之下。对于这一层意思,吴伟业在诗中反复吟咏,再三强调,然而却以含蓄之笔出之,可以说这开头的短短数句,实为整个乐章定下调子。

作者选择陈圆圆作为此诗的主人公。显然并非为陈圆圆而写陈圆圆,而是有更深一层的目的在。尽管如此,作者还是花费大量笔墨去描写这位出身卑贱而后成为王侯夫人的历史性人物,因而她的生平际遇正反映了朝代的兴衰更迭。诗中对她前半生的经历,仅作简略的交代,重点则是描述她与吴三桂相遇后的情景,从初见、定情、携归、离别,至相迎、重圆、入陕、进川等,情节生动,波澜起伏,且时间和空间的跨度都很大,作者却能够有条不紊地将这些事件围绕着吴三桂叛明降清的活动而展开,因而在"红颜流落"的背后,深深隐藏着作者的亡国之痛。诗的结尾不但富有哲理,且颇具预见性,"为君别唱吴宫曲,汉水东南日夜流",宣告吴三桂和历史上的吴王大差一样,终将落得可耻的下场。

《圆圆曲》长达五百四十九字,读来却无沉闷冗长之感,显示了诗人卓越超群的艺术才华,由于梅村精熟诸史,兼及百家,诗中典故运用自如,这也是此诗的特色之一,但也引起后人的批评。王国维在《人间词话》中说:

> 以《长恨歌》之壮彩,而所隶之事只"小玉双成"四字,才有余也。梅村歌行,则非隶事不办,白、吴优劣,即于此也。不独作诗为然,填词家亦不可不知也。

笼统地以用典的多寡来品评吴、白诗歌的优劣,未免失之偏颇。但无需讳言,梅村某些诗篇,因用典过滥,以致造成晦涩难明的情况,也确实存在。

《圆圆曲》问世之后,在社会上引起极大反响。据陆次云《圆圆传》载:"梅村效《琵琶》《长恨》体,作《圆圆曲》以刺三桂,曰'冲冠一怒为红颜',盖实录也。三桂赍重币,求去此诗,吴勿许。"这一传说如可靠,则显示了《圆圆曲》的巨大批判力量。

(高章采)

梅　村

枳篱茅舍掩苍苔，乞竹分花手自栽。

不好诣人贪客过，惯迟作答爱书来。

闲窗听雨摊诗卷，独树看云上啸台。

桑落酒香卢桔美，钓船斜系草堂开。

这首七言律诗，是吴伟业的代表作之一，写于清顺治二年（1645），作者隐居家乡之时。

吴伟业一生酷爱梅花，顺治元年，他购置明朝吏部侍郎王士骐（王世贞的儿子）的别墅，加以整修扩建，遍植梅花，遂改名"梅村"。据《镇洋县志》载："梅村在太仓卫东，旧为明吏部郎王士骐别墅，名贲园，亦名新庄，祭酒吴伟业拓而新之，易今名。有乐志堂、梅花庵、交芦庵、娇雪楼、鹿樵溪舍、桤亭、苍溪亭诸胜。"作者晚年将梅村作为自己的栖身之所，并以梅村自号，可见它对于作者有着特殊的意义。

明朝的覆亡，是诗人生活道路上的一个转折点。为了保持名节，他退居乡间，直至顺治十年，应召北上为止，在梅村度过整整八年的隐逸生活。这首诗就是表现甲申事变后，作者隐居在乡间的生活和心境。

　　首联写乡居生活的环境和梅村的景色。"枳篱茅舍"写出梅村的简朴，且富有乡间情调。"掩苍苔"强调人迹罕至，从而衬托出梅村的清静。"乞竹"句写诗人对梅村的苦心经营。作者晚年在《监官僧香海问诗于梅村，村梅大发，以诗谢之》中写道："种梅三十年，绕屋已千树。"可见自购置贲园之后，作者就悉心种梅，所谓"乞竹分花手自栽"，所栽无疑就是梅花。再从"绕屋已千树"看，梅村面积广阔，可算得上是一座大庄园。这一联短短十四个字，就将梅村的景色——绿篱、茅屋、竹子、梅花勾勒出一个大致的轮廓，这些景色多是"冷色"，和作者隐居乡间悠闲自得的心情相吻合。因此，看似写景，却有抒情成分在，这种景中寓情的写法，在艺术上取得相当的成功。

　　闲适的乡居环境，造成精神上的懒散，"不好诣人"和"惯迟作答"，都是一种懒散的表现，是说自己不愿主动去拜访别人，也懒于给亲朋好友写回信。"不好"和"贪"，"惯迟"和"爱"，恰好从正反两个角度，即从正面刻画，从反面衬托行动的懒散。如果说颔联主要表现懒散的心态，那么颈联则突出表现闲适的心情。"闲窗听雨"，这一"闲"字用得极妙，因为窗无所谓"闲"，所以"闲窗"实喻人闲。在现实生活中，一个人只有在闲得无聊时，才会直愣愣地在那里"听雨"，所以闲字用在这里很贴切。"独树看云"对"闲窗听雨"，除表现闲散的心情外，且更深一层地揭示出作者蕴藏在心底的孤独感、压抑感。"上啸台"是暗用晋代诗人阮籍的故事。阮籍生活在汉魏之交的动乱年代，深感生不逢时，常独自携酒登台长啸，以抒发心中的不平之气，表达了自己对现实的不满。这里作者显然以阮籍自比，由此表现自己的真实思想。表面上他赋闲在家，过着悠闲散漫、与世无争的乡居生活，实际上内心却无比压抑和痛苦，国破家亡的残酷现实，实在令他难以忘怀。所以第二、三两联同样是写情，但手法不尽相同。靳荣藩评曰："三、四句写情，五、六情中有景，故不重复。"此诗风骨遒上，韵味隽永。语言自然流畅，对仗工整，颇堪玩味。

(高章采)

野 望

(二首)

京江流自急，客思竟何依。

白骨新开垒，青山几合围。

危楼帆雨过，孤塔阵云归。

日暮悲笳起，寒鸦漠漠飞。

衰病重闻乱，忧危往事空。

残村秋水外，新鬼月明中。

树出千帆雾，江横一笛风。

谁将数年泪，高处哭途穷。

  此诗约写于顺治九年（1652），作者途经镇江时所作。"野望"两字，总括全诗。"野"是客观景色，"望"是诗人眼中所见，带主观感情。情为主，景为宾，由景入情，融情于景，情景交融是本篇的特色。作者描写经历战争浩劫后镇江一带的荒凉景象，寄寓着个人的身世之感以及对故国的深沉哀思。

  第一首诗中，首联点出地点、身份。"京江"指长江流经京口（今江苏镇江）的一段。"客思"点明诗人在异乡作客。"竟何依"，是说心中的愁思难禁。于是孑然一身独立江边的诗人形象就兀立在读者面前。后面三联是野望所见，也就是引起"客思"的缘由。三、四句写静景，放眼望去，青山郁郁，白骨累累，大地沉寂得出奇，从而衬托出压抑沉闷的气氛。五、六句写动景，从高楼上一眼望去，帆船在迷蒙的细雨中驶过，耸立的孤塔上云雾缭绕飘荡。一静一动，反差鲜明，构成动中有静，静中有动的艺术境界。尾联"日暮悲笳起，寒鸦漠漠飞"，好似写景，实为抒情。"日暮"不仅指时间到了傍晚时分，而且一语双关，兼指政治气候，含日暮途穷之意，与下一首"高处哭途穷"遥相呼应，这种内在的联系，使两首诗更富有整体感。阵阵悲笳，为寂静无声的画面增添一丝悲凉的气氛，一股迷惘的愁绪不禁油然而生。

第二首是第一首在内容上的延伸，以"衰病重闻乱"领起全篇。同样写诗人站在江边眺望，时间地点相同，所看到的景物无异，同样是江、水、船、帆、山、树、白骨等。但妙就妙在作者好似信手写来，却毫无重复之感，其中奥秘就在于诗人善于从不同的角度观察描写。如"新鬼月明中"与"白骨新开垒"表现的是同一个对象，同一层意思。前者是"神"，后者是"形"，角度不同，意境则有别。"月明中"，暗用李煜《虞美人》词"故国不堪回首月明中"之意，曲折地影射明朝的灭亡。"新开垒"与"月明中"一虚一实，虚实相间，参差变化，就显得不单调，不雷同。末句"高处哭途穷"，据《世说新语·栖逸》注引《魏氏春秋》："阮籍常率意独驾，不由径路，车迹所穷，辄痛哭而反。"作者以此表示自己入清后与当年阮籍的处境相似，内心的悲哀可以想见。

草木本无情，青山依旧，江水自流。然而愁人眼中"望"出的"野景"，却是青山含泪，流水带愁。作者在遣词造句上，注入主观感情，使景物抹上浓重的悲凉色彩，如"白骨""危楼""孤塔""悲笳""寒鸦""衰病""残村""途穷"等，组成了一幅凄凉萧瑟的画面，主旋律是亡国哀音。

这两首诗的共同艺术特点是，中间写景，或动或静，或远或近，交叉搭配。首尾侧重抒情，且前后呼应，从而构成一个完美的艺术整体。

（高章采）

自 叹

误尽平生是一官，弃家容易变名难。

松筠敢厌风霜苦，鱼鸟犹思天地宽。

鼓枻有心逃甫里，推车何事出长干！

旁人休笑陶弘景，神武当年早挂冠。

顺治十年（1653），吴伟业因江南总督马国柱等人推荐，应召出仕清廷。这是他一生道路的重大转折。对其思想、生活影响极大。他自视事关"名节"，内心既不情愿，又怕朝廷怪罪，累及亲人，最后被迫应召。这首诗就是写他即将赴京之前复杂的内心矛盾。

诗以"自叹"为题，旨意自明，即自己悲叹自己的身世、遭遇，可看作一篇内心独白。

首联"误尽平生"二句点明他的处境和矛盾。自古以来，"官"是封建时代知识分子所梦寐以求的。为了做官，屡考不中，终生潦倒者有之；为了做官，行贿舞弊，千金买爵者有之。而诗人却认为自己一生为"官"所误，这就反映了特定的时代——明、清易代，特定的人物——一位明朝遗臣。崇祯四年作者以会试第一，殿试第二的优异成绩考取进士后，仕途上一帆风顺，官居高位，颇负盛名。如今他既无法易名改姓，更难以隐居不出，因为他明白，一旦再仕清廷，将受到后人的谴责诟骂，自己的声名也将受到严重的损害，诗人在临终之前说："吾以草茅诸生，蒙先朝巍科拔擢，世运既更，分宜不仕，而牵恋骨肉，逡巡失身，此吾万古惭愧，无面目以见烈皇帝及伯祥诸君子，而为后世儒者所笑也。"（《与子暻疏》）这一"误"一"难"，使诗人陷入无法自拔的困境。颔联用两个比喻吐露心迹，表明自己向往的是松竹的坚贞以及鱼鸟自由自在的生活。

后半首借用陆龟蒙和陶弘景的典故，解释自己再仕新朝，有着难言之隐。晚唐文学家陆龟蒙隐居甫里（今江苏甪直），自号甫里先生。陶弘景曾任南齐左卫殿中将军。永明十年（492）他上书辞官，脱掉朝服挂在神武门上。吴伟业在弘光朝也曾辞官归里，所以这里以陆龟蒙、陶弘景自况，表示自己并不热衷于做官，如今出仕清廷，是被迫的，身不由己，以图取得人们的谅解。

这首诗虽是"自叹"，但字里行间，处处可以感到清朝统治者以及周围环境织成的无形的网，紧紧地束缚着他，使他无法逃遁。诗中贯穿的是社会与个人、现实与理想、出仕与退隐的矛盾，而吴伟业就处在矛盾的中心。

在艺术表现手法上，此诗也颇有特色。思想本来是无形的，诗人用松竹、鱼鸟这些有形的、生气勃勃的东西作比喻，使枯燥、不可捉摸的思想得以形象地表现出来，给诗歌增添了生动、活泼的气氛。同时典故的运用，也十分贴切，委婉曲折地表达了自己的愿望，使诗歌显得含而不露，耐人咀嚼。

（高章采）

秣陵口号

车马垂杨十字街，河桥灯火旧秦淮。

放衙非复通侯第，废圃谁知博士斋！

易饼市旁王殿瓦，换鱼江上孝陵柴。

无端射取原头鹿，收得长生苑内牌。

"江南佳丽地，金陵帝王州。"南京乃六朝故都，虎踞龙盘，人杰地灵。明崇祯十三年（1640），吴伟业曾在南京任国子监司业，甲申事变后，又在弘光朝任少詹事，因此他对南京城有着特殊的感情。清顺治十年（1653）四月，作者在决定出仕清廷前曾赴南京拜谒推荐他入朝的马国柱，请求免于列入被推举的名单，未获结果，这次重到南京（古称秣陵），耳闻目睹南京的变迁，触景生情，不由地勾起他对故明深深的怀念，写下一系列感人肺腑的诗篇，这首诗就是其中之一。

这时离明朝覆亡已达十年之久，作者仍依稀记得当年的繁华景象，十里长街，车如流水马如龙；秦淮河畔，楼馆林立，火树银花不夜城。这是诗人梦萦魂绕的南京城。然而十年过去了，昔日京城的繁盛如今已荡然无存，呈现在眼前的是一片败坏荒凉。"放衙"二句写王侯府第遭废，官署成为废墟。作者自注："中山赐宅改作公署。"中山指中山王徐达，他是明代开国元勋之一，因立朝有功，明太祖朱元璋曾明令为其"治甲第"。而今甲第被籍没，改为公署，子孙遭殃。博士斋即国子监，为古代最高学府和管理机构，作者曾在这里任职，国子监成为废圃感触自然更深。后半首着重描写帝王宫殿及明孝陵的荒废，以抒朝市沧桑之感。明太祖朱元璋陵墓，位于紫金山南麓，气派雄伟，称明孝陵。明时曾派专人守护，严禁樵牧，孝陵中还饲养长生鹿千头，颈上挂有银牌，作为标志，如有盗宰者以死罪论处，而现在，这一切禁令都化作过眼烟云。

　　这首诗如果一开始就写明亡后的南京，就会显得平铺直叙，平淡无奇，作者有意先从回忆写起，超越时空的限制，使昔日南京的繁华热闹与今日的颓败荒凉形成强烈的对比，突出了江山易主，人事已非的主题。作者作为明朝遗臣，对于明朝的覆亡有着切肤之痛。因此他哀悼故国繁华的一去不返，也是在悲叹自己。沈德潜曰："梅村咏前朝事，沧桑悲感，俱近盛唐。"这一评论，十分中肯。

（高章采）

过淮阴有感

（二首选一）

登高怅望八公山，琪树丹崖未可攀。

莫想《阴符》遇黄石，好将《鸿宝》驻朱颜。

浮生所欠止一死，尘世无由识九还。

我本淮王旧鸡犬，不随仙去落人间。

这首诗写于顺治十年（1653）应召北上的途中。作者由镇江渡江沿着大运河乘舟北上，沿途写下不少抒情寄志的诗篇，其中本篇表现忏悔意识最深沉。

在途经淮阴八公山时，作者触景生情，从汉代淮南王刘安的传说，联想及自己的身世遭遇，一种莫名的怅惘夹杂着歉疚的心情从心底升起。他对自己的再仕新朝感到羞愧，一边自我谴责，仿佛要用虔诚的忏悔去洗刷心灵的不安，一边却不得不往京城的路上奔驰而去。这无疑增添了内心的痛苦。

首联点出地点和事件，八公山在今淮南市西，相传刘安曾与苏非、李尚等八位门客登山游览，后来他在此修炼成仙，升天而去。（实际上刘安因他人告发其图谋不轨，于狱中自杀。）他家饲养的鸡犬，在庭院中舔食剩下的药物后，也随之一道升天。作者登高怅望，想起白日飞升的刘安，然仙境渺茫，未可攀援。

第三、四句借用黄石公赠张良《太公兵法》的典故和淮南王珍藏记载神仙方术的《枕中鸿宝苑秘书》的故事，表示自己既不想象张良那样建立功勋，也不想延年益寿，长生不老。五、六两句直抒胸臆，道出心中的苦楚，"浮生所欠止一死"说明自己在明亡后，苟且偷生，致使今日蒙受身仕两朝之耻，这种痛不欲生的言语，可以窥见他的心在滴血。

结尾"我本淮王旧鸡犬，不随仙去落人间"，在悲叹、哀号之中，又混杂着深沉的忏悔，不由得不引起人们心弦的共鸣。

诗的感情真挚、沉重，作者无情地解剖自己达到鲜血淋漓的程度，他的悲悯身世和家国之痛相联，失节无疑使他背上沉重的精神包袱，直至生命的最后一息，他对"欠"债一事仍未能忘怀。他的绝笔《临终诗》云："忍死偷生廿载余，而今罪孽怎消除。受恩欠债应填补，总比鸿毛也不如。"可以和本篇相互印证。

"生为明朝人"，由于吴伟业的应召仕清而不能如愿，但他的思想深处却希望"死为明朝鬼"。在临终之际，他给亲朋留下充满感伤情调的遗嘱中自谓一生万事忧危，"实为天下大苦人"，要求死后殓以僧装，墓前立一圆石，曰"诗人吴梅村之墓"。他不屑在墓碑上写明官衔，只愿以诗人自称，在这背后实隐藏着难言之痛。

（高章采）

过吴江有感

落日松陵道，堤长欲抱城。

塔盘湖势动，桥引月痕生。

市静人逃赋，江宽客避兵。

廿年交旧散，把酒叹浮名。

吴江即今江苏吴江，唐时称为松陵。根据诗中"廿年交旧散"句，前人以为此诗作于康熙年间。

诗的前四句为写景，刻画了黄昏时行于吴江道上所见的情景。"落日松陵道"一句真有"古道西风"的苍凉意绪，给全篇蒙上了一层哀惋低沉的基调。吴江有长堤，据《大清一统志》说："长堤在吴江县东。宋庆历二年以松江风涛，漕运多败船，遂起松陵长堤，界于江湖之间。明万历十三年重筑，长八十里。"因此说它像要把全城包围起来。"抱城"二字令静态的长堤有了动势，可谓善于炼字。吴江东门外有方塔，而城外有利德桥，又名长桥，有八十五孔，所以诗的三、四两句即写塔和桥：高塔盘空，更衬出湖水的浮动；长桥卧波，像是引导出新月初上。这两句对仗工稳，以塔与湖相连，桥与月映带，不仅两句之中有纵横、动静的对照，即使一句之内也不乏意象的丰蕴与变换。

后四句由景而写到人事，并抒发了诗人深切的今昔之感。那街市中异常的安静说明居人都为逃避赋税而远走他方，江面宽阔，正是躲避兵灾的去处。五、六两句貌似写周遭的景象，其实具有深刻的现实意义，把清初置民于水火的两大祸害——苛捐杂税与连年兵燹揭示得十分透辟。人烟冷落、荒凉凄怆的眼前之景触发了诗人对沧桑之变、故旧凋零的感怀。靳荣藩的《吴诗集览》中以为此诗尾联指顺治初年江南文士曾结惊隐诗社的事，而此时相隔二十年，诗人感念旧交星散云离，于是慨叹浮名无用。虽然没有足够的证据，但以此来分析梅村晚年的心态还是客观的。梅村由于顺治十年（1653）的出仕清廷，令他晚年在悔恨中度过，时时怀念故国旧友，而悲叹自己为虚名所累，所以"把酒叹浮名"一句中也不无对自己因负文名而被迫征召的解嘲。

这首诗历来为选家所重，因它体现了吴梅村晚年的心境和他对时事的不满，同时诗写得极为浑朴含蕴，并没有强烈的抒情感愤，然个人的感情与时代的实录隐含其中，表现了梅村晚年诗艺上的炉火纯青。

（袁　真）

黄宗羲

黄宗羲（1610—1695），字太冲，号南雷，浙江余姚人。明清之际著名思想家、史学家、文学家，学者称黎洲先生。父尊素，为东林名士，死于奄难。清兵破南都，曾从孙嘉绩、熊汝霖起兵江上，号世忠营。江上兵溃，入海从鲁王抗清，拜左副都御史，后隐居著述。有《明儒学案》《南雷文定》《明夷待访录》等书传世。

（马祖熙）

哀张司马苍水

廿年苦节何人似，得此全归亦称情。

废寺鬻钱收弃骨，老生秃笔记琴声。

遥空摩影狂相得，群水穿礁浩未平。

两世雪交私不得，只随众口一闲评。

  这首诗是作者《八哀诗》中的一篇。"张司马"，指明末民族英雄张煌言。煌言（1620—1664）字玄著，号苍水，浙江鄞县人。清兵陷南京，他与钱肃乐等组织抗清义军，迎鲁王朱以海于天台，以绍兴及舟山群岛为根据地，联络郑成功及江浙各地抗清义军，与清兵进行浴血苦战。在十九年中，曾三次渡闽海，四次攻入长江中下游，两次遭飓风袭击，战败后，又在清兵占领区潜行两千余里返回舟山。后因南明永历政权被毁灭，郑成功病死于台湾，清政府又强迫东南沿海人民迁离海滨，以断绝抗清义军与人民的联系，不得已乃解散所部，潜隐于海中孤悬之落迦岛上，最后由于叛徒出卖而被逮，英勇就义于杭州。煌言为浙东义军统帅，曾继张名振任兵部尚书，故称张司马。

首联概述苍水平生大节及其殉国的重大意义。苍水孤忠劲节，艰苦奋战近二十年，方其就义时，各地的抗清义军几全被消灭。苍水一生成仁取义之大节，至此乃载入史册。对于如此之归宿，可谓"称情"。次联写其就义之后，乃由义民醵金废寺，掩埋其忠骨，参与营葬者无不流涕饮泣，可见其忠义之感人，而为之志哀者，亦都为前朝遗民。"记琴声"暗用向秀《思旧赋》"悼嵇生之永辞兮，顾日影而弹琴"语意，契合追悼亡友之旨。"遥空摩影"两句，感念苍水既已尽节，只能遥望海空，想见其飒然英爽之身影。而如此书生，如此肝胆，在国破家亡之时，竟能挺身而出，为捍卫国家民族之尊严，尽此凛然大节，其人固"清狂"自得，而为之哀悼者，也只能是"狂狷者"的行为。然而大星虽沉，光焰不灭，穷海绝岛，群水穿礁，依然发出浩然激荡的声音，吞吐着千秋不平之气，而有"英雄已死嗟何及"的叹息。魂兮归来，可以告慰！尾联，作者更以感喟苍凉之笔，表明我之如此哀歌，只因两世凛如冰雪的交情偏私不得，所以"只随众口"作同声的"闲评"，以表我的哀思。

全诗语言质朴，感情浓烈，起结诸句，尤为哀痛感人。

（马祖熙）

山居杂咏

（六首选二）

锋镝牢囚取次过，依然不废我弦歌。

死犹未肯输心去，贫亦其能奈我何。

廿两棉花装破被，三根松木煮空锅。

一冬也是堂堂地，岂信人间胜着多。

这是一首明志诗，表现作者执着不移的情操，和安贫力学的精神。作者生当明、清之际，和顾炎武、王夫之同为清初思想界、学术界的泰斗，也都是坚贞不渝的爱国志士。弘光元年（1645）五月，南京为清兵攻陷之后，作者曾和孙嘉绩等在江上起兵抗清，其后又从鲁王转战海上。后知事已不可为，才隐居从事著述。虽然清廷屡以博学鸿儒或聘修明史征召，他都以老病婉辞了。

几十年的遗民生活，其孤寂痛苦是难以缕述的，然而在痛苦中他也有乐处，这在他的诗作中时时有所流露。这首《山居杂咏》，便是流露这种心情的诗。原诗六首，这里选录的是第一首和第六首。这组诗作于顺治十六年（1659），下距南明政权的最后灭亡，仅有一年多的时间。这时他的心境，凄凉与悲愤交集，他不能作正面抒写，只能从闲居这个角度，作轮廓上的勾勒，而由于有意扭曲，所以在风格上便显出傲兀不平。

诗的前六句说：这多年来，刀锋箭镝，监禁囚牢，我都挨次经受过了。但是，我并没有因此而消沉。这几年，我一直没有停止过读书弦诵。我自信是能经得起考验的。就是死，也决不肯自认失败，至于"穷"，又能对我怎么样呢？接着又用夸张的手法，从衣食上实写两句贫困生活。说自己的一床破被，只装廿两棉絮，三根松柴烧饭，由于米粮少，竟像煮的是空锅。这样的生活，不能不说是苦到了极端。然而，诗的最后两句，却正从"穷困"的尖端上给扭转过来。"一冬也是堂堂地，岂信人间胜着多。"他愉快爽朗而又幽默地表示：即使这样，我并没有感到受不住，因为苦的是物质，强大的却是精神啊！我觉得自有安身立命之处，这寒冷的一冬，我不是过得很好吗？我在这窄狭的陋室之中，不也是堂堂正正的吗？我确实感到很满足了。我哪相信这人世间还有什么别的胜算或是更好的谋算呢！这最后一句，从另一意义说，是对那些不甘寂寞、出卖灵魂者的讽刺，由于过分的蔑视，语气已近于嘲弄了。

（潘同寿）

数间茅屋尽从容，一半书斋一半农。

左手犁锄三四件，右方翰墨百千通。

牛宫豕圈亲僮仆，药灶茶铛坐老翁。

十口萧然皆自得，年来经济不无功。

这首诗咏叹的是遗民贫居生活的况味，笔调洒落而感情温馨，具有浓郁的诗意，和第一首是同一主题，是作者山居生活的总叙。在这组诗中列为第六首。和第一首不同的是，这首纯从实处落笔。以叙事为主，以抒情为辅。

诗人说：就这么几间茅屋，也尽可以够住了，除了全家的寝室外，余下的就一半作为书斋，一半堆放农具。由于地方狭窄，所以左手放着几件犁锄，右手便是许多书卷和手稿。由于诗人现在是以务农为生，所以茅屋边上也有牛屋，也有猪圈。照顾猪和牛，自己得和童仆们一同干。在这些农事之外，由于自己年老多病，还得休息休息，坐在药灶茶炉旁边。家里人口多，吃饭本是个大问题，可喜的是一家十口辛勤耕作，所以在生活上还能过得去，甚至还有点"萧然自得"的意味哩。"萧然"，在这里是指不紧张，耕稼之余，显得洒脱得很。于是在结句，诗人不禁满意地表示："年来经济不无功。"这几年来，对于治理家庭经济方面，可不能说没有点功效呢。

读了黄宗羲的两首《山居杂咏》，使我们领会很深的是他的安于清寂、自守清贫。此外，他写诗的语言风格也值得注意。他的诗平易好懂，诗风清新、纯朴，着重说真话，表达真性情。他不学唐人的风华，也不落宋人的生涩劲硬，只是以我手写我口而已。他在《南雷诗历》的题辞中说，早年学诗，"修辞琢句，非无与古人一二相合者，然嚼蜡了无余味"。后值国破家亡，无意于风雅。"驴背蓬底，茅店客位，酒醒梦余，间拈韵语，以销永漏，则时有会心。"可见，诗来自生活，这就是他的诗学观点。

（潘同寿）

杜濬

杜濬（1611—1687），字于皇，号茶村，本名绍先，湖北黄冈人。崇祯卜 年副贡生。明亡，侨寓江宁近四十年，抗志不仕清。濬才气奔放，诗学李白，尤工五言。五律风格高古浑厚，作品中时露故国之思。有《变雅堂遗集》。（马祖熙）

登金山寺塔

极目非无岸，沧波接大荒。

人烟沙鸟白，春色岭云黄。

出世登初地，思家傍战场。

咫哉天咫尺，消息转茫茫。

此诗约作于康熙十三年（1674），时吴三桂反清之军已攻占长沙、岳州。这年春天，作者来镇江，偶游金山，登金山寺塔，慨然有作。首联写作者登塔纵目，江天在望，对江堤岸，隐约可辨，故言"极目非无岸"。波涛滚滚的大江，浩瀚苍莽，东流直下大荒。两句写大江气象开阔，从远处着笔，写对岸，写远方。次联承前，作者俯视江城，江滨人烟稠密，烟霭纷披，江边平沙白鸟，似怡然自得，而无边的春色遥接城南岭上的黄云，又使人有苍茫不尽之感。这联写近景，并由近睹而远瞩。第三联写登临所感，金山塔在金山最高处，登上此塔，凭高舒啸，恍如置身世外，远出尘嚣。然而此时战争尚未平息，登高骋怀，又想到自己的家乡湖北一带，仍然处在战地之旁，人事苍黄，不免凄然浩叹。尾联由叹而思，以重笔作结。"咄哉天咫尺，消息转茫茫。"作者感到奇怪的是：此塔虽然高耸云霄，去天咫尺，而对于战地的消息，转觉茫茫，可见天也和人一样，对于战争的谁胜谁负是不能预知的。

　　诗前半写景，后半抒怀，格调苍老，感慨深沉，结笔尤耐人深思。

（马祖熙）

古 树

> 闻道三株树，峥嵘古至今。
>
> 松知秦历短，柏感汉恩深。
>
> 用尽风霜力，难移草木心。
>
> 孤撑休抱恨，苦楝亦成阴。

这首五律借咏物以明志。歌颂松柏耐寒的节操，以示对具有松柏节概的耿介之士的敬仰，并坚定自己抗拒风霜傲然不屈的信心。诗前有小序云："为四明邱氏作，家亦有苦楝树，与邱松柏相望。"其后李调元《雨村诗话》曾对小序作补充说明："鄞人邱至山，居东皋里，家有古柏一株，两松夹之，轮囷枭空，盖南宋六百年物也。……"故知题为"古树"所咏者为一柏二松，结笔所用的"苦楝"，则为衬笔，以喻作者自己。

诗以"闻道"二字发端，故作回宕，表明我听说如此。这三株树苍劲高峻，已经由古时挺立至今了。这松树能知秦历之短，柏树能感汉恩之深。"松""柏"在诗句中为互文。意思是说：松柏皆感汉恩之深，皆知秦历之短。以"汉恩深"喻明遗民之不忘故国。以"秦历短"以示残暴的统治都不会长久，暗喻清政权建立在暴力的基础上，也不会长久。这"松知""柏感"两句，含蓄深蕴，感情强烈。下文说：“用尽风霜力，难移草木心。”笔锋犀利，笔力万钧，表明尽管清廷用尽其残酷如风霜的淫威，但草木向阳的本性和不畏此淫威的节操都难以改移。这两句以遗民刚贞的气节与松柏凌霜傲雪的精神相比，所以读起来尤为感人。两结句转入“苦楝”。苦楝本作者家中之树，故作者自比。苦楝虽不如松柏之以耐寒著名，但它也有“孤撑”的铮铮风骨，尽管遭受到风霜的欺虐，也绝无憾恨。因此在撑持之后，也能迎来楝花风信（最后的花信风），长出茂密的清阴，与松柏结成伴侣。

全诗用比兴手法，托意深远，以寓思念故国的贞心，用笔如刀剑出匣，寒光照人。

（潘同寿）

和怀古·苏子瞻

堂堂复堂堂，子瞻出峨眉。
少读范滂传，晚和渊明诗。

作诗能以短韵传神，殊不易易。作者咏怀苏轼，仅用两韵，概括大诗人苏轼的一生，具见其性情怀抱，是真能得为诗之神髓，并真知苏子瞻之为人者。

此诗前二句赞美苏轼之在北宋，是继李白以后才气最为雄放的诗人。"堂堂"，意为庄严正大，也表明一个人的胸襟开阔，行为洒落。作者于"堂堂"之后，又以"复堂堂"三字，加重语言分量，以表对东坡崇敬倾倒的心情，可谓下语镇纸。次句"子瞻出峨眉"，意谓子瞻其人，乃峨眉灵秀所钟，山灵不甘清寂，所以诞生出如此诗杰，使江山生辉。后二句，前句写子瞻的节概。范滂（137—169）是东汉操守清峻，风范严正的名士，后来死于党锢之祸。相传子瞻幼时，父洵游学四方，其母程夫人亲授以书。一天，程夫人读《范滂传》，非常激动，子瞻接过母亲手中的书也读了。于是对母亲说："儿若为范滂，母亲可同意吗？"程夫人说："你能做范滂，我也就能做范母。"以后苏轼为官，笃于操守，虽受到小人的逸毁，几次遭受谪迁流徙，然不改初衷，正是继承了范滂那样的气节。苏轼早期读诗，倾心杜甫，中年曾喜刘禹锡、白居易诗，五十多岁之后，远窜惠州、儋州，这时最喜陶渊明。一百多首陶诗，他都一一和过。陶诗恬淡、真纯，不杂尘杂，讲真情话；在做人方面，则不为五斗米折腰。苏轼景慕陶渊明之诗之为人，说明他在人生观方面，受到陶渊明的影响很大，所以作者用重笔为之点明。

这首小诗，王士禛《渔洋诗话》曾提到，说是龚鼎孳极为激赏，以为二十字说尽东坡一生。但是也有人以为此诗四句，都用黄庭坚语（庭坚《赞子瞻真》有"堂堂子瞻，出于峨眉"之语，其《跋子瞻和陶诗》又有"饱吃惠州饭，细和渊明诗"之句），不免撷拾他人陈言。其实此诗乃直抒所感，前半语意重于山谷，后半在意境方面又明显与山谷不同，不得因"有人见到满天星斗，别人就不能道珠斗斑烂"也。

（马祖熙　潘同寿）

钱秉镫

钱秉镫（1612—1693），牛幼光，号田间，后改名澄之，字饮光，安徽桐城人。南明桂王时，授庶吉士，官至编修、知制诰。明亡后一度削发为僧，名幻光。后流寓苏州，专心著述。通经学。其诗擅白描，风格平淡，五言得陶潜神髓。部分作品表现出眷怀明室的感情，对清廷官吏的残暴多所揭露。有《田间集》《藏山阁稿》等。

（项纯文）

田园杂诗

（十七首选一）

人生会有尽，行止非自由。

止亦不可趣，行亦不可留。

如何柴桑叟，汲汲为此忧。

终年痛饮酒，冀以忘其愁。

吾身听物化，化及事则休。

当其未化时，焉能弃所谋？

有子亦须教，有田亦望收。

天心与人事，何息不周流？

我不离世间，而愿与天游。

焉能外亲戚，视之同聚沤？

乃知黄老书，不如孔与周。

这是《田园杂诗》十七首的最后一首。秉镫为南明旧臣，曾在福建、广东参加抗清斗争，后退归家乡，避世隐居。这组诗就是写于此时，本首是写归田后自己的生活与心境。

起首四句，写自己对人生行止的总体认识：人生在世，总有终结的时候，有行即有止，有生就有死，这是不能由自己的意志决定的。这种认识，接触到了生命的运动规律，贵在作者并非由此生出"人生短暂，万事如烟"的怅惘与叹息，其间透露的倒是一种理智的冷静与平和，一种旷达的把握了本质后的心境自由。

下面四句批评陶渊明对人生认识不透彻，常常为生死问题焦灼、忧虑，并且终年饮酒，借以排解。自然，这里对陶渊明的批评并不全面、中肯，但陶集中确实有大量的饮酒诗，也确实有一些诗是所谓的借酒浇愁的。作者说陶渊明那样做太勉强了，"冀以忘其愁"倒会陷入更深的矛盾和痛苦中。这里是借陶渊明来反衬自己的乐天顺命。下面作者就叙说自己的生活态度：

听任物化，生命终结就终结，不忧不惧，从从容容地走完生命的历程。要做的事一件件地去做，也不放弃自己的责任和努力。儿子嘛，须好好教育；田地嘛，好好耕种，望有个好收成。这种职责是赋予我生命的上天的旨意（"天心"），也是作为有生命的我应当尽到的义务（"人事"），这二者是时时刻刻互相交融（"周流"）互相联系的。因此，我不愿离开人世，超然物外，而愿意在尽人事中以尽天意，哪能随便地离弃自己的亲人戚属，把他们、把自己、把人生都看作旋聚旋散的小水泡（"聚沤"）呢？这些话说得既超脱又平实，既不汲汲于生命之忧，又实实在在尽为人的责任，真是对人生的一种极为透彻的参悟。

末两句说由此看来，道家出世的主张比不上儒家入世的主张，道家的那种外人事、外亲戚的说教是与人的情性相悖的，儒家的将伦常日用与天命人生结合起来的学说是亲切有味的。这是他从生活体验中得出的结论。按秉镫在退归家乡前曾一度为僧，这些感慨是他对生活再认识后的肺腑之言。

本诗表现了作者乐天随顺的旷达胸襟与积极用世的人生态度，是历经沧桑后的感怀之作，显得体味深切。

诗中对陶渊明似有微词，其实这是古人常用的"尊题"笔法，借以反形而已。在许多诗作中，可以看出作者对陶渊明是十分倾慕的，诗风亦近似陶渊明，这首诗不仅词句甚至神理都让人感觉到陶诗的影响。

（项纯文）

遇曾庭闻芜阴市上

自著方袍万恨平，穷途遇尔转伤情。

我从岭外经年至，君向江南何处行。

瓢笠喜无乡里识，须眉犹使故人惊。

相持莫便当街哭，为到郊原一放声。

此诗当是作者由岭南回归故乡途中所作。芜阴，即芜湖。曾庭闻，名畹，本江西宁都人，其父应遴是明朝太常卿。庭闻曾随父从军，奔走闽越关陇，后遂寄居宁夏。他虽于顺治十一年（1654）应清廷科举，但从思想感情上说，还是属于明遗民。这首诗抒写了两位遗民穷途相遇的悲痛心情。

作者在岭南曾一度为僧，起句即以此事入题。他说：自从穿上僧衣后万恨平息了，但在这艰窘时遇上了你，又使我伤心。可见他说"万恨平"只是一种假象，"著方袍"也只是一种掩饰，遇上志同道合的朋友，国破家亡之恨又迸涌而出了。起句"万恨平"，次句"转伤情"，这是一种衬托、递进关系，更见出伤情的深重。《景德传灯录》载慧忠禅师偈语有"多年尘事谩腾腾，虽着方袍未是僧"，这里也可能暗用了这两句的语意。首联入题写"遇"，次联为问讯，先介绍自己的行踪，后询问友人的行止。一从岭外归，一从西北回，自己家庭情况如何，不得而知，友人已落籍宁夏，到江南已成他乡之客，都可以说是"天涯沦落人"了。

颈联补叙流亡经历。"瓢笠喜无乡里识"，谓己一瓢一笠，云游方外，乡人都不认识自己了。"须眉犹使故人惊"，谓曾"庭闻负才气而坎坷风尘之间"（杨希闵《乡诗摭谭》），艰难困苦可想而知，但英豪之气还未消磨。出句"喜"而见悲，对句"惊"而见壮，"须眉"这"颊上三毫"直为点睛传神的妙笔。尾联归结到亡国之恨。两人在这街中不便抱头痛哭，且到郊外大哭一场吧。这见出他们对明朝的无比怀念、无比忠悃，又体现了在清廷高压政策下遗民处境的险恶，益见其可悲可悯。尾联化用杜甫于沦陷的长安所写的《哀王孙》"不敢长语临交衢，且为王孙立斯须"、《哀江头》"少陵野老吞声哭，春日潜行曲江曲"诗意，心境亦复相类。尾联极言心情的沉痛，与首联"遇尔转伤情"相照应。

此诗所抒写的情感，可以借用张煌言"国破家亡欲何之"（《题岳飞墓》）这句诗来概括，诗将个人的流亡与明室的颠覆结合在一起，个人命运之悲恨也就是亡国之悲恨，写得极为沉痛感人。诗为律体，结构自是谨严，但运以叙事之笔，前三联又是主客对举，以谈话语气出之，使人读来觉得自然流畅。就中还化用了不少前人的诗语，丰富了诗的内涵，而"用事又不使人觉"，颇见功力。

附带提一下，曾庭闻此次江南之行，可能也会见了施闰章。施集中有《送曾庭闻》一诗，云："百斗何辞醉，良朋万里来。家声重庐岳，客路过轮台。泪积边城苦，诗兼鼓角哀。即今犹战斗，分手一徘徊。"诗意亦有与钱诗相发明之处。

（项纯文）

扬州访汪辰初

（二首）

关桥乍泊旋相访，问遍扬州识者疏。
市井草深寻巷入，江城花满闭门居。
僮惊客到饶蛮语，箧付儿收只《汉书》。
我过七旬君逾八，笑啼同是再生余。

犹忆城隅访旧年，孤踪早上汉阳船。
一家局促三间屋，廿载崎岖万里天。
笔墨资生何处卖？艰危纪事异时传。
白头相见留深坐，又损瓶中籴米钱。

　　汪辰初，扬州人，抗清义士，曾在福建、广东、云南的南明政权中任过职。在福建、广东时作者曾与他同事，交谊很深。据作者《汪辰初文集序》，这两首诗是写于康熙二十二年（1083）春，作者对他的一次访问后。

　　第一首写此次"相访"。"关桥"，指扬州水城门桥。作者一到扬州，旅舟乍泊即往访辰初，足见故人之情深笃。"问遍扬州识者疏"，见出寻访不易。从下首知作者曾经来过，知其住处（"城隅"），而此次颇费访寻，因其又迁他处。"市井草深寻巷入，江城花满闭门居。"原来他已迁到僻巷中。可见辰初在此有意避世，断绝交游，作为南明旧臣，他这样做，显然有不忘先朝，故意隐退的意思。"草深""花满"，既写春景，又隐约有"朱雀桥边野草花"那样的市朝变化之叹。"僮惊客到饶蛮语，箧付儿收只《汉书》。"这是作者访到时的情形。僮，是辰初的仆人，他的话语中多南音。按辰初在云南滞留十余年方归，此僮当为南人。"僮惊客到"，可见平时少有人往访，故曰"惊"。不泛言其读书，特言《汉书》，因为《汉书》载汉兴、征战之事颇多，古来常为关心国事或不遇时的志士所喜读，辰初读此显然有一番寄托。故这两句虽为寻常见闻，然分明以"南音""《汉书》"，寄寓了对故明的怀念。"市井"二句，写实中寓感慨：故人甘隐深巷、蓬蒿、见出他的志节；"市井草深""花满"，又见出兵乱后扬州的荒废。末联写出相见后的情景，两位七十、八十的老人，两朝遭际，一时相逢，同是劫后余生，怎不笑啼相伴，悲喜交集！

老友相逢，自然少不了话旧，第二首即写这方面内容。又妙在不是从头叙起，而是先写上次来访。"犹忆城隅访旧年，孤踪早上汉阳船。"上次来访何时？未明言，大概是辰初由云南归来之初，作者先辰初十余年自岭南归，二人也是长期未见了。可是那次访问未能见面，辰初孤身一人上汉阳去了，"早上"的"早"见出遗憾。"孤踪"上汉阳何为？大概为了谋生。"一家局促三间屋，廿载崎岖万里天。"前句写老友归来时的窘境。《汪辰初文集序》就写汪归来后"里中故物俱尽，僦（租）屋以居。"这是当时访问时所见。后句是当时所想：二十年奔走岭南、云南，历经多少坎坷，行程何啻万里。插入此句又收归话旧，从上次来访上推到共事南中时。"笔墨资生何处卖？艰危纪事异时传。"上句是说：这些年来友人是靠卖文生活。问"何处卖"，又与第二句"上汉阳"联系起来。下句是说，在艰难危窘的日子里，友人还在著述。"纪事"，当是杂史、笔记一类著作，很可能汪辰初有记述南明史实的著述，这又跟上首的"汉书"、此首的"万里天"联系起来。在似乎平平叙述中暗运错综之笔，读时不可忽略。最后两句又归结在眼前——此次相见："白头相见留深坐，又损瓶中籴米钱。"这两句写得情深意悲。按作者与辰初是别后三十五年再见，昔为壮年，今已暮齿。白头相对，忆旧语今，这里有多少沧桑之感！友人以买米钱沽酒招待，既见其情深，又见其生活的困窘，遗民之悲，亡国之痛，于此可见。

此二诗写出访客与主人之间诚挚深厚的友情，这种友情因有共同的患难与共同的遭际做基础，又有共同的亡国之痛做维系，因之显得特别深切，浸透在字里行间的是一种垂老遗民的苍凉的悲怆。手法上也很有特色，把万千感慨融在平淡白描的笔墨中。尤以二诗之间的连接为妙，汪启东《山泾草堂诗话》云："第一首迤逦写来，收到相见，'访'字意已足。次首颇难着笔，若再铺叙见后情形，究属平行。却从昔年说入，一结方到本题，空灵活泼，化堆垛为烟云，此法得自杜陵。"

（项纯文）

归 庄

归庄（1613—1673），一名祚明，字尔礼，又字玄恭，号恒轩，昆山（今属江苏）人。归有光曾孙。与顾炎武友善，有"归奇顾怪"之目。明末复社成员。曾参加昆山抗清斗争，失败后一度改僧装亡命，称普明头陀。能书画。诗写家国之难，意酸词苦，而登临游览之作，则神气飞腾。所作《恒轩集》等，多散佚。有今人辑本《归庄集》。　　　　　　　　　　　　　　　（赵永纪）

赠唐祖命中翰

一自宗周九鼎沦，天涯飘泊有遗臣。

心悲旧日宫廷事，眼识当今草泽人。

谢朓山头常醉月，谪仙楼上漫游春。

凤池久已生秋草，羁旅犹应入梦频。

　　这是一首赠友的七言律诗。唐祖命，字允甲，宣城（今属安徽）人，明亡后，流寓姑苏（今江苏苏州）一带，与作者交往颇密。唐祖命在明朝中曾任中书舍人，故称为中翰。

　　这首诗描写了明亡之后唐祖命的生活，表现了他忠于故国的节操。开头二句谓明朝灭亡之后，他就开始到处漂泊。"宗周"，指受诸侯宗仰的周王朝。"九鼎"，是古代象征着国家政权的传国之宝。周显王四十二年（前327）九鼎没于泗水彭城下。这里显然是借指

540

明王朝的覆灭。三、四句谓唐祖命不忘故国旧事，所以和结交者皆为前朝遗民。"草泽"，指在野未仕之人，这里指作者和其他遗民。五、六句写唐祖命的放浪山水，借酒浇愁。谢朓是南朝著名的诗人，曾任宣城太守，是描写山水的能手；谪仙指唐朝大诗人李白，旧时酒家常挂有"太白遗风"字样的幌子，不少地方都有以"谪仙楼"为名的酒家。两句写唐祖命在亡国之后，悲痛莫名，经常酩酊大醉，以排遣胸中的悲愤之情。最后两句写唐祖命在梦中还思念着故国。"凤池"，又称凤凰池，是禁苑中池沼。魏晋南北朝时设中书省于禁苑，掌管机要，故称中书省为凤凰池。唐祖命曾为中书舍人，所以以凤凰池指他在明朝时办公的地方。而随着明朝的灭亡，那地方也早已荒草遍地了。

　　全诗每一句都围绕着唐祖命亡国哀思的主题。唐祖命的漂泊、交友、"常醉"、"漫游"，乃至做梦，都表现了他对亡明的深沉思念，这种思念又体现出他不臣服于清廷统治者的民族节操。

　　酬赠诗易于空泛。这首诗由于充满了感情，并且处处切合所赠之友的身份、行事，所以就避免了空泛的毛病。　　　　　　　（赵永纪）

己丑元日

四年绝域度新正，此夕空将两目瞠。

天下兴亡凭撲策，一身进退类悬旌。

商君法令牛毛细，王莽征徭鱼尾赪。

不信江南百万户，锄耰只向陇头耕。

这是一首抒情的七言律诗，作于清顺治六年（1649）。开头两句扣紧题目，点明作诗的时间。顺治二年，清兵打过长江，灭了南明弘光朝。从此江南一带归入清廷的统治，到乙丑年已经四个年头了。新年到来之际，更激起了作者的亡国之痛。三、四两句描写了当时的时局形势。虽然清廷已统治了中国的大部分版图，但南明永历王朝仍在西南一带坚持着抗清斗争。撲策，指用蓍草卜卦，以占吉凶。这一句表明作者认为南明王朝仍有战胜清廷的希望。所谓"一身进退"，是指作者拿不定主意究竟去不去西南加入永历朝的抗清斗争。作者一生始终坚持民族气节，从来也没有臣服清廷的念头，所以"进退类悬旌"决不会是在明朝与清廷之间徘徊，而只是表现了自己播迁不宁的心情。五、六两句揭露清廷在江南的残暴统治，像商鞅那样法令严苛，特别是颁布了薙发令一类的赤裸裸的民族压迫法令；像王莽那样横征暴敛。鱼尾赪，是用《诗经·周南·

汝坟》中"鲂尾赪尾"之典，古人认为"鱼劳则尾赤"，用以揭露清廷的徭役繁重，使百姓疲于奔命。最后两句表明作者希望不堪忍受清廷残暴统治的江南人民，总有一天会拿起锄头当武器，进行反抗。

这首诗表现了作者反抗清廷统治的强烈感情，但又并不直率浅露，而是使用了富于感情色彩的词语、典故。第一句中的"绝域"，意思是极远的地域。这时作者住在家乡昆山，这里正是清廷统治的腹心地区，可见"绝域"显然是对远在西南边疆地区的南明永历朝而言，表明了作者不承认清廷统治者正统地位的鲜明态度。"瞠目"，则极言其胸中悲愤。五、六句中的商鞅、王莽，都是历史上实行严酷、残暴统治的典型。而最后一句中的"锄櫌"，又隐用贾谊《过秦论》中秦亡农民以"锄櫌白梃"起而反抗暴秦的故事。这样把清廷统治者比作商鞅、王莽、暴秦，自然而然地表明了作者对清廷统治者的强烈仇恨。

清兵打下南京、颁布薙发令之后，作者就曾组织昆山百姓，杀了降清的县令，武装抗击清兵。事败后他被迫流亡，但仍把抗清斗争的希望寄托在"江南百万户"即广大百姓身上，这比当时许多遗民只盼望南明王朝卷土重来的想法，要有见识得多。

(赵永纪)

顾炎武

顾炎武（1613—1682），初名绛，字忠清，清兵渡江以后改名炎武，字宁人，号亭林。江苏昆山人。明末清初的一位著名学者和启蒙思想家。著有《日知录》《天下郡国利病书》《肇域志》《音学五书》等，在经学、史学和音韵学等方面曾卓有贡献。同时他又是一位杰出的诗人，被视为清初遗民诗人的代表。他诗尚杜甫但又反对摹仿，富有爱国热情。有《亭林诗集》传世。　　　　　　（卢兴基）

秋山二首

秋山复秋山，秋雨连山殷。

昨日战江口，今日战山边。

已闻右甄溃，复见左拒残。

旌旗埋地中，梯冲舞城端。

一朝长平败，伏尸遍冈峦。

北去三百舸，舸舸好红颜。

吴江拥橐驼，鸣笳入燕关。

昔时鄜鄜人，犹在城南间。

公元 1645 年 2 月，清兵大举渡江，从此揭开了江南人民抗清斗争悲壮的一幕。这年作者三十三岁，写下了这二首题为《秋山》

的壮丽史诗。

　　清兵渡江，南京沦陷，仅维持了一年的弘光政权就覆灭了，但入侵者却遇到了江南人民激烈的抵抗。江阴弹丸之地，牵制了敌军二十余万兵力。围城三个月，城中兵尽粮绝才告失陷，牺牲的战士和惨遭杀戮的百姓为数达十七万。嘉定抗清，也坚持了两月余，城破以后被屠杀的百姓也达两万余人，这就是有名的"嘉定三屠"。顾炎武的家乡昆山，以及常熟、吴江等整个太湖地区也经历了激烈的战斗。江南抗清，作者是身历其境的参加者。战争从初夏至深秋，最后虽然失败了，但英勇悲壮、可歌可泣的事迹却永垂青史，也在诗人的脑海中留下了难忘的印象。

　　秋日是萧瑟的，绵绵秋雨，更增添了它的肃杀凄厉的气氛。这自然的景象，似乎就是诗人这时悲怆心情的体现。面对秋山秋雨，那不久前的战斗，反复的争夺，殊死的拼杀，随即又浮现在诗人面前。他在悲悼，在沉思，在追念。"甄"和"拒"都是指战斗的军阵，"已闻右甄溃，复见左拒残"，是写义军前仆后继，视死如归。"旌旗埋地中，梯冲舞城端"，写攻城者的进击和守城者与土地共存亡的坚守。前句作者有自注引《汉书·李陵传》故事，说李陵率军与匈奴作战，力尽援绝，"于是尽斩旌旗及珍宝埋地中"，以示破釜沉舟，决一死战的决心。两句诗运用历史典故把江南人民不屈的意志和视死如归的精神写得历历如在目前。"一朝"句后，写战争的结局。诗人先用两句诗写敌人的残酷和牺牲者的壮烈。"长平败"，是用战国时秦赵长平之战的一段历史故事。赵败，秦坑赵降卒四十万。这里借指清军的杀戮。然后，作者又用四句诗写胜利者如何掳掠妇女、劫夺财物，陷民于水火之中。用笔简炼，概括而生动，使读者看到，在与红颜女子被掳时的挣扎哭泣的同时，又见胜利者掳尽财物"鸣笳入燕关"的趾高气扬的神态。敌人胜利了，但斗争并未结束。诗的最后，作者又借用一段历史来鼓舞同胞，警告侵略者："昔时鄢郢人，犹在城南间。""鄢"（yān）是春秋战国时楚国的城邑。"郢"（yǐng）是楚都。楚顷襄王二十一年（前278），郢都被秦所破，但人民并未屈服。作者在诗后有一条注释引《战国策》说："鄢郢之大夫不欲为秦而在城南下者以百数。"是说郢都被破以后，楚国人心不屈，许多士大夫逃亡到齐国，聚集在临淄城下。当时流行的一句话是"楚虽三户，亡秦必楚"。后来秦末大乱，首先起义反秦灭秦的正是楚人，证实了这一预言。这结尾二句突兀而起，在沉重的悲伤中给人以振奋的力量。

诗写得悲壮激越，情调高亢而不哀伤。五言诗本来语句短促，加上诗中遣词造句不避重复，形成了繁密、急促的节奏，犹如紧密的鼓点，令全诗始终保持着战斗气氛。加上诗人以秋山秋雨的自然景象来衬托，就更显出诗的悲壮色彩。一些特征性词语，如"红颜""橐驼""鸣笳"，由于用得恰到好处，更起到了传神的作用。

（卢兴基）

秋山复秋水，秋花红未已。
烈风吹山冈，磷火来城市。
天狗下巫门，白虹属军垒。

可怜壮哉县，一旦生荆杞。

归元贤大夫，断脰良家子。

楚人固焚麋，庶几歆旧祀。

勾践栖山中，国人能致死。

叹息思古人，存亡自今始。

　　在这第二首里，作者进而侧重表现对于牺牲者的追念，所以同样的秋日，由秋风秋雨的凄厉转而突出"秋花红未已"的壮丽景象。那满山遍野、无边无际的一片红色，好像和诗人一样，在悼念着壮烈牺牲的战士。大地沉默，万籁俱寂，诗人无言的哀痛、强烈的悲愤，与大自然的景象交融在一起。

　　抒情诗的特点是表现主体的情感流程，并不严守时空逻辑。此诗名为"秋山"，虽然也表现诗人面对劫后大地的景观，但更重在抒主观之情。尤其是这里的一首。诗中出现的一些景象，是透过诗人的主观感受传达给读者的，所以表现出它鲜明的主观性，各句之间的跳跃性也很大，又常常是反时空的。"烈风吹山冈，磷火来城市"，从劲烈秋风的感受突然转到夜间磷火闪烁，只是两组意象的配合，是诗人强烈的悲愤之情的外化。磷火是尸骨暴野的产物，和秋风没有关系，是诗人的意识活动把它们联合起来的。下面二句就更是摆脱时空的："天狗下巫门，白虹属军垒"，这是战争的幻象，时间上也反拨了。它是上句"磷火"（尸横遍野，想到战况激烈）

激发起来的"意识流"。"天狗",星名。"巫门",苏州的一座城门,即今平门。前句以象征的手法喻侵略者带着灾难降临,后句气贯长虹的现象是赞扬反抗侵略的精神。可是随后又跳跃性地回到诗人面对的残破河山,但所写的"可怜壮哉县,一旦生荆杞"也是模糊的宏观景象。因为诗人不可能一下子扫视如此广漠的地区,"荆杞"事实上也未必很快就生长出来。但侵略的结果使繁华消失,从这一点看,它在艺术上又是真实的。接下四句是对牺牲者的默悼,歌颂他们视死如归的精神。据《左传》僖公三十三年,晋狄交战,晋大将先轸牺牲,"狄人归其元(头颅),面如生"。"脰"即颈项。顾炎武运用这一典故有赞扬将士英勇之意。下面"楚人"二句也是用《左传》的典故。定公五年吴楚交战,吴师占据了楚城麇(jūn),楚帅子期打算火攻,子西不同意,说城中还有楚军将士和百姓的尸骨暴露在野,同样也会被焚而享受不到祭祀了。子期驳斥说:"如果国亡了,还怎么能享受历来的祭祀呢!"这两句,一方面是对不怕牺牲精神的赞扬,另一方面也是对不能安葬的牺牲者英灵的抚慰。最后四句在叹息中号召人们继续战斗。春秋末年,吴灭越,越王勾践卧薪尝胆,励志复国。后来勾践从吴释放回来,住在会稽山中,十年生聚,十年教训,百姓都愿为他去效死,所以后来伐吴一举成功完成了复国大业。诗人认为今日也正是民族的存亡关头,也应学习勾践和越国百姓的效死精神。

这一首诗同样也是紧扣秋日的自然景象来写的,但突出在悼念死者,激励生者,表现出强烈的悲壮精神。前人评顾炎武诗兼有"风霜之气,松柏之质",是说他的诗体现着一种坚贞不屈的爱国民族气节。这里也充分地体现着这一特点。艺术上，前人又认为他的诗"词必古雅，事必精当"，是说他使事用典追求精确、恰当，语言质朴典雅。这首五古，诗人借景抒情，手法简炼精当。用了《左传》《国语》等古书上的典故，又极准确熨帖。古人作诗讲求词语要有来历，本诗中"天狗""白虹""归元""断脰"，并非生造，且"荆杞"一类形容战乱或灾后的景象的词，也是有依据的。"天狗""白虹""贤大夫""良家子"等词语又富有感情色彩。整首诗表现他的万千思绪和联翩浮想，不板滞，不拖沓，表现了他的深厚苍劲的风格。

（卢兴基）

酬王处士九日见怀之作

是日惊秋老，相望各一涯。

离怀销浊酒，愁眼见黄花。

天地存肝胆，江山阅鬓华。

多蒙千里讯，逐客已无家。

顺治十三年（1656），顾炎武四十四岁。他刚从陆恩事件中被营救出来，到南京钟山（蒋山）下定居。诗即写于这一年。诗题中的王处士，名炜，字雄石，安徽歙县人，是顾炎武在江南抗清时结识的朋友。"处士"是对无功名的读书人的称呼。这首诗是对王炜的一首赠诗的酬答。

明清易代，异族入主中原，带来一代民族的灾难。抗清失败以后，顾炎武离家飘泊，又在陆恩事件中遭到仇家的趁机迫害。这时王炜已离开江南，对顾炎武的遭遇深表同情。《赠宁人》有"我已无家不可论，逢君多难复吞声"寄意。这年重阳他又写了《秋日怀宁人道长》一诗赠顾炎武。所以顾诗题中"九日见怀之作"即指此诗里"是日惊秋老，相望各一涯"、"多蒙千里讯，逐客已无家"等句，表现了诗人的岁月流逝、天各一方的思念之情和个人的孤独之感。

九月九日重阳，在我国传统中有登高赏菊、怀念亲友的意义。这首诗的主题更进一步表达了他们天涯沦落，却存肝胆相照的友情，写得沉着深挚。秋天正是菊花盛开的季节，王的赠诗说："雪（xiá）水菰芦谁照影，蒋山风雨自深秋。"在蒋山的深秋风雨中，谁来安慰你孤寂的身影。又说："满眼黄花无限酒，不知元亮可销忧。"希望他像陶渊明（元亮）一样赏秋菊，饮醇酒，以旷达为怀。顾炎武答复说："离怀销浊酒，愁眼见黄花。"当今是在离别亲友中饮酒，在国破家亡的深愁中赏菊，满怀凄凉之情。在颔联中，以"离怀"与"愁眼"，"浊酒"与"黄花"相对，显得异常工致，句中"浊酒"与"离怀"交织，"黄花"与"愁眼"相配，按王国维《人间词话》的说法，还写出了一个"有我之境"。颈联"天地存肝胆，江山阅鬓华"，语言洗炼，又富有气势，使全诗的感情得到升华。

（卢兴基）

海 上

(四首选一)

日入空山海气侵，秋光千里自登临。

十年天地干戈老，四海苍生痛哭深。

水涌神山来白鸟，云浮仙阙见黄金。

此中何处无人世，只恐难酬烈士心。

　　1645 年 4 月，清兵渡江，南明弘光朝覆亡。六月，福州有唐王朱聿键即位；同时，张国维和张煌言在浙江绍兴又拥立鲁王朱以海为监国，另立政权。唐王遥授顾炎武为兵部职方司主事，并派人前来与他联络。顾炎武接受这一任命后，曾有过应召赴命的打算，但并未实现。不久浙江战事失利而退守舟山海上；福州方面的舟师也在沿海与清军作战，一时成为抗清复明的希望所在。七律《海上》四首写于 1646 年深秋，从内容上看，作者似曾有海上登山之行，是实地写景抒怀之作。此处所选的第一首，写法上，以登临空山，极目远眺为视角，写实与抒情融为一体。

　　"日入空山海气侵，秋光千里自登临。"诗人登高远眺，即目所见，是一派海天相连的开阔景象。接着，颔联又从回望大陆的角度来写："十年天地干戈老，四海苍生痛哭深。"他似乎看到了山河破碎的大陆和经历了十年战乱的百姓的痛苦……这并非实写，而是诗人宏观感知的凝炼，具有更高的艺术真实性。前句是受李贺《金铜仙人辞汉歌》"天若有情天亦老"用语的启发。"老"，既有时间之漫长，又有疲老的含义；"十年"则是一个约数。明末自李自成起义，外族入侵，连年战争，造成江山易主，苍生受难，自然也是诗人自己的经历，自己的感受，所以也是作者之情。颈联转视大海。海中有仙山，传说是神仙居住的地方。诗人似乎看到了那里有一派和平灿烂的景象，是令人向往的乐土。"白鸟"是象征祥瑞的鸟，仙宫是由黄金装饰的，金碧辉煌。中两联从人境写到仙境，寓有对比，是诗人痛苦中的寻觅和解脱，反映了他思想中的矛盾。但结尾仍表示"此中何处无人世，只恐难酬烈士心"，抒发了参加现实战斗的愿望。

这首诗写得悲歌慷慨，境界开阔，有一泻千里之感。诗人抒沧桑之痛、黍离之悲，但读来反觉令人振奋。此诗中间二联在工稳的对仗中，将眼前之景与自己的意识活动相结合，更富有诗的情韵。

（卢兴基）

精 卫

万事有不平，尔何空自苦。

长将一寸身，衔木到终古？

我愿平东海，身沉心不改。

大海无平期，我心无绝时。

呜呼！

君不见，西山衔木众鸟多，

鹊来燕去自成窠。

    "精卫"是我国古代神话中的鸟。据《山海经》说，它是炎帝少女因"游于东海，溺而不返"的精灵幻化而成的，于是她发誓要填平东海，"常衔西山之木石"，投于海中。这是一个寄托着人类奋斗不息的精神的美妙故事，顾炎武借它来表达自己恢复河山、驱除敌寇的不屈意志。

    诗作于1647年，作者三十五岁。时距清兵入关已三年。当时，江南的抗清已经失败，原明朝辖有的大部分国土已沦入清军之手，虽然沿海和西南等地还有明军残余力量的抵抗，但大部分地方的斗争已渐次失败。面对这一局面，诗人欲以一介书生而完成恢复河山的大业，似乎已不可能。但是，在我国民族的精神传统中，这是一个气节的问题。所以诗人写下此诗，表示要像精卫一样，不屈不挠地奋斗下去。

全诗由三部分组成，"呜呼"前八句为两部分，采用一问一答式。首四句用设问的方式向精卫提出："万事有不平，尔何空自苦?"这一问题的提出，有其现实的意义。事实上，在当时形势下，已有不少"读圣贤书，知圣贤礼"的读书人苟且偷生，退出抗清事业，甚至腆颜事敌了。在他们看来，像顾炎武这样誓不出仕新朝的行为，已显得可叹可笑。"长将一寸身，衔木到终古"，力量和目的之间的巨细对比是如此悬殊，在他们看来简直是虚妄可笑。因此，下面四句作者借精卫之口作了回答。回答的四句又两句一组，反复重叠，表现出一种大无畏的义无反顾的精神。"呜呼"以后，诗人以感叹的方式微妙地讽刺了那些只为苟且偷生、置国家民族利益于不顾的私利小人。"西山衔木众鸟多，鹊来燕去自成窠"，从讽刺、批评中，对比出精卫衔木精神之伟大。

借物咏志，是古诗中常见的。顾炎武也曾以这一形式写过咏鹤（《赋得老鹤万里心》）、咏橘（《颜神山中见橘》）等多首，托物寄兴，表达自己的情志。这里，诗人借古代神话中的精卫鸟来抒作者爱国之情和奋斗不懈的意志，恰切而淋漓尽致。全诗句式错落，语言通俗质朴，形式活泼，一问一答的方式，又显得玲珑精巧，在顾诗中别具特色。

（卢兴基）

汾州祭吴潘二节士

露下空林百草残，临风有恸奠椒兰。

韭溪血化幽泉碧，蒿里魂归白日寒。

一代文章亡左马，千秋仁义在吴潘。

巫招《虞殡》俱零落，欲访遗书远道难。

清朝掀起文字狱，是为了镇压读书人的反抗，巩固它的统治。康熙二年（1663）的"明史案"，是清朝第一个大规模的文字狱，受牵连而死的，达七十余人。诗中所说的吴（吴炎）、潘（潘柽章）就是其中的二人。

吴、潘二人是顾炎武在江南时期的朋友，明朝的诸生，年齿较顾为小。二人遇难，作者是案发当年在山西汾州知道的。这时已是深秋，凄厉的北风，吹得大地一片萧瑟。"露下空林百草残，临风有恸奠椒兰"。前句尽管脱胎于楚辞《九辩》"白露既下百草兮"句，但也是诗人对万物凋零的秋景的真实写照，并和他对于文字狱恐怖时代的心情交汇在一起了。他用芳香的椒兰远祭蒙难而死的朋友，此情此景当然更是感怀悲痛。

中间二联中，"韭溪"指韭溪草堂，是潘柽章在吴江的读书之处。顾炎武和吴、潘等曾在这里组织惊隐诗社唱酬赋咏。上联"幽泉碧"是用周朝大夫苌弘被冤而死，血化为碧玉的典故。"蒿里"是古代的挽歌，也指埋葬死者之处。"白日寒"出唐赵征明《挽歌词》"寒日蒿上明"句，用以烘染"蒿里魂归"。这两句是为"二节士"呼冤之语，也是祭告之词。下联二句用左丘明（传为《左传》作者）和司马迁二位大史学家与吴、潘对举，隐然以吴、潘比左、马，因为吴、潘二人酷好史学，并曾有编撰明史的打算。而随着他们的身遭杀戮，其一代文章已不可能成就，可是名垂千古的仁义精神仍永存人间。按后一句也是作者巧用了《宋书》的一个典故。该书《孝义传》载王韶之《赠潘综吴逵诗》恰有"仁义伊在？惟吴惟潘"的诗句。作者巧用在此。

尾联上句的"巫"是古代的巫师，名巫阳。楚辞《招魂》："帝告巫阳曰：'……魂魄易散，汝筮予之。'"《虞殡》为古代的一首挽歌，作者有自注引《左传》哀公十一年："公孙夏命其徒歌《虞殡》。"二句说《虞殡》曲已零落不传，我已无法借以表达对二位的哀思，吴、潘遗留下来的珍贵史料（按潘柽章为撰明史曾收藏、积累有大量的书籍和文献史料），因道远也无法去访求保存了。二句诗充满了作者的思念与憾恨之情。

吴、潘之死，代表了一代民族的灾难。诗人运用情景交融的手法抒写郁积内心的哀痛，其中有友情，更充满国破家亡之慨。这种强烈的感情几乎渗透在他这首诗作的每一句、每一词中，因而读来深沉感人。其次，从诗中看出，由于作者读书多，知识渊博，故而善于用典，而且也极熨帖巧妙，这也是形成他的作品的"词必古雅"的原因之一，但读来却并不艰涩，且能令诗意更为深厚而耐人寻味。如借苌弘化碧典，实际是赞吴、潘的正气凛然；用左、马比之，实为赞其道德学问的可钦敬。顾炎武的诗密致深厚，于此可见一斑。

（卢兴基）

宋琬

宋琬（1614—1674），字玉叔，号荔裳，山东莱阳人。顺治四年（1647）进士，累官至浙江按察使。后无辜系狱，几遭不测。获释后，流寓吴、越。晚年投牒自讼，得补四川按察使。宋琬诗风雄劲，多悲凉激楚之音。在清初颇负盛名，与施闰章并称"南施北宋"。也工词，词风清新雄浑，有《安雅堂全集》传世。

（马祖熙）

悲落叶

悲落叶，落叶纷相接。

无复语流莺，飘摇舞黄蝶。

朝如繁华之佳人，夕若蘼芜之弃妾。

因风起，从风飞。

放臣羁客那忍见，攀条揽扼空沾衣。

徘徊绕故枝，柯干长乖违。

凛凛岁云暮，此去将安归？

悲落叶，伤心胸，

愿因征鸟翼，吹我到乡中。

此诗为康熙元年壬寅（1662）狱中之作。诗前有序云："余览北魏有萧琮《听钟鸣》《悲落叶》二篇，词甚凄惋。彼以贵藩播越，不失显胧，然尚内不自得，有忧生飘泊之嗟。矧余羁囚，日与法史为伍，每当宵箭将终，晨钟发响，凄戾之音，心飞魂慄。讵必听猿而涕下，闻琴而累欷哉！岁时晼晚，庭树萎然，爰效其体，以识余之愤懑焉。"萧琮，字世谦。梁武帝第二子，封豫章王。镇彭城时，奔北魏。历官司徒、太尉，娶魏寿阳公主，位仍显贵。"显胧"，指高官厚禄。萧综因飘泊异国而有《听钟鸣》《悲落叶》之作。作者身陷大狱，徬徨悲苦，所以也作这两篇。这里选录《悲落叶》一篇，其措词之凄哀，实有过于萧综的原作。

这篇诗以感念身世、忧伤飘泊为主题，借落叶之凋零，以喻自己不幸的遭际。全诗可分三小节。第一小节六句：作者面对飘零的落叶，直接起兴抒怀，为落叶深致哀叹。诗句是说：可悲啊！院子里的树叶，一阵接一阵地纷纷凋落了。它们将再也听不到流莺的言语，却像黄蝶那样飘摇飞舞。记得当春天的时候，它们也曾迎风舒翠，绿荫浓密。曾几何时，西风凄紧，繁霜肆虐，它们再不能留恋母枝，便一齐飘落了。作者用"朝如繁华之佳人，夕如蘼芜之弃妾"，作出深沉而又形象的比喻。落叶早上还似繁华的佳人，晚上就成为"蘼芜弃妾"了。"朝""夕"两字极言时间变化之速。"蘼芜弃妾"本指《古诗》"上山采蘼芜"篇中那位被丈夫遗弃而又不忘故夫的妇女，作者在诗里用"繁华佳人"与"蘼芜弃妾"作今昔鲜明的对比，显示树叶荣盛和衰谢的两种不同命运，用语非常恰切，更寄寓着荣华难保的悲辛。

第二小节"因风起"以下八句，作者从自身的角度，展示此时见到落叶所引起的内心怆恻之情。"因风起,从风飞"说明落叶飘零的遭境,乃是因"风"之吹,由"风"的摆布而起。"风"是一种促使落叶飘零的外力。这和"放臣羁客"之遭受政治力量的无辜摧残,极为相似。因此"放臣羁客那忍见"两句,实际上已逗出了落叶的象征意义。作者攀条涕泣,揽扼兴悲,所悲的不只是落叶,更在于悲哀自己以无辜而陷身于冤狱之中。"徘徊绕故枝"诸句,既为落叶抒悲,也是抒吐自己此刻的哀抑和伤感。后两句更把这种哀恻的感情引向高潮。岁已云暮,前路茫茫,未来的归宿不堪设想,凛凛悲怀,何能自已。

第三小节四句,由"悲落叶"及自悲的心绪,归结到自己当前唯一的愿望是:"愿因征鸟翼,吹我到乡中。"因其蒙受狱案,冤酷极深,在狱逾年,倘得借"征鸟之翼",得生还家乡,为草野小民,即已非常幸运。"征鸟"一词亦有所指,作者壬寅狱事,"系缧并及妻孥,拘捕不遗僮仆",廷臣明知其冤而不敢援手,唯浙江巡抚蒋国柱力陈其冤,致免遭刑戮,"征鸟"一语,正是指蒋国柱的营救,非泛泛之词。再则清初刑狱,凡涉及"谋逆",得幸免者极少,刑部主谳者即确知其人之无辜,也决不轻易释放,能免遭不测,已属万幸。作者被逮捕,乃因族子一炳以"谋逆"告密,所以此诗结句"吹我到乡中",措词也是经过慎择的。

(马祖熙)

舟中见猎犬有感

（五首选一）

秋水芦花一片明，难同鹰隼共功名。

樯边饱饭垂头睡，也似英雄髀肉生。

　　作者自康熙二年癸卯（1663）十一月出狱之后，流寓吴越一带，长达八年之久。在长期飘泊的生活中，痛感岁月如流，功业未建，英雄易老，在一次舟行当中，偶见舟中猎犬于饱饭之后，颓然依樯而卧，得不到出猎机会，因而触景伤怀，作诗示慨。原诗共有五首，这里选录的是第二首。

　　诗的前二句径写猎犬：深秋的水乡，芦花秋水，一派通明。猎犬栖身舟中，自然难和鹰隼一齐角逐，共同猎取野物，显出自己的本领。这好比英雄无用武之地，也就谈不上取得勋名了。后两句感叹猎犬在船上饱食之后，只有垂头偃卧在桅杆边上，当年在猎场上奔驰的英气，显然是全被消磨了。因而也就像英雄那样有"髀肉复生"之感。"髀肉复生"用刘备故事，据《三国志·蜀先主传》注引《九州春秋》："（刘备）尝于（刘）表坐起至厕，见髀肉复生，慨然流涕。还坐，表怪问备，备曰：'吾常身不离鞍，髀肉皆消，今不复骑，髀里生肉，日月若驰，老将至矣，而功业未建，是以悲耳！'"这个典故，后世常用为自慨久处安逸，壮志渐消，不能有所作为之词。作者因中年以后迭遭变故，仕途坎坷，尤以壬寅（1662）冤狱，最为惨酷，后虽幸而获释，而长期投闲置散，其遭境竟和猎犬相似，自然也有髀肉复生的伤感。诗句中写的是猎犬的处境，其实也是自喻，为猎犬舒悲也为自己舒悲，可见悲慨之深。

（马祖熙）

龚鼎孳

龚鼎孳（1615—1673），字孝升，号芝麓，安徽合肥人。崇祯七年（1634）进士，官蕲水令，擢兵科给事中。入清，累官至礼部尚书，谥端毅。龚鼎孳在清初与钱谦益、吴伟业齐名，并称"江左三大家"。他才气纵横，下笔千言，不假思索，诗词文俱工，诗尤遒丽，深得清世祖赏识。然藻采有余，骨力不足，非钱、吴之匹。他身任枢要，惜才爱士，调护奖进，不遗余力，以此为士类所归，著称于时。有《定山堂集》《香严词》。

(李学颖)

岁 暮 行

天寒鼓柁生悲风，残年白头高浪中。

地经江徼饱焚掠，夜夜防贼弯长弓。

荒村哀哀寡妇哭，山田瘦尽无耕农。

男逃女窜迫兵火，千墟万落仓箱空。

昨夜少府下急牒，军兴无计宽蜚鸿。

新粮旧税同立限，入不及格书驽庸。

有司累累罪贬削，缗钱难铸山非铜。

朝廷宽大重生息，群公固合哀愚蒙。

揭竿扶杖尽赤子，休兵薄敛恩须终。

这是龚鼎孳所写的少数反映人民疾苦的诗篇之一，从内容分析，以写于崇祯七年（1634）末至十三年（1640）作者任湖北蕲水县令期间的可能性为大。明末政治腐败，官吏贪残，战乱频仍，朝廷为了镇压农民起义，加倍横征暴敛，哀鸿遍野，民不聊生。作者时年在二十至二十六岁之间，初登仕途，还一心想做个好官，做出政绩，从诗中可以看出他还保持着青年书生的锐气和可贵的正义感。

全诗可分三段。起句至"千墟万落仓箱空"为第一段，写百姓水深火热的苦况。气候严寒，时届岁暮，而江上则大风高浪之中，冒着生命危险驾船的是白发老翁，山村则田地因无人耕种而荒芜，听到的只有寡妇的哀哭。言下这里已经没有作为主要劳动力的青壮年男子了。这样凄凉残破的局面是怎样造成的呢？蕲水属黄州，地处江徽，是战略争夺的冲要地区，"贼"与官军连年在这里进行着拉锯战，《明史》中就屡有"流寇""走蕲黄"的记载。这里所谓的"贼"，即指小股的农民起义军。作者从地方官的角度，可以组织民众防"贼"，却无法防那些借剿"贼"作战而烧杀掠夺尤甚于"贼"的官军。官军所过，千村万落男逃女窜，贮存的一点救命粮全被焚掠一空，绝了老百姓的活路。只要看看当时那"贼来如梳，兵来如篦"的民谣，便知道作者所言皆实。

"昨夜少府下急牒"至"缗钱难铸山非铜"为第二段，叙述地方官也即作者自己的难处。"少府"，秦时官名，掌税收，这里借指中央主管财赋的部门。"急牒"，紧急文书。朝廷征集财赋以供军事所需，称为军兴法，没有宽免余地。"蠛鸿"，是一种小飞虫，比喻微贱的百姓。作者这时心情是十分矛盾的，他同情饱经焚掠，仓箱皆空，再也经受不起敲剥压榨的老弱妇孺，但如不能在限期内如数完成原有的和新增的税额，他这个县令就会被定为不称职的无能之辈，已经有多少地方官吏因此得罪，遭到削籍甚至流放的处分了。左右为难，他恨不得境内的山变成铜山，以便铸钱完税，然而这只能是想入非非罢了！

"朝廷宽大重生息"至末句为第三段，作者呼吁当权者们发点慈悲，停止用兵，减轻赋税，有始有终地贯彻落实朝廷的宽大恩典，因为"揭竿而起"（见《史记》）的"贼"也和"植杖而耘"（见《论语》）的"民"一样，都是国家的好百姓啊！

这首诗以清醒的头脑，真挚的感情，如实反映了人民的悲惨处境，借"群公"指斥朝廷，揭露那些"宽大"恩诏的虚伪性，是需要有点胆略的。特别值得指出的是"揭竿扶杖尽赤子"，表明了他对起义农民的根本态度，成为他后来在北京曾归降李自成大顺政权的思想基础。

龚鼎孳诗学杜甫，赋诗往往用杜韵，有人问他，他回答道："无他，只是捆了好打耳。"这首诗就用的是杜甫《岁晏行》原韵，却写得流畅自然，毫无拘束牵强的痕迹。诗用赋体，冲口直白，不用故实，尤觉剀切感人。

（李学颖）

游七星岩

高城春霭动群峦，斗气平惊积翠干。

菡萏浮天青七叶，龙螭蹴铁劲千盘。

斜飞珠阁苍林拥，细拂云帘碧乳寒。

花月炎蒸偏五岭，乍来阴洞逼秋看。

此诗作于顺治十四年（1657）正月，龚鼎孳时年四十七岁。他在上年两次被贬官，从都察院左都御史的要职一下降为一个小小的上林苑蕃育署丞，被派去广东颁布诏旨，于年底到达广州。当时恰值他的好友、诗人曹溶任广东左布政使，极尽地主之谊，招待他游览了多处名胜，吟咏唱和，留下了不少为山水增色的奇丽诗篇。七星岩在肇庆府治高要城北沥湖中，七峰嶙峋峭拔，离立错落，布列如北斗七星，故名。作者在广州度岁后即往游，有七律四首，这是第一首。

游览诗向来讲究"情景交融"，此诗却单纯写景。作者方在重贬之中，胸中难免抑郁之气，又不便发泄，于是借景移情，只以欣赏的目光，随登临之所至，写下自己美的感受，而岭南风光已自然而然地呈现在读者面前。"斗气平惊""菡萏浮天"，写出了七星岩巉削突兀的气势，这正是南国的山，与雄伟浑郁的北方山岭截然不同。作者运用"动""惊""浮""蹴""飞""拂"等字，为静态的景物增添了一层想象的色彩，顿时活动了起来，把题中的"游"字扣得极紧。全诗以青绿苍翠为底色，衬托着岩壁立铁，珠阁飞丹，云帘垂玉，再抹上一层淡淡的春霭，勾画出绚丽生动的岭南早春图。

颔联堪称警句。自下遥瞩，诸岩参差的峰尖，仿佛七朵怒放的莲花浮在天际；登高俯视，山径从苍黑的崖石间盘曲而上，仿佛一条蜿蜒的蛟龙踏开铁壁。一个"青"字，上与"积翠"映照，下与"苍林"呼应，细密之处，俱见匠心。

尾联化用杜诗"花月穷游宴，炎天避郁蒸"（《赠特进汝阳王》)。"阴洞"指阆风岩下的钟鼓洞，钟乳下垂若帐幔。游洞时已在下岩途中，即与第二首游湖"南溟一壑荡珠光"相衔接，路线清晰。新春之际，一日之中，忽而炎蒸，忽而阴寒，虽是写实，而宦途多变，世态炎凉，似也含于有意无意之间，待读者自己去体味了。

（李学颖）

赠歌者南归

（十四首选一）

长恨飘零入洛身，相看憔悴掩罗巾。

后庭花落肠应断，也是陈宫失路人。

　　此诗作于顺治十一年（1654），龚鼎孳时年四十岁，在太常寺少卿任。题中"歌者"，名王紫稼，人称王郎，是明末清初江南著名的歌伶。顺治八年，年已三十左右，进京投靠龚鼎孳，钱谦益曾写绝句十四首赠行，此时南归，鼎孳亦次钱韵作十四绝句以送之，这是第八首。

　　王郎在京期间，红极一时，著名诗人吴梅村为作《王郎曲》，有云："五陵侠少豪华子，甘心欲为王郎死。"可见声名之盛。而作者此诗，却写出了王郎鲜为人知的另一面。

　　诗的前二句，实写王郎，以"恨"字绾起全篇。洛阳为西晋都城。陆机是东吴世家，西晋灭吴，十年后，与弟云俱入洛。用这个典故，可见王郎之恨，是亡国的悲哀。飘零入洛，绝非得已。而"长恨"，而掩泪，更见其忧思之经常。后二句虚写，是作者由对王郎的了解而发出的感慨。南朝陈后主制艳曲《玉树后庭花》，历来称为亡国之音，杜牧有"商女不知亡国恨，隔江犹唱后庭花"（《泊秦淮》）的名句。明亡后，时人多以陈后主喻南京弘光小朝廷。作者设想，如果同样让王郎处在商女的地位，那么他唱起《后庭花》来是会"肠断"的。这就更进一步点出王郎的恨是亡国之恨，与钱谦益原唱"休将天宝凄凉曲，唱与长安筵上人"相呼应。王郎不是一般的"歌者"，而是一位伤心的"陈宫失路人"。

值得注意的是末句的"也"字。轻轻一点，从王郎扩大到所有的"陈宫失路人"，也包括了作者自己。清廷对于明降臣，特别是南人，虽然为统治需要不得不使用，却又看不起，不信任。陈名夏的见诛，陈之遴的被责，即可见一斑。而这些人在筮仕新朝的同时，又对故国有留恋之情，也就是很自然的了。一个"也"字具有如此丰富的内涵，写王郎而不粘滞于王郎，确有手挥五弦，目送飞鸿之妙。

(李学颖)

元 盛懋 三峡瞿塘

元 盛懋 │ **三峡瞿塘图**

钟惺《瞿唐》，见第 414 页

明　沈周 | **瓶中蜡梅图**（局部）

香来清静里，韵在寂寥时。

谭元春《瓶梅》，

见第 423 页

明 丁云鹏｜**天都晓日图**（局部）

钱谦益《天都瀑布歌》，见第 474 页

宋 李嵩 | **钱塘观潮图**（局部）

海色雨中开，涛飞江上台。

声驱千骑疾，气卷万山来。

施闰章《钱塘观潮》，见第 575 页

明 张宏 | **金山胜概图**

王士禛《登金山》，见第 701 页

元 赵孟頫 | 二羊图（局部）

王士禛《题赵承旨画羊》，见第 707 页

明 沈周 | **两江名胜图册·高邮**
王士禛《再过露筋祠》，见第 709 页

清 吴宏 **燕子矶莫愁湖二景图**（局部）

王士禛《江上》，见第 711 页

厉鹗《归舟江行望燕子矶作》，见第 794 页

明 陈焕 | 潇湘八景图·洞庭秋月

查慎行《中秋夜洞庭湖对月》，见第 740 页

清 梅清｜**黄山天都峰图**

沈德潜《天都峰》，
见第 774 页

宋　夏圭｜**西湖柳艇图**

十里画船歌舞歇，月明徐听按筝声。

沈德潜《西湖杂句》，见第 781 页

元 黄公望 | **富春山居图**（局部）

纪昀《富春至严陵山水甚佳》，见第 845 页

施闰章

施闰章（1618—1683），字尚白，号愚山，安徽宣城人。顺治六年（1649）进士，康熙十八年（1679）举博学鸿词。官至翰林院侍读。诗文俱佳，尤以诗称，与宋琬齐名，号"南施北宋"。诗风淡素高雅，影响颇大，时称"宣城体"。其五言诗尤为王士禛所推崇。有《施愚山先生学余堂诗集》《别集》《遗集》等。

（项纯文）

浮萍兔丝篇

　　李将军言：部曲尝掠人妻，既数年，携之南征。值其故夫，一见恸绝。问其夫，已纳新妇，则兵之故妻也。四人皆大哭，各反其妻而去。予为作《浮萍兔丝篇》。

浮萍寄洪波，飘飘东复西；

兔丝冒乔柯，袅袅复离披。

兔丝断有日，浮萍合有时。

浮萍语兔丝：离合安可知？

健儿东南征，马上倾城姿。

轻罗作障面，顾盼生光仪。

故夫从旁窥，拭目惊且疑。

长跪问健儿：毋乃贱子妻？

贱子分已断,买妇商山陲。

但愿一相见,永诀从此辞。

相见肝肠绝,健儿心乍悲。

自言亦有妇,商山生别离。

我戍十余载,不知从阿谁。

尔妇既我乡,便可会路歧。

宁知商山妇,复向健儿啼:

本执君箕帚,弃我忽如遗。

黄雀从乌飞,比翼长参差。

雄飞占新巢,雌伏思旧枝。

两雄相顾诧,各自还其雌。

雌雄一时合,双泪沾裳衣。

　　本诗写清初战乱时代两对夫妻的悲欢离合。从诗前小序看,取材于一个真实的故事:李将军部下的一个士兵曾抢来别人的妻子,几年之后,带着她南征,恰好碰上她的前夫,两人一见,悲恸欲绝,而其前夫也已娶了新妇,一打听,却原来是这位士兵的前妻,四人相对大哭,两位男人各自归还对方的原妻。不须作任何分析,事件本身已经震撼人心,催人泪下。作者有感于这个故事,写了这首诗。

　　全诗基本上还原了故事的情节,但在艺术手法上却很有特色。

一是比兴的运用。以浮萍比男子的命运，他们托身于滔滔洪波上，飘忽无定，无法掌握自己的命运。这是战乱时代普通男人遭遇的写照。这比喻比传统的"征蓬""转蓬"更形象，更切合乱世之民的实际。又以兔丝比女子的命运，她们的身子全寄托在高高的乔木上，乔木旺盛稳定，兔丝有所凭依，而一旦木朽枝摧或风吹雨打，兔丝就难免要委落离绝了。这是封建时代妇女命运的写照，她们依附于男子，自己完全无法自主。假如这女子是兔丝，而这男子又是浮萍，则他们的命运便更加不可知了，于是"浮萍语兔丝"：我们怎么预知将来是离是合呢？开头八句不但是比，而且是引起下文的兴，这种手法，也出现在结尾八句，分明是继承了《诗经》和汉乐府的艺术传统。所以沈德潜评此诗说："状古来未有情事，以比兴体出之，作汉人乐府读可也。"（《清诗别裁集》）

二是悲剧性的逐步推进。"健儿东南征"以下十二句是第一层悲剧：故夫看见南征"健儿"的马上驮着一个轻罗遮面、顾盼倾城的美丽妇人，而这正是自己失散已久、朝思暮想的妻子，怎不惊疑悲痛！于是长跪问"健儿"：那不是我的妻子吗？请你原谅我的冒昧，我并不敢向你索回，我和她的缘分已断，我自己也已在商山另外买娶了新妇，我只求能许我与她相见一面，然后再同她永别。这是一个无力的男子深切绝望的悲痛。"相见肝肠绝"以下八句是第二层悲剧：相见时不但使久离重逢的一对夫妻肝肠断绝，也使掠人之妻的"健儿"顿生悲楚：他也有故妻，如今也早已遗失，他在外戍守数十年，不知道她跟从谁了。从"商山生别离"一句看，"健儿"从军亦是被迫，与妻子亦有一番离别之痛。于是眼前景唤起他的心头事，便向"故夫"打听：你的新妇既是我的同乡人，愿能允许我同她见一见，也许可从她那里得到我妻子的消息。这位"健儿"的遭遇原来与"故夫"并无多大的区别，他掠人妻子，却早也被迫与自己的妻子活活离散，"掠人妻"是加害于人，"生别离"又是乱世加害于他。这就使"故夫"的悲剧性大大地扩张了，变成了男子们共同的悲剧。"宁知商山妇"以下八句是第三层悲剧："故夫"的新妇却正是"健儿"的故妇，她认出了自己的丈夫，不禁大放悲声，一声"弃我忽如遗"，真是"双泪落君前"了。这个富有戏剧性的巧合，使故事突进到令人无法忍受的情节悲剧感中："健儿"抢了"故夫"的妻子，"故夫"却新买了"健儿"的妻子，他们又一时相会在异乡陌路中！末尾四句，两位男子在相顾惊诧的情境中，各自归还了对方的妻子，于是分而复合了。然而这种复合，在满足了主人公与读者的愿望之后，却引来了更大的悲痛，因为这个复合里已包含了此前发生的一切悲痛，痛定思痛，其痛何如！这两对夫妇个个"双泪沾裳衣"，也引起我们深思这出悲剧的原因，于是把这悲剧的着眼点放大到全社会，放大到那整个整代。这是第四层悲剧。可以说，作者这种把故事的悲剧性层层推进的手法，极大地增强了本诗的艺术感染力。

(项纯文)

钱塘观潮

海色雨中开，涛飞江上台。
声驱千骑疾，气卷万山来。
绝岸愁倾覆，轻舟故溯回。
鸱夷有遗恨，终古使人哀。

钱塘，即钱塘江，经杭州市闸口以下注入杭州湾，由于江口呈喇叭状，每年农历八月十八日前后，海潮倒灌，形成著名的"钱塘潮"。此诗即描绘钱塘江潮的雄奇景观及观潮的特别感受。

"海色雨中开，涛飞江上台。"大雨滂沱，海天相接处，白浪由远而近横滚而来，浪涛飞溅，直扑岸边观潮之台。一个"开"字，一下拉开了钱塘潮的帷幕；一个"飞"字，写出了潮水汹涌澎湃的势头。这是初观，已非同寻常，再看"声驱千骑疾，气卷万山来"，其声响犹如千军万马，其气势直欲挟转万山、倾覆天地。这真是宇宙的奇观。前人写浙江潮也常用军马、山奔为喻，如唐李廓有"十万军声半夜潮"（《忆钱塘》）的名句，但组织在一联中尚不多见，这益见映衬之妙。这两个比喻，既见声势，又出形貌，是对江潮的高度概括，显得十分精警有力，沈德潜赞之为"千古"名句，是十分恰当的。

　　颔联写出了潮水的雄奇声势，颈联就掉转笔来写观潮时的感受。"绝岸愁倾覆，轻舟故溯洄。"这两句说，自己站在高岸上时刻都在担心岸壁要坍塌，而"弄潮儿"却在浪涛中逆流而上，表演绝技。观潮写入"弄潮"主要还是要衬托自己的惊惧之情，本来站在岸上就感到害怕了，看到弄潮儿的惊险表演，更感到心惊肉跳了。前面写潮是从正面着笔，这里是从侧面着笔，诗人有如此惊惧，可以想见潮水是何等凶猛了。

　　末联宕开眼前景，发出感叹："鸱夷有遗恨，终古使人哀。"此处用了一个流传很广的传说：春秋末年，吴国打败了越国，越王勾践派大夫文种向吴王夫差请和，夫差表示同意，而吴国大臣伍子胥却坚决反对。越国遂用离间计使夫差失去了对伍子胥的信任，并逼伍子胥"自裁"，死后尸首被装鸱夷（皮袋）抛进了钱塘江。几年之后，越王起兵灭了吴国，伍子胥的魂灵怒不可遏，素车白马在钱塘江中奔腾吼叫，这就是钱塘怒潮的由来。作者想起了这悲壮的传说，自然产生对千古不灭的英灵的敬慕之情。同时，引用这传说，使得江潮又带上了一层神话色彩，丰富了观感的内容。至于说作者身处易代之际，诗中隐约流露某种故国之思，则有待于读者自己去体味。

　　历代钱塘观潮的诗词很多，这首五律通过正面、侧面描写，运用夸张、比拟和神话传说，写出了江潮的声色、气势，语言精炼、表现集中，给人留下了深刻的印象，堪称观潮之作的佳构。

（项纯文）

过湖北山家

路回临石岸，树老出墙根。
野水合诸涧，桃花成一村。
呼鸡过篱栅，行酒尽儿孙。
老矣吾将隐，前峰恰对门。

　　这首诗写作者过访一位隐居湖上的朋友。湖，是指江苏高淳县境内的高淳湖。作者另有《淳湖寻邢景之》诗，邢景之或即此题所谓的"山家"。

　　春和景明之日，诗人沿湖兴致勃勃地前去寻访友人。道路弯弯曲曲，缭绕在岸畔，老树盘根错节，不时伸出墙外，显得古朴宁静。春水涨了，许多溪涧的流水源源不断地注入湖里，桃花开了，家家户户掩映于花丛之中。这就是"山家"所在的环境，这是一个多么美丽的所在啊！诗的前二联是写往访友人途中所见，顺序写来，步移景换，不难想见诗人的兴奋。这是一个依山傍湖、桃花盛开的地方，甚至还会引发诗人关于"桃花源"的美丽想象，甚至他会吟起王维《桃源行》的诗句："春来遍是桃花水，不辨仙源何处寻？"眼前的溪涧不就是"桃花水"么？眼前的村庄不就是"仙源"么？想到这些，诗人不觉加快了脚步。

下二联写在朋友家作客。"呼鸡"不是平时的放养喂食,而是兜捉宰杀,招待远客,所以下面就是"行酒"——劝酒了。"呼鸡过篱栅",见出招待的热情,也衬托出宾至时的热烈气氛。"行酒尽儿孙",儿孙们怡然相敬,个个前来敬酒,这人情显得多么真淳美好,不禁使人想起杜甫《赠卫八处士》所写的"怡然敬父执,问我来何方"那样的亲密无间,这在作者来说,自然会受感动的。同时作者对友人满堂的儿孙还会产生一种羡慕之情,这一家子多么美满幸福啊。这里不就是"桃花源"么?桃花源中人闻外客至,便"设酒杀鸡作食","黄发垂髫,并怡然自乐"(《桃花源记》)的情景不又重现了么?于是诗人不禁发出这样的希望:我老了就退隐到这儿,背湖结庐,门对青山,与友人朝夕相处,那将是多么的惬意啊!

本诗表现了作者对乡居生活的向往之情,写来十分自然。山家的环境是幽静、美丽的,友人的情谊是淳朴、美好的,自己的感受是轻松、惬意的,作者将环境、人情和谐地交融起来,充满了浓厚的生活气息。景观则由远及近,由景到人,最后自然点出自己的心情,舒卷自如。第二联不但对仗工稳,而且将声色远近巧妙地对映起来,又不见雕琢痕迹,确是高手。沈德潜评此诗说:"'野水'十字,(赵)令穰、(蔡)松年亦不能画。唐人'时有落花至,远随流水香'同一自然。"确实道出了其中的妙处。

(项纯文)

江 月

十月晴江月，微风夜未寒。

依人光不定，照影思无端。

少壮随波去，关河行路难。

平生素心友，莫共此时看。

本诗写诗人于旅途间舟中观月的情景。

首句起兴。初冬十月，天气晴朗，微风夜发，欲寒未寒。可以想见此时江面上月色之迷人，遂引发了诗人观月的意兴。颔联写月照之景。"依人""照影"，把月亮写得很有情意，仿佛是来陪伴羁旅中的自己，使人分外觉着安慰。"光不定"，写月光在江水中晃动，波光闪闪。这很贴切"江月"的情状，而且这闪烁不定的光波，又最易于撩起人的思绪，人的思绪仿佛也像这光波一样荡漾起来了，故下句道"思无端"。

触景而生思，生出哪些思呢？于是自然递进到颈联。"少壮"，指年轻时候，此句说宝贵年华均在旅途中度过，往事蹉跎，如水流波逝，不可追逐。"关河"，指旅途。"行路难"，原为乐府旧题，系"备言世路艰难以及离别悲伤之意"（《乐府解题》），此处语意双关，既指行路之难（此时舟浮江上，风浪颠簸），又是感慨仕途之艰、处世之难。这一联感慨颇深。此类感慨在施闰章的诗中屡屡出现，如"垂老畏闻秋，年光逐水流"（《舟中立秋》），"路长催老易，家近恨归难"（《叔父同弟阮迟予芜关次日予北发》）。所以尾联便发出一声深沉的喟叹："平生素心友，莫共此时看。""素心友"，语本陶渊明《移居》："闻多素心人，乐与数晨夕。"即谓心地质朴无功名之念的人，这里指乡居的朋友。于是，诗人在心里告诉他的朋友：不要在这时与我共看这轮明月。一般来说，对月往往产生怀人情绪，羁旅中的人往往由眼前明月想到天各一方的亲友此时共对明月，并希冀通过明月这共同的媒介以沟通感情。南朝宋谢庄《月赋》写到："美人迈兮音尘阙，隔千里兮共明月。"唐张九龄《望月怀远》也写道："海上生明月，天涯共此时。"而此处诗人却不想叫友人"共此时"，这表现了他愧对明月、愧对故人的心情：友人在家平居安乐，而我却终年在外奔波，这是何苦呢？为了追逐蝇头微禄而离乡背井，又有什么意思呢？一生光阴大半虚掷，真是惭愧啊！"莫共此时看"比前人的意思、常人的意思翻进一层，写心情很是深刻，可以说道出了熟谙仕宦况味而又不甘消磨的许多知识分子的共同心情，因此它能引起许多人的共鸣。

这首诗的抒情发想又处处关合观月的举动和身处的环境，意境妙合无间，浑成而圆融，颇具唐人的风调。

（项纯文）

再过枫岭

枫色争传枫岭头，丹霞烂漫破人愁。

烟霜此日催寒急，叶响泉声共一秋。

枫岭，其地未详，顾名思义，当以枫多得名。

首句即写岭上枫色的出名，"争传"见其为人广为宣扬、夸赞，句中"枫色""枫岭"的复迭，节奏齐整鲜明，也传出作者自己的夸赞之情。第二句描绘枫色之美如"丹霞烂漫"，既是比喻枫叶色彩的明丽，又是夸张枫林面积之大。试想，在秋风萧瑟之时，看到这样的景象，该给人多少温暖，使人多么兴奋。还要注意这是在"枫岭头"观景，当诗人一登上最高处，如霞的枫林骤然入目，尽收眼底，"欲穷千里目，更上一层楼"，他该又如何的心旷神怡。这时还有什么"愁"呢？从来诗人"破愁"，靠的是酒，这里却用"枫色"，情趣隽妙。诗题为"再过枫岭"，可见他已不止一次地来此领略这大自然的瑰丽了。

更妙的还在后面："烟霜此日催寒急"，这里是写寒气，也是写秋风，"催寒急"也就是秋风急。"秋风萧瑟天气凉，草木摇落露为霜"（曹丕《燕歌行》）。秋风在许多文人的笔下，总是给人以摧败零落的肃杀之感，但是在这首诗中却助长了诗人的游兴："叶响泉声共一秋。""共一秋"，是说盈耳皆是叶响泉声。漫山的枫叶，秋风吹过,那声响该是多么震撼人心啊,它此起彼伏,抑扬顿挫,加上泉声的伴和,便像是一曲美妙动听的二重奏。这对"秋声"的新发现、新体味,真叫诗人喜不自胜了。如果说,杜牧之写出了"霜叶红于二月花"的名句,赋予了枫叶以春光般明媚的色彩和生命力,那么,施愚山此诗更捕捉了秋枫所奏出的美妙的天籁,这使秋山红叶的观赏意义又深化了一层。

　　这首小诗写枫岭枫叶的动人景色及诗人的兴会,声色俱佳,情辞皆妙,很有值得玩味的地方。

(项纯文)

吴嘉纪

吴嘉纪（1618—1648），字宾贤，号野人，江苏泰州东淘人。二十七岁那年，清兵南下，明王朝覆灭，他目睹了沿海人民惨遭屠戮的情景，从此局处海隅，绝意仕进，不求闻达。晚年得王士禛等人的誉扬，声名稍著于世。吴诗现实性很强，风格沉郁劲健，擅长白描，语言朴素，自成一家。沈德潜称其诗："以性情胜，不须典实而胸无渣滓，故语语真朴而越见空灵。"潘德舆则以为吴诗"字字入人心脾，殆天地元气所结"，得"陶、杜之真衣钵"。有《陋轩诗集》。

（王兴康）

赠汪秋涧

秋涧九尺躯，双腕最有力。

自称草野臣，提刀能杀贼。

家破仇未报，亡命走江北。

黄金买红袖，将身委声色。

荒淫不得死，无聊弄笔墨。

褚颜与黄董，生气盈绢幅。

时贤慕绝技，他乡遂谋食。

怀中一寸心，到老无人识。

据清人周亮工《读画录》记载："汪濬，字秋涧。"他是作者的朋友，擅长书、画。此诗即为汪潚的写照。

　　首二句从秋涧的体格特征着笔：身长九尺，双腕有力，丝毫没有通常的文人墨客身弱不禁风吹、手弱不敌只鸡的体态特征。寥寥数笔，勾勒出秋涧的魁伟之躯和英武之气。正因为秋涧生就是驰骋疆场的材料，所以他虽然身在江湖，但心系庙堂，自信能提刀杀贼，为国效力，为民除害。然而，这位颇以武略自负的秋涧先生却遭到了毁家之难；尤其令人费解的是，对使他"破家"的仇人，竟会任其逍遥，自己反而逃离家乡，亡命江北。秋涧的仇人是当地豪强，抑或是官府贪吏，诗人虽未直说，但我们从诗意中可以隐隐感到对方的强大，因为他或他们竟迫使身长九尺、能上马杀贼的汪秋涧不得不离乡背井，避其锋芒。

　　经此一难，秋涧便完全改变了自己的性格。他一洗昔日的英武之气，千金买笑，纵情声色，在倚红偎翠之中，寄托有家不能归、有仇不得报的悲痛。这种极度的颓废，事实上也是受"逆反心理"的支配，从中我们可以曲折地推测他落魄之前的志向和情怀。荒淫无度的生活，自然耗损了他的生命，也耗损了他的资财。生命的耗损，使他对声色渐生厌倦之心；而资财的耗损，又使他生计日蹙。于是，在无聊之中，他另辟摆脱精神和物质困顿的新径，这就是写字和作画。"褚颜和黄董"，是写秋涧书画的师承。他的书法师承唐代的褚遂良和颜真卿，既有前者的劲秀灵动，又有后者的雄浑庄重，成功地把看似不合的艺术风格融合一体。他的花鸟画师法五代后蜀的黄筌，善于着色，勾勒精细，风格秾丽而又有富贵之态；他的山水画则效法五代南唐的董源，得平淡天真之趣，又不乏景物富丽、设色浓重之作。从秋涧书画的师承渊源来分析，我们大致可以推断出他画风的概貌。中国的书画，最讲究"气韵生动"，著名的谢赫《古画品录》提出的"六法"（六条绘画创作和批评的基本要求），即以此法居首。"生气盈绢幅"，是说秋涧的画元气淋漓，充满了整个画幅，亦即"气韵生动"之意，这是很高的评价。正因为秋涧画艺高超，江北当时的贤能之士便慕名前往求取真迹，而秋涧在亡命落魄之际，凭此书画绝技，也足以谋食他乡。

全诗至此，以历叙秋涧生平事迹为主。作者一一写来，层次分明，转换自然，在平淡中显出高超的叙事技巧。最后两句写作者的感慨：虽然秋涧在他乡异地得以立足谋生，但人们只把他当成一位身怀绝技的画家和书法家，一位亡命他乡、纵情声色的浪子，他怀抱的内心世界却到老无人能识。这种境界，同辛弃疾笔下的"阑杆拍遍，无人会，登临意"《水龙吟》有某种相似之处，给人以余味不尽的感受。

（王兴康）

冬日田家

（四首选二）

人尽说年丰，余田半黄草。

只嗟己力微，不憾邻苗好。

归来手足疲，薄醪慰枯槁。

无端今昔愁，满腹向谁道？

径上故人来，枯叶响不了。

残叶一村虚，卧犬冷不吠。

带梦启柴荆，落月满肩背。

地荒寒气早，禾黍连冰刈。

里胥复在门，从来不宽贷。

老弱汗与力，输入胥囊内。

囊满里胥行，室里饥人在。

《冬日田家》共四首，以上所选为其二、其三。

前一首诗以第一人称叙述。诗中的主人公是一位体弱力薄的田夫，作者通过这一形象，模仿他的口吻，道出了田家生计的艰辛。由于全诗用第一人称叙述，读来更觉动人。

　　秋收过后，冬季来临，农夫、农妇们开始了一年中最悠闲、最快乐的时节。这一年，风调雨顺，是个丰收年景，农人们更是个个庆幸苍天有眼。在这"人尽说年丰"的快乐气氛中，诗中的主人公偏偏说"余田半黄草"。这块长满蒿草几乎荒芜了的田地，与丰收的年景极不谐调，它反映了即使在丰收年景，封建小农经济制度下的农村，仍然存在着土地荒芜的现象；由此推论，如果遇到战乱和灾荒，赤地千里，颗粒无收，自然是极普遍的现象。这是用透过一层的笔法写民生的艰苦。次二句是主人公述说田地荒芜的原因。虽然土地荒芜了，来年的生计尚无着落，但主人公只埋怨自己体弱力薄，无法承担田里的农活，丝毫没有妒忌邻家麦苗喜人的长势，显出主人公的气度和品格。五、六、七、八句紧扣上文。既然主人公"力微"，那么艰苦的农活他自然不堪承受；然而，他不是懒汉，而是勉为其难。他劳累了一天，归来时早已筋疲力尽，只能用自己酿制的味道极差的"薄醪"来驱除体力上的疲劳和精神上对生活前景的忧虑。"慰枯槁"三字，当从体力与精神两方面去理解，方能体会作者本意。因为，"慰"是指精神而言的动词；"枯槁"是指形体而言的名词，作者巧妙地用这两个词组成动宾结构，正是意在说明主人公在生活的重负之下已经心力交瘁。正当主人公把酒独酌的时候，心中涌起一股莫名的忧愁。作者称之为"今昔愁"，点明了形成此"愁"的时间跨度，说明此"愁"之深、之重。这"今昔愁"充满了主人公的胸怀，压得他喘不过气来，他迫切希望这时能有一位朋友出现在面前，好向他倾吐胸中郁积的块垒。就在这时，他的一位老朋友出现在不远处的小路上，正朝这边走来，而四周满树的枯叶不停地沙沙作响，仿佛是在欢迎客人的到来，但这欢迎之声显然使人感到其中蕴含的衰飒之音和主人公的悲凉心情。全诗至此戛然而止，但读者不难想象，主人公同"故人"的相会，除了倒倒苦水之外，对改善他现实的处境又会产生什么作用呢？

如果我们联系作者衣食不周、朝不保夕的遭际，就不难发现：在这位主人公的身上，显然印上了作者的体验，是他生活侧面的一个缩影，从中可见其在生活的重负之下发出的呻吟之声。

后一首诗写官府不顾百姓死活，逼其交纳赋税的情景。诗中的主人公是一位既老又弱的农夫，他也许同前诗的主人公是同一个人，也许不是，但这对理解和把握这首诗的主旨并无大的妨碍。

诗的开头两句描写环境，烘托氛围。在广袤的江北平原上，冬季已经来临，只见无边落木，萧萧而下，一片肃杀景象。而在此背景之上，有一个小小的村落因为树木的凋零而在夜幕之下更显得空荡荡的，这，就是诗中主人公的栖息之地。这时，天气越来越冷，连农家的看门狗也卧在暖和的窝里避寒，而放弃了它为主人家警戒的职责。首二句，一写环境，一写气候，为全诗勾勒出大的背景。

这时，主人公带着浓重的睡意出来开启了柴门，皎洁的月亮便把银白色的光辉洒满了他的肩背。在作者笔下，这是一幅充满了诗情画意的图卷，但谁能料到，不幸正在等着他呢？次二句推出主人公形象。"柴荆"即柴扉、柴门，是穷苦人家的象征，此处即用以点明主人公的身份。

五、六句言土地大片大片地被荒芜使这里的气候也和别处不同：寒气来得特别早，以致田家不得不在晚秋时节连冰带禾黍一起收割，其劳作的艰难程度又要比别处更胜一筹。"地荒"与"寒气早"之间是否有必然的因果联系？此事似难以定论，但我们从作者把两者加以联系的文字中，不难体会出他对田地荒芜所反映的民生凋敝的不满和同情。

七、八句以下，作者又把宕开的笔收回到正题。当主人公打开柴扉时，那位为了催逼赋税不知来过几次的里胥（由官府任命的一村之长），又站在面前了。很显然，在催讨赋税这件事上，里胥从来不肯通融宽限，这次自然也不例外。对里胥，作者对他没有多花笔墨予以抨击，因为他不过是奉命行事。透过里胥夜逼租这件事，我们可以看到官府对百姓的盘剥之严。由此，我们可以联想到杜甫的《石壕吏》："暮投石壕村，有吏夜捉人。老翁逾墙走，老妇出看门。吏呼一何怒！妇啼一何苦！……"作者正是秉承了杜甫现实主义的传统，而在表现手法上融入了自己的特色。他没有着力于细节描写，而是从大处落墨。在这"卧犬冷不吠"的寒夜，面对催讨赋税的胥吏，主人公站在门外的北风中，一定是既害怕，又寒冷，抖抖索索，令人可怜。这些细节，作者都留给读者靠联想去补足了。也许经过了一番争执，主人公只好把赖以维持一家生计的血汗所得放入了胥吏的囊中。但是，这还不足赋税的数额，直到囊满了里胥才肯离去。由此可见清初官府对百姓压榨之严酷。正如明代民歌中唱的："鹭鸶腿上剔精肉，鹌鹑嗉里寻豌豆，亏老先生下手！"对此，作者也没有正面抨击，而是采用隔开一层的写法，把笔墨落在主人公一家老小的饥寒交迫上。这看似淡淡的一笔，正凝聚了作者的愤怒和反抗。

清人潘德舆在《养一斋诗话》中称吴诗得"陶、杜之真衣钵"，于此二诗可见一斑。它们既有杜诗关心民生疾苦的内容和沉郁之气，又有陶诗的自然天成，很能代表吴嘉纪诗歌创作的成就和风格。

（王兴康）

朝 雨 下

朝雨下，田中水深没禾稼，

饥禽聒聒啼桑柘。

暮下雨，富儿漉酒聚侪侣，

酒厚只愁身醉死。

雨不休，暑天天与富家秋；

檐溜淙淙凉四座，座中轻薄已披裘。

雨益大，贫家未夕关门卧，

前日昨日三日饿，至今门外无人过。

此诗直承唐代白居易倡导的新乐府运动的创作传统，其精神、风格、体式，与白居易的新乐府均有密切的联系。

全诗以"雨"字为线索贯穿全篇，通过对贫、富两个阶层在淫雨中的不同情态的刻画，体现了"朱门酒肉臭，路有冻死骨"的主题。全诗共分四个层次，每一层次的首句分别有一"雨"字。

第一层次写早晨的一场夏雨下了很长时间，使田地积水，庄稼被淹，而饿了一夜的各种飞禽因雨而不能外出觅食，只好在桑树和柘树上避雨，它们唧唧喳喳地叫着，仿佛是在呼唤着天晴。然而，雨仍然不停地下着。这一层次，着眼于自然界，是四个层次中唯一描写夏雨在自然界造成的后果的部分。它是一个基础，或者说是一种铺垫。

第二层次写夏雨到傍晚时又下了起来，这时，一批富家子弟相邀聚会，命家人从自己酿制的酒缸里滤出好酒，准备在觥筹交错之中消磨尽这个无聊、乏味的夜晚；他们喝的酒味道是那么醇厚，以致就担心喝多了会烂醉如泥；酒既如此之美，则菜肴之精致自在不言之中。对这批饱食终日、无所用心的家伙来说，雨下得再大，即使把田里的庄稼都浮起来，他们仍将无动于衷，因为，他们家庖有鱼肉，仓有积粮，即使秋后颗粒无收，租米是一粒也不能少的。这一层次，作者的重点是突出富家儿醉生梦死的生活和对农事的漠不关心。

第三层次写这场夏雨仍然不停地下着，暂时赶走了酷暑天的炎热，为有钱人家送来了凉爽的秋天；那屋檐下的滴水给富家儿家宴上的四座宾客带来阵阵凉意，以致座中某位轻浮放荡的子弟或者由于惧寒，或者由于想出风头，竟然披上了皮衣。这一层次，作者意在突出这场大雨不仅丝毫没有给富人们带来烦恼，反而使他们解除了酷暑的困扰，能在凉爽的气候里更加自由自在地饮酒作乐。

第四层次写贫苦人家在这场大雨中的处境。这时，雨越下越大，虽然天还没有完全黑，但贫家已经关上大门，早早上床睡觉了。这样就同二、三层次形成鲜明的对照：一面是雨中饮酒作乐，一片灯火辉煌，另一面是未夕吹灯，景象暗淡凄苦；一面是因凉而披裘，倍添酒兴，另一面是因凉而关门睡觉，悲从中来；一面是侪侣满座，热闹兴旺，另一面是三日"门外无人过"，冷冷清清；一面是"酒厚只愁身醉死"，另一面是"前日昨日三日饿"。通过这多侧面的比较，作者已经揭示出了封建社会农村中的贫富不均现象，蕴含了作者愤愤不平之情。如果我们再联系第一层次来作一回味。既然朝雨下时已经水深没禾稼了，那么这场雨一直下到了晚上，田里的水势又将如何呢？很显然，这场雨对庄稼是有害的。于是，我们不得不更为已经断粮三日的贫家秋后的生计担忧了。

总括全诗，诗题采自全诗首句——"首句标其目"；语言朴实明快——"其辞质而径"；句式三、七言互用——"句无定字"；最后部分与上文形成对照而凸现主题——"卒章显其志"。由此可见，这首诗是作者有意识地模仿白居易的《新乐府》、追踪白氏创作风范的尝试。

（王兴康）

海 潮 叹

飓风激潮潮怒来，高如云山声似雷。

沿海人家数千里，鸡犬草木同时死。

南场尸漂北场路，一半先随落潮去。

产业荡尽水烟深，阴雨飒飒鬼号呼。

堤边几人魂乍醒，只愁征课促残生。

敛钱堕泪送总催，代往运司陈此情。

总催醉饱入官舍，身作难民泣阶下。

述异告灾谁见怜？体肥反遭官长骂。

　　清康熙四年（1665）七月三日，苏北沿海飓风大作，海潮高涨，致使无数房舍亭场随潮水漂没，数万盐民在海潮中丧生。大潮持续三昼夜，潮水退后，被水淹没过的草木尽皆枯死，其景象一片凄凉。此诗描写了这场百年未遇的天灾给人民带来的祸害，揭露并抨击了灾后统治者的残忍。全诗可分两部分，前一部分写天灾，后一部分写人祸。

　　首二句正面写海潮，紧扣题面。"飓风"，即现在的台风。在科学技术还很落后的古代，飓风对人民的生命和财产所构成的威胁较之现代远为巨大。诗中的"激"字，说明形成这场大潮的一个直接而重要的因素是飓风。在飓风猛烈的推动之下，大潮仿佛是无数头被激怒了的雄狮，汹涌而来。其浪高如云山，其声响似阵雷。寥寥数语，已经使海潮摄人心魄的可怕气势跃然纸上，让人读而生畏。

次六句写这场天灾给当地人民带来的巨大灾难。海潮过处，千里之内，鸡犬草木无一得以幸存；数万盐民，同时毙命，以致南场（沿海产盐区中较大的城镇皆称场）的尸体，漂到了北场的路上；而遇难者中又有一半人竟连尸首也找不到了，因为，他们的尸体已经被退去的潮水卷走。生命的损失如此惨重，赖以生存的产业也被扫荡殆尽，一眼望去，只见烟水茫茫，阴雨飒飒，无数冤魂在阴风阴雨中呼号。这幅阴森可怖的画面，使人毛骨耸然。全诗至此，作者通过对海潮声势的渲染和对百姓生命财产所受损失的描摹，已经使读者形象地感受到了这次天灾的可怕。

诗的第二部分侧重写人祸。所谓人祸，其实就是指统治者给百姓带来的祸殃。天灾过后，海堤边几个侥幸未被海潮卷去的百姓渐渐地从昏迷中苏醒过来，他们刚刚恢复知觉，首先跃入脑海的念头却既不是庆幸生存，也不是关心亲人的存亡，而是担心官府的催逼赋税会使他们从死神的刀剑之下捡来的生命不久人世。这是作者力透纸背的一笔，写尽了官府对百姓压迫之残酷。刚刚从死神身边逃脱的幸存者，虽然家业遭受了惨重的损失，几乎丧尽了谋生的工具，但只要你一息尚存，就得交纳赋税，于是，这些幸存的不幸者只得大家凑钱，一边落泪一边把钱送到催收粮税的总管手里，求他到盐运司（管理盐场事物的长官）那儿去陈说灾情，请求减免赋税。那位总管酒足饭饱之后，这才走进运司的官舍，而身为难民的百姓只得悲哀地站在官舍门外的台阶下哭泣。他们既是为刚刚遭受的灾难而哭泣，也是为即将来临的悲惨命运而哭泣。结果，不管你如何真实地陈述灾情，又有谁会来怜悯你呢？请求毫无疑问地被拒绝了，而仅仅因为灾民中某人稍微强壮了点，运司大人就以此作为灾民们尚有油水可榨的理由，并把灾民们大骂一通。由此可见，运司大人不把他辖下的百姓一个个榨得只剩一副枯骨，他是不肯高抬贵手的。

全诗纯用白描，不假雕琢，把对灾民的同情和对官府的憎恨，寄于看似平淡的语言之中，是现实主义传统诗歌的佳作。（王兴康）

一钱行赠林茂之

先生春秋八十五，芒鞋重踏扬州路。

故交但有丘茔存，白杨催尽留枯根。

昔游倏过五十载，江山宛然人代改。

满地干戈杜老贫，囊底徒余一钱在。

桃花李花三月天，同君扶杖上渔船。

杯深颜热城市远，却展空囊碧水前。

酒人一见皆垂泪，乃是先朝万历钱。

林茂之，字古度，福建福清人。明亡后居金陵。他曾将一枚明朝万历年的铜钱系于臂上，五十年未曾解下。清康熙三年（1664），茂之至广陵（今江苏扬州），诗人汪楫赠七古《一钱行》。当时吴嘉纪也在扬州，于是就写下了此诗。

这首赠人之作落墨于被赠之人。它侧重在两个方面：一是林茂之八十五岁的高龄，并由此生发故交零落的感慨；一是林茂之的贫困，并由其所佩之万历钱暗喻故国之思。前者可称为伤逝，后者可称为嗟贫。

首二句写林茂之的年龄和同扬州的因缘。"芒鞋"即草鞋，既是写茂之的穿戴，又切合他贫士的身份。"重"字点出茂之此次扬州之行是故地重游。这位晚年落魄的林老先生，穿着一双草鞋走在繁华都市的扬州路上，实在是"不合时宜"。次二句谓茂之前次游扬州时结识的朋友，如今都已作古，只剩下一座座坟墓供人凭吊；而昔日枝繁叶茂的白杨树，也经不起岁月的风刀霜剑的侵害，如今只留下一些枯根。这次二句着力于表现茂之的长寿，其中前一句以人与人比，在表现茂之长寿的同时，蕴含了深沉的悲哀；后一句以树与人比，言外之意谓这幸存的"枯根"，就像朋辈中"硕果仅存"的茂之，虽然还存在于世上，但处境艰难，隐含同情之心。五、六两句，前句与二句呼应，使读者联系上文能够知道，茂之第一次游扬州是他三十五岁的时候，如今忽然之间五十年光阴已经逝去；后句与三、四句呼应，意谓江山依旧在，只是人代改，用"江山"的不变与"人代"的变作比，不尽沧桑之感。句中"人代改"三字不能忽略，它指明、清之际的改朝换代，隐隐透露出作者对人事变迁的叹惋之情。

从"人代改"三字，作者的思路便很自然地过渡到明清之际遍地狼烟、战乱频仍的社会现实，在此历史背景之下，林茂之经历了一场浩劫。虽然大难不死，但老来贫困。"杜老"，指唐代诗人杜甫。"安史之乱"以后，杜甫贫病交加，常有叹老、嗟贫之作，故以"杜老"代指茂之，正点出了他的处境。杜甫曾写过一首《空囊》诗，中有云："囊空恐羞涩，留得一钱看。"所以，"囊底徒余一钱在"，既是写实，又是化用杜诗成句，为林茂之占身份。"桃花李花三月天，同君扶杖上渔船"，这两句写林茂之重访扬州时同作者的交游。前句写景，兼点明时令：烟花三月的扬州，正是风景如画的季节，它曾使历代无数诗人墨客神往。后句记事：作者曾同林茂之一起扶着手杖同上渔舟，去郊外观赏明媚的春光。当一叶扁舟驾着他们一行远离了城市的喧嚣之后，船上的游客因一路饮酒，这时已有了几分醉意。"杯深"，言不胜酒力。"颜热"，指因酒力而感到两颊发热。在酒力的激发下，座中的林茂之忽然悲从中来，情不自禁地在船上向客人们展示他的空囊；而"酒人"们虽然醉眼朦胧，但意识清醒：当他们从空囊中捡出那枚茂之视为珍宝的万历钱时，都禁不住泪湿青衫。细绎诗意，我们不难发现，使"酒人一见皆垂泪"的原因不仅是对林茂之老来穷的怜悯和同情，而且是"先朝万历钱"所勾起的对亡明的悲悼。这一场面，使人联想起著名的"新亭对泣"的故事，但座无王导，且新朝的统治已日趋巩固，这几位软弱书生只能在悲泣之中默默地为旧王朝唱唱挽歌而已。

全诗布局平稳，没有大起大伏的波澜；文字晓畅，不加藻饰；但随着诗歌内容的逐渐展开，我们仍能感受到作者没落穷愁、悲观失望的感情基调。这种创作技巧和感情色彩，在吴嘉纪的诗中很有代表性。

（王兴康）

绝 句

白头灶户低草房，六月煎盐烈火旁。

走出门前炎日里，偷闲一刻是乘凉。

这是一首反映盐民艰苦生活的七言绝句。

诗人长期隐居东淘，对当地盐民谋生之艰辛非常了解。他曾经在许多作品中描写过他们的苦难，同情他们的遭遇，此诗便是其中著名的一首。诗从一位白发苍苍的老盐工着笔。"灶户"，指煎盐的民户，即盐工。诗一开始，诗人就把读者的视线引入低矮简陋的草房，在那里，老盐工正在炉中烈火的烤炙下煎盐。极度的窒闷和熏热，使老盐工实在无法再坚持下去了，于是只好走出门来到盛夏的户外。在赤日炎炎之下暴晒，对一般人来说是难以忍受的，或者简直可以说是在经受折磨，但是，对刚刚离开烈火熏烤的盐工来说，这烈日之下的偷闲一刻，是乘凉，或者说不啻是一种享受。诗人通过巧妙地运用反衬的手法，把盐工们烟熏火燎、酷热难当、一般人无法想象的劳动环境形象而又感人地凸现在读者面前，使人读后感到震动，并顿生怜悯之心。于是，读者的心灵和作者的心灵便通过诗歌艺术的媒介，产生了强烈的共鸣。

（王兴康）

尤侗

尤侗（1618—1704），字同人，又字展成，晚号艮斋，又称西堂老人，江南长洲（今苏州）人。顺治间以贡生除永平道推官。康熙十八年（1679）举博学宏词，官翰林院检讨，阅三年，乞假归，著名林下，称东南耆宿。其诗初学温、李，晚年轩昂顿挫，纯从盛唐诸公中揣摩而出。著有《西堂全集》等传世。

（马祖熙）

题韩蕲王庙

忠武勋名百战回，西湖策蹇且衔杯。

英雄短气莫须有，明哲保身归去来。

夜月灵旗摇铁瓮，秋风石马上琴台。

千年遗庙还香火，杜宇冬青正可哀。

这首律诗为悼古而作。韩蕲王，即南宋抗金名将韩世忠（1089—1151）。宋孝宗时追封蕲王，谥忠武，庙在苏州。苏州灵岩山前，有韩王墓碑。

起笔两句，直抒怀念古代英杰之情。韩忠武抗拒金兵身经百战，功勋盖世，却因上书皇帝痛诋秦桧误国，被解除兵柄。诗句于"百战"后下一"回"字，发人深省。将军于罢兵之后，隐居西湖，每天骑着蹇驴，衔杯湖上，自号清凉居士。人们不禁要问：国仇未报，失地未收，一代抗金英雄遭境如此，是谁之罪？缅怀史事，不能不使人痛心！

三、四两句，分咏韩、岳，而以韩事为主。宋高宗赵构绍兴十一年（1141），岳飞被诬陷入狱，韩世忠当时以太傅醴泉观使身份，心不能平，质问秦桧，桧曰："飞子云与张宪书虽不明，其事体莫须有。"世忠怫然曰："莫须有三字，何以服天下乎!"岳飞以"莫须有"罪被害，成为千古冤狱，使"英雄短气"。韩、岳齐名，只因岳飞在朱仙镇大破金兵，指日可以北渡黄河，大举北伐，故最遭秦桧之忌，先遭杀害。世忠兵驻楚州（今淮安），亦被夺兵权，最后只有忍痛隐居，其"明哲保身"之举，实出于万不得已。（以上据李心传《建炎以来系年要录》）

五、六两句深致悼念之意。"铁瓮"指镇江城。建炎四年（1130），世忠曾以八千水军大破金兀术于金山对江之黄天荡。"琴台"在苏州石研山，世忠初建战功时，曾转战于苏州一带。韩忠武的英灵倘在夜月归来，他的灵旗一定会摇动在铁瓮城上。他那墓地上的石马，也一定会奔腾在琴台附近，奋鬣长嘶于秋风之中的。

尾联前句归结到本题，写韩世忠虽报国壮志未酬，而千年遗庙，不断香火，受到后世的敬仰。后句写南宋亡后，其会稽六陵被元僧杨琏真伽发掘，帝后骸骨，被抛荒野，义民唐珏、林景熙等人为之拾骨重埋，并植以冬青。林景熙诗云："独有春风知此意，年年杜宇哭冬青。"（《梦中作》）作者即借林诗语意作结，感慨深沉。

（马祖熙）

闻鹧鸪

鹧鸪声里夕阳西，陌上征人首尽低。
遍地关山行不得，为谁辛苦尽情啼？

诗写闻鹧鸪声之后所产生的感想。鹧鸪啼于春暮，其啼声俗称"行不得也哥哥"。

首句写闻得此声的时间是夕阳西下，时节自然是暮春。诗用马致远《天净沙》"夕阳西下，断肠人在天涯"语意，所以次句以"陌上征人首尽低"紧相承接。征人之低首，正因鹧鸪之啼切。第三句以"遍地关山行不得"深示感叹，而以"为谁辛苦尽情啼"一句作结，"遍地关山"都行不得，可见时事之艰虞。"为谁"句深逗一问，翻进一层，愈觉百倍凄凉，而百感交集，更使征人为之肠断。小诗着笔无多，思致凄婉。

（马祖熙）

王夫之

王夫之（1619—1692），字而农，号姜斋，湖南衡阳人。明崇祯十五年（1642）举人，曾举兵抗清。晚年隐居衡阳石船山，人称船山先生。著述甚丰，涉及思想文化众多领域，尤以精长理学著称。善诗词和文学批评，主张情景合一，"诗无达志"。其诗用意深邃，好使典故，语言瑰奇秾丽。后人辑有《船山遗书》。

（邬国平）

补落花诗

（选一）

记得开时事已非，迷香逞艳炫春肥。

尽情扑翅欺蝴蝶，塞耳当头叫姊归。

桃李畦争分咫尺，松杉云冷避芳菲。

留春不稳销尘土，今日空沾客子衣。

  王夫之《夕堂戏墨》收有一组《落花诗》，包括《正落花诗》十首，《续落花诗》《广落花诗》各三十首，《寄咏落花》《落花诨体》各十首，《补落花诗》九首。写于顺治十七年庚子（1660）以后，此时清王朝已经建立比较稳固的统治秩序，复明全然无望。诗人也早已走上隐居著书的道路，对历史作冷静的思考，他认为"即物皆载花形，即事皆含落意"（《寄咏落花》小序）。所以他通过反复咏唱落花，表达内心对哲理的体悟，并委婉地寄寓故国之思和对南明昏乱朝政的痛思愤情。

本篇是《补落花诗》之五，以花之开落荣悴比喻南明政权由成立至败亡短暂地存在，悲愤多于哀思。首联述花开事非，然众卉并不知晓自己身处困境，依然"迷香逞艳"，趁着春时炫耀自己光彩。二、三联分别从外部条件和花卉自身原因两方面具体讲述"已非"之"事"。"欺蝴蝶"谓众花绽开以后受欺于蝴蝶。"姊归"，即子规，也称杜鹃鸟。相传古代蜀帝让位于其相开明，自己亡去，化为杜鹃。后人常以杜鹃鸣声为怀望思归的哀音。诗人借以指南明政权建立后，情势严峻，然而执政者却对此"塞耳"不闻，一味沉湎淫乐。"桃李"相争喻权奸们勾心斗角，争权夺利；"松杉"回避喻正直之士退隐避让，无所作为。诗歌前六句说明，虽然大地春回花开，由于内耗外欺，景况可哀，此时有春犹无春。末联顺接前面内容，以花败春逝、一去不返的凄惨景象作结。

全诗寓情事于景物之中，通过描写花开花落的自然景象，十分形象和深刻地揭示了南明王朝由闹剧向悲剧必然过渡的惨痛历史。结句"今日"与起句"记得"相互呼应，显得结构完整、严密，更显出作品反思性特点。诗歌笔调冷静，感情内敛，然而又无处不可感知诗人在回首往事之际胸中勃动着的感激憎愤之情。　　（邬国平）

毛奇龄

毛奇龄（1623—1717），本名甡，学大可，浙江萧山人。康熙十八年己未（1679）举博学宏词，官翰林院检讨。湛深经学。其诗规模唐人，而能自出新意。著有《西河诗集》《春秋毛氏传》《古文尚书冤词》等书。

览 镜 词

渐觉铅华尽，谁怜憔悴新。

与余同下泪，只有镜中人。

　　小诗借览镜为喻，感慨当世无一同心之人。既无同心之人，故知音绝少。作者借女子口吻览镜自照，始觉铅华尽，容颜老而有"憔悴新"之叹。"铅华"，即铅粉，因无心施铅粉，故一任其尽，一任其憔悴。然而我自憔悴，又有谁相怜惜呢？作者于后两句，揭出作意："与余同下泪，只有镜中人。"此时对镜，乃知镜中之人，因余之下泪而亦下泪；因余之憔悴而亦憔悴，是镜中之人乃怜余憔悴之人也。二语甚为工巧，不说无人怜惜，而说同此心情者，仅镜中人。作者顾影自怜，可见此诗作意在于自伤。　　　　（马祖熙）

赠 柳 生

流落人间柳敬亭，消除豪气鬓星星。
江南多少前朝事，说与人间不忍听。

此诗只有四句，概括了柳敬亭的一生，并重点突出他善说书，富于爱国思想的一面，可谓言简意赅。

柳敬亭，明末泰州人。本姓曹，避仇流落江湖，休于柳树下，乃改姓柳。善说书，曾客明宁南侯左良玉幕下，受到左的礼遇，军中号为柳将军而不以名称。左良玉在九江军次殁后，所部数十万众溃散，不久清兵陷南京，柳敬亭浪迹各地，重操旧业。他眷怀故国，尝借说书抒发亡国之恨，晚年郁郁而卒。吴伟业、黄宗羲、周容等名流，皆作有《柳敬亭传》。黄宗羲《柳传》写他在亡国以后说书，"每发一声，使人闻之，如刀剑铁器，飒然浮空，或如风号雨泣，鸟悲兽骇，亡国之恨顿生，檀板之声无色"。可见其热爱故国的深情。

此诗作于柳敬亭客游北京期间，其时已年逾八旬，鬓发俱白，所以诗的前两句以"流落人间"伤其遭遇；以"消除豪气""鬓已星星"志其念念不忘故国的悲辛。后两句写他在亡国之后，说书的内容大多是江南前朝的故事。他善说"隋唐演义"，借隋之亡陈，暗喻南明弘光朝之倾覆，故老遗民，乃至街坊贩夫走卒，闻之莫不动容，甚或为之饮涕。"说与人间不忍听"这一结句，盖实有所指。语虽寥寥，确能道出柳敬亭的心事。

（马祖熙）

汪 琬

汪琬（1624—1690），字苕文，号钝翁、尧峰，江南长洲（今苏州）人。顺治十二年（1655）进士，官户部主事。康熙十八年（1679）举博学鸿词科，授编修，参与修《明史》。长于诗、古文，古文与侯方域、魏禧并称三大家。有《尧峰诗文钞》。
（马祖熙）

计甫草至寓斋

门巷何萧索，惟君步屦频。

青云几故旧，白首尚风尘。

身受才名误，文从患难真。

耦耕知未遂，相顾倍伤神。

　　此诗喜友人之至，于互相慰藉中深见友情。"计甫草"，吴江计东（1625—1676），字甫草，号改亭，顺治十四年（1657）曾举乡试，后因"奏销案"除名。计东少有经世志，被黜之后，曾纵游四方，以诗吐露胸中悲愤。作者于顺治十二年成进士，顺治十八年，亦因"奏销案"罢官，后又复职，至康熙九年（1670）冬，去官归隐于洞庭山之尧峰。计东尝从作者问古文法，在康熙十年以后的四五年中，与作者来往颇多。此时两人年龄均近五十岁。诗中之寓斋,即指尧峰寓庐。

首联感念隐居草野,门巷萧条,来客稀少。惟甫草尚频频来访,可见甫草之重交谊,并说明自己深喜友人之来访。颔联是说彼此已近晚年,朋辈中青云得意的并不多见。而甫草更因遭际困陋,虽有才略,此时已经白发丛生,还是飘泊在风尘之中。这两句伤友人之有才而不遇。颈联感念甫草本为才人,弱冠时即负奇气,而反被才名所误,虽曾一登贤书(指中举),终因非辜见黜,此事诚可哀痛。然而经受忧患之后,甫草在文章方面,却愈见真纯,所谓"文穷而后工",则又为不幸中之幸事,沈德潜评此两句云:"十字为千古文人道之。"(《清诗别裁集》)可见作者不仅为甫草抒吐悲愤,也道出了千古以来才人的悲辛。两语极有分量。尾联深表叹惋、甫草拓落风尘,未尝无耦耕之志,而此愿难酬,"桃源非避世之地,南阳无可耕之田"(用诗人郁植《悲歌》诗意),因而此时相顾,倍觉伤神。

全诗感情真挚,友人之来,本为喜事,而白首风尘,身为名误,耦耕未遂,又都是可悲之事。清初对江南文士,殊为酷虐,作者写此诗时,"科场案""奏销案""庄史案",均已先后发生,自己和计甫草,都受过"奏销案"的牵累,所以在诗中深寓悲感。

(马祖熙)

玉钩斜

月观凄凉罢歌舞，三千艳质埋荒楚。

宝钿罗帔半随身，踏作吴公台下土。

春江故故锦帆非，露叶风条积渐稀。

萧娘行雨知何处？惟见横塘蛱蝶飞。

这首七言咏史古诗，借咏"玉钩斜"以伤隋事，诗境哀感深沉。"玉钩斜"在扬州城东北，相传为隋代丛葬宫女处。隋承六代之后，统一了中国，其时人心望治，本可休养生息，奠定太平的基础。不幸的是隋炀帝在登位以后，好大喜功，耽于逸乐。在大业元年至十二年（605—616）中，屡幸江都，建江都宫，置迷楼，修月观，大量消耗民力，国库空虚。据《开河记》称："帝自洛阳迁驾大梁，龙舟既成，泛江（指汴水）沿淮而下，时舳舻相继，连接千里，锦帆过处，香闻百里。"初幸扬州，在大业元年八月，挽龙舟的宫女数以千计。大业八年、十二年南幸江都宫时，规模更大于此。荒淫奢侈的结果是，国家刚刚统一，又重新陷于动乱，而那些不幸的宫女，随着隋代的覆亡，在玉钩斜畔一抔土中埋葬了她们的冤魂，成为一代王朝灭亡的见证。

诗的前半四句以凄婉之笔，对玉钩斜葬埋的宫女，深致哀叹。

"月观"，代指江都宫中的楼观。"三千艳质"，极言其多。"荒楚"，草木丛生的荒地。作者感叹宫女们当年曾在江都宫中清歌妙舞，奉献她们暂短而又可悲的青春，她们中间谁都没有受过君王的宠幸，曾几何时，歌停舞歇，台观凄凉，她们也先后夭折了生命，在这一片荒凉的泥土中凄然长眠，甚至谁也没有留下个名字，便落得玉冷香消的归宿了。三、四两句，再致悼意。作者设想宫女们在离开人世的时候，头上的花钿，身上的罗帔，可能半多是随着身子一同被埋葬的，如今早已被踏作吴公台下的泥土了。"吴公台"为陈大将吴明彻所增筑的弩台，故址在扬州城北，与玉钩斜路相接近，后世因称为吴公台。这四句已经极为凄哀，后半更以感慨悲凉的笔调，从凭吊玉钩斜畔的宫女转而凭吊隋朝覆亡的惨痛。隋炀帝作江都宫，龙舟南游，长期享受荒淫佚乐的生活，谁料祸不旋踵，不仅国破身亡，短命的王朝，也在大业十四年归于消灭。春江如故，长淮上的锦帆，已经非复当年。隋堤上面千万株风条露叶的杨柳，由于时间的积久，也已渐渐地稀少了。当年那些美丽的宫妃，朝朝暮暮，行云行雨，如今她们的精灵也不知飞向何处了。炀帝本身也只在雷塘边上留下一堆黄土的孤坟，伴着些凄然起舞的蛱蝶，那也许就是当年妃嫔们的化身了。那么令人哀吊的，又岂止玉钩斜畔那些可悲的宫女呢？"萧娘"，这里指隋炀帝宠幸的宫妃，尽管隋宫有萧后，其实并不专指。"行雨"用巫山神女"旦为朝云，暮为行雨"故事（见宋玉《高唐赋》）。"横塘"，此处指雷塘，唐高祖武德五年（622），改葬隋炀帝于雷陂南平冈上，后世称为隋皇墓，即在扬州城北。

（马祖熙）

陈维崧

陈维崧（1625—1682），字其年，号迦陵，宜兴（今江苏宜兴）人。少有异才，十岁时曾代祖父陈于廷作《杨忠烈公像赞》，文词极有可观。弱冠遭逢国变，随父贞慧隐居故里读书。父殁，落拓游南北，曾应试不第。康熙十八年（1679）举博学鸿词科，授检讨，与修《明史》。词宗"苏辛"，苍莽雄浑，为清初大家。诗亦沉雄俊爽，尤工骈文。有《湖海楼诗文全集》传世。　　　　　（马祖熙）

酬许元锡

嘉隆以后论文章，天下健者陈华亭。

梅村先生住娄上，斟酌元化追精灵。

忆昔我生十四五，初生黄犊健如虎。

华亭叹我骨格奇，教我歌诗作乐府。

二十以外出入愁，飘然竟从梅村游。

先生呼我老龙子，半醉披我赤霜裘。

此生阑入铜驼路，可怜老作《江南赋》，

头上不畏咸阳王，眼前只认丁都护。

晚交许子怀抱开，看尔不合长悲哀。

手提一诗来赠我，十幅错落红玫瑰。

我年三十余，清狂爱儿戏。

旁人见我笑不休，安知我有填膺事。

日间击鼓夜击鲜，行乐安得千万年。

何肯龌龊学章句，三日新妇殊可怜。

许子赠诗逾一月，念欲报之久不发。

昨宵饱看冒家灯，一寸管城老龙渴。

掀髯狂作许生歌，食纸春蚕响不歇。

明朝归客正扬舲，海色苍茫青更青。

　　此诗本为赠友之作，诗中抒吐自己的怀抱、身世的悲辛，措词慷慨磊落，兼及友人。在《湖海楼诗》中，是一首足以代表作者沉雄俊爽诗风的作品。诗作于寓居如皋期间。许元锡为作者之友。

　　全诗可分两部分，前一部分叙说平生钦仰的人物，简示自己的怀抱和傲兀历落的性格。起四句高度赞扬陈子龙、吴伟业两前辈，一则力振嘉、隆以来诗文屡弱的颓风，为天下所仰望的健者。一则笔参造化，才华艳发，为誉满文坛的名流。"陈华亭"指陈子龙，子龙，华亭人；"娄上"，指太仓，亦称娄东，吴伟业，字梅村，太仓人。这四句如双峰对峙，潇洒大方，题为赠友，却从论文着笔，大有矫首云中，响落天外之致。次八句为第二小节，紧承上文，分写自己和陈、吴两前辈的关系。"忆昔"等四句先写与陈子龙的关系，作者十五岁时，正当崇祯十二年（1639），此时陈子龙为几社、复社的共同领袖，正因守制家居，作者才华初露，曾向陈子龙学诗。"华亭叹我骨格奇，教我歌诗学乐府"二句，实为纪实之笔。

次写与吴伟业的关系："二十以外出入愁，飘然竟从梅村游。"作者二十岁，遭逢甲申、乙酉之变，尔后江南抗清义师风起云涌，作者师友如陈子龙、吴应箕、夏允彝、夏完淳等先后殉节。作者侍父隐居，正是出亦愁、入亦愁的时期，而梅村此时亦隐居乡野，所以得有机会从梅村学诗，梅村呼作者为老龙子，即指其所为诗文音响高亮，文采斐然。梅村对作者曾倍加爱护，因作者清贫，乃于半醉时亲解"赤霜裘"（紫赤色的狐裘）披于作者之身。前辈深情，于此可见。下四句为第三小节："此生阑入铜驼路，可怜老作《江南赋》。"感念自己在少年时期，曾随父亲以贵公子孙身份，曾入铜驼陌上，而今却只能像庾信那样为《哀江南赋》以抒写国恨家仇，怎不令人哀叹。"铜驼路"，即铜驼陌。汉代曾铸铜驼二枚，置于宫门南四会道，夹路相对。俗称"铜驼陌上集少年"，诗借用其意写少年情事。接着以"头上不畏咸阳王，眼前只认丁都护"两句，写自己简傲的操守，自己虽然处境坎坷，然而并不畏惧声势显赫的贵人；因此在眼前写的那些诗词，也竟如《丁都护歌》那样，唯以悲凉之音为主。"咸阳王"用《后汉书·冯异传》事："人言异专制关中，威权至重，百姓归心，号为咸阳王。"这里借指当时的权贵。《丁督护歌》为南朝宋时一种吴声歌曲。见《宋书·乐志》，亦称《丁都护》，其声哀切，后人因其声而广其曲。今存《丁督护歌》五首，诗用此典，取其音"哀切"之意。以上为诗的前一部分，旨在倾诉自己的身世、怀抱，并借以向友人作悲慨的吐露。

　　诗的后一部分从结交许元锡以后着笔，结尾点明赠诗的由来。

这一部分以"晚交许子"四句为第一小节，先说：近来有幸和许子结交，自己感到怀抱顿然开朗，看到许子为人慷慨有奇气，自然不宜常常悲哀。次言许子携诗相赠，十幅华笺，藻采温润，宛如红色的美玉。"红玫瑰"，司马相如《子虚赋》："其石则赤玉玫瑰。"这四句表明得交许君，非常快慰。第二小节八句，前四句"我年三十余"等语，表明自己已属壮年，由于一向自负清狂，视人间事如儿戏；而旁人见我则揶揄不休，他们哪能知道我有填膺的恨事呢！这四句深感知己难逢，内心的悲愤遂不为人所知。后四句感慨遭逢变乱，悲怀难遣，只有日间击鼓，夜间击鲜（吃美食）以寻求欢乐，人生又哪能保持千年万载呢？自己所以如此，是因为不肯和那些心志卑污的龌龊书生一样，寻章摘句，应付科举，为升腾的阶梯。行动就像"三日新妇"那样，处处受到拘束。"三日新妇"，用《梁书·曹景宗传》故事："景宗不惯乘车，尝谓所亲曰：'闭置车中，如三日新妇，遭此恬恬，使人无气。'"这四句深见作者平生节概，作者为一代才人，宁可遭受蹭蹬，也不屑为章句之学与龌龊书生为伍。最后一小节八句，表明作诗酬答的原因：是因为许子赠诗在前，久欲回报而未作，直到"昨宵饱看冒家灯"之后，才感到"一寸管城"（笔）如"老龙之渴"，情难自已，因而奋笔成篇。"冒家"，指如皋冒襄家之水绘园。"掀髯狂作许生歌"两句，写兴发为诗的情态。作者多髯，素有陈髯的称号。他掀髯挥毫，神态潇洒，笔锋触纸，其声如春蚕食叶，抒写至此，可谓淋漓尽致。然而人生聚散无常，作者明朝即将南归，与许子相别，诗的结句："明朝归客正扬舲，海色苍茫青更青。"想到归程中海色苍茫的景象，一定更加使人黯然伤神,诗以伤别作结,余响不尽。

　　此诗慷慨悲歌,直抒胸臆,恣肆凌厉之气,嵚崎历落之怀,历历如见,结语尤见深情,迦陵才气魄力,自非钉饾为文者可比。

(马祖熙)

晓发中牟

马前残月在，人语是中牟。

往事空官渡，西风入郑州。

角繁乡梦断，霜警客心愁。

野店扉犹掩，村醪何处求。

此诗作于康熙七年（1668）深秋，作者由京城南行至中州（河南）期间。"中牟"，在郑州之东，开封之西，即今河南中牟县。官渡在中牟东北，以临官渡水而得名。作者此行，是由荥阳东向中牟，再由中牟东行往开封，诗题"晓发中牟"，点明启行时间。

首联点题。"残月在"，示此时为九月下旬，晓行还可以看到天边的残月。从人的话语中，知道已经到达了中牟。中牟地近官渡，这一带旧为战场，从远的来说：汉建安五年（200）曹操曾经在这里大破袁绍的主力，这就是历史上有名的"官渡之战"。从近的来说：崇祯十三年（1640），李自成领导的农民军，曾取得荥阳会战的胜利。屯军荥阳汜水间，进驱中牟、邓尉。因而作者在次联发出兴亡的感叹，官渡的战迹，已成往事；而凄紧的西风，已经吹入了郑州，又由郑州向东吹来。时序的推移，又不能不使人有行旅飘泊之感。作者频年落魄，饥驱四方，乃于第三联写出此时的心境，由角声之繁，而痛感乡梦之已断；由清霜之警，而深觉中年作客之愁。画角寒霜，所闻所见，在在都使人感受行役之苦。"庾信平生最萧瑟，暮年词赋动乡关。"作者此刻虽未至暮年，从他的处境和身世来看，他的心情是萧瑟的。尾联仍以晓行情景作结。由于此行甚早，所以路途上的野店尚未启扉。作者本来想买点村酒浇愁，也因无处可求而凄然作罢。从另一个角度来看，作者所经行的地方，本是官道，而在诗句中却显得如此萧条荒凉，可见经过明、清之际的战争，这里的元气并未恢复。

此诗本为纪行之作，因为诗中寄寓兴亡之感，身世之悲，所以在风格上显得悲壮苍凉。

（马祖熙）

费　密

费密（1625—1701），字此度，号燕峰，又号卷隐，新繁（今四川新都）人。明亡后，弃家为道士，后卜居泰州野田村，以教授为生。著述多佚。有《燕峰诗抄》等。

（赵永纪）

朝　天　峡

一过朝天峡，巴山断入秦。

大江流汉水，孤艇接残春。

暮色愁过客，风光惑榜人。

明年在何处？杯酒慰艰辛。

　　这是一首记游的五言律诗。"朝天峡"，又称朝天岭，在今四川广元北，位于嘉陵江上游，是四川与陕西两省的分界处。这首诗就是作者由家乡四川往陕西去的旅途中所作，描绘了峡中的风光和作者当时的心情。

　　诗的前四句是叙述，交代了地点与时间。船一过了朝天峡，就进入了陕西境内，巴山似乎在此中断。大江指长江上游的嘉陵江。作者乘船循嘉陵江北上，过朝天峡后转入汉水。后四句描写峡中的景色和人们的感受。残春时节，大江两岸在暮色苍茫中，景色凄迷，连船夫也被迷住了，而残春暮色平添了客子的愁绪。诗人想到此次出游，前途未卜，不知明年更流落何处，于是只好借酒浇愁，自我安慰了。

诗中处处使用了对映的手法。前二句是朝天峡两边的对映，一边是作者的家乡四川，另一边则是异乡的秦。过了朝天峡后，就真正是离乡背井了。三、四句是用大江与孤艇对映，大江浩瀚奔流，而飘荡的孤艇则显得渺小。这两句还有一层对映，就是"大江流汉水"，是从古至今、奔流不息，而孤艇所接之"残春"，则将很快逝去，流水无限，而青春有尽，正如孔子所谓："逝者如斯夫，不舍昼夜！"五、六句是过客与榜人相对映，榜人无忧无虑，对美好风光赞赏陶醉，而过客则是忧虑满腹，所感皆愁，最后两句又是用明年与现在相对映，现在已开始飘荡，明年将身在何处？全诗没有细腻的描写，也没用什么典故，但这种贯穿全诗的对映手法，却把旅途的风光与作者的感情很好地表现了出来。

特别是三、四两句，气象宏大，意蕴深邃，既有空间上的对映，又有时间上的比较。这两句在当时就广为传诵。著名诗人王士禛就有诗称赏此二句为"十字须千古"，并因此诗而与作者结为好友，在当时传为诗坛佳话。

（赵永纪）

叶　燮

叶燮（1627—1703），字星期，号己畦，嘉兴（今属浙江）人。康熙九年（1670）进士，官宝应（今属江苏）知县，因忤上官落职。晚年居吴县（今属江苏）横山，学者称横山先生。其《原诗》四卷，是清代著名的诗论著作。所作诗文，刻核有法，意必钩元，语必独造。有《己畦诗文集》。　　　　　（赵永纪）

寻　山

二月花争发，寻山一径冥。

峰回常抱影，云断半衔青。

柳露沿溪屋，人归隔岭亭。

桑榆留晚照，尚及渡前汀。

　　这是一首游览诗。开头两句即交代了游览的时间和地点。阴历二月，正是春光明媚之时，沿着幽冥的山径，去领略山中的美景。三、四句描写山中的景象，峰回路转，山峰的阳面与阴面的景色不同；白云遮住山腰，高处与低处的景色更异。这两句写的是自然景物。五、六两句则写山中的建筑，屋、亭都是人力所建造，在春光中也有了新的特色。最后两句则写寻山之后，游兴未尽，乘着暮色，还欲再游。"汀"，指水边平地。

　　这首诗很注意用字的精炼、生动、准确。第一句中的"花争发"，一个"争"字，把大好春光中百花盛开的情景表现了出来。第三句的"抱"字，第四句的"衔"字，同"争"字一样，都是拟人化的用法。第五句中的"露"字，显示出柳树枝叶渐密，几乎可以遮住溪边的房屋了。这既不同于冬天和早春时节柳枝稀疏无叶的景象，也不同于夏季柳叶茂密，完全遮盖房屋的情形，恰如其分地写出了二月时的春景。最后一句的"尚"字，表现了作者游兴未尽，更进一步写出了作者寻山所得的无穷乐趣。

　　叶燮性喜山水，落职以后，更得闲暇，"纵游宇内名胜几遍"（《清史稿·文苑传》）。这首诗名为"寻山"，可见所游并不是有名的大山。即使这样平常的小山，作者也感到兴趣盎然，表现了他对祖国大好河山的热爱。

（赵永纪）

客发苕溪

客心如水水如愁，容易归舟趁激流。

忽讶船窗送吴语，故山月已挂船头。

　　这首诗描写了归舟的迅疾，表现了作者在久居他乡之后，一旦归家的喜悦心情。

　　诗的开头两句描写作者归家时的心情。首句写久在他乡，人心思归，思乡的愁绪像流水一样绵绵不尽；次句则写舟行之急与作者之归心似箭。由于作者沉浸在喜悦之中，无暇顾及船外景色的变化。诗的后两句写猛然间听到外面有说家乡话的声音，伸头一看，才发现那挂在船头的已经是故乡的明月了。用"忽讶"二字，不仅显示出了船行迅速，更重要的是表达出了作者得以归家的愉快心情。

　　描写思乡之情和归家时喜悦的诗篇，在古代诗歌中是很多的。但这首七言绝句却写得轻灵活泼，别有情趣。沈德潜《清诗别裁集》评此诗说："初归家时，实有此景。"说明作者是有生活基础的。他将自己亲身的感受，用凝炼的诗的语言，淋漓尽致地表现出来。

　　写舟行之速，李白《早发白帝城》中有"两岸猿声啼不住，轻舟已过万重山"这样千古传诵的名句，表明李白注意着船外景色的变化。而叶燮却反其道而行，写自己一直未注意到船外的景象，猛一发觉，才知道已经到了家乡。这正如他在《原诗》中所说的，是"前者启之，而后者承之而益之；前者创之，而后者因之而广大之"。在前人的基础上有所创新，才能写出优秀的诗篇。　　（赵永纪）

梁佩兰

梁佩兰（1629—1705），字芝五，号药亭，南海（今属广东）人。康熙二十七年（1688）进士，官翰林院庶吉士。与屈大均、陈恭尹并称"岭南三大家"，但三人诗风并不同。有《六莹堂集》。

（赵永纪）

养马行并序

庚寅冬，耿、尚二王入粤，广州城居民流离窜徙于乡。城内外三十里，所有庐舍坟墓，悉令官军筑厩养马。梁子见而哀焉，作《养马行》。

贤王爱马如爱人，人与马并分王仁。

王乐养马忘苦辛，供给王马王之民。

马日龁水草百斤，大麦小麦十斗匀，

小豆大豆驿递频，马夜龁豆仍数巡。

马肥王喜王不嗔，马瘦王怒王扑人。

东山教场地广阔，筑厩养马凡千群。

北城马厩先鬼坟，马厩养马王官军。

城南马厩近大海，马爱饮水海水清。

西关马厩在城下，城下放马马散行。

城下空地多草生，马头食草马尾横。

王谕"养马要得马性情，

马来自边塞马不轻。

人有齿马，服以上刑。"

白马王络以珠勒，黑马王络以紫缨，

紫骝马以桃花名，

斑马缀立纛，红马缀金铃。

王日数马，点养马丁。

一马不见，王心不宁。

百姓乞为王马，王不应。

　　这是一首针砭时事的讽刺诗。诗前的小序交代了诗的本事。庚寅是清顺治七年（1650）。这年冬天，清兵攻下了广州。率兵进驻广州城的是原明朝降将之子靖南王耿继茂与平南王尚可喜。二人下令在城内外三十里，皆筑马厩以养马，无论是城中的房屋还是城外的坟墓，都遭到破坏。百姓流离失所，被迫离乡背井。作者见到这种情况，就写下此诗予以讽刺。

　　这首七言歌行分为三段。第一段自开头至"马瘦王怒王扑人"，写耿、尚二人"乐养马"，所需大量草料，一匹马昼夜要吃"水草百斤"，外加"大麦小麦""小豆大豆"，这些东西全要百姓供给。第二段从"东山教场地广阔"到"服以上刑"，描写了耿、尚二人在城内大筑马厩的情景。以"东山""北城""城南""西关"的次序，形容出清兵在城内外到处筑马厩，搞得乌烟瘴气。从"白马王络以珠勒"至最后为第三段，写耿、尚二人对马爱抚备至，给以各种装饰物以示宝贵。

三个层次一层比一层深入。第一段中，虽然百姓要负担大批军马的草料，已经不堪其苦，但尚能过活，即诗中所谓"人与马并分王仁"。马肥时养马人尚可安生，马瘦了才是"王怒王扑人"。第二段则已马重人轻。耿、尚之所以下令大筑马厩，是因为"养马要得马性情"，为了得马性情，而摧残百姓，扒活人之屋，平死人之坟，搞得广大百姓"流离窜徙"，无法过活。这时"人有齿马，服以上刑"，人连马碰都碰不得了。《礼记·曲礼》中有"齿路马者诛"，即是说计算国君马匹年齿的人要处刑。这里用此典，以揭露耿、尚二人重马轻民。第三段又进一层，马的装饰诸如"珠勒""紫缨""玉缲""金铃"，是从哪里来的，还不都是从百姓那里搜刮、抢夺得来的？正因为此，广大百姓被逼得活不下去了，欲"乞为王马"，也不可得，在耿、尚二人眼里，百姓哪里抵得上一匹马呢？

沈德潜评此诗时曾说是："以赞颂之笔，写讽刺之旨。"确实如此。诗的开头即称二人为"贤王"，又言其"仁"，又写其"养马忘苦辛"，又写其"养马要得马性情"，又写其"一马不见，王心不宁"，二人对马可谓爱之甚、护之切。但二人对马的爱护是建立在对百姓摧残的基础之上的。为了养肥马，就要百姓供给大量的草料，稍有不足，"马瘦王怒王扑人"，对百姓进行鞭扑拷打。为了"得马性情"，就把百姓的"庐舍坟墓"全都破坏殆尽，来建造马厩。为了装饰马匹，更逼得百姓不思为人思为畜。因此，二人对马的爱，正是对百姓的害；对马爱得越厉害，对百姓的残害就越严重。诗中的"赞颂"，同时就是讽刺与鞭笞。

这首诗在句法上也有特色。开头一直是整齐的七言句，"东山"至"城南"八句更是铺陈排比，以显示马厩之多且大。至"王谕"一句后，又采用了近似散文的句法，活灵活现地写出二人的口吻。结尾一段则是七、五、四、三言句都有，这样参差不齐的句式，比单纯整齐的句法更灵活，更有表现力。

梁佩兰和屈大均、陈恭尹并称为"岭南三大家"，但他和屈、陈二人有很多不同。基本的一点就是屈、陈都是终生不臣服于清廷的遗民，而梁佩兰后来中举做了清廷的官。作此诗时他虽然尚未出仕，但其思想仍与二人有差异。屈、陈二人诗中有不少直斥清廷统治者暴行的作品，梁佩兰的诗则没有这种内容。这首诗所讽刺的也只是降清的汉王，而未敢对其主子清廷统治者有所抨击。诗中仅"马来自边塞马不轻"，稍有关涉，表明耿、尚二人十分重视其主子交付给他们的军队马匹。到后来三藩之乱时，他们又利用这些军队伙同吴三桂进行叛乱了。这或者是梁佩兰后来编集时，把这首诗保留下来的一个原因。沈德潜曾说此诗是"独开生面之作"，可见对此诗的评价是很高的。

（赵永纪）

阁　夜

百寻古阁郡城东，帘卷前山一角风。

哀壑有光星在底，明河无影月凌空。

群生静息鸿蒙里，秋气森归耳目中。

不是夜深能独醒，海门谁见日初红？

　　这是一首写景诗，描写了作者在古阁中彻夜不眠时所看到的各种景象。

　　首联交代了古阁的位置。古代八尺为寻，这里用百寻极言其高。远处前山吹来的轻风，卷起了帘幕的一角。正是在这样的位置，这样的环境中，诗人才会领略到下面所描写的景象。颔联即写其所见到的景色，深深的山壑之中，有星光在闪烁，那是天空倒映于水中所成。皓月当空，银河无影。这两句由下至上，真实地写出了阁中所见的夜色。颈联则转写听觉。夜渐深沉，沉睡的大地上，一切有生命的东西都静静地休息。但作者的耳中目中仍然感到森穆肃杀的秋气的存在。尾联则写由夜深渐至黎明，看到了大海中跃出一轮红日的壮观。

　　彻夜不眠，辗转难寐，这本是一件苦事，但在作者笔下，却是由苦变乐。深夜独醒之人，为周围优美静谧的美景所吸引，渐渐地烦躁俱销，宠辱皆忘，沉浸在自然元气之中，性情受到了陶冶。阁中人为什么深夜难眠？诗中没有说，也不必要说，因为深夜的美景足以把一切烦恼忧愁一扫而空，更何况又观赏到了海门之处"日初红"的壮观呢？作者又有些庆幸自己的彻夜不眠了。

诗的第一句很重要。在高峻孤立的楼阁上，才能观赏到周围的景象，从而摆脱了心中的烦恼。并且又是在郡城之东，没有什么阻拦，所以才能看到旭日初红。

最后两句中的"独醒"一词，运用《楚辞·渔父》中"众人皆醉我独醒"之语，然细味全诗，并没有更深的寓意，只是假借了字面。但诗中对深夜中的景物和自己感受的深刻描写，至今仍然可使读者得到审美感受。

（赵永纪）

朱彝尊

朱彝尊（1629—1709），字锡鬯，号竹垞，晚号小长芦钓师，又号惊风亭长，浙江秀水（今嘉兴）人。康熙十八年（1679）应博学鸿词试，官翰林院检讨，与修《明史》。后充日讲官，入值南书房，晚年致仕归里。朱氏博通经史，擅长诗词古文，诗与王士禛齐名，时称"南朱北王"。早年有不少反映现实、留恋前朝的篇什；晚年多流连光景及咏物之作。艺术上能兼取唐宋，笔力雅健，用事赡博，体现了深厚的学问功底，开启了浙派诗风。有《经义考》《曝书亭集》等。

（王镇远）

岳忠武王墓

宋室偏安日，真忘帝业艰。
但愁诸将在，不计两宫还。
鄂国英雄士，淮阴伯仲间。
策名先部曲，薄伐自江关。
赤县期全复，黄河渡几湾？
龙庭生马角，雪窖视刀镮。
城下盟何急，师中诏已颁。
盈庭尊狱吏，囊木谢朝班。
相狡妻兼煽，和成主愈孱。
长城隳道济，大勇丧成㶉。
旧井银瓶失，高坟石虎间。

铭功存版碣，铸像列神奸。

旷世心犹感，经过泪独潸。

传闻从父老，流恨满湖山。

朔骑频来牧，南枝尚可攀。

墓门人寂寞，江树鸟缗蛮。

宿草经时绿，秋花满目斑。

依然潭水月，终古照潺湲。

这首诗作于顺治十二年（1655）秋。诗人在杭州谒岳飞墓，感怀岳飞为国尽忠、抗金杀敌的英雄业迹，而对他屈死于奸臣庸主之手深表痛惜。诗中对异族入侵的愤懑和对爱国精神的颂扬，隐约可见其借古讽今之意。

首四句写当时南宋的偏安形势。君臣苟且偷安，把祖宗辛苦开国、统一天下的大业置之脑后，不再去计谋如何使被金人掳去的徽、钦二帝还朝，唯独将那些主战的将领如张浚、韩世忠、刘锜、岳飞等视为心腹之患。这四句从大处落墨，将南宋政权的腐败和君臣苟安的心态揭示出来，为岳飞后来的被害作一铺垫。所以第五句转入对岳飞事迹的描写，岳飞身后曾被封为鄂王，故称他"鄂国英雄士"，他不仅勇敢，而且善于用兵，因而说他是韩信（淮阴）一流的将才。"薄伐自江关"显指岳飞于绍兴四年（1134）奉命率军由江州出发，开始北伐，他连克襄阳等六郡，意在恢复整个中原，屡屡渡过黄河，转战南北。这六句写岳飞的勇武与谋略，与前四句所写南宋君臣的懦弱自私适成一强烈对照。"龙庭生马角"用的是燕太子丹的典故，太子丹朝秦，秦王将他扣留，求归不得，秦王刁难他说："等到乌鸦头白，马头生角，才让你回去。"这句意谓徽、钦二帝望归心切，正如燕太子希企马头生角一样。"雪窖视刀镮"则用苏武典，苏武被匈奴扣留，匈奴单于欲令他投降，将他置于大窖中，断其饮食，当时天正下雪，苏武以吃雪与吞咽毡毛得以维持生命，"镮"谐音"还"，这句也说二帝被因于冰天雪地中而渴望还归故乡。然高宗赵构却急急忙忙与金人签订屈辱的城下之盟；为求议和，高宗曾连下十二道金牌命岳飞班师回朝，遂使十年抗金之功败于垂成。岳飞也以"莫须有"的罪名而被系于囹圄。据《汉书·周勃传》载，周勃被系于狱，曾说："吾尝将百万军，安知狱吏之贵也。"意谓狱吏凶残出人意料。据《三朝北盟会编》载，岳飞下狱后也曾说："我尝统十万军，今日乃才知狱吏之贵也。"所以"盈庭"句谓受到满庭的呵斥方知狱吏的厉害，于是他披枷带锁辞别了朝中的同僚。"相煎"四句插入作者议论，指出岳飞之被害由于奸相秦桧及其妻王氏的构陷，而和约虽成，皇帝的地位却更加孱弱。南宋王朝犹如毁掉了自己的万里长城，丧失了可力挽狂澜的勇士。至此，诗人用了十分生动而简炼的笔墨概括了岳飞的一生，且时时以时代的阽危和奸相庸主作为陪衬，不仅突出了岳飞卓立于世的英雄气概，而且深刻地揭示了他的死因，寄托了自己的爱憎。"旧井银瓶失"以下写自己拜谒岳墓的所见所感。传说岳飞的女儿听到他被害的消息后，负银瓶投井而死，后人称她为银瓶娘子，而如今银瓶已不可见，只有高坟在四周的石虎拱卫之间。然岳飞的勋业载于史册、刻于碑碣；秦桧夫妇及万俟卨、张浚等奸臣的铁像成为耻辱和邪恶的象征列于墓畔。诗人虽在数百年后来瞻仰岳王墓，但心中仍有无限感慨，不禁流泪不止。"传闻"句笔锋陡转，说长者犹说岳飞的遗恨充斥于杭州的湖光山色之间，"朔骑频来收，南枝尚可攀"二句则表面上指宋、金之事，然分明有所寄托。古人往往以"牧马"代指北方少数民族的南下骚扰，此显指清军南下，而以"南枝"暗喻当时南明鲁王政权还在，遗民复国的希望尚未泯灭。最后六句忽宕开笔去，以写景作结。墓门寂寞，鸟声啁啾，宿草又绿，秋花斑斓，那湖上映照潭水的明月万古如斯，永远照耀着潺湲的流水。这些景色似与诗的宗旨无涉，然一种英雄长逝、江山依旧的怅惘溢于言表；而诗人吊古伤今，感怀时事的心绪也曲曲传出，以景语作结，更胜直言所感。

诗善于用典，故令诗意丰蕴，婉曲含蓄，体现了朱氏学问家的本色；而造语整饬，对仗工稳，章法秩然，也可见其诗艺之精湛。然诗中也不无过分追求典雅和堆垛故实之弊，时人讥朱诗为"贪多"，洵非虚言。

（王镇远）

玉带生歌

玉带生，文信国所遗砚也。予见之吴下，既摹其铭而装池之，且为之歌曰：

玉带生，吾语汝：

汝产自端州，汝来自横浦。

幸免事降表佥名谢道清，

亦不识大都承旨赵孟𫖯。

能令信公喜，辟汝置幕府。

当年文墨宾，代汝一一数：

参军谁？谢皋羽；

寮佐谁？邓中甫；

弟子谁？王炎午。

独汝形躯短小，风貌朴古，

步不能趋，口不能语；

既无鹦之鸰之活眼睛，

兼少犀纹彪纹好眉妩。

赖有忠信存，波涛孰敢侮？

是时丞相气尚蒙，可怜一舟之外无尺土，

共汝草檄飞书意良苦。

四十四字铭厥背，爱汝心坚刚不吐。

自从转战屡丧师，天之所坏不可支。

惊心柴市日，慷慨且诵临终诗。

疾风蓬勃扬沙时，传有十义士，

表以石塔藏公尸。

生也亡命何所之？

或云西台上，晞发一叟涕涟洏，

手击竹如意，生时亦相随。

冬青成阴陵骨朽，百年踪迹人莫知。

会稽张思廉，逢生赋长句。

抱遗老人阁笔看，七客寮中敢嗔怒。

吾今遇汝沧浪亭，漆匣初开紫衣露。

海桑陵谷又经三百秋，以手摩挲尚如故。

洗汝池上之寒泉，漂汝林端之霏雾。

俾汝留传天地间，忠魂墨气常凝聚。

这首《玉带生歌》是朱彝尊诗中的一篇奇作。康熙四十四年（1705），七十七岁的老诗人在朋友宋荦处见到了文天祥的一方遗砚，遂慷慨悲歌，写下了这首诗。

　　"玉带生"即指文天祥曾用过的端砚，因砚上有白纹如带，故称。全诗可分四段，自开头至"波涛孰敢侮"为第一段，交代了此砚的来历，并庆幸此砚未曾被以谢后为首的投降派用来书写降表，也没有落入失节降元的贰臣如赵孟頫之手，而跻身于文天祥的幕府之中，与谢翱、王炎午等节义之士为伍。诗中描绘"玉带生"的形貌，用拟人的手法歌颂了不屈不挠的爱国精神。鸲鹆即八哥，古人以砚上储水处白、赤、黄的圆形斑点为鸲鹆眼，犀纹、虎纹也指砚上的纹理，说"玉带生"没有"活眼睛"，缺乏"好眉妩"，显然旨在讥讽投敌者的屈己从人，觍颜事仇。"是时丞相气尚豪"至"生也亡命何所之"是第二段，由砚写到砚的主人。文天祥于宋末用兵屡遭挫折，然豪气长存，常以此砚草檄飞书，为恢复中原大业而鞠躬尽瘁。但南宋政权如大厦将倾，无力可支，文天祥慷慨就义，不屈而死。据史载：文天祥被杀于北京宣武门外菜市口，当时观者万人而他神态自若，向南再拜，口诵七绝二首。被刑后，有十义士收其尸体葬于城外。自"或云西台上"至"七客寮中敢嗔怒"为第三段，写宋亡后"玉带生"的踪迹。文天祥殉难后，砚归谢翱，谢翱曾登浙江桐庐境内的严子陵钓台，北望神州，恸哭哀歌。"冬青成阴"指元惠帝至元四年（1278）元僧杨琏真伽发掘南宋六代皇帝陵墓，唐珏等人设法往收残骸，葬于会稽（今绍兴）兰亭山后，上植冬青事，意谓自宋亡至元末未见"玉带生"的踪迹，元末始有张宪作《玉带生歌》。抱遗老人杨维桢则曾将此砚与贾似道的古琴等六种古物以一室贮之，以为加上自己可称"七客之寮"，诗人设想"玉带生"必然不屑与贾似道之琴为伍，故云"嗔怒"。"吾今遇汝沧浪亭"至末尾则为第四段，说自己有幸见此奇物，并欲好好照拂，令此物长留天地之间，而志士的忠魂也将随之千古流传。

此诗虽作于诗人的老耄之年，然其中慷慨悲歌之情宛然可见。清初的诗家如黄宗羲、顾炎武等人往往借对宋末节士的歌咏抒发感事伤时之怀，寄托自己的遗民心迹。朱彝尊早年的作品中也不时流露出对故明的眷恋，然他中年出仕清廷，老而悔恨，定其出仕期间的诗集为《腾笑集》，取《北山移文》中"南岳献嘲，北陇腾笑"意，故可知此诗中对文天祥、谢翱等人的表章，不无作者个人现实生活中的沧桑之感。

此诗艺术上用了托物寄兴的手法，全篇纯以拟人出之，虽不离咏砚而实寓人于物，以一砚之经历来再现出历史的画面，又将砚与砚的主人结合起来写，虚实相兼，想象奇特而不乖史实。这不仅体现了作者驾驭诗艺的精熟，同时也体现了作者谙于史料、博通典籍的学养，后代浙派诗人走诗人之诗与学人之诗结合的道路，与朱氏的这种开启之功是分不开的。

此诗艺术上的另一个特点是突破了一般五七言诗的程式，采用了长短错落的句式，然读来铿锵作声，苍劲古朴。朱氏晚年的一些古诗，如《甘泉汉瓦歌为侯官林佴赋》《罗浮蝴蝶歌》等也都有类似的特征，然此诗最突出地体现了他晚年诗风的发展倾向。故朱庭珍《筱园诗话》中论此曰："兴酣落笔，纵横跌荡，雄奇盖世，信为长篇绝调。"赵翼《瓯北诗话》中论及朱彝尊也说："中年以后，恃其博奥，尽弃格律，欲自成一家，如《玉带生歌》诸篇，固足推倒一世。"可见前人对此诗的重视。

（王镇远）

度大庾岭

雄关直上岭云孤，驿路梅花岁月徂。

丞相祠堂虚寂寞，越王城阙总荒芜。

自来北至无鸿雁，从此南飞有鹧鸪。

乡国不堪重伫望，乱山落日满长途。

　　顺治十三年（1656），广东高要县知县杨雍建聘朱彝尊教授其子，故朱氏有岭南之游。此诗写于入粤途中经大庾岭时。大庾岭在江西大庾县境内，南接广东南雄县，是由江西入广东的要冲。相传唐代张九龄曾派人在此开凿道路，广植梅树，故大庾岭也称为梅岭。岭上有关卡，称为"梅卡"，所以首联即说雄关直上，高耸入云，驿路两旁梅花依然，而岁月流逝。"岭云孤"非但直道眼前景象，而且极言山岭巍峨，雄关高峻；"岁月徂"则逗出时间匆遽、岁月易逝的感叹。这两句的写景一为纵向，一为横向，而将时间与空间交结成文，造成一种雄阔苍凉的基调，并引出吊古伤今之思。"丞相"就是指张九龄，后人为了纪念他的开凿之功，所以在大庾岭云封寺前建有张文献祠，"越王"指的是南越王赵佗，其都城在广州府城西二十七里。这两句缅怀前人，出句为眼前景象，是实写；对句为想象之辞，是虚写。"寂寞""荒芜"，都说明古代遗迹已寥落荒败，随着岁月的流逝而无人问津。颈联写自然物象，也紧扣住大庾岭的地理位置。固古时传说鸿雁飞到大庾岭就折回，不再往南，唐代宋之问的《题大庾岭北驿》就有"阳月南飞雁，传闻至此回"的句子。所以诗人说自古以来这里就没有鸿雁来临；又据《南越志》说，鹧鸪不管向哪个方向飞，起飞时总是向南的。过了大庾岭就进入广东地界，是鹧鸪出没的地方。中二联的吊古与写景采用了写实与想象相结合的方式，却于字里行间逗出思乡伤怀的感情。所以最后一联说：不堪忍受再去伫立山头，遥望家乡，只见那起伏的群山、落日斜晖铺满了漫长的征途。家山已不可见，而无法抑制的乡愁却在心头油然而生了。

　　这首诗较典型地体现了朱彝尊早期诗歌的风貌，他的七律受杜甫和明七子的影响较深，注重气象的开阔和词句的典雅，如此诗熔写景、吊古、抒怀于一炉，虽刻画乡思，却写得含而不露，颇得沉郁顿挫之致。

（王镇远）

云中至日

去岁山川缙云岭，今年雨雪白登台。

可怜至日长为客，何意天涯数举杯。

城晚角声通雁塞，关寒马色上龙堆。

故园望断江村里，愁说梅花细细开。

康熙三年（1664），朱彝尊在山西度过冬至日，面对着北方冬日的萧条景象，想起杜甫"年年至日长为客"（《冬至》）的诗句，客愁乡思，一时涌上心头，遂写下这首诗。

朱彝尊于康熙元年（1662）由家乡秀水（今浙江嘉兴）赴永嘉（今浙江温州），于次年返回，两度经过缙云县，并有《缙云杂诗》十首之作，而如今却已置身于这风雪弥漫的白登台畔了。白登台在今山西大同市东北的白登山上，所以在诗中是北国的象征。第三句接第一句而来，因去年也曾作客，所以说"长为客"；第四句则接第二句，说何曾想到会在此天涯海角，又自斟自酌地渡过了另一个至日。这两句本身又是一个递进的关系，往日的客居只是作一铺垫，而衬托出此时的失意与惆怅。颈联按领联中的"天涯"二字，描绘塞外冬日的凄凉景象：黄昏时分，边城响起了悲凉的角声，在空旷苍茫的天际回荡，似乎一直传到了遥远的雁门关；寒意正隆，入冬后神色惨淡的马群走向那荒无人烟的白龙堆沙漠。面对着如此肃杀荒寒的北国风光，诗人不禁想起了他地处江南的家乡。家乡在那远隔千山万水、遥望不见的江村之中，也许此时已是梅花开放的时候了，但诗人却怕说那家乡的梅花，因那点点梅蕊正牵动着他无限的乡思。王维不是就有过"君自故乡来，应知故乡事。来日绮窗前，寒梅著花未"（《杂诗》）的诗吗？诗人正唯恐梅花撩起愁思，所以讲"愁说"，然一种排遣不开的思乡之情已见于言外。

这首诗的针线极为细密，首联以"去岁"与"今年"双起，逗出今昔之感；三、四两句分别承接前联，可谓双承；颈联以景寓情，虽为直写眼前景色，而羁留天涯的愁思隐然可见；尾联遥想故园，又与眼前的塞外风光构成对照。诗人突破了时间与空间的限制，采用了对比的手法，一以感情的发展为经纬，故令诗意跌宕，格调沉郁，颇有唱叹之致。

（王镇远）

酬洪昇

金台酒坐擘红笺，云散星离又十年。
海内诗家洪玉父，禁中乐府柳屯田。
梧桐夜雨词凄绝，薏苡明珠谤偶然。
白发相逢岂容易，津头且缆下河船。

　　洪昇是清代著名的戏曲家，康熙二十八年（1689）因在佟皇后丧服期间招伶人演出所作的传奇《长生殿》，受劾下狱，后虽释出，然由此断送了仕途，终生坎廪。康熙四十年（170）他在家乡杭州遇见了故友朱彝尊，回忆起昔日在京城的交谊，作了一首诗送给朱氏，朱彝尊便写了这首诗作答。

　　诗从昔日的诗酒文会落笔，席间众人分笺赋诗，兴会淋漓，可见座中都是一时的名士才子，绝非等闲之辈。洪昇与诗人就是在这样的氛围中建立了友谊；而如今昔日的朋友都已云散星离，各奔东西，倏忽之间，十年已过。人生本没有不散的宴席，但诗人在往日的欢情与如今的冷落的对比之中透露出一种深沉的今昔之感。"海内诗家"二句承"擘红笺"而来，称扬洪昇的文学才能。宋代诗人洪炎与兄洪朋、弟洪刍、洪羽被称为"四洪"，而以炎为翘楚，因与洪昇同姓，所以朱彝尊用此形容洪昇的诗才卓荦。当时洪昇的老师王士禛就说他"以诗名京师"（《香祖笔记》），可见朱氏之言不虚。"禁中乐府"就是指他的词曲创作。宋代柳永的诗不仅家喻户晓，而且传入宫中，曾有"忍把浮名，换了浅斟低唱"（《鹤冲天》）的词句，相传皇帝知道后将他的名字从榜中除去，说："此人花前月下好浅斟低唱，何用浮名，且填词去！"朱氏以柳永比洪昇，不仅说他的词曲不胫而走，流传极广，而且也暗示了他由此得罪朝廷，落拓江湖的命运也与柳永不无相似之处。因而下面两句就着重讲洪氏因《长生殿》而遭劾的事。不过诗中用了含蓄深蕴的表现手法，说那"梧桐夜雨"的句子虽然哀感顽艳，令人称绝，然却出乎意料地受人指责，正如东汉的马援曾以车载回"薏苡"（一种植物），而身后有人诬谤说那是一车明珠，纯为无中生有的飞来横祸。当时因观看《长生殿》而被革职的人很多，且事涉官僚集团内部的斗争，洪昇只是这场政治斗争的牺牲品。十年过去了，当诗人重在杭州见到这位戏曲家时，怎能不感慨系之。大家都白发苍苍，垂垂老矣，今日相逢之后不知何日再能见面，所以暂且系好渡头的船缆，不妨作尽夕长谈吧！

　　全诗的感情深厚，体现了诚挚的友情，同时对当政者的滥施淫威，扼杀人才深表不满。诗写得浑厚含蓄，以凝炼的笔墨概括了洪昇的一生事迹，自己与洪昇的交谊也尽寓其中，造语典雅，用典切当，体现了朱氏论诗标举"醇雅"的祈尚。

（王镇远）

来 青 轩

天书稠叠此山亭，往事犹传翠辇经。
莫倚危栏频北望，十三陵树几曾青？

　　来青轩在北京西北郊的香山上。明世宗曾说："西山一带，香山独有翠色。"至明神宗则亲笔题有"来青"二字。康熙十年（1671）正月，朱彝尊与李良年、潘耒、蔡湘等游历京城外西山一带，这首诗即写于此时。

　　来青轩既为明代帝王屡有品题之处，诗人来此登临送目，自然想起了前朝遗事。"天书"即指帝王的御书，神宗曾题"来青轩""郁秀""清雅""望都亭"四匾，故物依然，沧桑变换，而人们犹传说着当时皇帝车驾经此的往事。由此枨触了诗人对前朝的怀恋。后两句虽表面上为写景，其实纯为借景抒怀。诗人说：且不要频频倚栏北望，十三陵的树木何曾又青葱茂盛？"几曾青"固然紧扣"来青"之题，然言外之意分明是说明代的统治已为陈迹，思之令人生悲，不必频频回首。

　　这首诗写于朱氏应博学鸿词之前，也即未正式出仕清朝时，所以诗中回荡着对前朝的无限留恋之情。诗虽寥寥二十八字，而沉郁悲慨，唱叹有致，尤其是后二句于一问中逗出深情，含而不露，却寓意遥深。

（王镇远）

鸳鸯湖棹歌一百首

（选三）

城北城南尽水乡，红薇径外是回塘。
千家晓阁纱窗拓，二月东风蕙草香。

学绣女儿行水浔，遥看三塔小如针。
并头菡萏双飞翼，记取挑丝色浅深。

长水风荷叶叶香，斜塘惯宿野鸳鸯。
郎舟爱向斜塘去，妾意终怜长水长。

康熙十三年（1675），朱彝尊在潞河龚佳育幕府时，写了多达一百首的大型组诗《鸳鸯湖棹歌》，原序说："甲寅岁暮，旅食潞河，言归未遂，爰忆土风，成绝句百首，语无诠次，以其多言舟楫之事，题曰《鸳鸯湖棹歌》，聊比《竹枝》《浪淘沙》之调，冀同里诸君子见而和之云尔。""鸳鸯湖"就是嘉兴南湖，湖分东、西二湖，状如鸳鸯交颈，所以又称鸳鸯湖。在这组诗里诗人歌咏了故乡的名胜古迹、风土人情，藉此抒发了自己深切的怀乡之情。这里选的是其中的三首。

　　第一首写春风中水乡泽国的明净可爱。嘉兴城的四周到处有潺湲的小溪和回曲的池塘、红薇径、回塘等名目，听起来就令人神往。春天的步履在这里来得特别早，从打开的纱窗里悄悄地进入了千家万户，骀荡的东风中似乎可以闻到香草的芬芳，人们的心也为之陶醉了。这首小诗写得清新明艳，然对故乡的深情已溢于言表。

　　第二首写绣花女子的心灵手巧。嘉兴城西有学绣里，相传西施到吴国后曾在这里刺绣。而江南水乡的风景如画，正是学绣女子取法的对象。她们在水边缓步而行，似乎在寻找刺绣的蓝本，遥看城西龙渊寺前的三塔，小得就像绣花针一般。而溪中并蒂的荷花与天上比翼的飞鸟像是给了她灵感，所以在心头暗暗记下了丝色的深浅。这首诗中的绣花女与江南艳丽的景色浑然一体。如第二句中以针比塔，不仅取譬新巧，而且契合学绣女儿的身份，可谓妙喻。而在那并蒂的荷花与比翼的飞鸟中又逗出少女情窦初开的心态。

　　第三首是一首情歌。诗托女子的口吻，劝心上人不要三心二意，别求他欢，表示了她对爱情的忠贞。而诗以很形象而含蓄的笔墨写出，它借用了两个当地的地名：长水与斜塘。长水在嘉兴城南三里，从由拳到破石共长五十里；斜塘在嘉善县北二十四里，又名西塘。长水荷香，正象征着爱情的坚贞不渝，始终如一；而惯宿野鸳鸯的斜塘，则暗喻男子寻欢作乐的地方。这首有典型的江南民歌风韵，用朴质无华的语言，以身边之物取譬，却写得情韵悠远，耐人寻味。

朱彝尊以学问博洽著名于世，然由以上几首可以看出他也不乏清新明快的诗笔。这组诗大多能以纯朴自然的笔墨勾勒出家乡的山水人情，所以在当时确也不胫而走，和诗的人不少，开启了以大型组诗写风土人情的风气。

(王镇远)

屈大均

屈大均（1630—1696），初名绍隆，字翁山，又字介子，广东番禺人。顺治七年（1650），清兵陷广州。次年，投身抗清斗争。失败后，削发为僧，法名今种。三十二岁时还俗。两次北游，联络反清志士，力图恢复，并无结果。康熙十二年（1673），三藩事起，他又参加吴三桂反清军事行动，不久即失望辞归。屈大均不少诗作揭露清军暴行，感伤时事，慷慨郁勃，寄托深远，诗风明健，与陈恭尹、梁佩兰合称"岭南三大家"。有《翁山诗外》《道援堂集》《广东新语》等。

（胡贯中）

咏 怀

（三十八首选二）

驷马尚可縻，去日苦难追。

平生履虎尾，慷慨将何为？

转蓬如车轮，随风西北吹。

故乡路辽远，瞻望涕涟而。

子房久辟谷，颜如朝霞披。

白龙何婉婉，与我游天池。

功业嗟未建，下民方调饥。

洁身乃小节，谁能混鸱夷？

蝉蜕王侯尊，聊且从吾师。

　　屈大均于 1657 年（二十七岁）离开广东，第一次北上游历，写下《咏怀》诗二组共三十八首，这是其中之一。诗人写这首诗时将近而立之年，血气方刚，慷慨豪迈，决心以死报国。为联络反清志士，他远走东北、东南、西北等地。他历尽艰险，饱尝颠沛之苦，深感复明无望，又不愿随俗流转，遂产生了退隐的思想。这首诗就是写诗人曲折复杂的思想变化。

　　首二句用比喻起兴。"驷马"，指古代一辆车套四匹马拉着奔跑，速度很快；"縻"，系住。这两句意谓四马驾驶的车，还可以把它缚住，让它停下来，而我消逝了的岁月，则难以追回，表达了作者感叹光阴易逝、功业未就的心情。"生平履虎尾，慷慨将何为"，用《易·履》："履虎尾，咥人，凶"意。"履虎尾"，意为脚踏老虎尾巴，比喻处于危险境地。这两句说，我至今处境危险，这样激昂慷慨为了什么呢？言外之意是说自己为了反清复明大业而历尽艰险。现在壮志未酬，却像是被风吹得打转的蓬草，一下子飘落到荒僻的西北。"西北"，这里实指山西雁门一带，是他的主要活动地方。此处离他的故乡广东，关山远隔，诗人遥望南国，思乡之情油然而生，于是发出了"故乡路辽远，瞻望涕涟而"的慨叹（"涟而"，又作涟洏，涕泪长流貌）。"子房久辟谷"以下诗人驰骋想象，欲与功成身退的张良为伍，蔑弃浊恶的名利。张良曾辅佐汉高祖刘邦统一中国，被封为"留侯"，后退出政治，潜心修道。《史记》上说他："乃学辟谷（不吃谷物），导引轻身。"修炼可使人变得容光焕发，神采奕奕，飘然欲仙。于是诗人进一步展开了想象的翅膀，要与蜿蜒游动的白龙一起去游天池。至此，全诗起了波澜，令人不禁要问：诗人所追求的事业难道就此中止了吗？诗人在第十三至十六句道出了自己的真实思想：他想起自己功业未建，百姓正挣扎在饥饿线上，深感不安，不禁感叹欷歔，但他之所以愿隐退学仙，并非只是为了洁身自好，实是不甘与那些庸俗如酒囊饭袋一般的人为伍。于是他宁愿抛弃王侯般尊显的地位，而随张良之徒退隐避世，寻找彻底的解脱。

这首诗在艺术上的一个表现手法是比喻的运用，"驷马""虎尾""转蓬""蝉蜕"都用得贴切，形象生动，因而增加了艺术感染力。这是此诗的一个显著特点。另外，此诗写得起伏跌宕，生动地勾勒了诗人的思想活动。其用典之恰当，层次结构安排之精巧，遣词造句之准确、形象、生动，也是显然可见的。

（胡贯中）

鸿鹄何苍茫，背负青天飞。

白波卷沧海，声如鬼神驰。

时予弹雅琴，成连嗟不归。

回风翻木叶，斜日悬江矶。

凄凄《水仙吟》，中曲断朱丝。

四望悄无人，天吴方蹙跜。

神物有变化，至人能推移。

拔山岂无力？枭雄吾不为。

慷慨发冲冠，伤哉失路悲！

这首诗的写作时间约在 1658 年，稍后于《驷马尚可縻》，时届大均二十八岁，仍在北游途中。

这首诗开头四句就出语不凡，气势磅礴。诗人用鸿鹄作比，暗示自己具有远大的志向和抱负。它翱翔蓝天，就像要把整个天空都扛在背上。看那茫茫大海，翻卷着波浪，汹涌澎湃；又听那惊涛拍击声，犹如鬼神在奔驰嗥叫。这是一幅多么动人心魄、雄伟壮观的海天图啊！诗人要在这蓝天、大海里纵横驰骋，干一番轰轰烈烈的事业。可是却偏遭挫折，许多仁人志士被杀害了。从"时予"到"天吴"八句，集中地表达了一个意思，即悼念那些死去的仁人志士，字里行间充溢着哀伤的情调。"成连"，春秋时代人。据《乐府解题》："伯牙学琴于成连先生，三年不成。后随成连至东海蓬莱山，闻海水澎湃、群鸟悲号之声，心有所感，乃援琴而歌，从此琴艺大进。"诗人在这里借成连比喻自己的老师陈邦彦（陈邦彦于 1647 年起兵抗清，很快失败，惨遭杀害），"成连不归"，乃是暗示陈邦彦之死。为了渲染悲剧气氛，诗人采用以景写哀的手法，表达自己的伤感情怀。"回风翻木叶，斜日悬江矶。"大风吹落了树叶，夕阳残照在矗立江畔的岩石上。看，多么凄惨悲凉！这样渲染还不够，诗人步步紧逼，写得哀情一层深似一层，"凄凄《水仙吟》，中曲断朱丝。四望悄无人，天吴方夔跜（kuí ní，攒动意）。"《水仙吟》即琴曲《水仙操》，为伯牙当时所作。"天吴"，海神。这四句意谓：伯牙弹奏《水仙操》弹到一半时，那朱红色的琴弦忽然断了，这时环顾四周，静悄悄没有一个人，只有天吴海神在波涛中攒动着。暗示志士的遭害与反清势力的消沉。诗人渲染这种悲凉寂寥的氛围，把哀情推到了一个新的高度。

面对"四望悄无人"的局面，怎么办呢？"神物有变化，至人能推移"两句即作了回答。"神物"，如天吴海神那样，是按照环境的变化而变化的，那么至人（圣人）当然也能根据时势的变化而改变自己的处世方法和斗争策略。"拔山岂无力？枭雄吾不为。"则进一步说明自己的处境：为改变目前的局面，我难道没有扭转乾坤的"拔山"气力吗？只不过要我去当割据一方的枭雄，我是不干的。这两句表明诗人没有个人野心。然而，最后两句突然来了个大转折："慷慨发冲冠，伤哉失路悲！"改变局面谈何容易，美好的理想，代替不了严酷的现实，时局变得越来越不利于反清复明大业，现在的出路在哪里呢？想到这里，满腔慷慨激发的感情，使诗人简直怒发冲冠了。

这首诗运用浪漫主义的象征手法，通过景物描绘、声响作用和象征性行为，渲染出一派沉寂、神秘而又不安的气氛，突出诗人处于社会巨变中进退彷徨的苦闷心境，烘托出"伤者失路悲"的主题。诗写得气势恢宏，笔力雄健，从中可看出屈原、李白的积极浪漫主义的诗风对其影响。

（胡贯中）

七星岩磨崖题名歌

七星化作七芙蓉，斗柄乃是玉屏峰。

中有夹天千尺峡，天开一罅烟重重。

振策飞崖同我友，摩挲怪石云濡手。

心怜绝壁势争雄，欲得蛟螭字如斗。

君也今之顾八分，石经瘦劲汝其伦。

墨气淋漓山鬼泣："无端破我苍苔痕！"

白石肌肤如玉雪，磨砻欲出巨灵血。

数声斧外何清越！

石工一字一螺金，丁丁日夕愁穿穴。

石火射人光不寒，为君留得冰雪肝。

姓名他日谁不朽？置身且学此峰峦！

　　"七星岩"在广东省肇庆市北星湖中，由石掌、蟾蜍、天柱、石室、玉屏阆风、禾枪、阿坡七座石灰岩奇峰组成，故名七星岩。峰上怪石嵯峨，亭台玉立，绿树掩映；山腰溶洞幽深，钟乳交错，千姿百态。秀丽奇特的风光吸引了众多游人。历代骚人墨客每每于吟咏赞赏之余，将他们的作品和姓名出资雇工镌刻于峭壁之上。这首诗就是描述一次磨崖题名的胜概奇观。约作于1686年。

开头四句描述七星岩的形状、位置和气势。"七星化作七芙蓉"的"化"字用得传神，增加了神秘色彩和美感。"芙蓉"，即荷花，这里是形容七星岩山峰像七朵荷花那样的美丽。第二句"斗柄乃是玉屏峰"是讲玉屏峰的位置。"斗柄"，指北斗七星中玉衡、开阳、摇光三星。玉屏峰在七峰之东，按方位恰似玉衡，正当斗柄之上。第三、四句则描写山峰的气势。"崝"（qiǎng），山相摩的样子。两崖相夹，仅露一线，烟雾弥漫，不见天日。这两句表现了山峰峻危、峭拔、雄奇，凝炼而生动。

从"振策"到"石经"六句，写上山刻石的迫切心情和愿望。"我友"，指陈恭尹。他俩策杖登山，欲一睹奇峰怪石，峻峭山崖。及至登上山峰，情不自禁地抚摸着怪石，云雾的水气竟沾湿了自己的手。这正是一块争雄斗奇的绝壁，诗人欣喜万分，于是想在那上面题刻大字。"蛟螭"是传说中的两种龙，这里用来形容矫健飞动的书法。"顾八分"，即顾戒奢，唐开元、天宝年间人，善写八分书（即隶书），曾为唐玄宗赏识。杜甫有《送顾八分文学适洪吉州》诗，其中有"中郎（指蔡邕）石经后，八分盖憔悴。顾侯运炉锤，笔力破余地"的诗句。"石经"，指熹平石经。东汉熹平四年（175），汉灵帝刘宏命诸儒校正五经文学，刻成石碑，立于太平门外，作为儒生们学习的标准范本。该碑为蔡邕所书，字皆隶体，字形瘦劲。"君也今之顾八分"两句是说，你陈恭尹就是当今的顾八分，你的书法瘦劲，同石经上的书法相比，毫不逊色。可见题字之事自然由陈恭尹承担了。

从"墨气"到"丁丁"七句，着重描述"磨崖"的胜概奇观。

"清越""丁丁"是凿石声;"磨砻""斧外""穿穴"是描写凿石的工程之难。正因为如此,石工刻一字要一锭金子,化的钱是不少的。以上七句写得有声有色,形声俱佳,场面的热烈气氛被渲染得淋漓尽致,我们仿佛身临其境了。这是此诗最精彩的部分,也是诗人着力刻画的重要一段。最后四句写友谊并互勉互励。"光不寒",是讲友谊像凿石的火花,光彩照人,永留人间;"冰雪肝",是比喻友谊纯真洁白,通过这次磨崖题名而留在石壁上,肝胆相照。至于将来谁的姓名真能不朽,就要看谁能如同峰峦一般挺拔刚健,立身正直了。

这首诗在艺术表现手法上的一个显著特色是拟人化。诗人把石当作他所爱着的人,因而抒发出来的爱石感情十分真挚、纯朴,例如他上山时是那么迫不及待,及至登上山峰看到怪石绝壁,又是那么欣喜,爱抚着不愿释手。诗的最后竟要以石为榜样。峰峦的性格是什么呢?它高洁、挺拔、纯真,不与世俗浮沉,隐晦地表现了诗人自己的孤高精神。这年诗人已五十六岁,历尽坎坷,图谋恢复,然壮志未酬。他还有什么别的想法呢,"留得青白在人间",恐怕就是诗人的愿望吧!

想象和比喻交替运用,是这首诗的另一特色。诗人写磨崖场景不是就场景写场景,而是把自己丰富的想象穿插进去,这就把场景写活了。如"山鬼泣""巨灵血",生活中本无这类事,而诗人却写出了它们的声和形,具有动感,活灵活现,增添了场面的热烈气氛。在运用比喻这一表现手法上,诗人也表现了丰富的想象力。将七星岩比作七芙蓉,斗柄比作玉屏峰,"光不寒""冰雪肝"喻为友谊等。所有这些,无不比得恰当,喻得新巧。

(胡贯中)

题陆天浥泰山图

海中日涌声如雷，天门夜半鸿蒙开，

天鸡鼓翼波震荡，金银宫阙东飞来。

此时丈人峰上客，日华嘘噏荡精魄。

东君玉颜在咫尺。

扶桑万朵红复红，玉女三千笑口同。

丹青虽神画不得，朝霞倏忽吹成风！

千岩万壑太古色，秦代苍松人不识。

图成慎勿置金箱，留与人间见胸臆。

这是一首题画诗。诗着力刻画了泰山日出的壮观，描绘了泰山日出的奇景和岩壑古松的瑰丽。陆天浥，当是屈大均的朋友，其生平事迹不详。

诗开头四句重墨铺染，描写日出有声有色。"海中日涌声如雷"，一个"涌"字，力重千钧，使人仿佛觉察到有一个庞然大物从大海中升起，激起万顷波涛，汹涌澎湃，声如雷鸣。此时，天方夜半，缭绕在泰山天门周围的云雾渐渐散开了；天鸡扇动着翅膀，好像把大海的波涛也震荡得翻滚起来了；东面山上的云垛沐浴着朝晖，像一座座金镶玉砌的宫殿在飞驰浮动。啊，这是一幅多么神奇、多么美妙的泰山日出图呀！接着，诗人笔锋一转，转到画家身上。"此时丈人峰上客，日华嘘噏荡精魄"，写出了陆天泯的激动心情。丈人峰是泰山最高峰，观日出的好地方；此时画家站在丈人峰上，观赏那冉冉升起的朝阳，简直叫人涤魂荡魄，陶然欲醉了。这两句是过渡句，穿插于景物描写之间，既是承上所述，又是接续下句。从"东君"到"朝霞"五句，由写日出时的奇观到状日出后的景象，描绘得形象逼真，惟妙惟肖。"东君"，指太阳之神；"扶桑"，神话中的树，在东海日出的地方；"玉女"，即仙女。诗人想象陆天泯此时见到的景象：一轮红日近在咫尺，光华四射；朝霞万朵，像扶桑花一样，一层层，一叠叠，金灿灿，红艳艳；又像无数仙女，笑容可掬，神采飞扬。诗人认为，这一美景，即使绘画本领再强，恐怕也难以表现。但好景不常在。诗人提醒画家，这美丽的朝霞，如果不注意体味，一瞬间就化成了一阵清风，消失得无影无踪了。

以上十一句均描写泰山日出的动人情景。如果说这是诗人对陆天泯绘制《泰山图》时的联想，那么，下面"千岩万壑太古色，秦代苍松人不识"两句，则是对《泰山图》的具体描绘。秦代苍松，指五大夫松，在小天门。据《史记·秦始皇本纪》记载，秦始皇东巡至泰山，遇大雨，到一株大松树下躲雨，事后为表彰松树保驾有功，封它为"五大夫"（秦代官职名）。诗人认为，这幅画把泰山的千岩万壑画得质朴典雅、古色古香，把"五大夫"松移植图中，鲜为人识，却是对此画的称颂。诗人最后写道："图成慎勿置金箱，留与人间见胸臆。"意谓画好了这幅画，千万不要把它珍藏起来，应该拿出来让人们欣赏，以展示画家的博大胸怀。

这首诗既是题画，又不完全是题画，诗中驰骋着作者丰富的想象力，勾勒出画家当时登临泰山的情景，虚实相生，绚丽多姿，这是此诗的一个显著特色。

这首诗的另一个特色是运用夸张的手法，浪漫的笔触，写出了许多绘画所不能表现的听觉形象和视觉形象，如"海中日涌声如雷""天鸡鼓翼波震荡""东君玉颜在咫尺""玉女三千笑口同"等，发人联想，令人回味。读了这些充满浪漫色彩的诗句，叫人不能不惊服诗人驾驭文字的功力。

（胡贯中）

云州秋望

（二首选一）

白草黄羊外，空闻觱篥哀。

遥寻苏武庙，不上李陵台。

风助群鹰击，云从万马来。

关前无数柳，一夜落龙堆。

这是一首五言律诗，作于清康熙七年（1668）秋。此时屈大均携妻王华姜北出雁门，来到云州（今山西大同一带）。面对塞外奇丽的风光，诗人回忆起古代在这里发生的一切，思想激荡，心潮起伏，写下了这首慷慨悲壮，斗志昂扬，充满渴望胜利豪情的诗篇。

首联即把人们带到"凉秋九月，塞外草衰"、"胡笳互动，牧马悲鸣"（《李陵答苏武书》）的塞外凄凉之地。"白草"，据《汉书·西域传》颜师古注，乃西北一种草名，王先谦补注谓其性至坚韧。"黄羊"，即蒙古羚，毛色棕黄，腹白，角短。这句是说，白草在秋风中摇曳，黄羊在原野上游动。这真是一幅壮美的塞外放牧图。这是视觉所及。远处传来阵阵凄切的觱篥声，这是听觉感受，渲染出气氛的凄凉。

颔联"遥寻苏武庙，不上李陵台"，写了对两个历史人物遗迹的不同态度。苏武出使匈奴，被拘留十九年，历经艰辛，坚贞不屈，后被放回汉朝，是忠君爱国的典型。李陵是苏武同时人。他率士卒五千，出征塞外，与匈奴作战，后战败投降。诗人通过"遥寻"与"不上"两个词义相反的词汇，表明了自己鲜明的爱和憎，也暗示对反清志士的崇敬和对屈膝投降者的鄙视。这两句含蕴了深刻的思想内容。

颈联写景，然景中寓情，别有深意，如凌扬藻所谓"字字有飞霜之气"。"群鹰""万马"象征反清志士，他们在严酷的形势下并没有气馁。"群鹰"趁着劲吹的秋风，展翅翱翔，拼搏得更凶更猛；"万马"伴随着疾速的行云而奔腾向前。所有这一切，都预示着一场反清复明的风暴就要来临了。诗人是多么渴望这场风暴的来临！

末联忽写关隘前的柳树，一夜之间飘零衰败。既契合"秋望"，极言柳树落叶之速；而且也不无寓意：别看那关前之"柳"春风得意，摇曳多姿，但它终究是脆弱的，就像得逞一时的清政府，终将迅速土崩瓦解，败回他的老巢去。这是诗人的想象和希望，也隐然透出诗的主题。

这首诗运用比兴手法，通过写景状物，寓希望于景中，是其显著特色。另外，语言质朴无华，用字很有分寸，如"空闻""遥寻""不上""风助""云从"等词汇，最平常简淡，无惊人之处，但经过人精心选择和安排，就像一颗颗螺丝钉，对绾合全篇起着重要的作用，从而突出了主题，烘托了气氛。难怪前人评论说："诗有庸语，入屈今种手便超。"诗人驾驭语言之能力，于此可见一斑。

（胡贯中）

澳　门

（六首选一）

> 广州诸舶口，最是澳门雄。
>
> 外国频挑衅，西洋久伏戎。
>
> 兵愁蛮器巧，食望鬼方空。
>
> 肘腋教无事，前山一将功。

澳门，在广东省珠江口西侧，为突出于海中的半岛。明嘉靖三十二年（1553），葡萄牙殖民者借口曝晒水渍货物，强行上岸租占。以后又不断挑衅。这一组诗写于清康熙二十八年（1689），这是其中的一首。诗人看到西方殖民主义者的侵略行径，深深忧虑澳门有可能成为侵略中国的基地。他的远见卓识，为尔后的事实证明：1887 年葡萄牙殖民者公然强占澳门，把它变为自己的殖民地。

首联点出了澳门的重要地位。"舶口"，即海港。当时广东的海港有广海、望峒、奇潭、浪白等多处。一个"雄"字，说明了澳门为诸港中最好的一个海港，因而引起了西方殖民主义者的觊觎。

颔联承接上联，说明正因为"澳门雄"，才引起西方殖民者"频挑衅"。诗人的担忧是有史实根据的：明正德十二年（1517）葡萄牙殖民者首次闯入虎门，要求通商，遭拒绝后，使用武力侵占东莞南头，建立据点，虽遭打击，但并不死心，终于在 1557 年达到设立通商租界的目的。"久伏戎"，指积聚军事力量。葡萄牙殖民者盘踞澳门后，扩充兵力，修筑城池，架设炮台，以便进一步侵略中国。这两句中的"频""久"二字用得巧妙，是点睛之笔，揭出了外国殖民者多次侵略的野蛮行径及其包藏祸心，专事掠夺的本性。

那么，外国殖民者的侵略阴谋能否得逞呢？颈联"兵愁蛮器巧，食望鬼方空"作了分析和回答。侵略者的有利条件是武器精巧，令人担忧；不利条件是粮食有限，后援不济，容易告竭。"鬼方"，古族名，为殷周的强敌，经常侵扰边境。这里是借指葡萄牙殖民者。

最后两句是总结性的议论，指出过境的平安，全仗前沿将士的坚守之功。"肘腋"，指手肘和两腋，比喻切近的地方；"前山"，指前山寨，明朝天启年间设，有水、陆兵把守。

这是一首政治叙事诗，朴实无华，但却有深刻的思想内容。早在十七世纪末叶，屈大均就看出澳门有可能被外国殖民者侵占，并作为侵略中国的基地，实难能可贵。这反映出诗人有高度的洞察力和爱国思想。

（胡贯中）

塞上感怀

未有英雄羽化期，茫茫一剑报恩迟。

天寒射猎龙沙苦，日暮笙歌塞女悲。

太白秋高空入月，黄河春暖又流澌。

鬓边一片天山雪，莫遣高楼少妇知。

屈大均于1662年结束了第一次北游，南归故乡广东番禺，弃僧还俗。在家住了三年，于1665年春再度北游。在西北边塞，他迎来了又一个春天。屈大均初以为西北地处边远，清朝的势力比较薄弱，可以大展宏图，但他奔走策划，并没有结果，失望、愁苦与不安的情绪交织在一起，使诗人陷入深深的苦闷之中。这首诗就是在这种情况下写成的。

首联开门见山，单刀直入，发出功业未就的浩叹。羽化，本指变化飞升之意，此喻功成身退，因诗人以为现在功业未成，所以归隐修道，还遥遥无期，反清复明以报明室之恩当然也就十分渺茫了。这两句是全诗的主旨。

颔联接首联而来，通过写塞上见闻，表述诗人功业未就的凄苦心情。"龙沙"，即龙沙堆，泛指塞外。诗人面对"天苍苍，野茫茫"的塞外，看到的是"天寒射猎"，听到的是"日暮笙歌"。"天寒"又是"日暮",其状惨淡,可以想见;射猎者的狼奔豕突,塞外女的呜咽笙歌,就更显得凄凉。渲染这种令人窒息的客观氛围,主要是为了烘托诗人自己的失望和愁苦心境。

颈联则运用象征性的艺术手法,进一步表现诗人的愁苦失望情绪。"太白",星名,即金星。古人以为太白星主军事,"太白入月"预示大将被杀。可能指屈大均等人有通过杀掉清朝的守将以起事的计划,但没有成功,所以说"空入月"。光阴似箭,冬去春来,大地复苏,黄河又流渐了。渐,指解冻时流的水。"又",表明看到这种现象已不止一次了。这一"又"字,暗含光阴虚掷、功业未成的惆怅,包蕴了诗人多少辛酸的泪水!

岁月催人,诗人所期待的事态没有发生。虽然当时还年轻,却已有了白发。结尾两句把诗人失望、愁苦的情绪推到了高潮。"愁"是白发产生的根源,白发是"愁"的结果。以"天山雪"来形容白发,极其夸张,却十分贴切、形象。"莫遣高楼少妇知",充满了对妻子的深厚感情,并表现了诗人此时此地的复杂心态,同时也活画出一个奇情郁勃,为国家、为民族的前途命运而奔走的节士形象。

此诗通过描写客观景物衬托人物的心理活动,写得比较成功,感情细腻、委婉,却无矫揉造作之态,所反映的内容也相当深刻,耐人寻味。

(胡贯中)

壬戌清明作

朝作轻云暮作阴，愁中不觉已春深。

落花有泪因风雨，啼鸟无情自古今。

故国江山徒梦寐，中华人物又消沉。

龙蛇四海归无所，寒食年年怆客心。

　　这是一首感时伤怀的七律诗。"壬戌"，即康熙二十一年（1682），这年屈大均已五十二岁。自 1673 年三藩（吴三桂、尚可喜、耿继茂）事起，屈大均于吴三桂起兵反抗清朝的次年春，即赶赴湖南投军。但好景不长，再度燃烧起来的反清烈焰随着三藩的彻底失败而熄灭了，诗人怎能不痛心疾首，哀伤失望。时值清明，风雨凄凄，落花满地，触景生情，诗人压抑不住内心的悲伤，唱出了这支充满哀情的悲歌。

　　诗的首联以隐喻手法，表现变化多端的政治风云。第一句表面好像是形容天气变化之快，叫人难以捉摸，实际是指政治气候变化无常，难以逆料。暗示刚刚高涨起来的反清浪潮，没过多久又平息了。第二句开端着一"愁"字，承上启下，点出了全诗的主题，这个"愁"字可谓是此诗的"诗眼"，下边几联都是为表现这个"愁"的。在"愁"中过日子，不知不觉又到了清明节。清明节不能算

"春深"，这里之所以用一"深"字，是考虑到押韵的需要，同时也使"愁"的气氛增浓一些，突出诗人此时的心境。

颔联活用了杜甫《春望》"感时花溅泪，恨别鸟惊心"的诗句。以"落花"喻反清失败的遗民志士。落花是因风雨的摧残，"风雨"暗指清朝。"落花有泪"拟人化了，增添了伤感。与"落花"相对的"啼鸟"，喻竭力为清朝帮腔鼓吹的小人。它们是一群叽叽喳喳的帮凶，为了自己的利益而趋炎附势，冷酷无情。

颈联则由隐喻含蓄到直截了当地表述。故国，指明朝；中华人物，指投入反清斗争的英雄志士。前句是说，明朝的江山已不复存在，只能徒然在梦中相见了。后句一个"又"字，内涵丰富，词义深刻，表明反清志士前仆后继，进行着不懈的斗争。但是，再度兴起的反清斗争又告失败，有的销声匿迹，有的被杀害了。这两句写得十分凄惋，读之令人潸然。

尾联的四海龙蛇，比喻游离各地的反清志士。寒食，在清明前一日，相传为纪念介子推而设。介子推为春秋晋国贵族，追随晋公子重耳流亡在外。重耳回国即位，是为文公。文公赏赐功臣却未及介子推，于是他躲进了山林。后晋文公想逼他出来，下令放火烧林，介子推抱树不出，结果被烧死。晋文公很伤心，就下令每年这一天都不许生火，只吃冷食，以示悼念。屈大均一直抱功成隐退思想，他一心想做张良、介子推一类的人物，但他功未成，业未就，欲学而不能，想到反清战士找不到出路，怎能不"独怆然而涕下"呢。

这首诗最大的特点是引喻新巧，将"轻云""春深""落花"

"啼鸟""风雨"等常用的词汇巧妙地组织起来，让每个词都发挥它的引喻作用，因情写景，寓情于景，使全诗意味蕴藉，深刻地抒发了诗人的哀伤情怀。

（胡贯中）

珠江春泛作

珠水烟波接海长，春潮微带落霞光。

黄鱼日作三江雨，白鹭天留一片霜。

洲爱琵琶风外语，沙怜茉莉月中香。

斑枝况复红无数，一棹依依此夕阳。

这首诗通过对珠江景色的描写，讴歌了山水之美，抒发了对祖国的热爱。同时也表现了诗人安闲自适的乐观心情。诗人写此诗当在北游返回故乡，过半隐居生活的时候。此时诗人约五十岁左右。

这是一首七律。首联形象而概括地描写了春日珠江潮涨的情状。珠江在广东省境内，又名粤江。滔滔的珠江水面上，烟波浩渺，水光接天，蜿蜒流长，与大海相连。春天的傍晚，潮水上涨，绚丽的晚霞落在波涛起伏的江面上，映出霞光千道。看，多么美的江上暮色！

颔联进一步描写珠江的景色。"黄鱼"，俗称黄花鱼，每当气压降低、雷雨将至时，鱼群就浮出水面呼吸，民间常以此预测晴雨。现在，在广阔的江面上，诗人看到鱼群浮出水面，这预示着三江（指东、西、北三江）的广大地区就要下雨了。再仰望天空，成群结队的白鹭横过天际，看去仿佛是一片白霜。用"一片霜"形容为数众多的白鹭，比喻新奇，生动形象。如果说颔联所写是诗人所见，那么颈联则是写诗人所闻了。从琵琶洲那边随风送来的阵阵欢声笑语，以及在朦胧月色中，从茉莉沙送来的阵阵幽香，都令人心醉。据作者自注：琵琶洲在珠江之东；茉莉沙在珠江之西。为适应平仄格律的要求，诗人采用特殊的前置句式，把琵琶洲的"洲"字和茉莉沙的"沙"字移置于句首。这是古人作诗常用的方法，这样读起来更加抑扬顿挫，琅琅上口，同时也突出诗人所要表达的内容。

尾联又把镜头从江面转移到江岸斑枝上。斑枝即木棉树，枝干高大，早春开花，花呈红色。诗人看到这一片木棉花缀成的红色海洋，加上映照在江面上的绚烂夕阳，怎能不叫人陶醉而难以舍去呢！

屈大均的诗作不少用比兴手法，而这首却纯用白描，他把泛舟于珠江之上所看到和听到的一切，以极简练生动的文字传达出来，使人读了，仿佛与诗人一道泛舟遨游，尽情地享受这大自然之美。

（胡贯中）

客雁门

三年作客傍滹沱，听尽哀笳出塞歌。
白发不惊明镜满，秋霜只怨雁门多。

"雁门"，今代县，原名代州，在今山西北部，内长城内侧，滹沱河上游。屈大均于1665年再度北游，在西北地区羁留了三年，此诗即写于1668年前后。他图谋复明大业，但道路险阻，壮志难酬。无情的现实使他陷入深深的苦闷之中，遂唱出了一腔怨恨和哀愁。

诗的第一句交代了时间和地点。作客三年，常栖身于滹沱河畔，"傍滹沱"三字很形象地勾勒出自己流落西北的境况。第二句写在偏远、荒凉的塞上，听到悲凉凄切的胡笳演奏声。"听尽"二字用得妙绝，表明诗人在这里呆的时间之长，胡笳声听得多了，当然也就厌了。这里表面上似乎是讲厌听胡笳之声，其实是暗示在雁门一带的活动没有成效，不愿在这里久留了。第三句是讲由于愁苦、烦闷，对镜一照，镜子里映满了白发，但是他并不感到惊奇。古人写镜中白发的诗很多，无不表示悲愁的情绪。但屈大均的这句诗一反古人的惯常写法，用"不惊"二字反映他对白发取泰然视之的态度，这就别具一格。诗人之所以这样写，一方面暗示自己对复明事业具有坚定的信心，不知老之将至，欲为之奔走终身；另一方面令诗意波折，读此有一新耳目的感觉，并带出最后一句"秋霜只怨雁门多"，点出了全诗的主旨。"秋霜"语意双关，既指诗人的"白发"如"秋霜"，又隐喻摧残反清复明事业的种种人和事。诗人的思想是矛盾的，他主观上要奋斗，但客观上雁门也不是活动的好地方，秋霜繁频而酷烈，道路严重受阻，建不了功业，这是诗人所深深怨恨的。

　　这是一首七绝诗。寥寥二十八字，抒发了诗人复杂的思想感情，反映了深刻的内容。全诗结构精巧，层层递进而有波折，语短情长，读来恻恻感人。

（胡贯中）

陈恭尹

陈恭尹（1630—1700），字元孝，号半峰，又号独漉山人，广东顺德人。十五岁补隆武朝生员。父邦彦，在桂王朝抗清殉难。恭尹终身不仕清，早岁出游，谋联络抗清活动不遂，归老广东。诗与屈大均、梁佩兰合称"岭南三家"，所作沉着清迥，七律尤精工流美。有《独漉堂集》。 　　　　　（陈祥耀）

日本刀歌

白日所出金铁流，铁之性刚金性柔。

铸为宝刀能屈伸，屈以防身伸杀人。

星飞电激光离合，日华四射瞳瞳湿。

阴风夜半刮面来，百万愁魂鞘中泣。

中原岁岁飞白羽，世人见刀皆不顾。

为恩为怨知是谁，宝刀何罪逢君怒？

为君昼盛威与仪，为君夜伏魑与魅。

水中有蛟贯其颐，山中有虎抉其皮。

以杀止杀天下仁，宝刀所愿从圣人。

　　这首诗在作者诗集中编入《增江后集》，是他居广东增江新塘时的作品，似作于顺治十八年（1661）或稍后。

起四句写宝刀的铸成和作用。"防身"和"杀人",都表现作者以遗民想恢复故国的心事,非泛泛之言。"星飞电激"四句,写宝刀舞动时,光芒四射,如"星飞电激"和朝阳初出;它很锐利,可能杀过很多人,恍惚"夜半"时有"百万"死者的"愁魂"在刀"鞘"中饮"泣"。四句中两种不同气氛,对照写来,显得非常凝炼、鲜明。"中原"四句,说国中连年有战事,"白羽"箭不断飞动,而宝刀却无人看重,不知因为什么缘故,真有点"恩怨"难明。这里故作疑异之辞,从反面赞美宝刀。"为君"四句,说宝刀在"水中"可以刺穿蛟龙之"颐",在"山中"可以抉开猛虎之"皮";善于运用它的,白天佩挂,可以增添"威仪",夜里可以借它来压伏"魑魅"等兴妖作怪之物。这又从正面赞美宝刀,进一步形象地描写它的锐利和功能。结尾两句,说宝刀不愿妄杀生人,愿意跟着有道的"圣人"(即国君)的"仁义"之师,起"以杀止杀"、平定"天下"的作用。"以杀止杀",正如《晋书·刑法志》所说的:"以杀止杀,重以全轻",亦即《论语·子路》所说:"善人为邦百年,亦可以胜残去杀矣"之义。这两句代宝刀设想其"心志",是全诗旨意结穴所在,言外有时无明君"圣人",以恢复汉族江山、安定天下的感慨。

这首诗写宝刀,实有借宝刀以赞美贤才、感叹贤才不得其用的寓意,并曲折地表达遗民不忘故国的心事。《听松庐诗话》评作者的诗为"沉挚",这诗表面语意平直明显,实际上不乏"沉挚"处。

(陈祥耀)

木棉花歌

粤江二月三月来，千树万树朱花开。

有如尧时十日出沧海，更似魏宫万炬环高台。

覆之如铃仰如爵，赤瓣熊熊星有角。

浓须大面好英雄，壮气高冠何落落！

后出棠榴枉有名，同时桃杏惭轻薄。

祝融炎帝司南土，此花无乃群芳主？

巢鸟须生丹凤雏，落花拟化珊瑚树。

岁岁年年五岭间，北人无路望朱颜。

愿为飞絮衣天下，不道边风朔雪寒。

　　这首诗也编在《增江后集》中，似作于康熙六年（1667）。写
的是木棉花，但它是借花说人的。

　　起四句总写春天广东木棉花盛开时如一片红海。用《淮南子·
本经训》尧时十日并出，使羿射之；以及《拾遗记》载魏文帝点燃
烛光万炬迎接美人薛灵芸的典故，都是形容木棉花的火红颜色。
"覆之"四句写木棉花的姿态，说它覆时像铃，仰时像酒爵；花瓣
极大，如带着芒角的"熊熊"星光，又如"浓须大面"和戴着"高
冠"的"英雄"，"壮气"逼人。以上是正面描写。"后出"四句，

与其他的花比较。说海棠、石榴、桃、杏等红花，都比不上木棉花，在南方祝融、炎帝神灵管辖的土地上，木棉花应该为"群芳"之"主"。最后六句，转作代拟木棉花的自诉心愿之辞。说它的树上，愿供"丹凤"栖息和生"雏"；它落地时也不愿化泥变色，愿意变成珍贵的红珊瑚。它结实的种子的白"絮"，愿意织成大布，衣被"天下"人民，使他们不会受到"边风朔雪"寒冷的侵袭。

这诗把木棉花写得如火如荼，主要是借以歌颂一种理想的保卫、恢复明朝江山的英雄形象。明朝的皇帝姓朱，朱是红色，诗篇极写木棉花之红，是与明室江山联系在一起的。开头的红光一片，正是对向望中的复明盛大力量的描写。写木棉花的姿态，更直接显示对这种力量成员的英雄形象的歌颂。"桃杏轻薄"，指气节不坚强的人；"群芳主"，象征抗清斗争中的英雄。"祝融炎帝司南土"及"丹凤"传雏，希望南中国能再恢复朱明政权，其皇嗣能够长期继统。"北人无路"，"不道边风朔雪"云云，希望清朝势力不能长期在南方伸展。"拟化珊瑚树"，表示失败时也不改变志节，应成为壮烈之士；"飞絮衣天下"，本白居易等人的诗意，扩展一层，表示愿意牺牲自我，以利济人民。诗篇句句写花，却句句是遗民理想的寄托。状物形象鲜明，寓意热烈深切，从作者的身世看，也是一篇带着血泪的作品。

（陈祥耀）

虎丘题壁

虎迹苍茫霸业沉，古时山色尚阴阴。

半楼月影千家笛，万里天涯一夜砧。

南国干戈征士泪，西风刀剪美人心。

市中亦有吹篪客，乞食吴门秋又深。

顺治八年（1651），作者自广东北游，企图在外联络郑成功、张煌言等抗清力量。这首诗是顺治十年（1653）游苏州时作。"虎丘"，在苏州市西北，上有春秋吴王阖闾墓，据《吴越春秋》，阖闾葬三日而白虎踞其上，因而得名。

第一联说虎丘山色一片阴沉，旧时吴国的霸业已经消亡，所谓"虎迹"也只成旷远迷茫的历史影子。这联以写景点虎丘，以下各联情事结合；有对当前的实写，有对远处的想象，虚实结合。第二、三联由虎丘拓展到苏州，到南方地区，到全国，写人心和国事。说秋天一到，妇女们都在捣新布准备为家人做寒衣，所以"万里天涯"，在一夜之间，可以到处都响动"砧"声。这本是添人寒意、添人愁思的事；但在苏州市里，还有不少人沉醉于繁华、享乐之中，楼头月下，还是"千家"吹"笛"。这时清兵已下江南和岭南，南中国抗清的征人义士，艰难战斗，在不断失败的血泊中挣扎，故以"南国干戈征士泪"概之；秋风中捣砧的妇女，最使人为之伤心的，该是那些为征人义士而动"刀剪"的人。结联归结到自己，用春秋时伍员流亡吴市、吹箫乞食的典故，以自表隐身埋名于苏州而继续进行抗清活动。

诗从春秋吴国霸业的消沉入手，联想明亡难以挽救，抒写国事和身世，感慨沉痛，但却能以妍炼流美之笔表达之，情韵极为绵邈动人。特别是中间两联，只用名物性的词语组合，不用动词表示和虚词联系，便能明白达意，更为难能。这种句法，唐诗已有之，但五言为多，七言较少。作者善于在七律中运用这种句法，既得唐人佳句的意象浓缩之美，又兼宋诗曲折达意的能事，具有独到的艺术成就，为清诗增添新的风采，其创造性是不容忽视的。　　(陈祥耀)

厓门谒三忠祠

山木萧萧风更吹，两厓波浪至今悲。

一声望帝啼荒殿，十载愁人拜古祠。

海水有门分上下，江山无地限华夷。

停舟我亦艰难日，畏向苍苔读旧碑。

　　顺治十一年（1654），作者北游所图不遂，回到广东，隐居增江新塘（在今广东增城南部）的岳家。十五年（1658），明桂王已逃奔云南，南明抗清的力量，不绝如缕。这年秋天，作者游厓门（在今广东新会南）而作此诗。

　　厓门有厓门山，亦称厓山。它南临大海，是南宋末年抗元的最后根据地，南宋兵败，在海上覆舟而亡国。三忠，即文天祥、陆秀夫、张世杰三个扶助南宋帝昺的大臣。天祥就义燕京，秀夫、世杰殉节海上；后人在厓门建祠纪念他们。诗借谒祠感触，以抒明亡之痛。首两句写厓门祠边山木萧萧、两岸波浪起伏的景象，"至今悲"三字，由宋亡直贯到明亡。"一声望帝啼荒殿，十载愁人拜古祠。"以蜀国望帝（杜宇）之魂指代杜鹃鸟，以杜宇之魂和鹃声象征宋明亡国皇帝的冤哀和广大人民的悲痛心情；"愁人"，既泛指明朝遗民，也是作者自谓，"十载拜古祠"，表示明亡已十余年，而自己怀念前朝孤忠，爱国之心不死。"海水有门分上下，江山无地限华夷。"说厓门北为西江，南为大海，其"海门"犹有上下之别；而国土被清兵占领，则没有地界可以阻绝敌人，以分华、夷之域了。"停舟我亦艰难日，畏向苍苔读旧碑。"直说自己一样遭受亡国的"艰难"，"停舟"谒祠时，不忍再读祠中"旧碑"，怕唤起历史相似的悲恨。

　　诗篇前二联写景叙事，气氛极悲凉。中间一联议论，大声疾呼，情更沉痛，成为雄浑饱满、激昂有力的"大句"，是古今不可多得的。结联自写身份和心事，与"愁人拜古祠"明白呼应，完结"谒祠"题义。全诗苍凉激楚，雄厚沉郁，接近杜甫、陆游诗的风格，是最能表现作者爱国精神及其诗歌功力的作品之一。　（陈祥耀）

隋　宫

谷洛通淮日夜流，渚荷宫树不胜秋。

十年士女河边骨，一笑君王镜里头。

月下虹霓生水殿，天中丝管在迷楼。

繁华往事邗沟外，风起杨花无那愁。

　　这首诗也编在《增江后集》中，似作于康熙五年（1666），它是作者《怀古十首》中的一题，从扬州隋炀帝行宫故迹以咏隋炀帝的荒淫亡国。

　　起联说隋炀帝自洛阳引谷水、洛水通黄河，再自黄河入汴水通淮河以达扬州；其行宫池苑花木繁美，极一时之盛，而现在流水依然，而宫殿荒芜，剩下秋风中一片使人"不胜"感慨的凄凉气象。颔联说隋炀帝在位十三年，掘长堑，开运河，造舟挽舟，征发了百万人民服劳役，不知有多少人死在河边，化为白"骨"；农民起义之后，他避居扬州，知道灭亡日近，时常对镜自笑，说"好头颅不知会给谁砍掉？"萧后惊问，他强笑着说："贵贱苦乐本来无常，砍头也是常事。"最后终于在扬州被杀。颈联写他在龙舟上广设殿堂，在扬州建"迷楼"的奢靡荒淫行径。"水殿"夜里灯光灿烂，故曰"月下虹霓"；"迷楼"形势高耸，歌舞不停，故曰"天中丝管"。结联写他重修春秋吴国的古"邗沟",自扬州达淮安,筑长堤广栽杨柳;而今"繁华"成为"往事",只有"杨花"吹落还保留历史遗迹和象征他这个姓"杨"的皇帝的下场。

诗篇都用写景叙事之句组成,抒情议论从景与事中表露,所以形象丰富,笔墨妍丽,而意思含蓄深微。颔联全用名物性词语组成,不用动词及虚字,与《虎丘题壁》中间两联的句法相同,而意思更为曲折。人民的严重灾难到独夫的可笑下场,沉痛的控诉和冷隽的讽刺,毕见于十四字中,而又只提实事,不着明言,复杂难状的情况,用行云流水般的轻灵妙语表达出来,意匠经营,巧妙无比。

(陈祥耀)

吴兆骞

吴兆骞（1631—1684），字汉槎，江南吴江（今属江苏）人。幼具隽才，与彭师度、陈维崧有"江左三凤凰"之目。诗摹唐音，惊才绝艳。顺治十四年（1657）举人，以江南科场案牵连，流放宁古塔（今黑龙江宁安）二十余年，诗风变为雄浑苍凉。文工骈体，名播朝鲜。后得友人之助，于康熙二十年（1681）纳镪赎还，大学士明珠聘为西席。有《秋笳集》。 (李学颖)

次沙河砦

客程殊未已，复此驻行装。

世事怜今日，人情怯异乡。

月临边草白，天入海云黄。

莫恨关山远，来朝是乐浪。

这是一首行役诗。江南科场案处理最酷，考官全部处死，作者与其他一些举人在系狱年余之后，决杖遣戍，于顺治十六年（1659）闰三月自北京起程，押赴宁古塔戍所，诗即途经沙河砦所作。他时年二十九岁。

诗的首、尾两联记行程，中间一联言情，一联写景，是五律的标准布局。

一开始"客程殊未已"，就给人以道路漫长，仿佛永远走不到尽头的感觉，使人产生压抑感。唐时宋之问流徙岭南时也曾有"我行殊未已"的诗句，作者处在共同的境遇，很自然地用了共同的语言。次联承首句，写"客程"中的心情与感受，极沉痛而出之以淡语。其"世事"之残酷，"今日"之悲惨，以及一般人尚怕异乡作客，何况罪人，读者都可想象于言外。三联承次句，写驿站纵目所见，景中寓情。白草黄云，本是北地荒原常见的景色，自有一种浑朴苍莽之美，然而作者此时决无欣赏北国风光的闲情逸致，只能使他回忆起家乡的花放莺飞，更添一番伤感。尾联翻转一步，以放作结，与首句遥相呼应。"乐浪"，汉郡名，今属朝鲜。这里只是泛指更远的地方。作者的"恨"，也必然随之更深了。

宁古塔当时还未经开发，被视为荒寒可怖的极边不毛之地，所谓"无往理亦无还理"的地方。作者以江南名士罹此奇祸，其悲愤惨怛可想而知。然而这首诗却写得含而不露，多潜台词、画外音。在当时的政治高压下，以作者的身份，转喉触忌，因此半吞半吐，有言不尽，也就不足为奇了。代表官方的《四库全书总目》说他"但有悲苦之音，而绝无怨怼君上之意，犹为可谅"。如果不是采取这种态度，不要说生还，就是要想老死穷荒也未必容易吧。

（李学颖）

夜　行

　　惊沙莽莽飒风飙，赤烧连天夜气遥。

　　雪岭三更人尚猎，冰河四月冻初消。

　　客同属国思传雁，地是阴山学射雕。

　　忽忆吴趋歌吹地，杨花楼阁玉骢骄。

　　这首诗作于吴兆骞开始流放生涯后不久，大约是他到宁古塔后的第一个春天，即顺治十七年（1660）。也许是由于有着充分的思想准备，流放地似乎不至像预期的那样可怕，加之受到当地长官的礼遇，作者的情绪已稍为安定。

　　诗的前四句写夜行所见之景，由见引起三联之"思"，由思引起尾联之"忆"，一气直下，工密而浑成。

　　作者善于抓住最典型的事物来表现。北方游牧民族在进行大规模狩猎时，在事先指定的猎场周围堆积柴草，放火呐喊，以驱赶野兽。诗中虽未作详细描述，但黑漆深沉的夜气衬托着映红了天空的猎火，可以想象出夜猎场面的壮观。加上雪岭冰河，狂风惊沙，勾勒出北大荒粗犷雄放，辽阔荒凉的特色。而"吴趋（吴趋坊，是苏州著名繁华地区）歌吹"，"杨花楼阁"，又呈现一派骀荡明媚、烂漫喧阗的江南春光。这两者天南地北，真如风马牛之不相及，但经第三联的联结过渡，就显得非常自然了。

作为全诗关键的第三联，采取交错开阖的写法，以第六句总束前两联。"学射雕"说明作者已开始努力适应环境，当然这还是不得已的，其中隐含着自己可能长期甚至永远投老穷荒这一残酷的现实，因此思乡之情更切。西汉苏武被拘匈奴十九年，相传靠雁足传书始得归汉廷，归后任典属国的官职。故第五句以苏武自况，希望也能有雁足传书把音讯带回家乡，由此兴起尾联。承上启下，最见功力。

诗中运用了强烈的对比手法，此地风沙扑面，河冰初解之时，即故乡杨柳春风，歌吹喧阗之日；今日学射雕的罪徒，即昔日骑玉骢的公子。全诗无一字伤感，而伤感之情溢出纸上，较诉苦陈怨者更为动人，达到了"含不尽之意见于言外"的境界。 (李学颖)

帐　夜

穹帐连山落月斜，梦回孤客尚天涯。

雁飞白草年年雪，人老黄榆夜夜笳。

驿路几通南国使，风云不断北庭沙。

春衣少妇空相寄，五月边城未著花。

此诗作于顺治十八年（1661）至康熙元年（1662）间。其时作者已在流放地生活了三年左右，他的妻子葛氏尚未来戍所相伴，故有少妇寄衣之语。

诗从一梦醒来写起。梦醒之初，迷离惝恍，及至看清了落月斜照，穹帐连山，方悟自己仍是孤客，尚在天涯。虽始终不言所梦，也已经可以想象他梦中是身在故乡，与家人团聚，无限的温馨欢愉。他多么希望这个梦永远做下去，而醒后又是多么失望。因此，帐外几年来看惯了的白草黄榆，听惯了的雁唳笳声，此刻突然都显得那么单调乏味，令人厌烦！

三联宕开一步，仿佛离题甚远。当时沙俄经常侵扰我黑龙江边境，顺治十七、十八年宁古塔地区均有小规模的战事，作者虽在流放之中，也曾写过不少充满爱国激情的诗篇，这就是"风云不断北庭沙"的背景。在这样的特定环境下，忽然见到来自南国的驿使，带来妻子手制的春衣，作者心情的激动可想而知。尽管边地没有春天，春衣实际无用，然而见到它就如同见到了妻子和家人，体会到一针一线中凝结着的闺中关怀思念之情，回想起昔日天伦欢聚之乐。于是此夜梦中还乡，也就是必然的了。这时我们才明白全诗都是围绕梦境而写，一句也不曾离题。

　　这首诗结构独特，一起先写梦醒之后，结尾方出入梦之由，因果倒叙，增加了诗的曲折性，耐人寻味。这种写法，从杜甫《闷》诗脱胎，却不着痕迹，是用笔巧妙之处。

（李学颖）

彭孙遹

彭孙遹（1631—1700），字骏孙，号羡门，又号金粟山人。浙江海盐人，顺治十六年（1659）进士。康熙十八年（1679）举博学宏词第一，官至吏部侍郎。诗工近体，词气和平。有《松桂堂集》《延露词》。　　　　　　　（马祖熙）

秋日登滕王阁

客路逢秋思易伤，江天烟景正苍凉。

依然极浦生秋水，终古寒潮送夕阳。

高士几回亭草绿，梅仙一去岭云荒。

临风不见南来雁，书札何由到豫章。

　　作者中年作客豫章（今江西南昌），曾作《豫章城下送春有怀故园兄弟》诗。这年秋天，登滕王阁，盼望得到故园书札，凭高纵目，深有所感，因而作有此诗。滕王阁为唐高祖子元婴官洪州刺史时所作，后世屡有修建，为豫章名胜，因元婴封滕王，故名。

　　起笔两句写逢秋感伤之情。人们在秋天本来易生愁思，客中逢秋，更加易于伤感，而江天苍凉的烟景，却又使人触景怆怀，此情此境，对于诗人来说，是感受特深的。三、四两句，"极浦"，指远浦，"生秋水"，再点"秋"字，本来滕王阁附近有南浦。王勃诗云："画栋朝飞南浦云，珠帘暮卷西山雨。"(《滕王阁序》)"寒潮送夕阳"，点出登临时间是在傍晚。"终古"，表示从古就是如此。两句暗示自然界年复一年，变化并不显著，而人的处境则易于变化。五、六两句从人世的变更，致怀古之思。"高士"指徐穉。徐穉字孺子，南昌人，后汉高士。陈蕃为豫章太守时，不接待宾客，唯设榻以待徐穉之来。旧南昌府治南有东湖，湖之南有徐孺宅，即徐孺亭之所在，诗人杜牧、黄庭坚皆有题咏。诗句表明高士亭边几回春草舒绿，以示年光之易逝。"梅仙"句，梅仙指梅福。梅福字子真，汉九江寿春人，曾补官南昌，后弃官归隐，王莽专政时，他离开妻子，变姓名，为吴市门卒，相传有成仙之说，故称梅仙。这句表明自梅仙去后，岭上惟有荒凉的秋云来往而已。诗人感慨人事易于更改，流光逝去也速，像徐穉、梅福这样的高人逸士，后来人能继其高风亮节者已经很少了。结句"临风不见南来雁，书札何由到豫章"，回映起句，由客中秋思，归结到思乡之情。感叹登临高阁，却还未见南雁飞来，因此也无由得到故园书札。作者怀归不得，连故乡的书札也难得到，则其心情之惆怅，心事之凄苦可知。

作者诗风绵丽，此诗思致清婉，可见其风格之一斑。　(马祖熙)

王士禛

王士禛（1634—1711），死后因避雍正（胤禛）讳，改称士正，乾隆朝诏改士禛，字子真，一字贻上，号阮亭，又号渔洋山人。原籍山东诸城，祖上迁居新城（今山东桓台），遂为新城人。顺治进士，累官至刑部尚书。卒谥文简。王士禛是清初重要诗人，康熙朝数十年为诗坛盟主。论诗承继唐司空图"自然""冲淡"，宋严羽"妙悟""兴趣"之说，以"神韵"为宗旨，沾溉一代，影响极大。创作上洒脱自然，意蕴清悠，别有情致，尤以绝句为擅场；律诗及古体诗中亦有一些气势雄放、格调苍熟之作。主要著作有《带经堂集》《渔洋精华录》《渔洋诗话》等。

（宫晓卫）

南将军庙行

范阳战鼓如轰雷，东都已破潼关开。

山东大半为贼守，常山平原安在哉！

睢阳独遏江淮势，义激诸军动天地。

时危战苦阵云深，裂眦不见官军至。

谁欤健者南将军，包胥一哭通风云。

抽矢誓仇已慷慨，拔剑堕指何嶙峋。

贺兰未灭将军死，呜呼南八真男子。

中丞侍郎同日亡，碧血斓斑照青史。

淮山峨峨淮水深，庙门遥对青枫林。

行人下马拜秋色，一曲淋铃万古心。

诗题下原有注:"在泗州,南公霁云乞师处。"这是王士祯在康熙三年（1664）从扬州出游至泗州（今安徽泗县），拜唐将南霁云庙,感怀其壮烈事迹,所作的歌行体怀古诗。

南霁云,顿丘（今河北清丰西南）人,为张巡部将。安禄山叛乱时,霁云从张巡坚守睢阳（今河南商丘南）。城中食尽,霁云突围求外援,往驻临淮的河南节度使贺兰进明处。贺兰嫉妒张巡声威,不肯出兵,霁云只身重回睢阳,城陷被执,不屈而死。后人为之立庙于泗州。

本诗分几个层次叙述了这段历史。前四句写范阳节度使安禄山叛,战乱蜂起,太行山以东大部分地区已沦陷,形势严峻。再四句写张巡坚守睢阳,忠义之气激励军心,阻遏了叛军侵入江淮;然而"时危战苦阵云深,裂眦不见官军至",苦战切盼援兵不到,情势十分危急。于是唤起下四句南霁云的出外求援,勾勒了南霁云见贺兰进明时悲壮激昂的气概。春秋战国时,吴攻楚,楚大夫申包胥赴秦乞师,立于秦庭,倚墙而哭,七日里日夜不绝声,勺饮不入口,秦遂出兵。"包胥一哭"喻南霁云求援于贺兰时的急迫与恳切。当南霁云见贺兰时,贺兰虽不愿出兵,却爱霁云英勇,欲留为自己部下,具食奏乐,延请霁云入坐。霁云不肯食,说道:"云来时,睢阳之人不食月余矣,云虽欲独食,义不忍,虽食,且不下咽!"拔佩刀断一指,鲜血淋漓,以示贺兰。"嶙峋",形容霁云的忠肝义胆,气度激昂。他知贺兰无出兵相救之意,即驰出,将出城,抽箭射入佛塔砖中,愤慨发誓:"我归破贼,必灭贺兰,此矢所志也!"（引文均见韩愈《张中丞传后叙》）下面四句痛惋霁云的壮志未酬身先死。

霁云在兄弟中排行第八，故称南八。"中丞侍郎"指张巡和姚訚，二人也在城破之日被执，不屈而死。最后四句承"照青史"而出，写英雄事迹青史留名，为后世人所敬仰。从谋篇而言也是结尾扣题，至此南将军庙及诗人前来凭吊才被道出。承上面对史实的叙述、感慨而来，"淮山""淮水""青枫林"这些实景显然已具有了寓意；但前面的叙述，同样也可视为诗人下马拜庙心理活动的说明，结构可谓浑然天成，极见功力。末句借安禄山反时，唐明皇在入蜀道上作《雨霖铃》曲悼念杨贵妃的故事，抒写后人对像南霁云这样在大乱之时英勇献身健儿的追思。

这首诗叙事节奏有致，各环衔接自然，气势激越，饱含激情，反映了王士禛把握各种风格诗篇的娴熟技巧。 (宫晓卫)

秋 柳 诗

（四首）

秋来何处最销魂？残照西风白下门。
他日差池春燕影，只今憔悴晚烟痕。
愁生陌上黄骢曲，梦远江南乌夜村。
莫听临风三弄笛，玉关哀怨总难论。

娟娟凉露欲为霜，万缕千条拂玉塘。
浦里青荷中妇镜，江干黄竹女儿箱。
空怜板渚隋堤水，不见琅琊大道王。
若过洛阳风景地，含情重问永丰坊。

东风作絮糁春衣，太息萧条景物非。
扶荔宫中花事尽，灵和殿里昔人稀。
相逢南雁皆愁侣，好语西乌莫夜飞。
往日风流问枚叔，梁园回首素心违。

桃根桃叶镇相怜，眺尽平芜欲化烟。
秋色向人犹旖旎，春闺曾与致缠绵。

新愁帝子悲今日，旧事王孙忆往年。

记否青门珠络鼓，松枝相映夕阳边。

顺治十四年（1657）秋，王士禛客居济南，常与历下名士游。据其自称，某日和朋友聚饮大明湖上水面亭，亭下杨柳披拂水际，绰约近人，而叶始微黄，乍染秋色，遂怅然感赋秋柳诗四章（见《菜根堂集序》）。为诗人所始料不及的是，诗一出，竟有"和者数百人"（《自撰年谱》）的影响，"底事销魂秋柳句，雪泥鸿爪动时贤"（马维翰《书渔洋山人精华录后》），由是士禛诗名大噪，是诗既为其成名作，也可称清代诗坛影响最大的作品之一。

诗前原有小序："昔江南王子，感落叶以兴悲；金城司马，攀长条而陨涕。仆本恨人，性多感慨。情寄杨柳，同《小雅》之仆夫；致托悲秋，望湘皋之远者。偶成四什，以示同人，为我和之。丁酉秋日，北渚亭书。"（见《渔洋集》，后刻本大多未收）序的前两句写"秋"，"江南王子"指梁简文帝萧纲，在他的《秋兴赋》里有"洞庭之叶初下，塞外之草前衰"句，感草木摇落而情生悲凄；三、四句写"柳"，"司马"指东晋大司马桓温，《世说新语》载，温北征经过金城，"见前为琅邪时种柳，皆已十围，慨然曰：'木犹如此，人何以堪！'攀枝执条，泫然流泪。"因柳的变化，悲韶华易逝，生命迟暮。这里用两个典故，揭出自己"情寄杨柳""致托悲秋"的心境亦如古人，这种情愫，确定了诗的基调。

诗作于明亡不久，其时朝代更替的社会大动荡刚过，明遗民甚众。在这样的时代，由一位年仅二十四岁的年轻人感慨盛衰无常，悲叹故物飘零，就不难理解其何以会有巨大的感染力，能够引动那么多人的共鸣了。也正因为如此，诗的主旨也每每被人们揣测为有故国之思和沧桑之痛。先分别看看这四首诗。

第一首，开头两句，"白下门"是今南京在六朝时的城西门名，代指南京。李白《杨叛儿》诗："何许最关人，乌啼白门柳。"钱起亦有"秋风疏柳白门前"（《送冷朝阳归上元》）句。士禛为诗，喜袭前人佳句，以巧取暗合为快，不过这一联虽脱胎于前人，以身处大明湖遥思白下门，意兴就不仅系于明湖之秋柳了。南京在六朝时是国都，明王朝最初也建都于此，昔日的繁华都市，而今呈现的竟是李白《忆秦娥》词里描绘过的"西风残照"的荒凉景象，由古今盛衰的对比，写出黯然销魂的心境。如果说这两句的盛衰对比读者还须在熟悉历史的前提下从联想中去感受，三、四句就带有直观的景象比照了。这两句前借沈约"杨柳垂地燕参差"（《阳春曲》）成句描画春日里燕子穿翔于柳丝间、活力饱满的情形，后衬之以现实的秋柳在黄昏里的憔悴迟暮之态，反差愈加清晰而强烈；尤其是突出以"他日""只今"，情绪已直落入凄凉的悲哀之中。五、六句用了两个典故，黄骢是唐太宗平定中原时的乘马，后在征辽时马死于道，太宗命乐工撰黄骢叠曲以示悲悼（见《乐府杂录》）；"乌夜村"是晋代何准隐居地，何准女儿降生时，群乌夜啼，故名（见范成大《吴郡志》），其女后来成为晋穆帝皇后。句中以"愁生"痛惜骏马的死不复生，以"梦远"悲叹繁华梦的不能重现，承前四句思绪而下，更达到了那种毫无振作希望的幻灭境界。这时好像有人在秋风里吹笛，这悠扬的笛声，在幽怨颓丧的意识里也显得如此凄咽难耐，诗人由此联想到关于柳的又一典故，于是压抑的情绪与当年边关将士悲叹"春风不度"有了共鸣，最后以"总难论"结煞，归结在无所躲避、不能排解的深深的幻灭感中，两句自王之涣"羌笛何须怨杨柳，春风不度玉门关"（《凉州词》）句化出，"临风三弄"典出《世说新语》桓子野为王子猷三弄笛事，指吹笛，暗扣王之涣诗之"羌笛"。

二、三、四首仍如第一首的风格，借大量用典、跳跃式的联想抒写盛不再来的幻灭之悲。

第二首开篇不似前一首的压抑，用很美的语辞写池塘边秋柳的姿态，露珠娟美，水面如玉，然而，由露将成霜的清凉，柳枝掠影扶疏的萧条，透出的还是凄清冷瑟的气氛。三、四句先写水中荷叶尚光洁鉴人，再由柳的色衰将美色不能长久的感慨委婉道出。"江干"句是因秋柳的叶始微黄联想到江边黄竹，从而挪用古乐府《黄竹子》的"江干黄竹子，堪作女儿箱"的成句，表述物类相似的感觉。诗前半写景，后半抒情，在貌似平静的物态描摹中折转，仍走向盛衰无常的幻灭之中。五、六两句，据《隋书》载，炀帝自板渚引河达于淮海，谓之御河；河边种柳树，名隋堤；后一句诗中原有小注："借用乐府语，桓宣武曾为琅琊。"桓宣武即桓温。古乐府有《琅琊王歌》："琅琊复琅琊，琅琊大道王。阳春二三月，单衫绣裲裆。"两句是说昔日的隋堤杨柳还在，而物是人非，当年的繁华却不见了。最后两句意思相同。"永丰坊"，唐代洛阳的坊里名，白居易曾作《杨柳枝词》云："一树春风千万枝，嫩于金色软于丝。永丰西角荒园里，尽日无人属阿谁?"此诗一时传遍京都，据说唐武宗曾下诏旨取永丰坊柳两枝植于禁苑。这段杨柳"一树春风"的历史早已过去。如果今日重过洛阳，含情重问，唯有在追怀中空自惆怅而已。

第三首思绪、运笔与第一首相仿，首联写春去秋来，叹息物过景迁，萧条代以繁盛。次联再举昔盛今衰两例，强调此意。"扶荔宫"，汉宫名，汉武帝曾于宫中植奇花异木;"灵和殿"，南朝宫殿名，《南史·张绪传》载，刘悛之为益州刺史，献蜀柳数株，条状如丝缕，齐武帝感其风流可爱，植灵和殿前赏玩。往昔盛极，而今却是已"尽"、已"稀"，盛衰无常，秾华易谢，透露的仍是深深的幻灭颓放情绪。第三联由物事的盛衰转为思绪的忧愁。因人情绪的低落，感到秋风里的归雁也充满着愁态，好景不再，还谈什么人间男女的欢爱呢。"西乌夜飞"，南朝乐府歌曲名，系写男女思慕之情。末联承接上句，借枚乘与柳的典故，抒发风流已属往日，今昔对比，不堪回首的感慨。枚乘字叔，汉武帝时辞赋家，仕梁孝王刘武，当年梁孝王常集文士在自家园囿游宴赋诗，《西京杂记》记枚乘曾于梁园作《柳赋》。

第四首笔意运转更接近第二首。也是前四句用颇优美的笔调描摹秋景柳姿，而内中透出的也还是时已迟暮的情怀。"桃根桃叶"原是晋人王献之两爱妾，姐名桃叶，妹名桃根，献之曾为姐妹作歌:"桃叶复桃叶，桃树连桃根。相连两乐事，独使我殷勤。""镇"，总是。桃根桃叶既实写美丽的女子和她们的爱情，也用以喻指柳树情态的可爱，然而美丽的女子和她们的爱情、可爱的情态，却早已化为秋烟一片，只是满目荒芜了。三、四句笔法相同，尽管秋柳姿态仍旖旎可怜，毕竟也不再如春柳所能带给人的缠绵情思了，句出王昌龄《闺怨》诗闺中少妇"忽见陌头杨柳色，悔教夫婿觅封侯"之意。五、六句，"新愁帝子"的帝子谓曹丕，丕曾因见十五年前自己植下的柳树，感物伤情作《柳赋》；"旧事王孙"谓汉宣帝，《汉书·眭弘传》载，宣帝继位前，上林苑有大柳树断枯卧地，忽立起复生，以为汉宣帝将继帝位祥兆。两句写胜事在往年，今日空余悲。最后两句，语出古乐府《杨叛儿》歌："七宝珠络鼓，教郎拍复拍。黄牛细犊儿，杨柳映松枝。"歌中描绘的是歌舞乐事，句中以"记否"二字一下将其化为不可追踪的往事，留下的是深深的幻灭的余音。

从诗中可以看出，放在当时特殊的历史环境中，诗人的一些用词用典是极易与前述怀明之说产生联想的，如第一首在南明犹存，义军活动频繁之时，开篇即遥思南京，意绪牵挂"江南"，说"萧条景物非"似意指朝代更替，"残照西风"则旨在浮现亡国景象；第二首的美女与洛阳则可隐扣明福王及其故妓；第三首的"南雁"或谓南方明遗老，"风流问枚叔""回首素心"又像暗写钱牧斋，等等，笔意与当时的传闻多相暗合。它们若明若暗，牵动人的浮想，加之王士禛是在明代度过的童年，他的祖父、父亲作为明遗民均入清不仕、隐居乡里，后来的论者已大都倾向于本诗确有怀明悼亡之意。实际上，早在清乾隆年间这组诗就因涉嫌怀明被人"奏请禁毁"（见陈康琪《郎潜纪闻》）过，虽然它终于过了关，使怀明之说仍让人感到扑朔迷离，但也说明在读者的再创造中是一直有人是这么认识的。

作为即景抒情，仁兴而就之作，诗人借大量与柳相关的典故，巧妙地把复杂的心绪融在用典之中，从而使这组诗不仅以其精神上的怀旧与幻灭感赢得了人们的共鸣，也以其艺术上的成功表现，确立了在清诗坛中的地位。它那俯仰宛转、无限低回、意寄深幽的韵致，以及流美的声调和写景抒情中意念的自然流动美，常被推作王士禛"神韵"论的代表作。不过，就时间言，这组诗的问世要早于其"神韵"之说的提出。

（宫晓卫）

登 金 山

（二首选一）

振衣直上江天阁，怀古仍登海岳楼。

三楚风涛杯底合，九江云物坐中收。

石簰落照翻孤影，玉带山门访旧游。

我醉吟诗最高顶，蛟龙惊起暮潮秋。

金山位于镇江，与扬州仅一水之隔。王士禛在扬州时经常出游到此，题咏甚多，只是本诗所表现的颇为豪健雄阔的风格，较之诗人在扬州咏写水乡景物诗作总体风貌的清舒婉丽、飘渺蕴藉自是不同，反映了诗人创作不拘一格的特点。诗作于顺治十七年（1660），一组二首，此选其一。

开篇"振衣直上"四字气势已出。"江天阁"即金山寺，在金山顶。"海岳楼"，相传米芾曾居住过，额匾为其手书。一、二句入题，并以"怀古"唤起下联。"三楚"两句承登高"怀古"出。在金山顶置酒小酌，凭高极目，"三楚""九江"如汇合杯底，尽收坐下；江天宽广，一览无余，令人胸襟开阔而有囊括天地之概。"三楚"，汉时称江陵（今湖北江陵）一带为南楚，吴（今苏州一带）为东楚，彭城（今徐州）一带为西楚，金山的地理位置恰近乎三楚之间；"九江"，泛指三楚地域的江河水流。在这阔大的地域里，千百年来发生过多少轰轰烈烈的历史故事！将历史的变幻喻为自然实景的"风涛""云物"，境界尤为浑阔豪壮。使人好像对壮观的历史以及诗人纵横开阖、奔腾不已的浮想也有了真切的感受。

五、六两句从登临的浮想翻回到现实，转笔实写江山名胜。"石簰"，山名，又名三石山，石排山。夕阳西下，石簰山影在落照中翻动于水上，这是远景；"玉带"，相传是苏轼留给金山寺的镇山门之物（见王世贞《苏长公外纪》），今仍存金山寺，这是诗人眼前近物。一远一近，紧扣诗题。而平述以"访旧游"，虽似不经意，却使之承上启下，既补足"怀古"意，又由对昔日文豪曾到此游览赋诗的联想，激起自己的壮怀诗兴，引发下联："我醉吟诗最高顶，蛟龙惊起暮潮秋。"

最后一联抒情。在"最高顶"俯瞰长江，江水奔涌，惊涛拍岸，大概是因自己激情洋溢的吟诗惊起江中的蛟龙所至吧。将豪放不羁的激情以景语出之，与前面览景的广阔空间和"怀古"的时间跨度相融合，更增添了整首诗腾挪起伏的雄健效果。

王士禛在同题第二首诗里，曾在尽情描摹过登临所见江山胜迹之后，笔锋陡转而为"京口由来开府地，不堪东望尚干戈"，率直地抒写了对李定国、郑成功反清力量仍很活跃、战乱时会发生的不安。作为同时之作，本诗所流露的览胜怀古激情，以及末联中在笔法上与"杯"字相照应、在本诗的情调里更易理解为洒脱的"醉"态，抑或与之不无关系，但要细加考究，就未免扯得太远了。

（宫晓卫）

嘉阳登舟

青衣江水碧鳞鳞，夹岸山容索笑新。

怅望三峨九秋色，飘零万里一归人。

亭台处处余金粉，城郭家家绕绿蘋。

信宿嘉州如旧识，荔支楼好对江津。

康熙十一年（1672），王士禛奉命典四川乡试，在往返蜀道上写下了数百首诗，淋漓尽致地抒发了对蜀山蜀水的感受，本诗即为其一。嘉阳，江名，又称阳山江，在嘉州（今四川乐山）附近。

开头两句写登舟时纵目所见青衣江的秀丽景色。乐山一带，大渡河、岷江、青衣江等数水汇流，而尤以青衣江的水光山色为美，其江水清碧，两岸层峦叠嶂，林木葱茏，以"索笑新"道出所给予观者的娱悦感受，可谓情景妙合。由嘉阳登舟而见青衣江景，乃是因"望"所至，第三句的"望"字承上启下。既因"望"而见景美，也因望见山色已披秋装而念及离家已久，随之而来的是一种思乡的惆怅孤寂情怀，这样的情怀用王维那句"万里一归人"（《送丘为落第归江东》）揭出，自是贴切不过的。青衣江岸的山峦均系峨眉山脉，山脉自岷山分出，有大峨、中峨、小峨三山，以"三峨"概言群山，用阔大的景观反衬"一归人"的孤单寂寥，画面颇为空阔而饶有韵致。人之将行，自然要回顾所居住过的地方，随着诗人视野的移动，诗下半部分笔头调转，写处在山光水色里的嘉州城风貌。"亭台"句，略带夸张地称述了城市的繁华绮丽，"城郭"句，则描绘了其地的优美水乡风光和环境的宜人。两句以诗人的总体印象写嘉州城的令人难忘之美，而在夸赞的笔调里所隐寓的留恋之情又由下句明白说出。"信宿嘉州如旧识"，再宿称信，在嘉州城只住了两夜，对其地就有着如老朋友般相谐相宜的感觉，离别之际，终不免有着惜别之意。但诗句的直接抒情并没有再加展开，却以"荔支楼好对江津"的景语戛然收束，此时此景，读者似乎看见诗人站在已启动的船上正痴痴凝望着嘉州城那依稀可见的荔支楼，不着情语，惜别的情愫已跃然纸上，回味无穷。沈义父《乐府指迷》说："结句须要放开，含有余不尽之意，以景语结情最好。"虽为谈词，于本诗也可作如是观。

(文益人)

史局漫兴

南山种豆忆长林，东观淹留谐隐心。

巫峡猿啼兵未解，武溪鸢跕岁将阴。

牢愁不畔中山酒，慷慨还为《上堵吟》。

櫜笔年年竟何补，虚将衰鬓点朝簪。

"史局"，即史馆，为封建社会官修史书的机构。明、清时史局设在翰林院。朝廷要编修某一代国史而成立编修部门，称"开史局"。清康熙十八年（1679），翰林院开史局修《明史》，同年王士禛在翰林院充《明史》纂修官，有感而作本诗。"漫兴"，亦如"杂兴"，谓有感兴而率意赋之，抒情自由，不必刻意求工。

一、二句开门见山，点出感兴的主旨在"隐"。"南山种豆"，典出《汉书·杨恽传》，汉宣帝时，杨恽被免官家居，种豆南山；"长林"，茂林，喻隐者所居。这一句写诗人常有山林归隐之思。尽管王士禛入仕后宦途通达，但退避官场、啸傲林泉却是他诗里经常咏唱的主题，这或可看作汉族知识分子在清廷任职的不安全心理的反映。第二句承上而出，既有山林意，那么入局修史正谐合此"隐"心。因为在这里虽仍处官场，却能静观官场风波而不至陷人，与他人无利害冲突而"隐其形"，可谓"官隐"。"东观"，汉代洛阳宫中殿名，为当时修史处，此借指翰林院。三、四句一笔宕开，转写时局，以看似"漫兴"的不经意跳跃之笔，揭出欲隐之意又在于对政治风云的担忧。康熙十八年，三藩之乱尚未平息，"巫峡"句指出西南战事不停。"巫峡"，长江三峡之一，郦道元《水经注》："巴东三峡巫峡长，猿啼三声泪沾裳。""武溪"句谓湖南一带时势也不安定。"武溪"，溪名，源出湖南临武县桐柏山，传说其地瘴气很重，飞鸟经过，常坠水死，汉代马援征蛮至此曾说："毒气重蒸，飞鸢跕跕坠水中。"此以岁晚时节武溪的阴惨景象喻当时局。时局的动荡不稳，引出五、六句诗人的忧患、兴亡的感慨。作为一个出生在明末、祖辈均为明代臣民的诗人，王士禛对三藩之乱的心境是十分复杂的，面对清政权的巩固，他并不希望动乱，而由明旧将的反叛，又不免唤起他身为汉人的兴亡之慨，这一联，透露的正是这种情绪。"畔"，离；"中山"，今河北定县，历史上以酿酒出名，句意为借酒消愁。"《上堵吟》"，见《水经注》：孟达为新城（今湖北房山）守，登堵水白马塞而叹曰："刘封、申耽据金牛城千里而更失之！"为《上堵吟》。此借以表示兴亡之慨。最后两句抒发文职官员于事无补、无足轻重的感叹。"橐"，一种小囊，古时皇帝近臣持橐簪笔，以备记事，遂以"橐笔"代称文官。"点"，忝，有愧于；"朝簪"，官位。承"牢愁""慷慨"之思顺势转下，叹息身为文官而无补于事，虽具官职却形同虚设，思绪从而与开篇呼应：入史局岂不是可权作退隐之地！

　　本诗是入史局后的感兴，所以兴之所至多假借历史典故以抒发感慨，风格与诗题和谐统一，于"掉书袋"中见自然风致。（宫晓卫）

题赵承旨画羊

三百群中见两头，依然秃笔扫骅骝。

竭来清远吴兴地，忽忆苍茫勒勒秋？

南渡铜驼犹恋洛，西归玉马已朝周。

牧羝落尽苏卿节，五字河梁万古愁。

赵承旨，即赵孟𫖯，原为宋宗室后裔，入元后以遗逸被召，元仁宗时任翰林学士承旨。赵孟𫖯善诗文，尤工画，他的这幅画羊图，从王士禛的诗意看，显然是作为入元后作品看待的。在诗中，诗人揣测了赵氏仕元作此画的心境；又因为本诗是作于康熙二十八年（1689），当时王士禛正在新城老家居父丧，似乎又可勾联到其祖父、父亲入清均不仕，自己虽为清廷显宦，并不忘汉的隐情。

诗开篇概述画面及其风格。"三百"乃极言画面羊群之庞大，语出《诗经·小雅·无羊》："谁谓尔无羊，三百维群。"草原上的羊群数量甚众，画家在勾勒其面貌的基础上突出画了两只，于是画面既有开阔之气势，又有细致之精神，点面俱到，灵动鲜活。仅以七字道出，反映了诗人高度的概括力。之后，再用杜甫"戏拈秃笔扫骅骝"（《题壁上韦偃画马歌》）成句，补出画家的洒脱风格。画面述过，后面一转而为对画意的探究。赵孟𫖯生活在"清远吴兴地"，在其《吴兴清远记》文中，称述"吴兴山水清远"，对自己生活的地方颇为赞赏和陶醉，然而，其思绪何以会一跃而至塞外游牧之景呢？强烈的环境反差，足以引起人们探究的兴趣。由是笔触顺势转下，导出诗人对画意的解释。《晋书·石季龙载记》说，后赵君主石虎建都于邺，把洛阳的两头铜铸骆驼迁移到邺；《论语·比考谶》："殷惑妲己，玉马走。"赵氏也有"当年玉马已朝周"（《钱塘怀古》）的诗句。这里用铜驼恋洛、玉马朝周的典故，借指赵孟頫的"忽忆"，是因为身虽仕元，却仍依恋故宋，但他毕竟已是"玉马走"了，将"玉马"比赵氏，虽系用其成句，亦透露了诗人的憾恨。由画面"苍茫勒勒秋"的景观，人们不难联想到苏武出使匈奴，持汉节牧羊十九年不屈服的故事，相形之下，赵孟頫的仅是不忘故宋，气节上终是不如的。其中留下的遗憾，也就与身在匈奴的李陵在送苏武归汉时所作诗中流露的不得南归的哀愁相通不悖。李陵《与苏武诗》中有"携手上河梁，游子暮何之"句，说"五字河梁万古愁"，点出了赵氏作画的苦衷。实际上，如联系到赵氏晚年诗作中不时有对国破家亡、追思故国悲怀的直接抒发，其愁情更是不言而喻的了。不过，诗人在这里以"万古"加以强调，是否又隐现着其自身的同感呢？身处清廷文网高张之际，王士禛在诗里大量用典，使之句句有出处，因之回避了自身与现实，是十分巧妙的；而且用典不离题画之旨，处处妥帖吻合，紧扣诗意，从技巧上说又是相当成功的，自可为"神韵"论用典之说的佳作。 （宫晓卫）

再过露筋祠

翠羽明珰尚俨然，湖云祠树碧于烟。

行人系缆月初坠，门外野风开白莲。

　　本诗作于清顺治十七年（1660），时王士禛在扬州任推官。露筋祠距高邮（今江苏高邮）三十里，据王象之《舆地纪胜》载，有女子夜过此地，为守节不入农舍住宿，结果被蚊子叮死，筋露于外，当地人为她建祠以纪念。王士禛在出游路上经过这里，就眼前的景物，淡淡的数笔予以勾勒，点染了一种清淡、静谧、沁人心脾的意境。

　　祠中栩栩如生的神像，疏野里为雾气缭绕的祠堂——前两句是静的描写；划破这安谧宁静的是后两句的动：残月初坠之时有人荡舟而至，轻风拂摇着湖面上朵朵洁白的莲花。静中有动，动中更反衬了静，像一幅清淡的水墨画，飘忽朦胧，由境及意，留给人绵绵的思绪，悠长的回味。尤其是最后一句，写守节的女子与纯洁的白莲相依，以隐约、幽微的动景，透出了冲淡悠远的意境和一种明显可感的象征意蕴。《冷庐杂识》载米芾《露筋祠碑记》云：姑娘姓萧，名荷花。乃知这一句既是实写景，又虚照应了姑娘其人，正可谓不即不离，天然入妙。

　　王士禛提倡的"神韵"说中重要内容之一是反对刻意用典，主张伸事用典应妙如镜中之花，水中之月；如着盐水中，但辨其味，不见其形，可以神会，难以言传；又提倡诗如神龙，以传神的"一鳞一爪"来表达饱满的意向，达到突出的艺术效果。《再过露筋祠》即是反映其诗论的力作。明、清两代以露筋祠为题作诗的不乏其人，而无一可与本诗的韵致相匹，所以后人评本诗为"此题绝唱"（见陆以湉《冷庐杂识》）。

（宫晓卫）

江　上

吴头楚尾路如何？烟雨秋深暗白波。

晚乘寒潮渡江去，满林黄叶雁声多。

　　顺治十七年（1660）秋，王士禛任江南乡试同考官，由扬州到金陵（今南京），一夜溯江而上游燕子矶，题写数首诗，本诗是其中之一。

　　首句以提问领起。"吴头楚尾"，指春秋时吴、楚两国交界之地，在今江西省北部，《方舆胜览》："豫章之地为吴头楚尾。"在明、清人诗文中每每泛指长江下游这一段，如明末陈继儒的《重建焦山塔记》，即写此塔如"大江一笔判吴楚"；张岱游燕子矶，更明确称其地处"吴头楚尾"（见《陶庵梦忆》）。据王焯《今世说》载，王士禛夜到燕子矶已是漏尽更深之时，"会天雨新霁，林木萧飒，江涛喷涌"，诗人有感于眼前景致，兴会神到，不吐不快，故而先予设问以为引发之笔。"烟雨秋深暗白波"是江上秋意的总体感受，既点出时令，也概括了天雨刚过、江涛喷涌的物候特征。"暗白波"不仅隐扣"江上"之题，一个"暗"字又承上接下，向上既感"烟雨"之笼罩；向下则唤起后两句，与"晚乘"自然衔接。三、四两句写烟雨秋深之夜渡江的肤受之感。江潮本已"寒"，秋风中林木的萧瑟声和南归大雁的啼鸣，更增添了秋意的寒气。夜晚是看不见林叶颜色的,诗人由秋寒联想到林叶必已黄,反衬了他感觉上的秋意之浓。而由寒潮、黄叶、归雁构成的一幅秋意图,既补足了起句的设问,也因其悠阔清冷的意境,使整首诗余味不绝。　　(宫晓卫)

真州绝句

（五首选三）

晓上江楼最上层，去帆婀娜意难胜。

白沙亭下潮千尺，直送离心到秣陵。

江干多是钓人居，柳陌菱塘一带疏。

好是日斜风定后，半江红树卖鲈鱼。

江乡春事最堪怜，寒食清明欲禁烟。

残月晓风仙掌路，何人为吊柳屯田？

（柳耆卿墓在城西仙人掌。）

《真州绝句》作于康熙初年壬寅（1662），时王士禛仍任扬州推官。真州，宋时建置，在今江苏仪征县，位于扬州西南。王士禛出游至此，有感于当地水乡的风土人情，写下了一组绝句。原作共五首，这里选三首。

第一首写清晨登临江楼望江中行舟。首联直述晨起登楼因见江中去帆而顿生"难胜"之意，以人的感受道出江乡水色的诗情画景。王士禛曾坦率地声称自己平生服膺两句话，一句即是梁萧子显的"登高极目，临水送归，蚤雁初莺，花开花落，有来斯应，每不能已"（见《渔洋诗话》），而今他登高极目，眼见大江浩荡，百舸争流，且江上晨雾的迷蒙更使行帆显出一种轻柔婀娜的朦胧美，自然引发了难以遏制的诗兴。第三句写江潮，这是临水的观感，以"潮"字绾合前句的登江楼、观去帆，同时，也启动下句的"直送离心到秣陵"。至此，把诗人登江楼见去帆所生发的"临水送归"意绪自然道出。流转圆润，毫不生涩。"白沙亭"，在仪征白沙洲上，是诗人眼前之景。"秣陵"，古地名，在今南京附近，这里借指南京，是诗人的思绪所归。

第二首写真州江边渔家风情。首联白描渔家江边居住景致，笔触恬淡疏阔，颇有远离尘世、超然脱俗的情调。后两句写江边傍晚风光。这时候微风不起，渔船归帆，江面宁静；火红的夕阳映红了大江，经江水折射又映红了江岸的垂柳，在如此美丽浓艳的色彩里，渔人将其一日的收获上市了。红的江，红的树，鳞光闪烁的鲜鱼，欢快的叫卖声，一幅色彩丰富，情趣活泼的画面，被组织在简短的十几个字里，与首联相互映衬，一静一动，一淡一浓，抓住江乡的景观特征，画出了它的迷人风采。也正因为这一联描述的准确、意境的突出，使人一读难忘，悠然向往，在当时即被推为渔洋诗中名句而广为人们称道。

第三首写春日江乡的风尚。首联写出时节，为下联的清明扫墓场景铺垫。江南的春事，尤其是清明时节的风尚，是诗人们乐道的主题，王士禛也不例外。当他看到清晨有人往真州城西仙人掌扫墓时，联想到宋代大词人柳永即葬其地，诗情也就随之而来。寒食禁烟，传说起自春秋时介子推事。下联写清明扫墓，不用多笔，只摄取"残月晓风"之时仙掌路上有人往吊柳永这一景，留给读者以不尽的思绪。"残月晓风"，系借用柳永《雨霖铃》词"今宵酒醒何处？杨柳岸晓风残月"成句，转用在此，不仅写景恰到好处，更有着时过境迁、物是人非之感，自然允当。相传柳永死时，家无余资，当地妓女合资将他葬在郊外，每年春天来为他上坟，诗句不说有人，而谓"何人"，意蕴清悠不露，回味隽永，正是渔洋的典型风格。

（宫晓卫）

江上看晚霞

（三首选一）

彭泽县前风倒吹，三朝休怨峭帆迟。

余霞散绮澄江练，满眼青山小谢诗。

《渔洋诗话》："江行看晚霞最是妙境，余尝阻风小孤三日，看晚霞，极妍尽态，顿忘留滞之苦，虽舟人告米尽，不恤也。"《江上看晚霞》一组诗，即记录了诗人当时的这种心态。诗作于康熙二十四年（1685），这年王士禛奉命祭告南海，自粤北返，遇逆风，困顿于长江小孤山三天，饱览了夕阳挂梢、澄江如练的美景，有诗三首，这里选其一。

前两句叙述困行的地点、原因和滞留的时间。小孤山在彭泽县西北长江中，此以"彭泽县前"概言其方位；因"风倒吹"，船已三天不能行了。"峭帆"，指高大的帆。这一联既是纯客观的叙说，也是为映衬烘托江上晚霞的着意之笔。诗题是看江上晚霞，而开篇却不单刀直入径加描述，反先述困在江船中三日不得行这种令人烦恼焦躁的事，铺垫已成，再说"休怨"，从而逗出下联，这样托出的江上晚霞，就使人尤感其美丽的真实和不同凡响。"余霞"句，本于谢朓《晚登三山还望京邑》诗中"余霞散成绮，澄江静如练"两句，"绮"，有花纹的丝织品，喻云霞映日的绚丽；"练"，洁白的熟绢，喻江水宁静如白带铺地。至于眼前那青翠欲滴的小孤山，不免又联想到谢诗中"不对芳春酒，还望青山郭"(《游东田》)句对青山的赞美。满眼的绚烂景致，不都是谢朓诗中曾摹写过的么！奇观美不胜收，诗情四处流溢。写景全用前人语，似过于轻巧便捷，但发于自然联想和实际感受而吻合无间，且刻画准确得当，比之琐碎道来更具回味，恰是诗人"神韵"论的"伫兴而就""不以力构"手段，可谓诗人狡狯的成功处。

(文益人)

送张杞园待诏之广陵

（二首选一）

茱萸湾上夕阳楼，梦里时时访旧游。
少日题诗无恙否？绿杨城郭是扬州。

张杞园，名贞，当时为翰林院孔目，"待诏"，是借古官名称他。张杞园去扬州之前拜见时为刑部尚书的王士禛，王士禛写了两首诗为他送行，这里选的是第二首。第一首的结句是"小别扬州四十年"，王士禛于康熙四年（1665）由扬州入京，可知这首送别诗作于康熙四十三年前后。

王士禛初入仕即在扬州任推官，历时五年。当时诗人风华正茂，年轻潇洒，时时与文朋诗友游历名胜，酾酒唱酬，写下了大量颇有影响的诗词作品，为他日后主盟诗坛打下了坚实的基础。在他的记忆里，扬州的日子是十分难忘的，张杞园既要往扬州，自然勾起了他对昔日的回忆。"茱萸湾"在扬州东北运河支流经过处，诗人仅以此一地为例，再以"梦境"予以强调，抒写了对扬州不能释怀的思念之情。扬州之所以难忘，是因为诗人在那里留有终生引为自豪的文学业绩，于是笔触顺势走向这方面：当年自己在夕阳楼的题诗还完好保留着么？王士禛在扬州之日，足迹几乎游遍了当地及其周围的名胜古迹，每到一地必有诗词，"绿杨城郭是扬州"是他所填《浣溪纱》词中的名句，用当年的成句嵌入诗中，既与"梦里访旧游"、寻问"少日题诗"的存留自然绾合，又紧扣了送别诗题，告慰远行人的目的地是个美好的地方。当然，结合王士禛当时的身份，三、四句的一问一述，也有着一位诗坛领袖的叮嘱及其自得心境。整首小诗结构如行云流水，流转圆润洒脱，着修饰于有意无意间，非高手不能如此。

（宫晓卫）

宋荦

宋荦（1634—1713），字牧仲，号漫堂，又号西陂、绵津山人，河南商丘人。顺治四年（1647）入侍禁中为侍卫，后授黄州推官，累官至吏部尚书。宋荦论诗尊杜甫，但创作上多规仿苏轼。诗与王士禛齐名，时人邵长蘅选其诗与王士禛诗合刻为《王宋二家集》，而其成就及影响都不及王。有《漫堂说诗》《西陂类稿》等。　　　　　　　　　　　　　　　　　　　　　　　（宫晓卫）

海上杂诗

（三首选一）

> 杰阁从前代，平看碧海流。
> 千年留碣石，一发辨登州。
> 潮送斜阳落，风传绝塞秋。
> 倚阑聊咏志，俊鹘下荒洲。

这是作者秋日登山海关城楼观海所作。同题共三首，此选其一。

首联入题，点出题中"海上"乃是由"杰阁""看海"。"杰阁"，诗原有注，谓指山海关城楼。山海关在今河北秦皇岛市东北十五公里，建于明初，诗中因说"从前代"。登关上城楼向南可眺渤海。凭高望远海，既非俯瞰，亦非仰观，一个"平"字，将看海神态准确道出。额、颈两联承"看"而出，是对仗工稳的写景句。"碣石"，在今河北昌黎渤海边，秦始皇曾登碣石山，勒铭自颂功德；魏主曹操也曾"东临碣石，以观沧海"（《步出夏门行》）。在这里，作者未必确乎看见了碣石，倒更可能因渤海、因某一石而产生了对古迹的幽思，于是乎有了登高怀古之意。"一发"形容眺望远处隐约可见的细微影子，在海边天际时隐时现，宛如发丝的陆地，大概就是海对岸的登州（今山东蓬莱）了，由"辨"字写出人的揣测。境界至此显得宽广而辽远，非纵目极望不可至。在眺望和联想中，不觉时间的悄然流逝，"潮送"一联透露了海上的所见所感，此时，夕阳西下，在落日的映衬下海水潮涨，像是渐渐送走了夕阳，海潮与落日，构成了一幅壮丽奇观。起风了，从它的劲疾冷瑟，使人似乎感到了关北塞外苍茫秋色。海阔天高，在饱览之际人的思绪不禁为之激奋，于是尾联由写景宕开，而以抒情收束："倚阑聊咏志，俊鹘下荒洲。""俊鹘"即鹰一类的大鸟，也叫隼。以景语作结，意在表现心境开阔、无所拘束、思慕奋飞的心境，使整首诗写景与抒情粘连，避免了生涩突兀之病。

从本诗的前写"一发辨登州"，后写"俊鹘下荒洲"，显然可见所受苏轼"杳杳天低鹘没处，青山一发是中原"（《澄迈驿通潮阁》）句的影响。苏诗是写遭贬之际羁旅思乡的情怀，宋荦则转以抒写仕途坦荡、壮思欲飞的心绪。虽然处境不同，情调自异，却化用自然贴切，毫无勉强牵合之感。

（宫晓卫）

乌 江

落日乌江系小船，拔山气势想当年。
一间古庙荒烟外，野鼠衔髭上几筵。

在楚汉战争中，项羽为刘邦击败，由垓下（今安徽灵璧南）突
围至乌江（今安徽和县东北）自刎身死。后人于乌江镇东南凤凰山
筑霸王墓、立霸王祠以纪念。宋荦在这首《乌江》诗中，以显明的
今昔对照，抒发了世事兴亡的感慨。

首句扣题。是因为诗人黄昏时分泊舟在乌江畔，见到了霸王祠，
才生发了怀古之思，于是导出第二句，"拔山气势想当年"，乃想当年
拔山气势之倒装，既为合韵，也突出"拔山气势"四字，特立劲挺、
尤为醒目，为加强古今对比的反差效果预以铺垫。项羽被困垓下时，
闻四面楚歌，曾对爱妾虞姬悲歌，有"力拔山兮气盖世"句，慨叹时
不利己而兵败的悲愤；但他毕竟曾以拔山之气势驰骋疆场，不失为一
位旷世英雄。三四两句笔锋陡然扭转，由浮想的激情直落回眼前之景：
"一间古庙荒烟外，野鼠衔髭上几筵。"韩愈在《题楚昭王庙》诗中有
"一间茅屋祀昭王"句，感叹一代帝王身后的凄凉，本诗两句即从韩诗
化出，具有一种鲜明强烈的古今反差效果：昔日英雄壮志凌云、气吞
山河，而今古庙荒疏，野鼠纵横，人迹罕至。拔山盖世的一世之雄，
而今安在！一切景语皆情语，在尾联萧索凄冷、气象衰飒的景语中，
读者不难体味到诗人为世事变幻而伤感的寥落沉郁情怀。　　（宫晓卫）

徐　釚

徐釚（1636—1708），字电发，江南吴江（今江苏吴江）人。监生。康熙十八年己未（1679），召试博学宏词，授检讨。釚博学多能，其文叙述有法，诗尤华秀。著有《南州草堂集》《词苑丛谈》。

（马祖熙）

晓发京口

溯回泱漭忽闻鸡，风饱江帆叶叶齐。

瓜步晓钟寒雨歇，楚天浓树湿烟迷。

已从击楫悲荒垒，更想沉舟听鼓鼙。

回首瓮城山色远，惊涛犹在海门西。

　　此诗为纪行之作。作者中年潦倒，曾游历各地，诗作于由京口西行途中。"京口"，今镇江市。起笔首联两句："溯回"示逆水上行；"泱漭"，昏暗不明貌。启航之际，天犹未明，启行后，始闻鸡声，示舟行之早。恰好此刻风正帆悬，帆叶显得非常整齐。三、四两句，写清晓江行所见所闻，瓜步山上的晓钟已经响了，秋天的寒雨也歇了。远处江岸上的树林（瓜步山在京口对江），还浸沉在湿烟之中，天也大亮了。五、六两句，写船行所感。"击楫"，用祖逖渡江故事。《晋书·祖逖传》："逖渡江北伐，中流击楫而誓曰：'祖逖不能澄清中原而复济者，有如此江。'"祖逖是晋朝爱国将领，他有志恢复中原，渡江击楫的誓言，曾鼓舞无数的英雄志士。可叹的是如今江边的战垒已经荒凉，"中流击楫"也成为往事了。作者引用此典，指顺治十六年（1659）五月，郑成功、张煌言曾由海上大举北伐，海上之师，于六月间连下瓜洲、丹徒、镇江。张煌言的部队，在七月间连下江南北二十九城，声势异常浩大。作者感念今昔，顿增故国沉沦之悲。"沉舟"，用项羽"破釜沉舟"故事，作者想念当年张、郑之师，也曾誓"破釜沉舟"之志，直到而今，当日江上鼓鼙之声，还震响在人们的心田上呢！尾联："回首瓮城山色远，惊涛犹在海门西。""瓮城"，即镇江，镇江有铁瓮城之称。"海门"，据王令《润州游山记》："润州（今镇江）东十里有山三，其二合为海门。"盖指焦山、象山相对之处。作者在兴感之余，在舟中回首东望，京口山色，已在迷茫之中，而海门西侧的惊涛，仍旧奔腾呜咽，不肯停止，然而人事已非，徒令人感愤悲咤而已。

　　诗于江行中，暗伤往事，追怀先烈战迹，而文词含蓄，发人深思。

（马祖熙）

十八滩

万壑千峰送客舟，槎牙怪石水交流。

岭猿莫更啼深树，只听滩声已白头。

　　此诗写赣江十八滩的惊险，重点在后半写滩声怖人两句。首句写赣江两岸，峰峦崖壑耸峙的情况，舟行其间，经历千峰万壑，使人接应不暇。次句写江上滩多水险，错杂不齐的怪石，盘踞其间，促使水势旋回交流。苏轼《江上看山》诗云："前山槎牙忽变态，后岭杂沓如惊奔。"（"槎牙""杂沓"，皆指纷杂不齐。）写的也是此处。赣江在赣县至万安间，有险滩十八，在赣县之九滩为：白涧、天柱、小湖、鳌滩、大湖、铜盆、落濑、青洲、梁口。在万安之九滩为：昆仑、晓滩、武朔、昂邦、小蓼、大蓼、绵滩、漂神、惶恐。十八滩水性湍急，惶恐滩最险。所以苏轼曾有"惶恐滩头一叶身"的诗句。

　　后两句极写滩声之可怖，"岭猿莫更啼深树，只听滩声已白头"。意谓如此险恶的滩声，不须岭猿再啼于深树之间，人们只要听到，就在惊恐之中感到自己已经白头了。沈德潜评此诗云："中间插入'岭猿'一句，则险恶愈出，此加一倍法也。"（《清诗别裁集》）这种加一倍的写法，也就是进一层的写法，在诗词中常用，它能使诗歌的意境更为突出。

（马祖熙）

邵长衡

邵长衡（1637—1704），一名衡，字可相，别号青门山人，江南武进（今江苏常州）人。诸生，因奏销案牵误，被黜。终身未仕。古文与侯方域、魏禧齐名。其诗力追唐人，七古渊懑顿挫，七律苍秀沈雄，尤为诸体之冠。有《青门集》。

（马祖熙）

登吴城望湖亭

鄱阳湖合赣江流，倚槛江湖望转幽。

湖势北摇匡岳动，江声西拥豫章浮。

鱼龙昼啸千艘雨，日月晴悬一镜秋。

回首战争曾此地，荻花萧瑟隐渔舟。

　　吴城山在鄱阳湖西岸，山上有望湖亭，作者于秋日登临此亭，览江湖之形胜，发怀古之幽情，作为此诗，以志清游。

　　首联总写鄱阳湖汇合赣江东注之水，波澜壮阔。登亭倚槛，东望大江，西瞩南昌城，深觉江湖形势，壮丽幽美，豁人心目。次联分写江、湖，湖水浩茫，奔流北向，匡庐山当其西北，仿佛被浩瀚的波涛所摇动。赣江当湖的西偏，江声澎湃，古豫章城（即南昌）受其撼荡，宛如浮动在江湖之间，这一联气象雄伟，连下"摇"

"动""拥""浮"等词，笔姿飞动，笔力千钧。第三联用虚笔写实景，合写江湖，而重点落在湖上。作者想象当阴天的时候，这里鱼龙昼啸，阴风怒号，湖面航行的千艘船舶，飘浮在雨意之中，船师们都在寻找停泊的处所。当晴天的时候，湖水一碧如镜，太阳和月亮，好比悬在秋镜之中。阴晴变化，气象万千。作者此时登亭，未必见到这种景象，但这种景象又确是真实存在的，如此写景，使鄱阳湖的风光，在读者心中留下更强烈的印象。结笔二句写登临所感，使诗境归于深沉。"回首战争曾此地，荻花萧瑟隐渔舟。"千载以来，此湖此江，似乎变动不大，而人世兴亡的变迁，却是急剧的。作者想到不久之前，这里曾经是战地，朱元璋和陈友谅的水军，就曾经在这里会战过（事在元顺帝至正二十三年，1363）。而在明清之际，豫章一带，也曾两度沦为战场。明永历二年（1648）即清顺治五年，清兵再度攻占江西、南昌等地，屠杀尤为惨酷。作者当时虽在童年，也是记忆犹新的。驰念及此，能不慨然！而现在的情景又是怎样呢？君不见那荻花萧瑟的湖边上，不正在隐藏着几许归来渔舟吗？作者对比写来，发人深省。诗也由此作结，不尽之意见于言外。

（马祖熙）

吴 雯

吴雯（1644—1704），字天章，山西蒲州人，寄籍辽阳。诸生。康熙十八年
（1679），试博学鸿词，不第。游食南北，足迹几遍天下。其诗清挺生新，自露
天真。赵执信赞为"千顷之陂，不可清浊。天姿国色，粗服乱头亦佳"。王士禛
誉为仙才。有《莲洋集》传世。　　　　　　　　　　　　　　　　　　　（马祖熙）

望 华 山

莲花五千仞，灵孕自洪蒙。

每变风云色，能参造化工。

阴将连太白，气自满关中。

欲问真源在，仙人住蕊宫。

　　诗题"望华山"，从"望"字着笔歌颂华岳山势的高峻，气象
的雄伟。华山，世称西岳，位于陕西华阴南。因其西有少华山，故
又称太华山。唐崔颢诗云："岩峣太华俯咸京，天外三峰削不成。"
（《行经华阴》）三峰指莲花、玉女、明星。莲花峰最为雄峻，相传山
顶有池生千叶莲花，因而得名。

　　起笔写诗人望华山，首先进入眼帘的，便是高耸雄丽的主峰莲
花，他以"五千仞"赞莲花峰之高，早在《山海经·西山经》里，

就有这样的记载："太华之山，削成而四方，其高五千仞，其广十里。"果然名不虚传。这五千仞的高度，首先该是标志莲花峰吧。接着由"望"而生想象，如此雄奇的高峰，自然是由大自然的元气钟灵毓秀而生成的，她和宇宙一道诞生，故能有此奇伟啊！

次联"每变"两句，仍从想象落墨。华山横亘天际，高大巍峨，常能使风云为之变色；她气象雄浑，必能参预造化孕育万物的功能。这两句笔姿生动、凝炼，"每变""能参"，以主观感受写客观景物虚不犯实，赞颂非常得体。颈联紧承上联，而以实笔虚写。"太白"，即终南山，此山冬夏积雪，望之皓然，故又称太白山。以太白山之耸秀，而华山的浑茫云气能与之相连，可见华山之雄浑深厚，又远过于太白。华山吞吐的云气浩瀚苍茫，自然也溢满关中，使西京形势郁为壮观。这两句都以实笔赞歌，而又饱含虚拟的意度，也是实不犯虚，驰想神骏而落到实处，深见诗人的才华。

尾联说，若问华山的真源何在，大概住在蕊珠宫的仙人，是可以知道的吧。蕊珠宫是道家传说中仙人居住的所在，诗人想象那玉女峰上的玉女祠坛，莲花峰顶的芙蓉仙掌，都是仙人停留的地方，那里是完全可以和蕊珠宫比美的，因此那里的仙人，也一定会知道华山的真源的。这两句再次落到"望"字，诗人凝望与莲花峰天际并峙的明星、玉女，所以有这样神奇惝恍的结笔。　　　　　（马祖熙）

明 妃

不把黄金买画工，进身羞与自媒同。

始知绝代佳人意，便有千秋国士风。

环珮几曾归夜月，琵琶惟许托宾鸿。

天心特为留青冢，芳草年年似汉宫。

　　"明妃"即王昭君，名嫱，小字昭君。晋世避司马昭讳，改称明君，后代因称"明妃"。汉南郡秭归香溪人。原为汉元帝宫人，竟宁元年（前33），匈奴呼韩邪单于入朝，求美人为阏氏，帝予昭君以和亲。昭君戎服乘马，抱琵琶出塞。入匈奴，号宁胡阏氏，卒葬于匈奴，现呼和浩特市南有昭君冢。塞外草多白，惟此冢草色独青，世称"青冢"。

　　历来咏明妃之作，多从悲悼明妃之远嫁着笔。如江淹《别赋》、杜甫《咏怀古迹·明妃》、欧阳修《明妃曲和王介甫作》乃至辛弃疾《贺新郎》"绿树听鹈鴃"阕，凡涉及明妃，莫不悲其去国，伤其不遇。即以王安石之《明妃曲》而论，虽然着重写了明妃爱国思乡的心情，而仍以"人生失意无南北"之悲痛语作结，立意虽高，基调则一。

　　然而作者这首《明妃》，独从明妃的情操和怀抱落墨，可谓独具只眼，诗一开头便直抒己见，指出明妃当年之"不把黄金赂画工"，是因为她具有高尚的情操，不屑以"自媒"取容。据《西京杂记》记载："元帝后宫既多，不得常见，乃使画工图形，案图召幸。诸宫人皆赂画工，独王嫱不肯屈就，画工乃丑图之，遂不得见。"这种"进身羞与自媒同"的精神，显见明妃的性格，不同凡俗，她光明磊落，傲骨铮铮，不甘阿谀受宠。但当国家决定与匈奴和亲的时候，她明知出塞有风沙之苦，为了安定边疆，却又毅然自请远嫁，这种为国献身的怀抱，又是何等义烈！"始知绝代佳人意，便有千秋国士风"，作者赞美明妃有国士之风，不仅议论正大，且确能道出明妃的心志，可谓落响甚高。五、六两句，反用杜诗"环珮空归夜月魂""千载琵琶作胡语"句意，表明明妃在塞外逝世之后，何曾夜月归魂？以示更深的怀古之思，明妃当年远嫁，虽然心系汉家，也只能借琵琶之声，托意南飞的大雁，以表其不忘故国之心罢了。尾联情深语至，表明明妃既有刚贞坚毅的一面，又有思汉的悱恻之情，所以天公有知，在塞外特留青冢，让她的墓地上年年长出和汉宫一样的青草，以慰此绝代佳人的在天之灵。明妃对此，当能含笑于泉下。

此诗命意高远，一扫前人咏明妃事的束缚，前四句歌赞明妃的情操抱负，后四句深致怀古的哀思，哀悼中寓有温慰，立言殊为得体。

（马祖熙）

洪 昇

洪昇（1645—1704），字昉思，号稗畦，清钱塘（今杭州）人。工诗，尤工治曲子，为清初著名戏剧家，与孔尚任齐名，当时有"南洪北孔"之称。著有《四婵娟》《回文锦》《长生殿传奇》。怀才不遇，坎坷终身。又因佟皇后丧期未满，在寓所演《长生殿》，被革除监生放归。康熙四十三年（1704）中秋与客饮湖上，醉后堕水死。有《稗畦集》《稗畦续集》传世。 　　　　　（马祖熙）

答 友 人

君问西泠陆讲山，飘然一钵竟忘还。

乘云或化孤飞鹤，来往天台雁宕间。

　　此诗曾见于王士禛《渔洋诗话》卷一："陆圻，字丽京，号讲山，武林耆宿。为西泠十子之冠。晚年远游不归。或云在岭南为僧，释名今龙；或云隐武当为道士，终莫得而详也。洪昇昉思《答友人》绝句云云……"按全祖望《鲒埼亭集·陆丽京事略》："陆圻，钱塘（今杭州市）人，明贡生。乙酉（1645）南都陷落之后，曾参加抗清义兵，事败，归隐于医。康熙二年（1663）'庄廷珑史案'发生，圻被株连，全家系狱，久之得白，既获释，叹曰：'余自分定死，幸而得保首领，宗族俱全，奈何不以余生学道耶！'于是贻书友人，封还月旦，不知所之。"陆圻云游，事在康熙六年丁未。

昉思《答友人》诗，当作于康熙十七年（1678）携家至北京以后期间，此时与王士禛等过从甚密，诗题"答友人"不言友人为谁，盖因询及陆讲山者必有多人，故不必专指。

此诗意境潇洒，全诗四句，后三句皆为答友人语，着笔空灵，而意旨真实。前二句云："你问那西泠陆讲山吗？他已经飘然一钵，披缁远隐，再也不想回来了。""一钵"，指僧人的食器，示讲山于弃家之后，除一钵自随之外，空无所有。后两句说："讲山的隐遁，或传其化鹤乘云仙去，或传其出家于齐云寺，来往于天台雁宕之间。谁知道他云游的去向呢！"答友至此，戛然而止，余韵不尽，耐人深思。

（马祖熙）

钓 台

逃却高名远俗尘，披裘泽畔独垂纶。
千秋一个刘文叔，记得微时有故人。

    此诗咏东汉严光事。严光，字子陵，会稽余姚（今浙江余姚）人。少时曾与光武帝刘秀同学。刘秀称帝，光变姓名隐身不见。秀派人寻访，征召到京，不受官爵，退隐于富春山（今浙江桐庐）。后人称他游处之处为严陵山，严陵濑。垂钓之处称严陵钓台。事见《后汉书·隐逸传》。钓台下瞰富春渚，有东西二台，各高数百丈。

    诗的前二句，赞叹严光能逃却高名，甘心披羊裘独自在富春渚垂钓。对世间名利，毫不动心，永为后世称颂。宋代范仲淹《严先生祠堂记》曾赞其高风亮节云："云山苍苍，江水泱泱，先生之风，山高水长。"可见其事迹感人之深。然而作者此诗的主旨，却在后两句。作者感念千秋以来，能不忘微时故人者，只有刘文叔一人。文叔为光武帝刘秀之字，光武帝即位以后，独能不忘贫贱之交，这在历史上实所罕见，以视越王勾践、汉高祖刘邦等人于尊显之后，就残害其共处贫贱、患难时之故人，尤为不可同日而语，沈德潜评此诗云："表彰光武帝，正所以感叹在贵忘贱者之古今皆然也。"（《清诗别裁集》）可谓确评。

（马祖熙）

潘 耒

潘耒（1646—1708），字次耕，江南吴江（今江苏吴江）人。康熙十八年（1679），以布衣召试博学鸿词，官翰林院检讨。沈德潜称其"诗笔直达所见，浩气空行，韵语可作古文读。而登临怀古诸作，尤为光焰腾上，一时名流，罕与俪比"（《清诗别裁集》）。著有《遂堂集》。　　　　　　　（马祖熙）

羊城杂咏

> 厓山尚住宋遗民，文陆当年事苦辛。
> 穷海不春犹正朔，孤航无主自君臣。
> 忠魂郁作潮头怒，浩气蒸成蜃阙新。
> 异代流风多感激，草间时有纳肝人。

羊城，为广州之别称，相传古代有五仙人乘五色羊，执六穗秬至此，故称广州为五羊城，简称羊城。这首诗是咏史之作，借宋事以哀南明，借缅怀南宋末年文天祥、陆秀夫等民族英雄抗元殉国的孤忠大节，表彰明末坚持在海疆抗清的张煌言、郑成功等人的忠烈事迹。词意严正而感情深挚，足以启人发怀古之深思。

"厓山"，在今广东新会南，亦称厓门山，与汤瓶嘴对峙，形势险要，南宋末期，这里是抗元的最后据点。宋祥兴二年（1279），文天祥在潮阳五坡岭兵败被俘。张世杰海上之军没于飓风，宋军主力覆没。陆秀夫在厓山负帝昺沉海。所以首联说厓山一带，依然住着宋代的遗民，令人怀念文、陆等人艰苦抗战、力图恢复的英雄业迹。颔联明写文、陆当国破家亡、山河残破之际，尽管穷海播迁，孤航无主，仍然奉宋朝的正朔（历法），尽忠祖国，坚守正节，在我国历史上谱写出可歌可泣的篇章，为千古永留正气。这实际上也是悼念南明张煌言、郑成功以及李定国等抗清爱国英雄，他们在两都倾覆之后，在东南沿海及西南海峤，坚持抗清复明的战斗近二十年，其范围之大，历时之久，战争之壮烈，远过于南宋末年，直到康熙初期，这些地带，还崇奉南明正朔。可见作者如此用笔，决非偶然。颈联"忠魂"两句，也是歌赞文、陆而兼及张、郑诸人。张煌言舟山孤岛被逮，郑成功壮志未酬，他们的忠魂，必将激起海上的怒潮；他们的浩气，也必将蒸成海上的蜃阙（海市蜃楼）。如此颂歌，文、陆、张、郑诸人，都是当之而无愧的。

尾联中所谓的"流风"即指文、陆献身祖国不辞披肝沥血的风流余烈。作者意谓张、郑诸公乃至甲申、乙酉以来各地抗清殉国的无数的英烈，莫不受文、陆精神的鼓舞和感激，以致慷慨赴义，不惜洒血埋魂，这些感天地而泣鬼神的事迹，又必影响到后代义士，虽明室已经沦亡，而草野之间，犹时有甘心效忠故国者。"纳肝"用《韩诗外传》宏演典：狄人杀卫懿公，尽食其肉，独舍其肝，宏演将自己的肝取出，纳懿公之肝。齐桓公听到此事后说："宏演可谓忠臣矣。"结尾两句，余响盎然，声振金石。

清初文人，距明亡不远，大抵多故国之思。作者虽年辈稍晚，但在其师顾炎武、其兄潘柽章（柽章罹庄史之祸）的影响下，自不能例外，观乎此作，作者心迹，岂不昭然。　　　　　　（马祖熙）

广 武

盖世英雄项与刘，曹奸马谲实堪羞。
阮生一掬西风泪，不为前朝楚汉流。

这首咏史诗，从阮籍"广武叹"落笔。广武在今河南荥阳县东北，广武山隔涧各有城堡，东为楚王城，西为汉王城。秦末刘邦、项羽曾临涧为阵。晋阮籍尝登广武山，叹曰："时无英雄，使竖子成名。"（见《晋书·阮籍传》）前人有谓阮籍之叹，是说刘、项之争，刘邦本为竖子（小子），但竟成帝业。可见时无英雄，乃使刘邦得以成名。作者洞察史事，一反此说。在诗的起句，斩钉截铁地肯定刘、项皆盖世英雄。刘邦当秦末群雄并起之时，利用时机，使萧何、张良、韩信等英杰为其所用，韩信且以偏裨而拜大将，因而终成帝业，算得上是英雄。项羽为人慷慨，勇冠三军，披坚执锐，力摧秦军主力，钜鹿之战，更使秦军破胆，虽在秦亡之后，短于谋略，不肯用范增之计除掉刘邦，但其人光明磊落，仍然称得上盖世英雄。所以阮籍所称的竖子，绝非刘、项。次句"曹奸马谲实堪羞"，阮籍身当魏、晋之际，亲见曹操父子以权奸篡国，司马懿父子以诡诈起家，对曹、马二家，都很鄙视。因此作者认为广武之叹，乃是阮籍为忧时而发，时无刘、项，乃使曹、马"以狐媚取得天下"，所谓"使竖子成名"，竖子殆指曹丕、司马炎之流。他们虽然南面称帝，迹其行事，只能使正直之士为之含羞。作者如此论断，确能使人信服。后两句更直截道出了阮籍广武叹深沉的命意，阮嗣宗临西风浩叹，其伤时之泪，固非为前朝楚、汉而流也。

凡作咏史诗，贵有新意，尤贵有真意。作者这首《广武》，力破前说，既有新意，又符合当时历史的真实，可谓上乘之作。

（马祖熙）

查慎行

查慎行（1650—1728），原名嗣琏，字夏重，号初白，又号他山，浙江海宁人。在国子监时因参与国丧期内演剧遭到黜革，乃改今名，字悔余，号查田，康熙四十二年（1703）进士，官编修，成为康熙帝的贴身文学侍从之臣。查慎行为著名宋派诗诗人，时有"北王（士祯）南查"之称，所作清新隽永，刻画工细，善用白描手法，尤得力于苏轼、陆游，为清初一大家。有《敬业堂诗集》。

（周　劭）

中秋夜洞庭湖对月

长风霾云莽千里，云气蓬蓬天冒水。

风收云散波乍平，倒转青天作湖底。

初看落日沉波红，素月欲升天敛容。

舟人回首尽东望，吞吐故在冯夷宫。

须臾忽自波心上，镜面横开十余丈。

月光浸水水浸天，一派空明互回荡。

此时骊龙潜已深，目眩不得衔珠吟。

巨鱼无知作腾踔，鳞甲一动千黄金。

人间此境知难必，快意翻从偶然得。

遥闻渔父唱歌来，始觉中秋是今夕。

　　康熙二十一年壬戌（1682），作者由贵州回故乡海宁，船经洞庭湖时，正值中秋。这天傍晚，恰好风收云敛，湖面碧波如镜，舟中对月，殊慰旅怀，清赏之余，写成此篇。

　　起四句写湖上傍晚晦明变化的神奇景象。起先是长风阴晦，千里沉霾，天空中腾涌的云气覆盖着波涛翻滚的湖面（诗句中"天冒水"，"冒"作"覆盖"解），气象极为阴森。不料陡然之间，风收云散，浪静波平，一碧无垠的长空，倒浸在湖水里，仿佛青天成了湖底一样，又使人欣然而喜。这四句大开大阖，笔墨变化，雄奇恣肆，不可端倪。次四句写落日沉红，素月待升未升的情景，夕阳沉没在湖水里，湖面泛起胭红的涟漪，顷刻间又变为紫红色，而至于成为暗紫，天空中又出现暂时的暗淡。素月正拟从湖水中涌起，却又好似本为湖水所吞吐，此刻又被吐了出来，诗中用"吞吐故在冯夷宫"一句，写此景的奇特（"冯夷"为水神，又称冰夷。"冯夷宫"指水神所居的处所）。船上的人们一齐回头东望，感到月亮被吞而复吐，像是水神在故意捉弄似的。在这四句中，作者故作回荡之笔，写夕阳已落，舟人待月，素月欲升未升，大有"千呼万唤始出来"之势。接着作者以"须臾忽自波心上"等四句写月亮上升的景象，在人们期待之中，月亮终于从波心涌上寒空，湖面上的月光，光圈逐渐扩大，有如镜面横开清光四射，最后乃形成月光射水、水光射天"上下空明互回荡"的奇景。此时人们的心境也豁然开朗，为睹此水天一色、水月交辉的清境而相互欢庆。作者更拓开想象，使笔墨再起波澜，又以"此时骊龙潜已深"等四句，极写此刻月色通明，湖上一派清寂，骊龙深潜水底，目眩神摇，不得衔珠清吟

（相传骊龙颔下有宝珠）。而无知的巨鱼，却还在湖上飞跃腾舞，鳞甲上闪烁金黄色的光芒。而天空中的皓月，也显得更加晶莹澄澈。作者抒写至此，不觉感念顿生，由景生情，由情入理。"人间此境知难必，快意翻从偶然得。"作者由贵州东归，中秋晚泊洞庭，本属偶然之事。洞庭中秋也不一定就有晴夜，中秋无月的情况，也是所在多有。何况在这天傍晚，本来就有长风阴霾的景况，在前一天船抵湘阴的时候，刚刚打算过湖，却值风雨交加，只好停泊在湖边，凄然地写出《洞庭阻风歌》及《八月十四夜洞庭舟中风雨》两篇诗作。可见作者本无心在洞庭湖度过中秋的夜晚。然而事有偶然，就在中秋这天的薄暮，竟然风收云散，皓月千里。人间奇境，竟从偶然得之，这在精神上真给人以莫大的安慰和鼓舞。此情此理，更使人从心灵上受到启迪。作者思量至此，不禁为之怡然。结句"遥闻渔父唱歌来，始觉中秋是今夕"，作者从渔父唱歌声中，才意识到今夕竟是中秋，可见不仅湖上中秋奇异的月景，"湖光月色两相辉"的清境于偶然中得之，就连这次旅程中的中秋，也竟于偶然中得之。真不愧为余韵无穷的神到之笔。

全诗波澜壮阔，笔墨淋漓，状难状之景，抒难写之情，使人快心惬意。末后以理语作结，更使诗中顿生异采，在《敬业堂集》中，堪称绝唱。赵翼评作者诗云："查初白才气开展，工力纯熟。"又云："气足则调自振，意深则味有余，得心应手，几于无一字不稳惬。"（《瓯北诗话》）例以此篇，尤见赵评之准确。

（马祖熙）

早过大通驿

凤雾才醒后，朝阳未吐间。
翠烟遥辨市，红树忽移湾。
风软一江水，云轻九子山。
画家浓淡意，斟酌在荆关。

　　这首诗作于康熙三十一年壬申（1692）作者由九江东归途中。诗写秋江早行的清景，笔墨工丽，境界绝佳。大通驿，在安徽池州东，是滨江的集市。大通河由此地注入长江。

　　首联写启航之际，晓雾初开，朝阳未吐。诗句中突出"凤雾"、"朝阳"，一则才醒，一则未上，很自然地点绘出早行景象。中间四句写江行所见之清景。先写在舟中遥望远处，翠烟簇笼，可以辨明天近集市。转眼之间，船已进入红树丛中的港湾。岸边红树迎人，船在移动，红树也愈来愈近。"红树"，点明已是深秋节季，乌桕丹枫在经霜之后，已经红成一片了。此时江风微拂，江水澄明，江南岸的九子山上白云飘忽。作者用"软"字象征风力之微，用"轻"字描绘白云之淡，可谓刻画入微。"翠烟"两句写动态之景，而动中有静，淡中有浓。着色成鲜明的对比。"风软"两句写静态之景，而静中有动，全用淡笔淡彩。这四句层次分明，有翠烟笼聚之远景,有红树移湾之近景,有江水涟漪江风徐来的江面之景,有白云舒卷秋空朗丽的山头之景。九子山,即九华山,在青阳县境内。如此境界,恰似画图,这就很自然地得出"画家浓淡意,斟酌在荆关"两结句。"荆关"指五代后梁画家荆浩、关仝。荆浩擅长山水画,关仝从荆浩学画,造诣尤高。两人并称"荆关"。作者以为这种浓淡相衬彩色纷呈的秋江自然图画,其部局的自然俊丽,笔意的天然匀称,绘景设色的巧妙,可斟酌评为在荆、关之间。可见作者写景,对于浓淡、远近、色调,衬托也是经过精心斟酌的。

苏轼《书王摩诘蓝田烟雨图》云:"味摩诘之诗,诗中有画;观摩诘之画,画中有诗。"(摩诘,唐代大诗人王维字。)写景诗必须有画家意趣,才能算得好诗。诗有诗情,画有画意,诗中兼有诗情画意,才能豁出境界,使人读后如置身图画之中。作者这首诗,正是这样的佳作。

(马祖熙)

池 河 驿

古驿千家聚，钟离北望孤。

河流近淮泗，山脉尽荆涂。

客饭论珠贵，村醪计盏沽。

明朝贪早发，前路入平芜。

康熙四十七年（1708）春，作者为先人营葬事毕，由故乡启程返回北京，此诗作于北行途中。池河驿在今安徽凤阳（清凤阳府）南，其西为临淮。

首联中的"古驿"即指池河驿，这里地当南北交通要道，聚居的人家，约有千户之多。但由此地北望，遥见孤城一片，就是古代的钟离城。"钟离"，春秋时为钟离子国，秦时改置钟离县。明、清为凤阳府治所在。明末，这里曾遭兵燹，其后又迭遭旱灾，六十年来，元气并未恢复，故"孤"字中逗出荒漠之意。颔联写这里的形势，先写河流，次写山脉。由此西北行，便是临淮、淮水东流入大运河（淮河入海故道为黄河所夺），泗水为淮河最大支流（泗水现今只存入淮一段及山东境内济宁以下一段），故称"河流近淮泗"。据《水经·淮水注》："淮水出于荆山之左，当涂（山）之右，奔流二山之间。"荆山在安徽怀远县西南，与涂山夹淮水相对，其余脉则至池河驿而尽，故言"山脉尽荆涂"。涂山在怀远县东南八里淮河东岸，又称当涂山。颈联写当地人民贫困，又经荒年俭岁，所以米价昂贵。由于粮食缺少，酿酒也少。"村醪（láo）"即村酒，村酒计盏出售，可见得酒不易，能喝上酒的人也就不多。诗纪录了这里民生的实况。尾联是说，因为明天一早就要赶路，所以无暇多访问这里的风俗民情，即便在客馆休息，以便能早起登程，进入在一望无际的原野。

全诗用语简洁，前半概叙附近山川的情况，后半以米贵如珠及村醪计盏而沽两事，对这里人民现实生活表示关心，并含而不露地表明凤阳一带至今仍未改变荒芜的面貌，以示感叹并引人深思。

（马祖熙）

渡 黄 河

地势豁中州，黄河掌上流。
岸低沙易涸，天远树全浮。
梁宋回头失，徐淮极目收。
身轻来往便，自叹不如鸥。

这首诗作于康熙四十七年（1708）北上京城途中。其前一首为
《雪后发汴城》，汴城即开封。黄河渡口在开封之北，延津之南。延
津在春秋时称廪延。作者渡过黄河，其前路的首站，即为延津。

"中州"，古称豫州，处九州之中，称为中州。河南，古豫州
地，故中州即指河南。首联两句"地势豁中州，黄河掌上流"即言
开封一带，地势开阔平坦，黄河就像在掌面上流过。黄河越过三门
峡奔流至此，水势渐趋平稳，因此上流带来的泥沙，日益淤积，这
里的河岸，便显得越来越低。颔联"岸低沙易涸，天远树全浮"两
句，写的正是这种情况。"岸低"是由于淤沙在岸边堆积干涸所致，
遥望远处，水天一色，河岸上的树木，仿佛全浮在水面上似的。

"梁宋"指开封、商丘。开封旧称大梁，商丘为春秋宋国所都。
"梁宋"皆在延津之南。"徐淮"，指徐州、淮阴，两地皆在延津东
南。颈联"梁宋回头失，徐淮极目收"两句说作者在渡船上略一回

顾,梁、宋已经消失在身后,徐、淮更远在目力所难及的地方。两句皆为行程中纪实之笔。结句"身轻来往便,自叹不如鸥",鸥鸟自来自去,全无拘束,身轻心闲,而自己却风尘仆仆,感受到旅途行役之苦,比之鸥鸟之行止自由,诚有不及之处。言外之意是一行作吏受到公务的牵累,不如鸥鸟的悠闲自适。作者自前年冬天请假归里,为先人营葬,家居一年,展限已满,州县催促,匆匆就道,故有此叹。

全诗语言平实,对仗工稳,前六句纯用实笔,结语用虚笔,略示感叹,余韵不尽。

(马祖熙)

重过齐天坡

十月新寒瘴已轻，万峰湿翠雨初晴。

人来天际斜阳影，马踏云中落叶声。

杼轴谁怜民力尽，邮亭遥数戍烟生。

半年游迹愁重到，何计云山慰客情。

这首诗作于康熙十九年庚申（1680），这年五月，作者曾由沅州西行，经过齐天坡进入贵州铜仁。齐天坡在湘黔交界处，这里万峰耸峙，是沅水、辰溪的上源，已属黔境；地多瘴雨，早晨雾气弥漫。作者初次行经这里时，曾作有《早发齐天坡》诗，中有句云："山逼岚气侵，仲夏晓犹冷。离披马鬃湿，十里雾未醒。"可见瘴雾之重。

此番重过齐天坡，是由铜仁启程东行，时值十月，气候转寒，瘴气已轻。而山雨初晴，重重叠叠的山峰上，晴岚湿翠，气象一新。诗的首联两句写的就是这种万峰雨霁的清景。

次联写人马重经这里奇特的景况：时间已是下午，丛山中人马行进，斜阳从背后送来人影，人在前进，影子也在前进。高峰入云，征马踏在落叶上发出沙沙的声音，好似从云中送来清响。作者于此时悠然神会，因而得出"人来天际斜阳影，马踏云中落叶声"

这两个天然好句。写景之工，自非身历此境不能道，真可与李白《送友人入蜀》诗中"山从人面起，云傍马头生"二句比美。

　　颈联陡转一笔，从人事方面写旅途所感。康熙十九年，正值云、贵用兵之后，这里人民受尽战祸带来的苦难，征输频繁，民间的财物全被战事所征用，民力耗尽，可是有谁来怜悯他们呢？诗中"杼轴"一词，用《诗经·大东》"大东小东，杼轴其空"语意，"杼轴"本为机织用具，杼是机梭，轴是卷筒。"杼轴其空"，表明更无余物。所谓"百姓罹杼轴之困，黎民疲无已之求"（《三国志·吴书》），当时西南的情况正是这样。在行程中遥望驿亭，戍烟历历可数，边防仍然很紧，地方上更是一片兵灾过后混乱的景象，作者以一介书生，目击民间惨象，不由得不兴起民生凋敝，世路艰虞的感叹。尾联进一步抒写重过此地的情怀，想到半年之中，两经此地，云山虽好，也难以使客中愁怀得到慰藉。诗以"愁重到"作结，使颈联"谁怜""遥数"两句所表达的忧生之情，更加深化，可谓语重心长。

　　此诗本为纪行之作，前半写途程中的自然景象，刻画入神，后半从关心民瘼着笔，显见作者同情人民疾苦的精神。　　　（马祖熙）

鄮城孙恺似编修欲行善于
其乡竟遭吏议今方罢官
就讯吴中相遇感愤成诗

苍狗如云极可哀，危机翻自诏恩来。

家承忠孝身尤重，祸起衣冠势易摧。

善不可为宁论恶，人皆欲杀我怜才。

乾坤直似蜗庐窄，怀抱除非醉始开。

　　这首七律作于康熙三十年辛未（1691），是查慎行仅存的一首对现实不满、痛愤感慨极为露骨的诗。孙恺似名致弥（1641—1709），江苏嘉定人（今上海嘉定）。该年嘉定发生折漕案，参与抗争的市民均横遭逮治，孙致弥时以翰林病休（即诗中所谓"诏恩"）在里，以搢绅的身份为乡人说了几句公道话，竟亦遭牵连逮治入狱，到翌年始获释。此诗当是作于入狱之前。

　　"折漕"是加重人民负担的一种苛政，自从著名的江南奏销案以来，江南的士人一直受到严重的压制。孙致弥敢于站出来说公道话，查慎行敢说他"欲行善其乡"，都是大胆的作为，可见康熙中叶高压统治政策还未十分奏效；若到乾隆年代，这两位恐怕也可成为文字狱档案中人物了。

　　扬州十日，嘉定三屠，在明、清易代之际，嘉定的抗清斗争，是堪与扬州和江阴鼎足并举的。孙致弥的上一代恐怕不少是参与斗争的人物，所以说他"家承忠孝"。而孙致弥之遭吏议就逮，一定是由于不肖士夫的告讦，所以说是"祸起衣冠"。茫茫宇宙，实在窄狭如蜗庐，只有一醉方能略开怀抱。

　　一首感愤时事的诗，虽写得很露骨，却也怀着顾忌，好人做不得，在专制时代，为民请命等"蠢事"，更是干不得，要是干了，便得逮治入狱，尝尝铁窗滋味。

　　此诗明白如话，无雕琢痕迹；在尊唐贬宋的清初诗坛中，查慎行被称为宋派诗诗人之冠，他自己也并不讳言尊宋，但我们看这首诗，却和后来崇宋者的作品并无丝毫相似之处，这是因为查慎行的宋派诗，是低首眉山，瓣香剑南，与推尊江西派的主宋诗者有本质的差异。

（周　劭）

自湘东驿遵陆至芦溪

黄花古渡接芦溪，行过萍乡路渐低。

吠犬鸣鸡村远近，乳鹅新鸭岸东西。

丝缫细雨沾衣湿，刀剪良苗出水齐。

犹与湖南风土近，春深无处不耕犁。

　　此诗作于康熙五十七年（1718）春作者游粤北归期间。诗写湘东、赣西农村景象，富有生活气息。诗题中之"湘东驿"，属湖南醴陵，由此东行至"芦溪"，即属江西萍乡。在这段路程中，作者是沿着陆路走的，故称"遵陆"。

　　诗从眼前所见，即事写景，一派农家风光，使人耳目一新。首联是说自湘东驿东行，经过黄花渡便接近芦溪，进入萍乡境界，道路也由高而低，眼前已经是赣西平野了。接着中间两联，作者以喜悦的心情描绘这里的景象：远远近近的村庄里，鸡鸣犬吠之声，随处都可以听到；河岸的东西两边，乳鹅新鸭，成群结队地嬉戏泳游。作者在经过这里的时候，正逢微雨。那沾衣欲湿的雨丝，就像刚刚缫出来的茧丝那样的细；那平畴里的秧苗，就像剪刀剪过似的又绿又嫩又平整，农村兴旺的气象，煞是喜人。作者绘写至此，以"犹与湖南风土近，春深无处不耕犁"两句，欣然作结。湘、赣两省接壤，萍乡更邻近湖南，风土人情，宛然相似。"春深无处不耕犁"，更是湘东和赣西的共同特色。多么富饶的土地，多么勤劳的人民啊！作者此时，全然忘却衰年行旅的苦辛了。

全诗语言朴素而感情真挚，表现了作者热爱农村、热爱劳动人民的感情。

(马祖熙)

早过淇县

高登桥下水汤汤，朝涉河边露气凉。

行过淇园天未晓，一痕残月杏花香。

此诗作于康熙四十七年（1708）春北行还朝途中。淇县，古朝歌地（今河南淇县），淇水流经此地。附近有淇园，以产竹著称。《诗·卫风·淇奥》："瞻彼淇奥，绿竹猗猗。"写的正是此处。此诗自注云："高登桥、朝涉河皆在城南。"

诗写早行清景，时节已是仲春，前三句皆写早行所经过的地方，点出"早"字。第四句"一痕残月杏花香"，既写早行所见，又描绘出此刻特有景色，实为难得的妙丽之笔。这句笼罩全局，有此一句，境界齐出，全篇具见精彩。此种小诗，写来似全不费力，传神的结句，亦似信手拈来，其佳妙之处，在于诗中处处涵有早晨的清气。"高登桥下水汤汤"，不仅于朦胧夜色中见得水流盛大，和河水的清气。"朝涉河边露气凉"，借"凉"字显示河边凌晨露气正浓，带有春露的凉气。"行过淇园天未晓"，又使诗中浸有竹园春晓的清气。至"一痕残月"句，乃豁出境界，使诗中满含残月的清彩，杏花的清香。故此诗之胜处，全在于有清气往来于幽美的境界之中，清俊自然，使人神往。

（马祖熙）

晓过鸳湖

晓风催我挂帆行，绿涨春芜岸欲平。

长水塘南三日雨，菜花香过秀州城。

    康熙五十二年癸巳（1713）作者告归家居，心情清旷。次年，在一次短途旅行中晓过鸳湖，即兴抒怀，写下此诗。

    "鸳湖"为鸳鸯湖之简称，在浙江嘉兴城南，又称南湖。五代十国时于嘉兴置秀州，此后秀州即为嘉兴之代称。起句笔意潇洒似东坡，东坡《新城道中》起句云："东风知我欲山行。"此诗云"晓风催我挂帆行"，同一工致。表明这次晓发，似因晓风之催，趁着好风为挂帆渡湖之计。句中着一"催"字，便见晓风之多情。次句写湖水新涨，湖岸渐与水面相平，岸边的春草多已没入水中。水波涵荡，湖面上充满春晓的清气。第三句点明鸳湖水涨的原因，是由于上源长水塘南一连下了三天的春雨。长水塘在鸳湖南。鸳湖东南、西南都是秀丽肥腴的田畴，春雨过后，菜花大片地飘香，田野里黄金一片。作者乘坐在小船上，风正帆悬，菜花香顺风吹来，船便在菜花香中飘向了秀州城。结语"菜花香过秀州城"，恰是天然韶秀的好句，不仅点出了秀州特有的风光，也使诗中富有江南春天芬芳的泥土气息。

（马祖熙）

赵执信

赵执信（1662—1744），字伸符，号秋谷，晚号饴山老人，山东益都人。康熙进士，官右赞善。因于佟皇后丧服期内观演《长生殿》被革职，终身不仕，徜徉林壑数十年。他是当时诗坛盟主王士禛的甥婿，然论诗与渔洋异趣，作《谈龙录》，标举"诗之中须有人在，诗之外须有事在"。所作思路剗刻，深沉峭拔，亦不乏反映民生疾苦的篇什。有《饴山堂集》《声调谱》等。　　　（乔大可）

烈 风 行

大块噫气，有何不平？

阴阳合沓战消长，一夜吹尽万古声。

洪炉鼓鞴火不息，声中虓忽仿佛来诸灵。

屏翳丰隆藉余势，排星月，鞭雷霆。

海水随风向天立，空际喷薄鱼龙腥。

五行忽齐一，八极相崩腾。

身非至人出，利害安能坦不惊。

细闻屋角落，坐惜山峦倾。

不知造物意，但恐宇宙从此终冥冥。

阊阖九重门，诀荡还清宁。

欲乘云车一上诉，无路哀歌谁为听。

在中国的诗歌传统中，风往往被视为一种专横跋扈、凶残暴虐力量的化身，如《诗经》中就有"终风且暴"(《终风》)的句子。赵执信的这首《烈风行》极言烈风肆虐给人间带来的黑暗与紊乱，并暗喻统治集团的作威作福给人民造成的灾难。因而此诗不仅是一首描绘自然现象的咏物诗，而且是一篇意义深刻的寓言诗。请看诗人笔下的烈风。

《庄子·齐物论》中说："大块噫气，其名为风，是唯无作，作则万窍怒号。"说的是风为天地之气壅塞而忽通的产物，所以诗人发问：天地间有何不平，竟产生如此的大风？它像是阴阳之气交会合沓、消长纷争，要将万古的声音都吹尽一般。这前四句形容狂风大作，声势猛烈。"洪炉"以下九句以想象之笔写出天上神灵借烈风威势造成了动荡与黑暗。贾谊《鵩鸟赋》中说："天地为炉兮，造化为功。"所以这里"洪炉"即谓天地，洪炉中鼓荡着风箱排出的大风，喷发出熊熊的烈焰。风与火显然指人间的风雨雷电，在那风雷之中仿佛可见众多的神灵，有雨师屏翳、云神丰隆，他们凭借烈风的余威，令天地昏黑，使雷霆轰鸣，海水被大风卷起，向天直立，其中鱼龙混杂，喷发出阵阵腥味，金木水火土五行忽然一齐出现，天地的尽头也上下动荡，世界陷入一片混沌。这几句刻画烈风的掀雷挟电、排山倒海之势，极尽夸张形容之能事。"身非至人出"以下六句写自己的惶恐不安。身非圣贤，自然也没有泰山崩于前而色不改的镇定自若，安能面对这利害攸关的危殆而坦然不惊呢？于是细听狂风吹落屋角之声，坐愁山峦崩溃之势，正不知上天的意思究竟如何，惟恐宇宙从此永久地堕入黑暗的深渊。这一段通过自己的感受，进一步形容烈风的横暴猖狂及其巨大的破坏力。"阊阖九重门"以下忽将笔锋陡转，说天宇的高处依然清静安宁，自己欲驾云车上诉天庭，但升天无门，这一曲哀歌又有谁来理会呢！这四句表现了诗人哀告无路的悲愤。

这首诗的寓意是十分显豁的，那排击星月、鞭笞雷霆的风神雨师、雷公电母分明是指那些狐假虎威、欺压百姓的官吏，他们给人民带来了忧惧与灾难，但他们之所以敢为所欲为，滥施淫威，正是因为最高统治者的不闻不问，听之任之。百姓上告无门，只能身受其害。可见作者将针砭的矛头直指九重阊阖中的君王与权贵。诗以象征的手法，曲折委婉地反映了现实社会中的不平现象，但其揭露是深刻的，抨击是有力的。这种手法在赵执信的诗中屡见不鲜，如其《诅雨师》中讽刺雨师的滥用职权，久雨成灾；《虎伥行》中揭露为虎作伥者瞒上欺下的伪善面目，都与此诗有异曲同工之妙。至如此诗中刻画烈风的狂暴也写得声色俱厉，读来惊心动魄，可见诗人驾驭语言的能力和驰骋纵横的想象。

（乔大可）

泛海言怀

忽登万斛舟，如蹑长鲸背。

寄身入无涯，旷览乾坤态。

潮动风色遒，棹急云光碎。

潜随元气游，迥出人境外。

千山相簸荡，六合欲横溃。

顿觉丧吾我，何知齐小大。

幼安漂泊久，谢傅襟情在。

谁发小海讴，回帆引雄概。

　　如果要在中国古代诗人中找一位对大海有特殊感情的，大概可数到赵执信。康熙三十年（1691），赵执信从家乡淄博出发，往东而行，想去观览大海，但行至掖县沙河店即兴尽而还，未见到真正的大海。四年之后，他又第二次东行，经过益都、高密、平度、莱阳、栖霞而到达福山，终于见到了向往已久的大海。他泛舟海上，深感大海的魅力，于是作了这首诗来写景述怀。

　　诗人登上能盛万石的大船，像是蹑足于长鲸之背，置身于无边的大海之中，饱览天地神奇的状态。首四句概写登舟泛海，气势恢宏，起调不凡，似欲将天地风云尽收眼底。"潮动风色遒"以下八句写自己泛海的所见所感。潮水的汹涌澎湃告诉人们风势的遒劲猛烈；急促的船棹频频摇动，令倒映在水中的天光云影支离破碎。诗人仿佛暗随天地元气自在地遨游，而远出人寰之外。回看海上星星点点的群岛孤屿，似也随着船身的颠簸起伏而兔起鹘落。上下四方、整个宇宙如同将被这横无际涯的海水所吞噬。于是诗人进入了一种超越时空的精神境界。《庄子·齐物论》中提倡忘我的境界，所谓"今者吾丧我"，又从万物相对的观点出发，认为人世的生死、贫富、大小都一般无二。诗人这里借庄子之言说泛舟大海，物我两忘，哪还顾得上探究大小齐一的道理，意谓进入了绝对的精神自由状态。这八句真实地记录了他置身海上的见闻与感受，所以读来如身历其境，惊心动魄。"幼安"以下说自己的游兴。"幼安"，指三国时的管宁，他曾避乱居辽东三十七年始归。谢傅则谓东晋谢安，他曾与孙绰等人泛海，忽遇大风，"诸人并惧，安吟啸自若，舟人以安为悦，犹去不止"（《晋书·谢安传》）。这里赵执信以管宁、谢安自况，说虽然漂泊海上的时间已久，风高浪急，但自己的游兴正浓，襟抱为开，并无惧色。"谁发"句用晋朝夏统典。夏统与人泛舟以足叩船，歌《小海唱》，"清激慷慨，大风应至，含水嗽天，云雨响集。……王公已下皆恐，止之乃已"（《晋书·夏统传》）。此谓有谁能像夏统那样唱起《小海唱》的曲子，我将回转风帆，引发雄壮的气概。这四句刻画自己的游兴高涨，欲以大海的壮丽激发自己的豪情逸志。

这首诗不仅写出了诗人泛海的情形，而且由此激励清操，开阔胸襟，感悟人生的妙谛，这正是赵执信寄情大海的真正目的。他曾总结自己观海的体验说："空蒙倏变现，世界生历历。真妄理无殊，观者自烨赫。回头阅人间，何处为陈迹。归来每注目，慌惚云涛碧。"（《说海》）可见他从大海得到的是否定现实、旷达处世的人生哲学。这种思想虽有消极的一面，但也正是诗人在《长生殿》案之后，对仕宦的险恶龌龊与现实的黑暗污浊有了深切认识的结果。此诗的语言瑰丽变幻，奇诡雄伟，结构上虚实相生，开阖跌宕，不仅能状瑰玮之景，而且时时能注入自己的感受。赵执信论诗主张"诗中要有人在，诗外尚有事在"，即要求诗能抒发自己的真实感情，表达自己对事物的看法。所以这首诗由泛海而言怀，能熔写景、抒情与说理于一炉，堪称"有人""有事"之作。

（乔大可）

道 旁 碑

道旁碑石何累累，十里五里行相追。

细观文字未磨灭，其词如出一手为。

盛称长吏有惠政，遗爱想象千秋垂。

就中行事极琐细，龃龉不顾识者嗤。

征输早毕盗终获，黉宫既葺城堞随。

先圣且为要名具，下此黎庶吁可悲。

居人遇直聊借问，姓名恍惚云不知。

住时于我本无恩，去后遣我如何思？

去者不思来者怒，后车恐蹈前车危。

深山凿石秋雨滑，耕时牛力劳挽推。

里社合钱乞作记，兔园老叟颐指挥。

请看碑石俱砖甓，身及妻子无完衣。

但愿太行山上石，化为滹沱水中泥。

不然道傍隙地正无限，那免年年常立碑！

康熙二十三年（1684），作者任山西乡试正考官，自北京出发去太原，乡试结束后，又从太原南下，经太行山区，于年底回到故乡探亲。这首诗就揭露了他行经太行山一带时所见的一种怪现象——"思政碑"之虚伪与害人。

　　所谓"思政碑"就是封建时代为卸职的地方官在路旁立碑，歌颂其功德，又称"去思碑"。诗的一开头就单刀直入，从道旁之碑写起，十里五里便可见一座座碑亭，相互追随，好不热闹，"何累累"极言其多，"行相追"则分明对此有一种揶揄嘲笑之意。再细看那文字，遣词造句，千篇一律，事迹也大同小异，就像出于同一人之手，无非是称赞地方官的施行仁政，有德于民，人们将千秋万代地思念他，具体的事迹也都琐细无聊，前后不一，漏洞百出，难免遭到有见识的人之嗤笑。其内容不外乎是说他们如何及早地征收赋税，输送给上级政府，地方上的盗贼终被捕获，学校如何修整，接下来便是修理城墙。"征输"两句中连用"早""终""既""随"等表示时间的字，意在说明这已是老生常谈的套语，不读也可知其大意。"先圣"二句则鞭辟入里地抨击了这种现象，作者意谓地方官修葺学校，本是份内之事，但现在却成了邀取名誉的手段，那供奉于学宫中的孔子，岂不成了官吏们追名逐利的工具。先圣况且如此下场，百姓的备受欺凌也就更可悲叹了。

　　如果说自开头到"下此黎庶吁可悲"十二句是作者自己看碑的感受，那么以下便是通过居民之口而揭露立碑的危害。诗人拉住一位行人问那碑中之事，但他却对此茫无所知，连这位"长吏"的姓名都模糊不清。这正是对上文"盛称长吏有惠政，遗爱想象千秋垂"二句的绝妙讽刺。连姓名都不知，何来"遗爱"，正是一针见血，入木三分。于是下文直接以居人的口吻说那官吏在时本没有恩德，走了以后自然也不会留下思念。但之所以要给他树碑立传，是因为不这样作，现任的长官就会大发雷霆，因他惟恐自己日后也受到冷落，这样到头来倒霉的还是百姓。"深山"以下六句便是人们对树碑的控诉，碑石要去深山开凿，秋雨路滑，自然是辛苦危险的；开采下来的石头须用牛拉回，因此影响了耕种；乡里凑钱请人写碑文，又要看那浅陋迂腐的塾师的脸色；碑树好了，还得用砖砌个碑亭，但居人和妻子儿女却衣不蔽体；可见这一块小小的道旁之碑浸透着百姓的血泪。诗人最后感叹道：但愿太行山上的顽石化作滹沱河中的污泥，这样就再也不必凿石建碑了。不然的话，道旁的空地尚多，年年立碑，岂有止尽。诗人对庸官的一腔愤恨与对人民的无限同情在这最后四句中表现得淋漓尽致。然而太行之石怎能化为污泥！说明百姓的苦难没有穷尽，遂加重了此诗批判现实的意义。

诗写得通俗明了，作者力求以简明生动的语言揭示一个虚伪的社会现象，其讽刺的矛头直指官僚集团，这在以官为主体的封建社会中无疑是大胆的行为。作者采取了对比的手法，用碑文中的歌功颂德与现实中百姓对此的深恶痛绝构成强烈对照，使官吏的丑恶嘴脸暴露无遗；诗人又直接引用居人之语，令诗意更为逼真而具有说服力。

（乔大可）

甿入城行

村甿终岁不入城，入城怕逢县令行。

行逢县令犹自可，莫见当衙据案坐。

但闻坐处已惊魂，何事喧轰来向村。

银铛枉械从青盖，狼顾狐嗥怖杀人。

鞭笞榜掠惨不止，老幼家家血相视。

官私计尽生路无，不如却就城中死。

一呼万应齐挥拳，胥隶奔散如飞烟。

可怜县令窜何处，眼望高城不敢前。

城中大官临广堂，颇知县令出赈荒。

门外甿声忽鼎沸，急传温语无张皇。

城中酒浓馎饦好，人人给钱买醉饱。

醉饱争趋县令衙，撤扉毁阁如风扫。

县令深宵匍匐归，奴颜囚首销凶威。

请朝甿去城中定，大官咨嗟顾县令。

　　这首诗收在作者《饴山堂集》的《浮家集》中，可知写于康熙六十年（1721）。此时赵执信居在苏州，诗写了一次小小的民变，而据诗中描写的情形来看，确是一个府治所在，可见此事大约发生在苏州。

诗的前十句写县令入乡，滥施淫威，令百姓遭殃，民不堪命。"村甿"，就是指农民，农民终年都不到城里去，因为进了城怕见官，在路上遇见县令尚可趋避，而在公堂上见到县令真令人毛骨悚然。首四句写农民对县令敬而远之的心理，将封建时代的官民关系揭露得入木三分。但这只是一个铺垫，"但闻"以下便写县令的下乡。农民怕见大堂上的县令，而如今他却前呼后拥地来到村中，岂不令人胆战心惊！一路上手铐脚镣跟随着官轿，吆五喝六，声如狐吼，四下搜捕，狠如豺狼，鞭扑村民，凶残狠毒，家家户户中的老人孩子都被打得鲜血淋漓。这六句绘出了一幅惨不忍睹的画面，至于县令究竟为何亲临乡村、鞭笞百姓的原因尚未说明。读诗至此，给人造成一种悬念：诗题为农民入城，而这里却写官入乡村，岂非南辕北辙。然"官私计尽"二句便笔锋陡转，百姓在公开请求与私下哀告都无用处的情况下，索性入城去拼个你死我活了，于是转到"甿入城"的主题。"一呼万应"以下写农民入城后的情形。某人振臂一呼，万众响应，官府中的差役毕竟怕人多势众，于是一溜烟似的四散奔逃，县令早已逃之夭夭，不敢回转衙门。城中的大官也恐慌起来，亲自升堂问事，至"颇知县令出赈荒"一句，才点出县令出城的真正原因，原来是借赈济灾荒之名，而行敲诈勒索之实。他本宜安抚慰藉，赈济灾民，然却相反地需索无度，施威动刑，所以犯了众怒，激起民愤。但大官毕竟老成持重，听到人声鼎沸、群情激昂，先以好言安慰，稳定民心，然后再施以酒食，发钱安抚，总算暂时稳住了事态的扩展。但农民们在酒醉饭饱之余，心中怒气未消，于是又争先恐后地跑到县衙门去，如风卷残云般地把县令的居处捣了个稀巴烂。县令直到夜深人静之后才潜伏回家，一副奴颜婢膝的样子，凶威之相不知到哪里去了。第二天一大早，农民离城回去，城中方才安定。大官看着县令狼狈不堪的样子，只好摇头叹息，似乎在嘲笑他的无能与无知：民不可侮，这下可尝到滋味了吧！

　　这首诗以生动的事实揭示了"官逼民反"这个简单的道理。写在康熙末年，正是号称清代的"盛世"，但从中可见到官府与百姓之间的矛盾十分激烈，这些内容在官方的史书与时人的记载中都很难见到，却保留在这首诗里，可谓"诗史"。诗围绕着"甿入城"这个主题，然采取了欲扬先抑的手法，前一段中极言百姓的懦弱恐惧与官吏的凶神恶煞，正与后面农人的群情激愤、无所畏惧与县令的闻风丧胆、匍匐而行形成了鲜明对比，令全诗富有强烈的戏剧性，同时表现了诗人鲜明的爱憎。　　　　　　　　　　（乔大可）

咏风鸢学江东体

节候迁移物象分，春深城野见纷纭。

偶缘涂饰能成质，才有因依便入云。

线影暗凭童稚引，风声高逼帝天闻。

伤鸿病鹤知多少，息羽垂头合让君。

晚唐诗人罗隐的咏物诗往往寄意遥深，语含讽谕，他自号江东生，所以这类作品被称为"江东体"。赵执信这首咏风筝的诗就是仿效此体而作。

节候迁移，物象变换，春深似海的城郊之野，东风骀荡，诗人在此见到了飞飞扬扬的风筝。风筝是用纸做的，剪成了老鹰的模样，做起来十分简单，随意用色彩涂抹装饰便成了躯干；当它飞上天空，只须稍借风力就能直上青天，钻入云层。"偶缘"二句形容纸鸢的形成之速与升天之易，比喻那些本无根柢、徒有其表的人专靠夤缘而爬上高位。他们自鸣得意，耀武扬威，殊不知正像一时得志的纸鸢那样，升降行止全凭孩子手中的一根引线，虽然它有时扶摇直上，甚至上达天庭，连天帝也如闻其声。"线影"二句暗喻那些依仗小人援引而志得意满者，尽管他们有时甚至接近到了最高统治者，但其实只是不学无术的可怜虫。最后两句撇开纸鸢，翻一层作结，说人间多少真正的鸿雁仙鹤却因遭际坎壈，敛翅垂头，而听凭纸鸢去向高空施展威风。这里显以鸿、鹤象征那些德才兼备的君子，因不屑奉迎权贵、无人援引提拔反而沉沦下潦，身处鄙贱。以鸿、鹤与纸鸢形成强烈对照，更令形象鲜明，寓意深刻。

　　赵执信论诗最推重清初的吴乔，服膺其"诗中须有人在"一语，而考吴乔这话的意思，即主要是指咏物之作须有寄托，他的《答万季野诗问》中说："如少陵《黑鹰》、曹唐《病马》，其中有人。袁凯《白燕》诗，脍炙人口，其中无人，谁不可作？画也，非诗也。"可见所谓有人，就是指咏物诗中有人格的寄托。如杜甫和曹唐的诗虽为写鹰和马，但有深刻的寓意在，所以称为"有人"；袁凯的《白燕》虽为咏物名作，但仅意在穷形尽态，所以不足取。赵执信本人的咏物诗也大多托物寄兴，抒写怀抱，这首《咏风鸢》就是最典型的一篇。赵氏因《长生殿》案牵连而在朝中被革职除名，后半生过着隐居漂泊的生活，因而此诗中对依靠庸人援引而跻身朝廷者的讥刺与为备受压抑的才德之士的不平，显然都基于他本人的亲身体会，有着深刻的现实意义。

（乔大可）

即 目

烟外风翻数点鸦，板墙欹处夕阳斜。
空庭客去闭门晚，零落一堆红豆花。

这是作者在京任右春坊右赞善时的作品，因这是个闲散的文职，所以诗人将自己的寓所名之曰"闲斋"，所作的诗集为《闲斋集》，这首小诗是其中的一首。诗写深秋的黄昏时分，在庭园中见到一堆零落的红豆花。主题就是这么简单，而在诗人的笔下却写得饶有情趣。

诗从远空中的点点寒鸦写到洒满夕阳的院墙，再写到幽静的庭院，最后落到眼前一堆红豆花上。由远及近，由上至下，由动而静，像是电影艺术中的特写，先由远景逐渐推近，然后将焦点集中在一个主要物象上，最后是一个大的特写镜头。那远景只是一种陪衬和铺垫，令主体更为显豁。如此诗中最后出现的红豆花，在高朗的天宇、金色的斜阳中显得极为清新、明艳，而客去庭空、四处寂静的环境更给她凭添了一种闲逸、幽静的美感，这后两句的诗意虽取自李商隐《落花》中"高阁客竟去，小园花乱飞"的意蕴，然善于点化，丝毫不着痕迹。

诗不写姹紫嫣红的名花或高雅出尘的秋菊，而歌咏了一堆极为平常而零落衰败的红豆花，可见诗人朴素的审美祈尚，而同时体现了他避客赏花的幽趣与惜花心绪。

（乔大可）

寄洪昉思

垂堂高坐本难安，身外鸿毛掷一官。

独抱焦桐俯流水，哀音还为董庭兰。

康熙二十八年（1866），洪昇（字昉思）招伶人于宅中演出自己所作的戏剧《长生殿》，时值佟皇后丧服，给事中黄仪劾洪昇等人于"国恤"期间观剧为"大不敬"，洪昇被革除太学生资格。赵执信也因参预观剧而被革职，时人作诗云："秋谷才华迥绝俦，少年科第尽风流。可怜一曲长生殿，断送功名到白头。"然而赵执信对自己的仕途并不在意，因他对当时腐败黑暗的官场早已厌倦，而且他生性耿直，与龌龊的官场生活格格不入，据说黄仪就是因为曾被他奚落而怀恨在心，所以借演剧之事而图谋报复。但赵执信对朋友笃重义气，据当时人记载，在《长生殿》案发生后，他竟不顾个人的安危得失，拒绝向西曹提供有关洪昇的"罪证"，"待昇极尽恩谊"（陈奕禧《春霭堂续集·观长生殿传奇有感》注）。这在数年以后他所写的这首寄给洪昇的诗中也可见到。

古人有"千金之子不坐垂堂"的话，意谓屋檐（垂堂）下有被坠瓦打伤的危险，所以自爱的人不坐在此。赵执信以"垂堂"指风波险恶的仕途，以为这本非久留之地，故自己弃去赞善的官职并不足惜，只不过好像失去一片鸿毛那么不足一提。然而他却愿为知音的朋友弹一曲高山流水之音，那哀伤的曲调正是为了亲密的挚友所发。董庭兰是唐朝的琴工，他出入于宰相房琯的门下，因为依仗房琯的权势违法被治罪，此借喻洪昇。

此诗表现了赵执信鄙弃功名、冷笑人生的旷达胸怀，然而他对朋友的一腔热情也于此可见。诗写得很简短，但感情强烈，哀乐过人。诗的最后一句曾遭到王士禛的批评，讥其："君是开元房太尉，一生留得董庭兰。"意谓诗人不宜将洪昇比作董庭兰，将自己置于房琯的地位。此也是诗坛逸事，然可见古人要求用典的一丝不苟。

（乔大可）

沈德潜

沈德潜（1673—1769），字确士，号归愚，江苏长洲（今属苏州）人。家贫困，屡困科第。乾隆四年（1739）进士及第，历官至礼部侍郎；后加尚书衔，卒谥文悫。德潜学诗于叶燮，叶论诗重理、识，尚宋诗，兼宗杜甫；沈则重性情，尚诗教，主格调，法唐音，自成一家言。选编《古诗源》《唐诗别裁集》《明诗别裁集》《清诗别裁集》，论著《说诗晬语》等，以标宗旨，在当时影响颇大。其诗古体风格古朴，重质轻华，律诗则偏爱委婉含蓄，吕精律明。有《归愚诗集》。　　　　　　　　　　　　　　　　　　　　（梅运生）

天 都 峰

黄山天下奇，天都峰之特。

绝地九百仞，陡下如斧劈。

势疑塞高空，体许镇地脉。

四面总换形，不改性正直。

无心拔众上，众自莫敢敌。

通体断寸肤，万石怒分坼。

虬枝蟠千年，苍藓积五色。

石室开旷朗，甘泉流蟫隙。

或云仙人都，轩辕此游息。

浮丘与容成，飞行无留迹。

斯理果不诬，长生归有德。

胡为学仙人，空闻炼金石。

这是一首五古。写于庚午（1750）年春，其时德潜已是七十八岁高龄，裹粮策杖登黄山，作诗三十四首，集成《黄山游草》，《天都峰》是其中的一首。沈德潜虽宗唐音，但不满于王士禛专主"神韵"，他说："杜少陵云'鲸鱼碧海'，韩昌黎云'巨刃摩天'，惜无人本此定诗。"（《说诗晬语》卷下）此诗正是本着杜、韩之境以定诗的。

天都峰以奇险著名于世，"黄山天下奇，天都峰之特。"起笔雄兀，抓住一"奇"字，为天都峰景色定格。黄山有无数峰峦，所谓"大峰三十六，小峰三十六"，而天都峰最为特出。"绝地九百仞，陡下如斧劈。""绝地"，拔出地面。古以八尺为一仞，九百仞极言其高。天都峰的海拔在黄山诸峰中仅次于莲花峰和光明顶，但攀登者在感觉上常以此峰为最高，就是因为此峰拔地耸起，壁立陡峭。诗人尝谓"作文作诗，必置身高处，放开眼界"（《说诗晬语》卷上）。"势疑塞高空，体许镇地脉"两句言山充塞高空，山体镇断地脉。古人以山之走势为地脉，天都峰庞大隆起的躯体，使众山的走势至此而截断，不言雄伟而雄伟自见。"四面总换形，不改性正直"两句言山之四周，或凸或凹，或壑或峭，或陡或平，加之变幻莫测的云海穿插其间，更是形态万千，而诗人却着意其体势的正直，这显然是有所寓意的。"无心拔众上，众自不敢敌"两句是对此峰品格的赞美，托物连类，引物抒怀，似言为人处世亦应自强自立。

"通体"六句，转写峰上景色的奇特。"通体断寸肤，万石怒分坼"两句写石。天都峰由无数隆起的巨石组成，攀登其间，就能见到断裂的石层呈现出千奇百怪的形状。分坼，即开裂。在诗人看来，天都峰这遍体的伤痕，是由于自身愤怒崩裂所致，眼光与众不同。"虬枝蟠千年，苍藓积五色"两句写松。奇松是黄山的另一壮观。古老的山松，枝干粗壮盘曲，如虬龙盘立，形态各殊。松下积年生长的苍藓，因向阴向阳的不同而五色斑斓。这又是一番奇观，是诗人登峰近观所得的感受。"石室开旷朗，甘泉流罅隙"是写登峰顶所见石室和甘泉。峰顶"塔尖"下，有两个天然石洞，其南洞可容百人，称为石室，又称"仙人楼"。其下侧有一石池，池中贮满了由两旁罅隙中流下的泉水，清凉甘甜。以上六句，写了三组景象，用以概括天都峰的全貌。自下而上，节次分明；随物赋形，各成境界。似断而实连，词断而意属，长篇五古，运笔之妙即在此。

诗笔至此，似可断结，"或云"以下八句，又生议论。黄帝名轩辕，据《周书异记》《神仙传》和《列仙传》等书记载，黄帝有两位大臣，一名浮丘公，一名容成子，均是仙翁。黄帝晚年，偕浮丘与容成来此山炼丹，终于羽化登仙，而此峰石室，就是他们聚会和休息之处。黄山本名黟山，自唐后易名黄山，此峰以"天都"命名，即与此类神话传说有关。诗人叙事及此，忽生异议，认为他们果真羽化登仙，那是有德所致，而非炼丹造就的。最后四句似乎是一赘笔，但沈氏曾说："五言长篇……叙事末了，忽然顿断，插入旁议，忽然联续，转接无象，莫测端倪。"（《说诗晬语》卷上）可见他欲运史笔于韵语，发议论于象外，这在我们看来，至少是有点浅薄，淡化了天都峰的神话色彩，有损于诗的文学性。

（梅运生）

江　村

苦雾寒烟一望昏，秋风秋雨满江村。

波浮衰草遥知岸，船过疏林竟入门。

俭岁四邻无好语，愁人独夜有惊魂。

子桑卧病经旬久，裹饭谁令古道存。

　　这首七律似纪实之作。作者在《先妣事状》中写其家庭贫苦生活有类似诗中的记载。沈氏自先祖从吴兴迁居长洲蔚溪，其村落为竹墩，称竹墩沈氏。竹墩也是江南水乡一村落。

　　诗的前四句正是写水乡秋季一片萧条的景象。首联"苦雾寒烟一望昏，秋风秋雨满江村"，这是远观江村所见的景象。作者置身远处，放眼开来，而心则系乎江村的苦乐。一"苦"字，一"寒"字，使景色带有强烈的感情色彩，使人感受到此时此地的江村，不但被秋风秋雨所笼罩，一片昏暗和浑沌，而且还使人强烈地感受到生活在江村里的人，情感的凄楚，不言愁而愁自见。颔联"波浮衰草遥知岸，船过疏林竟入门"，诗人是坐在船上，由远及近，进入江村。正因为一片烟雾，前景不清，只有从"波浮衰草"，才知快靠近岸边了；江水围绕，疏林的空隙处，竟成为进入水乡江村的大门。百草衰枯，叶落林疏，这深秋的景象，更衬托出江村的荒凉。

这里全系写景，好处是能上下一气，并变换意境。

颈联"俭岁四邻无好语，愁人独夜有惊魂"，诗笔由写景转到写江村的人情。这里前句叙事，后句抒情。俭岁指收成不好的年景。灾歉之年，四邻相见，无非互叹苦境，共诉生活的艰难；而诗人夜不成寐，由衷唔叹，主要是针对此而发的。尾联"子桑卧病经旬久，裹饭谁令古道存"，诗人把人情的冷漠，归罪于人心不古，对此作深层的鞭策，这是全诗主旨之所在。"子桑"，秦公孙枝字号，子桑为秦穆公贤大夫，因推举孟明而被称为知人善举（《左传正义》卷十八）。《庄子·大宗师》言："子舆与子桑友，而淋雨十日。子舆曰：'子桑殆病矣。'裹饭而往食之。"裹饭，即包着饭。诗人化用这个典故，似言：今之贤者子桑已处困阨之境，今之尚友而裹饭相济的子舆，又在何处？沈德潜主张诗中应活用经、史、诸子语，他说："以诗入诗，最是凡境。经、史、诸子，一经征引，都入咏歌，别于潢潦无源之学。但实事贵用之使活，熟语贵用之使新，语如己出，无斧凿痕，斯不受古人束缚。"（《说诗晬语》卷上）这段话，正可验证他的创作。以古道教化人情物态，是沈氏诗学的旨归，其思想局限亦在此。

（梅运生）

月夜渡江

万里金波照眼明，布帆十幅破空行。

微茫欲没三山影，浩荡还流六代声。

水底鱼龙惊静夜，天边牛斗转深更。

长风瞬息过京口，楚尾吴头无限情。

这首七律写一次月夜渡江的情景。

首联"万里金波照眼明，布帆十幅破空行"，起境雄阔，直接进入诗题。满天的月色，洒在波涛翻滚的大江上，反射出万道金光，发出耀眼的光采；扯满风帆的行船，如飞行天上，破空而驶。杜甫有诗"春水船如天上坐"（《小寒食舟中作》），诗人月夜飞舟，更有此感受。这两句用色泽鲜明的词语、轻快的节奏，抒发出欢快的情怀。颔联"微茫欲没三山影，浩荡还流六代声"，从视觉到听觉构造意象，进一步写舟行之速。"三山"，在今南京西南长江南岸，三峰相联，称之为三山。山势险要，屏障南京，又称护国山。李白诗句有"三山半落青天外"（《登金陵凤凰台》），即指此地，风帆已过南京，高耸的三山，已远远地被抛在船后，像是被朦胧的月色吞没了山影，耳边响起的是日夜不停息的江流声。"六代"，即东吴、东晋、宋、齐、梁、陈六朝。齐梁诗人谢朓的名句"大江流日夜"(《暂使下都夜发新林至京邑赠西府同僚》),正为沈诗所本。

颈联"水底鱼龙惊静夜,天边牛斗转深更",由动态转写静态,显示月夜的深沉。"牛斗",指牛宿和斗宿,北斗为七星构成,初夜、分夜和黎明,都可以从斗星指明的方位中看出。"水底鱼龙"是虚写,"天边牛斗"则是实见。虚实相生,使诗境婉转曲折、变幻无穷。尾联"长风瞬息过江口,楚尾吴头无限情",写船过京口快要抵家时的欢快心情。"京口",今镇江市。楚尾吴头指春秋时吴楚两国接壤之地,后泛指长江中下游。张孝祥词:"家在楚尾吴头,归期犹未,对此惊时节。"(《念奴娇·饮雪呈朱漕》)诗人化用其意,写快要抵家时的欢乐心情,字里行间,流露出无限的思乡之情。

沈德潜对父母妻子的情感是很深的,他一生中数十次离家应考,长期外出授徒,晚年赴京为官,在很多诗文中都写了他对亲人的思念。此诗记一次月夜返家的经历,透露了他乡情之深。全诗几乎都是写景,只有后一句最后三个字才落实到言情上,但景中都渗透着情感。沈氏主张诗重言情,同时要求要借物言情,情隐于景,情由景生,这是深得诗学真谛的。

(梅运生)

西湖杂句

（七首选一）

湖光宜雨最宜晴，好景偏爱夜色清。

十里画船歌舞歇，月明徐听按筝声。

这首七绝写的是西湖夜景。对西湖胜景，苏轼曾有名句赞赏："水光潋滟晴方好，山色空蒙雨亦奇。"（《饮湖上初晴后雨》）描写的就是西湖在晴时和雨时不同的山水景色，历来被人传颂。

沈氏认为，晴湖、雨湖虽美，夜湖则更胜一筹。诗的上联"湖光宜雨最宜晴，好景偏爱夜色清"，即点明此意。因为夜湖之美，能使人在静穆中获得清新幽远的美感。下联"十里画船歌舞歇，月明徐听按筝声"，所营构的就是西湖月夜幽美的诗境。其时明月在天，湖明如镜，游人俱去，万音息响，诗人心静如水，神旷心怡，一曲银筝，情韵悠扬，撩起人们超然物外的诸多遐想。白居易诗："东舟西舫悄无言，唯见江心秋月白。"（《琵琶行》）诗人也进入了这种境界。《说诗晬语》中说："七言绝句，以语近情遥，含吐不露为主。只眼前景，口头语，而有弦外音，味外味，使人神远。"（卷上）此诗所追求的是一种幽美之境，其弦外之意，似乎是想对人世纷争的超脱，这也许与他的连年科第失意有关。

（梅运生）

王丹林

王丹林（生卒年不详），约1692年前后在世，字赤抒，浙江钱塘人。官中书舍人，诗学晚唐。有《野航诗集》。　　　　　　　　　　　　　　　（王镇远）

白桃花次乾斋侍读韵

相逢不信武陵村，合是孤峰旧托根。

流水有情空蘸影，春风无色最销魂。

开当玉洞谁知路？吹落银墙不见痕。

多恐赚他双舞燕，误猜梨院绕重门。

　　这是一首次韵的诗，乾斋是陈元龙的号，他是浙江海宁人，官至广西巡抚。此诗完全按照陈诗的韵脚而作，故意在表现诗人驾驭文字的手段和运思之巧。全诗的关键在围绕一个"白"字，表现白桃花的清高绝尘。

　　首联即用典，刻画白桃花的高雅。陶渊明的《桃花源记》中说："武陵人捕鱼为业，缘溪行，忘路之远近。忽逢桃花林，夹岸数百步，中无杂树，芳草鲜美，落英缤纷。"显然渊明笔下的桃花是色彩鲜艳的，然而王丹林所咏的是白桃花，所以说那不是武陵村中之物，反而类似于托根孤峰的梅蕊。孤山本是宋代高士林逋的隐居之地，他酷爱赏梅养鹤，故有"梅妻鹤子"之称，这里暗用其事，说明白桃花仿佛梅花，淡泊素雅，神韵超绝，其品第远在红桃花之上。这里不仅指其颜色异乎寻常，同时表现了白桃花绝非村野之物，而为清高绝尘之品。颔联用了极流利而富于想象的词句写出了白桃花的妩媚可爱。因花的颜色洁白素淡，所以尽管流水有情，也难以映照出她的倩影；春风无色，却给花带来了无限春温，具有销魂的魅力。这两句借助于春风、流水，侧面描绘出白桃花的风韵，而前一句是变化了"落花有意，流水无情"的俗语，后一句则用了崔护"人面不知何处去，桃花依旧笑春风"（《游城南》）的诗意，然读来十分流畅，可谓巧于点化而不着痕迹。颈联进一步状写花之白，"玉洞"也还是袭用《桃花源记》中写桃源入口"山有小口，仿佛若有光"的说法，因渔人离开桃源后，重寻其地，却再不可得。诗人这里引申说，如果白桃花开在桃源洞口，就会令人目眩神迷，难以辨认，不知归途了。又因她素淡洁白，所以当花瓣被风吹落到粉墙上似乎不见痕迹，融化在一片白色之中了。尾联宕开笔去，不直接咏桃花，而说燕子将误认白桃为梨花，因此在庭院的重门外来回飞舞，久久不肯离去。这里其实还是形容桃花的白，白得与梨花难以分辨，明人袁凯的《白燕》诗中有"梨花庭院冷侵衣"之句，可见诗人由白桃而想到了梨花，由梨花而想到舞燕。这两句构思奇特，意趣横生，可谓神来之笔。

此诗虽为次韵之作，然造语醇雅，意象丰蕴，无凑泊之感，诗全由想象的笔墨出之，虽没有对桃花作具体的描绘，然用典灵活，造语秾丽，不乏生动的形象，是一首典型的咏物之作。　　（王镇远）

马曰璐

马曰璐，字佩兮，号半槎，安徽祁门人，后徙居江苏扬州。家富藏书，与兄曰璐齐名，号"二马"。乾隆元年（1736）召试博学鸿词，不赴。有《南斋集》。

（陈祥耀）

杭州半山看桃花

山光焰焰映明霞，燕子低飞掠酒家。

红影到溪流不去，始知春水恋桃花。

这诗见于《南斋集》卷首，是作者早年游半山之作。半山，在杭州东北郊。

起句写半山春天桃花盛开，不直点桃花，而以"明霞"映发形容之，以"山光焰焰"渲染之；"焰焰"二字，煊赫过于《诗经》之用"灼灼"，红光逼人，可谓善用重笔。次句以"燕子"掠飞及"酒家"作点缀，花鸟相映，动静相兼，人事与自然景物相配，使半山春景，更显得可爱宜人，可谓善用衬笔。结尾两句是主笔，又用曲笔翻新取胜。前人写桃花流水或落花流水的，如李白的"桃花流水窅然去，别有天地非人间"（《山中问答》），李煜的"流水落花春去也，天上人间"（《浪淘沙令》），重点是在写自己的心情，不在写花写水。白居易的"落花不语空辞树，流水无情自入池"（《过元家履信宅》），储光羲的"落花如有意，来去逐船流"（《江南曲》），则以同情落花、埋怨流水寓意。世俗流传，说的也是"落花有意，流水无情"。这两句诗，重点在藉流水以写桃花，异于李白、李煜的诗词。写桃花之盛与可爱，不写开在树上的，而写落在水面的，"红影到溪流不去"，是桃花落得多，也正是它开得多的缘故。不埋怨流水，而说是流水"恋桃花"，不忍流掉它，又异于白居易、储光羲的诗意。

诗写桃花，曲折刻画，又善翻前人之意，故觉细腻工巧，新颖可喜。

（陈祥耀）

厉 鹗

厉鹗（1692—1752），字太鸿，号樊榭，浙江钱塘（今杭州）人。康熙五十九年（1720）举人。乾隆元年（1736），应博学鸿词试，以误写论在诗前报罢。工诗词，风格俱妍秀淡雅，为清初"浙派"诗词领袖之一，影响颇大。有《樊榭山房集》《宋诗纪事》。　　　　　　　　　　　　　　　　　　　（陈祥耀）

晓登韬光绝顶

入山已三日，登顿遂真赏。

霜磴滑难践，阴若曦乍晃。

穿漏深竹光，冷翠引孤往。

冥搜灭众闻，百泉同一响。

蔽谷境尽幽，跻颠瞩始爽。

小阁俯江湖，目极但莽苍。

坐深香出院，青霭落池上。

永怀白侍郎，愿言出尘鞅。

　　这首诗作于康熙五十四年（1715）。韬光寺，在杭州灵隐山上，以唐僧人韬光居此而得名。

　　诗写破晓登临韬光寺山顶的情景。说入山住了三天，登高、休憩，赏心已有所得。今天再次登山，石磴湿滑难走，从竹林中透露过来的晨光，稀微乍晃；幽冷的山翠，吸引诗人单身前游。四周静寂，连众多流泉的声音也汇成一响。林木掩蔽山谷，尽是幽清之境，只有攀跻到山的极顶，眼界才爽然开朗。从山顶小阁俯视钱塘江和西湖，也只是一片青苍微茫的景象。坐久了，香气从寺院中透出，青霭的山色也照到池上。这种情景，使人怀念白居易对韬光的喜爱，产生长留此地以摆脱尘事"鞅掌"（繁忙）的愿望。

厉鹗五古，喜写幽清邃寂的境界，又善炼字炼句，此诗可为代表作之一。写"真赏"有得曰"遂"，以"霜"字写晓磴，以"穿漏""乍晃"写晨曦；写"翠"曰"冷"，写行曰"孤"，写游曰"冥搜"；以"灭"字了"众闻"，以"一响"了"百泉"，以"莽苍"了"目极"中的湖山；坐久曰"深"，"青霭"映池曰"落"。选词用字，避熟避粗，无一处轻下；取境纪事，求幽求简，不作寻常铺叙。故篇幅虽短，而清新之气扑人。

王昶《湖海诗传》评厉鹗诗："所作幽新隽妙，刻琢研炼，五言尤胜。大抵取法陶、谢及王、孟、韦、柳，而别有自得之趣。莹然而清，窅然而邃。"就此类作品论，不为溢美。

（陈祥耀）

晓至湖上

出郭晓色微，临水人意静。

水上寒雾生，弥漫与天永。

折苇动有声，遥山淡无影。

稍见初日开，三两列舴艋。

安得学野凫，泛泛逐清景？

这首诗作于康熙五十七年（1718），写晓游西湖。

西湖白天游人众多，作者性耽幽寂，欲一赏湖山俱静的西湖晓色，天亮前就从城里动身，到了城外，天才初亮，故喜其"晓色微"。临近西湖，游客未至，闹声未起，故喜其"人意静"。开头两句，写出城天色，写湖上环境，实际上是作者情趣和性格的流露。这两句叙事结合写景，接下去四句，即以写景为主。雾气在水，着一"寒"字，则湖山气候，顿感幽冷；着一"永"字，则雾气"弥漫"接天，其状如见。四无声响，故所闻只有极细的"折苇"之声，写"有声"实是写"无声"。湖边的山不算是"遥山"，在雾中看来似遥；"淡"的是山色，在晓雾中，不但无色，连影子也还照不到地上，照不到湖中，故曰"无影"，写"无影"当然比"无色"淡得更甚。这四句下笔轻淡，用字新隽，但表现却深入有力。最后四句写"初日"始"开",看到湖面有几条小艇,怕再下去游人一多,幽静的景色就将丧失,故想趁此瞬间,身化"野凫",能多多追逐一番清景。心情有点急切,正表现对当时景色的充分留恋。

幽隽轻淡,着笔无多,刻画入微,而痕迹融化。樊榭五古,胜事于此种诗见之。

(陈祥耀)

秋夜听潮歌寄吴尺凫

城东夜月悬群木，汹汹涛声欲撼屋。

披衣起坐心茫然，秋来此声年复年。

壮心一和《小海唱》，二毛不觉盈吾颠。

胸中云梦吞八九，要挽天河斡北斗。

倏忽晴空风雨来，杳杳水府神灵走。

时哉会见沧溟立，自是乾坤有呼吸。

轩辕张乐万耳聋，洞庭天远鱼龙泣。

须臾声从静里消，一蚕独语星萧萧。

天明作歌寄吴子，想子中宵亦听潮。

  钱塘江的秋潮，声势壮大，诗人描写的不少。厉鹗此诗，作于雍正元年（1723），不写白天观潮，而写晚上听潮，取材稍殊。题中所寄吴尺凫，名焯，作者同乡友人，亦擅诗词。

  起两句写杭州城东钱塘江边，夜月照树，"汹汹"的潮声震动屋宇。用"悬"字写月挂树上，用"欲崩屋"状潮声，虽以叙事作起，已兼描写。狂暴的声音也要和幽秀的景色相配，作者的好尚依然可见。"披衣"四句，着重写"听"。说每年秋季都有潮声，今夜"披衣起坐"，听之"茫然"；虽有"壮心"，但与《小海唱》一和，也不觉发愁，像头上忽然生满黑白相间的"二毛"。《小海唱》借指潮声，相传伍子胥忠而被杀，毅魄不散，驱水为钱塘江潮，常"乘素车白马，在潮头之中"，见《录异记》；国人"痛其忠烈，为作《小海唱》"以悼念他，见《晋书·夏统传》。诗用其典，则所谓愁生白发，不但来自潮声，并且是来自对历史人物的同情和对历史不平事件的悲愤，诗的内涵就因历史积淀而显得复杂丰富了。"胸中"八句，正面写潮。第一句用司马相如《子虚赋》"若吞云梦（楚大泽名）者八九于其胸中，曾不蒂芥"的典故；第二句说想拿"北斗"当酒杯，以斟（挹取）"天河"的流水当酒喝，与张孝祥《念奴娇》词"尽挹西江，细斟北斗"的用意相同：都用以强调胸怀开阔和豪情逸想。有此胸怀与豪情，尽可迎接狂潮，感情一变，转愁为豪。后六句说潮来如风雨骤至，海神奔走，海水起立，天地在呼吸；又像《庄子·天运》所说的，黄帝"张《咸池》之乐于洞庭之野"一样，加上作者想象，说乐声所至，使"万耳"尽聋，"鱼龙"饮泣。这六句颇用"博喻"，极力形容潮势之壮，潮声之大，形象纷至杳来，气势最盛。在本诗为描写主体，在作者的七言古诗中也算是较雄劲的。"须臾"四句，写退潮和寄诗的事作结。潮声过后，只有"一蚉（蟋蟀）独语"，星影"萧萧"，意境从强烈转到冷清，音节从急促转为曼长，诗从气盛转为韵悠。

此诗写江潮八句最出色，气势最盛；但从全诗语言的组织、气机的运行、叶韵转韵的方式等方面综合起来看，整体风格还是接近"长庆体"和"梅村体"的七言古诗的。近人王文濡评它："雄浑似杜，奔放如李，是合少陵、太白为一手者。"似乎只看词句的表面和局部，没有深察整体气机，并不切合。

（陈祥耀）

晚　步

斜景忽已暝，流莺时一鸣。

水光知月出，花落见风行。

僻地非遗世，新畦欲耦耕。

孤吟少俦侣，发兴自江城。

这首诗作于康熙五十六年（1717），写晚步家居附近的情景。

起联出句写斜阳乍落，天色昏暝，用一“忽”字，有来得突然之意。为什么有这种感觉呢？是因为景光可爱，一心流连，故不觉日影的渐渐转移。误非“忽”为“忽”，以主观错觉突出客观景物的可恋。落句写天色虽暗，但莺声未停。时属晚春，故莺声也只是“时一鸣”而已，颇有“鸟鸣山更幽”的意趣。这两句出语闲淡而意境不薄，次联则更精彩。“水光知月出”，不仰望遥天而俯窥近水，月出而水光粼粼，是天极净故月初生而水即澄明一片，天与月的可爱，显现在水的可爱上；“花落见风行”，是四周安谧，风吹人不觉，故从花落才感到风的行踪。这两句从月写水，从水写月；从风写花，从花写风，风花水月俱到，而神行一片，真如《沧浪诗话》所说：“透彻玲珑，不可凑泊。”而景象又极幽秀妍美。

结尾两联，从写景转入抒情。说“孤吟”没有“俦侣”，虽无

"遗世"之心，不免索居之叹，故兴起"耦耕"之思。这种内容比较习见，和前两联相比，意境较平。然着以"僻地"二字，又见前面所写美景，并不出现在招引游人的胜境；着以"新畦"二字，又见普通农地与农事活动，在作者眼中，也富有吸引力。则作者对于平常环境，另有其幽情妙趣的"会心"，也就显得有些不平常了。

（陈祥耀）

归舟江行望燕子矶作

石势浑如掠水飞，渔罾绝壁挂清晖。

俯江亭上何人坐，看我扁舟望翠微。

这首诗是乾隆八年（1743）作者游南京江行望燕子矶作。

燕子矶在南京市北长江边，巨石凌空，势成峰峦，有如飞燕张翼，是自古诗人歌咏的名胜之一。作者此诗，别出心裁，以少胜多。首句总写燕子矶的姿态，"掠水飞"三字飞动有力，起势峭拔。次句写及石壁高处的晴光中有人挂着渔罾在晒曝这种小事，乃欲以纪实见清新，以细微见真朴，以闲适接峭拔。结两句不写自己眺望燕子矶，而写燕子矶俯江亭上的人在看着自己，看的是什么呢？是自己在舟中眺望"翠微"山色的情况。那岂不是从别人眼里透露自己的活动吗？借对面写正面，借他人写自己；又借自己写游客，写俯江亭，写山色。看似寻常的两句白描诗，岂不是异常的曲折有致吗？

陈衍《石遗室诗话》评此诗末二句说："十四字中，作四转折。质言之，为看他在那里，看我在这里，看他看我也。"可谓善于点出它的妙处。

（陈祥耀）

二月十四夜同周少穆胡又干
施竹田吴敦复汪旭瞻施北亭
西湖泛月共赋四绝句

（选一）

月下看花不肯红，沿堤花影压孤篷。

春烟夜半生波面，仿佛青山似梦中。

乾隆九年（1744）春二月，作者同周少穆等六位友人一起夜游西湖而作此诗。阴历十四夜，月色清明，故游船离岸入湖，只见花影而不见花色。第一句所谓花"不肯红"是说月色之白掩盖了花红，点花红正是为了写月白。第二句是描写沿堤花多，故能"影压孤篷"，船篷之美来自花影，来自堤树，来自月光。一句中写花，写堤，写影，写船篷，美景毕集，但起主要作用的仍然是月；没有月光，这一切都显示不出来。第三句"春烟夜半生波面"，正面写游湖，写湖波和轻烟，但烟水相生之美，说到底仍是月色显示的。第四句"仿佛青山似梦中"，表面只写"青山似梦"，其实似梦的不止青山，是包括月下的花影、轻烟、湖波等一切景物在内的。在明月之下，湖边湖中的各种景物，都具有梦一般的缥缈，梦一般的魅力。

作者五古力求研炼峭刻，其余各体则追求风调流美。此诗善以轻淡之笔写朦胧之美，四面渲染，中心是月。笔秀而神远，风调雅近中晚唐绝句。

（陈祥耀）

郑燮

郑燮（1693—1765），字克柔，号板桥，江苏兴化人。乾隆元年（1736）进士，曾官范县、潍县知县。因岁饥为民请济，得罪显官豪门而罢官。他以书画名，擅画兰竹，书法以隶、楷、行三体相参，别成一格。为"扬州八怪"之一。晚年寄居扬州，卖画度日。郑燮的诗不为当时风气所囿，抒情写意，痛快淋漓，以白描胜。所作乐府诗，言近旨远，风格近似白居易、陆游。有《板桥全集》。

(吉明周)

偶 然 作

英雄何必读史书，直摅血性为文章。
不仙不佛不贤圣，笔墨之外有主张。
纵横议论析时事，如医疗疾进药方。
名士之文深莽苍，胸罗万卷杂霸王。
用之未必得实效，崇论闳议多慨慷。
雕镌鱼鸟逐光景，风情亦足喜且狂。
小儒之文何所长，抄经摘史饾饤强。
玩其词华颇赫烁，寻其义味无毫芒。
弟颂其师客谈说，居然拔帜登词场。
初惊既鄙久萧索，身存气盛名先亡。
辇碑刻石临大道，过者不读倚坏墙。
呜呼！文章自古通造化，息心下意毋躁忙。

　　《清史列传·郑燮传》云：板桥"少颖悟，读书饶别解。家贫，性落拓不羁，喜与禅宗尊宿及期门子弟游。日放言高谈，臧否人物，以是得狂名"。这首七古就是他早年"放言高谈""臧否人物"的代表作。

　　题是《偶然作》，是感兴偶至之作。前六句直抒己见，笔意豪迈。"英雄"二句否定经史之类的典籍，提出"直摅血性为文章"的志向。历代奉为圣典的"书史"，诗人竟欲弃之不读，这是何等惊世骇俗的胆识！这里的"文章"，涵义较宽泛。诗人有语云："无论时文、古文、诗歌、辞赋，皆谓之文章。"（《潍县署中与舍弟第五书》）诗人此时年少志豪，血气方刚，满腔刚正之气直抒于激扬文字："敷陈帝王之事业，歌咏百姓之勤苦，剖析圣贤之精义，描摹英杰之风猷。"（同上）他的《赠国子学正侯嘉璠弟》诗云："大哉侯生诗，直达其肺腑。不为古所累，气与意相辅。洒洒如贯珠，斩斩入规矩。"这种境地，庶几与"直摅血性"相近。在诗人看来，这才是英雄豪杰的抱负和理想。"不仙"二句，措词斩截，旗帜鲜明，表明诗人与影响中国传统文化至大的儒（贤圣）、释（佛）、道（仙）三家思想决绝的态度，进而以"笔墨之外"别有"主张"为标榜，表白其"学者当自树其帜"（《与江宾谷、江禹九书》）的一贯思想。"纵横"二句，意态轩昂，气概非凡。诗人对国计民生怀着热忱的关注，对时事世态有深邃的洞察，议论纵横，剖析中肯，有如治世良医针对社会弊端进献疗救的药方。"英雄"云云，实是诗人的夫子自道。才识卓绝、磊落不羁的诗人自我形象，跃然纸上。

　　中间十六句嬉笑怒骂，指斥"名士""小儒"之流，痛快淋漓，锋芒毕露。"名士"六句,揭露"名士"自恃博学,连篇空话,于国于政无益。"名士"的文章貌似宏博深奥、纵论治国之方。尽管他们的崇论宏议多么慷慨激昂,诱人动听,然而对治国理政却未必能奏实效。有的"名士"则沉湎于咏诗作画,描鱼绘鸟,一味追寻风物,流连光景,稍有风情雅趣便陶然自足,欣喜若狂。"小儒"六句,斥责"小儒"一无所长,却窃据文坛,欺世盗名。"小儒"的文章只不过擅长于在经史典籍中寻章摘句、堆砌词藻罢了。赏玩其文藻倒也熠熠可观,寻绎其义蕴却丝毫不见。他们凭藉弟子的吹捧、门客的游说,居然角逐争胜,登上文坛宝座。"初惊"四句总评"名士""小儒",断言华而不实者必然被人们唾弃。声扬海内的"名士",名噪一时的"小儒",初而慑其盛名,令人惊服;继而知其底里,自然鄙夷之;久而唾其所为,必然冷落之。他们人还在,气犹盛,名声却早已丧失殆尽。他们的下场,真可谓可笑复可悲了。他们的文章即使刻石勒碑,碑石运到通衢大道,树立路旁,过往的人们也不屑一读,而只会把它当作一堵断垣残墙,倚靠着休息片刻。挖苦嘲讽,尖刻犀利,表露出诗人强烈鲜明的憎恶。

末二句以"呜呼"领起,揭橥为文之道的要旨妙诀。诗人以为,自古以来,文章与自然的创造化育息息相通,只能平心静气,决不能急躁牵强。为文之道来不得半点"躁忙",而要追求"流露灵府,荡涤埃壒"(郑方坤《国朝耆献类征初编·郑燮小传》)的境界。

板桥有语云:"文章以沉著痛快为最。"(《潍县署中与舍弟第五书》)此诗不拘体格,兴至则成,魄力雄大,劲气直前,大有香山、放翁之风。诗中表白"直摅血性为文章"的宗旨，标举"如医疗疾进药方"的理想，出语沉着，突现出诗人以天下为己任的雄心大志；疾呼"英雄何必读书史"，针砭"名士"之策"用之未必得实效"，揭露"小儒"之文"义味无毫芒"，指斥"名士""雕镂鱼鸟逐光景，风情亦足喜且狂"的玩物丧志，戳穿"小儒""弟颂其师客谈说，居然拔帜登词坊"的肮脏伎俩，展示"名士""小儒""身存气盛名先亡"，其文刻石立碑于道旁，"过者不读倚坏墙"的可悲下场，痛快酣畅，表现出诗人"性狂好骂"的气质。只是诗人所骂，"都属推廓不开之假斯文，异乎恃才傲物者之骂人"(《再喻麟儿》)。

(吉明周)

小　廊

小廊茶熟已无烟，折取寒花瘦可怜。
寂寂柴门秋水阔，乱鸦揉碎夕阳天。

　　这首七言绝句作于清乾隆七年（1741）郑燮任范县（今属山东）知县前。诗人徜徉于屋前小廊，为萧瑟秋景所感，援笔抒写心中怅触。

　　香茶煮熟，炉烟消尽，小廊前一派清新。诗人折取一枝菊花，抚看瘦劲的花瓣，顿生殷殷惜花之情。四周阒寂无人，他倚靠在柴门旁，远望秋水高涨，宽阔无边。群鸦乱噪，拍翅而过，划碎了夕阳映红的天空，打破了黄昏时的静谧。

　　这是一首抒情小诗，妙在不着情语而情思袅袅。煮好香茗，无心品啜，却向往无烟的清净世界，透露出诗人冰清玉洁的精神境界。菊花劲瘦，耐寒傲霜，诗人却觉其可怜，"人比黄花瘦"的自怜自爱情态宛然可见。柴门寂寞，秋水辽远，"夕阳无限好"，正待尽情享受这富有伤感情味的美好时光，却被乱鸦破坏了这极佳的意趣，一种无名的惆怅流溢在字里行间。末句"乱鸦揉碎夕阳天"，句美意丰。"揉碎"二字尤为精炼：揉者，搅也，写出群鸦上下乱舞的情状，仿佛群鸦揉搅天空；碎者，不仅是"夕阳天"，更有"夕阳天"中赏景人的心，可谓精妙传神。

（吉明周）

渔　家

卖得鲜鱼百二钱，籴粮炊饭放归船。

拔来湿苇烧难着，晒在垂杨古岸边。

　　这首七言绝句作于乾隆七年至十一年（1742—1746）郑燮任范县（今属山东）知县期间。

　　卖鱼，买粮，放船，拔苇，烧火，晒苇……诗中展现的是一幅清贫、简朴、平凡的渔家生活图。透过寻常的生活小景，反映了身为父母官的诗人对民情民瘼的体察和关注。

　　诗人任官期间，常不在衙门，而多在乡下巡视，"几回大府来相问，陇上闲眠看耦耕"（《范县呈姚太守》）。这则渔家小景，当亦是诗人在乡下巡视时的即景。劳作一天，卖掉捕来的鲜鱼，换得一百二十文钱，渔家生活的贫苦已见；明知湿芦苇不能引火，却拔来烧火煮饭，家无隔日柴的困窘之态可知。湿芦苇当然一时难以晒干，那么，何时才能烧饭呢？诗中未说，可也不难猜测。而诗人对民情的熟稔和对民瘼的体贴，自不言而喻。垂拂着绿杨的古老堤岸，景致清雅古淡，当然融入了诗人兼画家的独特审美视角和高雅审美情趣，因而给人一种愉悦的审美享受。

　　　　　　　　　　　　　　　　　　　　　　　　　　　（吉明周）

潍县署中画竹呈年伯包大中丞括

衙斋卧听萧萧竹，疑是民间疾苦声。
些小吾曹州县吏，一枝一叶总关情。

这是一首题画诗，作于清乾隆十一年至十八年（1740—1753）郑燮任潍县（今属山东）知县时。

板桥爱竹，自言"七载春风在潍县，爱看修竹郭家园"（《题墨竹诗》）；板桥爱画竹，自谓"四十年来画竹枝，日间挥写夜间思"（《乾隆戊寅十月下浣板桥郑燮画并题》）；板桥爱题竹，自云"君是兰花我竹枝"，俨然是把竹作为自己精神、人格的象征的。因而，他挥笔画竹赠包括，遂写了这首构思奇警、蕴意深刻的小诗。包括，钱塘（今浙江杭州）人，其时在山东任布政使，署理巡抚，故称中丞（清代尊称巡抚为中丞）；他是板桥的父辈，故称年伯（年伯指与父同年登科的长辈，后泛称登科的父辈）。

诗中未展示所画竹的风神韵姿，但透过风吹竹子所发出的萧萧声响，已可想见其瘦劲的枝干和婆娑的枝叶。然而，诗人的笔似不在表现竹的神韵和形态，却在抒写自己的情志和感受。他卧在官衙的书斋中，耳畔响起萧萧竹声，凝神谛听，竟疑惑是百姓的疾苦声。他想到自己虽是低贱轻微的地方州县小吏，可百姓的每一件细微小事，都应时刻关心。寥寥四句诗，对百姓的关切之情跃然纸上。此诗系呈赠上司之作，其中却不乏规劝、开导的寓意，这就更加难能可贵。

从萧萧竹叶声联想到民间疾苦声，从一枝一叶联系到百姓的每一件生活小事，似已不是一般的艺术思维所能概括，这里凝结着诗人深挚的爱民之心和做官为民的理想情操，凸现了诗人关心民瘼的心志。

（吉明周）

题破盆兰花图

春雨春风写妙颜，幽情逸韵落人间。

而今究竟无知己，打破乌盆更入山。

这首七言绝句作于清乾隆十一年至十八年（1746—1753）郑燮调任潍县（今属山东）知县期间。

诗人自谓"以余闲作为兰竹"（《板桥自叙》），但"所画兰草竹石，亦峭蒨别致"（郑方坤《国朝名家诗钞小传·板桥诗钞小传》）。他盛赞兰花："兰为王者香，不与众草伍"，"素心兰与赤心兰，总把芳心与客看。岂是春风能酿得，曾经霜雪十分寒"。他又对兰花充满深情："素心花赠素心人，二月风光是好春。他日老夫归去后，对花犹想旧情亲。"他认定"兰花叶劲，神柔笔硬。清品清材，此交可订"。他对兰花是倾注了深情厚意的。此诗则巧妙地描摹一株破盆而出的兰花，宣泄了诗人对世无知己的感慨，表现了愤世嫉俗的志趣。

春风吹拂，春雨滋润，春天用彩笔绘就了兰花的妙颜美容。兰花带着幽清脱俗的风情，俊逸超凡的韵姿，翩然降落人间。如今，兰花的高标异格终于寻觅不到知己，她毅然打破乌黑的花盆，投入青山的怀抱。

这首诗以拟人手法，摹写兰花的形貌、情韵、性格、思想。兰花有绝妙的容颜，形貌俏丽；又有幽情逸韵，超凡脱俗。她憎恶人间这污浊的世界，感叹世无真正了解自己的知音。她愤而打破乌盆，扎根山野。诗中以兰言志，兰花正是诗人的自我写照。诗人"一生旷达，诗与性合"（杨香池《偷闲庐诗话》），他将自己的精神人格注入兰花，因而一盆寻常的破盆兰花就有了人的意志、品格。前人称板桥画、诗、字为"三绝"，又谓三绝之中有三真：曰真气，曰真意，曰真趣。此诗可谓三真俱备的佳制。　　　　　（吉明周）

严遂成

严遂成（1694—?），字崧瞻，一作松占，又字海珊，乌程（今浙江吴兴）人。雍正二年（1724）进士，官山西临县知县。严遂成的诗兼雄奇、绮丽之长，工于咏物，尤精咏史，尝自负为咏古第一。七律畅达豪健，在朱彝尊、查慎行之后自成一家，后人将他与厉鹗、钱载、王又曾、袁枚、吴锡麟并称"浙西六家"。有《海珊诗钞》。

(吉明周)

三　垂　冈

英雄立马起沙陀，奈此朱梁跋扈何！

只手难扶唐社稷，连城且拥晋山河。

风云帐下奇儿在，鼓角灯前老泪多。

萧瑟三垂冈畔路，至今人唱《百年歌》。

　　这首七言律诗是严遂成咏史诗的代表作，历来评价甚高。清袁枚《随园诗话》谓："海珊自负咏古为第一，余读之果然。《三垂冈》云云。"梁绍壬《两般秋雨庵随笔》谓其"格高调响，逼近唐音"。

　　此诗系诗人经过唐代李克用置酒处三垂冈（亦称三垂山，在今山西长治）时有感而作。李克用，沙陀部（西突厥的别部）人，别号李鸦儿。因一目失明，绰号独眼龙。其父原名朱邪赤心，为唐朝击败庞勋起义军有功，赐姓名为李国昌。他曾率沙陀军镇压黄巢起义，攻入长安，封晋王。后为争夺割据地盘，与朱温（后代唐称帝，国号梁）长期混战。其子存勖建立后唐，他被尊为太祖。《新五代史·唐庄宗纪》载："初，克用破孟方，立于邢州，还军上党，置酒三垂冈，伶人奏《百年歌》，至于衰老之际，声辞甚悲，坐上皆凄怆。时存勖在侧，方五岁，克用慨然捋须，指而笑曰：'吾行老矣，此奇儿也。后二十年，其能代我战于此乎？'"李克用死后，李存勖继立为王。公元907年，又败梁军于上党，过三垂冈时感慨道："此先王置酒处也。"诗中所咏史事即本此。

首联展现李克用英武勇猛的雄姿。他是沙陀族英雄，但无法制止专横跋扈的朱温篡唐。颔联肯定他虽有扶持唐王朝的愿望，但独力难以支撑摇摇欲坠的唐王朝，只能坚守自己据有的山西一带驻地。颈联追述当年李克用置酒三垂冈的悲壮情景：他感喟自己行将衰老，寄希望于幼子，表达世代克敌的决心。尾联描述眼前三垂冈的萧瑟现实，人们吟唱李克用当年聆听伶人演唱的《百年歌》（晋陆机作，历述一生从幼小、盛壮至耆耄的情状），寄托哀思。

此作，诗思豪迈，雄奇新警。立马沙陀的雄姿，只手扶社稷、连城拥山河的豪举，风云帐下寄语奇儿，鼓角灯前老泪纵横……着笔不多，却内蕴着一种悲壮激越的情愫，一种感人至深的力量。史载，李克用镇压黄巢起义，割据后飞扬跋扈，一度进犯京师，纵火大掠；其子李存勖也贪财如命，专事杀掠，均非值得肯定的历史人物。诗人从效忠封建朝廷立意，美化李氏父子，是其历史局限。

（吉明周）

乌江项王庙

云旗庙貌拜行人，功罪千秋问鬼神。

剑舞鸿门能赦汉，船沉巨鹿竟亡秦。

范增一去无谋主，韩信原来是逐臣。

江上楚歌最哀怨，招魂不独为灵均。

这首七言律诗是一首咏史诗，作于严遂成晚年历游豫、楚、滇、黔，登临访古时。

乌江，今名乌江浦，在今安徽和县东北四十里处。史载垓下一战，楚霸王项羽被汉王刘邦击败，逃至乌江。乌江亭长劝他暂避江东，重振旗鼓，他以"无颜见江东父老"自刎。后世在乌江边修建项王庙，纪念这位生作人杰、死为鬼雄的历史伟人。这首诗就是诗人寻访乌江项王庙时的题诗。诗人评说项羽的千秋功罪，显示了深邃的史识，表达了深沉的哀悼。

首联从项王庙的气势、氛围落笔，引发对项羽的评价。项王庙前，象征神灵的云旗高耸；项王庙中，项羽的神像受到过往行人的崇祀和膜拜。面对这虔诚、崇敬的情景，诗人却深刻地提出项羽的千秋功罪的问题。"问鬼神"而不问人，正因为人们未能真正了解、正确评价项羽。颔、颈二联，分别从功、过两方面评论项羽。项羽功在赦汉和亡秦。秦二世三年（前207），在著名的鸿门（今陕西临潼东）宴上，"项庄（项羽的堂弟）舞剑，意在沛公（刘邦）"，欲乘机刺杀刘邦，项羽不忍下手，致使刘邦乘隙脱身，表现了项羽的磊落胸怀和博大器度。同年，秦兵围困巨鹿（今河北平乡西南），项羽率兵救援，兵渡漳河后，破釜沉舟，持三日粮，拼死决战，终于攻破秦军主力，体现了项羽的刚烈勇猛和显赫战功。项羽过在不善用人。他的主要谋士、被尊为亚父的范增，劝项羽杀刘邦，项羽不听，后中刘邦反间计，削范增权力，范增忿然离走，病死途中。自此，项羽再无得力谋士。公元前 202 年，在楚汉最后决战中，与刘邦合兵垓下围困楚军，最后消灭项羽的韩信，原先竟是项羽的部将。他因屡为项羽献策不用，后逃归刘邦。正因为不善用人，项羽终于自刎乌江，演出了一场英雄末路的历史悲剧。尾联哀悼项羽。战国时楚地之歌哀怨动人，其中《楚辞·招魂》，据说是楚国大辞赋家宋玉为招爱国主义大诗人屈原的生魂而作。诗人认为《招魂》不仅为招屈原之魂，也表达了对项羽的悼念。

清袁枚《随园诗话》云："读史诗无新义，便成《廿一史弹词》。虽着议论，无隽永之味，又似史赞一派，俱非诗也。"此诗贵在有新义。诗人不以成败论英雄，将项羽与屈原相提并论，显示出卓异的史识；评说项羽一生功罪和历史地位，准确、警策、概括，无愧是诗、史合璧的力作。此诗又贵有隽永之味。诗人以诗笔论史，诗中并不直言项羽的千秋功罪，而以冷隽的笔致出之。评功时，以"能""竟"轻轻带过，却使人感到内蕴的力度；论过时，以"一去""原来"流贯而下，却让人体味深沉的叹惜。冷峭蕴藉，堪称咏史佳制。

（吉明周）

桃　花

研光熨帽绛罗襦，烂漫东风态绝殊。

息国不言偏结子，文君中酒乍当垆。

怪他去后花如许，记得来时路也无？

若到沩山应悟道，红霞红雨总迷途。

　　这是一首风致绰约的咏物诗。诗人通过丰富绚丽的联想，细致入微的描摹，把桃花的色彩、韵姿、神态、情思展现得淋漓尽致。

　　诗的前两联设喻，后两联用典。

　　设喻，则描摹桃花的花色、光泽和姿韵，可谓妙喻传神。研光帽是一种用石碾磨光的面料制成的帽子，极为光滑。绛罗襦是一种红色罗布短衣，极为红艳。熨平的研光帽，绛红的罗布襦，比喻春风中盛开的桃花，光艳俏丽，仪态万千。《左传》庄公十四年载，春秋时楚文王灭息国，夺息妫为夫人。息夫人（别名桃花夫人）生二子，但拒不与楚王说话。《汉书·司马相如传》载，汉代司马相如的妻子卓文君曾在临邛卖酒。《西京杂记》载，文君"眉色如远山，脸际常若芙蓉"。息夫人无言生子喻桃花无语，而花自妩媚，也暗用"桃李无言，下自成蹊"的成语。卓文君醉酒当垆，面生红晕，喻桃花鲜红艳美。以古代两位著名美女比桃花，妙以隐喻出之，曲曲传出桃花的神韵。

用典，则通过赏花时的意外愉悦和感悟，描绘桃花的神态和情思，妙在运典无迹。"怪他"句化用唐刘禹锡《元和十年自朗州召至京，戏赠看花诸君子》诗："紫陌红尘拂面来，无人不道看花回。玄都观里桃千树，尽是刘郎去后栽。""记得"句暗用晋陶渊明《桃花源记》中事：渔人意外进入桃花源，太守知后遣人随他再寻桃源，"迷不复得路"。"若到"两句用《花史》中志勤禅师在沩山（在今湖南宁乡西）因桃花悟道事，其偈曰："自从一见桃花后，三十年来更不疑。"沩山成片的桃林如霞，纷飞的落花如雨，既使人迷失路途，又使人顿然悟道。诗中一连化用三个桃花典故，却畅达流利，不着痕迹。桃花遂人心愿，着意盛开；又展示胜景，引人进入仙境；更以其艳丽繁盛，助人觉悟。风神宛然，情思绵绵。

通篇以比喻、典故构成，却流畅爽利，一气呵成，毫无凑泊之感。"怪他""记得"一联，流水而对，灵动婉美。难怪清阮元《定香亭笔谈》评严遂成诗有两种笔意时，拈出这两句，称其"言情旖旎"，他是品出个中妙谛的。

（吉明周）

王又曾

王又曾（1706—1762），字受铭，号谷原，秀水（今浙江嘉兴）人。乾隆十六年（1751）召试，赐内阁中书。十九年（1754）成进士，官刑部主事。后乞告归，飘泊江湖间。王又曾是秀水派代表诗人，其诗专仿宋人，轻倩爽利，颇多生趣。后人将他与厉鹗、钱载、严遂成、袁枚、吴锡麒并称为"浙西六家"。有《丁辛老屋集》。

（吉明周）

梭船小女歌

梭船小女十岁余，日日弄船如弄梭。

船梢把舵辨风色，邪许学得青篙拿。

滩危溜急挽不上，敢与风力争赢虚。

眼明手捷觜吻利，对客俨以成人居。

自诉前年阿母死，阿爷怜将置船里。

江行风水多苦辛，生女应须当生子。

呜呼！

年岁盛壮身蹉跎，有父不养子则那，

奈汝梭船小女何！

这首七言古诗描述了江上梭船小女的生活，当作于诗人进士及第前。

　　全诗共十五句，分两大部分。前十二句为第一部分，描写梭船小女在风浪中搏击的情景，叙述其不幸身世；后三句为第二部分，抒写自己的沉痛感慨。吴应和、顾澜《浙西六家诗钞》评此诗曰："感触伤怀自责，抑何沉痛！"可谓高度概括了全诗的内蕴。

　　梭船小女与风浪搏斗的情景使诗人深有感触：一个年仅十岁余的小女孩，竟每天驾船穿行风波江上。船小如梭，她也像拨弄织梭一般拨弄小船。她站立船梢，手把船舵，辨别风向、天色，掌握行船路线。她已学会手撑青竹篙，边呼"邪许邪许"的号子，边齐力撑船。行至急流险滩时，风力强劲，背纤挽船也难上，梭船小女却显示出惊人的胆力和非凡的身手。她迎风而上，敢与风浪比输赢。她眼明手捷，口齿伶俐，一面力挽狂澜，一面招呼船客镇定情绪，俨然是一位经验丰富的成年船夫。生活的磨炼，使她过早成熟。诗人目睹此景，自有深深的感触。

　　梭船小女的不幸身世，又使诗人黯然伤怀。梭船小女告诉诗人，前年阿母去世，家中无人照料，阿爷便将她带在身边，随船出江。江上行船风急水大，非常辛苦，自己虽是个女孩，也应该像男孩一样，替阿爷分挑生活重担。"生女应须当生子"，是生活所迫，也是梭船小女的自觉愿望。诗人伤其幼年失母，又伤其无人照养，更伤其过早地失去童年，担着生活的重荷，在惊涛骇浪中拼搏。

　　梭船小女的自述，更使诗人沉痛自责。梭船小女年纪虽小却能自立，自己已入盛壮年，却万事蹉跎，一无所成；梭船小女懂得阿爷苦辛，勇敢地随父江行，把舵撑篙，自己身为大丈夫，却不能供奉、赡养父亲。两相对照，自觉着愧难言！这发自内心的自我谴责，也是对自己仕途蹭蹬的怨愤之辞。

　　清毕沅《丁辛老屋集序》云：“（王又曾诗）取材于众所不经见，用意于前人所未及发，此又君之所独到。”乘舟江行，本寻常经历，诗人却取而为诗，又从中抒发前人所未及发的用意，不仅激起世人对贫弱小船女的同情，而且联系到自身的经历，逗出自己对时事的不满。诗中用语瘦劲，显见宋诗影响。口语的穿插，又增加语言的生趣。用韵随诗情变化而更换，末三句连用三韵，语气急迫，节奏强烈，是诗人激情喷发的自然流露。

（吉明周）

张瓜田为画石梁观瀑图
因属狄君为写小影置其前

能画张征士，佳山足卧游。

浑拖绿玉杖，重过赤城秋。

昨梦真弹指，新霜已上头。

烦君写寒瘦，吾见亦生愁。

　　这是一首思念友人的五言律诗。

　　张瓜田（1685—1760），名庚，原名焘，字溥三，后易浦山为号，又号瓜田逸史、白苎村桑者。他工书，尤善画，丰蔚秀润，深得墨法，山水入董（源）、巨（然）、倪（瓒）、黄（公望）之室，自成一家。能诗文，有《强恕斋诗文集》。清雍正十三年（1735）应鸿博诏，故称其为"征士"（士经朝廷征聘者为征士）。诗人王又曾曾与之同游石梁（在今浙江天台山中方广寺），观赏著名的天台八景之一"石梁飞瀑"。飞瀑水源有二，东为金溪，西为大兴坑溪，水至中方广寺旁合流，其势宏大。山腰有衔接两山的石梁，梁长约一丈，宽不过一尺，两端下削，中央隆起如龟背。瀑自梁底向下喷坠，高数十丈，直泻深谷，声如雷鸣。临瀑岩壁上有宋代书法家米芾所书"第一奇观"四字。张瓜田特意绘《石梁观瀑图》相赠。诗人因画而回首往事，遂嘱狄君为自己写照，置于画前，睹影观画，顿生愁思。

诗人盛赞张瓜田"能画"，他的彩笔栩栩如生地再现了天台石梁的佳丽景致。这幅佳作，足以使他像南朝宋时酷爱山水的宗炳那样卧而观画，恍若亲游名山。他仿佛拖着仙人用的绿玉手杖，在天高气爽的秋日再游赤城山（在今浙江天台北六里），重温当时游山的情景。往事如梦，弹指即逝，新生的如霜白发，悄然爬上头来。岁月飞逝，感念友人情谊，回首往日登山临水的逸兴，不禁感慨系之。最后归结到狄君的写照，因自己面容苍老，故以"寒瘦"来形容自己的神情。时时端详，不禁愁从中来，黯然神伤。

诗中叙事写情，并无矜躁浮嚣之气，也无华美藻丽之辞，平实的记叙，朴实的词句，已见深挚的情致。他写画，只用一"能"字赞誉友人的画技；对《石梁观瀑图》，只以侧笔称之画出了"佳山"，足以供己卧游，并使自己飘然欲仙，重游"赤城栖霞"。虽未正面赞画，却已使人感到画的栩然风神和生动气韵。他写情，以往事飞逝，白发上头，传出对旧游的依恋和深沉的今昔之感，对像生愁的细节，别致地表达出自己独特的情思。吴应和、顾澜《浙西六家诗钞》云："（王又曾诗）时时流露李、杜、韩、苏笔意，却时时洗剔，不留渣滓，意在敛华就实。其至高者，多见性理，专务沉静工夫。""敛华就实""专务沉静"，可谓道出了此诗特色。（吉明周）

题 余 舫

闲身天地沙鸥似，借得溪堂畅远襟。

白日尽吹残雨冷，碧梧高坐一蝉吟。

狂来飞动江湖思，懒极生疏礼法心。

枕上红酣秋梦阔，窈然三十六陂深。

这首七言律诗系王又曾为其书斋余舫所题，抒写了他闲居时的心情。清王昶《湖海诗传·蒲褐山房诗话》云："至补刑部主事，谷原（王又曾号）以律例向非素习，且病，遂乞假归。性善饮，谈笑风生，神情潇洒，虽飘泊江湖，而东南长吏晋接者多，赋诗斗酒凡十余年，卒憔悴偃蹇而没。"以诗中对礼法律例的厌恶，对江湖生活的思慕和对江南故乡的怀念等推测，诗当作于补刑部主事后、以病乞归前，是诗人当时思想情绪的真实写照。

首联出手擒题，借书斋写心境。偶尔凭借水边书斋舒展一下远大襟怀，忙里偷闲，此身恰好似天地间一只自由翱翔的沙鸥。"闲身"句显然是化用杜甫《旅夜书怀》诗中"飘飘何所似，大地一沙鸥"句意。颔联以景色衬情绪。整日残雨吹洒，一阵阵冷意袭人；高坐梧桐树下，听秋蝉一声声低吟，顿生丝丝忧愁。"冷"字一笔两到，既写天气，又状人的情绪。"白""碧"，设色清冷，与诗人心境谐和。颈联从性情见心态。狂放的性情，慵懒的情态，表达诗人对江湖自由生活的追羡和对封建礼仪法度的抗拒。尾联托梦境寄乡思。宋王安石《题西太一宫壁》诗云："柳叶鸣蜩绿暗，荷花落日红酣。三十六陂流水，白头想见江南。"汴京和扬州天长县（今属安徽）都有三十六陂。王安石重游汴京的三十六陂，想起自己曾游赏过春水弥漫的江南三十六陂（其实天长县在江北，靠近江南，这里概而言之）。诗人斜倚枕上观赏秋日水上红酣的荷花，渐入梦境。梦中，又看到日思夜想的江南故乡那幽深的三十六陂流水。

诗人曾自谓："我诗适兴而已。诗家精深华妙、森严密栗之境未能到也，然天真烂漫，随手拈得，颓唐中见风致，古人佳处往往在是。"（引自徐世昌《晚晴簃诗汇·诗话》）此诗亦"适兴"之作，唐宋名家诗句"随手拈得"，驱使自如，略加点化，便臻妙境。风调似颓唐，却风致宛然，景中藏情，佳处不减汉魏六朝及唐宋诸家。

（周明吉）

钱 载

钱载（1708—1793），字坤一，号萚石，又号瓠尊，晚号万松居士，浙江秀水（今嘉兴）人。乾隆十七年（1752）进士，官至礼部侍郎。其诗宗杜甫、韩愈，以清真镵刻为主，时于倔质中别饶清韵，罕用僻字僻典，专于章句上争奇。在当时诗坛上别树一帜，为"秀水派"的主要诗人。有《萚石斋诗文集》。

（王镇远）

兴 隆 店

店在宣武门南街西，壬申夏，汪孝廉丰玉公车至京而病，病而移寓于此，竟以病归。今孝廉殁矣，车过辄心伤焉，为赋诗。

泪落店门前，街尘为不起。
人生本逆旅，逆旅乃如是。
适来讵无因？适去竟何似？
徒令相见频，逭暑卧于此。
去年客扣户，今年车过市。
市中与户中，影响渺尺咫。
微微药铛烟，香气在窗纸；
明明竹帘月，秋夜一房水；

迢迢归棹雪，雪寒莫可止；

冥冥春华红，春半坠红死。

浩浩宣南坊，将车欲寻子；

恻恻店门前，我犹为客尔。

借问道傍人，畴复知所以？

可惜文章身，少年付蝼蚁。

　　汪丰玉与钱载是同乡，乾隆十七年（1752）他以举人身份赴京参加进士考试，却在考试前病倒了，于是移居到宣武门南街西面的一家兴隆旅店去，但殊不知一病不起，竟以抱病之身回乡，旋即去世。就在这一年的考试中，钱载中了进士，他于次年重过兴隆店时，想起了命归黄泉的故人，不禁感慨万分，泪湿青衫，遂写下这首哀恸沉痛的五古。

　　起二句说诗人未进店门，已忍不住潸然泪下，那京郊的尘埃似乎也为之沾湿而不再飞扬。这两句虽竭尽夸张之能事，而诗人的一腔悲痛已溢于言表。于是他感叹道，人生本来像一个旅舍，而旅舍就与这眼前的兴隆店一般无二：偶然来了一位客人，但又不知何时离此而去，岂能说他来得没有道理，但去后又留下了什么痕迹？"人生"四句既是感怀人世无常，又关合题面，"兴隆店"本身不就是一个送往迎来、供人暂宿寄居的处所吗？而且在诗中也是人生逆旅的象征。这里巧妙地运用了李白"夫天地者，万物之逆旅也"

（《春夜宴从弟桃李园序》）的话，将现实与抒怀熔于一炉。"徒令"二句追念昔日与汪的交谊，然一切已成空幻的梦影。"去年"以下四句通过今昔对照来哀悼故友的去世。去年诗人曾于此地叩开过他的门扉，今年驾车过市，他却已不复存在。市中与户中，地隔咫尺；去岁与今岁，时仅一年，然亡友的音容笑貌已渺然不可追寻。"微微"以下八句设想四季的景物变化，因汪氏是前一年的夏天移居于此，所以从夏天写起。他来此养疴，故说药铛中微烟袅袅，香气还留在窗纸上；秋天是月华最明朗的时节，月光透过竹帘洒落在房中，犹如泻下一地清水，给人以冷峻而寂寥之感；当隆冬来临，归棹载着他的病体南回，冰雪严寒，但挡不住他回乡的决心；春花红了，红得那样幽深，然春才过半，红花却已飘零衰败了。这四时景物中已暗示了汪氏由病到死的过程，同时渲染出了一种非常萧飒寂寞的气氛。"浩浩"四句则归结到目前，诗人重又来到宣武门南。亡友已如离店而去的旅客，永久地结束了他的人生旅途；而诗人自己却还是一个漂泊天地之间的匆匆过客。"恻恻店门前，我犹为客尔"，不仅道出思念亡友之情，而且分明有自叹之意。诗人停车去问道旁的行人，可知道他悲叹的原因，然偌大的人海，有谁还记得这里曾住过一位抱病的举人呢？于是诗人唯有哀叹而已，他叹息汪氏的文才出众而死于微贱，点出全诗主旨。

陈衍《石遗室诗话》中说："萚石斋诗，造语盘崛，专于章句上争奇，而罕用僻字僻典，盖学韩而力求变化者。"即指出了钱诗的特点。他倾慕韩诗奇崛拗折的风格，却不取韩诗遣词用语的光怪陆离，专于造句和运思上下功夫，由此表现出刻意求新的祈尚。这首诗即是如此。如开头四句，将旅舍、悼亡与叹息人生融为一体，起得悲恸感人，却也兀傲不平，真有"横空盘硬语，妥帖力排奡"的手段。又如"微微"以下连用六个叠字起句的句式，造成回复深沉的节奏，读来恻恻感人。而"秋夜一房水""春半坠红死"等句虽无奇奥生涩的字词，但句意生新，别出心裁，自有一种拗折瘦劲的气韵，这也是后来秀水派诗人普遍追求的审美趣尚。　（王镇远）

钱　载

过弋阳六七十里江山胜绝即目成歌

龟峰三十二可凌，灵山七十二最矜。

篷窗兀坐疑似增，但送远近秋崚嶒。

一峰转江江碧澄，峰峰插江以为恒。

一峰如城砖甍层，如台如笔还如鹰。

牛卧狮搏龙矫腾，青霞千里纵横凝。

一溪落江桥隐藤，溪来峰阴百折曾。

一矶砥江老模棱，涛痕四蚀如环绹。

崖悬壁削立一僧，其居篁竹松鬙鬙。

僧立观水风不兴，水色苍玉光寒冰。

又峰压虚冰玉承，影浸百艓渔收罾。

轻篙短桨妇女能，得鱼归去挥之肱。

阻流安碓滩声罾，稻堆屋山高及陵。

此沙可宿无缴矰，草堂盍面峰间塍，

远招近揖皆我朋。

一林红树清霜凭，一行白鹭凉烟胜。

这首诗写于乾隆十二年（1747）作者出游江西时。诗人乘船沿信江而下，过弋阳六七十里，风景极佳，于是欲将奇山异水摄入诗中。

"龟峰",又名圭峰,在弋阳县南,有三十二峰,著名的如明星峰、锦屏峰等,千姿百态,为江西名胜。灵山在上饶西北,有七十二峰,山势雄峻庄重。其实诗人在舟中所见的未必是龟峰和灵山,只是从这一带的名胜落笔,意欲写出山水的奇诡。诗人兀坐篷窗,目送着远近秋色中峻嶒的山峰,过了一峰又一峰,似乎远远超过了三十二、七十二之数。首四句概写山色的高峻,并点明时间、地点和自己的处境。下面便是一一详述。

"一峰转江"六句写江上山峰的千姿百态。一峰突兀耸立,令澄碧的江水陡然转折;不少山峰拔地而起,如插立江中;又一峰层层叠起,如砖块堆积而成;还有的如高台,如巨笔,如雄鹰,如牛卧,如狮搏,如龙腾,如青色的霞光纵横千里,落在江边凝然不动。这里用了不少生动的比喻写奇峰罗列,各极其态。写过山峰,复说溪流,一条清溪从山间坠落到江中,上有小桥隐约可见,溪水百折千回从山的北面流过来。溪边的石矶长年受江水磨洗,棱角模糊,涛痕犹如大绳环绕,蚀刻极深。这四句写山间溪流与溪边矶石,全由诗人的眼中看出,令人有身入其境的感觉。写过溪流,再写悬崖,悬崖壁立,犹如刀削,奇石像一个僧人伫立,他就居住在幽篁密布、松枝虬蔓的山中,僧人静观流水,水色澄碧如玉,水光寒淡似冰。这四句写悬崖怪石不同于前文刻画诸峰时的比况叠出,令人有目不暇接之感,而这里仅用僧人作比,从他的居处写到其形态神色,以及俯视江流的动态,令其形象异常鲜明。

　　"乂峰"以下从"水色"延伸开去，写一个山峰的倒影，在山峰的倒影上，众多渔舟来往，船家女子轻篙短桨便能将小舟划得如箭似飞，舟人收起鱼网，满载着新鲜的鱼虾互相挥手归去。这四句由江中山峰的倒影而逗出江上渔家生活的乐趣。"阻流"两句则从渔家而写到岸上之人，他们阻流安设石碓，令滩声汩汩，而碓边的稻谷堆积如山，暗示此地不仅有鱼虾可捕，而且粮食丰殷，人们生活的富庶平安则可想而知了。

　　于是诗人顿生抽身隐退、终老于此的念头。这里风光奇丽，又可避免世途风波，岂不是理想的定居之地，诗人眼前遂浮现出他憧憬中的乐土：草堂将面对着峰峦间的田垠，远近来访的都是自己的朋友。秋日里，一片经霜的红树格外鲜艳，更有一行白鹭不怕凉冷的寒烟飞向远天……诗以一幅想象中的山林隐逸图作结，令眼前的景色着上了一层迷离恍惚的神奇色彩。

　　钱载的诗以镵刻清真见长，即其诗造语盘崛，句法新奇，不假依傍而表现出独特的面貌，但他成功的作品又能避免艰涩奇奥，给人以清新明快的印象，这首诗就是如此。如其中的"凌""矜""秋峻嶒""百折曾""老模棱""松鬅鬙""压虚""挥之肱""清霜经""凉烟胜"等都戛戛独造，硬语盘空。又以"青霞千里"比两岸诸峰，以"苍玉寒冰"比江水深碧，以老僧观水比孤峰独立，都十分奇警生新。然整篇诗如行云流水，舒卷自如，由峰到溪，由溪到崖，由崖到影，由影及人，自然流走。至于诗中的形象鲜明、色彩绚丽也是十分突出的。以"矜"字形容灵山诸峰，可见其矜持肃穆的气象。不说远近之山，而说"秋峻嶒"，将秋山清瘦挺拔的姿态形象地表现出来。"水色苍玉光寒冰",则令人感到秋水的凄寒澄碧。最后两句,以红树清霜、白鹭凉烟绘出一幅色彩强烈的图画,足以在读者心中留下无限回味。

(王镇远)

到　家　作

（四首选一）

久失东墙绿萼梅，西墙双桂一风摧。

儿时我母教儿地，母若知儿望母来。

三十四年何限罪，百千万念不如灰。

曝檐破袄犹藏箧，明日焚黄只益哀。

　　乾隆三十九年（1774），诗人钱载自江西回京，途经浙江故乡，于是写下四首感情诚挚的七律，这是其中的第二首，写对亡母的悼念之情。他此次的回乡，本来意在省墓，第一首中就有"白发为官长恋阙，青山省墓暂还家"之句，这一首更写得情真意切。

　　因为长期在外作官，一旦回乡，则发现故居的草木都非复旧观了。那墙东的绿蒂梅花、墙西的两株桂树都不在了，但这里正是儿时母亲曾经教他的地方，如今母亲虽已离开了人世，但好像还知道儿子的来临。钱载的母亲朱氏于乾隆六年（1741）去世，距作此诗时已三十四年，所以诗人感叹三十四年中辜负了母亲的教育和期望，如负重罪；由于自己阅世已深，万念俱灰，说百千种希望不如破灭为好。最后归结到对母亲的怀念，说过去在屋檐下曝日取暖时所穿的破袄至今还保存在箱子里，表明母亲抚育的艰难和自己的不忘母爱。"焚黄",是指封建王朝赐给官员封赠其先人的诰文,用黄纸缮写,焚烧祭告。这本是一件荣耀之事,然在诗人看来,明日焚黄,只会徒增悲哀,可谓以乐事写哀,倍增其哀感。

这首诗写母子之至情,沉痛真切,所以后来张维屏评此曰:"字字沉实,字字动荡,其佳处未尝不从古人来,却能于古人之外自成面目。"(《国朝诗人征略》)吴应和也说:"如怨如慕,如泣如诉,真是血性所发,故沉痛若此。不必于字句论工拙、气体辨家数。"(《浙西六家诗钞》)都说出了此诗以情动人的特点。诗虽为律体,却一气流走,自然奔注,如"儿时"一联连有三个"儿"字,不避重复;"三十四年"一联打破了律句一般二、二、三字组合的句式,造语真率,正所谓至情无文,纯从肺腑中流出,而不断断于字句之工拙。

(王镇远)

观王文简所题马士英画

（二首选一）

王师南下不多年，司理扬州句为传。

落尽春灯飞却燕，江山如画画依然。

马士英虽然是明末一个臭名昭著的奸相，他起用阉党，排斥正人，弄权纳贿，导致了弘光小朝廷的迅速灭亡。但他却画得一手好画，时人以为"学董北苑（源）而能变以己意"（周亮工《读画录》）。王士禛也曾说："蔡京书与苏、黄抗行，瑶草（马士英字）胸中乃亦有丘壑？"康熙元年（1662）任扬州推官（别称司理）的王士禛曾有《马士英画》诗一首："秦淮往事已如斯，断素流传自阿谁？比似南朝诸狎客，何如江令擘笺时？"钱载的这首就是针对王士禛此诗而作的。

"王师"即指清军，清军南下到王士禛作诗不过十余年的时间，然世间发生了沧桑之变，故士禛的诗中有深切的今昔之感，这正是它不胫而走的原因。"落尽"句用阮大铖事说弘光朝的覆亡，阮氏曾作《春灯谜》《燕子笺》曲本，献媚于弘光帝，然好景不长，瞬息之间灯尽燕飞，弘光小朝廷在君臣的欢乐声中覆灭了，只留下画卷和诗章依稀使人想起它的存在。"江山如画画依然"一句将兴亡之感与题画的诗旨融为一体。画中的江山依然存在，而现实中的山河与人事呢？诗人只轻轻一点，便有不尽之意见于言外。　（王镇远）

袁 枚

袁枚（1716—1797），字子才，号简斋，晚年自号仓山居士，世称随园先生，浙江钱塘（今杭州）人。乾隆四年（1739）进士，授翰林院庶吉士。曾出知江宁（今属南京市）等县，有政声。四十岁后辞官定居江宁，筑室小仓山之随园，专事诗文著述。是清乾、嘉间重要的诗人之一。诗主性灵说，有独创性，但也有少数浅滑、佻巧之作。工文章，善辞赋骈文。有《小仓山房诗文集》《随园诗话》《子不语》等集传世。　　　　　　　　　　　　　　　　（陆海明）

同金十一沛恩游栖霞寺望桂林诸山

奇山不入中原界，走入穷边才逞怪。

桂林天小青山大，山山都立青天外。

我来六月游栖霞，天风拂面吹霜花。

一轮白日忽不见，高空都被芙蓉遮。

山腰有洞五里许，秉火直入冲乌鸦。

怪石成形千百种，见人欲动争谽谺。

万古不知风雨色，一群仙鼠依为家。

出穴登高望众山，茫茫云海坠眼前。

疑是盘古死后不肯化，头目手足骨节相钩连。

又疑女娲氏一日七十有二变，青红隐现坠云烟。

蚩尤喷妖雾，尸罗袒右肩。

猛士植竿发，鬼母戏青莲。

我知混沌以前乾坤毁，水沙激荡风轮颠。

山川人物熔在一炉内，精灵腾踔有万千，

彼此游戏相爱怜。

忽然刚风一吹化为石，清气既散浊气坚。

至今欲活不得，欲去不能，

只得奇形诡状蹲人间。

不然造化纵有千手眼，亦难一一施雕镌。

而况唐突真宰岂无罪，

何心耿耿群飞欲刺天？

金台公子酌我酒，听我狂言呼"否否"。

更指奇峰印证之，出入白云乱招手。

几阵南风吹落日，骑马同归醉兀兀。

我本天涯万里人，愁心忽挂西斜月。

　　袁枚作这首七古时年仅二十一岁。其时作者得友人资助去广西探望叔父袁鸿。袁鸿在广西巡抚金鉷幕中作幕僚，他把袁枚引见给金鉷，结果大受器重，并荐枚试博学鸿词。题中的"金十一沛恩"（诗中称"金台公子"），疑是金鉷之子。全诗所绘，皆广西桂林七星岩之景色。栖霞寺，位于城外栖霞山腰，寺后有洞，即栖霞洞。

　　诗的开首四句可谓之印象总说。四句诗的用语率真，明白如话，令桂林群山之"奇"、之"怪"、之高与诗人游山时的惊喜心情，跃然纸上。这四句诗似乎不是写出来的，而是一边游山一边吟唱出来的，音节自然天成。接着的四句是前诗的补充，只是更具体化了，点出了诗人游山的时间、登高的地点。群峰蔽日，状若朵朵莲花怒放，实是一幅栖霞山色的白描图。登高途中经栖霞洞，于是秉火探视之。五里长的山洞内，怪石遍布，蝙蝠（"仙鼠"）在在皆是，万古如斯，堪称奇观。

自"出穴登高望众山"至"何以耿耿群飞欲刺天"的二十四句诗，是这首诗的主体，想象奇特，一气呵成，绚烂之极。前十句诗人用神话、传说、志怪中的人物事迹反复渲染桂林群山的奇幻。盘古氏是神话中开天辟地的人物，据说，他死后其头、目、脂膏、毛发化为四岳、日月、江海、草木。袁枚妙用此典，说这桂林的山之所以连绵不断，乃是盘古死后的骨架化成的。"盘古死后不肯化"，有幽默味。传说中的女娲曾炼石补天，人头蛇身，一日七十化。笼罩在桂林众山上的青红相间、变幻莫测的茫茫云烟，恐是女娲所为。至于那一阵阵喷突、飘舞的大雾，是蚩尤的作法、尸罗的伎俩。尸罗，志怪中记载的沐胥国的术士，善喷雾眩惑人。诗人纵笔所至，愈出愈奇，索性把荒诞不经的志怪人物夏育、乌获（"猛士"）、能产鬼的鬼母都拈来形容这由云海、迷雾与山峰所幻出的种种形象，瑰奇怪诞，目不暇接。接着的十四句诗，作者想象的翅膀更无依傍，因而也更无拘束了，诗境的开拓益发奇丽，笔飞墨舞，兴会淋漓。诗人想象中的桂林山的成因尤奇，都是史前时代万千精灵生命的凝聚物，那"奇形诡状"的造型，都是万千精灵"欲活不得，欲去不能”之动态在一瞬间的固态化结果。不然，这些鬼斧神工般的天然雕塑“纵有千手眼”的造化也难以一一地创作出来的。作者诙谐地说，这群奇形怪状的山峰似乎冒犯了造化，欲刺破青天呢。多少典故，多少幻想，多少顿挫，尽在这里融贯，纵横跌宕。

最后八句写兴尽而返时情景。前四句是一个小过渡，写这两个年轻人游兴正浓时的佯狂之态。笔锋一转，说天光不早，应骑马归家了。在天涯万里作客的诗人这才顿生一种惆怅心绪，望着落日，望着行将挂起的新月，思乡之情益切。

这首七古是袁枚前期诗作中的佳构。他早年的天分与学力，从这首诗中也可见一斑。整首诗的笔法圆如丸转，起章直抒印象；中间时而叙述，时而渲染，时而譬喻，时而议论，毫不滞实；最后归结到乡思。同时，这首七古又有歌行风格，韵随情转，情随景生，读之余韵在耳。在格调上，开篇朗畅，中间调促，结尾则舒缓，与全诗之内容相谐和。

（陆海明）

荆 卿 里

水边歌罢酒千行，生戴吾头入虎狼。

力尽自堪酬太子，魂归何忍见田光？

英雄祖饯当年泪，过客衣冠此日霜。

匕首无灵公莫笑，乱山终古刺咸阳。

这首七言律诗是袁枚北游过荆轲故里时作，约在乾隆二年
(1737)。荆轲故里据说有二，此处指河北易县西之古荆轲城遗迹
（一指河南淇县）。

诗的前六句写荆轲事迹。首联追忆荆轲在易水边别燕太子丹及
众宾客、决死入秦时的情景。二联言荆轲刺秦王事败而殉身，自谓
可以报答太子却不忍见田光之灵，田光曾引荆轲见太子丹、并自杀
以示不泄露谋刺机密。五、六两句写荆轲的大无畏气概受到古今之
人的赞颂和景仰。最后二句说，荆轲刺秦之举虽未遂，然已感天动
地，连群山也作刺秦之势。

这首咏怀之作格调高昂，毫无迟暮、悲凉之感。用典自然圆
熟，无斧凿痕。特别是诗的结尾，联想奇特，明写山势，实指人心
公论；荆轲可谓死而无憾，岂能以成败论之？顿使这首咏怀古迹之
诗着了一笔耀眼的亮色，提高了诗的意境。

（陆海明）

所 见

牧童骑黄牛，歌声振林樾。
意欲捕鸣蝉，忽然闭口立。

作这首五绝时，袁枚已过花甲之年，然诗人之童心依然未灭。首二句俨然一幅盛夏牧牛图。后二句才是画龙点睛之"所见"：一瞬间意欲捕蝉的牧童神态，已跃然纸上。诗人的观察，堪称精微入神。

人人常见之景，一到了子才笔下便成功了一首人人笔下所无之诗境。类乎此的性灵佳作袁枚诗集中甚多。再录《题画》一首供比较："村落晚晴天，桃花映水鲜。牧童何处去？牛背一鸥眠。"

（陆海明）

马 嵬

（四首选一）

莫唱当年长恨歌，人间亦自有银河。

石壕村里夫妻别，泪比长生殿上多。

这首绝句作于乾隆十七年（1752）。其时袁枚正赴陕西候补任官途中。马嵬坡即在陕西兴平西，是了结唐玄宗与杨贵妃爱情悲剧的历史遗迹。这首诗的立意颇高。首句就点明作者不愿因袭前人之作而另翻新意，第二句就把主题从对帝王的爱情悲剧的同情转到民间的夫妻离散。第三句亦以安史之乱中杜甫过石壕村所见故事例证之，结句终于托出题旨：民间夫妻离散的悲惨情景，远胜帝王之家。

典故的活用、妙用，乃是此绝句之特色。《长恨歌》与《石壕吏》，俱是唐代诗人名篇，都以安史之乱为背景，皆发生在陕西，且又是人人皆知的熟典，诗人信手拈来，似若天成，真令人拍案叫绝。

（陆海明）

山行杂咏

（六首选二）

十里崎岖半里平，一峰才送一峰迎。

青山似茧将人裹，不信前头有路行。

晴山高耸雨山沉，起爱天晴游爱阴。

一种淡青浓绿处，王维能画不能吟。

这组诗作于乾隆四十七年（1782），袁枚六十七岁。诗中所写风光，似浙东山中。所选二绝句，直可作白话诗读。

第一首绝句妙处全在一个比喻："青山似茧将人裹。"写人在山中行时感觉，重峦叠嶂，峰回路转，似被蚕茧层层卷入。诗人游山时心情，亦在字里行间表现出来，虽山路崎岖，却游兴甚浓，送峰迎峦，赏心悦目；遍踏青山，兴犹未尽。

第二首诗进一步描绘山色。首句写自己对晴雨中山色差异的感受：晴山高耸，天朗气清之故；雨山低沉，云层厚蔽所致。次句写游山之人对天气的共同祈求。末两句乃全诗精意所在。那美不胜收的青绿山色，诗人是吟不出其美丽的，只能求助于像王维这样的丹青高手了。其实，王维素有诗画双绝之称，且其诗中有画。连王维也难以诗写之，可见这山色之美岂不是绝妙得不可言传了吗？

这两首诗清空一气，从自己的感受落笔，语言简淡，意象平易，然生动活泼，趣味盎然，体现了性灵诗的特征。　　（陆海明）

遣　兴

（二十四首选二）

爱好由来下笔难，一诗千改始心安。

阿婆还似初笄女，头未梳成不许看。

但肯寻诗便有诗，灵犀一点是吾师。

夕阳芳草寻常物，解用多为绝妙词。

　　袁枚是乾嘉时期重要的诗论家，其论诗主张对后世也有较大影响。这两首论诗诗作于乾隆五十六年（1791）。第一首论改诗之甘苦，提倡一种严肃的创作态度。尽管时人和后人都认为袁枚诗作中不乏浅滑佻巧之作，可是平心而论，还是佳作为多，就全体而评仍是瑕不掩瑜，无愧是主盟一时的诗坛领袖。子才一贯主张，改诗难于作诗。《随园诗话》卷二有云："有一二字于心不安，千力万气，求易不得，竟有隔一两月于无意中得之者。"此可为这诗的注脚。初笄，古代称刚成年之女子；头未梳成，喻诗未改定。

　　第二首论"性灵"，性灵即性情，子才强调诗人须有真性情、真感受，并以此为创作之本。灵犀就是指人的真性情和创作的灵感，心有所感的人，不必取法前人，便可发现客观世界的无穷诗意，灵犀一点，一是生活，一是诗人心灵。有此悟性，才可能即景成诗。后两句说的是诗人应善于体察生活中的诗材因物赋形，随影换步，诗人随时可以月露风云、花鸟树木为其性情，为其诗境。

　　袁枚以诗论诗的作品很多，大多清新明白，言简意赅，这两首便可见一斑。

　　　　　　　　　　　　　　　　　　　　　　　　　（陆海明）

王鸣盛

王鸣盛（1722—1797），字凤喈，号礼堂，又号西庄，晚更号西沚，江苏嘉定（今属上海市）人。乾隆十九年（1754）进士，历官编修、侍讲学士、内阁学士兼礼部侍郎衔等。少从沈德潜学诗，兼学唐宋，有"博雅安详"（《晚晴簃诗话》）之称，著有《西沚居士集》《十七史商榷》等。　　　　　（陆海明）

乌 石 滩

滩声欲驱山，山势欲束滩。

水石本无情，相触因成喧。

悠扬止复作，决决还潺潺。

静听恍有会，仙籁非人间。

梵呗流寒空，风松响层峦。

有时急瀑来，一泻云涛翻。

不知水何猛，磨得石尽圆？

磊磊错鹅卵，其色黄朱殷。

或作大篆文，或作古锦斑。

篙师与水斗，舸舳溯惊湍。

石滑不受篙，尺寸进转难。

平生敛退心，苇间每延缘。

好语慰篙师，且让邻舟先。

浑朴古雅，蕴理藏秀，是这首五言古诗特色之所在。全诗可分三个层次。

前十句为第一层次，重在绘声，即写乌石滩之滩声。乌石滩在今浙江建德县乌石山下。诗人乘舟过此滩，骤觉滩声喧天，有“驱山”之势，真可谓是不同凡响了。山也不甘示弱，夹水相逼，有“束滩”之意。诗的开头两句就写得很活，读之有韵美，观之又有形美：两边是“滩”，中间排着两“山”。水石虽无情，诗人却善感。陶醉在大自然的交响之中，别有一番情趣。“決決”“潺潺”，都是写水声的流转不绝，“梵呗”“风松”则是形容水声使人产生的联想。第二层八句是描摹水石。“有时急瀑来”两句正好回答了后两句中“石尽圆”的致因。

接着四句，朴中藏秀，极写溪石之错综磊磊，色泽美丽，且图案奇幻。有了这第二个层次，便使这首古诗的全体产生了一种徐疾、抑扬和起伏的节奏美。否则，一气作云涛翻泻势，岂不令读者顿生急促、逼仄之感？

最后八句述行舟乌石滩的艰难，由此而悟出一番人生哲理，颇得理趣。“舸艚”，泛指船。小船逆急流而上，篙师与水斗的情景是多么惊险：逆水行舟，又遇急流，水底更有篙点不住的滑石。此时此刻，诗人与篙师是同一命运的，他不时地安慰篙师，还是顺序行进、礼让邻舟，切莫冒险。诗如其人。王鸣盛其人性朴讷，常喜独坐一室，读书咿唔不辍，而无声色玩好之娱。他宦途也遭遇过风波，降过一次职。这诗的最后四句，既是慰篙师，又是自慰。

　　王鸣盛被沈德潜列为"吴中七子"之一，其诗学主张温厚醇雅，也与沈氏为近。如此诗便是一个典型的例子，写滩水则突出其悠扬的美韵，写急瀑则归结到礼让的道理。全诗由景生理，意蕴含蓄而生动。

（陆海明）

西湖葛岭有嘲

忙里能闲号半闲，相公胸次本来宽。

襄樊失守成何事？不抵秋虫胜负看。

  诗题已点明了这不是一首单纯的纪游诗，而寓有讽嘲之意于其中。葛岭在杭州西湖北，据说晋代葛洪曾在此山中炼丹，但诗人的感兴并非由此而生发的。

  诗的第一句就挑出了嘲讽的对象原来是南宋权相贾似道。西湖葛岭筑有他的私邸半闲堂。当时朝野皆知这是贾氏的一座奢靡别墅。第二句紧接前句之"半闲"起讽。一个"宽"字，明褒实贬。"宰相肚里好撑船"，指的是有度量、能容人的"宽"，这里却是说贾似道胸中根本没有国家大事的位置。实际上，南宋小朝廷哪一日不是在内外交困的危机情势中度过的？"忙里能闲"的贾似道当然不会把国计民生放在心上，一味偷安作乐，沉湎于声色犬马之好。宋度宗时，元军一度包围湖北的襄阳、樊城经年，但贾似道一边向昏君隐匿军情，一边依然与群妾、帮闲们斗蟋蟀取乐。全诗扣住"闲"字，曲折地讽刺权相的腐败和腐化。诗人的笔触似乎是淡淡的，但其中却卷裹着自己深深的讥刺，很耐人体味。

                （陆海明）

纪 昀

纪昀（1724—1808），字晓岚，一字春帆，号石云，直隶献县（今属河北）人。乾隆十九年（1754）进士，官至礼部尚书，协办大学士，曾任四库全书总纂官。他学问渊博，于书无所不通，兼擅诗赋骈文，所作《阅微草堂笔记》是一部成功的笔记小说集。小诗清新可爱，富于情趣。有《纪文达公遗集》等。

（王镇远）

富春至严陵山水甚佳

（四首选二）

浓似春云淡似烟，参差绿到大江边。

斜阳流水推篷坐，翠色随人欲上船。

烟水萧疏总画图，若非米老定倪迂。

何须更说江山好，破屋荒林亦自殊。

"风烟俱净，天山共色，从流飘荡，任意东西。自富阳至桐庐，一百许里，奇山异水，天下独绝。"这是梁朝吴均著名的《与朱元思书》中的话，描绘了富春江水上的旖旎风光。纪昀的这组小诗也写这段水程的山光水色，选在这里的是其中的两首。

第一首刻画青山绿水。诗人驾一叶篷舟航行在富春江上，扑面而来的是浓淡参差的青山，但他用了十分生动的比喻来描写，说那浓似春云、淡如轻烟的是翠绿如黛的山色，因为远近明暗与岚光山气的不同而各呈异彩，那参差不一的绿色一直伸到江边，像是要同江水融为一体了。诗人的行船沐浴在斜阳之中，驶在清澄碧绿的江水之上，人与自然是那么接近，斜阳与流水似乎要推开船篷闯入舱中，与诗人同坐。一路上青山倒影江中，江水也染上了翠绿，像是随人而行，简直要涌上船来。

第二首写江上的荒寒意趣。烟水茫茫，萧散疏淡，又是富春江的另一番面貌，令人想起米芾和倪瓒笔下的山水画。米芾善于运用泼墨，所作山水烟雨迷蒙，给人以一种朦胧的美，倪瓒的山水清疏淡雅，令人有潇洒出尘之想，诗人泛舟富春江，感受到了同样的审美经验。因而他说何必去追求江山的壮观奇妙，破屋荒林却别有一番情趣，它同样可以满足人的审美要求，给人以无限乐趣。

如果说第一首的核心是刻画出一个"绿"字，力图写出青山绿水的迷人色彩的话；那么这第二首则力求表现出"萧疏"二字的情韵，写出富春江的荒寒清丽，足具画意。纪昀是乾嘉时代的大学者，以学问博洽著名于世，但他的小诗往往清新可爱，玲珑剔透，体现了他不凡的诗材。如此组诗中的前一首全以比喻的新巧和想象的超拔取胜，满纸诗情画意，读之令人留恋忘返，其中以"推""坐""随""上"等词来刻画斜阳流水及青翠的山光水色，给自然赋予了人性，化静为动，意韵无穷。第二首则以艺术的趣味来品味自然，中国画历来注重师法自然，而当文人画兴起之后，人们对艺术的鉴赏反过来又影响了对自然的观赏和审美，这首诗就体现了士大夫文人对山水的审美祈尚。

（王镇远）

顾问：马茂元 王运熙 程千帆 程俊英 霍松林

编委：王镇远 杨明 李梦生 赵昌平 黄宝华 蒋见元

元明清诗鉴赏

本社编

3

执行编委

王镇远 李梦生

蒋士铨

蒋士铨（1725—1785），字心余，一字苕生，号藏园，定甫、离垢居上，江西铅山人。乾隆二十二年（1757）进士，改庶吉士，授编修。四十岁后历主蕺山、崇文、安定书院讲席，晚年还朝，充国史馆纂修官，记名以御史补用。蒋士铨与袁枚、赵翼并称"江右三大家"。论诗主性情，注重诗歌的社会功用，诗格调高雅，意境阔大，用语朴直，风格沉雄。他同时又是著名戏曲家。有《忠雅堂集》《藏园九种曲》等。 (李梦生)

湖上晚归

湿云鸦背重，野寺出新晴。

败叶存秋气，寒钟过雨声。

半檐群鸟入，深树一灯明。

猎猎西风劲，湖心月乍生。

诗作于乾隆十年（1745），时蒋士铨年二十一岁，居江西鄱阳。诗写的是鄱阳东湖秋末晚景。首联写湖边，雨后天晴，浓厚的雨云仍然飘弋在湖上，群鸦飞舞；荒野小庙，在散去的雨气迷雾中呈现出来，显示了一片静谧的晚景。用一"重"字，点出云之厚，空气之沉郁，炼字精到。颔联承雨后天晴而来，被风雨吹落的树叶，仿佛犹透出肃杀的金秋之气，钟声隐约传来，代替了先前的风雨之声。颈、尾二联写群鸟入檐而息，浓密黑沉的树林中透出一点灯光，孤寂而又苍凉；西风劲吹，湖心升起一轮冷月，清光鉴人，紧紧扣题"湖上晚归"四字。诗虽然没有写人，但通过一幕幕景色描写，使人们处处感受到作者正置身于景中，融化在景内。

蒋士铨少年时诗学李商隐，好作绮语，至十九岁幡然易辙，尽焚少作，遂刻意学杜甫、韩愈。这首诗就是学杜较成功的作品。诗写得浑然一气，观察精细入微，随物赋形，天然神妙，无刻削斧凿之痕，且对仗工整严谨。延君寿《老生常谈》云此诗"以工部为宗，以宋人为归，遂觉于谢茂秦、施愚山外，别具风骨气魄，令人耳目为之一新"。

（李梦生）

岁暮到家

（五首选一）

爱子心无尽，归家喜及辰。

寒衣针线密，家信墨痕新。

见面怜清瘦，呼儿问苦辛。

低回愧人子，不敢叹风尘。

乾隆十一年（1746）五月，蒋士铨随江西学使金德瑛巡视各府县学，到十二月下旬才赶回家中，合家团聚，欣喜感慨，作诗五首，这里选的是第二首。

诗写士铨母亲见到儿子回家的欣喜情态及自己复杂而又沉挚的感情。上半写母亲天天在盼望远游在外的儿子，儿子在岁暮终于回到家中，正好团聚过年。心中欣喜，不言而喻。身穿着母亲密针细线所制的寒衣，"谁言寸草心，报得三春晖"（孟郊《游子吟》）。而身边藏着母亲不久前托寄来的书信，不由得孺慕眷恋之情，从心底里进发出来。下半分写母子：母亲见了儿子，嘘寒问暖，不断地动问路途苦辛；作为儿子，他由衷地惭愧没有在家照顾母亲，殊乏孝道，又怎么能将在外所受风霜劳苦之事讲出来，使母亲难受呢？

士铨是独子，父亲游幕在外，从小与母亲相依为命。他多次得病，生命垂危，赖母亲调护得瘥。他母亲钟令嘉又是一个博学能诗的才女，士铨四岁时，母亲折柴为笔，划地教他识字，日课古文诗词。母亲对他来说，既是慈母，又是良师，母子感情极深。这次士铨是第一次离开母亲这么久，见面之际，真情实感自然从肺腑中流出，所以诗写得极富感染力。同时，诗选用朴素质悫的语言，刻画了人物的动态、语言和心理，神貌克肖，与主题完美无间地结合，使诗的旨趣大大得到提高。

（李梦生）

落　叶

（二首）

零乱霜枫覆藓痕，小帘风紧欲黄昏。

隍深有鹿朝穿径，酒醒无人夜打门。

梦入故宫寻古井，愁生野屋见孤村。

一枝别后应难借，好向墙阴觅断魂。

古道无人拾堕樵，啼乌来往独魂销。

一林冷月露山寺，十里清霜生板桥。

旧事几添摇落感，离情不记短长条。

高楼试奏哀蝉曲，满耳秋风咽玉箫。

这是二首咏物诗，作于乾隆十一年（1746）。诗咏落叶，但通篇不着"落叶"二字，只是纵笔描写伴随落叶所应有的景色及自然现象，而使人觉得"落叶"二字无所不在。

第一首首句写秋天到了，枫叶中霜，纷纷飘坠覆盖在长满苔藓的路面，与潘阆落叶诗"静拥莎阶下，闲堆藓径中"一样，表现已落之叶的静态。接下来写黄昏小楼，帘幕低垂，虽不写落叶，但可以想见落叶随凄紧秋风，扣打帘栊，是落叶的动态。颔联写潦水退尽，城墙干枯，鹿穿樵径，酒醒孤凄，无人过从。"有鹿"暗用《列子》事。《列子》中载，郑人采薪于野，获鹿，恐人见之，藏于隍中，用蕉叶覆盖，后忘其处，以为是梦。这里仍不脱落叶，并逗引下联"梦"字。"酒醒"句与耿沣"满庭黄叶闭门时"（《许下书情寄张韩二舍人》）用意、写景相同，而不着"落叶"，让人自去品味。颈联出句写宫庭秋色，落叶覆井，用王昌龄《长信秋词》"金井梧桐秋叶黄"句；对句言荒村秋景，白屋隐士，独处愁苦，百无聊赖，"孤村"二字暗射苏轼"家在江南黄叶村"（《书李世南所画秋景》）句。尾联则明表落叶飘离故枝，无法返回，只好在墙阴凭吊自己昔日韶华，默默地腐烂消失。是写树叶，也是写人。

第二首先写荒凉古道，落叶枯枝，无人拾取，乌鸦悲啼，来回飞绕，使人黯然魂销，为整首诗定调。颔联承上荒凉景地而来，冷淡的秋月照着树林及林梢上透出的山寺，与温庭筠"凫灯落叶寺，山雪隔林钟"（《宿秦生山斋》）一样，写秋气肃杀，幽僻无人的野景。下云银霜凝结板桥，化用温庭筠"鸡声茅店月，人迹板桥霜"（《商山早行》）句，使人自然想到温诗下句"槲叶落山路，枳花明驿墙"，仍归"落叶"。颈联寄情于景，"摇落"二字出宋玉《九辩》："悲哉秋之为气也，萧瑟兮草木摇落而变衰。"从落叶凋零而想到往事如同眼前落叶，繁华一去不回，由目前的光枝秃干而感叹不知多少次折柳告别，倍增人的离情别绪。末联把自己融化入肃杀的秋气中，写在秋风中弹琴奏曲，悲叹落叶的纷披。哀蝉曲，据《拾遗记》：汉武帝思李夫人，作《落叶哀蝉曲》。"秋风"，用唐明皇奏《秋风高》曲，清风徐来，木叶交坠事。二者都是常用的落叶典故。

二诗均细致地描绘落叶之景，从各个侧面，烘托点染。而手法又各不相同，前诗重在景，有动有静，有繁华，有孤清；后诗重在情，通首笼罩在一种凄凉苍然的气氛中。成功的咏物诗要求诗不单单穷极物态，还要由物而及人，由事而及人。本诗紧紧扣住落叶，两首的结句均下词新警，情深韵达，令人玩味无穷，使人从落叶而进一步感叹人世飘零，盛况不长。蒋士铨幼学李商隐，在用典化句上深得西昆咏物三昧，故全诗化用典故自然神妙，如盐入水，不见痕迹。

（李梦生）

梅花岭吊史阁部

号令难安四镇强，甘同马革自沉湘。

生无君相兴南国，死有衣冠葬北邙。

碧血自封心更赤，梅花人拜土俱香。

九原若遇左忠毅，相向留都哭战场。

乾隆十三年（1748）九月，蒋士铨入京会试下第，归经扬州，凭吊史可法墓，作下了这首感情沉挚的诗。梅花岭在扬州广储门外，明万历中州守吴秀浚河积土而成，因树以梅，故名。史可法，祥符（今河南开封）人，崇祯进士，南明时任兵部尚书、大学士，镇守扬州，清军南下，扬州失陷殉难，部下史德威求骨不得，以衣冠葬梅花岭上。

诗首联概括天下形势，突出史可法报国捐躯的必死信心。明末福王时，分江北为四镇，以黄得功、刘良佐、刘泽清、高杰四将镇守，四将不和，争欲驻扬州，同时放纵部下掳掠百姓。史可法值此动乱时期受镇扬州之命，驾驭骄奢跋扈的部下以抵挡精锐骁勇的清兵，胜机渺茫，因此他誓与国家共存亡，宁可战死疆场，马革裹尸，轰轰烈烈，如同屈原自沉汨罗江一样，报效国家。

颔联十四字，包括了史可法一生业绩。当时福王昏庸，奸相马士英弄权擅政，王朝岌岌可危，史可法虽有满腔热血，独手难擎，左支右绌，终于战败身亡，只留下了这衣冠冢供后人凭吊。"北邙"，在洛阳郊外，是墓葬之地，此即借指梅花岭。

颈联重在"吊"字，写英雄弃世，然其碧血丹心永存人间，与这梅花岭上的梅花一样千载留香，万人仰慕，比拟切当而妙合梅花岭地名。

尾联忽然宕开，发人所未料。左忠毅即左光斗，万历进士，因弹劾阉党魏忠贤下狱被害，死后追谥忠毅。左光斗视学顺天时，某日狂风暴雪，他便服出行，在一古庙中见一书生伏桌而眠，所作文稿清丽奇绝，遂脱貂裘覆之。这书生就是史可法，旋即史可法被录取为第一名。后左光斗下狱，史可法去看他，左光斗勉以国事为重，叱之出。史可法掌兵权后，战争中常寒夜起立，甲上冰霜迸落有声，将士劝他休息，他说："吾上恐负朝廷，下恐愧吾师也。"这两句诗虽然从李商隐《隋宫》"地下若逢陈后主，岂应重问后庭花"诗格中套出，模拟之迹显然，但妙关时事，把两个极为关联而死因不同的爱国志士牵合在一起，互为阐发，更突出自己对史可法的敬佩仰止。

蒋士铨平生以气节自许，刚直不阿，诗文中尤津津于表彰忠臣义士。那些诗大多如这首一样，写得激昂慷慨，情真意切，字里行间溢出一股强烈的崇敬心。诚如其《文字》诗所说："文章本性情，不在面目同。李杜韩欧苏，异曲原同工。君子各有真，流露字句中。气质出天禀，旨趣根心胸。"也许是皇天不负苦心人，后来他得到了史可法遗像及家书原迹，通过同年彭元瑞献给皇帝，皇帝因下令在梅花岭修史可法祠，并勒石刻像。这件事是蒋士铨生平大快事，晚年每每道及。

(李梦生)

漂母祠

妇人之仁偶然耳，不遇韩侯何足齿？

鬼神默相饭王孙，齐王不死楚王死。

千金之报直一钱，老母庙食今犹传。

丈夫箪豆形诸色，饿莩纷纷亦可怜。

漂母祠在淮阴县望云门外。据《史记·淮阴侯列传》载，韩信微贱时，贫不能治生，有一次垂钓于城下，诸母漂于旁，有一母见韩信饥饿，拿饭给他吃。韩信说："我一定会好好报答您。"漂母怒曰："大丈夫不能自食，吾哀王孙而进食，岂望报乎？"后韩信封楚王，以千金报答漂母。

乾隆二十九年（1764），蒋士铨因耿直敢言得罪上司，被迫告长假离开京城，携家南下，准备寄居南京。途经淮阴，凭吊漂母祠，想到自己年已四十，仕路屯邅，无人见赏，有感于漂母饭韩信事，叹世道艰难，人情凉薄，写下了这首诗。

诗起句突兀拔起，出人意表，说漂母饭信只是妇人偶然动了恻隐之心，如果没有遇到韩信，那么她也就默默无闻，何足道哉；只不过鬼神暗中保佑，让她给韩信吃饭，而韩信不死在天下大乱、自称齐王时，而死在衣锦还乡、被封楚王后，得以千金报恩，遂传下这段千古佳话。"千金"二句盛赞韩信以千金报答只值 钱的饭食，使得漂母的祠庙至今享受香火，流传不衰。末尾二句就韩信漂母事生发开去，漂母饭信不望报，而今天英雄大丈夫穷途末路，求望报而施一饭一羹的人也没有，得不到施舍而饿死的人却到处都是，令人伤心垂怜。

蒋士铨在清中叶以古体著名，七言尤不主故常，沉雄生辣，意境深厚，朱庭珍《筱园诗话》说他"学昌黎、山谷而上摩工部之全"。这首诗写得盘诘生硬，有识有力，有声有光，把自己胸中不可磨灭之气一寄于诗，是他七古中较有代表性的作品。　　(李梦生)

题王石谷画册

（十二首选二）

孤亭危坐意萧然，千尺松涛响乱泉。

可惜隆中卧龙子，肯将丞相换神仙。

不写晴山写雨山，似呵明镜照烟鬟。

人间万象模糊好，风马云车便往还。

诗作于乾隆三十九年（1774），时蒋士铨在扬州主安定书院讲席。全诗共十二首，这里选的是第四、第五首。王石谷即王翚，是清前期著名画家。

第一首诗题的画面是：一个志向恬淡、视名利如浮云的隐士，独自正襟危坐在孤亭之中，意态萧然；画的背景是高耸入云的松林及汩汩而下的清泉。诗人把这幅画用两句话概括殆尽，有人有景，形容出一幅世外高人的行乐图。然后笔墨一转，以叹惜鞠躬尽瘁、死而后已的蜀汉丞相诸葛亮，应刘备之请抛弃隆中高卧、与世无争的隐居神仙生活，来寄托自己对山林隐逸遁世高洁的生活的向往和赞赏。一破历代诗人歌颂诸葛亮丰功伟绩的旧套，反以其出山为不可取，把常用的俗典翻新出之，语人所未语，实堪称起死回生的妙手。且诗不拘泥于就画论画，能寓景于情，融入自己的感情见解，把画的内在意义加以恢宏廓大。

第二首诗写法与前首不同，只以"雨山"二字说明画的内容，然后通过论画，说明绘画的旨趣所在，阐发画面外的意义。画不画晴天高耸入云的山峰，而画山在雨意朦胧中隐约而现。苏轼的《李思训画长江绝岛图》云："峨峨两烟鬟，晓镜开新妆。"而这里反用其意，以为画中之山如呵气镜上映照而出，青翠而模糊，从而揭示人生的哲理：朦胧的事物的内涵比直接的呈现要深广得多；遇事随和，深藏不露，善于韬晦的人在现实中往往更为得意。蒋士铨为人耿直敢言，往往因此得罪权贵，在翰林时就因掌院学士的排挤，被迫告长假还乡，而与他同榜同乡而善于处世的彭元瑞却官居二品。这里所述，其实正是蒋士铨的愤激之言。

这两首诗虽有议论而不落言筌，各陈新意。蒋士铨说他五十岁以后作诗直抒所见，不依傍古人，成为自己的诗，于此可见一斑，故朱庭珍《筱园诗话》认为这两首诗为士铨七绝压卷之作，"用意沉著"，为"七绝中飞将"。

（李梦生）

响屧廊

（二首选一）

不重雄封重艳情，遗踪犹自慕倾城。

怜伊几两平生屐，踏碎山河是此声。

诗作于乾隆三十九年（1774）十月于苏州，共二首，这是第二首。响屧廊在苏州灵岩山吴王夫差为西施所建的宫殿内，其下放大瓮，瓮上铺木板，让西施穿木鞋在板上行走，下嗡嗡有声，故名。

响屧廊是为西施建造的，故诗一开始就点明吴王无视国家大计，宠爱西施，今天凭吊遗踪，犹令人想慕西施倾国倾城之貌。下提笔急转，指出女色之误国。"几两平生屐"，典出《世说新语·雅量》："或有诣阮（孚），见自吹火蜡屐，因叹曰：'未知一生当著几量屐。'神色闲畅。"这里借以言亡国之速。

一般说来，咏古诗未经前人阐发的，宜援据本传逸史，见微阐幽；若前人已经论定，则不当人云亦云，或别寓兴意，力图出新，或淡淡写景，以避雷同剿袭。咏夫差宠爱西施而亡国的诗很多，大致或谴责夫差荒淫，或称赞勾践复国计谋。这首诗别行一路，就响屧廊本生生发开去。响屧廊以踏之作响而闻名，诗即巧妙地扣住一个"响"字，说正是那几声木鞋响，断送了吴王的大好河山。即小见大，以浅见深，包罗广远，含蓄有味，从而避免了不少咏史诗空发议论的毛病。

（李梦生）

赵 翼

赵翼（1727—1814），字云松（一字耘菘，又作耘松），号瓯北，江苏阳湖（今武进）人。乾隆二十六年（1761）进士，历仕粤、滇、黔，累官贵西兵备道。不久辞官家居，主讲于安定书院，晚岁以著述自娱。精史学，有《廿二史札记》等作。有诗名，与袁枚、蒋士铨并称"江右三大家"。诗作摅写性情，真率诙谐，喜议论，善用典。尚熔《三家诗话》称其诗"如吴越锦机，力翻新样"。有《瓯北集》。

（曹光甫）

后园居诗

（九首选一）

有客忽叩门，来送润笔需。

乞我作墓志，要我工为谀。

言政必龚黄，言学必程朱。

吾聊以为戏，如其意所须。

补缀成一篇，居然君子徒。

核诸其素行，十钧无一铢。

此文倘传后，谁复知贤愚？

或且引为据，竟入史册摹。

乃知青史上，大半亦属诬。

　　古人死后，大抵葬入坟墓，墓碑上则要刻上一篇记载墓主生平事迹的志文，这就是墓志文。子孙有文才的，当然可以自己撰写，自会对考妣先祖等亲戚极尽赞美之能事。自己不能写的，则千方百计重金聘请名人，求煌煌高文为墓碑生光，其实是为墓主及其后裔脸上贴金，而执笔者也因此可发一注小财，可谓双方皆大欢喜。所以历代文人，特别是著名文人，其文集中往往有碑传志文若干卷，其中不少篇幅很可能是重金诱饵下的产物。这种不良的社会恶习，就连唐宋八大家之冠冕的韩愈也未能免俗。他的文名大，酬金特别丰厚，他写得也很卖力，他的这些文章被史书上称作"谀（yū）墓文"。在诗歌领域，以此为题材，首先对这一虚伪丑恶现象进行揶揄挞伐的，当推赵翼这首寓理于趣的妙作。

　　组诗作于乾隆二十九年（1764），因乾隆二十年曾作过一组《园居诗》，故此称《后园居诗》。

　　这首诗一气贯注，以"谀"为主脑。起六句"有客求谀"，中六句是谀的内容，结六句是由此而想到谀的后果。

　　阿谀逢迎，本是人所鄙视的。而"有客"却送来润笔（相当于稿酬）乞求写"谀墓文"，这种司空见惯现象一经揭出就显得相当滑稽可笑。而子孙的要求更是不切实际，即要把死者的政治才干写得可与汉宣帝时使"郡内大治"的贤臣龚遂、黄霸相媲美，学问品性又要与宋代著名的大理学家程颢、程颐、朱熹齐驱，美化得无以复加，很具典型性。

　　两个"言必"，活画出"客"的再三叮咛与强调，颇具漫画讽刺意味。客不讳谀，"吾"也不讳谀，区别在于客是极其认真，"吾"却是逢场作"戏"，两两相形，趣味横生。这里的"戏"，既有"不看人面看金面"的戏剧性，也不乏深刻自我解剖的严肃性。试看历代"谀墓"文人谁肯将"戏"的底蕴和盘托出，究其实，何尝不都是在戏弄墓主、戏弄他人？具体的"戏"法是"补缀"两字，即材料东拼西凑，添油加醋，无中生有，也就是挖空心思为墓主涂脂抹粉。最后"居然"把其人妆扮得像个"君子"了，"居然"一词细加品味，有面目全非，出人意表的含义，读来使人失笑。那么"君子"平素言行的本来面目与墓志中所写的差距究竟有多大呢？"十钧无一铢"。钧、铢都是古代计量单位，一钧为三十斤，一两为廿四铢，差距何啻十万八千里！用夸张对比戳穿了谀墓文不过是满纸谎言，笔触极其辛辣。作者对自己"聊以为戏"过程的真实暴露，实际上是给千古炮制"谀墓文"者的内幕作了一次大曝光，在戏谑的文字中表现了深刻的批判精神。

篇末写"谀墓文"传世后具极大的欺骗性，并由此及彼，由浅入深，引申出一个石破天惊的大道理："乃知青史上，大半亦属诬。""大半"两字下得极有分寸，是基本上否定了一部中国社会文字记载历史的真实性。赵翼作为清代著名史学家，撰有《廿二史札记》等享盛誉的史学专著，他在诗中所得出的结论既符合逻辑推理又符合历史实际，是非常精辟的高见卓识。这个画龙点睛式的结论，大受时人推崇，李保泰评道："千古陈案，一语翻尽。"（《瓯北诗钞》批语）

全诗从细小具体的事件入手，夹叙夹议，层层翻入，于篇末揭出主题，其结构谋篇，类似白居易的讽喻诗。诗歌的语言通俗流畅，风格寓庄于谐，从源流上看，也与唐代白居易、宋代杨诚斋诗风有某种承传关系。

（曹光甫）

杂 题

（八首选一）

每夕见明月，我已与熟悉。

问月可识我，月谓不记忆。

茫茫此世界，众生奚啻亿？

除是大英豪，或稍为目拭。

有如公等辈，未见露奇特。

若欲一一认，安得许眼力？

神龙行空中，蝼蚁对之揖。

礼数虽则多，未必遂鉴及。

　　赵翼的诗最能从寻常事物中抉发出不寻常的理趣，又善用诙诡之笔、谐谑之词来状物说理，这首诗即由望月而生，却能越出一般对月咏怀之作的藩篱，纯以自己的想象和议论出之，突梯滑稽，于嬉笑中不乏深意。

　　诗人说每天见到月亮，似乎已与月亮成了老朋友，于是问月亮可认得自己，而月亮却说记不清楚。"茫茫此世界"以下八句为模拟月亮之辞，也就是解释何以月亮不认识自己的缘故。因为这大千世界的芸芸众生如蝼蚁一般，何啻亿万，除了杰出的人物，或可引起注意，至如寻常如诗人的人物，哪有那么多目力去一一细看呢？"神龙行空中"四句则是诗人的按语，《楚国先贤传》云："神龙朝发于昆仑之墟，暮宿于孟诸，超腾云汉之表，婉转四渎之里。"神龙行于空中，蝼蚁对之作揖礼拜，礼数虽多而未必能令神龙注意，这里分明以神龙喻月，谓月行中天，而对下方人士不屑一顾。

全诗只是一个寓言式的简单故事，但寄托了深沉的用意。人识月而月不识人，本是世间常理，然诗人却借此发泄了自己的不平之鸣。"有如公等辈，未见露奇特"，显然是自嘲之语，"公等"便是指那些像作者一样，虽未至显达而颇具学识的知识分子。在诗人笔下，月亮似乎也变得势利起来，对于名位不高的书生竟不屑一顾。因而，这里的月亮分明暗喻最高统治集团中的人们，他们未必有识别英豪的慧眼，而只是以自己的高位而傲视地位低下的人。

至于此诗的风格特征是十分明显的，全诗用口语写来，却不乏趣味，如"问月可识我，月谓不记忆"，一问一答，明白如话；月亮的答词中"除是大英豪，或稍为目拭"；"若欲一一认，安得许眼力"等都是活生生的口语，即将一个倨傲无礼的权势者的嘴脸和盘托出，而月亮这个历来被视为妩媚而纯洁的形象，却成了粗暴傲慢的化身，可谓能翻新出奇，发前人所未发，正体现了赵翼标举创新，脱去窠臼的诗学祈尚。

（王镇远）

高黎贡山歌

巨灵开荒划世界，奇山驱出中原外。
听他豪距蛮徼中，负地掀天逞雄怪。
高黎贡山潞江畔，万仞屏颜插穹汉。
我行起趁鸡初啼，行至日午山未半。
回视飞鸟但见背，俯瞰众峰已在骭。
雪经烈日晒不消，瀑作怒雷吼不断。
每上一层冷一层，夹衣旋把重裘换。
无端岚气蒸蕴隆，幻出白雾粥面浓。
手伸十指看不见，何许厚翳将眼封。
少焉罡风来一扫，了了仍露青芙蓉。
五十三参更难上，线路盘旋蹑榛莽。
面真对壁何所参，头恐触天不敢仰。
危崖石裂藤络缚，老树皮皱虎磨痒。
有时栖鹘戛长啸，是处猿啼发哀响。
自非人马结队行，贲育亦怯独来往。
何哉设险有此形，得非天以限边庭？
岂知气运有开辟，形胜不得相关扃。
至今渐成康庄坦，早有结屋层椒青。

层椒青青日西下，借问下山尚三舍。

解鞍且就茅店眠，惊看繁星比瓜大。

　　赵翼在《六十自述》诗中说："生平游迹遍天涯，塞北交南万里赊。人羡见闻增宦辙，天如成就作诗家。"的确，丰富的游宦经历，得江山之助，使他的诗歌境界大为开拓。从乾隆三十一年（1766）冬至三十六年（1771）夏四年多时间里，他先后任广西镇安知府、赴云南参赞对缅甸用兵、广州知府、贵州贵西兵备道。边陲险境人迹罕至，诗境罕及，然随他足迹所到，却开垦了大片诗国的处女地，留下了众多令人大开眼界的佳作。尚熔《三家诗话》对之评价甚高："云松宦游南北数千里之外，所表见固皆不虚。而极险之境地，极怪之人物，皆收入诗料，遂觉少陵、放翁之入蜀，昌黎、东坡之浮海，犹逊其所得所发之奇。可谓极诗中之伟观也。"这首乾隆三十三年（1768）赴缅甸行军途中创作的《高黎贡山歌》，就是这种别开生面诗歌的代表作。

　　高黎贡山在潞江（即怒江）以西，为我国云南省与缅甸的界山。云南古属蛮荒之地，故诗称蛮徼（jiào）。诗的开头四句为全篇引子，议论而兼抒情，笔力豪纵，想落天外，"奇山驱出中原外"，尤为发前人所未发，为全诗定下雄奇基调。

　　自"高黎贡山潞江畔"至篇末写登山全过程，贯串着时间与空间两条线索。时间是"鸡初啼"起登，"日西下"夜宿；空间是从山麓至层椒（山顶）。"万仞屠颜插穹汉"句是山形的总体描写，而后进行多侧面具体描绘。"我行起趁"至"重裘换"八句，着重刻画山的高寒。"无端岚气"至"青芙蓉"六句，抒写山间云雾变幻莫测。"五十三参"至"独来往"十句，描摹山路奇险。"何哉设险"至结尾，写登峰造极时的感想。全诗脉落层次相当清晰。

在艺术表现上，此诗的特点在于三个结合：

写实与浪漫手法相结合。写实中注意细节描绘和运用丰富的比喻。前者如"每上一层冷一层，夹衣旋把重裘换"，真实细腻地表现了山的高峻严寒。后者如描写山间云雾弥漫而又瞬息万变，在六句诗里连续用了"蒸蕴隆""粥面浓""厚罽""青芙蓉"四个比喻，新鲜形象，贴切生动。在写实的同时，诗人还用浪漫主义的瑰丽想象、磅礴气势和惊人夸张来丰富写实内容。如"五十三参"（诗人自注：山上地名。）那段羊肠小道全是悬崖峭壁，"面真对壁何所参，头恐触天不敢仰"，写行人凝神屏气脸贴墙壁在坎坷的仄径上战战兢兢地挪动脚步，唯恐稍不留神即跌入万丈深渊，诗人却幽默风趣地想象这犹如达摩禅师面壁参禅。攀登者根本无暇旁顾，诗人说人们不敢抬头是怕与天触撞而头破血流，在夸张中表现了山势险峻。又如当夜宿在山顶茅舍，"惊看繁星比瓜大"，由星大而突出山高，想象和夸张都很奇妙。

骈语与散句相结合。赵翼诗风如行云流水，通俗畅达而又不显得粗浅朴野，主要得力于骈散相间、错落有致的句法。骈偶俪句如"雪经烈日晒不消，瀑作怒雷吼不断"、"危崖石裂藤络罅，老树皮皴虎磨瘃"，十分精工切当，很有华采。散句如"少焉罡风来一扫，了了仍露青芙蓉"、"自非人马结队行，贲育（孟贲、夏育，古代勇士）亦怯独来往",通俗平易,摇曳生姿。骈散结合,使此诗气韵流动,宜俗宜雅。

记叙与议论结合。发端四句议论振起全篇,而在记叙高黎贡山雄峻奇险后,忽又插入四句议论:"何哉设险有此形,得非天以限边庭?岂知气运有开辟,形胜不得相关扃。"它美化了乾隆朝的文治武功,使模山范水诗的主题得到提炼升华。这一主题是否恰当姑且勿论,就其人其时其地而言,这画龙点睛的四句是相当得体和高明的。

《瓯北诗钞》在此诗后有清代大诗人袁枚评语:"奇境,待云崧来开生面。"赵翼描摹"奇境"的诗数量不少,值得深入研讨,我们欣赏这首佳作,不过是尝鼎一脔而已。

(曹光甫)

题明太祖陵

（四首选一）

定鼎金陵控制遥，宅中方轨集轮镳。

千秋形胜从三国，一样江山陋六朝。

燕啄皇孙传岂误？狗烹诸将乱终消。

桥陵曾借神僧穴，易代犹闻禁采樵。

这首诗写于乾隆十三年（1748）。明太祖即明代的开国皇帝朱元璋，其陵寝称明孝陵，在江苏南京东郊钟山南麓。此诗题陵怀人，对明太祖开国功绩予以褒扬，对他治国的两项重大政治决策提出精辟见解，体现了诗人而兼史学家赵翼的诗才和史识。

起联高亢雄阔。明太祖定鼎（建都）金陵后，迅速控制了全局，当即大规模改造扩建金陵城。当年他动用几十万民工，花了四年多时间，建成当时堪称世界第一的大都城。城中两车并行的"方轨"大道上，车马辚辚，畅通无阻。"集"字见出车辆云屯，说明国力强盛，是以偏概全笔法。历史上建都金陵的朝代不少，从三国的吴，到南朝东晋、宋、齐、梁、陈，史称"六朝"，三国时就有人称金陵："钟山龙蟠，石头虎踞，此帝王之宅。"明太祖与"六朝"都定鼎金陵，其间有无异同？颔联从历史角度进行考察比较：相同的是"千秋形胜";相异的是所建立的江山强弱盛衰迥然不侔,相比之下"六朝"太孱弱短命。一个"陋"字内涵很深,富于表现力。颔联的命意是江山不足恃,当政者的雄才大略才是关键,从而进一步讴歌了明太祖的功业。

评论明太祖,绕不过他生平两件大事:一是传位于皇孙朱允炆,二是滥杀功臣。颈联就此独抒己见。朱允炆即建文帝,在位四年即被燕王朱棣起"靖难师"推翻,不知所终。后世对明成祖朱棣篡夺皇位多予非议,赵翼则在《金川门》诗中明确表示"召乱本由洪武起"。此诗的"传岂误",措词虽较婉转,用意略同。从巩固政权的实际出发,赵翼立论比较通达而不那么迂腐。明太祖完成统一大业后蓄意借故屠杀功臣,如左丞相胡惟庸一案,株连被杀的竟达三万人。对朱元璋的刻薄寡恩,后世尤多讥议。赵翼则排除感情因素,从理性上加以研讨,肯定朱氏"狗烹诸将"为大明王朝的长治久安彻底清除了隐患。平心而论,赵翼的洞察力更胜一筹。颈联用了两个典故。"燕啄皇孙",语本汉成帝时童谣:"燕飞来,啄皇孙。"指成帝皇后赵飞燕暗中杀害许多皇子。此借指燕王除去皇孙,非常贴切。"狗烹诸将",出《史记·越王勾践世家》:"狡兔死,走狗烹。"谋士文种,为勾践复国屡建大勋,功成被杀;韩信佐汉王刘邦底定天下,功高见忌,同样被杀。此用以指明太祖如出一辙的手段,用典精当。此联史识卓荦,对偶精切,张维屏论赵翼诗"五七律多工巧奇警之句",于此可见一斑。

结联点题。"桥陵"原指黄帝陵墓,在陕西黄陵县城北桥山上,此借指明孝陵。明孝陵原本是南朝梁代高僧宝志法师的墓穴,朱元璋见风水佳美，取而代之。"借神僧穴"，谓此。清政权建立后曾下令保护明太祖陵，严禁樵采。结句咏此事，突出朱元璋"易代"后仍受尊崇，确实是非凡的历史人物。

这首诗不愧是大手笔，对朱元璋一生功过作了较公允的评价。大处落墨，笔意高华，议论奇警，用典精切，是它的主要艺术特色。

(曹光甫)

赤　壁

依然形胜扼荆襄，赤壁山前故垒长。

乌鹊南飞无魏地，大江东去有周郎。

千秋人物三分国，一片山河百战场。

今日经过已陈迹，月明渔父唱沧浪。

　　乾隆三十七年（1772）底，赵翼因广州谳狱旧案部议降一级调用，他于是以老母年高为辞，由广西弃官归乡，次年自常德经洞庭湖入长江，经过当年三国鏖战的赤壁，遂写下这首吊古伤今，抒怀遣兴之作。

　　全诗完全从历史与现实的差异，时间与空间的对照来表现今昔之感，并逗出自己淡于名利的归隐之志。首联破题，从山河形胜落笔。赤壁扼守着通往荆州和襄阳去的道路，因而成了古代兵家争战之地，三国时修筑的战争营垒依稀可辨，山川依然，地形奇险。"故垒"，自然是用了苏轼《念奴娇》"故垒西边，人道是、三国周郎赤壁"的名句。这两句虽为写地理，但"依然""故垒"等词已引出一种深沉的历史感。颔联则巧妙地运用了曹操《短歌行》中"月明星稀，乌鹊南飞"和苏轼《念奴娇》中"大江东去，浪淘尽千古风流人物"的句子，貌似写景，其实隐寓曹操在此兵败而周瑜得胜成为英雄的历史画卷。"乌鹊南飞"和"大江东去"是万古如斯的自然景象，但在作者笔下借用了典故的联想而各自带上了丰富的意蕴，而且对仗工巧，绝去斧凿之痕，可见作者驾驭文字的能力。

颈联则以时间和地理自然成对。孙权、刘备、周瑜、诸葛亮、曹操这些风云一时的历史人物流传千年，赤壁一战之后，奠定了魏、蜀、吴三分天下的鼎足之势；眼前的山河即是当年历尽无数战斗的地方。出句是缅怀历史，对句是即目所见；出句是古今时代的纵贯，对句是对地理山河的感喟。于是自然过渡到尾联的自我抒怀。此日经过赤壁，多少英雄已成陈迹，只有在明月照耀的江上，时时传来渔翁的晚唱。"唱沧浪"云云自然是用了《孟子》里头"沧浪之水清兮，可以濯吾缨；沧浪之水浊兮，可以濯吾足"的意思。与萧散自在的渔父相比，那些在政治上曾一度风云显赫的人们岂不也显得可怜可叹吗？结尾这两句不仅与前六句的宏阔气象形成一鲜明对照，以冷静幽远的笔墨结束全诗，令诗意波折，更具回味；同时也与诗人此时弃官归乡，淡于名利的心境暗合，从而起到了借古喻今的作用。

全诗一气流走，虽点化成言，然清新畅达，境界辽阔，感情激荡，不失为咏史诗中的佳作。

（王镇远）

西湖晤袁子才喜赠

不曾识面早相知，良会真成意外奇。

才可必传能有几？老犹得见未嫌迟。

苏堤二月春如水，杜牧三生鬓有丝。

一个西湖一才子，此来端不枉游资。

乾隆四十四年（1779），赵翼出游浙江，在西湖之滨遇见了倾慕已久的诗人袁枚，袁枚与赵翼及蒋士铨被称为"江右三大家"，而赵翼却自谦为第三，他对袁枚尤其推重。前此两年，他的《题袁子才小仓山房集》（二首）中有"其人与笔两风流，红粉青山伴白头"、"群儿漫撼蚍蜉树，此老能翻鹦鹉洲"等语，可见对袁枚之为人与才华的倾倒。所以对这次的奇遇，赵翼自然十分欣喜。

首联说自己与袁枚神交已久，如今不期而遇，正是出乎意料之外的奇迹，而自己的欢快之情溢于言表。颔联赞叹袁枚卓越的才华，必将传之永久，因而自己有幸于晚年得见这位名高一代的诗人也并不嫌太晚。此时赵翼五十三岁，袁枚已六十三岁，所以称"老"，而这次会面又在风光旖旎的西子湖畔，岂不更有诗情画意。所以颈联说二月的西湖涨满了春水，苏堤也像是沉浸在如水一般的春光之中，而风流如杜牧的袁枚此时鬓边已有了白发。这两句形象地再现出当日两位诗人见面时的情景。"望湖楼下水如天",那浩淼无际的水势正如二月的春光,不仅充溢于天地之间,而且也洋溢在诗人的心头。眼前这位两鬓花白而风流倜傥的才子便是自己心仪已久的随园主人,怎不使诗人欣慰,所以说西湖与袁枚一样足以令他觉得不虚此行,甚至连游程的花费也不冤枉了。"一个西湖一才子"句,将西湖与袁枚联系在一起,非常浅切,却别开生面;"不枉游资"云云虽语带戏谑,却也体现了袁、赵二人之间的友谊是真诚的。这一次的聚会是欢愉的,在两位诗人心中都留下了美好的回忆。袁枚也有诗记载此事,中有"西湖天为两人生"之句,用了同样轻快戏谑的笔调。

赵翼的诗明白清通,追求一种朴实平易的美感,如这一首通篇没有僻字涩句,也不用秾艳的词藻、艰深的典故,冲口而出,然不乏佳句。"才可"二句意在称扬袁枚的才华出众,然也带出白首相逢的情景,"苏堤"二句于通篇议论之中插入形象的描绘,令景物与人融合无间,都于平淡中含有深味,令人难忘。赵翼诗的另一特点是诙谐幽默,如此首中"老犹得见未嫌迟"、"杜牧三生鬓有丝"、"一个西湖一才子,此来端不枉游资"诸句中都显然有一种风趣的精神,或表现旷达的胸襟,或抒写真率的友情,全诗意趣夐远,耐人咀嚼。

（王镇远）

论　诗

（五首选一）

李杜诗篇万口传，至今已觉不新鲜。
江山代有才人出，各领风骚数百年。

　　赵翼论诗反对模拟，提倡创新，实与袁枚所标举的"性灵"说
相近，他以为一个时代应有一个时代的诗歌风貌，不可随人俯仰，
拾人余唾。因而他论诗时胸中无时不横一"新"字，他说："'诗'
岂易言！意未经人说过，则新；书未经人用过，则新。诗家之能
新，正以此耳。"（《瓯北诗话》）但新是相对的，随着时间的推移，
新鲜的又变为陈旧，所以他说："诗文无尽境，新者辄成旧"；"诗文
随世运，无日不趋新。"（《论诗》）深刻地揭示了诗歌创作受社会发
展变化制约的特征。这首小诗也即最典型地体现了他的这个观点。

　　诗人举出李白、杜甫为例。李、杜的诗登峰造极，万口传诵，
但如今也觉陈旧。这里赵翼之所以要以李、杜为例，一方面自然是
因为李、杜历来为诗家最高的偶像，李、杜尚且如此，则其他诗人
自不待言；另一方面，他有意矫正自明代以来格调派的宗唐之说，
他曾说："后来学唐者，李、何辈袭其面貌，仿其声调，而神理索
然，则优孟衣冠矣！"（《瓯北诗话》）可见他对七子的摹仿唐人颇为
不满。其实赵翼对李、杜的诗评价还是很高的，只是从发展的眼光

来看，他们的作品也终将被后世之作所取代。"江山"两句直抒己见，以为每一时代都将涌现出它自己的才杰之士，各自领袖诗坛。

此诗敢于推倒李、杜，破除偶像，提倡创新，肯定发展，将其对诗歌的认识浓缩于四句之中，直以议论出之，观点极为鲜明，故广为后人所重。"江山"二句也成了赵翼传诵人口的名句。（王镇远）

野　步

峭寒催换木棉裘，倚杖郊原作近游。

最是秋风管闲事，红他枫叶白人头。

唐代诗人杜牧《山行》一绝历来脍炙人口："远上寒山石径斜，白云生处有人家。停车坐爱枫林晚，霜叶红于二月花。"尤其是三、四两句，把秋霜红叶的诗意，描摹得令人目醉心迷，寄寓着对秋色胜于春光的热烈赞叹，不愧是情浓意逸的佳作。赵翼作诗憎厌陈陈相因，喜欢争新斗奇，正如其《论诗》绝句所云："满眼生机转化钧，天工人巧日争新。"其出新诀窍之一便是翻用前人诗意，造成新鲜感。这首《野步》七绝，从题目到构思布局都明显有颉颃杜牧《山行》的意图，而题旨则有意与"霜叶红于二月花"异趣。

首二句平平叙起，点明"峭寒"的深秋节令和近游地点。此诗作于乾隆五十四年（1789），作者时年六十三岁，退隐于故里阳湖（今江苏常州）。"换木棉裘""倚杖"，都着意刻画诗人的垂暮老态，与篇末相呼应。"郊原近游"，与杜牧诗"远上寒山"映射成趣。第三句转得奇峭，用拟人手法、嗔怪口吻慨叹秋风真爱多管闲事。它犹如异峰突起，使人丈二和尚摸不着头脑：秋风会管甚么闲事？直待逗出第四句，才令人恍然顿悟，哑然失笑。"红他枫叶白人头"，枫叶由青变红，人发由黑变白，都是"悲哉！秋之为气也"（宋玉《九辩》)造成，都象征着衰老。此句绾合全篇，揭出叹老的主题，其审美观有一定新意，而情趣则远逊《山行》诗，翻用得有点弄巧成拙。

（曹光甫）

姚　鼐

姚鼐（1731—1815），字姬传，一字梦谷，轩名惜抱，人称惜抱先生，安徽桐城人。乾隆二十八年（1763）进士，官至刑部郎中，记名御史。晚年历主江宁、扬州诸书院。他是著名的桐城派古文家，然也能诗，所作熔铸唐、宋，风格沉雄，尤以七律为擅场；古体则能融入散文笔法，气势开阔。有《惜抱轩集》。

（王镇远）

岁除日与子颖登日观观日出作歌

泰山到海五百里，日观东看直一指。

万峰海上碧沉沉，象伏龙蹲呼不起。

夜半云海浮岩空，雪山灭没空云中。

参旗正拂天门西，云汉却跨沧海东。

海隅云光一线动，山如舞袖招长风。

使君长髯真虬龙，我亦鹤骨撑青穹。

天风飘飘拂东向，拄杖探出扶桑红。

地底金轮几及丈，海右天鸡才一唱。

不知万顷冯夷宫，并作红光上天上。

使君昔者大峨眉，坚冰磴滑乘如脂。

攀空极险才到顶，夜看日出尝如斯。

其下蒙蒙万青岭，中道江水而东之。

孤臣羁旅自叹息，中原有路归无时。

此生忽忽俄在此，故人偕君良共喜。

天以昌君画与诗，又使分符泰山址。

男儿自负乔岳身，胸有大海光明暾。

即今同立岱宗顶，岂复犹如世上人？

大地川原纷四下，中天日月环双循。

山海微茫一卷石，云烟变灭千朝昏。

驭气终超万物表，东岱西峨何复论！

姚鼐有一篇著名的《登泰山记》，写了他于乾隆三十九年（1774）与自己的老朋友、泰安知府朱子颖登泰山观日出的情形，因为文章写得简洁而生动，所以成为桐城派古文的典范之作。这首诗即作于同时，记载的也是同一事件，但诗人却以铺张宏丽的笔墨挥洒出之，与他散文的风格迥异。桐城文人最讲究辨体，他们以为诗、文的表现内容和方式都有各自的范围，如以此诗与《登泰山记》相较，则可见其异同。

全诗可分四层。开头八句为第一层，写登山所见的群峰和云雪。日观峰在泰山玉皇顶东南，是岱顶观日出处。《登泰山记》中说："戊申晦（月底），五鼓，与子颖坐日观亭，待日出，大风扬积雪击面，亭东自足下皆云漫，稍见云中白若樗蒲数十立者，山也。"即以十分写实的语言记录了日出前的景象，而诗中却以极为夸张的笔墨来写：泰山离东海有五百里，而在日观峰上看去如仅隔一指。诗人像是看到了海上的群峰沉浸在夜色里，犹如蹲伏着的巨象、长龙还没有苏醒。夜间的云气浮动在山岩之间，白雪覆盖的山峦时隐时现。天将明时，参星出现在西方的天宇上，银河一直伸展到东海。这八句写日未出的景象，然已将泰山之巅远眺所见的苍茫博大尽收笔端。"海隅云光"以下十句为第二层，写日出的景象，这在《登泰山记》中是这样写的："极天云一线异色，须臾成五采，日上正赤如丹，下有红光动摇承之。或曰：此东海也。"直写眼中所见，虽绚烂多采，却未作夸诞的描写，而诗却纯以想象的语言出之。当东方的海隅有一线红光出现，山像是从长夜里醒来，欲在晨风中翩翩起舞，长着长髯如虬龙般的朋友朱子颖，正飘飘如神仙中人，自己瘦弱的身躯，也像挺立于青天之上了；此时天风浩荡，天际露出最初的红光，当雄鸡长鸣的时候，太阳的直径几乎已有一丈了；须臾间，海天通红一色，不分上下，犹如水神冯夷宫中的光辉刹时跃上了天空。这十句通过景物的描绘写出了由"一线"到红光满天的日出过程。"使君昔者"以下十二句是第三层，以朱子颖的峨眉观日与此时的岱顶观日作比。这一段在全诗中只是一个插曲，诗人从眼前的观日而想到过去，令诗意跌宕。王昶的《蒲褐山房诗话》中说朱氏："作令曰川，独游峨眉，经旬乃返。"他曾冒着坚冰滑蹬攀上峨眉绝顶，夜看日出，虽然所见的景象与眼下相似，然其时的感情则与现在迥然不同。他曾感叹仕途失意，羁旅异乡，不知何时能返故园。然忽调回山东，又能与故友同登岱顶，岂非人间快事？朱子颖工诗能画，所以姚鼐说他的被调回家，似乎是老天有意欲昌大他的诗、画。"男儿"以下十句是第四层，写诗人由登山观日出而生的感想。他以为男儿应立身正直，犹如高山；胸怀大志，像大海初出之日般光明博大。自己置身泰山之巅，顿起超尘脱俗之思。那大地上纷沓的川原，天宇中运行的日月，山海微茫间如拳的山石，云气明灭中的朝昏变幻，对于思想能驾驭万物的人来说都不过是渺小的，东面的泰山、西面的峨眉也不值得一提了。诗人由自然的伟大而悟出了超越时空的道理，以为人之思想才是伟大中之尤为伟大者，全诗便在一种气宇轩昂的精神中结束。

姚鼐的诗气格宏放，注重意象的阔大和声调的高朗，因而前人论姚氏诗文往往指出其文虽近阴柔，而诗则近乎阳刚。他自己在为朱子颖的《海愚诗钞》所作的序中说："文之雄伟而劲直者，必贵于温深而徐婉。温深徐婉之才，不易得也；然其尤难得者，必在乎天下之雄才也。夫古今为诗人者多矣，为诗而善者亦多矣，而卓然足称为雄才者，千余年中数人焉耳。"可见其论诗祈尚也在雄健刚劲一路。表现在他自己的创作中更是如此，这首诗即以它磅礴的气势、生动的形象和跌宕流美的声调成为姚氏七古中的名作。

(王镇远)

唐伯虎匡庐瀑布图

江南万重山，匡庐乃出万重上。

人言秋晴万里峨嵋巅，青天一点东南望。

连峰苍苍不见顶，日出彩烟生半岭。

玉堂石室藏其中，纵有天风吹不冷。

群岩环峙不可名，岩端霞气升空行。

石梁忽贯青霞落，倒海流云走空壑。

万谷钧天广乐鸣，思鸟哀猿一时作。

石门百仞当空开，吴越江帆千里来。

仰首见吴越，俯首闻风雷。

何人携杖凌倒景，萧条六合谁友哉！

林岑藤茑相撑拒，骖鸾过处原无路。

世间惟有银河数派通，溅珠飞玉流平处。

我昨乘小艇，正出宫亭湖，

湖心黯黮沉黛色，夕阳一半开菰蒲。

是时初冬水不落，悬知峥嵘巨壑轰千车。

倾崖曲岵天长雨，山鬼幽篁人见无。

咫尺未登疑有命，评画看山定谁胜。

烟云绝境自人间，文采风流隔嘉靖。

流落常年惜异才，江山尺绢今残剩。

人生衰老来无时，五岳求仙莫辞复。

有掀雷抉电的笔力，方能歌咏庐山银河倒挂般的飞瀑。此诗虽是题画之作，然气势的雄峻、想象的奇诡、语言的流畅，足以传出庐山瀑布的神韵。

前四句概写庐山的高峻。起句横空而来，以江南万山为铺垫，突出庐山之高出众山之上；然后借旁人之言，说秋高气爽、万里无云之时峨嵋山上犹可望见庐山，可见其高耸入云的雄姿。"连峰"六句写山中的奇丽景象。层峦叠嶂，峰峰相连，日出时霞光映照，更是绚丽多彩；山中有幽深的洞穴，纵有天风吹拂也终年长温；群山环绕，莫可名状，山巅霞气升腾，烟云缭绕，真令人有飘飘欲仙之想。

"石梁"以下十四句状摹瀑布的雄伟奇丽，这是全诗的重点，所以极尽形容之能事。先写石梁飞瀑，《寻阳记》中就载有："庐山上有三石梁，长数十丈，广不盈尺，杳然无底。"石梁下飞瀑悬挂，如青霞坠地、苍海流云，其声喧豗轰响，如钧天广乐，又如群鸟高鸣，哀猿长啸，一时齐作。次写石门瀑布，《水经注》上说："庐山之北，有石门水，水出岭端，有双石高竦，其状若门……水导双石之中，悬流飞瀑，近三百许步，下散漫十许步，上望云连天，若曳飞练于霄中矣。"所以诗说石门高张，犹如迎接千里而来的吴越江帆，在石门瀑布上，仰首远眺，可见吴越之地；俯首谛听，则可闻飞瀑轰鸣，似风雷之声。其实这里的石梁、石门都是泛咏匡庐瀑布，只是图中所绘的景象，而在那飞瀑之上更有栖息山林的隐士，他携杖登临山巅，犹如倏然出尘的神仙。山间草木丛生，无路可寻，那么他定然是驾着鸾鸟才飞到了峰巅之上。那几条如银河倒挂的飞瀑才是唯一连接山巅与人间的纽带，它们落在地上溅起的水花如飞珠溅玉，"世间"一句从山巅之人又回到飞瀑，正所谓"一言拍合"。

"我昨"以下十句从画面想到自己曾途经庐山而未能入山的情形。诗人曾乘小艇经过宫亭湖，宫亭湖就是彭蠡湖，慧远的《庐山记略》中说："其南岭临宫亭湖。"当时正值初冬天气，湖心青黑，夕阳照着水草，说明湖水并不因冬天而减少。因而推想那高耸的山间定有巨大的瀑布注入湖中，山势曲折，其间多雨，独处幽篁中的山鬼难以见到。自己离庐山只有咫尺的距离却未去攀登，也许是命中注定未能一睹庐山真面目，因而如今只能评画看山来定那个为胜境。"评画"句始将全诗结到题画上来。这烟云缭绕的胜境出自人间的手笔，而唐伯虎的文采风流却已为陈迹。此画流落天地之间，常为人所爱惜，因而咫尺之绢至今犹存。最后二句感叹人生易老，须及时饱览名山大川。全诗神完气足，真有李白古诗的风调，所以姚莹评此诗谓："横逸之气，直逼太白。"（《识小录》）

姚鼐是古文家，他的学生方东树说他能以古文之法入诗，此诗中即可见到。这首先表现在其章法布局上，如此诗的中心在于咏庐山瀑布，但却从远处落墨，先由江南诸山衬托出庐山的高峻，然后写其奇峰异洞，瑰丽多姿，最后落到对瀑布的描绘。这种由远至近，由大到小的叙述层次显然与古文的章法是相通的。又如咏毕图上之景后，忽宕开笔去，写自己以前途经彭蠡湖的经历，然这并不是游骛无归的笔墨，意在通过冬日湖水的幽深而突出瀑布的水势之盛，还是不离题旨的。可见作者精心结撰的匠心。其次，散文化的倾向还表现在遣词造句中，如"人言秋晴万里峨嵋巅，青天一点东南望"、"玉堂石室藏其中，纵有天风吹不冷"、"何人携杖凌倒景，萧条六合谁友哉"、"是时初冬水石落，悬知硿硞巨壑轰千车"等句都吸收了古文的句法，用了一些虚词，表现出姚氏古文家的本色。

（王镇远）

别梦楼后次前韵却寄

送子拏舟趁晚晴，沙边暝立听桡声。

百年身世同云散，一夜江山共月明。

宝筏先登开觉路，锦笺余习且多情。

钁头半个容吾与，莫道空林此会轻。

王文治，号梦楼，是当时著名的诗人和书法家，也是姚鼐的挚友。在此诗之前，姚鼐另有一首《将会梦楼于摄山道中有述》，其中说："太平门外雨初晴，又听新蝉第一声。转毂年光逢小暑，夹衣天气似清明。"摄山就是南京东北的栖霞山，时令正近盛夏，然天气凉爽，姚鼐与王文治相约在此见面，但见面之后王便匆匆离去，于是在诗人心中留下了无限怅惘，遂按前首诗的韵又写了这一首。

诗人趁黄昏去江边送友，船已启航，但他依然伫立沙边，因为暮色越来越重，看不到孤帆远影，只能静听着渐渐远去的桨声。首联突破了一般送别诗的常规，以听觉感受写出别情。前一句写离人，后一句写自己，然两句又是密切相联的，正因为首句中的"趁晚晴"，所以才有次句的"暝立"，首句的"拏舟"也正逗出次句的"听桡声"。友人已随着桨声远去，于是诗人感到了人生的无常，刚才还晤言一室之中的朋友，如今已各自东西，像是暮云的随风飘散。然他们之间的友谊长存，虽一人留滞山间，一人泛舟江上，但同望一个明月，似乎又获得了心灵的沟通。颔联就眼前之景取譬，前句写合，后句写分，开合自然，情景交融，表现出诗人对律句的娴熟。

"宝筏"句接"拏舟"而来，因王文治乘船而去，同时也暗喻其倾心佛学，对佛教有很深的造诣，故能先登觉悟之路。"锦笺"句又回到自己，说自己未能脱去尘缘，所以每每借锦笺翰墨、吟诗作文来表达情愫。最后两句顺应"宝筏"而来，以二人共同学禅而心有所得作结。《景德传灯录》上说："潭州神山僧密禅师，一日与洞山锄菜园，洞山掷下镬头曰：'我今日困，一点气力也无。'师曰：'若无气力，争解凭么道得?'洞山曰：'汝将谓有气力底是也。'"故这里以镬头指悟通禅理，说自己分享到半个镬头，那么这次僧寺中的聚会就不能说是无足轻重了。姚鼐晚年也沉潜内典，对佛学有强烈的兴趣，故有此言。

送别友人虽是诗中常见的主题，但姚鼐的这首诗却能写出新意，说自己的离情别绪却处处以对方作为陪衬，故开合跌宕，颇有唱叹之致。

（王镇远）

岳州城上

高接云霄下石矶，城头终日敞清晖。

孤筇落照同千里，白水青天各四围。

山自衡阳皆北向，雁过江外更南飞。

人间好景湘波上，却照新生白发归。

　　姚鼐的七律沉雄高浑，调响气劲，为后人所重，这首即体现了此种风格。

　　岳州城就在现在的湖南岳阳县，城临洞庭湖，地处高冈，所以首联写其高峻的气势，城楼上接云霄，下窥湖色，所以终日映照在清明的辉光之中，这是概写城楼风光。颔联写登城所见。诗人独自一人在暮色中登城，落日的余晖洒落在城郭与湖面上，白水青天，漫无边际。这两句抓住夕照、湖水和青天这些触目即是的景象，绘出一幅开阔而苍茫的画面，然其中也隐约地表现出诗人自己落寞的情怀。颈联则以想象的笔墨出之，岳阳城在衡阳的北面，所以诗人登楼如见自衡阳奔赴向北的山脉，又衡山上有回雁峰，相传北雁南飞，不过此峰，遇春即回。而湘江在衡山之北，所以说雁过湘江犹往南飞。这两句只是虚写，为拟想之词，不同于前一联的直通眼前景物，古人于律诗中强调虚实结合，于此可见。尾联触景生情，感怀人生的短暂，湘水洞庭，可谓人间美景，却照见了诗人新生的白发，于是顿令诗人的心头笼罩了一层暗影，全诗也在苍凉沉郁的气氛中结束。

诗写得气象开阔，格调雄浑，其中没有对细节的描摹，而纯从大处落墨，表现了登城的感受。姚鼐的七律多取此种格调，正是他取法明七子、提倡开张扬厉风格的结果。然其所作较少七子的肤廓之气，能于写景述事中融入自己的感情。如此诗虽写登城所见，却也可见其心绪的暗淡，尤其是末二句的即景感怀，能不落言筌，与全诗苍茫悲凉的情调混然一体。

（王镇远）

翁方纲

翁方纲（1733—1818），字正三，号覃溪，顺天（今北京大兴）人。乾隆十七年
（1752）进士，授编修，官至内阁学士。翁方纲潜心研究经术，长于考订、金石
之学，亦精通书画、词章。论诗倡导"肌理说"，意欲补救王士祯"神韵说"之
虚，并与袁枚"性灵说"抗衡。其诗作有以学问、考据为诗之弊。但亦不乏少
量以白描为主的佳作。有《复初斋诗文集》等。　　　　　　　　　　　（王英志）

蕴山以近诗寄惠州舟中点定漫书纸尾

此事辟如作画然，得意乃在笔墨先。

龙睛一点却飞去，金针欲渡何由缘？

道子之笔项容墨，尚闻洪谷讥其专。

象外虽云得摩诘，设色何必非龙眠？

吾观营丘华原辈，胸中本有全山川。

层峦迭嶂架楼阁，野桥细路分水泉。

天然远近与向背，依约脉络相蝉联。

然后淡浓视意到，变化开阖非言诠。

此须多识多阅历，自存心鉴日复年。

位置乃能一一合，孰为粉墨黄朱铅。

洎乎神来气来候，但见一片成云烟。

向来所取尽糟粕，或进于道通于禅。

裹粮方能办远适，求鱼且莫思忘筌。

不到解衣盘礴裸，敢希神妙秋毫颠？

谢生新诗录寄我，正值惠州初放船。

短篷晴日为点定，罗浮日日横几前。

偶因即目悟妙理，再书纸尾词牵连。

生如问我何处得，得自远麓空江边。

这是一首七言古诗，乾隆三十一年（1766）作于广东。当时作者正乘舟泊于惠州之东江。诗人在船中收到友人谢蕴山寄来的诗稿，圈点罢乃于原稿纸尾信手写下这首诗。它以诗论画，又以论画喻论诗，表达了作者关于诗、画创作的美学观点，颇有见地。

全诗大体可分成三个层次。自开头"此事辟如作画然"至"变化开阖非言诠"为第一层次，揭示诗、画创作的美学原则。诗一开篇即云："此事辟如作画然，得意乃在笔墨先。"这表明作者以论画喻论诗之意，并提出本层次论旨。作诗之所以如作画，主要因为"诗画本一体，天工与清新"（苏轼《书鄢陵王主簿所画折枝》），即它们都是塑造艺术形象，追求清新自然、巧夺天工，有其艺术创作的共通之处，故古人早有"诗是无形画，画是有形诗"（郭熙《林泉高致》）之说，因此论画与论诗相通。绘画创作重视"得意乃在笔墨先"的原则，此说最早由王维《山水论》提出："凡画山水，意存笔先。"张彦远《历代名画记》亦云："意存笔先，画尽意在。"论旨强调的是画家在提笔作画前要"胸有成竹",审美意象与审美情感先酝酿成熟,然后才能铺纸挥毫。诗歌创作正与此同理。作者以"龙睛一点却飞去"即梁张僧繇画龙点睛、龙破壁飞去之典实,从正面说明这是画家"意存笔先"的艺术效果。"金针欲渡何由缘"从反面强调画家若胸无意象是无法把握住作画之诀窍的。诗画创作的另一美学原则是不可墨守陈规、摹拟古人。作者列举历代名画家为例以印证此旨:五代画家荆浩(号洪谷子)曾评论唐代"画圣"吴道子与画家项容曰:"吴道子画山水,有笔而无墨,项容有墨而无笔。吾当采二子之所长,成一家之体。"(郭若虚《图画见闻志》卷二)这就是一种既继承前人、又自成一体的美学创造原则。唐代名画家王维(摩诘)绘画造诣极高,被苏轼誉为"摩诘得之以象外,有似仙翮谢樊笼"(《题王维吴道子画》),他追求深远的意境,自然值得借鉴,但作者认为对北宋画家李公麟(龙眠)之着色技巧,却不可拘守其陈规(按:李龙眠以"白描"擅长,以"设色"著名者当为唐代画家李思训父子,其山水画有"金碧山水"之称,此处恐系作者误记)。鉴于上述观点,作者最为推崇的是五代、宋初著名山水画家李成(营丘)、范宽(华原),因为他们不是乞灵于古人,而是以造化为师,亦即是"意存笔先"的典范,所谓"胸中本有全山川",亦即胸罗万象,酝酿出"层峦迭嶂架楼阁,野桥细路分水泉"等审美意象,把握住了山水的天然特色与内在神韵,根据审美感情再施以"淡浓"之色,并变化开阖,化为纸上的艺术形象。诗歌创作同样须胸中有"全山川","外师造化,中得心源"(张璪),酝酿诗的审美意象,以意运笔,极尽变化开阖之能事,并摆脱客观事物的表面现象即"言诠"的束缚。

由"此须多识多阅历"至"敢希神妙秋毫颠"为第二层次，作者进而论述了作画包括作诗欲达到神妙境界的条件：一是"多识多阅历"，长期地"目存心鉴"，这是指创作者要对审美客体长期、深入、全面地进行审美观照，这样才能构成胸中的审美意象，然后在纸上正确地构思形象与渲染色彩，创作出巧夺天工的形象。二是绘画要有契机，要待灵感降临亦即"泊乎神来气来候"再创作，此时作者神思飞越，思如泉涌，则下笔如有神。三是画家创作的构思应该"得意忘言"，对审美对象要去其"糟粕"，加以提炼、升华，把握其内在精神。四是画家创作要保持虚静的审美态度与心境，如《庄子·田子方》中所记载的那位画史一样，脱掉衣服，裸体箕坐，排除了毁誉、功利等杂念，处于虚静的心态，这才是"真画者"。他可以"精骛八极，心游万仞"，"笼天地于形内，挫万物于笔端"（《文赋》），思维高度自由活泼，诗人创作与此毫无二致。

自"谢生新诗录寄我"到结束为第三层次，补充交代了作此诗的缘起。诗人接到谢蕴山诗稿时正是他在惠州东江刚启航之时。在那些日子面对的是罗浮山的奇景，作者从中体悟到"外师造化，中得心源"的绘画"妙理"，又把此"妙理"与作诗之理相勾通，并以此与谢蕴山交流。诗画之妙理"得自远麓空江边"，耐人寻味。

这首诗结构上采用倒装法，第三层次内容实际应为第一层次内容。但为了突出论画与论诗之旨，故一开头即入正题，而把交代作诗缘起置于末尾补充。此诗内容是以论画喻论诗，可以探讨诗与画创作共有的美学原则，扩大了诗的内涵，题材亦比较新颖。但此诗属于以议论为诗，又颇注重学问、典故，因此诗的意象性较弱。

（王英志）

恽南田晴川揽胜图

我昔临江俯石壁，汉阳之树看历历。

黄鹤楼高倚素秋，缥缈横空一枝笛。

烟岚远近皆入楼，凤凰山对鹦鹉洲。

全楚江山揽不尽，徘徊空伫楼上头。

明晨渡江陟高阁，长啸凌霜出寥廓。

沙鸟风帆槛外迥，川光云影樽前落。

嶓冢导漾想禹功，大别一气凌江东。

芳草离骚吊屈子，欸乃箫韵怀浪翁。

江北江南画合幅，日出千山万山绿。

廿载忽来吾目中，南田道人寿其叔。

青山我复梦江南，重阳江上昨停骖。

吴头楚尾入登眺，洞庭潇湘一抹蓝。

孔侯今往续陈迹，意气与楼俱百尺。

傥因溉食武昌鱼，寄访怡亭拓寒碧。

这首七古作于乾隆四十四年（1779）。恽南田（1633—1690）是清初杰出画家，他名恪，号南田，江苏武进（今常州）人。善画山水，笔墨洒脱清隽，"晴川揽胜图"系其描绘湖北武汉长江一带风景名胜的山水写生画。"晴川"即丽日下的长江，语出唐人崔灏《黄鹤楼》"晴川历历汉阳树"之句。作者此诗并非以文字再现画作的意象，而是重在抒写观画后的联想与激情；故恽氏之画只是触发诗人创作灵感的媒介。诗人笔下的"晴川揽胜图"乃是诗人直接面对自然界的晴川胜景，以文字符号表现的融入主观情思与审美体验的真实意境。它是心灵化了的自然，既不是对恽氏原画的摹写，亦不是对自然景物的照搬。

全诗可分四个层次。诗开头至"徘徊空伫楼上头"八句为第一层次。此层次回忆自己昔日伫立江南（亦即江东）黄鹤山（一名蛇山）与黄鹤楼，凭高远眺所见的景物。其中景物以黄鹤楼为中心意象，时空交错，亦虚亦实，境界开阔缥缈。首句"我昔"二字表明所写景物乃作者昔日亲眼所见，而非描摹恽氏之丹青。前四句写作者置身于黄鹤山上，俯视则见长江对岸的汉阳一片绿树，历历分明，仰望则见黄鹤楼高倚于清秋的空中，又仿佛听见高楼上传来缥缈的笛音。诗采用了一则关于黄鹤楼的传说：曾有仙人吹铁笛唤来蛇山酒店墙上画的黄鹤，并乘黄鹤飞走。（见《报恩录》）

第五至第八句又回忆自己继而登上黄鹤楼之所见所感：在楼上不仅真切地感到远近烟云山岚拥入楼内的缥缈意味，又因视野更加开阔，而远望见武昌县北的凤凰山与汉阳县南大江中的鹦鹉洲遥遥相对。五、六句正与"黄鹤楼高"之意相呼应。黄鹤楼虽高却揽不尽"全楚江山"胜景，"徘徊空伫楼上头"的动作传神地写出作者当时之渴望与遗憾的心理。七、八两句为全诗转换时空、描绘晴川之景起到过渡作用。因为于蛇山上不能揽尽"全楚江山",故而有第二层次登龟山麓之晴川阁远眺之举。

自"明晨涉江陟高阁"至"欸乃箫韵怀浪翁"八句为第二层次。此层次转写次日清晨急渡江登江北(亦即江西)龟山麓之高阁所见江山之景,意境恢宏,气势雄浑。如果说上一层次写黄鹤楼取其静态意象,那么这一层次写大江则重在写其动态意象,突出其奔腾的气势。大江宛若巨龙"长啸凌霜出寥廓",这是写其远景的整体意象;"沙鸟风帆槛外迥,川光云影樽前落",则写其近景的局部意象,但前句由近及远,后句由远及近,二者相辅相成,使意象具有立体感。"槛外迥"与"樽前落"的意象流动感则正与大江之动势相契合。作者于晴川阁东望见大江,南望则见到汉水。"嶓冢导漾"语出《书·禹贡》,指陕西沔县西南的潘冢山分导出漾水即汉水之源,此句意谓见到汉水而想到大禹疏导治水之功,写景中含思古之幽情。写罢江乃写山:"大别一气凌江东","大别"即大别山,一名龟山。此句化静为动,突出其仿佛欲从江西飞跨江东之气势。诗人又由萋萋"芳草"的视觉形象联想到《离骚》中提到的"江离""薜芷""秋兰"等香草意象,从而生凭吊屈原之情;又由江中摇橹的"欸乃"声与水乐声等听觉形象联想到古代的山野之人。"屈子"为入世者,"浪翁"为出世者,作者对他们的联想寓有其人生之感慨。

自"江北江南画合幅"至"南田道人寿其叔"四句为第三层次,诗由回忆中的晴川之景转向眼前的丹青之作"晴川揽胜图"。他看到"廿载"前所观赏过的"江南江北"之胜景忽然又呈现在图画之中，并交代恽南田作此画之缘由是为其叔祝寿。诗至这一层次才点题。作者若到此收笔亦未尝不可，但其意犹未尽。恽氏之作不仅勾起他旧的回忆，更激发了他新的向往。

于是诗人又把笔势宕开，于第四层次进而写其渴望重游"全楚江山"的激情，然后结束全诗。当时作者身居北国，由于见"日出千山万山绿"之图而神游江南了，作者梦见自己曾乘马车于"重阳江"（今湖北漳县西南）驻停，又梦到江南之"吴头楚尾"（今江西北部）以及湖南洞庭湖与潇湘水之"一抹蓝"。诗人之梦境范围甚广，说明他昔日要揽尽"全楚江山"的宿愿依然存在，并期望在来日实现之。写罢梦境又直摅胸臆：一是欲拜访武乡侯诸葛亮在湖北南阳隆中的陈迹，因为诸葛亮曾与刘备等人在那里纵论天下大势与兴汉成霸的大计，可以感受到孔侯当年之"意气与楼俱百尺"，此句对孔侯充满钦仰之情。二是欲食武昌鱼，要亲临"寒碧"即秋天的长江去索取。可见江南楚江山不仅风景殊佳，古迹风物亦令人向往！

这首诗的构思颇具匠心。作者把"晴川揽胜图"作为全篇之枢纽，它既引出了作者对晴川自然实景的回忆、描写，并以自然之景暗示丹青之景；又激起作者来日欲重游江南的想象，并以梦境与欲愿暗写楚地江山之风物景象。诗第三层次内容本可置于篇首，置于篇中则如同分水岭，使诗所抒写的回忆与向往的层次更显得分明。全诗每四句一转韵，脉络亦因而十分清晰。此诗意象的虚实结合、动静相辅亦有出色的表现，避免了重学问、堆砌典故的弊病。

（王英志）

望 罗 浮

只有蒙蒙意，人家与钓矶。

寺门钟乍起，樵客径犹非。

四百层泉落，三千丈翠飞。

与谁参画理？半面尽斜晖。

　　罗浮山，在广东省东江北岸增城，博罗、河源诸县间。山多洞壑飞瀑，道教称为"第七洞天"，自古为粤中游览胜地。此诗作于乾隆三十四年（1769）。作者选取了远望的空间角度，又是在黄昏的特定时间，因此写来颇有特色，自出新意。

　　诗首联分别写望罗浮山的远景与近景。远景写罗浮山全貌，它笼罩在一片迷茫的暮霭之中，虚无缥缈；近景是山下几处人家与钓鱼台，隐约可见。这一联显示出暮色中罗浮山朦胧静谧的景致。颔联承首联意，继续描写罗浮黄昏景物的静寂迷茫。前一句写山上远处寺院的晚钟突然敲响，余音袅袅，益衬托出罗浮山的幽静。后句写山上樵夫砍柴的小路还分辨不清，因为那里雾气缭绕。颈联则转向写远望罗浮山之泉水飞瀑，这更是罗浮山的奇观。如果说前两联显示罗浮阴柔之优美，那么此联则写罗浮的阳刚之壮美，这样就显出罗浮多层次之美。前一句写罗浮飞泉之多，罗浮山有峰峦四百余座，峰峰有泉水跌落，故有"四百层泉落"这样的壮观；后一句写飞泉之高，李白《望庐山瀑布》有"飞流直下三千尺"之名句，罗浮山的飞瀑则"三千丈"，高度胜于庐山瀑布，当然"三千丈"也是夸张之词。"翠飞"形容瀑布倾泻，如翠玉飞溅，又可见瀑布的色彩美。这一联意境壮阔，气势飞动。亦唯有"望罗浮"才能写出罗浮飞泉广度与高度的全景。诗的尾联又总写罗浮的西半面被夕阳映照，这样罗浮山就如同一幅画卷被涂抹上一层金色斜晖，更加壮丽非凡。此时诗人独自"望罗浮"，他遗憾的是不能把观赏这幅天然图画的奥妙向人表达，以共享罗浮之美。这种心情同样是含蓄地赞美罗浮山景观。

这首五律纯然是以白描手法描写罗浮，形象亦较为鲜明，特别是颈联更为出色。

（王英志）

韩庄闸二首

秋浸空明月一湾，数椽茆店枕江关。

微山湖水如磨镜，照出江南江北山。

门外居然万里流，人家一带似维舟。

山光湖气相吞吐，并作浓云拥渡头。

这两首七绝写于乾隆二十九年（1764）。韩庄位于今山东微山东南、微山湖东岸，有水闸，旧卫漕要地，亦是大运河诸闸之总汇地。这两首诗分别写于韩庄闸处所见之湖光山色与运河风貌。

第一首绝句重在描写秋月中的微山湖，构思出静谧空灵的意境，显示一种阴柔之美。首句"秋浸空明月一湾"，言简意丰，最堪玩味。"秋"点出季节"月"写出时间，"空明"暗示月光如水，澄澈透明，这是借用苏轼《记承天寺夜游》"庭下如积水空明"写月光的词儿。秋天仿佛浸润在澄澈如水的月光里，明月又照亮了一湾湖水，多么清幽洁净，这是韩庄闸周围特有的秋夜。而韩庄闸那几间茅草房正"枕"在"江关"，即运河的水闸之处，它仿佛已进入了安谧的水月澄明的梦境。诗人的视点从空中如水的月光转向水闸后，又自然地放眼闸西的新境界："微山湖水如磨镜，照出江南江北山。"这个比喻，写出对月色下的微山湖水之宁静与明亮的审美感受，它如同刚用水磨光的青铜镜一样，以小喻大，别致而贴切。"江南江北山"实际指运河与微山湖相连处的韩庄闸南北的小山，它们在微山湖中印下的倒影，如同被"磨镜"映照出来一样清晰。这小山仿佛亦"浸"在月色湖水之中，充满了梦幻般的诗意。诗人写月色、水闸、湖水、山影，都旨在渲染水乡那空灵、清幽、恬静的美。读这样的诗是令人胸无尘滓，万虑俱销，心灵亦"浸"在"空明"的境界中。

第二首风格与第一首不同，它虽然仍是写韩庄闸处所见之微山湖与运河，但气势豪放，意境开阔，又显示一种阳刚之美。

诗人的立足点在韩庄闸。先写闸的东面，即"门外"，只见"门外居然万里流"，一落笔就充溢雄豪之气，以夸饰的手法，写出闸外运河之奔流万里的气势。"万里流"的意象源于左思《咏史》"振衣千仞冈，濯足万里流"中语，它不仅使诗的境界显得十分深远，更增添了动态；而河岸"人家一带似维舟"之"人家"则是静态描写，它如同系着的小船，随时可以顺流远航。这个比喻不仅新颖，而且显示出水乡的特色。这意象动静相辅相成，把闸外的运河风光描绘得生动有致。接下去诗人又转写闸内即西面的微山湖风光："山光湖气相吞吐"一句笔力劲健，境界雄浑。那山光倒映在水中，湖气升腾于山中，相互"吞吐"交融，充满了生命力，使人胸襟为之开阔，亦增添了豪放之情。白天的湖水与夜晚的湖水之景观可谓各有千秋。尾句"并作浓云拥渡关"又写湖之渡口，那"山光湖气"竟化作"浓云"拥向"渡头"，诗开拓出新境界。"渡头"本通向"万里流",此"浓云"正欲通过"渡头"飞向新天地,微山湖水亦即波连四海浪了,遂令诗之余味不尽。

这两首七绝同写韩庄闸风光,但一写夜月之景,一写白昼之景,境界不同,风格迥异,因此给人的审美感受亦各有其妙,可见作者之匠心与功力。

(王英志)

汪 中

汪中（1744—1794），字容甫，江苏江都（今扬州）人。七岁而孤，家贫，其母教以小学、四书，稍长曾助书贾卖书于市，因得遍读经史百家。年二十补诸生，乾隆二十四年（1777）拔贡生，以母老不赴朝考，绝意仕进。汪中乃清代骈文名家，诗亦高雅，清越可诵。有《容甫先生遗诗》。　　　　　　　　（王英志）

过龙江关

井邑千家夹岸喧，浮桥列楫望关门。

鱼盐近市商人喜，鼓吹临江榷吏尊。

春水蛟龙浮旧窟，夕阳鸟雀下荒村。

华衣掾史须眉老，会计雄心长子孙。

白居易尝云："歌诗合为事而作。"（《与元九书》)当汪中途经南京龙江关，亲眼目睹了此间社会人生的不平之事，乃情动于中而形于言，写下这首七律。诗较为深刻地揭露了"乾隆盛世"之疮痍，是一首欲统治者"以知国之利病，民之休戚"（皮日休《正乐府序》)的讽谕诗。

"龙江关"在今南京市西兴中门外，自明代就于此设户部钞关，专门管理粟帛杂用的税收。这里是一个足以反映当时经济状况与人际关系的社会环境，具有典型意义。首联"井邑千家夹岸喧，浮桥列楫望关门"即是对龙江关典型环境的生动写照：夹岸集镇人烟稠密，热闹繁华；水中浮桥旁，货船排列，等待纳税。作者在构置出如此水陆环境背景之后，继而推出典型人物，颔联云："鱼盐近市商人喜，鼓吹临江榷吏尊。""商人"与"榷吏"（即征收盐酒专卖税的官吏）是龙江关这社会舞台上的两个丑角。前者写心态，"商人喜"是可以近市作买卖，牟取暴利；后者写神态，"榷吏"鸣鼓吹箫驾临江边，趾高气扬，因为有权鱼肉百姓。前两联描写的是龙江关街市之景与人，多少反映了"太平盛世"繁华的一面。

作者紧接着笔锋一转，如同舞台的布景转换，颈联又显示出一幅萧条荒村的画面：那里房舍被春水淹没，仿佛有蛟龙出入；那里荒无人烟，夕阳西下只有鸟雀归巢，死气沉沉，萧条荒凉，正与街市繁华喧闹形成鲜明的反差；后者因前者而黯然失色，二者又共同组成了"乾隆盛世"真实全面的社会画卷。作者讽谕之意亦正在对比中显示。在这"荒村"的背景前，作者又推出了人物"掾（yuàn）史"。"掾史"是为长官分曹治事的官吏，亦即龙江关的主事者。他们身穿华丽服装，须眉花白，对民生疾苦不仅无动于衷，而且具有盘剥百姓的"雄心"，要大捞不义之财，来养育子孙。这"掾史"作为统治者的典型自然分量不足。但对掾史"雄心"的讽刺甚为辛辣。他们亦足以使人产生联想，社会弊端的根源在于官吏的腐败。

这首诗写景写人，都注意其典型性，写景有正有反，写人兼神态与心理。作者的喜怒哀乐不形于色，写景写人在描述、对比之中暗寓着讽刺的锋芒，采用的是绵里裹针法。从中可见作者追求平淡高雅风格之一斑。

（王英志）

白门感旧

秋来无处不销魂，箧里春衫半有痕。

到眼云山随处好，伤心耆旧几人存。

扁舟夜雨时闻笛，落叶西风独掩门。

十载江湖生白发，华年如水不堪论。

　　这首七律是一曲悲秋之歌，亦是凄怆的暮年心理之歌。古云："春女思，秋士悲。"(《淮南子·缪称训》)秋天特别容易使人产生萧瑟的心境，何况是不得志的年逾"不惑"之人。作者自乾隆二十四年(1777)三十四岁拔贡生后即绝意仕进，浪迹江湖"十载"，此时虽四十余岁，却过早地进入他的暮年心理阶段。当他重游曾有他的旧友旧事的"白门"(今南京)时，油然而怀感旧之哀，同时更增添了郁积于心的人生暮年之悲哀。

　　首联为全诗定下了悲凉的基调。表明作者亦曾伤春，春衫上犹留有泪痕，而如今秋来更"无处"不令人愁苦悲伤，黯然销魂。"春"是过去，"秋"是现在，其悲哀之骤增并非无端，而是与"白门感旧"相联系的。颔联云：白门风光甚佳，但云山毕竟是无情之物，往日的旧好多已弃世，令人何等"伤心"。作者对人生短促充满了无可奈何之感伤。如果说颔联是直接抒情，那么颈联则转为寓情于景,把诗人的"销魂""伤心"之意再借两幅画面予以形象的表现,更显得含蓄深厚:"扁舟夜雨时闻笛,落叶西风独掩门。"前句当从皇甫松《梦江南》"夜船吹笛雨潇潇"句化出,但这里构成的是凄清哀怨的意境,后一句则构成孤寂萧条的意境。那秋雨中的夜笛吹奏的是悲秋之曲,那西风中飘飞的落叶则是人生暮年之哀的象征。这一联使作者"伤心"感情具象化了。作者"感旧",归根结蒂还是为了抒怀,或者说在"感旧"的同时亦感叹自己的衰老。既然耆旧无存,那么不能不进而想到自己的现状,对此亦不胜慨叹之至。因此尾联云:"十载江湖生白发,华年如水不堪论。"作者当时四十余岁,照理不算很老,但人生的种种失意,那"十载江湖"的坎坷生涯使他"早生华发"(苏轼《念奴娇》),他在心理上已进入暮年,这"白发"就是他暮年之哀的写照,亦是他人生失意的证明。大好年华如同流水一去不返,此中有多少难言的苦衷,而今已不堪论说了。

此诗以抒怀为主,又辅以颈联的景物描写,使感情既真切又形象,有骨有肉。其以伤春衬悲秋,以"感旧"衬哀己等映衬手法,亦运用得相当成功。

(王英志)

梅　花

孤馆寒梅发，春风款款来。

故园花落尽，江上一枝开。

　　这是一首咏物五绝。"咏物固不可不似，尤忌刻意太似，取形不如取神，用事不若用意。"（邹祗谟《远志斋词衷》）如咏梅诗，石曼卿《咏红梅》云："认桃无绿叶，辨杏有青枝。"诗粘滞于梅之形似，"于题甚切而无丰致，无寄托，死句也"（吴乔《围炉诗话》）。而"庾子山但云：'枝高出手寒'，杜子美但云：'幸不折来伤春暮，若为看去乱乡愁'而已。全不粘住梅花，然非梅花不敢当也"（吴大受《诗筏》）。这才是咏梅上品。汪中这首咏梅诗就并未刻意描摹梅花的本身，而借梅花寄托自己的"故园"之思，亦匠心独运。

　　自己独居客馆，看到春风徐徐吹来时，寒梅已开放。诗人对"寒梅"的香色未着一笔，它只是作为触发乡思的媒介之物而出现。"寒梅"再配以"孤馆"，又透露出一种羁旅的孤寂凄清之感。于是诗人想到家乡之梅花，秋花当然早已"落尽"，但是扬州邗江边上早梅却已绽开了东风第"一枝"。这"一枝开"的梅花是红是白都无关紧要，重要的是作者的乡情在这"一枝开"中找到了寄托之所，孤寂的心灵似乎也得到了暂时的慰藉。

　　　　　　　　　　　　　　　　　　　　　　　　　　（王英志）

洪亮吉

洪亮吉（1746—1809），字稚存，号北江，江苏阳湖（今常州）人。乾隆五十五年（1790）进士，授编修，督学贵州。嘉庆四年（1799），以上书指斥时政，触怒皇帝，发配新疆伊犁，次年赦还，自号更生居士。此后即埋首经史，闭门著书。少与黄景仁齐名，有"洪黄"之目。亮吉长于经史、地理之学，兼工诗文，其戍边之作，尤具奇气，才力纵横。有《洪北江全集》。　　　　（王英志）

八月十一日夜终南仙馆
坐月听赵芝云弹琴歌

秋花黄，秋月凉，细步曲折行秋堂。

秋堂美人琴思生，起唤静者弹秋清。

南山月明一千里，北堂琴弦三四鸣。

声迥欲入月，弦和不惊秋。

东西十五房，虫韵咽不流。

一声何低，一声复扬。

天宇乍湿，微吹新霜。

弦凄弦切四五声，此时秋声毕入城。

江南梦远忽归去，听此柔橹空中行。

茫茫神明区，杳杳不可攀，

怪灵千年巢此山。

有时白云成美人，青琐窥客垂双鬟。

有时元鹤化童子，丹顶未脱遂人间。

风车月驭，倏忽倘过此。

惊我忽断忽续，一一空中弹。

虚房无人素月团，飞雨入夜青苔寒。

幽音欲乞紫府和，空腹冀得明霞餐。

君不见弹鸣琴，忆仙驾，月宜秋，琴宜夜。

清乾隆四十六年（1781）三月，作者应礼部试报罢，遂应陕西巡抚毕沅之邀西行，五月抵西安，与友人孙星衍等共为编书、校书之役。闲暇时，他们一起游宴酬唱，有《仙馆联吟集》，这首诗即收入集中。诗题中"终南"指西安南四十公里处的终南山，"仙馆"为仙人修道之所，此处实指道士修行之所，"赵芝云"乃诗中所写弹琴女子。作者于诗中描写了仙馆坐月听琴时的情景，表现了新奇的审美想象，意境幽深惝恍，罩上了一层浪漫、神秘的色彩。

全诗可分为四个层次。诗开头至"北堂琴弦三四鸣"为第一层次。诗先点明题意，描写弹琴的时间、地点、人物、环境：这是在农历八月十一日之秋夜，终南山上空挂着一轮明月，从山中的"仙馆"即"秋堂""北堂"走来了美貌的弹琴女子赵芝云，她试拨"琴弦三四鸣"准备演奏了。这一层次渲染出月夜终南仙馆清寂雅洁的氛围，构成一个非常适宜于听琴的时空环境。作者在这样的佳处听琴，不啻为聆听天上仙乐了。这几句为描写琴声作了出色的铺垫。

接着自"声迥欲入月"至"听此柔橹空中行"为第二层次，就转入对琴声的具体描绘。诗先作正面描写：琴声深远缥缈，欲融入空中明月，琴弦和谐悦耳，没有嘈杂之音；再作侧面描写：琴声似淙淙泉水在仙馆内外流淌，因此东西十五房秋虫鸣唱的声韵被遏止住了，可见琴音之美妙。诗人接着又改换角度，描绘琴声变化有致之美：它忽低忽扬，有起有伏；它随着夜深飞霜、空气潮湿而显得凄切哀婉，似阵阵秋声传入西安城；它忽而又柔和如空行的橹声，载起作者思归江南之梦。这一层次描写琴声，力求与终南仙馆月夜的种种自然景物相联系，使人有如身历其境、亲耳聆听之感，显得真切、具体、自然。

自"茫茫神明区"至"一一空中弹"为第三层次，在描写"弹鸣琴"之后，又进一步描写作者坐月听琴所引发的奇思异想，即所谓"忆仙驾"，这与琴曲所表现的意境相关。这一层次充满浪漫意味，突出了"终南仙馆"所特有的迷离境界、神秘气氛。这当然是作者构想的虚幻之境。夜月中的终南山幽深不可测，是精灵仙怪出没之所。白云有时会变成美人，就像贾充之女那样会透过"青琐"（刻镂成格的窗户）偷看美男子韩寿；二千年的玄鹤有时会化成童子，丹顶未脱就遨游人间；还有驾风车的仙人、御月之神仙迅疾地来回飘游。但这"忽断忽续"令人吃惊的意象，实是空中"断断续续"之琴音带给作者的联想。这一层次把听觉意象转化为视觉意象，化无形为有形，不仅增强了琴声的形象感、神奇感，又表现出

"仙馆"独具的仙怪之气。

诗第四层次即最后一层次是抒写作者听罢弹琴的感想。当作者从"忆仙驾"的境界解脱出来，又回到眼前实实在在的境界。此时弹琴女子大约已离去，故仙馆"虚房无人"，惟有留下空中一团皎洁的明月，既而又"飞雨入夜"，为山上青苔增添了秋夜之寒意。但作者仍沉浸在聆听琴声的回味与遐想之中：幽雅的琴音在这"紫府"（即仙人居所，实指"终南仙馆"）弹奏，是要求得仙人共鸣，成为仙乐；自己则空着肚子希望能餐霞吸露，以成为仙人。这种出世之想或许隐藏着仕途多舛的苦闷。诗人最后总结此夜听琴的感受。"君"指孙星衍。他认为"弹鸣琴"可以使人"忆仙驾"，而月以秋月最美，弹琴与听琴以月夜最宜。这其中的真切体验反映了作者"终南仙馆坐月听赵云芝弹琴"后极大的审美满足。

这首诗是杂言古诗，以七言为主，又杂以三、四、五、六言，参差错落，韵脚亦多次转换。作者笔任情驰，抒写自由，显示出他放逸不羁之才气；而诗中"忆仙驾"之浪漫描写，又表现了诗人"好奇"之性格。

（王英志）

松树塘万松歌

千峰万峰同一峰，峰尽削立无蒙茸。
千松万松同一松，干悉直上无回容。
一峰云青一峰白，青尚笼烟白凝雪。
一松梢红一松墨，墨欲成霖迎赤日。
无峰无松松必奇，无松无云云必飞。
峰势南北松东西，松影向背云高低。
有时一峰承一屋，屋下一松仍覆谷。
天光云光四时绿，风声泉声一隅足。
我疑瀚海黄河地脉通，
何以戈壁千里非青葱？
不尔地脉贡润合作天山松，
松干怪底一一直透星辰宫。
好奇狂客忽至此，大笑一呼忘九死。
看峰前行马蹄驶，欲到青松尽头止。

　　作者于嘉庆四年（1799）八月曾向朝廷上《极言时政启》，大
胆抨击时弊，矛头直指当朝天子，因此获罪，几被处死，后改发配
新疆伊犁戍边。作者"万里荷戈"，诚然是人生之不幸，但西域之

奇景异物、壮丽风光却给他提供了新鲜而丰富的诗料，使他享受到西北大自然之壮美，又是诗家之大幸。这正如赵翼所评："出塞始知天地大，题诗多创古今无。"（《瓯北集》卷四十二）此诗就是作者途经大戈壁天山脚下之松树塘时所作。诗人以奇警雄放之笔描绘了松树塘的奇松，勾勒出天山的壮丽景色，从而抒发了作者面对西域奇美的自然风光的狂喜之情。

此诗虽题曰"万松歌"，但并非单纯、孤立地写松，那样写诗的意象会显得单调呆板，亦难以体现"松树塘"之松的独特风貌。诗头八句写松树塘万松，采用了以万松与天山万峰相映衬的构思，即以"万峰"之形态衬托"万松"之形态，又以"万峰"之色彩映衬"万松"之色彩，如同以绿叶衬托红花一样。这样就使"松树塘万松"之伟岸奇异更加鲜明突出。诗中天山的"千峰万峰"是背景，松树塘的"千松万松"则是前景主体，我们看到的画面是：天山的峰群座座直立如削，山脚的松林株株亦都笔直入云，它们似在相互竞争，而在"削立"之群峰的陪衬下，"直上"之松林更增添了凌云之气。诗在描写了万松之形态后，又改为从色彩角度描写：群峰或青或白，笼烟凝雪，松林则或红或墨，青、白、红、墨四种颜色交相辉映，构成一个瑰丽夺目的色彩世界。

第九至十六句诗人又进而把松之意象与云、峰之意象交叉、联系起来，具体描绘了松之"奇"。这些松树有的长势与峰势成垂直，松影与云影相映衬，显得别有奇诡。有的单株怪松竟长在山峰之顶的小屋之下，枝权盖着峡谷，更是兀傲不凡。"松树塘万松"从整体上看，则使"天光云光四时绿"，戈壁上空亦映得生机盎然、四季常青，天山之一角又荡着"风声泉声"，真是有声有色，壮观奇丽！

在前十六句对松树塘之松兼峰、云绘形绘色的描写基础上，诗最后八句乃抒写诗人主观的审美感受与喜悦。头四句作者展开想象的羽翼，从正反两方面产生奇思：他先是怀疑"瀚海"（戈壁沙漠）与黄河地下水流是否相通，不然为何戈壁千里不见青翠之色？这是写整体戈壁之干燥缺水。然后一转折，他又认为地下水流还是相通的，因为它毕竟浸润着沙漠、滋养出天山之松，不然松干怎么会直插云天呢？这是指松树塘这特殊的风水宝地有水有松。有了前面的奇思，就更显得松树塘这块沙漠绿洲的可贵。因此当作者经过此地，意外见到如此奇境而满足了他的"好奇"的审美心理后，就不禁要"大笑一呼忘九死"了。"九死"指自己原本犯有死罪而被流放，现在居然忘掉自己的处境与身份，而忘情地大笑狂呼，这固然显示出作者豪放的胸襟性情，同时亦反映了松树塘风光之令人激动与陶醉。作者大笑之后，又策马在松树塘道上驰骋，欲饱览这松树云石，直到尽头，他是何等的欣喜与向往啊！前面一定有更壮美的景观，这一切就留待人们去想象了。

此诗编在作者记录戍边生活的《万里荷戈集》中。吴嵩梁曾评《万里荷戈集》云："留得新诗光万丈，夜郎争看谪仙还。"（《更生斋诗集》卷一编后）谓洪亮吉有太白之风。此诗写得天才卓越、放逸不羁，确实颇近李白古诗风貌。另外，其奇情壮采、美景异物又与岑参边塞诗有相通之处。洪亮吉评岑参边塞诗"奇而入理，乃谓奇"(《北江诗话》卷五），因为其所写风物皆亲眼目睹，所以奇而真。此诗写松树塘风光亦堪称"奇为入理"。诗通篇白描，几无一处用典，读来明快流畅，生机灌注，真可谓"天生奇境待奇才，抉透灵光笔端使"（杨元锡题赞《万里荷戈集》）。　　　　　（王英志）

吴锡麒

吴锡麒（1746—1818），字圣征，号谷人，浙江钱塘（今杭州）人。乾隆四十年（1775）进士，官至国子监祭酒，以亲老乞养归里。曾主讲扬州安定、乐仪书院。锡麒天资超迈，吟咏不辍。诗博采众长，熔汉魏六朝唐宋为一炉，而得力于宋人者为多，为浙西六家之一。又工填词，骈文亦名重一时。著有《有正味斋集》。

（王英志）

辛丑十月移居蒲褐山房
即赵天羽给谏寄园故址

我本识字耕田夫，一椽家住钱塘湖。
自从释褐注朝籍，破屋久向长安租。
一年官俸抵不得，打门那免人追呼。
中庭更无草木映，如人面目先焦枯。
昨晨过客为我说，有屋乃在城西隅。
寄园名字耳所熟，况复价减千青蚨。
天寒手指冻欲裂，移家连日忙妻孥。
莫谓先生家具无，有酒在瓮书在橱；
蹇驴一头车一辆，从以赤脚长须奴。
入门老树相顾笑：此间去住皆酸儒；
赵家给谏老著述，墨痕四壁常沾污；

当时谈空说有处，满窗落叶啼饥乌；

后来名士尤作达，于此但结文字娱。

村夫子相谁不识，今朝又入移居图。

墙阴手剔故人迹，尚剩健句追欧苏。

先生自喜道不孤，检书插架酒注壶。

饮酣一吸尽江海，歌罢万籁调笙竽。

人生大抵如寄耳，能寄所寄唯吾徒。

欲从庄叟论齐物，谁信柳子非真愚？

来春坐待花树发，繁枝压屋清阳铺；

开帘无事日把卷，何必更忆秋江鲈？

诗题中"辛丑"指清乾隆四十六年（1781）；赵天羽给谏即赵吉士（1628—1706），顺治八年（1651）举人，官至户部给事中（即给谏），后因事被黜，侨居北京宣武门外之寄园（即蒲褐山房）。赵氏身后，寄园多有文人迁居，其中有著名文学家王昶（兰泉）。辛丑年，作者在京任国子监祭酒，十月的一天亦迁入寄园故址。这首七古是叙写其移居之原因、经过与对寄园的感受的作品。

本诗内容可分四个层次。开头至"况复价减千青蚨"为第一层次，作者采用向人诉说的口吻，以白描手法，令人动情地道出自己的生活清贫等状况，此乃他之所以移居寄园的原因。作者先回忆来京都之前，虽然只是"识字耕田夫"，但在杭州尚有"一椽"，即一间自己的房屋可安居。但自乾隆四十年（1775）中进士来京都任职后，却"破屋久向长安租"，"长安"指代京师北京。京师居不易，国子监祭酒不过是高等学府的主管官，俸禄亦不多，甚至抵不了房租。"打门那免人追呼"，形象地写出被房东催债的尴尬情景。旧居不仅"破屋"，而且庭院里光秃秃，没有一棵绿树点缀，就像人干枯的面孔一样，毫无生气。以"人面目"喻"中庭"甚为新颖。在官俸难抵房租而手头拮据的状况下，又是"破屋"而"中庭无树"的环境，作者欲移居亦就是顺理成章之事了。但这只是内在条件，若能实现移居还要有适当的契机。

自"昨晨过客为我说"至"况复价减千青蚨"为第二层次，就叙述了实现移居的直接原因：昨晨来访的客人告诉作者，在城西角有"寄园"出租。它不仅是作者所耳熟之地，而且其房租亦比现在的"破屋"少得多。"青蚨"，指铜钱。这一层次承上启下，起到过渡作用。

第三层次从"天寒手指冻欲裂"至"尚剩健句追欧苏"，乃转入写"移居蒲褐山房"的情景与"寄园"的景象。这一层次是全诗的中心内容。这是一个手指都要冻裂的寒冷日子，为了搬家作者全家出动忙碌。如此急忙"移居"，反映了作者对寄园的向往与急于脱离"破屋"的心情。通过写搬家的情景，具体反映了作者清贫如洗之状与安贫乐道之性。"先生"系作者自称，此乃针对国子监学生而言。他两袖清风，没有什么"家具"可搬，只有跛驴一头，旧车一辆，赤脚奴仆一人。但他"有酒在瓮书在橱"亦可足矣！"酒"与"书"体现了他的文人高雅的气质与洒脱的秉性，而"莫谓"的口气，又显示出作者颇以此怡然自得。到得寄园，一进门就见"老树相顾笑"，犹如故友重逢，这反映了作者喜悦的心境，故以"笑"移情于"老树"。寄园"老树"的意象不仅与昔日破屋之"中庭更无草木映"相对照，使寄园显出生气，而且此"老树"如同历史老人，他对寄园的历史与价值了如指掌，自"此间去住皆酸儒"至"于此但结文字娱"，该是引述老树之言。作者把自己熟悉的往事借"老树"之口道出，就使诗显得情趣盎然。所谓"酸儒"，乃是调侃之词，此句有"谈笑有鸿儒，往来无白丁"（刘禹锡《陋室铭》）之意，反映出寄园独具的高雅之趣，这亦正是作者所倾心的。诗以空间意象"墨痕四壁""满窗落叶"体现历史意象：昔日赵天羽"老著述"，当时众文士谈玄学，时空相辅，给人以历史感。作者自称"村夫子"，正与"识字耕田夫"相呼应，为自己亦"入移居图"而欣然。他仔细观察蒲褐山房，在壁间看到故人王昶石刻的"移居"诗（见作者自注），诗风劲健如同欧阳修与苏轼，这使他对寄园更产生了亲切感。

　　第四层次乃抒写安居寄园后得其所哉之感。作者"自喜道不孤"，是迁居后的深切感受，因为有曾寓居寄园的文人雅士之遗迹与精神在。欣喜之极乃豪饮狂歌，并发出安贫乐道任随自然的议论："人生大抵如寄耳，能寄所寄唯吾徒。"诗人巧妙地在"寄园"之"寄"上作文章，他陶醉在人与园"齐物"的境界之中。此时是冬季，他更渴望"来春"，那时老树著花，绿荫铺地，更能悠然自得地享受于寄园中读万卷书的雅趣，而乐不思归了。"何必更忆秋江鲈"反用张翰官洛阳，见秋风起而"思吴中菰菜羹鲈鱼脍"（《世说新语》)的典故，大有此园胜故居之意。

这首诗借时间与空间的转换见层次：昔日—昨晨—今日—来春，脉络清晰，亦使诗的结构显示出流动感。作者采用第一人称向人道白的角度抒写，或写景，或抒情，或议论，无拘无束，性灵独具，文字又朴素无华，纯然白描，如同口语，更显得真实、自然、亲切。

（王英志）

双 忠 祠

江南已无干净土，师相方开都督府。
阃外安知蟋蟀经，禁中早转虾蟆鼓。
一朝制置敕书颁，撝拄淮南敢惮艰？
戎幕新闻辟君实，讹言偏误走文山。
铸成此错皆天耳，忠义要为当代倚。
得贤曾号小朝廷，敢死终成好男子。
老鹳觜前烽满天，又看新统冒戈铤。
摩云阵自盘三叠，裹血身犹奋一肩。
眼前日见边疆坏，岂特卢龙有人卖！
只缘社稷勉图存，如此国家堪几败！
北兵闻说指临安，风鹤传来心胆寒。
寡妇孤儿愁孰诉？残山剩水梦都难。
臣身岂冀须臾活，臣力唯思两宫夺。
瓜州月黑战方酣，蒲市风寒营早拔。
诏书屡劝宁不闻，死耳岂作降将军！
国殇一首流骚怨，沙碛双旗闪怒云。
茫茫天水空遗业，黯黯冬青埋一锸。
气运难回白雁谣，君臣同入红羊劫。

下马今来酬此尊，可曾阁部与招魂？

前身本是同时客，袍笏虚堂夜共论。

　　这首七古是怀古诗。"双忠祠"位于江苏扬州梅花岭下，是为纪念南宋末年死节的民族英雄李庭芝、姜才而立。李庭芝（1219—1276）累官两淮制置使，知扬州。南宋恭帝德祐元年（1275）元兵南下，他率领将士坚守扬州。后端宗于福州即位召之，李庭芝至江苏泰州时被元军所俘，不久殉节。姜才（？—1276）任通州副都统，随李庭芝守扬州，后与李一起遇害。作者写此诗时已辞官，于扬州安定、乐仪书院任主讲。当作者凭吊双忠祠后，乃借诗怀想李、姜抗元的英雄业绩与忠贞不屈的精神，并抒发了对忠烈崇高民族气节的钦仰之情。

　　全诗可分四个层次。自开头至"敢死终成好男子"为第一层次，叙述了当年李庭芝出任淮东制置使、镇守扬州时南宋王朝的危机形势，从而反衬出李庭芝勇担重任、力挽狂澜的"忠义"精神。疾风知劲草，烈火显真金，李庭芝被贬又复出所面临的局势是：外则元军侵占了江南大片土地，所谓"江南已无干净土"的开篇之句就饱含悲愤之情；内则权臣如贾似道之流却沉溺于声色犬马之乐，"与群妾踞地斗蟋蟀"（田汝成《西湖游览志余》），在亡国迫在眉睫之际文武官员才仓促聚于"都督府"商议对策。"虾蟆鼓"，指宋代宫庭中于五更之外尚有一更，谓六更，又称虾蟆更、虾蟆鼓，"禁中"句谓南宋气数将尽。诗开头四句写危急局势，充满对南宋小朝廷腐败无能的愤慨与嘲讽之意。在如此危难之际,李庭芝不畏艰险出任淮东制置使,砥柱淮南,就更显得难能可贵,令人钦佩。他于出任后新征忠义之士陆秀夫(君实),亦曾因误会文天祥(文山)当了元军间谍而命真州(治所在今江苏仪征)守将苗再城杀之,但苗氏放走了文天祥。这两件事从正反两个侧面表现了李庭芝的"忠义"之心。当他得悉杭州陷落而端宗又于福州建立小王朝的消息后,乃誓死效忠这南宋政权的象征,凛然拒绝了降元的谢太后招降的诏令,其于扬州城上高呼"庭芝男子,死耳,何降也"的铮铮誓词,真乃掷地可作金石之声,勃发出中华"好男子"的壮烈之气!

自"老鹳觜前烽满天"至"沙碛双旗闪怒云"为第二层次。这一层次二十句,是全诗的中心内容。作者浓彩重墨具体描写了"好男子"李庭芝与姜才率军同元军浴血奋战,力图保社稷、夺"两宫"的英雄业绩。他们不仅要与入侵者殊死战斗,还要顶住谢太后劝降的压力,但也正因为沧海横流,方显出英雄本色。此层前八句以描写与议论相结合,表现了李、姜死守扬州、勉力图存社稷而与元军血战到底的气概。"老鹳觜"等四句是以古衬古:昔日宋将韩世忠曾围困金兀术于黄天荡之老鹳觜(在今南京市东北),今日李、姜又于扬州冒戈铤、布战阵、身裹血,大战元军;二者后先辉映,皆足彪炳史册。但是虽经苦战而局势未见转机,后四句之议论是直接揭示李庭芝等为南宋岌岌可危的命运而焦虑的心情。"卢龙"是古代边塞名,此句用《魏志·田畴传》典,言国土之沦丧,不只是内有卖国贼子断送土地,实际是不可挽回的天意。但他们明知如此仍勉为其难以"图存",这正是忠义之心使然。此层后十二句又通过李、姜与"两宫"即恭帝与谢太后的关系之陈述，突出其忠贞爱国的崇高品格。谢太后与恭帝这"寡妇孤儿"被元军俘虏后处境悲凉，作为南宋忠臣之李、姜怎能不为之痛心与焦虑？他们不愿"须臾活"而欲尽力救驾，因此于瓜州（在今江苏邗江县南大运河入长江处）、蒲市（在今苏北）与元军鏖战。但可悲的是谢太后却迫于元军淫威，为虎作伥，"诏书屡劝"李庭芝投降。在这种情形下，李、姜没有愚忠，民族与国家利益至上，他们宁死而不作"降将军"，于是又出现率领将士欲战死沙场，帅旗飘舞如"怒云"闪动之壮烈场面。"《国殇》一首流骚怨"乃暗寓李、姜及将士殉节之意。

自"茫茫天水空遗业"至"君臣同入红羊劫"为第三层次，诗人以悲凉的笔触描述了南宋的彻底灭亡。"云水"为赵姓郡望，此为赵宋王朝的代称。"冬青"借用元惠帝至元四年（1278）元僧杨琏真伽在会稽（今绍兴）发掘南宋六代皇帝陵墓，又被唐钰等收贮残骸葬于兰亭山后，上种冬青为识之典（见谢翱《冬青树引》）。"白雁谣"指南宋末民谣："江南若破，白雁（元帅伯颜谐音）来过。""红羊劫"，古人以为丙午、丁未两年为国家发生灾祸的年份。丙丁为火，红色，未为羊。因称国家灾难为"红羊劫"。作者对南宋灭亡的命运之不可挽救感慨之至。

第四层次即最后四句。作者补充交代了上述内容与双忠祠的联系，并将抗元之李、姜与抗清之史可法相比拟。扬州梅花岭下有史可法衣冠冢，由古及今是十分自然的。据《史可法传》："母尹氏，梦文天祥而生史可法。""前身"句指此，其实是借此比拟李、姜与史可法是"同时客",他们为抵抗异族而殉节的事迹与精神都是极其相似的。作者甚至想象:如果他们能一起共商抗敌大计,该会何等慷慨激昂,大义凛然啊!

此诗四句一转韵,极尽跌宕之致。诗虽为古体,但颇多律句,显得凝炼有力。诗重用典,但并不冷僻,虽怀古又兼思今,这都增强了诗的思想深度。全诗以记叙、描写为主,辅以议论,但都饱含激情,足以动人心弦。

(王英志)

江　夜

万峰壁立大江横，秋色连天露洗清。

但觉无船无月载，不知是水是风行。

隔汀孤鸟欲同梦，逆浪老鱼微有声。

半夜月沉潮又上，渔灯流过蓼花明。

　　这首七律描写长江秋夜之景。作者凭其细致的审美感受，以自然清丽的笔触，勾勒出夜游长江那如诗似画、如梦似幻的意境。

　　秋夜长江壮观而又神奇，作者乘舟航行于其中，充分享受了大自然的慷慨赐予。诗妙在作者自始至终无一处点明自己乘船夜游，但又句句可以体会到作者乘船夜航的审美视角与审美感受。

　　首联描绘诗人于夜航船上仰视之所见：大江两岸万峰峭崖陡立，气象萧森；长江尽头秋水之色与夜空相连，清碧如夜露洗涤；使人产生一种崇高感、深远感与神奇感。颔联则生动地传达船行驶时的奇妙感受：在秋夜长江上行船，会产生一种无所凭借的错觉，人飘飘欲仙，随意飞行，似乎没有船、亦没有月光可以乘坐。船轻快滑动而不觉船行，只觉得分不清是水在流动还是风在流动。这就表现出夜行长江的迷离神奇。颈联前句化用苏轼《舟中夜起》"舟人水鸟两同梦"义，意谓那隔着汀洲的孤鸟欲与作者一起进入梦乡了，借水鸟之昏昏欲睡，以显示长江之夜的清幽朦胧；后句写水中逆浪而游的老鱼喋喋有声，则是以动写静，有"鸟鸣山更幽"之妙，唯有在静谧之夜才能听见"老鱼微有声"；同时增添了夜游长江之情趣。长江之夜是奇妙、幽静的，但又是变化的，具有生机的。所以尾联从动态的角度写长江之夜，夜月是运动的，江水边是运动的，当半夜月沉入西山，江潮又涨起，一"沉"一"上"，宁静的长江又变得活跃起来，打渔的人亦在拂晓前忙碌起来，那流星般划过的"渔灯"不仅照明了水边蓼花，亦为长江增添了生气与活力。它仿佛是"江夜"的启明星，预示着朝霞如火的长江之晨正降临。

这首诗注意多侧面与动态地表现长江月夜境界之美，又调动视觉、听觉、触觉等诸种审美感受来捕捉有声有色的形象，使诗的意境具有立体感。而在不露声色的写景之中，暗寓着作者乘船夜游的喜悦感情，这种写法亦堪称许。

（王英志）

云林寺访慧朗上人

石头路滑亦何辞，曳杖来寻瘦阿师。

有约白云迎客起，贪看红叶到门迟。

住山要乞安心法，呈佛何妨本色诗。

踏遍松阴欲归去，泉声十里晚风时。

云林寺即灵隐寺，在杭州西湖西北灵隐山麓，东晋咸和元年（326）僧慧理建，清改名云林寺。慧朗上人当为云林寺方丈。这首七律题为《云林寺访慧朗上人》，但诗人只是描写自己一路来到云林寺之所见所感，构成云林寺幽静、清寂的氛围环境，表现自己任随自然、安适恬淡的心境。

诗人原本是应约来云林寺寻访慧朗上人的，此行目的很明确，诗人访寻的决心亦甚大，故诗开篇之首联即云："石头路滑亦何辞，曳杖来寻瘦阿师。"但是诗人一进入灵隐山麓，他那酷爱大自然的心灵就为山野风光所陶醉："有约白云迎客起，贪看红叶到门迟。"山中升起白云，似乎在欢迎客人来访，境界甚是恬静。但诗人却只顾贪看沿途红叶而耽搁了约会时间，很晚才走到寺门。这固然衬托出山野红叶之迷人，同时表现了诗人率性自适的性情。诗人丝毫没有因"到门迟"而产生不安之感。他笔锋一转直撼胸臆为自己辩解

935

开脱："住山要乞安心法，呈佛何妨本色诗。"这两句即景抒怀，透露出一种"禅意"，表示自己既来到佛地就要采取佛家安然自适的人生态度，举止不可违背自然心性。言外之意，自己来云林寺访慧朗上人，虽然"有约"在先，但不可因此而束缚自己观山逛景的心性，而应该任随自然。虽来寺的目的是寻访上人，此时却徜徉于遮天松阴之中，倾听那寺旁十里山泉的美妙音乐，任凭自己的心灵休憩在大自然的怀抱之中；直到黄昏，才兴尽而归。尾联意境清幽空灵，出奇制胜。来访慧朗上人，却没有交待访人之事。诗人采用避实就虚的写法，旨在写出自然风光之令人沉醉，一片禅机，尽在不言之中。

这首诗构思别具匠心。题为"访慧朗上人"，但这不过是诗人观赏云林寺山野之趣的契机。访人不写见人，一味迷醉于景物，这种别致的匠心既显示出云林寺红叶松泉之境界迷人，亦体现了诗人任率天真的个性。同时，诗所表现的作者的性情与环境氛围的描写亦十分和谐统一，意与境浑然一体。

（王英志）

黎 简

黎简（1748—1799），字简民，一字未裁，号二樵，广东顺德人。乾隆拔贡，终生淡于仕进，以卖文鬻画为生。他以诗、书、画"三绝"著称，诗歌尤为杰出。古体取法李贺，峻拔清峭，奇诡幽深；近体博采杜甫、李商隐、黄庭坚诸家，而独辟蹊径，刻意新颖。不少作品揭露现实，反映了民生疾苦，而笔下的南国风光，色泽鲜明，意象生动，清新可诵。有《五百四峰草堂诗文钞》。（王镇远）

昨梦李昌谷弹琴

年无几梦十九恶，昨夜何人媚魂魄？
长爪诸孙秀眉绿，围玉神麟腰一束。
鸣弦古寒动秋屋：陇山月黑叫孤鹦，
昌谷云深啼老竹。
红丝剩血弹涩吟，千年以还吾识音，
车行确确雷碾心。
行云已去银浦浅，出门独愁碧海深。

黎简于前代诗人中最倾心于李贺，他曾用红、蓝、黑三种笔色精心批点过李贺的诗集，后毁于灾。乾隆四十八年（1783）他又重批《李长吉集》，并自题说："余幼好长吉，非长吉诗不读，且学为之，甚肖也。……长吉诗似小古董，不足贡明堂清庙，然使人摩挲凭吊不能已，其体未纯而情有余也。"可见他对长吉的爱好与推重。就在这年的某晚，他忽然梦见李贺弹琴，次日便写下这首诗。诗可谓道地的长吉体，酷似李贺诗风。

首四句写他梦见李贺。起二句先作一跌宕，说一年中难得有梦，即使做梦也十次中九次为恶梦，可见好梦的难能可贵，因此又说不知谁昨夜进入了我的梦境，令我满心欢喜。次二句即形容此人的容貌：修长的手指，秀丽的眉毛，腰间束着一条雕有麒麟的玉带，据李商隐《李长吉小传》说："长吉细瘦，通眉，长指爪。"而杜牧的《李长吉歌诗叙》又说他为"唐皇诸孙"，可见黎简梦中之人分明就是李贺了。中间五句写李贺的弹琴。他拨弄琴弦，奏出古怪凄寒的调子，声振屋宇，犹如陇山的孤鹦在漆黑的夜晚发出哀切的鸣叫；又像昌谷的老竹在阴云密雾的笼罩中滴洒清露，啼声不断。这两句的比喻灵妙而警策，给人以很深的印象；于是又说他在血丝般殷红的琴弦上弹出幽咽艰涩的曲调，正有惊心动魄的力量。"千年"一句收回目前，说自长吉身后，千年以来只有自己才是他的知音。最后三句写自己梦回后的怅惘。车声辘辘，像沉雷碾过天心，行云已去，银河顿觉清浅，"车行"二句写李贺乘车远去，乐声消歇，然其实各有所本。《李长吉小传》中说李贺死时"常所居窗中，煿煿有烟气，闻行车嘧管之声"，即为"行车"之本；李贺自己的《天上谣》中有"银浦流云学水声"句，即为"行云"句之本。斯人已去，惟余银河浅淡，诗人推门而出，欲寻找其遗踪，但见天宇澄碧，辽阔如海。末句以景语作结，然分明以青天碧海喻自己愁思的深沉无垠，一种对梦境的憧憬与对现实的不满之情见于言外。

　　这首诗的风格纯然效摹李贺。古人贵在述某人之事，能以某家笔法出之。如李商隐的《韩碑》诗即能以韩诗的古拗奇险出之；黄景仁的《太白墓》也不乏太白古诗的豪放雄奇。黎简这里既述昌谷事，故诗也用长吉体。如诗中怪怪奇奇的描述，便类似李贺笔下的形象。"长爪诸孙秀眉绿""红丝剩血弹涩吟""车行确确雷碾心"等都绝似贺诗中语；又如用鸟鸣、竹啼来比拟音乐，也显然是受了李贺《李凭箜篌引》中"昆山玉碎凤凰叫"及"江娥啼竹素女愁"等句的启发；再如此诗中用了"绿""黑""红""碧"等色彩秾艳的字眼，造成强烈的感官刺激，也是李贺诗惯用的手法。本诗的押韵，除了第六句和第十一句外，前七句用入声韵，后五句用平声韵，契合前半梦境的奇诡与后半梦回人醒的情形。通首有一种奇崛不平的声调，也是长吉体的一种表现方式。总之，在李贺身后的千余年中，学长吉体的人不少，然像这样神形逼肖的作品实属罕见，故黎简也确可谓是长吉的知音了。

　　　　　　　　　　　　　　　　　　　　　　　　　（王镇远）

夜 半 歌

北风卷地云奔驰，高作波浪银湾吹，

低或掠过城树枝。

上有明定之月看如飞，

下有万家梦中笑泣无人知。

城南病客当是时，静心与月交员辉，

披襟起来夜何其？

树杪一两叶，叶底乌夜啼，

叶上出没斗柄窥人歆。

天象严严正气肃，志士履霜毋自欺！

不知大城中，几人同此无邪思？

鱼橐橐，鸡膊膊。智慧出，万物作。

车轮硍硍蹄确确。

先生客帐悬水薄，块然而卧复大朴，

乘眇莽乌游广莫，大千世界吾守约。

　　对于诗人来说，夜深人静之时往往是诗思泉涌之际。一切现实
人生中的悲欢，一切潜意识中的志趣都会在深夜来叩诗人的心扉。
如阮籍的《咏怀诗》中说："中夜不能寐，起坐弹鸣琴。"杜甫也有

"中夜起坐百感集"（《乾元中寓居同谷县作歌·七首》之三）的句子。黎简的这首《夜半歌》作于乾隆五十九年（1794）的一个深秋之夜。天宇高朗，月色清明，诗人披衣而起，遥望深邃而广漠的天庭，明月星斗交相辉映，于是他心中得到启发，长歌抒怀，写下此时的感受与思绪。

　　北风骤起，席卷大地，夜云奔驰，天风浩荡，高者像是吹到了银河，激起层层波浪；低者掠过城中的树枝，发出沙沙的鸣响。上面有清澄而坚定的月亮不停地飞驶，下面是万家沉沉的梦乡，梦中的歌哭笑泣又有谁知晓？开头五句由北风入手，上天入地，犹如诗人自己的灵魂奔驰于宇宙天地之间。"城南病客"三句回到自身，诗人的心似乎与圆月交辉感通，于是披衣而起，察看夜色如何。"夜何其"用了《诗经·庭燎》中"夜如何其"的说法。"树杪"三句是诗人眼中的夜色。树叶已在秋风中飘落，树梢上残留着一两片黄叶，叶底有夜啼的乌鸦，叶上有出没的星斗。诗人看着森严高迈的天宇，陡然感到一种肃穆的正气。他由此而得到启示，以为有志之士应自励清操，小心翼翼，不作自欺欺人的亏心之事，要像天宇一般宽广而正直。然而，他感叹城中不知有几人会像自己一样有这种想法，"大城中"云云显然是指那些身居显位的衮衮诸公。黎简生性倨傲，蔑视富豪显贵。当时就有"狂简"之名，他的诗中曾说："黄尘大道休翘足，事在嵇生七不堪"（《树下与诸子论诗咏怀赠之》），"早晚石床花雨地，为予键户谢飞埃"（《绿苔》）都可见他藐视都城权门的个性。"鱼橐橐"五句接"大城"而来，描写城中夜间至清晨的各种声息，暗示人们为名利而奔波操劳、勾心斗角。

"先生"四句则写自己的超然独处，心怀淡泊，回返到一种自然朴素的精神境界中去。他欲乘着眇莽之鸟，游于广漠的宇宙之间，超脱于世间名利纷争之外，虽身处纷繁广阔的大千世界，而抱定自己的生活准则。"眇莽鸟"语出《庄子·应帝王》："乘夫莽眇之鸟，以出六极之外，而游无何有之乡，以处圹埌之野。""守约"则用《孟子·公孙丑》中"孟施舍守约"的话，表示了自己清高绝俗的志向。

　　这首诗写深夜的思绪，尤其是来自夜空中天象的感悟，由自然而得到了人生的启示。诚如德国哲学家康德所说，星空给了他"刻刻常新、刻刻常增的惊异与严肃之感"，那明星灿烂、月华清朗的天宇给了诗人黎简一种庄严肃穆的感受，由此坚定了自己的人生哲学，足见他感情的敏锐与思想的深沉。在艺术上，此诗发扬了浪漫主义传统，如开头五句，横空而来，升天入地，驰骋想象，颇有李白、李贺诗的风韵。又如写天色将明、斗柄横斜的情形，却说"叶上出没斗柄窥人攲"，使人想见渐斜的斗柄三星在稀疏的树叶中时隐时现，出没无常，它那熠熠闪光像是窥察着不眠的诗人，其中的"出没""窥""攲"都用得十分奇诡。再如最后四句写自我的超脱，不仅善于点化前人陈言，也能翻空出奇，正有庄子之文那种汪洋恣肆的魅力。诗用了长短错落的句式，正可表现他奔放不羁的思想感情。诗的前半押平声韵，奔泻而出，"鱼橐橐"以下忽转押入声韵，造成一种局促不安的节奏，用以体现那些为名缰利锁所困扰的人们的伧促与匆遽，体现了艺术形式与表现内容的高度统一。　（王镇远）

野 碧

野碧春天合，天青野色高。

吾今适莽苍，力足翔蓬蒿。

已觉此身远，亦怜归雁劳。

惊弦满关塞，孤影堕江涛。

春日的田野，一碧万顷；春日的天宇，万顷一碧。田野一直伸向远方，像是要在极远处与天宇合为一体；青天显得更为清澈澄碧，像染上了大地的浓绿。诗人漫步在旷野间，触目皆是莽莽苍苍的一片青葱，似乎偌大的世界只有一个渺小的自我与无边无际的天地之间的对照。他借《庄子》上尺鷃的话说自己犹如一只小鸟，翱翔于蓬蒿之间，势单力薄，无法实现高远的志向。自己似乎已走得太远，就像一只失群的大雁在广漠无垠的天宇中孤独而劳累地飞翔，而关塞上每每响起了令人惊惧的弓弦之声，他担心那孤雁实在难以抵达旅途的终点，恐会将他孤独的身影埋葬在汹涌澎湃的江涛之中……

这就是二十七岁的年轻诗人黎简在乾隆三十八年（1773）写下的一首小诗。诗人用他异常敏感而色彩绚丽的笔墨为自己画了一幅肖像，在蔚蓝的苍穹与青绿的大地之间，他踽踽独行，像失群的孤雁，心中充满着悲伤和惆怅。诗虽然只是写天地的色彩和一雁横空的景象，但其中象征的意义是十分明显的。"力足翔蓬蒿"，对于一个年轻而有才华的诗人来说，无疑只是无可奈何的悲叹和怀才不遇的不平之鸣。出现在后半首诗中的孤雁形象分明是诗人的自我写照。"惊弦"句虽语本《战国策》中更羸以虚弦而弹落孤雁的故事，但诗人显系托物寄慨，意在感叹世途的险恶与自己的怆痛，正有物我同一、不分彼我之感。可见此诗的主旨不仅是写野外的绿色，而且在感叹自己的身世。诗人所以用"野碧"为题，只是取首句二字，正如一首无标题的音乐，却有丰富的内涵。

读黎简的诗，往往给人以现代艺术的审美感受，他笔下的景和物带有强烈的个人印象，在色彩和形象之中每每有他自我的人格体现，给读者以无限的启示与回味，这首诗就是如此。　　　　（王镇远）

小 园

水影动深树，山光窥短墙。

秋村黄叶瓦，一半入斜阳。

幽竹如人静，寒花为我芳。

小园宜小立，新月似新霜。

　　乾隆四十年（1775）一个秋日的黄昏，诗人在乡居的小园伫立，那平素熟稔的山光水影，斜阳村落，幽竹寒花，似乎都给他以新的感受，于是写下这首诗。

　　已是深秋时分，树木枯黄，所以倒映在水中的树影也显得深沉而萧飒；远山在夕阳里俯视着矮矮的园墙。首联中的"动"和"窥"字给水影、山光都赋予了活泼的生命力，采用了化静为动的手法。以"窥"字刻画山色遥对小园的情景尤为传神。秋色中村落的屋瓦上盖着飘零的黄叶，一半笼罩在夕阳的脉脉余晖里。颔联中的黄叶、屋瓦、斜阳浑然一体，给画面蒙上了一抹淡淡的金黄色，足以引动人的遐思，使人留恋忘返。如果说上面四句纯为写景，那么下四句则景中有人。那清幽的竹子如静静伫立的人，"幽竹"句自然令人想起杜甫笔下"天寒翠袖薄，日暮倚修竹"的佳人，暗示出景色的清幽绝俗；经寒的幽花犹有缕缕清香，像是专为诗人而散发出芬芳。颈联所描绘的是园中的竹与花，格局虽小，但极为恬静清冷，沁人心肺。不知不觉之间，已是夕阳西下，寒月初上的时候了。在昼与夜的交替中，诗人似乎得到了某种启示，领略到了某种特殊的美感，他小立园中，久久不忍离去。"小立"不仅是因为景色的迷人，而且正契合"小园"的环境。园子不大，故不足以信步漫游，只可静观其美了。一弯新月升起来，在园中洒下一层银白，犹如铺上了一层新霜，使人感到阵阵寒意。诗人没有再多赘一言，而小园的幽雅静谧，足以令读者想见了。

这首诗写深秋的小园，然不同于一般田园诗追求逸淡闲散的情趣，而意在刻画一种幽冷静谧的气氛，于幽寂与荒寒中发现美感。其中的遣字造句也一丝不苟，如首联中的"动"与"窥"，显为锤炼而得；颈联中"幽竹""寒花"的意象清复淡远，意韵悠长，体现了诗人捕捉物象的功夫；末联中连用两个"小"字和"新"字，更显示了他造句的新巧。

（王镇远）

村　饮

村饮家家酿酒钱，竹枝篱外野棠边。

谷丝久倍寻常价，父老休谈少壮年。

细雨人归芳草晚，东风牛藉落花眠。

秧苗已长桑芽短，忙甚春分寒食天。

　　春天是充满希望的季节，一年之计在于春；春天又是辛勤忙碌的季节，因为希望的实现全凭劳动换得。此诗写春忙时节，村民们在一天的劳作之后饮酒闲谈，体现了乡村生活的淳朴可爱。首联紧扣住"村饮"的题旨，虽然村民们的生活并不富裕，但到了春忙的时候，家家户户都凑钱沽酒，向晚时分便在竹篱之外、野棠花下自斟自酌起来。颔联则是村民们闲谈的内容，酒一下肠，话也就多了，人们关心的自然是衣食生计之事，有人抱怨谷米蚕丝的价格比往日增高了数倍，老人们絮叨着往日的好时光，然今非昔比，抱怨也无济于世，还是休谈往事吧。这两句浅切真率，真是酒后的真言，然将村民们的怨言和戏言都如实地记载下来，所以清人凌扬藻誉此为"绝妙"之句（《国朝岭海诗钞》）。颈联描写酒阑人归的情景。天色已晚，下起了蒙蒙细雨，空气中散发出一股芳草的清香，于是人们纷纷拖着蹒跚的步子回家去；在煦和的晚风中，耕牛正枕着满地的落花睡眠。这里的牛眠衬托出一天劳累的生活已经结束，该是休息的时候了。"芳草"与"落花"的背景表现出乡村生活的魅力，给人以浓烈的清新之感，造语也十分隽妙。所以潘飞声的《山泉诗话》中说："'东风牛藉落花眠'七字可称晚唐佳句。"尾联说明时令正值春分、寒食前后，秧苗已长，桑芽已发，告诉村民们又到了插秧、养蚕的大忙时节了，正像宋代诗人翁卷所描写的："乡村四月闲人少，才了蚕桑又插田。"读诗至此，我们才明白村民们凑钱饮酒正是为了消除一天的疲劳，所以"家家酿酒钱"也并非奢侈之举了。

黎简的诗大多戛戛独造，以奇警峭拔为特色，然此诗却流丽清新，形象地表现了村民们"日出而作，日落而息"的淳朴生活，内容与形式相当协调，可见他能不拘一格、力求创新的诗艺，故屈向邦《粤东诗话》中说幽涩奇诡只是黎简诗歌的一个方面，"试读《村饮》一类作品，又觉工丽绝伦，深类晚唐名作。论二樵诗，当观其全，不能随便举其几首而致慊词也"。

（王镇远）

独　夜

独夜起窥江月寒，四山阴似梦中看。

关河霜雪朋侪旧，溟渤鱼龙窟宅宽。

空有相思送迟暮，更无佳誉恣怀安。

扁舟合试墙根竹，敢趁任公下钓竿！

　　这是一首抒情之作。乾隆四十四年（1779）的一个冬夜，诗人长夜难眠，独自出门，眺望四野景物，心中陡然起了无限感触，于是写下此诗。

　　诗从寒夜未眠写起，"独夜"句虽然只是一种客观的描述，然已将诗人心中的波澜通过夜起这个动态曲曲传出，诗人夜半独步，难道仅仅是为了窥看江月的凄寒吗？月色冷峻，在江中投了它苍白的影子，周遭的山峦阴森可怖，恍如梦中见到的鬼楞楞的怪物。这两句的写景给全诗染上了一层阴冷的色调，给下文的抒怀凭添了一种肃穆的气氛。诗人想到了朋友，想到了自己的出处行藏。有人为追求功名利禄而冲风冒雪，奔走于关河霜雪之间；而自己却如大海中的鱼龙，在广阔的天地中悠游自在，无争无斗。"关河"二句以朋友的汲汲功名与自己的托身天地、淡泊处世相比较，表现了自己对功业的淡漠与蔑视，而造语凝炼警策，气象不凡，是黎简被广为传诵的名句。下四句进一步写诗人此时此刻的心态。他说徒有对朋友的思念来伴送自己的迟暮之年，更无名誉来慰藉自己的疏懒和安逸。他欲驾一叶扁舟去江上垂钓，但只能取一根墙边之竹小试垂竿，岂能像《庄子》中所说的任公子那样，以五十头牛为鱼饵，用大钩巨缁，投竿于东海，钓得硕大无朋的巨鱼！这里诗人以任公子比那些有大作为、干大事业的人，而以贪恋逸乐、孤舟独钓者自况，显然有自嘲之意，但结合"关河"一联的诗意来看，诗人在自我排遣之中也还有几分自得之意。总之，诗中揭示了他欲有所作为但又不屑于抗尘走俗的矛盾心理。

黎简平生喜读《庄子》，诗中多用庄语，然更重要的是他的思想与老庄淡泊无为的人生观较为合拍，他自己曾说："老生所读书，《南华》性之适。"又说："世人望我，我方闭门，薜萝幽深，外有白云。"可见其性喜恬淡，与《庄子》为近。这首诗中也体现了此种思想倾向。他不愿汲汲功名，自甘放情于田野山水之间，而反觉天地宽大，悠哉游哉。诗的遣词用语，炼意设境都戛戛独造，如首二句之写景，幽冷阴森，犹如李贺笔下的意境；后三联的抒怀也能捕捉思绪，意蕴深沉，含蓄渊永，体现了黎简追求新警奇崛、幽微精深的艺术祈尚。

(王镇远)

二月十三夜梦于邕州江上因友人归舟
作书寄妇梁雪百端集于笔下
才书家贫出门使卿独居八字以风浪大作
触舟而醒呜呼梦而不见不如其勿梦也
况予多病少眠梦亦不易得耶辄作诗寄之
得五绝句云尔

（选一）

一度花时两梦之，一回无语一相思。

相思坟上种红豆，豆熟打坟知不知？

　　黎简与他的妻子梁雪伉俪情深，非常恩爱，然为了生计，他经常出门，与妻子的分离成了他生活中的憾恨。乾隆四十九年（1789），梁雪病逝，黎简悲痛欲绝，铸成"长毋相忘"铜印一枚系于妻子的臂上作为殉葬物，于是悼亡又成了他诗中的一个重要内容。如长诗《述哀一百韵》。两年之后的初春，他接连两次梦到亡妻，"梦中草阁垂寒袖，竹里梅花忽故人"便是他对第一次梦境的描述，这是第二次梦回后所写的五首七绝中之最后一首，诗题犹如一篇小序，如怨如诉，读来催人泪下。

　　"花时"即指春天，南国的花信来得早，正月至二月已是繁花似锦的时节了。就在这"一度花时"之中诗人却两次梦见了亡妻。

第一次的梦中虽然见了面，但没有说话；这第二次的梦却连面也没见着，只是想寄给她自己的相思，而相思未达，已梦回人醒，空留惆怅，徒增悲伤。于是诗人忽发奇想，要在亡妻的坟上种一株红豆，等到红豆结子，纷纷落地，那泉下之人知是不知呢？红豆是爱情的象征，王维不就说过"此物最相思"吗？这里的红豆打坟，正喻诗人对亡妻的相思之情。

此诗写得真率平易，然漾溢着出自肺腑的一片至情。前两句中连用三个"一"字，不忌重复，正所谓至情无文；"相思坟上种红豆"的奇想，则是无可奈何的爱情表达方式，而一种迷惘痛苦的哀思于此可见，所谓一字一泪，点点滴滴都是诗人的纯情化成。

（王镇远）

题　画

（二首选一）

两道春洲隔水青，桃花万树日冥冥。

红衫碧草绿波底，上有浴鸥双白翎。

　　黎简以诗、书、画"三绝"著称，可知他的画也为时人所重。因而在他的笔下诗情与画意往往混为一体，不少写景之作，真堪称"诗中有画"，所以后来李慈铭说："二樵以绘事名，诗中皆画境也。"（《越缦堂读书记》）特别是他的题画诗，常令读者在诗中"如见其画"，这里选的一首便是如此。

　　画中是一片清澈的水面，两道青葱的沙洲将水面隔开，像是镶嵌在碧波中的两块美玉；在朦胧的暮色里，万株桃花，艳红欲滴，与斜阳浑然一色，犹如一片晚霞落到了人间。碧绿透明的波光里倒映出岸边的青草与穿着红衫的人影，而波光之上，一只鸥鹭正伸开它雪白的翅膀在水上嬉戏，一幅多么令人神往的景象！

　　诗的妙处在于能捕捉自然界中的色彩，也许这正是画家的本色。你看，"水青""红衫""碧草""绿波""白翎"，再加上仿佛燃烧一般的桃林，碧玉一般的春洲，构成了多么明艳夺目的画面。诗人又是巧于构图的能手，春洲隔水，桃花与日色连成一片，红衫与碧草相映成趣，而最妙的莫过于在那艳红翠绿之中着一白鸥，顿令妙趣横生，使人领略到了大自然的美感与生命。

（王镇远）

黄景仁

黄景仁（1749—1783），字仲则，又字汉镛，自号鹿菲子，江苏武进人。屡应乡试未第，一生仕途困顿。乾隆四十一年（1776），因献诗，考取二等，授武英殿书签官，例得主簿，后加捐县丞，在京候选。终因贫病交迫，穷愁潦倒，再度往西安依陕西巡抚毕沅，途中病死于山西运城河东盐运使沈业富官署中，年仅三十五岁。他多才多艺，善于诗词、书法、绘画和篆刻，其诗词创作多愁苦之音，抒发怀才不遇的情怀，也有愤世嫉俗的作品。有《两当轩》集。（李国章）

后观潮行

海风卷尽江头叶，沙岸千人万人立。

怪底山川忽变容，又报天边海潮入。

鸥飞艇乱行云停，江亦作势如相迎。

鹅毛一白尚天际，倾耳已是风霆声。

江流不合几回折，欲折涛头如折铁。

一折平添百丈飞，浩浩长空舞晴雪。

星驰电激望已遥，江塘十里随低高。

此时万户同屏息，想见窗棂齐动摇。

潮头障天天亦暮，苍茫却望潮来处。

前阵才平罗刹矶，后来又没西兴树。

独客吊影行自愁，大地与身同一浮。

乘槎未许到星阙，采药何年傍祖洲。

赋罢观潮长太息，我尚输潮归即得。

回首重城鼓角哀，半空纯作鱼龙色。

　　黄景仁在二十岁前后，曾写两首观海潮的诗篇。《观潮行》写的是广陵潮，开头即点明"客有不乐游广陵，我看八月秋涛兴"。后来黄景仁应浙江观察使潘恂之邀，客居杭州观察署，曾前往钱塘观潮，又写作《后观潮行》。

　　这首诗的开头两句，虽然未点明观潮的时间和具体地点，却以最精炼的语言，写出海潮到来之前风卷落叶的气氛和江岸万人翘首以待的场面，"海风卷尽江头叶，沙岸千人万人立"，好似一出激动人心的戏剧揭开序幕。

　　从"怪底山川忽变容"到"倾耳已是风霆声"六句，写海潮来势之迅猛，和自然景物瞬息间引起的巨变。观众刚为山川变容而感到惊怪，潮水却铺天盖地而来，本来翱翔在江面的海鸥飞走了，平静地停泊在江上的小船也被搅乱了，连天上的行云都停止浮动，江水也只得俯首相迎。把海潮的浩大气势加以极力渲染，说明任何力量都无法抵挡。特别是"鹅毛一白尚天际"一句，描写海潮初起时的状态，如同从遥远的天边漂来一羽鹅毛，看似轻巧，又极传神，蕴藏着无穷的力量，倾刻之间，风吼雷鸣般扑面而来，令人惊心动魄。

　　"江流不合几回折"四句，通过海涛与江流的较量，进一步显示潮水所具有排山倒海之势和雷霆万钧之力。浪花飞溅百丈高，犹如晴空中的漫天飞雪，意境开阔，景象壮观。当海潮大步逼近时，惊涛拍岸，十里江塘都像随着潮水而高低起伏。"此时万户同屏息，想见窗棂齐动摇"，仿佛千家万户都在承受这种震撼，诗人以巧妙的艺术构思，使猛烈异常的潮势，成为可以接触和易于感受的具体形象。"潮头障天天亦暮"四句，写出汹涌澎湃的潮峰前推后拥地接踵而来，前浪刚过杭州西南的罗刹石，后浪又至萧山以西的西兴镇，这种回环往复的奇观，给读者留下深刻的印象。

本诗二十八句，有二十句是写景，最后八句结合诗人怀才不遇的经历，抒发自己的孤独感和愁闷心情。这些抒情的内容似乎与诗中所呈现的激昂奔放的主旋律不协调。实际上，在大自然雄奇壮观的景色面前，感到个人的渺小，只能孤单地对着身影自愁自怨，正如大地在狂潮的冲击下激烈浮动一样，心潮也久久难以平静。通过强烈的对照，更显出深沉的悲伤忧愁之情。"乘槎未许到星阙"，表达诗人想乘上木筏升上浩渺星空的愿望，用张华《博物志》中的典故。古时认为天河与海通，有人居海渚者，"年年八月有浮槎去来不失期"。"采药何年傍祖洲"，据《十洲记》载：祖洲近在东海之中，上有不死之草，服之令人长生，诗人幻想着能从传说中的祖洲仙岛取回不死之草。但这些愿望都是无法实现的，诗人只有喟然叹息，自身还不如潮水那样来去自由。回头看一看那重重的城郭之上，鼓角声里也似乎带着哀愁，而秋天的夜幕已经降临。诗人联系自身的遭遇，贫穷的生活，仕途的失意，使他满怀愁情，感到前途渺茫，这种忧伤郁闷的情感，很容易引起读者思想上的共鸣与同情。

　　全诗语言平易明畅，笔力奔放豪迈，宛如一篇优美的散文。特别是诗中着力描写海潮到来时的情状、气势，把实景与想象交叉起来，充分施展诗人的观察力，写得有层次、有气魄、有声有色，成为写景诗篇的杰作，得到同时代许多诗人的赞誉，如刘大观认为："试观两首《观潮行》，汹汹纸上起潮声。"（《玉磬山房诗集》）袁枚更极力称许此诗："中有黄滔今李白，《观潮》七古冠钱塘。"（《仿元遗山论诗》）

（李国章）

笥河先生偕宴太白楼醉中作歌

红霞一片海上来，照我楼上华筵开。

倾觞绿酒忽复尽，楼上谪仙安在哉！

谪仙之楼楼百尺，笥河夫子文章伯。

风流仿佛楼中人，千一百年来此客。

是日江上同云开，天门淡扫双蛾眉。

江从慈母矶边转，潮到然犀亭下回。

青山对面客起舞，彼此青莲一抔土。

若论七尺归蓬蒿，此楼作客山是主。

若论醉月来江滨，此楼作主山作宾。

长星动摇若无色，未必常作人间魂。

身后苍凉尽如此，俯仰悲歌亦徒尔。

杯底空余今古愁，眼前忽尽东南美。

高会题诗最上头，姓名未死重山丘。

请将诗卷掷江水，定不与江东向流。

乾隆三十七年（1772）三月，安徽学政朱筠在当涂采石矶太白楼上大会文士，即景赋诗。与会宾客数十人，以黄景仁年龄最轻

（二十四岁），他风仪俊爽，身着白袷（夹）衫，立日影中，顷刻数百言，座客咸辍笔，并出现八府士子竞写，"一日纸贵"的盛况。

从"红霞一片海上来"到"千一百年来此客"八句，写太白楼盛宴的欢乐气氛。灿烂的阳光照射在华美的筵席上，大家畅饮好酒，极为自然地会想起"会须一饮三百杯"的谪仙人李白，今天盛会的主人朱筠不仅道德文章堪称表率，而且就像是谪仙再世，一千多年后到此作客。"是日江上同云开"四句是对太白楼周围景色的描写，"同云"，出《诗经·小雅·信南山》"上天同云，雨雪雰雰"，同云即"彤云"，指将下雪时布满天空、形成一色的云。由于此日江上云散，视野开阔，远处的天门山好似淡淡描过的蛾眉，江水在慈母矶、然犀亭（在牛渚矶上）一带回环转折，如同历史和现实交叉转换。表面上看是在写景，实际上这是承上启下，为下段吟咏李白作了铺垫。

从"青山对面客起舞"到"俯仰悲歌亦徒尔"十句，对大诗人李白一生遭际的感慨，体现诗人对人生哲理的思索。"青山"，即谢公山，李白死后迁葬于此山。因此，面对青山，自然会令人想起自号青莲居士的李白，正长眠在那里，墓与山都不过是一捧土。从楼与山、主与客的关系上看，李白既然埋在山上，这山是主，楼是客；假如正如传说所说的，李白生前曾因乘醉来江边捉月溺水而死，那楼是主，山是客。这段议论其实还包含更深层的意思：从长远看，人总有一死，楼也会有倒坍之时，惟有青山长在，因此说"此楼作客山是主"；如今楼上华筵盛开，饮酒赋诗，山只是被吟咏的对象，所以说"此楼作主山作宾"。"长在"与"暂住"的辩证关系，用形象生动的语言，说得如此明白，发人深思。再以李白的遭际为例，即使他是太白星转世，此时早已动摇而失去光彩，更不会再化作人间的魂魄；作为有唐一代的大诗人，身后如此苍凉，虽然大家十分仰慕他，并为他慷慨悲歌，那又有什么作用，还不是徒然无用而已。黄景仁参与盛会，却不写眼前的欢乐，发思古之幽情，特别写出李白身后的苍凉景况，似乎令人费解，其实从诗人的自身遭遇，尤其是怀才不遇的情绪中，可以寻到答案。

"杯底空余今古愁"至结束六句，抒发诗人自身的感受，醉中作歌，杯底空留自古至今的无限忧愁，只是因为在座的主人和宾客都是誉满东南的俊才，能在这样的盛会上题诗太白楼上，姓名将重于山丘而不会泯灭，并进一步自负地喊出："请将诗卷掷江水，定不与江东向流。"这首诗问世后，得到高度评价，如顾千里在《念奴娇》（题吴思亭刻黄仲则太白楼诗卷）词中说："一霎纸贵争看，书评文价，绝调均千古。"黄景仁在太白楼上吟诗，同王勃在滕王阁上作赋一样，成为文学史上的佳话。

（李国章）

圈 虎 行

都门岁首陈百技，鱼龙怪兽罕不备。
何物市上游手儿，役使山君作儿戏。
初舁虎圈来广场，倾城观者如堵墙。
四周立栅牵虎出，毛拳耳戢气不扬。
先撩虎须虎犹帖，以棓卓地虎人立。
人呼虎吼声如雷，牙爪丛中奋身入。
虎口呀开大如斗，人转从容探以手。
更脱头颅抵虎口，以头饲虎虎不受，
虎舌舐人如舐㲉。
忽按虎脊叱使行，虎便逡巡绕阑走。
翻身踞地蹴冻尘，浑身抖开花锦茵。
盘回舞势学胡旋，似张虎威实媚人。
少焉仰卧若佯死，投之以肉霍然起。
观者一笑争醵钱，人既得钱虎摇尾。
仍驱入圈负以趋，此间乐亦忘山居。
依人虎任人颐使，伴虎人皆虎唾余。
我观此状气消沮，嗟尔斑奴亦何苦。
不能决蹯尔不智，不能破槛尔不武。

此曹一生衣食汝，彼岂有力如中黄，

复似梁鸯能喜怒。

汝得残餐究奚补，怅鬼羞颜亦更主。

旧山同伴倘相逢，笑尔行藏不如鼠。

乾隆四十五年（1780），黄景仁三十三岁，寓居北京。他因功名蹭蹬，生计极为窘迫，饱尝人情淡薄、世态炎凉的况味，阅历既深，愤世嫉俗之情愈烈，有感而作此诗。

"都门岁首陈百技"四句，写北京城新春热闹异常的景象，各样卖艺杂耍俱备，鱼龙怪兽无奇不有，突出市上"游手儿"役使被称为"山君"的老虎进行表演，用极为简练的诗句点明时间、地点和事件。

从"初舁虎圈来广场"到"此间乐亦忘山居"共二十五句，是全诗的重点所在，写出驯虎表演的全过程。虎圈刚被抬进广场，人们几乎倾城出动围观，等到四周树起栅栏将虎牵出，号称"百兽之王"的老虎却萎靡不振，蜷曲身体，耷拉着耳朵，完全丧失昔日的威风。"游手儿"先动手"撩虎须"，这本是危险的动作，但经过驯化的老虎竟然逆来顺受，服服贴贴，似乎有点出人意料。驯虎人得寸进尺，把木棒竖直，虎也乖乖地像人一样立起来，人不畏虎，虎却畏人，引起观众的惊呼。这喝彩声对虎有所震动，开始怒吼起来，这正是观众所希望看到的，人声更加喧闹，吼声也更为高昂，原来冷静的气氛被搅动起来了。就在虎威开始发作、张牙舞爪之际，驯虎人却奋身近虎，并将手从容地探进虎口，又伸着头颅直抵虎口，这张大如斗的虎口虽然凶恶可怖，却没有咬断人的手和头，反而用舌头舔人就像舔虎仔一样，通过层层深入的描写，把驯虎表演推向高潮。驯虎者跳上虎背，一声吆喝，虎便绕着栅栏巡回走动，一翻身就蹲在地上用脚踢着冻土，它抖动皮毛如同张开繁花似锦的毯子，它盘旋转动的姿势就像在跳胡旋舞，虎的种种表演，似乎在显示虎威，其实全是为了取悦人，这一连串的描写，将老虎"媚人"之态写得淋漓尽致。过了一会儿，虎却出人意料地仰卧在地上装死，将肉投给它，便突然起身，引起观众的欢笑，争着给钱，驯虎人得了金钱，虎也摇尾乞怜地表示感谢。表演结束后，虎仍然被赶进笼子里，它还以为这样的日子快乐，已完全忘记了自由自在的山居生活。这段描写看似平铺直叙，实际上十分有力地揭示驯虎的奴颜婢骨，包含着辛辣的讽刺意味，引起读者更深层的思考。

从"依人虎任人颐使"到结束，诗人对这个事件的议论。老虎要依赖驯虎人，因此受人"颐指气使"，驯虎人却在拾老虎的"唾余"。看到这种现象，诗人感到心气沮丧，禁不住叹息：从"山君"变成"斑奴"，真是何苦如此！不能挣断足掌，实在不明智；不能冲破牢笼，就是不勇敢。驯虎人一生衣食要依靠老虎，既没有像《尸子》中所说的搏虎勇士中黄那样的武力，也没有像《列子》中所说的驯养禽兽的梁鸯那样的技能，因此诗人用责备的口气向老虎发问：你只得到一些残羹剩饭，究竟有什么补益？连原来帮助你吃人的伥鬼也会感到羞愧而要另找主人；如果遇见旧日山里的伙伴，也会嘲笑你的行为还不如老鼠。这些议论愤激而又沉痛，既可以看作是对社会上那些本性凶恶而又贪利辱志、甘心媚主为奴的无耻之徒的揭露；又可以联系诗人的身世，看作对有才之士受制于人的悲愤写照，抒发不平之鸣，发人深思。

全诗用白描手法，以极其简炼而又细致的笔触写出驯虎表演的过程，层层递进，步步深入，结构严谨而又错落有致，表现诗人高度圆熟的艺术技巧。与黄景仁同时的孙星衍曾评论说："仲则《圈虎行》为七古绝技，'似张虎威实媚人'，奇句精思，似奇实正。"

（李国章）

杂　感

仙佛茫茫两未成，只知独夜不平鸣。

风蓬飘尽悲歌气，泥絮沾来薄幸名。

十有九人堪白眼，百无一用是书生。

莫因诗卷愁成谶，春鸟秋虫自作声。

本诗写于乾隆三十二年（1767），黄景仁十九岁。他与好友洪亮吉在常州龙城院从学，同拜邵齐焘为师，并得到邵的赏识，被称为"二俊"。黄景仁初次参加江书宁乡试，却名落孙山，即作此诗书愤。

"大凡物不得其平则鸣"（韩愈《送孟东野序》），黄景仁同封建社会一般文人一样，想通过科举考试，平步青云，成仙成佛，但命运往往作弄人，"仙佛茫茫两未成，只知独夜不平鸣"，写出诗人在科举失败后的心理状态。实际上，黄景仁的不平之鸣，不仅自鸣其仕途困顿，也为广大的失意文人鸣不平。

黄景仁幼年聪明好学，九岁时即能写出"江头一夜雨，楼上五更寒"的诗句，十六岁应童子试，在三千人中考了第一名。回首往事，无限感慨："风蓬飘尽悲歌气，泥絮沾来薄幸名。"随着岁月的流逝，少年时慷慨悲歌的气魄，已如同风中飘转的蓬草一样无影无踪了；如今已情怀冷漠，故惹来了薄幸之名。

"十有九人堪白眼，百无一用是书生。"这两句是全诗的警句，明白如话，又富有深刻的道理。据《晋书》载，阮籍遇到自己不满意的人，眼睛上翻，露出眼白，以表示鄙视，这就是"白眼"的来历。诗人将郁勃不平的心态化成忧伤怨恨的不平之鸣，进而发出愤怒的呐喊。由于黄景仁落落寡合的性格，加上仕途失意，长期过着幕僚清客的生活，时时有寄人篱下、仰人鼻息的落寞之感，既对周围许多人投以鄙视的眼光，又感到自己只是百无一用的一介书生，这是他坎坷的遭际，落魄的命运，以及抑塞情怀的直接表现，读后令人心酸，并发出催人泪下的叹惋。这种感伤、凄怆的心灵独白，具有普遍的社会意义，因而"百无一用是书生"，成为传诵至今的名句。

"莫因诗卷愁成谶，春鸟秋虫自作声。"诗人曾自注云："或戒以吟苦非福，谢之而已。"别人劝他不要多写愁情以免成为诗谶，而他却坚持自己的创作主张，就像春鸟秋虫那样发出自己的鸣声。"春鸟秋虫自作声"，正表明了黄景仁坚持在诗歌艺术上力求独创的志向。

这首诗直抒胸臆，感情真挚，做到意新语工，含不尽之意，见于言外，成为黄景仁诗歌的代表性作品。　　　　　　　（李国章）

春日客感

只有乡心落雁前，更无佳兴慰华年。

人间别是消魂事，客里春非望远天。

久病花辰常听雨，独行草路自生烟。

耳边隐隐清江涨，多少归人下水船。

　　此诗写于乾隆三十七年（1772）春天，时黄景仁在安徽学政朱
筠官署，客居异地，抒发春日思乡之情。

　　正是春到江南的季节，"白水落春塘，旅雁每回翔"（沈约《咏
湖中雁》）。南下越冬的鸿雁要展翅回归，古诗中常见以鸿雁的归去
寄托自己的乡思。"只有乡心落雁前"句化用薛道衡《人日思归》
诗中的名句"人归落雁后，思发在花前"，写因春来而触发的思乡
之情。"更无佳兴慰华年"句，则感叹自己正当风华正茂的时候，
为生计所迫，权作幕宾，寄人篱下，有家归不得，内心难以平静，
更没有兴致去观赏良辰美景。

　　"人间别是消魂事，客里春非望远天。"这两句进一步写诗人对
亲人的思念，"黯然销魂者，唯别而已矣"（江淹《别赋》）。别离是
人世间最令人魂牵梦萦的事，在美好的春光中，人在异乡作客，哪
有闲情逸致去登高望远，更害怕牵动思乡的愁肠。

　　眼前繁花似锦、芳草萋青的迷人景色，却视而不见，比"夜来风雨声，花落知多少"（孟浩然《春晓》）所描写的伤春的心情、淡淡的忧愁更要强烈些，那是因为诗人久病多愁之身，倾听雨声，徒增伤感；独自行走在春草丛生的路上，烟波迷蒙，更感到黯然神伤；耳边隐约听见江水上涨的声音，想到有多少归乡的游子将乘船离去，愁绪频添，思乡之情更加浓烈。这后四句没有用一个"愁"字，却把无法排遣的愁情，表现得淋漓尽致。全篇用情景交融的手法，使景语也成情语，两者浑然一体，给读者以更加强烈的感受，取得极好的艺术效果。

　　　　　　　　　　　　　　　　　　　　　　　　（李国章）

秋　夜

络纬啼歇疏梧烟，露华一白凉无边。

纤云微荡月沉海，列宿乱摇风满天。

谁人一声歌子夜，寻声宛转空台榭。

声长声短鸡续鸣，曙色冷光相激射。

乾隆三十七年（1772）秋天，黄景仁随安徽学使朱筠按部来到六安，写作此诗。

"络纬啼歇疏梧烟，露华一白凉无边。"在夜色苍茫之际，稀疏的梧桐树上笼罩着迷蒙的烟雾，络纬（又名莎鸡，俗称纺织娘）的鸣声时断时续地啼叫着，一阵阵凉意沁人心肺，白露为霜，寒彻无边的大地。这两句形象化地写出"秋风萧瑟天气凉，草木摇落露为霜"（曹丕《燕歌行》）的秋天景象。"纤云微荡月沉海，列宿乱摇风满天。"写秋高气爽、轻云飘荡的天空景色，明月已沉向海中，满天星宿闪烁，好似阵阵秋风在天际摇动。天空与大地的秋色相互呼应，极力渲染秋夜的萧瑟气氛。

"谁人一声歌子夜，寻声宛转空台榭。"这两句写空寂的楼台亭榭回荡着《子夜歌》的哀苦声音。《子夜歌》是南朝时流行在江南的民间歌曲，据《宋书·乐志》记载："有女子名子夜，造此声。"

曲调多哀怨,后来又有《子夜四时歌》,分春夏秋冬四歌,抒发一年四季的生活情感。这歌声冲破静谧的夜空,更增添一种悲秋的气氛。"声长声短鸡续鸣,曙色冷光相激射。"在黎明即将来临之际,连续不断的雄鸡报晓,熹微的曙色与清冷的月光交融激射,夜幕逐渐隐退,曙光普照大地。

全诗用极为清丽深沉的语言,抓住极具特点的景物与情状,在读者面前展现一幅清幽冷寂的秋夜图,其清新俊逸的格调,深受李白诗歌的影响,"此真能直闯太白堂奥,东坡而后罕有其匹"(延君寿《老生常谈》)。

(李国章)

绮 怀

（十六首选一）

露槛星房各悄然，江湖秋枕当游仙。

有情皓月怜孤影，无赖闲花照独眠。

结束铅华归少作，屏除丝竹入中年。

茫茫来日愁如海，寄语羲和快著鞭。

　　乾隆四十年（1775），黄景仁二十七岁时，写作《绮怀》诗十六首。这组诗都是七言律诗，既有联系又可独立成章，完整地追忆他少年时的恋爱经历，从相识到相爱，从热恋到失恋的全过程。这首诗是组诗的结尾，也是对这段恋爱生活的归结。

　　"露槛星房各悄然，江湖秋枕当游仙。""星房"，织女星的闺房，此指所爱女子的居所。首句说往昔沾露的栏杆和她的住所都已寂然无人，意中人早已远嫁他乡，如今人去楼空。诗人在这组诗的第十首中写明："何曾十载湖州别，绿叶成阴万事休。"青梅竹马、志趣相投的恋人已经生儿育女，往事不堪回首。十年来，诗人浪迹江湖，时当秋天，只能靠游仙枕来追寻梦中的温馨的回忆。游仙枕的典故据《开元天宝遗事》载："龟兹国进奉枕一枚，其色如玛瑙，温温如玉，其制作甚朴素。若枕之，则十洲三岛、四海五湖尽在梦中所见。"

"有情皓月怜孤影"四句写眼前明月如果有感情的话，也应怜悯我这孤独的身影，秋天的闲花却有意来照看我这独眠的游子，这是令人心烦而又无可奈何的事。俱往矣，我要结束这《绮怀》诗的写作，让它作为少年时代一段美好的回忆，应该排除一切如同音乐那样美妙的爱情生活进入悲苦的中年。

"茫茫来日愁如海，寄语羲和快著鞭。"最后两句写出诗人对未来的惶惑、茫然的心情，对那段恋情的追忆，加上自己怀才不遇的愤懑，这"愁"字终何了结，犹如无边的大海，何处是岸？于是，传语给驾日车之神羲和，请他赶快加鞭，让日子飞快地过去，或许能减少我的愁思。此处用大海的漫无涯际和深不可测，比喻愁思难遏，极为贴切；用羲和挥鞭驱日，加深加重悲苦之情，想象奇特。前人对这两句诗极为称赞，认为"真古之伤心人语也"（郭麐《灵芬馆诗话》）。

（李国章）

都门秋思

（四首选一）

五剧车声隐若雷，北邙惟见冢千堆。

夕阳劝客登楼去，山色将秋绕郭来。

寒甚更无修竹倚，愁多思买白杨栽。

全家都在风声里，九月衣裳未剪裁。

《都门秋思》组诗共四首，本篇是第三首，写于乾隆四十二年
(1777)。"都门"，指北京。黄景仁于乾隆四十一年随各省士子去天
津献诗，考取二等，授武英殿书签官，开始在北京居住。翌年托挚
友洪亮吉将家乡仅有的半顷田、三椽屋变卖，将家眷接到北京。有
《移家来京师》（六首）、《都门秋思》（四首）记叙此事。

"五剧车声隐若雷，北邙惟见冢千堆。""五剧"，指道路交错。
"北邙"，即邙山，位于洛阳市北，从东汉到魏，王侯公卿多葬于
此。这两句是写京城的道路纵横交错，车水马龙，其声隐约如雷
鸣，一派繁华景象；那些达官贵人享尽荣华富贵，但仍然难免一
死，那北邙的众多的坟墓就是明证。黄景仁的思想在现实与未来之
间遨游，身处困境，京都的繁华景象与己无关；达官贵人钟鸣鼎
食，到头来还不是都成累累白骨，埋葬在千堆坟墓之中。

"夕阳劝客登楼去"四句，先用王粲《登楼赋》："登兹楼以四望兮，聊暇日以销忧。"再用杜甫诗意："天寒翠袖薄，日暮倚修竹。"又化用《古诗十九首》诗句："白杨多悲风，萧萧愁杀人。"从夕阳西下，劝客登楼远眺，只见秋光山色绕着城郭而来，天气寒凉，北地又无修竹可依，忧愁太多，想买白杨来种，触景生情，黄景仁极力抒发自己在穷愁潦倒的困境中的愤懑不平的心情。

"全家都在风声里，九月衣裳未剪裁。"用白描的手法，将黄景仁满腹辛酸泪一泻无遗。黄景仁将家眷迁来京都之后，由于官卑俸薄，难以维持生计，景况极为艰辛，并发出"长安居不易，莫遣北堂知"（《移家来京师》其三）的感叹，这两句诗是他全家遭遇的真实写照，也是他用笔写出了旧时代穷苦知识分子所面临的共同命运，引起后代许多知识分子的共鸣，成为传诵不衰的名句。据陆时辂《春芹录》记载：当时陕西巡抚毕沅见到这组诗后，极为赞赏，说"价值千金"。李宝嘉《无衣诗》评此篇："意极荒凉，而语极雄健，所以为佳。"

（李国章）

和仇丽亭

（五首选一）

多君怜我坐诗穷，襆被萧条囊橐空。

手指孤云向君说，卷舒早已任秋风。

本组诗共有七绝五首，写于乾隆三十四年（1769）。据诗人自注："八月，从新安归经武林，与丽亭匆匆话别。十月，复从山阴来，丽亭出仲秋见赠诗五章，次韵答之。"仇丽亭，名养正，号一鸥，浙江仁和人，官至桐庐训导。黄景仁从二十岁到二十二岁期间，因屡试不第，为了养家糊口，四处"浪游"，南北奔波，足迹遍及江苏、浙江、安徽、山东、湖南等地。仇丽亭曾以湖湘道远，且怜其病，劝他不要长途跋涉，他婉言谢之，其难言之隐，正如左辅《黄县丞状》所述："景仁无兄弟，母老家贫，居无所赖，将游四方觅升斗为养耳。"

前两句诗人提出问题："多君怜我坐诗穷，襆被萧条囊橐空。"在友人看来，黄景仁因为写诗误了科举文章，未能及第，以致家境越来越贫穷，出外"浪游"，行装简陋，囊中羞涩，境况极为窘迫。友人的看法有一定的根据，黄景仁在诗集《自叙》中也曾说过，他对"从塾师授制艺，心块然不知其可好"，而对诗歌的创作"间一为之，人且笑姗，且以其好作幽苦语，益唾弃之，而好益甚也"。

　　面对友人的关心和自己穷困的境遇，诗人断然回答：“手指孤云向君说，卷舒早已任秋风。”表明自己就像天上孤寂的浮云一样，任凭秋风卷舒，境况如何险恶，坚持走诗歌创作的道路，始终如一，决不后悔。诗中的“孤云”，还有一层含义，用于对“贫士”的比喻，如陶渊明《咏贫士》：“万族各有托，孤云独无依。”李善注：“孤云，喻贫士也。”黄景仁此时的境况，正是名副其实的贫士，借用典故，自然贴切，毫无斧凿的痕迹，显示出黄景仁诗歌创作中语言明快晓畅而又富有表现力的特色。

（李国章）

癸巳除夕偶成

（二首选一）

千家笑语漏迟迟，忧患潜从物外知。

悄立市桥人不识，一星如月看多时。

癸巳，即乾隆三十八年（1773），黄景仁二十五岁，为安徽学政朱筠的幕僚。他随从朱筠，春游庐州、泗州，夏游徽州、杭州，秋再至徽州，冬末回家乡武进与亲人团聚。《癸巳除夕偶成》共有两首绝句，这是第一首。

首句"千家笑语漏迟迟"，写除夕之夜常见的景象，家家喜庆团圆，处处欢声笑语。次句"忧患潜从物外知"，抒发诗人在欢乐的氛围中感受的忧患意识。"笑语"与"忧患"似乎是相互排斥的，在这里却能有机地联系起来。在封建社会中，由于贫富悬殊，除夕之夜，几家欢乐几家愁，是常见的社会现象。此时，他与家人欢聚，本可以过愉快的除夕，忧患从何而来？他出身下层社会，生活穷困，而又多愁善感，对现实生活有比较深切的感受，透过当时"文治武功，并臻极盛"的表面现象，看出社会矛盾与民族矛盾渐趋尖锐，从而滋生忧患意识，还是可以理解的。

"悄立市桥人不识，一星如月看多时。"诗人的满腔忧患难以排解，于是他悄然独立在市桥上，仰望茫茫夜空，一星如月地长久凝视着，周围的一切仿佛都不存在，似乎已经超然物外，进入物我两忘的境界。这两句用的是白描手法，看似平淡，但含蕴深厚，把丰富的思想感情用朴素的语言表达出来，此时无声胜有声，把诗人忧愁郁闷的心情写得更为深沉，更加强烈，也更有艺术感染力，成为脍炙人口的名句。

(李国章)

宋 湘

宋湘（1756—1826），字焕襄，号芷湾，广东嘉应州（今梅县）人。嘉庆四年（1799）进士，官至湖北粮道。诗与同时的黎简并称，善用逆笔，妥帖排奡，自然生动。多反映现实和描写山水之作，自出手眼，性情真挚。其乡人黄遵宪受其影响颇大。有《红杏山房诗钞》。　　　　　　　　　　　　　　（王镇远）

湖居后十首

（选一）

岁月去如电，磨牛迹陈陈。

扫却湖上雪，再看湖上春。

春来今几日，湖草俱已新。

新草续旧草，今人续昔人。

人在天地间，岂不如草根？

一鸟从东来，啄啄庭树皴。

侧睇似相识，似笑湖居民：

去年湖居民，今年湖居民。

自古以来感叹时光易逝的诗何啻千万，然要使这一陈旧的主题焕发出新的光彩，关键在于能融入诗人真切的感受，而不作泛泛之论。宋湘这首诗就能以亲身体验到的湖上景物来表现此意，故今诗意充满生趣，读来绝无陈陈相因之感。何藻翔评此诗以为："绝世聪明，仙才也。"正是指这种化腐朽为神奇的本领。

首二句开门见山，揭出诗旨。岁月如电，稍纵即逝，而人事如牛，蹈袭陈迹。"磨牛"典出苏轼《送芝上人游庐山》诗："二年阅三州，我老不自惜。团团如磨牛，步步踏陈迹。"这两句中以"电"和"牛"形成强烈对照，不仅感叹时光易逝，而且也暗示出生活的单调沉闷。下文便环绕着这两句展开：春天已悄悄地来到湖上，诗人扫却了湖上的残雪，来湖边寻找春光，入春还没有几天，而湖畔已是草色青青了，像是最先报导了春天的讯息。如果说"扫却"四句纯为写自己的湖畔寻春，那么"新草"以下四句则是由草而感悟人生了。新草代替了旧草，就像今人继续着前人。因而诗人感叹道，人在天地之间，就像一根草，受春阳之沐浴，受春风之吹拂，但年复一年，无所变化，只是蹉跎了一生的好时光。在这新与旧的变化之中，诗人并没有看到希望和生机，只是发现了循环往复、陈陈相因的苦恼。于是他借飞鸟的话来表示自己的这种感受。诗人说：有一只飞鸟从东面飞来，用嘴啄庭中干裂的树皮，斜着眼睛注视着我，露出似曾相识的样子，好像在嘲笑这些湖上的居民：去年是湖上的居民，今年还是湖上的居民。这里"湖居民"分明是作者自指，诗人用了两个重复的句子说明自己年复一年地闲居湖上，虚掷了大好的光阴。宋湘曾在四川、云南等地作官，目睹现实的黑暗，转而寄情山水，然他对自己的回天无力常抱憾恨，这首诗中就十分委婉地表露了这种心情。

　　宋湘论诗首标性情之真，就在这组诗的第八首中他说："我诗我自作，自读还赏之。赏其写我心，非我毛与皮。"这首诗中就通过自己真实的感受来表现人生哲理，故能于寻常景物中翻出新意。"一鸟从东来"一段，凿空而来，纯出想象，但写鸟的侧目相视，笑而语人，煞有介事，如一则小小的寓言，表面上突梯滑稽，其实语含悲辛，于嬉笑中益见深沉。全诗议论与描述浑然一体，富有理趣而不落理窟。故陈衍《石遗室诗话》中称宋湘的诗："《湖居后十首》短古最工。"

（王镇远）

贵州飞云洞题壁

我与青山是旧游，青山能识旧人不？
一般九月秋红叶，两个三年客白头。
天上紫云原幻相，路边泉水亦清流。
无心出岫凭谁语，僧自撞钟风满楼。

张维屏的《听松庐诗话》中说宋湘的七律"以生动之笔写沉郁之气"，最为的评，此诗就是如此。诗作于嘉庆十九年（1814）诗人重游贵州飞云洞时。

首联从青山落笔，因是重游，故说不知青山是否还认识故人。颔联写游洞的时间，两次都是九月间秋叶正红的时分来此，然相距六年，自己的鬓发已白。颈联描述飞云洞周围的景物，其怪崖奇壁，似为天上的紫云幻化而成，路边的泉水玲琤作响，清冽沁人。面对着如此清幽绝尘的景象，诗人顿起退隐之心，但愿长留于此。"无心出岫"用了陶渊明《归去来辞》中"云无心以出岫"的话，意谓自己愿长住洞上，息心忘机，抛弃尘世的烦恼。尾联宕开一笔作结，说山寺的钟声响了，风吹满楼，由此勾勒出一幅静谧恬淡的画面，正是诗人向往的境界。

诗的主题只是由旧地重游而触动了人生易老的感怀，并愿借清幽的山水而栖身终老。故其基调是低沉哀感的，但诗却写得异常流丽清新，透露出一种幽默旷达的意趣。如"青山能识旧人不""两个三年客白头""僧自撞钟风满楼"等句中都可见诗人疏放的人格。语言的流动潇洒也是十分明显的，如首联中用了"青山""旧游"等复字，颔联中连用"一""九""两""三"这些数字，都造成了一气流走的明快节奏。全诗中没有深奥的僻字冷典，纯以白描的手法写来，文字虽然显豁明畅，而意味却隽永超拔，余味无穷。

（王镇远）

木 棉 花

历落嵚崎可笑身，赤腾腾气独精神。

祝融以德火其树，雷电成章天始春。

要对此花须壮士，即谈风绪亦佳人。

不然闲向江干者，未肯沿街买一缗。

　　木棉花是一种落叶乔木，它生长在南方，以其如火如荼的红花吸引着人们，所以又被称作"英雄花"。清初陈恭尹的《木棉花歌》中就有"浓须大面好英雄，壮气高冠何落落"之句。故宋湘的这首诗也不仅歌咏了花的色相，而且也歌颂了木棉花的精神。

　　首联便突出木棉的品格，"历落嵚崎"，本来是形容人的气度不凡，《世说新语·容止》中载周颤说桓彝"嵚崎历落可笑人"，指桓彝为人杰出不群，世多忽之，见笑于人。这里用来指木棉花超出众花的气质。其赤光照人，生气勃勃，以其独特的精神力压群芳。颔联则极言花之红艳，祝融是传说中的火神，他是"赤精之君"，主管南方。古人以帝王受命与五行相配，值火运则为"火德"，木棉花猩红似火，所以说它是受了祝融之德。雷电产生明亮的光，《易·噬嗑》云："雷电合而章。"这里用来形容木棉花的明艳照人。颈联写花的风神气格，却从对面落笔，说只有壮士才能与此花相配，即使议论她的风姿也堪称佳人。意谓木棉既有壮士般的豪迈气概，也不乏佳人的风姿逸韵，不仅道出了花的格调，而且也逗出人们对她的爱好。所以尾联说要不是此花有如此魅力，人们怎会舍得花钱去买一束鲜红的木棉呢？

宋湘的《说诗八首》中曾说："学韩学杜学髯苏，自是排场与众殊。"可见他的瓣香所在。如这一首中就显然受到韩愈以文为诗风气的影响。诗中多用虚词，如后两联中的"要对""即谈""须""亦""不然""未肯"等造成流走的气势，虽为律句，却有古体诗的韵味；遣词造句也有散文化的倾向，如首句即变化《世说新语》的成句而来，"火其树"的句式也分明仿效韩愈《原道》中的"火其庐"。都说明诗人有意创新，不愿受律句束缚的祈尚。　　（王镇远）

孙原湘

孙原湘（1760—1829），字于潇，晚号心青，江苏昭文（今常熟）人。嘉庆十年（1805）进士，授翰林庶吉士，充武英殿协修，假归后称病不出。诗受袁枚的影响颇深，重性灵，但词藻艳丽。与舒位、王昙齐名，时称"三君"，亦称乾隆"后三家"。有《天真阁集》。

（陈祥耀）

登白云栖绝顶

一峰插云云不穿，云中忽露山左肩。

一峰穿云欲上天，乱云又复蒙其巅。

峰低峰昂云作怪，云合云离山变态。

殷勤挽山入云中，倏忽推山出云外。

隔云看山山不青，入山看云云无形。

但觉雨疏疏，烟冥冥。

不知深林积翠外，白日自在空中行。

我径拨云出其顶，始觉云高不如岭。

足踏云头万朵飞，下方看作青霄影。

白云栖，原是江苏常熟虞山鹁鸽峰下的一个石洞，后人在其旁拓建寺宇。洞居虞山高处，登临时群峰入望，眼界颇宽。诗作于乾隆四十四年（1779）。

诗不详写登白云栖所见具体山景，只就山和云的关系，生发抒写。第一、二句自上而下写一个山峰，故曰"插云"，插而"不穿"，故云中又"露"出山的"左肩"；着一"忽"字，是曾"穿"又忽而不"穿"了。第三、四句又自下而上写另一个山峰，故曰"穿云"，穿云"欲上天"而不能，是被"乱云蒙其巅"的缘故；山非不高，被云掩住故不能充分逞露其高。这四句从不同角度分写两种有代表性的峰与云的关系。下面四句，改分写为总写，把峰与云的各种关系和形态，马上归纳起来，分合紧凑。说"峰低峰昂"的"变态"，来自"云合云离"的"作怪"。"作怪"的主要表现如何呢？有时像亲切地"殷勤挽山入云中"，有时又是无情地"倏忽推山出云外"。这是峰受云的左右。写山、云关系至此停顿，转入写人，即写作者自我。加入了人，主客关系更明显，诗的思路更畅达。"隔云看山山不青"，主体是人，然云仍起着左右峰与人的作用；"入山看云云无形"，则云失其左右的力量，人与峰的作用显得主要了。以下全以人为主体，峰与云都在其视野与活动的支配之中。

上半篇专写云与山，后半篇着重写人，诗的内容便不单调。"雨疏疏，烟冥冥。不知深林积翠外，白日自在空中行。"全是人之所"觉"了，这"觉"主要是视觉；下面几句："我径拨云出其顶，始觉云高不如岭。足踏云头万朵飞，下方看作青霄影。"则兼有活动，兼有触觉。开头以扬云抑山起；"云高不如岭"，则扬山抑云，感觉顿变。"足踏"二句，那云与山都在人的足下；人在山上，在云中，被下面观者看作是在"青霄"天上了。奇思继作，人与云与峰又——飞动起来，——进入妙境，显出更加神奇、更加自得的状态。诗至此戛然而止，但却留下悠然不尽的余情供人回味。

这诗是作者早年作品，但已充分显示其工为巧思，句句奇特新异，又句句明畅工稳。起伏舒卷，变化多姿，又复简洁凝炼；奇思逸趣，奔凑涌集，又复只见空灵，不见滑滥，真不愧是"性灵"诗的上乘之作。

（陈祥耀）

吴　中

梧宫梧叶响萧萧，王醉王醒暮复朝。

敌国已深尝胆恨，倾城只觉捧心娇。

非关鸟喙能为沼，谁遣鸱夷怒作潮？

父夺江山儿断送，九原都愧见王僚！

　　这首诗作于乾隆四十六年（1781）。吴中，指苏州，春秋吴国的国都，诗为凭吊吴亡的咏史之作。

　　吴王夫差，原来筑有梧桐园；古乐府也有"梧宫秋，吴王愁"之句。诗的起句，写史实兼谐音，加上"萧萧"二字，以象征吴国国势的衰微。次句说在这种形势下，吴王夫差仍不醒悟，日夜醉酒沉湎。三、四两句进一步写其昏聩：敌人越王勾践，已在"卧薪尝胆"，时刻准备灭吴复仇，而吴王还一味迷恋于相传"有心疾"、常"捧心而颦（皱眉头）"的西施的美色，荒废朝政，丧失警惕。五、六句说吴国之亡，并非专出于嘴如"鸟喙"的勾践的力量，而是吴王不纳忠谏，错杀良臣所致。伍子胥曾预言吴国的宫殿将废为池沼，故这里以"为沼"指吴国之灭亡。伍子胥被吴王杀后，尸体被装在"鸱夷"（皮囊）中投于江中，他忠魂愤激，化而驱动钱塘的潮水。结尾两句说阖闾派人刺杀吴王僚，夺取吴国王位，结果在他儿子夫差手里，招致灭亡，"断送"吴国江山，父子两人，在地下都无颜再见吴王僚。

诗的前六句，从渲染亡国气氛起，到写吴亡的重要事实，再到揭示吴亡的主要原因，层层深入。诗人又善于借历史典故，用简炼、委婉的语言表达复杂的内容；且偶句对仗工整，如"敌国"与"倾城"，"鸟喙"与"鸱夷"，"尝胆"与"捧心"，"为沼"与"作潮"，都对得既工整又灵动，既华丽又切实，行以议论，不事涂泽。特别是结尾两句，讽刺阖闾父子，鞭辟入里，议论更加新颖，而又感慨苍凉。有了这两句，使全诗更觉警策生动。形象虽富，典故虽多，也毫无钉饾挦撦之病，这也是得力于"性灵"。　　　　（陈祥耀）

王昙

王昙（1760—1817），一名良士，字仲瞿，浙江秀水（今嘉兴）人。乾隆五十九年（1794）举人。诗笔恣肆奇诡，兼工骈文，法式善将其诗与舒位、孙原湘的诗合评，作《三君咏》。有《烟霞万古楼集》。　　　　　　　　（陈祥耀）

项王庙

立马一呼千人号，咸阳大火不足烧。

十八诸侯作臣子，如何不舞鸿门刀？

陈平美奴张良女，淮阴之少小儿乳。

功臣反面见君王，吾亦伤心老亚父。

君王如玉妾如花，君马一走天下瓜。

赤蛇不死白蛇死，妾骨空阗垓下沙。

儿女英雄两不足，水庙山烟吾来宿。

八千子弟大风来，父老江东到今哭。

　　古代咏项羽的诗，流传广泛的，如杜牧的《题乌江亭》："胜败兵家未可期，包羞忍耻是男儿。江东子弟多才俊，卷土重来未可知。"李清照的《夏日绝句》："至今悲项羽，不肯过江东。"都是同情项羽，惋惜他的失败，因为司马迁《史记》把项羽的英雄气概、刘邦的善耍无赖，写得深入人心。此后的七言古诗，像明王象春的《书项王庙壁》，写得奇警；七言律诗，清严遂成、蒋士铨、黄景仁俱有佳作，王昙和舒位、孙原湘唱和的谷城祭项王墓诗，也都很出色。这首《项王庙》诗，是作者在祭项王墓诗之后写的。项王庙，在安徽和县东北的乌江边，是项羽兵败自刎之地。

"立马一呼千人号，咸阳大火不足烧。"写项羽的英雄气概和威力。说他立马一呼，千人"辟易"惊号；他的力量，尽可亡秦，攻入咸阳，何必再烧秦的宫室，"火三月不绝"呢？"十八诸侯作臣子，如何不舞鸿门刀？"说项羽入关，封十八人为王，"自立为西楚霸王"，威力很大，误在"鸿门宴"上不杀刘邦。"陈平美奴张良女，淮阴之少小儿乳。"说汉高祖刘邦的谋臣、大将如陈平、张良、韩信等，也不是什么了不起的人物，如项羽措施不误，未必就败在他们手里。陈平身长有"美色"，张良"状貌如妇人好女"，俱见《史记》；"淮阴之少"指韩信。《史记·淮阴侯列传》说刘邦起初不知礼敬韩信，萧何评其"拜大将如呼小儿耳"，会留不住韩信；《汉书·高帝纪》载刘邦谓魏将柏直，"是口尚乳臭"，非韩信之敌。诗话用这两个典故，又兼暗用韩信忍受"袴下之辱"的典故，以讥韩信。"功臣反面见君王，吾亦伤心老亚父。""亚父"，指项羽的谋臣范增。说项羽中了反间计，"有一范增而不能用"，君臣反目，范增愤死，使人"伤心"。"君王如玉妾如花，君马一走天下瓜。赤蛇不死白蛇死，妾骨空阗垓下沙。"说"垓下之围"，项羽所宠爱的虞姬，从死于此，骨填沙下，项羽别了虞姬，驰马突围，终于失败，天下被刘邦所瓜分；刘邦初起兵时，有身是"赤帝子"斩"白帝子"（白蛇）的传说，诗指白蛇死而被称为"赤帝"的汉朝兴起。
"儿女英雄两不足，水庙山烟吾来宿。"说作者此次来乌江边借宿，
只看到江边荒凉烟水中的项羽古庙，当年他的英雄气概和泣别虞姬
时的儿女深情都消失无存了，使人心感"不足"。"八千子弟大风
来，父老江东到今哭。"说项羽起兵时所带的"八千子弟"大部阵
亡，而刘邦胜利，却还乡唱其《大风歌》；胜败之事的不平，使项
羽故乡的"江东父老"至今还为他痛哭。

　　诗自开头到"妾骨空阗垓下沙"十二句，都是议论楚汉兴亡的
史事，作者偏爱项羽的英雄气概和儿女深情，故议论都扬项羽、抑
刘邦，甚至抑到刘邦的功臣张良、陈平、韩信等，带有明显的倾向
性和强烈的主观色彩。诗歌不等于科学的历史研究，感情动人便成
佳作，本不必深计其议论是否客观。这首诗的议论，结合史事作形
象性表述，转折变化多，安排凝炼紧凑，既显得恣肆雄奇，又处处
沁透深情，读起来很动人。最后四句，归结到凭吊庙宇，怀古伤
今，直接抒情，笔调转为哀怆缠绵，使诗的劲气哀思，前后相生相
映，更觉其情益挚，其美益彰。

（陈祥耀）

焦山夜泊

华严灵馆压嶕峣，一片风烟接寂寥。

大地星河围永夜，中江灯火见南朝。

鱼龙古寺三秋水，神鬼虚堂八月潮。

独上层楼扪北极，满天风露下银霄。

　　作者乘舟过长江，夜泊焦山而作此诗。"焦山"，在江苏镇江北面的长江中，相传因汉处士焦光隐居于此而得名。西有金山，相距十五里。金、焦二山，南望镇江，北望扬州，雄峙江中，风景著名。

　　起联写山上的华严阁高压石势"嶕峣"的焦山，作者停舟夜泊时，四面"风烟"相"接"，江山上下，一片"寂寥"。颔联出句写江水环抱，天上星光照水，长夜中整个焦山好像被围于地面的"星河"。清洪亮吉游焦山诗："天沉河汉影"，曾燠游焦山诗："风涛四面天"，可和此句相参。对句写江中看到扬州、镇江两岸的灯火，使人依稀想见南北朝时两地的繁华景象。宋王安石诗有"已无船舫犹闻笛，远有楼台只见灯"之句，杨蟠诗有"天远楼台横北固，夜深灯火见扬州"之句，写的虽是金山，移用以写附近的焦山，也无不合，故此诗境与之相似。"围永夜"三字，壮阔中见凄寂；"见南朝"三字，则包含无穷的历史变迁之感，寄情甚深。颈联"鱼龙"、"三秋水""八月潮"写长江，似有杜甫《秋兴》诗"鱼龙寂寞秋江冷"之概；"八月潮"又是扬州一带著名的潮期，很早即见于枚乘《七发》的描写，非泛泛着笔。"古寺""神鬼虚堂"，写山上寺庙。焦山有普济寺、焦公祠、吸江楼、乾隆行宫等寺庙和著名建筑。明李梦阳《台寺夏日》诗："云雷壁画丹青壮，神鬼虚堂世代遥。"清朱彝尊《题南昌铁柱观》诗："阴洞蛟龙晴有气，虚堂神鬼昼无声。"诗语本之。结联自泊舟写到登山，以登临时似乎可以"扪"到"北极"，看见"满天风露"自"银霄"而下，写山高楼高和夜凉天净的情景。

这首诗气势雄劲，情感凄郁，中二联笔力尤其饱满，不失为歌咏焦山诗的力作。

（陈祥耀）

张问陶

张问陶(1764—1814),字仲冶,号船山,四川遂宁人。乾隆五十五年(1790)进士,授翰林院检讨,曾官吏部郎中、莱州知府。论诗力主"性灵"之说,与袁枚、赵翼、洪亮吉诸人相呼应。诗作题材多样,内容广泛,不仅有表现个人感情、描摹山水佳胜的篇什,而且也不乏笔锋犀利、揭露深刻的讽谕之作;风格清警,善言情理,故袁枚赞其诗"沉郁空灵,为清代蜀中诗人之冠"。有《船山诗草》。

(袁 真)

丰 都 山

死人大笑生人哭,浪指丰都作地狱。

凿山起殿山为缩,殿中沉沉暗如椟。

人来惊拜僧灭烛,阎罗怖人悍双目。

鬼卒狰狞头有角,长枷大杻堆成屋。

锯声辚辚火声爆,刀锯鼎镬恣烹剥。

椎扬磨转碓可筑,毒蛇满河方食肉。

雪山晶莹差不俗,蹋凌一滑冰穿腹。

男跃女跪婴儿伏,照眼骷髅千万束。

九州茫茫人鬼畜,一山收之无不足。

万里遐哉南与朔,极天况有要荒服。

泊乎一死全入蜀,蜀人便之来亦速。

东走瞿塘北褒谷，众鬼争来声肃肃。

近者牵扶远者逐，呼号叫跳想归宿。

千头万头猛于镞，蜀哉蜀哉鬼之薮。

殿前古井谁敢黩，纸钱下飞如转毂。

通神使鬼罪可赎，鬼无心肝神有欲。

大杖年年易新竹，聚人无算供敲扑。

山僧踞寺狠如蝮，王不答之讶其秃。

吁嗟乎，九幽功罪无荣辱，

土偶安之作威福？

君不见，方平洞口仙云绿。

丰都在四川东部的长江北岸，其山崇楼杰阁，临江矗立，有大帝宫殿，传说大帝即地藏王菩萨，大帝宫殿则为森罗殿，故俗称丰都鬼域。其实丰都山本为道教名山，据说汉代的王方平、阴长生两人先后于丰都山修道成仙，白日飞升。后人误读"王、阴"为"阴王"，讹传为"阴间之王"，丰都就成了"阴曹地府"。乾隆五十七年（1792），诗人张问陶游览了丰都山，遂写了这首歌行，表现了诗人对鬼神之说的厌恶与对人间魑魅魍魉的讥刺。

首二句一针见血地指出了自己对丰都鬼域的看法。"浪指"二字说明这一切都是人为的、虚假的。在人间竟有此等咄咄怪事，造出一个地狱让死人大笑而生人反受欺凌。"凿山起殿"以下十四句接"作地狱"三字而来，极言丰都山中地狱世界的阴森可怖。殿就凿在山上，殿中阴暗得像是葬死人的棺材。有人来朝拜，僧人们反弄灭了烛火，使得殿中阴森可怖，阎王的双眼凶神恶煞，旁边的小鬼头上长角，面目狰狞，用来捉人提命的枷锁堆积成山，另外更有地狱种种酷刑的塑像，如锯尸、下油锅、磨尸、蛇咬、寒冰刺腹等。据佛教《地狱经》载，地狱中有"刀山""镬汤""寒冰""剥皮""铁磨""冰地狱""蛆虫"等名目，可见此六句即写地狱的酷刑。其中更有跳跃跪拜的男女，也有伏地而泣的婴儿，满眼都是骇人的骷髅。这里描绘的是在丰都山所见的恐怖景象。

"九州茫茫"以下二十句则从想象落笔，以议论来刻画出鬼域的荒谬与可怖。茫茫九州中的人、鬼和牲畜，一座山竟能全都把他们收罗无遗。天下之大，人间之广，一切生灵竟然一死之后全都入蜀。蜀人可谓是近水楼台，死后来此则又方便又迅速。"东走瞿塘"六句是作者设想鬼魅来蜀时的情形。东面从瞿塘峡而来，北面经过褒斜谷入蜀，他们牵扶奔逐，呼号叫嚣，前来寻找归宿。因为鬼的头上有角，所以说"千头万头猛于镞"。"殿前古井"以下八句写丰都鬼域中鬼神的凶恶，阎罗殿前的古井谁敢轻慢，来者纷纷扔下纸钱，如转毂般急转而下。鬼神也是只认金钱不认人，只须花钱便可买通关节，赎去在人世的罪孽。"鬼无心肝神有欲"一句深刻地揭示了鬼魅世界与人间世界同样奸诈成风，需索无度。鬼神们对来者敲打肆虐，以至年年换上新的竹杖。"山僧"句与"人来惊拜僧灭烛"相呼应，说他们盘踞寺中凶狠如毒蛇，阎王都管不了。由此点明这人间地狱全是人为的，是"踞寺"者们用来坑害百姓的地方。

　　"吁嗟乎"以下是诗人的感慨：阴曹地府本没有功罪荣辱，土偶为何在此作威作福呢？诗人更跳出一层作结，说人世间尚有光明在，你看，传说王方平得道的洞口，犹有绿云缭绕。

　　这首诗描写阴曹地府的阴森可怖，批评了鬼魅之事的荒诞不经，其中鲜血淋淋的景象全是由人造成的。"土偶安之作威福"，正是对鬼域世界的讥刺。又如"洎乎一死全入蜀，蜀人便之来亦速"、"千头万头猛于镞，蜀哉蜀哉鬼之鹄"、"山僧踞寺狠如蝮，王不笞之讶其秃"等语中都可见作者对此的揶揄嘲笑和否定态度。至如"通神使鬼罪可赎，鬼无心肝神有欲"等句则分明有针砭世事的寓意：这贿赂公行、勒索无度的地狱，岂不是人间官衙的缩影？全诗以殿中所见与自己的议论相结合，采取了虚实相映的创作手法；此诗通篇押仄声韵，造成了低沉急促的节奏，与表现鬼域的内容相契合。

（袁　真）

芦　沟

芦沟南望尽尘埃，木脱霜寒大漠开。

天海诗情驴背得，关山秋色雨中来。

茫茫阅世无成局，碌碌因人是废才。

往日英雄呼不起，放歌空吊古金台。

　　乾隆四十九年（1784），年方二十一岁的青年诗人张问陶告别了江汉的家人，经长途跋涉来到北京。此去的目的是应试，故他自有一番建功立业的雄心，于是借着出游吊古而表现自己的抱负。

　　首联先点题，勾勒出一幅京郊秋色图。向南望去，是风烟滚滚、一望无际的尘埃；树木的叶子在风霜寒气中纷纷飘落，只留下光脱脱的枝干衬托在"天苍苍，野茫茫"的背景之上，更令人感到北国原野的辽阔无垠。这一联气势宏放，"尽""大""开"等字都力图展现景物的开阔。颔联一反前人上句写景、下句抒情的格局，先说自己的诗情就在这海天之际的漫游中悟得，遂加重了这北国景色的诗情画意；再以景对情，写雨中的秋色，一个"来"字，便令萧杀的秋意有了生命。颈联转入自身的感怀。诗人不远千里来到京城，意在有所作为，然观人世茫茫，自己却一事无成，深感忧郁与焦虑。他在同年春天所写的诗中就说过："人间少壮无多日，莫待秋霜染鬓丝。"(《春日感怀》)"伏枥长鸣万马惊，唾壶击缺气难平。"
(《重有感》)都抒发了岁月易逝，功业未就的慨叹。"碌碌因人是废
才"是他此时的自我解嘲，体现了他不愿寄人篱下的决心。尾联以
怀古作结，正是上两句抒写怀抱的延续。因诗人在现实中未能一展
宏图，所以向古代英杰中去寻找精神的共鸣。芦沟一带正是古代的
燕赵之地，多慷慨悲歌之士，如战国的郭隗、乐毅，晋代的刘琨，
唐代的李光弼等，然而他们都随着岁月的流逝而退出了历史舞台，
再也唤不回来，于是诗人只能以吟咏放歌来凭吊黄金台的遗迹。
"空吊"的"空"字正揭出诗人忧愤怅惘的心理。黄金台本为燕昭
王招贤纳士的地方，所以这里暗露对当权者轻视人才的不满，诗人
怀才不遇的忧思显然可见，同时，一种才高志盛、横绝古今的少年
锐气也于此中传出。

　　这首诗气势阔大，格调沉雄，能从大处落墨，将怀古与伤今、
写情与抒情、理想与现实、诗意与壮志融为一炉，开合跌宕，大起
大落，而且语言灵动，意象鲜明是张问陶诗中较成功的一首。

（袁　真）

得内子病中札

同检红梅玉镜前，如何小别便经年。

飞鸿呼偶音常苦，栖凤将雏瘦可怜。

梦远枕偏云叶鬓，寄愁买贵雁头笺。

开缄泪浣销魂句，药饵香浓手自煎。

乾隆五十四年（1789）十一月，诗人离家赴京；次年四月考中三甲五十五名进士，寓居京城。不久传来了妻子在成都生病的消息，于是诗人心驰神往，写下了这首缠绵悱恻的诗，表示了自己与妻子的伉俪情深。

首联回忆从前夫妻生活的谐和融乐。诗人曾伴着妻子在镜前梳妆，"同检红梅"，这虽然仅是一个细微的动作，却包含着夫妇间的无限温柔与体贴，所以在诗人心中留下了不可磨灭的印象。然如今劳燕分飞已经有一年了，怎不令他愁思满怀。"如何"二字将诗人离别的愁苦与对妻子的相思之情曲曲传出。颔联上句写自己如飞鸿失偶，鸣声中常带苦涩；下句说妻子独自带着女儿，像栖凤将雏，憔悴可怜。诗人于上年七月才生一女，取名枝秀，所以有"将雏"的说法。这两句虽用了隐喻，但表现的感情十分显豁明了，前句写我，后句写妻，相对成文，真情自见。"瘦可怜"三字也紧扣妻子在"病中"的事实。颈联上句拟想妻子在家乡依枕而卧，屡屡梦见自己，至使如云般浓密的发鬓也弄偏了；诗人也频频寄信回家，以表示自己的相思之念。这两句中前句写妻，是悬想之辞；后句写我，为实录真情，两句虚实相映，但都通过形象具体的动作来表现感情，读来恻恻感人。尾联的上句写自己接到妻子病中的书札，不禁泪流纵横，为她的病情而担忧；读着她的来信，诗人似乎看到她自煎汤药的孤寂。张问陶之妻林韵徵是成都盐茶道林西厓之女，能诗善文，被誉为四川才女，其信中自有感情沉挚的诗句，所以诗人称之为"销魂句"。这两句与上一联相反，上句写自己，下句写想象中的妻子，然应合"得内子病中札"之题面。

这首诗写夫妇间真诚的思念十分成功。它用了律诗特有的对仗手法，两两相对地展开自己与妻子之间的情愫。首联虽为合写，然以时间上的差异表示昔日的欢爱与如今的孤独。下三联都一句写自己，一句写妻子，用了虚实相生的表现方法，不仅写出自己的相思，而且从对面落笔，形象地刻画出妻子的思念与病态，从而更深刻地表现了自己的感情，其中优美的形象与精当的比况更加强了诗的感染力，读来感人肺腑。

（袁　真）

斑竹塘车中

翁翁红梅一树春，斑斑林竹万枝新。

车中妇美村婆看，笔底花浓醉墨匀。

理学传应无我辈，香奁诗好继风人。

但教弄玉随萧史，未厌年年踏软尘。

乾隆五十七年（1792）十一月，二十九岁的诗人偕妻子女儿从成都出发，沿岷江、长江，去江陵。次年正月抵荆门，转车北上，这首诗就写于北上途中。

传说舜南巡不返，葬于苍梧，他的两个妃子娥皇、女英思帝不已，泪下沾竹，使竹子变成斑斑点点，称为斑竹，所以这斑竹本身就是爱情的象征。诗人途经斑竹塘，触物生情，抒发了对妻子的爱恋之情。时值初春，红梅花开了，密密匝匝的像是聚集了一树的春意。竹林中已抽出了无数新枝，斑斑点点，令人想起湘妃的眼泪。他驾车北上，与妻子同坐，不禁深深地被妻子的美貌所吸引。但诗人不说自己如何倾倒于妻子之美，而说村中的妇人们都争着来看妻子的容颜。"笔底"一句则纯为陪衬，说自己乘兴作画，墨色均匀。张问陶的妻子林韵徵美貌而有文才，他们夫妻间的感情诚笃，所以诗人时时表露自己的爱慕。在此诗之前他另有两首《车中赠内》的七绝，其中之一说："春衣互覆五更寒，铃语遥遥梦转安。一笑车箱稳如屋，闭门终日坐相看。"可见他对妻子的情深意笃，心心相印。这里所谓的"车中妇美"也正是他对妻子的赞美。诗人毫不掩饰自己对妻子的爱恋，所以说理学传中应没有我这样的人，而歌颂真挚爱情的诗篇却可以追溯到《诗经·国风》的传统。

"理学"一联可谓大胆的叛逆之论。乾隆年间理学仍占据着思想界的统治地位，而作者却对此提出了针锋相对的批评。这种思想与当时的袁枚较为接近，体现了乾嘉以还个性解放思潮在诗歌中的反映。所以末二句中诗人说，如果自己能常有妻子陪伴，则不厌道途颠顿，来往于京师的红尘之中了。据《列仙传》中说，萧史喜欢吹箫，秦穆公以女儿弄玉嫁给他。一日，两人吹箫升天。前一句即用萧史事比夫唱妇随。苏轼《次韵蒋颖叔钱穆父从驾景灵宫》诗："半白不羞垂领发，软红犹恋属车尘。"自注："前辈戏语：'西湖风月，不如东华软红香土。'"这里因诗人将至北京赴任，故有"踏软尘"之说。这两句借典故说明自己对爱情的珍重和向往，在封建社会中确是难能可贵的。

诗写得很畅达，从写景到叙事，到议论，到抒情，步步展开，虽也使事用典，但寓意十分明了，并不影响全诗风韵的流美。

（袁　真）

观我四首

（选一）

胶革全崩傀儡场，岐雷医命竟无方。

千秋许我留真气，百事催人到夕阳。

谁把黄金求骏骨？且余一垅傲生王。

涅槃羽化凭仙佛，为想归途尽渺茫。

　　嘉庆七年（1802），已步入中年的诗人张问陶先作了《观物》四首七律，表示了自己对客观世界的认识，用他自己的话来说便是"英雄回首悟尘缘"；之后又作《观我》四首，表达对人生和自我的认识，分别写生、老、病、死四事，这是最后一首，即为对"死"的咏叹。

　　人一旦气数已尽，溘然长逝是谁也拉不住的，就像傀儡场中的木偶，本来由胶革制成的体肤一下子分崩离析，古代的名医岐伯、雷公也束手无策，没有起死回生的良方。虽然一个立身正直的人千秋万代都能正气常存，但人间纷繁的事务总是催人衰老。《战国策》中说燕昭王想求千里马，有人替他以五百金买得千里马的尸骨，然因此给他带来了名声，不到一年就得了三匹千里马。同书又载齐宣王问颜斶君王与"士人"哪个高贵，他说："昔者秦攻齐，令曰：

清　王翚　**松乔堂图卷**（局部）

孤亭危坐意萧然，千尺松涛响乱泉。

蒋士铨《题王石谷画册》，见第 859 页

清 董邦达　| **苏堤春晓**（局部）

苏堤二月春如水，杜牧三生鬓有丝。

赵翼《西湖晤袁子才喜赠》，见第877页

清 王翚 **庐山白云图**（局部）

姚鼐《唐伯虎匡庐瀑布图》，见第 887 页

明 文徵明 | **金焦落照图**（局部）
王昱《焦山夜泊》，见第 994 页

清 崔鹤 | **李香君像**（局部）

竟指秦淮作战场，美人扇上写兴亡。

两朝应举侯公子，忍对桃花说李香。

张问陶《读桃花扇传奇偶题八绝句》，见第 1010 页

出則為孔明
處則為元亮
林寵書

明 陈洪绶　**出处图**（局部）

陶潜酷似卧龙豪，万古浔阳松菊高。

龚自珍《己亥杂诗》，见第 1072 页

清 张若澄 | **湘江全景图**（局部）

魏源《湘江舟行》，见第 1075 页

清 陈枚 | **山水楼阁图册之一**
（绘圆明园风景和宫殿）
王闿运《圆明园词》，见第 1150 页

'有敢去柳下季垄五十步而樵采者，死不赦。'令曰'有能得齐王头者，封万户侯，赐金千镒。'由是观之，生王之头，曾不若死士之垄也！"第三联中用这两个典故说明人死之后虽很少有人还记得他们，但名节之士犹可笑傲王侯，身后仍然受人尊重。最后一联归结到自身。说佛教所谓的涅槃，道家所谓的羽化登仙，都只是虚无之事，想到人生旅途的终点，终究感到渺茫未可知。

这首诗一方面说明死是一种自然规律，是任何人都无法逆转的，仙佛的解脱之说终属虚幻，只有死亡是永恒不变地等待着每一个人。但另一方面，诗人以为活着就应该保持气节，虽贫贱而不能苟且，故死后自可真气常留天地之间，甚至一介贫士而可死傲生王，表现了他对人生的积极态度。此诗虽为一首说理诗，但因为用了生动的语言和风趣的形象，令诗意不落言筌而耐人寻味。

（袁　真）

阳湖道中

风回五两月逢三，双桨平拖水蔚蓝。

百分桃花千分柳，冶红妖翠画江南。

嘉庆十八年（1813）二月，诗人应朋友之约去扬州小住，三月间又从扬州回转吴门。这正是春深似海的时候，江南的春色尤其是在嫣红的桃花、碧绿的柳条与蔚蓝的春水中透露出来，白居易对江南的一往情深不就曾化为"日出江花红胜火，春来江水绿如蓝"（《忆江南》）这两句诗吗？诗人的彩笔自然也不会放过这春水春花。

诗人驾着一叶扁舟，顺流而下，正值烟花三月，古人以鸡毛五两系于高竿上测风向，所以说"风回五两月逢三"。句中用了两个数字，表现出轻快的节奏，正与诗人的心境相合，因为顺水顺风，所以连桨都不用划，一路行去，平放的双桨在水面上拖出一道蔚蓝，多么令人心旷神怡。然更令人目眩神迷的是到处都有盛开的桃花与低垂的杨柳，诗人用了"百分"和"千分"来形容花姿柳色，一方面意在表现江南遍地都是花红柳绿，另一方面也力图勾勒出红花与绿树相映成趣的美景。"冶红妖翠画江南"一句便将此种美景淋漓尽致地表现了出来，着色浓重，却没有丝毫的矫揉造作。"画江南"的"画"字像是令四处的桃花与垂柳都有了能动的作用，有意地欲点染出这江南的春色，遂使静态的花和树带有了动感。

这首小诗成功的关键在于能抓住自然的色彩，"蔚蓝""冶红""妖翠"等展现出了江南生气勃勃的无限春色。 （袁　真）

读桃花扇传奇偶题八绝句

（选一）

竟指秦淮作战场，美人扇上写兴亡。

两朝应举侯公子，忍对桃花说李香。

孔尚任的《桃花扇》是一部明清之际的兴亡史，南明小朝廷的盛衰与一对情人悲欢离合的故事交织在一起，构成了全剧的主干。张问陶在读了这部悲壮而哀艳的传奇之后，写下了八首诗表达自己的感受，这是第一首。

诗人首先指出剧作家将歌舞之场写成了争战之地，借美人的扇子唱出兴亡的历史。"秦淮作战场"表明昔日寻欢作乐、醉生梦死之地已成战场，暗喻南明王朝的灭亡在于统治者的无能与沉溺于声色之乐。"美人"一句则点出该诗的主旨。"两朝"二句是对男女主人公的评判。诗人以为那身仕二朝、觍颜事敌的侯方域实在愧对血染的桃花，愧对香君。他批评苟安偷生、大节有愧的名公子，而赞扬了至死不屈、节操高尚的风尘女，表现了鲜明的爱憎。其实，在传奇中侯方域的结局是割断情根、弃世隐遁，与现实中的侯方域并不一致，这自然与剧作写于清初文网高张之时有关，同时孔尚任也有意将侯、李的爱情悲剧写得更为凄艳，然张问陶以历史事实来评价戏剧中之侯方域，正出于他本人的思想倾向。

（袁 真）

舒 位

舒位（1765—1815），字立人，号铁云，直隶大兴（今属北京市）人，生卒皆在苏州。乾隆五十三年（1788）举人，以游幕、教馆为生，早年曾随军幕入贵州。诗善熔铸成语典故，藻丽富有奇气，与王昙、孙原湘合称"三君"。有《瓶水斋诗集》。

（陈祥耀）

蜘蛛蝴蝶篇

蜘蛛结网诱青虫，桃花飞入怨东风。

蝴蝶寻花尾花往，打尽桃花同一网。

蜘蛛不语蝴蝶愁，丝丝罗织桃花囚。

桃花隔雾看蝴蝶，可似天女逢牵牛？

潇潇春风当窗入，沾泥花片胭脂湿。

蝶粉蜘丝一劫灰，青虫自向墙根立。

这首诗作于嘉庆四年（1799），题材比较特别，看来是即目所见的一个自然界的小场景的实写，又像是一首寓言诗；但寓言往往在篇中暗示或点出题旨，这首诗则只有描写，不点题旨。

诗篇写的是这样的一个场景：有一只蜘蛛结好网引诱了青虫入网，被风吹落的桃花恰好粘在网上；蝴蝶追逐桃花，也被蛛网网住，它与桃花各粘一角，不能接触，有点像天上的牛郎、织女星隔河不能相会。春雨一来，把蛛网打破，蜘蛛、蝴蝶所求不遂，反而像遭受一场劫难；桃花带雨被打落在泥土中，像沾湿的胭脂；只有青虫幸免被吃掉，靠在墙根看着他们。

诗篇所寄托的意思像是：世上有人布着罗网在诱人，有的无知被诱，有的因其他原因偶然坠入，有的为了某种追求而自投罗网；但有时受着大的外力的冲击，这种关系可能突起变化，各方所受的祸福也有非始料所及的。总之，世网复杂，设者陷者，现象种种；营营扰扰，祸福多端，劳心费机，时亦徒然。既令人触目惊心而感慨，也可使人洞悉无常而达观。诗篇生动、简洁地描写一个细小事件，可以给读者以不同的领会和较大的启发，那么它的意义也就不小了。

汪佑南《山经草堂诗话》评这首诗说："吾乡黄摩西云：'静里澄机，闲中观物，此君终得最上乘。此篇当与《蟋蟀篇》参看，始知耳目间有无穷妙理。'愚按此篇或有此意：似四人牵连，同罹一狱。不知当时所指何事。然既无此意，却有此种实景，非妙笔写不出也。"亦有见地；文中所说的《蟋蟀篇》，指舒位所作的《卧闻蟋蟀偶成》一诗。

（陈祥耀）

梅花岭吊史阁部

一寸楼台谁保障？跋扈将军弄权相。
已闻北海收孔融，安取南楼开庾亮？
天心所坏人不支，公于此时称督师。
豹皮自可留千载，马革终难裹一尸。
平生酒量浮于海，自到军门惟饮水。
一江铁锁不遮拦，十里珠帘尽更改。
譬如一局残棋收，公之生死与劫谋。
死即可见左光斗，生不愿作洪承畴。
东风吹上梅花岭，还剩几分明月影？
狎客秋声蟋蟀堂，君王故事胭脂井。
中郎去世老兵悲，迁客还家史笔垂。
吹箫来唱招魂曲，拂藓先看堕泪碑。

作者为了应京兆举人试和考进士，曾多次由江南上北京，往返扬州，这首诗是嘉庆八年（1803）他重过扬州时到梅花岭吊史可法而作的。史可法，南明弘光朝以兵部尚书、大学士督师扬州；清兵破扬州时殉难，死难情况传说不一，遗体没有找到，人们在扬州广储门外的梅花岭，为他营葬衣冠墓。

起四句说南明弘光朝建立，马上英、阮大铖操纵朝政，陷害异己；武人据地"跋扈"，谋私利而不听指挥，局面极为腐败危险。"一寸楼台"，形容南京小朝廷的偷安局面。"跋扈将军"，指驻防江北的高杰、黄得功、刘良佐、刘泽清"四镇"总兵。"弄权相"，指东阁大学士马士英。"已闻"句用汉末曹操杀害北海相孔融事以指马、阮逮捕朝臣雷缜祚；"安取"句以东晋庾亮开府武昌、建南楼事以指史可法驻守扬州。"天心"四句，说史可法在大势难支的局面下出守扬州，为国死难，虽可如"豹死留皮"，名传千载；但连遗体也找不到，惨烈过于"马革裹尸"。"平生"四句，说史可法平时酒量很大，统兵后即戒酒不饮；长江难守，如东吴时的难以用"铁锁"去"遮拦"晋军；清兵陷扬州，破坏、屠戮极惨，杜牧诗所咏的"十里珠帘"之地，面目全非。"譬如"四句，说史可法誓矢忠义，以一身系弘光朝安危；他生前不愿作降清的洪承畴一流人物，死后可无愧见其师左光斗于地下。"东风"四句，转入凭吊古迹，抒发今昔之感。唐代的扬州繁华极盛，有"天下三分明月夜，二分无赖是扬州"之称，而现在的梅花岭上，已看不到盛时月色了。南京未陷，马士英、阮大铖等的倒行逆施，无异"蟋蟀堂"中的南宋卖国权相贾似道；弘光帝的昏庸荒淫，无异南朝国亡时携爱妃逃避胭脂井的陈后主。如今古迹犹存，而奸相庸主已一去不返。"中郎"四句，说清初吴兆骞自东北流放归来，传述清军中姓安的将领所谈史可法死难情况，可供史家考核记载；作者来梅花岭凭吊，在史可法墓前为他伤心垂泪，如晋人思念羊祜，在羊祜所立岘山碑前而堕泪一样。"老兵悲"，兼用《后汉书》蔡邕死后，人见面貌相似的武士而思念他的典故。

这诗凭吊史可法，回顾其生前所处局势及死难遭遇，既同情、歌颂他，又鞭挞弘光帝及朝中败坏国事的文武大臣，内容包罗丰富。每四句一转韵，每韵平仄相间；结构整齐，多用对偶，善于运用典故，锤炼语句，故虽褒贬辞严，感情沉痛，而写来却显得词藻丰赡，机调流美，既典丽精工，又纵横奇恣，是很能代表作者诗歌风格才调的一篇佳作。

（陈祥耀）

杨　花

歌残杨柳武昌城，扑面飞花管送迎。

三月水流春太老，六朝人去雪无声。

较量妾命谁当薄，吹落邻家尔许轻。

我住天涯最飘荡，看渠如此不胜情！

这首诗作于乾隆五十七年（1792），是作者二十八岁时的作品。

起联借典故以点杨花。出句，用唐人饯别韦蟾席上，有妓女即席作"武昌无限新栽柳，不见杨花扑面飞"诗句的典故，见《唐诗纪事》；落句用古人折杨柳赠别的典故。颔联用烘托法刻画杨花。出句暗用苏轼《水龙吟·次韵章质夫杨花词》："春色三分，二分尘土，一分流水"词意；对句暗用晋谢道韫咏雪时以"柳絮"为比的典故。颈联用双关、拟人法刻画。以杨花体轻，随风"飘荡"，比拟薄命女子的身不由己。结联，以自写身世和感想结束题意。"我"，作者自指；"渠"暗指杨花。遭遇相近，故"不胜"同"情"。

诗写杨花，虽然不著痕迹，又句句贴切杨花，且能关联薄命女子与飘泊书生的身世，故意境不薄。乾嘉诗人的咏物诗，都贵有新意，贵不粘不脱，贵使典精工而又用意显豁；这些此诗都能做到，故虽是早年作品，已不愧当时咏物上乘。"三月水流"一联，词妍韵美，尤其烘托得佳妙入神。

（陈祥耀）

月夜出西太湖作

（五首选一）

风来云去月当头，销夏湾边接素秋。

如此烟波如此夜，居然著我一扁舟！

这一首诗作于嘉庆八年（1803），题中所指的西太湖，是苏州城外西洞庭山附近的太湖。

诗全题五首，此为第一首，总领以下各首，写得很有概括性，景物描写不及以下各首具体，但清空中仍有情韵。

首句点明是月夜之游。次句点明时在秋天，地近"销夏湾"；"销夏湾"，在太湖西洞庭山南部。结尾两句，强调自己此次来游，碰到烟波、明月俱佳，风景美妙，机会是难得的。以机会难得赞美景物，赞叹之神传在"如此"二字，难得之感传在"居然"二字，皆善用虚字传神。袁枚七十岁时游两广，回家时所作绝句，有"公然一万三千里，听水听风笑到家"之句，诗中"公然"二字，与这首诗的"居然"二字，机杼有相近之处。

（陈祥耀）

六月二十四日荷花荡泛舟作

（二首）

吴门桥外荡轻舻，流管清丝泛玉觥。

应是花神避生日，万人如海一花无。

楝花风老意阑珊，难觅吴王销夏湾。

肠断采莲人去后，鸳鸯飞过洞庭山。

这两首诗作于嘉庆十年（1805）。农历六月二十四日，旧时称为荷花生日。"荷花荡"，在苏州近郊，《吴郡记》："荷花荡，在葑门之外，每年六月二十四日，游人最盛。"

第一首，写泛轻舟于苏州的吴门桥外，舟上边奏乐，边饮酒。可是游人很多，却不见荷花，也许是花神为了避免它生日的喧闹，所以不在当天开花吧？末句正有点揶揄的意味，别具韵趣。"玉觥"，指酒杯。《述异记》载汉灵帝游西园时作歌："清丝流管泛玉觥，千年万岁乐难逾。"第二首说时令已是夏天，春天最后的一番"风信"——楝花风信，也久已过去，春色早就"阑珊"了。现在本宜销夏，可吴王的销夏湾却不复可寻。荷花不见，古时采莲的美人西施也已不见，因之鸳鸯鸟也就不愿在这里停留，都向太湖洞庭山那边飞过去了。

　　"万人如海一花无"，用对照笔法，把当前意外情景写得出；名花、佳人俱渺，留不住多情的鸳鸯鸟，结得也有情趣。近人王文濡评这两首诗说："咏物得神，极平常句，一经拈来，都成妙谛。作诗能到如此境界，真有左右逢源之乐。"可供参考。　　　　（陈祥耀）

张维屏

张维屏（1780—1859），字子树，一字南山，号松心子。广东番禺（今广州）人。道光二年（1822）进士。官至南康知府。道光十五年（1835）辞官归隐广州花地。张维屏诗文俱佳，为诗清新朴实，不事雕琢，颇为时人称道。早年之作多抒写个人生活。鸦片战争时期，写下了一系列洋溢爱国热情作品，诗风丕变，成为近代著名爱国诗人。有《张南山全集》。

（黄　刚）

三 元 里

三元里前声若雷，千众万众同时来。

因义生愤愤生勇，乡民合力强徒摧。

家室田庐须保卫，不待鼓声群作气。

妇女齐心亦健儿，犁锄在手皆兵器。

乡分远近旗斑斓，什队百队沿溪山。

众夷相视忽变色：黑旗死仗难生还。

夷兵所恃惟枪炮，人心合处天心到。

晴空骤雨忽倾盆，凶夷无所施其暴。

岂特火器无所施？夷足不惯行滑泥：

下者田塍苦踟蹰，高者岗阜愁颠挤。

中有夷酋貌尤丑，象皮作甲裹身厚。

一戈已揼长狄喉，十日犹悬郅支首。

纷然欲遁无双翅，歼厥渠魁真易事。

不解何由巨网开，枯鱼竟得攸然逝？

魏绛和戎且解忧，风人慷慨赋同仇。

如何全盛金瓯日，却类金缯岁币谋？

作为描写三元里人民抗英斗争的史诗，诗人一开始便以漫山遍野的"杀"声震起人心，统领全篇，使诗歌笼罩着一种历史剧般慷慨悲壮的气氛。

1841 年 5 月，英国侵略军用大炮轰开广州的门户，占领了泥城和四方炮台，奕山请降。统治者的软弱无能激起了人民的爱国义愤。当英军骚扰掳掠，经过三元里时，三元里附近一百零三乡农民高举"平英团"大旗，自动组织起来与英军激战。人们将敌人诱至牛栏冈一带，埋伏的乡民一齐杀出，漫山遍野，重重叠叠，像围住闯入私家菜园的野牛一样，高举锄犁，痛打侵略者，拉开了近代中国团结御侮和反侵略斗争的序幕。

三元里前何来雷声？不是雷声是呼声，不是呼声是歌声，是众神震怒，声贯天宇。因"义"而"愤"，因"愤"而"勇"，乡民合力，无坚不摧。围绕三元里斗争的正义性和群众性这一主题，诗人始终扣住"千众万众"，并把他们放在全诗的中心来写。因为"家室田庐须保卫"，因此"不待鼓声群作气"。随着诗笔翻腾，事件展开，细节更为具体，情势愈加迫切。请看：

　　前进队伍中竟然有妇女——"妇女齐心亦健儿"；

　　乡民有什么新式武器——"犁锄在手皆兵器"。

　　一百零三乡列阵远近，四面八方，长龙般的队伍正沿溪山鼓噪而进。一面是犁锄在手，刀戟如林，因义愤而生勇，不待鼓鼙而合力；一面是"凶夷"惊慌失措，面面相觑。这里，诗人以"忽变色"三字，既写凶夷恐慌惧怕的心理，又巧妙地从敌人的眼睛里反映出乡民的阵势和声威。

　　一场遭遇战打响了。一方是嗜血成性，手持洋枪洋炮的侵略军；一方是高举耕耘犁锄的一百零三乡男女老少。力量对比，不可同日而语，落后的农业生产工具毕竟不是现代火枪的对手，在这些远射程的火器面前，奕山率领的幽燕之师尚且望风披靡，何况是自发组织的乡民？然而，战争的胜负，不只决定于武器，还决定于天时、地利、人和诸因素，决定于战争的正义性和非正义性。诗人突出地描写了这一点，让人们信服地看到：为保卫家室田庐的乡民作为正义的一方，占尽了天时、地利、人和的优势而必胜。

　　三元里前，黑云压阵，鼓角相闻。正当乡民与英军激战之时，忽然天地轰鸣，狂风四起，暴雨倾盆如注。是自然的巧合？还是张天师唤雨师、风伯前来助阵？诗人的回答是——"人心合处天心到"。于是，凶夷所有的枪炮全哑了火。三十六计莫如走，要走？谈何容易，请尝尝我的厉害。牛栏冈的烂泥，硬是咬住侵略者的牛皮鞋不放，不是重得难以拔脚，就是滑得前仰后翻。于是乎，丢了枪，弃了炮，田塍边的，在地上抓泥爬；高岗上的，挤成一堆直发抖。束手待毙，是唯一的出路。即便是"夷酋"，即便"象皮作甲裹身厚"，同样无济于事。"一戈已捲长狄喉"。正当侵略军"纷纷欲遁无双翅，奸厥渠魁真易事"，笔墨酣畅，豪气凌云，人心大快之际，意外的事发生了："不解何由巨网开，枯鱼竟得攸然逝?"三元里战斗从上午激战至下午四时，英军仍处重围，派来增援的部队也陷入围困之中。英军统帅义律向奕山求救，奕山命广州知府余保纯用威吓、欺骗的手段驱散义军，英军才得以逃遁。"不解"，真的不解? 诗人明知故问，语意冷峻，看似平淡，实胜于裂眦之怒。以下"魏绛和戎""金瓯全盛"均为讽刺语，与"不解"句紧密关联。春秋晋大夫魏绛和戎，收家邦之利。而自称金瓯全盛的清政府"和戎"，却要向外敌缴纳金缯岁币。诗人以"风人"自居，在这民族危难的关头，慷慨而赋，"修我戈予，与子同仇"。

艺术上，此诗首尾贯注，一气呵成，是叙事诗，更像一篇诗的"报告"，像一篇以诗歌形式写成的战地新闻，语言质朴平易，明白中见简括，晓畅中呈劲健。炽热的感情以淡语道出。四句一换韵，平仄相通，铿锵有力。在反映三元里斗争的本质特征——人民群众反侵略斗争这点上，成了梁信芳《牛栏冈》、朱琦《感事》、魏源《寰海十章》等同类题材中的执牛耳之作。

（曹　旭）

新 雷

造物无言却有情，每于寒尽觉春生。

千红万紫安排着，只待新雷第一声。

此诗作于道光四年（1824）早春，时张维屏刚从湖北黄梅调署松滋。寥寥四句，看似平易，却颇耐寻味。细玩诗意，其佳处可归为三点。

貌似咏物，实为抒情是其一。从表面看，此为一咏物之诗，所咏对象是春天的第一声惊雷，究其实质，却是通篇抒情。作者对新雷的期待，对生活的热爱，对春天的呼唤，跃然纸上，字里行间，透出他对大自然的赞美之情。

化静为动，形象逼真为其二。造物本是无知觉的，但作者却赋予生命和感情，称其每每于严寒将尽之时，即已感觉到春天的气息，而大地上的万紫千红，似乎是大自然早已精心安排好，只等待一声新雷。这中间，有色彩，有声响，有生命，给我们描绘了一幅五彩缤纷、充满勃勃生机的早春画卷。

寓意深刻，富有哲理为其三。这首诗通篇所写都不出自然界，但如作深一层思考，则可知并不限于此。作者写此诗时已四十五岁，他虽属正统文人，却因目睹当时社会现状，时有忧患之感。且他与龚自珍、魏源、林则徐等具改革思想的先进人物过从甚密，不乏新的思想。从诗中对春天、新雷的声声呼唤中，也隐隐透露了作者除旧迎新、要求变革的朦胧意识。十五年后，张维屏的好友龚自珍的《己亥杂诗》中有"九州生气恃风雷"、"我劝天公重抖擞"句，这"风雷"与"新雷"、"天公"与"造物"间，应该是有某种思想上的共鸣。十九世纪二十年代，在陈腐空洞的乾嘉正统诗风弥漫的诗坛上，如张氏的《新雷》这样清新隽永，情理俱佳之作，确是弥足珍贵的。

（黄　刚）

陈 沆

陈沆（1785—1826），原名学濂，字太初，号秋舫，湖北蕲水（今浠水）人。嘉庆二十四年（1819）进士，以第一人及第，授修撰。后转四川道监察御史。其诗清苍幽峭，于寻常字句中刻意求新，近于唐代韦应物、柳宗元一路。诗集初名《白石山馆诗》，后改名《简学斋诗》，另有《诗比兴笺》。 （王杏根）

甲戌南归道中作

朝见太行青，暮见太行碧。

行人无时休，山意去不息。

立马望中原，纵横见城邑。

去雁无定声，垂云可怜色。

战余草木荒，岁晚风沙直。

万事信冥冥，我行徒恻恻。

不有霜雪威，讵知阳春德。

　　此诗作于嘉庆十九年甲戌（1814）岁尾。上一年，即嘉庆十八年（1813）秋冬之际，在太行山脉南端，即河南、河北、山东三省交汇处，以河南滑县为中心，爆发了震动朝野的天理教起义。是年九月七日，起义军一举占领滑县。同月十五日，在京畿附近的天理教起义军攻打清廷皇宫。十一月起义军首领李文成在太行山区辉县败死。十二月滑县城破，起义失败。次年甲戌春，陈沆在京参加会试落第，南归途中，曾过太行山麓旧战场，感此而为诗。

陈沆擅长五古。此诗可谓陈沆五古的代表作。魏源评曰："秋舫五古至此诗而大进矣。"又说："读此诗方知以上诸作之单薄也。真实力量固自不同，细细味之自悟。"又评曰："骨重神寒。"包世臣评曰："苍凉古直。"龚自珍也将此诗列为"甲选"之列。开头四句极写太行山脉绵延不断，而作者长途跋涉太行山路的劳顿之苦与孤寂之感，也于笔底有所流露。太行山脉横亘于山西高原与河北平原之间，作者会试落第，由京南归故里湖北蕲水，途经太行山，朝暮行旅于山间，一路所见是单一乏味的山色。行人日夜兼程，无一时停顿，而山路漫漫，若无尽头，跋涉一山，又是一山，所谓"山意去不息"。这四句不仅写出了作者在归途道中的山行环境之艰困漫长，同时也写出了旅行山间的厌倦孤寂之感。"立马望中原，纵横见城邑。"这两句写行程终于到达太行山脉的南端，驻马站在山冈，远眺前方，乃是中原之地了。"中原"，这里指河南地区。作者走至太行山尽头，驻马山头，远望前方中原之地，豁然得见平野，全然与太行山间所见的景色不同。平野之上，城邑密布，纵横交错，似乎一派繁华景象。当作者久伫山头，立马细细观察了前方中原之地之后，却产生了另一种异样的感受："去雁无定声，垂云可怜色。"这里，作者暗用唐代诗人陈陶《陇西行》"可怜无定河边骨，犹是春闺梦里人"的诗意，以表达作者眼前远眺中原景象的主观感受。这两句是说，中原一带上空，可以听到南归的北雁的阵阵啼叫声，犹似在为当年无定河边那些战死者的尸骨而哀鸣，而低垂的云脚也因此而染上一抹可怜可哀的惨色。作者以"去雁"之"声"和"垂云"之"色"，联想到"可怜无定河边骨"，从而渲染出眼前所见中原旧战场的哀凉凄切的景象。这两句是写作者"立马"山头、远眺中原时仰望上空的感受，接着两句是写俯视下方，在雁声落处、云色覆盖之下的是"战余草木荒，岁晚风沙直"。如果说前两句写"雁声""云色"的哀怜凄清，也仅只是一种旧战场气氛的渲染，那么"草木荒""风沙直"两句却是实景、直笔，如实描述了所见旧战场的一派荒凉凄苍情景。说战后中原"草木荒"，更不用说茅舍人迹，也不用说田园稼穑，已被战火灭绝而荡然无存，成了一片焦土白地。正因此，隆冬寒风起处，只剩沙尘卷地而起扫过原野，直窜天宇，更写出战余之后的荒凉。本来，莽莽中原，城邑纵横，地广人稠，繁华富饶，而今惨云弥漫，赤地千里，一派荒凉。倘若政治清明，何以战火纷飞？这里蕴含作者对朝政委婉的抨击，也流露了作者对国运民瘼的关切。最后四句是沉痛的反思，是充满哲理的感慨，含义深刻，而令人回味无穷。作者以为，世上万事复杂多端，莫测其详，难辨黑白，确实令人感到莫可名状，因而自己空怀忧伤，于事无补，但诗人并未失去信心，严霜之后，岂不是春阳似锦吗？

　　此诗既表现了青年诗人落第后的失意情绪，也道出了他对前途的希望，将个人的感慨与对社会的责任感联系在一起，具有深刻的现实意义。

（王杏根）

灵 泉 寺

万树结一绿，苍然成此山。

行入山际寺，树外疑无天。

我心忽荡漾，照见三灵泉。

泉性定且清，物形视所迁。

流行与坎止，外内符自然。

一杯且消渴，吾意不在禅。

　　此诗作于嘉庆二十年（1815）。诗中的灵泉寺，在湖北秭归县南十里山中。据《名胜志》载："宋张无尽于灵泉寺中著《楞严合论》，因观西溪灯社，作《踏歌》四首，今人犹传。"可知建寺之久远。又据《归州志》载："寺前一井，深丈余，居山腰，井水消长与江（指长江）同，后人因呼之曰'灵泉'。"陈沆此作，颇为时人所激赏。包世臣评此诗："伟抱偶触，慨当以慷。"吴嵩梁评曰："字字澄炼，五古中最高之作。"这首诗是陈沆在而立之年所作，反映了作者在人生道路上采取进退自由、豁达大度的态度。陈沆于嘉庆十八年（1813）中举。次年赴京会试落第。直至嘉庆二十四年（1819）才成进士。

　　这首诗即写于会试落第后的次年，因游灵泉寺而触发怀抱。开头四句写山间万树参天，一色碧绿，青苍之色，覆盖全山，而山寺深隐山腰万树之中，幽寂深邃。"疑无天"，既写灵泉古寺隐于山间万木丛中，处境幽深，又写古寺远离尘俗，灵洁清净，确是千年古刹，参禅宝地。于是诗人写道："我心忽荡漾，照见三灵泉。"心旌荡漾，恐指入禅归隐之念的思想波动。诚然，出仕与归隐，在旧时文人中，常会产生的一种思想矛盾，陈沆恐也难免。但他行至寺门，忽见寺门前灵泉井，思想又一顿挫。谓"照见"，意为目见寺前灵泉，而好比"荡漾"之"心"，受到灵泉之水的洗涤，从而心思意念又有所变化。接着说"泉性定且清，物形视所迁。"意谓灵泉的质性稳定而清净，即便万物之形不同，而泉性始终不变。此谓"泉性"，实喻作者自己，当同"我心忽荡漾"呼应比照。"流行""坎止"，意谓顺流而行，遇坎则止。"坎"，地面低陷之处。比喻进退不须强求，应视境况而定。《汉书·贾谊传·鹏鸟赋》："乘流则逝，得坎则止。"陈沆直用此典以明志：入世出仕或逃禅归隐，一任其自然，不必汲汲于功名仕进。这二句诗意，从表面上看来，似乎陈沆情性平和，能随遇而安，气度豁达，对出世与入世、归隐与出仕、在野与在朝表现了一种顺应自然、淡泊无为的人生态度。而实际上，或明或暗、或多或少地表现了他的对仕途的不得志的牢骚，从而使我们感觉到旧时代的知识分子对于科举、功名、前途乃至人生道路的际遇挫折呈现出来的心态。不过陈沆一生笃好宋五子书，潜心治理宋儒心性之学，能以这种豁达之态看待人生罢了。他能以己"性"之"定"，应付"形"之"迁"。故于"流行"与"坎止"以及"外"与"内"之别，任其自然发展，心不为动。这四句诗，充满哲埋。虽似心平气和的说埋，而仍能显示出诗人情感上的起伏抑扬。而至最末二句"一杯且消渴，吾意不在禅"，情与理的表现达至极至。这二句诗意同第五、六句"我心忽荡漾，照见三灵泉"二句，在全诗思想感情发展的脉络上，是相呼应的。以"一杯"清泉，聊且"消渴"，解除"荡漾"之心引动起来的一刹那的逃禅之念；最后点明"意不在禅"，表现了一种积极用世的人生态度和乐观进取的精神。

（王杏根）

孝感道中

半日山中路，车声听不喧。

野云多在树，春水不离村。

诘屈乡音换，艰难战垒存。

麦田含宿雨，作意向人翻。

　　此诗作于嘉庆十九年甲戌（1814）春。时陈沆离乡北上，赴京参加会试，途经湖北孝感。上一年，陈沆参加乡试，一试中举。今赴京初试春闱，一路春风，迎面扑来，令学子心欢意畅。

　　诗一开头，就写旅途舒欢之情："半日山中路，车声听不喧。"跋涉半日山路，不知疲倦，也不因嘈杂的车声喧闹而厌烦，表现了作者进京会试的欢悦心情。"不喧"之因，还在诗人为山中春色所迷恋。"野云多在树，春水不离村"，谓深山树木葱茏，山气水雾，郁结成云，飘浮山谷峰峦间，如挂树木枝间，白色的山雾与青翠的树木，色彩相映。谓"野云"，因其远在村外，飘于深山远谷之间。而近处，诗人看到的是山村周围，山溪潺潺，澄碧的春水，环绕村舍，生气盎然。"不离村"，并非说水止不流，而是说村舍之处，皆有山溪，春溪水满，淙淙流淌不息。这两句写景颇为生动形象，造语不俗。魏源评曰："郁意却喜此二语有中唐佳境。"

虽野云挂树、春水绕村，一派生气勃勃的春色，令人陶醉。但是，为仕途奔波，离乡远道过境，毕竟是异乡，故有"诘屈乡音换"之感叹，引发出思乡之念。同时，在野云、春水间，发现旧时战垒残迹。嘉庆元年至九年（1796—1804），孝感一带曾爆发白莲教起义，因此诗人想起十年前这里战火漫延、血迹遍地的情景，不免又产生忧国忧民之情。春色美景之中，特写战垒残迹，两相对比，描述山水而富现实感，诗意也更浓郁醇厚，质实深沉。原钞本中有黄修存批注，于"艰难战垒存"处批曰："五字真杜。"谓陈沆此句诗意，有杜甫写战乱残迹述感之风调。最末两句又写春色："麦田含宿雨，作意向人翻。"情调昂扬，而诗意深沉，含蕴深邃。看到绿油油的麦苗，饱尝隔宿春雨的浇淋，碧绿青翠，生气蓬勃，在春风微拂中摇摆翻腾，如解人意，故意向人拂动绿叶，翻滚不已。写麦苗"作意"，是移诗人主观感受于被感知的客体对象，从而极写主观感受的深切，令人回味。春风与麦苗无意，是诗人有情，觉得它故意向自己翻动作态。诗人多情，是因为春色迷人，抑或战乱已息，眼前一派和平生息，春意盎然，预示着前景无限美好，因而借春风麦苗，诉自己欢快美好的情怀，赴京搏取春闱的壮志。此诗真切生动地反映了青年学子陈沆的少年意气。

（王杏根）

潘德舆

潘德舆（1785—1839），字彦辅，号四农，江苏山阳（今淮安县）人。道光八年（1828）举人。候补安徽知县，未赴。诗法陶潜，后宗杜甫。为诗以清淡质朴胜。所作《养一斋诗话》，主"淡雅浑大"，去"浮靡之音""浅薄之病"，对乾嘉以来性灵诗派颓风有所匡救。有《养一斋集》。　　（王杏根）

镇江至江宁山行杂述

（十二首选一）

江头不断山，山腰不断枫。

衣裳染云碧，门巷铺霞红。

居人淡然忘，我乃行画中。

　　此诗作于道光八年（1828）秋。是年八月乡试，潘德舆以四十三龄而中举。这组诗即陆续写于此次赴试途中，共十二首，各首依次写自镇江至南京一路的山色江景、野田山村等江南新秋风光，充满诗情画意。此选为第九首。林昌彝《射鹰楼诗话》（卷五）评其山水田园诗曰："往往诗中有画，盖诗家而有道气者也。"而又"无俗响"。此首即如林氏所评。

　　开头两句写江景山色，兼及时、空，气象不凡。镇江与江宁，均位于长江南岸一侧，背山临江，水阔山众。诗人跋涉山间，远眺江头，缘江尽是蜿蜒的山丘，连绵起伏的山岭紧挨滚滚不息的江水，顺势延伸，并行不断；而群山又尽是一色的红枫，色彩斑烂的山树与连绵起伏的山丘浑然一体，一望无际。这是一幅多么寥廓浓郁的秋色画图！

如果说，这开头两句由时、空两方面从大处落墨描绘了这幅江山图，则第三、四两句就在细节上浓笔点染，细加描绘，使这幅江山秋色图内容更加充盈，意趣更是活泼。诗人行于山间，衣裳被秋天碧云的光色所照耀，而路边的山村民居，家家门巷为霞光所照射，白色的墙垣一片红光。可以联想：秋水澄碧、山枫霜红、云天碧蓝、霞光殷红，多么明丽谐和的秋色！加以旅人和门巷点缀其间，更显得秋色浓郁活泼而意趣盎然。

上述四句诗极写秋景，最后两句"居人淡然忘，我乃行画中"，写的是诗人的感受。诗人一路行来，看到沿途山村居民，身在如此美妙无比的山景风光之中，竟然淡然不顾，不加留意。而旅途中人如诗人偶涉此山此水，则如入画中，自与久居此中人的感受大不同，两相对比，益显完美。

潘德舆在此诗中所描绘的江山秋色图，不同寻常之处，在于它是流动的，而非静穆的，是富于生气的，而非肃杀的，是明丽的，而非苍茫的，表现的情趣是欢快昂扬的，而非凄恻苍凉的。

（王杏根）

雨行看山

远山霁后近，近山雨中远。
厓隙叠回薄，朝岚郁不散。
谷云藏日华，苍茫忽疑晚。
但觉青蒙蒙，一气抱徐兖。
葱茏万草木，佳境掩何限。
讵识暗霭中，天地合苍浑。
峰峦爱削露，所保毋乃浅。

　　此诗作于道光十五年乙未（1835）夏。是年闰六月，潘德舆离京南归，沿天津、济宁南下。此诗写途经山东兖州至江苏徐州一带山地，山行遇雨，而雨中看山，别有情趣，感而成此诗。

　　这首诗写夏雨中的山色，变化多端，气象万千，充满诗情画意。"远山霁后近，近山雨中远"，从雨中山色的整体上抓住夏雨中山景的特色来描绘。夏天多阵雨，忽雨忽晴，雨过天晴后，远山格外青苍明丽，轮廓鲜明，看来似在咫尺。而雨中的近山，却显得苍茫迷蒙，故看来相隔辽远。诗人写乍晴乍雨的山色，从似远若近或似近若远的错觉中的感受写出，颇具新意。何况，又写出了晴、雨变化给远、近山峰抹上不同的色彩，既有变异，又有层次，似水墨山水画，轮廓与层次，笔笔分明。第二、四句写雨气中的山峰、山崖更替重叠，蜿蜒曲折。而早晨的山雾郁结而成团团雾气，飘浮山峰之间，久久不散开去。五、六句说阳光被云气掩盖，山中一派迷茫，令诗人忽而疑心此时已临夜晚。诗人置身雨山之中，云气弥漫群山，一望无际，所以产生了"但觉青蒙蒙，一气抱徐兖"的感受。"徐"，指徐州；"兖"，指兖州，均为古九州之一。徐、兖之地，约当今之江苏北部与相邻的山东南部一带。诗人登山临高，但觉雨中群山远伸，望无边际，青葱一色，环抱着徐、兖寥阔地区。这两句与开头"远山雾后近，近山雨中远"相呼应，写出了雨中山景寥廓浩淼之态，再加上"厓隒""谷云"四句的细部描绘，虚实相济，蔚为壮观，诗意阔大。"葱茏万草木，佳境掩何限。"忽转而说无数美好的山色，都被云气所吞没，作一顿挫，引出结尾四句。最后四句是作者由雨中看山而得出的道理，他感叹在昏暗的云气中，自有天地苍浑之气，若看山仅仅喜爱显豁呈露，那么所得必然浮浅而不深刻。

　　全诗写雨中观山，写乍晴乍雨，次写"朝岚""谷云"，由"青蒙蒙"的云气，随雨势之大之猛而形成"暗霭"，致"天地苍浑"，是写雨势。而雨势之变，形成山色变幻，佳境迭出，气象万千，气势磅礴。并由此推出看山的审美态度，极富理趣，而不堕理障。

（王杏根）

程恩泽

程恩泽（1785—1837），字云芬，号春海，安徽歙县人。嘉庆十六年（1811）进士，官至户部右侍郎。精究经训、天算、地志、六书、训诂、金石、书画。与祁寯藻同为近代宋诗运动的倡导者。其诗"初好温、李，年长学厚，则昌黎、山谷兼有其胜"（阮元《春海程公墓志铭》），喜以文入诗，以虚字入诗，追求怪字险韵，风格幽峭奇崛。有《程侍郎遗集》。　　　　　　　　　　（王杏根）

粤东杂感

（九首选一）

外藩吉利最雄猜，坐卧高楼互市开。
有尽兼金倾海去，无端奇货挟山来。
五都水旱多逋券，群贾雍容内乏财。
只合年年茶药馥，换伊一一米船回。

清道光十二年（1832），程恩泽以候补祭酒，特放广东正主考。他从京师来到当时中国唯一的对外通商口岸广州，据所见闻，发而为诗，凡九首，总题为《粤东杂感》，此为第五首。作者有感于英国商人对华贸易已威胁到国计民生，十分忧虑，希望改善对外贸易。从中可见，在鸦片战争（1840年）前夕，英国殖民者对华经济侵略已形成咄咄逼人的形势。

　　前四句写英国殖民者在当年西方列强对华贸易中的突出地位和凶狠的经济掠夺。自乾隆二十二年（1757）始，清政府下令关闭了所有的对外通商口岸，只准外商在广州一处通商，并规定由政府特许的十三行华商统一经理外商来华贸易。当时，在对华贸易中，英国雄居首位，且在广州十三行一带集中修筑大批洋式"高楼"，作为长期在华进行殖民活动的据点。这些英吉利商人也就成了"坐贾"。他们与华商"互市"，根本上带有经济侵略性质，他们除继续输出呢绒、毛织品、棉布、钟表、玻璃制品等"奇货"外，更将大量鸦片运进中国。这些"奇货"并非当时国计民生所必需，何况毒害中国人民的鸦片，故称为"无端奇货"。英国以不正当的鸦片贸易获利，致使中国对英贸易由出超而转为入超，造成大量白银外流，即所谓"有尽兼金倾海去"。

　　五、六两句，更进一步地写出这种贸易地位所带来的严重后果："五都水旱多逋券，群贾雍容内乏财。""五都"，此处泛指繁华的城市。"逋券"，债券。是说连繁华之邦，因水旱灾频仍，造成经济萧条，使负债人越来越多。此句作者自注云："近来吴、楚水灾，洋货滞销。"自道光八年（1828）至十二年作者赴广州的几年间，江、浙、赣、鄂、皖等地，连年水灾，民困财尽，故而洋货滞销，经济不振。因此，商人们看来显得"雍容"，镇定自若，从容不迫地应市经营，维持着表面的"繁荣"，而实际上内囊空虚，资财匮乏。这里说的虽是"五都"一方之地的经济状况，其实反映了整个国家财政支绌、国库空虚的实情。所以当年道光帝要再次颁诏下禁烟令，以杜绝白银外流的弊害。诗人感受到了这一切，强烈要求改善对外贸易，纠正时弊，企望着传统的出口农产品诸如茶叶和大黄等药材，年年丰收，香飘四方，用来换回一船船的大米。这里言"米船回"，并非确指从西方输入"大米"，而是以此指代一切有益于国计民生的必需品，却不是输入那些为国人并不急需的洋布、毛织品等"奇货"，更不是毒害人民的鸦片。

此诗抒写诗人忧国忧民之心，表现了鲜明的爱憎。它写在鸦片战争爆发之前数年，可见中国的有识之士对帝国主义的经济侵略和政治扩张早有戒心。

（王杏根）

林则徐

林则徐（1785—1850），字元抚，一字少穆，福建侯官（今福建福州）人。嘉庆十六年（1811）进士。累官至江苏巡抚、湖广总督，后被任为钦差大臣赴广东查禁鸦片。因投降派诬陷，遭革职遣戍新疆伊犁。后遇赦东归，历任总督、巡抚等职。卒谥"文忠"。林则徐不以诗名世，乃"以余事为诗"（徐世昌《晚晴簃诗汇》）。然曾写下大量忧时感事、抒发爱国情怀诗篇。有《云左山房诗钞》《云左山房文钞》等。

（黄　刚）

赴戍登程口占示家人

（二首选一）

力微任重久神疲，再竭衰庸定不支。

苟利国家生死以，岂因祸福避趋之！

谪居正是君恩厚，养拙刚于戍卒宜。

戏与山妻谈故事，试吟断送老头皮。

此为林则徐于道光二十二年（1842）八月在西安与家人辞别、西赴戍所伊犁之际所写两首告别诗之一。"口占"，是作诗术语，即不起草稿，随口吟诵而成。本诗寄愤懑之情于故作旷达之句，表达了他为国牺牲、万死不辞之决心，亦可见作者后期诗歌特色之一斑。

诗的首联先以自谦作起，隐隐透出其对自己无辜遭贬命运的不满和愤慨。颔联是传诵颇广的名句。出句语出《左传》昭公四年，郑大夫子产因改革遭谤，不改初衷，曰："何害，苟利社稷，死生以之！"对句用《商君书》中语："万民皆知所避就，避祸就福。"林公以此两句明志，洋溢着爱国的情操，为其一生之写照。郭则沄赞此两句为"迹其平生，无愧此语"（《十朝诗乘》卷十五）。作者在生平所作诗中，也最爱此两句，常吟诵不已。

颈联为感恩之语。"养拙"犹守拙，系安分守己，归隐不仕之意。明明是横遭革职，万里西戍，却要在诗中感"君恩厚"，称"戍卒宜"，显为反语正说。面对道光帝的反复无常，寡恩刻薄，作者内心之愤懑是可以想见的，但他的身份和地位决定了他在诗中只能自责，只能感恩，只能在委婉的诗句中含蓄地流露些许不平。尾联以戏语劝慰妻子。作者于句后自注："宋真宗闻隐者杨朴能诗，召对，问：'此来有人作诗送卿否？'对曰：'臣妻有一首云："更休落魄耽杯酒，且莫猖狂爱咏诗。今日捉将官里去，这回断送老头皮！"'上大笑，放还山。东坡赴诏狱，妻子送出门，皆哭，坡顾谓曰：'子独不能如杨处士妻作一首诗送我乎？'妻子失笑，坡乃出。"此处所引出自苏轼《志林》。作者作此戏语显为忍痛作谑，也使此诗不流于一般别诗结尾伤感凄凉之俗套，为全诗增加了若干诙谐色彩。

这首诗于一气流注中起伏有致，有抑扬顿挫之感，真实地写出了作者当时矛盾复杂的心情。诗中兼用直抒胸臆和委婉含蓄两种手法，显得刚柔相济，浑然一体。林昌彝评其为"婉而多风，怨而不怒"（《射鹰楼诗话》卷二），可谓切中肯綮。

（黄　刚）

程玉樵方伯德润饯予于兰州藩廨之
若己有园次韵奉谢

（二首选一）

我无长策靖蛮氛，愧说楼船练水军。

闻道狼贪今渐戢，须防蚕食念犹纷。

白头合对天山雪，赤手谁摩岭海云。

多谢新诗赠珠玉，难禁伤别杜司勋。

道光二十二年（1842）九月，林则徐西戍途经兰州，甘肃布政使程德润设宴并赠诗。作者次韵两首表示谢意，此为其一。"方伯"，原为古代对一方诸侯之长的称呼，明清时作对布政使的敬称。"藩廨"，即布政使官署。"若己有园"，为程德润官署后花园名。此诗为其自抒怀抱之作，表达的是他对国事的深切担忧之情。

开头两句为对往事的回忆。林则徐在广州，面对英军威胁，曾积极训练水师，又招募渔民为水勇，有力地遏止了敌人的侵略野心。他曾赋诗抒怀："楼船将军肃钤律，云台主帅精运筹。""蛮烟一扫海如镜，清气长此留炎州。"（《秋月》）事实证明，作者是有"靖蛮氛"之"长策"的，他练水军大有成效。但继任琦善却裁兵船、遣水勇、撤工事，致使侵略军得以长驱直入。作者此处所言，既是自谦，亦有对抗敌事业受阻未成的惋惜，也隐含内心之不平。三、四句系直言现实。当时英舰沿长江西进，投降派耆英等在江宁接受城下之盟，在康华丽号上签订了我国近代第一个不平等条约《南京条约》，贪得无厌的英军遂暂时停止大规模武装活动。诗即指此。"戢"，意为收敛，即指战争的暂时止息。但作者头脑清醒，不为表象所惑，发出"须防蚕食"之呼吁，警告世人提防敌人得寸进尺，足见他虽被贬谪，爱国之志愈坚，也显示了他过人识见。

五、六句先作自慰语，表面说对远戍天山毫无怨言，不平却隐伏辞中，然后再次流露对沿海战事之担心。他身在西北，却无时不在关注着东南海疆的时局安危。最后两句紧扣题意，表示对程德润的答谢和惜别之情。"珠玉"为作者对赠诗的赞美之词。"杜司勋"指唐代诗人杜牧，他曾任司勋员外郎，李商隐诗有："刻意伤春复伤别，人间唯有杜司勋。"（《杜司勋》）此用其意。

这首诗格律精严，笔触凝重，措词含蓄，情调忧愤，不仅与作者早期酬应题咏之作迥然有别，也与他在广东时所作的那些雄阔豪放的作品大相径庭。"老来诗情转猖狂"，遣戍四年中，作者诗风大变，深沉忧愤为其主要风格，此诗即为其中代表之作。　　　　（黄　刚）

龚自珍

龚自珍（1792—1841），字璱人，更名易简，字伯定，又更名巩祚，号定庵，又号羽琌山民，浙江仁和（今杭州）人。道光九年（1829）进士，曾任内阁中书、宗人府主事、礼部主事等职，道光十九年辞官南归，两年后暴死于丹阳云阳书院讲席的任上。论学主公羊学派，讲求经世致用，政治上主张革新，与同时的魏源齐名，称为"龚魏"，为近代思想界的先驱者。作为诗人，他早窥世风，洞烛先机，故诗多感时伤世的忧患意识和冲破沉闷、呼唤风雷的理想。其诗想象丰富，语言瑰丽。既有斑烂变化、诡异谲怪的色彩，也有天然真率、淡宕清新的风致；既有掀雷挟电、磅礴浩荡的气势，也有回肠荡气、哀感顽艳的情韵。对后世有较大影响，开一代风气。有《龚自珍全集》。　　　　（袁　真）

琴　歌

　　之美一人，乐亦过人，哀亦过人。（一解）

　　月生于堂，匪月之精光，睇视之光。（二解）

　　美人沉沉，山川满心。

　　落月逝矣，如之何勿思矣？（三解）

　　美人沉沉，山川满心。

　　吁嗟幽离，无人可思。（四解）

　　这是一首很离奇的诗，格调古雅，模仿古时的琴曲，以参差不齐的句式和低沉深婉的声调谱写了一曲心之悲吟。诗中的"之美一人"显然是诗人自指。龚自珍是个多愁善感的人，尤其是在夜深人静之时，他常感到一种莫可名状的愁思，所谓"经济文章磨白昼，幽光狂慧复中宵"（《又忏心一首》）；"百脏发酸泪，夜涌如原泉"（《戒诗五章》）；"长夜集百端，早起无一言"（《自春徂秋偶有所触，拉杂书之，漫不诠次，得十五首》）都是这种心理的写照，所以他说自己哀乐过人，心灵的感受似乎太敏感了。

月亮升起来了，他凝视着那洒在堂前的一片清幽冷寂的月光，怀疑那究竟是月亮的辉光，还是自己眸子中所感觉、所产生的辉光。它似乎是从自己的心中升起，而不是来自天外的月华。于是诗人进入了一种迷离惝恍的精神境界，他的思绪飘忽，像是沉入到无限的思想之海中去了，那样深沉而辽远。他的心中满装着山山水水、风风雨雨，是难以忘怀的国仇家恨，还是一腔抱负无法实现，抑或是蓬山遥隔，青鸟无路，令他的思想进入了苦闷的海洋？他究竟想要什么？也许自己也难以回答。那眼中的光辉骤然消逝，像是落月西沉了，心中的希望也随之而去，怎能不勾起无限的思念？是思念月光吗？不，像是同一位知友别离的怅惘。是思念离人吗？不，他也委实没有什么人可以去思念。

诗人在这里竭力去描绘自己的一种心态：若有所思，而不知所思为何物；若有所失，而不知所失为何者。也许它是诗人心中的一种假象，就像那天上的月亮可能也只是一种假象——自己心中的折光而已。然而诗中的月，是令他产生万千思绪的引线，它的出现使诗人迷惑，它的消失令诗人怅惘。显然，这里的月象征着诗人理想中的人物，是他心目中的偶像，"匪月之精光，睇视之光"，那月亮只是他自己的臆造，只是他自己的影子。

　　这首诗弥漫着一种朦胧的美，诗人笔下的月和人完全浑然一体。月出于心的反射，而又象征着心中思念；美人既是自指，又比喻理想中的人。当然，月的形象在龚自珍的诗词中也往往指意中之人，如他说："月堕怀中听幻缘。"(《驿鼓三首》)又说："箫一枝，笛一枝，吹得春空月堕林，月中人来归。"(《长相思》)"兰襟，一丸凉月堕，似他心。"(《木兰花没》)但这里诗人更强调了月的象征意义，他所刻画的只是一种朦胧的哀思，读者无须追究这里的美人究竟指的是什么，却也已依稀感到了诗人的情愫，领略到了一种哀婉的美感。

（袁　真）

自春徂秋偶有所触拉杂书之
漫不诠次得十五首

（选二）

道力战万籁，微芒课其功。

不能胜寸心，安能胜苍穹？

相彼鸾与凤，不栖枯枝松。

天神倘下来，清明可与通。

返听如有声，消息鞭愈聋。

死我信道笃，生我行神空。

障海使西流，挥日还于东。

道光七年（1827）自春至秋，龚自珍写下了十五首古体诗，表示了自己对各种社会问题和个人遭际的看法。这是第一首，旨在阐明精神的力量足以战胜外界的干扰，既用以表明志向，又以此自励清操。

"道力"本来是指修道守道的功力，这里用来指个人的道德修养。诗人认为只要自己有坚定的精神力量，那就可以与外界各种各样的干扰抗衡，并从一点一滴上取得成效。假如连自己心中的杂念也不能战胜，又怎能战胜整个客观世界呢？开头四句便阐明了全诗的中心论旨，下面便具体地说明如何蓄养精神和坚定道力。看那些鸷鸟和凤凰，它们绝不肯在枯萎的树枝上栖息。《庄子》上说鸷凤"非梧桐不止，非练实不食，非醴泉不饮"，作者以此来说明自己有高尚的理想，不愿随俗流转。所以说即使天神下降，我那清明的心灵也能够与它相通，毫无愧色。因为诗人首先服从自己心灵的召唤，而不顺应外物的驱遣。他返听自己的内心世界，似乎隐然有声；而视外界的盈虚消长，却置若罔闻，表明自己我行我素，排除外物干扰的坚定毅力。所以他说：假如上天要我死去，我仍坚信我所追求的理想；假如给我以生命，我便神行于太空，不受任何世俗的羁绊。只要有这样始终如一的信念和锲而不舍的精神，就会产生改变整个世界的力量，使东去的河流西向，使西落的太阳东返。

这是一首哲理诗，说明人要改造客观世界必须坚持自己的理想，砥砺自己的节操，不受外界的引诱和干扰，只有如此，才能成大事业，建大功勋，具备回天之力。同时，诗人以此表示自己的抱负，其中明显地表露出对现实的蔑视和对自己高尚人格的赞颂。"障海""挥日"的说法则显然是指改造腐朽现实的宏愿。全诗通篇以议论出之，但能寓抽象的说理于形象的叙述之中，以自身的体验融入哲理的思考之内，感情真挚，说理明畅，所以能不落言筌而颇具理趣。至于诗中所阐述的道理，确具有相当深刻的意义，"不能胜寸心，安能胜苍穹"，即是掷地可作金石之声的至理名言，诗中表现出诗人至死不渝、执着追求的人格也令人肃然起敬。

（袁　真）

名理孕异梦，秀向镌春心。

庄骚两灵鬼，盘踞肝肠深。

古来不可兼，方寸我何任？

所以志为道，淡宕生微吟。

一箫与一笛，化作太古琴。

　　《庄子》以汪洋恣肆、万怪惶惑的文学语言表达了深刻的哲理，他往往用形象的寓言甚至梦境的描述来说明其哲学思想，如著名的"庄生梦蝶"，因此诗人用"名理孕异梦"来概括《庄子》的文章。屈原的《离骚》是在他政治理想破灭之后所表现的忧国忧民之心，在那瑰丽奇诡的诗篇中处处印刻着他强烈的爱国热情和不改初衷的高洁品格，所以诗人以"秀句镌春心"五字来揭示屈原作品的精髓。《庄子》和《离骚》就像两个精灵，深深地盘踞在诗人的心中，融化在他的笔底，成为定庵终身师法的对象。然而，《庄子》的文章虚幻缥缈，如梦一般迷离恍惚；而屈原的《离骚》刿目铄心，以深沉的现实感见长，两者像是水火不相容的两极，自古以来难以二者得兼，故诗中说如今区区寸心，何以能兼容并包？但诗人也看到了庄、屈的异中之同，他们都是有感于人生而发为诗文的，而且他们的作品都富于想象和文采，具有深刻的艺术感染力。所以诗人愿能融合庄、屈，致力于深邃的大道，并以恬静天然的方式表现那微妙玄通的道理。《庄子》与《离骚》就像一支箫和一支笛，虽然各有各的音调，然而通过诗人心灵的融合与熔铸，二者合而为一，奏出了一支更加高雅而古逸的曲子，犹如箫和笛化作了太古之琴。

在这里龚自珍不仅指出了《庄子》《离骚》与自己诗歌创作的渊源关系，强调了在学习古人基础上形成自己的风格；而且提出追求淡宕古雅的艺术趣味。他曾主张"文章天然好"，又说"略工感慨即名家"，都说明他不求雕章琢句，提倡真率自然的风格，这正是他得自庄、屈之处。

这首诗本身也写得淳朴古雅，不仅是对庄、屈两位古代先哲的评价，而且将自我的创作态度融会其中，言简意赅，意味深长。

（袁　真）

人草稿

陶师师娲皇，抟土戏为人。

或则头帖帖，或者头颔颔。

丹黄粉墨之，衣裳百千身。

因念造物者，岂无属稿辰？

兹大伪未具，娲也知艰辛。

磅礴匠心半，斓斑土花春。

剧场不见收，我固怜其真。

谥曰人草稿，礼之用上宾。

据说在开天辟地以后，天神女娲感到了寂寞，她在清澈的池水边沉思，忽然看见水中自己的倒影，于是想到要仿照自己的样子造出一些生物来。女娲蹲下身来，舀起池水，揉合池边的黄土，捏出许多像自己一样的生灵，这就是人，这就是中国人构想的自己祖先的来源。后代陶工们按照女娲造人的方法以粘土烧制成人形，他们做成的泥人有的俯首帖耳，目不旁视，有的胖头大脑，俨然如正人君子，并在泥人身上涂了各种釉彩，穿上各种衣着，煞有介事地让它们做起人来了。然而泥土毕竟是泥土，任它有人的模样和装束，却没有人的生命和灵性，更不要说有个性和思想，它只能是孩子手里的一个玩物。

　　龚自珍大概看到了这样一个陶制的土人，于是设想它是女娲造人时起的草稿，只有形体，没有生命。也许是由于女娲也怕艰辛，所以才造到一半便将这土坯弃置不顾。它只体现了女娲伟大匠心的一半，而且由于年深日久，它已斑驳陆离，无人对此还有兴趣，即使演木偶戏的班子也不再需要它了。因而诗人把它留下，并给它起了个雅号：人草稿。并以为可以用它来款待那些高贵的客人。

　　这显然是一首政治讽刺诗，诗人以"人草稿"来讥刺那些唯唯诺诺、无所用心的人，他们虽然涂脂抹粉、衣冠楚楚，却只是粉墨登场的木偶，腹中空空，绝无生气。这种人充斥于当时的官场，为龚自珍所不齿，所以对此作了辛辣的嘲讽。他的《与人笺五》中也刻画过这类人的嘴脸："乃缚草为形，实之腐肉，教之拜起，以充满于朝市，风且起，一旦荒忽飞扬，化而为沙泥。"这就是"人草稿"的绝妙写照。他们只是造物未完成的劣等品，一无所用，连剧场也不收购此类破烂货，却可以用来款待上宾，并得到光荣的谥号。这里的"上宾"云云分明是指统治者，他们起用了大批不学无术、贫庸无能之徒，所以龚自珍将讽刺的矛头直指高层的统治者。

　　这首诗善于从寻常之物中发掘出不寻常的意义，体现了诗人敏锐的洞察力。据钱锺书先生的《谈艺录》中说，龚自珍的这首诗大概得到其前辈诗人赵翼《十不全歌》的启发，赵诗中说："自从铸成人样子，化工能事始毕矣。何哉尔独缺不完，缩长凸短双必单。得非女娲抟人未定稿，千年抛落荒山道。"赵翼以"女娲抟土未定稿"来形容人形貌的缺陷，意在调侃和幽默；而龚自珍的"人草稿"则着意于人品上的缺陷，意在讽刺和谴责，这就令他的诗更具有批判现实的意义。

（袁　真）

能令公少年行

序曰：龚子自祷祈之所言也。虽弗能遂，酒酣歌之，可以怡魂而泽颜焉。

蹉跎乎公！

公今言愁愁无终，公毋哀吟娅姹声沉空。

酌我五石云母钟，

我能令公颜丹鬓绿而与少年争光风。

听我歌此胜丝桐。

貂毫署年年甫中，著书先成不朽功，

名惊四海如云龙，攫拿不定光影同。

征文考献陈礼容，饮酒结客横才锋。

逃禅一意皈宗风，惜哉幽情丽想销难空。

拂衣行矣如奔虹，太湖西去青青峰。

一楼初上一阁逢，玉箫金琯东山东。

美人十五如花秾，湖波如镜能照容，

山痕宛宛能助长眉丰。

一索钿盒知心同，再索斑管知才工，

珠明玉暖春朦胧。

吴歈楚词兼国风，深吟浅吟态不同，

千篇背尽灯玲珑。

有时言寻缥缈之孤踪，春山不妒春裙红。

笛声叫起春波龙，湖波湖雨来空濛，

桃花乱打兰舟篷，烟新月旧长相从。

十年不见王与公，亦不见九州名流一刺通。

其南邻北舍谁与相过从？

伛偻丈人石户农，嵚崎楚客，窈窕吴侬，

敲门借书者钓翁，探碑学拓者溪童。

卖剑买琴，斗瓦输铜，银针玉薤芝泥封，

秦疏汉密齐梁工，佉经梵刻著录重，

千番百轴光熊熊，奇许相借错许攻。

应客有玄鹤，惊人无白骢。

相思相访溪凹与谷中，

采茶采药三三两两逢，

高谈俊辩皆沉雄。

公等休矣吾方慵，天凉忽报芦花浓，

七十二峰峰峰生丹枫。

紫蟹熟矣胡麻馓，门前钓榜催词筩。

余方左抽豪，右按谱，高吟角与宫，

三声两声棹唱终，吹入浩浩芦花风，

仰视一白云卷空。

归来料理书灯红，茶烟欲散颓鬟浓，

秋肌出钏凉珑松，梦不堕少年烦恼丛。

东僧西僧一杵钟，披衣起展华严筒。

噫嘻！

少年万恨填心胸，消灾解难畴之功？

吉祥解脱文殊童，著我五十三参中。

莲邦纵使缘未通，他生且生兜率宫。

　　道光元年（1821），龚自珍已到了而立之年，然他于前一年的会试中第二次落第，在这一年军机章京的考试中又未被录取。诗人忧愤填膺，对于官场的黑暗与科举的害人有了更清醒的认识，遂萌生出隐居避世的念头；他又向佛学中追求精神的解脱，试图以此来消烦解忧，遂写下了这首驰骋想象、充满浪漫气息的奇作。

　　这首诗体现了诗人心中的憧憬，用他自己的话说，是"自祷祈之所言"，因此每一吟诵，便令人精神振奋，意气风发，"能令公颜丹鬓绿而与少年争光风"。同时，它又是一首自勉之诗，因而诗的一开头就借理想的我（"我"）与现实的我（"公"）之间的对话规劝自己不必沉湎于忧愁烦恼之中，而应奋发向上，面向光明。他回首自己三十年来走过的人生之路，从著书立说，征文考献，到饮酒结客，名惊四海，然最终还是不容于世，只得逃禅学佛，以求解脱，然其

"幽情丽想"难以抑捺，于是下文便从想象落墨。

诗人张开了想象的翅膀，如奔走天际的彩虹一样来到青山如黛的太湖之滨，在那楼台重重的高阁上见着一位善于吹箫奏乐的妙龄女郎，平静如镜的湖水映照着她花一般的容颜，一抹远山更增添了她那修眉的妩媚与丰韵，而且她的才华出众，工于吟咏，因而诗人与她一见倾心，愿结百年之好。这里诗人吸取了古代诗人美人香草、托物寄兴的表现手法。在现实生活中他虽然屡屡落第，然终希望能在人间觅到知音，所以他笔下的"美人"形象，不仅是他理想中的爱人，而且是自己志同道合者的化身。

"有时言寻缥缈之孤踪"以下便写他隐居生活的种种乐趣。在那山花烂漫、湖光空蒙之中，诗人去寻找踪迹缥缈的高士，徜徉在山巅水涯，与落花同眠，与新月相从。来往交游的都是嵚崎历落的山林隐居之士，诸如"石户农""楚客""吴侬""钓翁""溪童"之辈，而绝无王公显贵一流的庸俗之徒。诗人欲与那些山间高士玩赏古器，共析奇文，高谈俊辩，无拘无束地交往出游。这里的描写不仅是诗人的理想，而且是他平生恪守的交谊原则，在六年之后所写的《自春徂秋，偶有所触，拉杂书之，漫不诠次，得十五首》中说自己在京城的生活："朝从屠沽游，夕拉驵卒饮。"陈元禄的《羽琌逸事》中载他"在京师尝乘驴车，独游丰台，于芍药深处席地坐，拉一人共饮，抗声高歌，花片皆落"。可见他爱与下层人士交往，可以说以市隐而实现了他隐居的理想。

当天气转凉，忽闻湖中芦花正浓，诗人便驾着一叶扁舟去湖中荡桨，他抽毫按谱，朗吟高咏，歌声散入芦花丛中，仰视行云，颓然不动。当夜幕降临,游湖归来,燃灯煮茗,心身都达到了极度的舒畅。听着那禅寺的钟声,展开经卷诵读,于是心中的千愁万恨顿时冰消雪溶,他愿遵循佛教的启示,参遍有道之人,纵使此生未能进入佛国,他生也要修成正果。全诗以学佛作结,表现了诗人此时的祈尚与心境。

这首诗中反映的思想不仅体现了诗人个人的愿望,而且展现了一代士人的理想,其中所刻画的真率而自由的世界正是当时谋图改革现实的有识之士理想中的乌托邦,这种乌托邦已不同于陶渊明笔下的桃花源:闲适宁静、安居乐业,人与人无争无竞,老死不相往来;而是一片充满阳光、充满朝气的乐土;人们追求的是开张的个性,自由的生活,在那里有爱情,有友谊,有欢乐,有悲哀,有人与人的沟通以及人与自然的融洽。虽然此诗有一个学佛遁世的消极尾巴,但整首诗表现出积极向上的昂扬之气自不待言。所以李慈铭称此诗为:"亦一时奇作也。"(《越缦堂日记》)

梁启超在他那篇著名的《少年中国说》中曾援引过此诗,他说:"龚自珍氏之集有诗一章,题曰《能令公少年行》,吾尝爱读之,而有味乎其用意之所存。"就意在推崇此诗中所表现的奋发自强、朝气蓬勃的精神。此诗艺术上的魅力也是十分明显的,诗人奇异诡怪的笔墨纯任思想与感情的驱遣,在其中我们看到了屈原、庄子、李白、李贺诗文的影子,全诗弥漫着浓郁的浪漫气息,有人说这是取法于佛经中的奇思异想,也许不无道理,因作者此时正倾心内典,自然会受其影响。

(袁 真)

西郊落花歌

出丰宜门一里，海棠大十围者八九十本，花时车马太盛，未尝过也。三月二十六日，大风；明日风少定，则偕金礼部（应城）、汪孝廉（潭）、朱上舍（祖毂）、家弟（自谷）出城饮而有此作。

西郊落花天下奇，古来但赋伤春诗。
西郊车马一朝尽，定庵先生沽酒来赏之。
先生探春人不觉，先生送春人又嗤。
呼朋亦得三四子，出城失色神皆痴。
如钱塘潮夜澎湃；如昆阳战晨披靡；
如八万四千天女洗脸罢，齐向此地倾胭脂；
奇龙怪凤爱漂泊，琴高之鲤何反欲上天为？
玉皇宫中空若洗，三十六界无一青蛾眉；
又如先生平生之忧患，恍惚怪诞百出难穷期。
先生读书尽三藏，最喜维摩卷里多清词。
又闻净土落花深四寸，冥目观想尤神驰。
西方净国未可到，下笔绮语何漓漓。
安得树有不尽之花更雨新好者，
三百六十日长是落花时！

　　道光七年（1827）的暮春时节，诗人与二五同好去京城西郊丰宜门外看海棠，遂写下这首咏落花的奇作。

　　全诗可分为三个部分，从开头到"出城失色神皆痴"，写自己去西郊看落花而得见奇景。诗的开头如奇峰突起，开门见山，"西郊落花天下奇"，一个"奇"字便概括出了西郊落花的特征和自己的感受。"古来但赋伤春诗"只是一个衬垫，说明诗人的志趣异于那些怜香惜玉、伤春感时的骚人墨客，由此引出下文对落花的歌颂。诗人的赏花也确与众不同，当花残春阑、达官贵人的车马已不再问津西郊的时候，他却与朋友一起携酒赏花，原来他有意避开熙熙攘攘的赏花之人，而挑选了这样一个风雨之后、冷清的暮春去追寻春光、送别春光，这虽然在别人的眼里看来有些不合情理，甚至加以嗤笑，但诗人却我行我素，旁若无人，其不谐流俗的傲岸个性于此可见。他所见到的不是残枝遗香、飞花减春的凄凉景象，而是一片落英缤纷、美不胜收的奇观。诗人和朋友们失色相向，为眼前的美景所震骇，乃至惊讶若痴。

　　"如钱塘潮"以下到"恍惚怪诞百出难穷期"为第二层，连用七个比喻来描述落花的奇瑰伟丽。然诗人并不断断于穷形尽相，巧拟形似之言，而力求通过比况而写出落花的精神和气势。那汹涌澎湃、震人心魄的钱江大潮，那昆阳之战中王莽四十万大军的四散溃败，如山倒地崩之势，就像西郊落花的铺天盖地、气势磅礴。如果说这两个比喻用了人间的壮观来比落花，那么下面诗人更张开了想象的翅膀，进入到佛、道的神仙世界中去。落花像是佛教欲界中八万四千位天女一齐梳洗完毕，将那胭脂水倾倒于此处，又如奇龙怪凤欣喜若狂地从天上漂泊到人间,仙人琴高的赤鲤鱼由地而腾空而起、飞向苍穹。"奇龙"二句写落花在风中飘舞,高者漂泊落地,下者扶摇而上,诗人犹如置身于一个漫天飞舞着红花的世界之中。那落花又像众仙女翩翩下凡,以至令玉皇的宫中一空如洗,三十六界中的仙女荡然无存。最后诗人说自己光怪陆离、无穷无尽的忧患正像落花的纷纷扰扰,变化莫测。这些比喻超出了一般以显比晦,以具体比抽象的常规,撇开了形态的类比而专取神似,令落花的形象被描绘得奇丽而壮阔。这种连续运用比喻的方法在修辞学上被称作博喻,在龚自珍之前,韩愈和苏轼就是运用博喻的能手,然龚氏以其比喻的奇瑰巧妙较之韩、苏有过之而无不及。

"先生读书尽三藏"到最后用佛典中语,歌颂了落花的壮观,表现了自己对落花的同情与热爱。龚自珍中年学佛,深谙内典,故说这眼前的无数飞花,似乎就是《维摩经》中所载的天女散花。诗人闭目骋怀,像是见到了佛国的地上铺着四寸厚的落花,然而西方极乐世界是那么辽远,而且自己的尘缘未了,因此被佛家视为"十恶"之一的"绮语"犹如滔滔不尽的流水涌上笔端。这里正体现了作者徘徊于出世与入世之间的矛盾,佛学本是教人消极出世的,但龚自珍用以表现他乐观进取的精神,他但愿树上长出无尽的花来,每时每刻洒下又新又好的花朵,让一年三百六十日都成落花的季节。

龚自珍对落花有一种特殊的感情,他的诗中屡屡咏到落花,如《己亥杂诗》中的:"落红不是无情物,化作春泥更护花"、"终是落花心绪好,平生默感玉皇恩"、"鹤背天风堕片言,能苏万古落花魂"

等，都以落花自况，这首诗中我们似乎也看到了他本人既怀内美而不容于世的形象。落花的备受摧残与飘零衰败，显然是诗人一生坎坷的化身；而其飞舞飘散、充满生机的形象，又分明是诗人积极进取精神的象征，因而他含有无限深情地歌唱落花、赞美落花。

（袁　真）

夜 坐

（二首）

春夜伤心坐画屏，不如放眼入青冥。
一山突起丘陵妒，万籁无言帝座灵。
塞上似腾奇女气，江东久陨少微星。
平生不蓄湘累问，唤出姮娥诗与听。

沉沉心事北南东，一晌人材海内空。
壮岁始参周史席，髫年惜堕晋贤风。
功高拜将成仙外，才尽回肠荡气中。
万一禅关砉然破，美人如玉剑如虹。

　　道光三年（1823）的春天，龚自珍第四次参加会试落第，在一个宁静的夜晚，他久久独坐窗前，百感交集，于是写下这两首七律。诗由自己的落第而想到科举考试制度对人材的摧残，因此一方面表现了自己希望天降奇材，打破这"万马齐喑"的沉闷空气；另一方面也借此表示自己对功名利禄的淡泊与崇高的志向。

　　龚自珍放荡不羁的个性与指责时弊的议论显然为某些当政者所不容，并受到一些碌碌无为的平庸之徒的猜忌。他于前一年的诗中就有"贵人 夕下飞语，绝似风伯骄无垠"（《十月廿夜大风，不寐，起而书怀》）的话，可见他曾抵触权贵，遭人中伤，所以这两首诗中也隐约地流露出受人嫉恨之事。"春夜"两句就有自我排遣之意，劝自己不必于春夜枯坐，黯然神伤，而宜敞开胸襟，放眼青冥。"一山突起丘陵妒，万籁无言帝座灵"两句寓情于景。那耸然屹立的高山受到众多小丘的嫉妒，显然比喻自己遭到庸俗之辈的猜忌；夜空中万籁俱寂，只有帝座星高悬天际，显示出它凌然不可侵犯的威灵，也暗示了在清廷的高压政策下人们箝口不敢言的沉闷局面。这两句既契合夜中所见，又有明显的象征意义，所以成为定庵诗中的名句，后来康有为的《出都留别诸公》中"高峰突出诸山妒，上帝无言百鬼狞"就是化用龚诗此句而来。在如此压抑沉闷的空气之中，即使本为人材辈出的江南地区，如今也如少微星已殒落的一片夜空，阒无声息。因而诗人将希望寄托在塞外边远地区，《汉书·外戚传》中说："武帝巡狩，过河间，望气者言，此有奇女，天子乃使使召之。""塞上似腾奇女气"即用此意，表示希望有奇才出现，而这样的奇人未必在京都或人文荟萃之处，而往往出现在山林偏僻之地。第一首的最后两句说自己虽对现实深怀不满，然而不愿像屈原那样提出许多问题向苍天发问，而意欲将自己的心事写成诗章，在这春夜独坐之时吟诵给月中的嫦娥去听，不仅扣住了夜坐的主题，而且也表示了自己对政治的灰心。

第二首即续"唤出姮娥诗与听"而来，抒写自己的心事。诗人的失意并不在个人的成败得丧，而在于天下四方之忧，他尤其感叹人材的匮乏。龚自珍到了中年才以举人任内阁中书，后任《清一统志》校对官，算是忝列史官之职，然而他自少年以来即有晋代文士那种无视礼法、指责时政的习性。其实，他也并不断断于出将入相或修炼成仙，而意在有益于社稷国家。然而人到中年，功业未就，只能将自己的才华消耗在回肠荡气的诗词之中了，但诗人的心中并没有失去希望，诗的最后说，束缚人才智的关卡一旦被打破，那么人便能实现自己的抱负，剑也能气贯长虹。可见诗人叹息人材的匮乏意在指责社会对人材的压抑与限制，一旦樊笼被冲破，定然能有英雄人物出现。

这两首诗对仗工稳，想象奇特，驱驾典故极为娴熟，表现感情十分含蓄，是龚自珍七律中的代表作。诗中时时将个人的感慨与时代的脉搏联系在一起，因而令抒怀之作有了更深的社会意义，同时令诗风更为郁怒横逸，清深渊雅，读来有唱叹之致。　　　　（袁　真）

又忏心一首

佛言劫火遇皆销，何物千年怒若潮？

经济文章磨白昼，幽光狂慧复中宵。

来何汹涌须挥剑，去尚缠绵可付箫。

心药心灵总心病，寓言决欲就灯烧。

　　龚自珍不仅是诗人，而且是善于探索心理奥秘的思想家。他的诗中有不少直接反映自我心智的作品，特别是在他受到佛教影响之后，此种倾向更为明显。如这首《又忏心一首》即是对自己心理的剖析，他欲以焚毁自己的诗文作品来求得心中的平静，诗中既有无限的悔恨，也表现了对黑暗现实的强烈谴责。

　　佛家以为自然界的生灭，须经过成、住、坏、空四个阶段，在坏劫中，世界发生大火，能使天地万物化为灰烬，即称为"劫火"，劫火可销毁一切，但诗人心中如怒涛汹涌般的思想却不能得以平静。尽管自己力图以佛家的观心寂灭之理去抑制它，但也无济于事。经邦济国的文章消耗了他白昼的生命，而种种奇异的思绪又乘着夜间涌上心头。它们来势汹涌，无法抑捺，激励起自己仗剑报国的雄心壮志；一旦退去，犹留下缠绵不尽的余思，像是箫声的余音绕梁，有待诗歌去表现。前六句只是写自己的心态，一种不可遏制的思想在他心中激荡，长久地折磨着他。无论什么医治心病的灵丹妙药，或是什么聪慧灵敏的智慧都无法使他解脱，造成了他心灵的疾病。"心药"二字本也出自佛典，《秘藏宝钥》中说："九种心药，拂外尘而遮迷。""心药"即指佛家的教法，意谓可以此来医治种种心中的烦恼，这里也泛指诗人谋求心绪平静的疗救之方。而"心灵"则指诗人的慧心，《隋书·经籍志》上说："诗者，所以导达心灵，歌咏情志者也。"故也借以指抒写心灵的诗文创作。这些创作只是令诗人思绪万端，烦闷不已，因而他决心将此付之一炬。以"寓言"指自己的诗文，正因为这些文字中有着深刻的寓意，凝聚着自己的思想。

诗所以题为"忏心"，是因为诗人在此表示了深深的悔恨，然与其说他悔恨自己心潮的起伏不宁，毋宁说他愤恨这人世的不平与弊病。诗人对社会深感忧虑，但又觉得空言无补，所以产生了"忏心"的想法；他意欲逃禅，而那灾难深重的社会现实令他频频回首，不能忘情于世，这诗便是他矛盾心理的表露。龚自珍以这类刻画心理的诗作展拓了传统诗歌的内容，以诗去描绘思绪，追踪心灵的历程，甚至探索自己的潜在意识，这正是龚诗中的现代意识吧。

（袁　真）

己亥杂诗

（选五）

浩荡离愁白日斜，吟鞭东指即天涯。

落红不是无情物，化作春泥更护花。

　　道光十九年（1839），龚自珍终于辞官南归，于农历四月二十三日离京，七月初九返杭，九月十五日复北上接眷，腊月二十六日携眷返抵昆山羽琤山馆。在行程之中他总共写了三百十五首绝句，翌年刻印成集，题名《己亥杂诗》。这是其中的第五首。

　　诗人辞别了他居住了二十余年的京师，自然百感交集，在暮色苍茫中吟鞭东指，奔向那远在天涯的故乡。虽然他这次出都的真正原因很难索解，有人以为是"忤其长官"，有人以为是与顾太清的恋爱纠葛，然从诗人当时的思想情绪来看，显然是由于对时政的不满和与当权者的抵牾。在写了自己的怅然出都之后，他忽然将笔锋一转去说落花。他出都时已四月，正是众芳摇落之时，诗人踏着一片落红而出了京郊。但在这小诗中并没有去描绘落英缤纷、花飘香销的场面，而以简括的议论道出了自己的感喟。诗人说，落花并非无情之物，它能化为肥沃的春泥而重新培育出美丽的鲜花，以自己的生命换来了他年的繁花似锦。这里的"落花"分明是作者自指，意谓自己虽已入迟暮之年而又辞官出都，但壮心未已，不甘沉沦，願以有牛之年仍为国家与民族贡献力量。稍后的《己亥六月重过扬州记》中说:"抑予赋侧艳则老矣,甄综人物,蒐辑文献,仍以自任,固未老也。"可见他此时的情怀。

这首诗的用笔隽永含蓄,特别是后两句的以咏物来抒情,表现了对社会与人生的眷念,成为定庵一生精神的写照。　　　　(袁　真)

　　　　只筹一缆十夫多,细算千艘渡此河。

　　　　我亦曾糜太仓粟,夜闻邪许泪滂沱。

漕运,是中国古代一项重要的经济制度,为了将东南产粮区的大量税粮运往京城,不知有多少财务官员为之绞尽脑汁,有多少农民为之倾家荡产,有多少纤夫船工为之流血流汗。当龚自珍经过江苏淮浦(即今江苏清江)时,见到了无数北上的漕运船只,在一线运河之间层层倒闸,节节挽牵,每一根缆上就有十余个纤夫,那么细算起来,千百艘的粮船须要多少人力啊!据包世臣的《庚辰杂著》说,当时每年要以五千余艘漕船载三四百万漕粮,可见所花人力之巨。诗人面对着这幅纤夫力尽骨折的画面,不禁动了恻隐之心,他想到自己曾在京中消耗过官仓的粮食,这粮食就是由纤夫们一步一个血印地从运河里纤拽而来的,于是感到了深深的内疚。他半夜听见那低沉而辛酸的号子声时,不禁泪流如雨了。

读诗至此,我们似乎听到了那回荡在运河畔的纤夫号子之声,看到了船工力尽骨折的斑斑血泪，正是这哀怨有力的声响令诗人感到悲伤和内疚，"我亦曾糜太仓粟"，可如今已辞官归乡，两袖清风了。然而，对那些至今还在浪费国家粮饷，徒受俸禄而无所事事的人来说岂不是当头棒喝吗？诗人的言外之意是十分明显的，表现了他鲜明的爱憎。

（袁　真）

> 九州生气恃风雷，万马齐喑究可哀！
> 我劝天公重抖擞，不拘一格降人材。

诗人经过镇江时，正赶上那里举行祭拜玉皇及风神、雷神的仪式。道观前旗幡飘扬，青烟缭绕，钟鼓齐鸣，好不热闹，里里外外足有万人之上。道人请他写一篇祭神祝祷用的青词，诗人提笔疾书，便写下了上面这首诗。

虽然此诗中的"风雷"应合了祭拜风神、雷神之事，"天公"则指玉皇，似乎很契合"青词"的体式，其实此诗纯为借题发挥，表达了对当时政治的看法。诗人希望有迅风惊雷出现，给沉寂已久的中华大地带来新的生气。首句中的"风雷"分明比喻变革社会的巨大力量，"万马齐喑"则是指在清王朝的淫威下令人窒息的政治局面。"生气"二字便是诗人对时局所开出的疗救之方，当时的中国，正需要蓬勃向上的朝气，诗人虽然并不能预言将会出现怎样的"风雷"，但他已隐约感到在这死一般沉寂的九州大地上正孕育着一种石破天惊的力量。他的《尊隐》 文中曾把处在风雨飘摇中的清王朝比作日薄西山、气息奄奄的"京师",而将充满朝气的新生力量比作隐伏着大声音的"山中","山中之民,有大音声起,天地为之钟鼓,神人为之波涛矣"。他似乎已听到了那惊雷,看到了那冲破黑暗的曙光。"九州"二句正体现了诗人的这种政治理想。于是他呼吁上天重新抖擞起精神,不拘一格地降下各种人材。

此诗通篇采取语意双关的手法,表面上不离祈神祐护的主旨,而字里行间却洋溢着强烈的现实感和奔放不羁的浪漫气息。全诗激情澎湃、气势磅礴,不仅体现了龚自珍奇情壮采的诗歌风貌,而且表达了他鲜明而敏锐的政治倾向。

(袁 真)

陶潜酷似卧龙豪,万古浔阳松菊高。

莫信诗人竟平淡,二分梁甫一分骚。

龚自珍己亥出都,六月中自镇江赴江阴,舟中读东晋大诗人陶渊明的诗集,遂赋诗三首,揭橥陶诗的内涵,这是第二首,肯定了陶诗有豪放磊落的一面,同时表达了自己读陶诗的感受。

诗人首先借辛弃疾《贺新郎》词中"把酒长亭说,看渊明风流,酷似卧龙诸葛"的话,说明陶渊明的豪气很像诸葛亮,他的气节犹如松树和菊花那样高洁而伟大。渊明笔下有不少赞美菊花和松树的作品,如他的《饮酒》中就有"秋菊有佳色,裛露掇其英"一首和"青松在东园，众草没其姿"一首专咏自己寓所前的菊和松，其《归去来辞》中也说："三径就荒，松菊犹存。"可知渊明归隐的柴桑故里大概确有菊、松二物，但他如此偏爱松菊，显然是因松菊岁寒后凋的品格，正象征着渊明自己身历晋宋易代之沧桑而犹不忘故国，不愿为五斗米而折腰向乡里小人的高风亮节。所以龚自珍以为不要相信诗人那种表面的平淡闲适，其实，在陶诗中正寓有像诸葛亮《梁甫吟》和屈原《离骚》那样的情绪。

人们往往凭着自己对生活的理解和对现实的认识来揣摹前代作者当时的心理和作品的主旨，这就是时下所谓"接受美学"的基础。龚自珍对陶诗的理解正是如此，当他匆遽出都之时，心中自有一股郁积不平之气，所以一旦见到陶诗中的豪迈之作，便怅触了自己的襟怀，从那平淡的陶诗中看到了种种不平之气。　　（袁　真）

　　西墙枯树态纵横，奇古全凭一臂撑。
　　烈士暮年宜学道，江关词赋笑兰成。

这首诗下作者自注云："羽琌之西，有枯枣一株，不忍斧去。"所谓"羽琌"就是龚自珍在江苏昆山的别墅羽琌山馆。在一棵无人注意的枯树中，诗人发现了美，得到了人生的启示。树就长在西墙角下，它的枝杆纵横交错，姿态奇逸古朴，虽然枝叶有些颓败，然铁枝横斜，主干盘旋而上，一种苍劲顽强的气势依然可见，犹如一条昂首摇尾、头角峥嵘的虬龙，诗人惊叹于他勃郁的生命力，寻绎其所以能保持生机的原因，原来它有一支像巨臂那样有力的主干支撑着。于是他心中得到启发，一个志向远大、气节高迈的人，到了暮年还是应该致力于宇宙人生之道的探索，有了这种精神支柱，他便能永葆青春，顽强不屈地坚守信仰，而不会像庾信那样，晚年只去作一些伤感的词赋。这里的"烈士"，显然暗袭曹操《龟虽寿》中"烈士暮年，壮心不已"的意思，谓老当益壮。庾信曾作《枯树赋》，作者很可能联类及之，以咏枯树而想到庾信，他因晚年滞留北方，颇多家国之痛，所作低沉哀惋。这里龚自珍显欲效法曹操而不满庾信。

诗人能以小见大，丑中见美，此诗就是一个典型的例子。其中并没有奇僻之思，惊险之句，却能于寻常之扬中寓以深情，耐人寻味，留给读者以广阔的想象与思索的余地。 （袁 真）

魏 源

魏源（1794—1857），字默深，邵阳（今属湖南）人。道光二十四年（1844）进士，历任内阁中书、东台、兴化（今俱属江苏）知县，官至高邮州（今江苏高邮）知州。魏源为近代著名思想家、作家，与龚自珍齐名，时称"龚魏"。其文多为感时愤世、经世致用的"忧愤之作"。其诗题材广泛，多山水之作，风格近宋人，陈衍归其为道、咸以来"始喜言宋诗"的人物之一（《石遗室诗话》）。有《圣武记》《海国图志》《古微堂诗集》等。

（黄　刚）

湘江舟行

乱山吞行舟，前樯忽然没。

谁知曲折处，万竹锁屋闼。

全身浸绿云，清峰慰吾渴。

人咳鸥鹭起，净碧上眉发。

近水山例青，湘山青独活。

无云翠蒙蒙，烟林尽如泼。

遥青一峰显，近青一峰灭。

眼底青甫过，意中青郁勃。

汇作无底潭，遥空蔚蓝阔。

十载画潇湘，不称潇湘月。

今朝船窗底，饱览千嶙崒。

他年载画船，鸥鹭无汝缺。

湘山如染，湘水如奔，乱山夹水，飞动雄奇，读魏源此诗，仿佛随诗人乘小舟行驰在一条翡翠似的河流上，眼前展开了一幅境界飞动的绿色长卷。

"乱山吞行舟，前樯忽然没"，一开始便以一种突兀、惊险、摄人心魄的气势笼罩全篇。写山，用一"乱"字，回旋万马，势已逼人，水在乱山之中奔涌，其湍急之势可以想见，再着一"吞"字，乱山夹水，似将吞舟，使人生避之不及、惊骇咋舌之叹。万峰攒天处，舟随峰峦隐现，山随峡谷回旋，才与前船衔尾而行，忽一曲折，两峰闭阖，仿佛连同帆樯给大山一口吞去。一个"没"字，写尽这种情势。

人随舟去，在舟入万竹簇拥的水滨以后，忽然"全身浸绿云"、江面轻纱般的水气受山水的映染变成"绿云"，人与舟，便浸透在这片绿云之中。"清峰慰吾渴"则用通感写山色，青青的山峰本是视觉印象，可诗人把它变成味觉印象，以清心解渴极写湘山之"清"，这种手法是极为高妙的。

透明的绿云轻笼江面，乱山如削，四无人声，为什么一滩鸥鹭突然惊飞？因为——"人咳鸥鹭起"。人咳而山鸣谷应以致鸥鹭惊起，可见四山围逼，谷中静谧。船动，鸥鹭飞，是在动态画面上的飞动。由于湘山湘水的映染，白云变成绿云，甚至"净碧上眉发"，连舟中人的脸庞和须眉都染绿了。

"近水山例青"，也许不足为奇，但"湘山青独活"，青得鲜活，与众不同。故"无云翠蒙蒙，烟林尽如泼"。着一"活"字、"泼"字，山容水貌，境界全出。

同是青青翠色，由于远近不同带来浓淡之分和深浅之别，诗人利用汉字特有的组合能力，创造性地用"遥青"和"近青"表现这种色相上的微妙差别。更为奇妙的是，诗人并未用静态的方式表现这种差别，而是把色彩放在动态中加以表现："遥青一峰显，近青一峰灭。"写出绿色基调上多层色相的丰富变化，给人以转眼看山山不定、色彩在动态中变幻的奇妙效果。

"眼底青甫过，意中青郁勃。汇作无底潭，遥空蔚蓝阔。"虽舟行山逝，但翠色却从眼中灌满人的心胸。千山过后天远大，山峰后退，头上的天空才显得格外蔚蓝，格外空阔。不身临其境，不饱览湘山翠色，画不出潇湘月真正的颜色，这是"十载画潇湘，不称潇湘月"的原因。既然白云染成绿云，净碧绿了须眉，潇湘夜月的色彩，就决不是昏黄或银盘般的皎洁，而只是青青的一轮。"今朝船窗底，饱览千崤崒"，这实在是幸运的。诗人想到"他年载画船，鸥鹭无汝缺"，便可摒弃世虑，忘却机心，与江边鸥鹭为伴，终老此身了。

综观全诗，实在是一幅奇诡飞动的山水长卷，写山势，则吞行舟，没樯橹；写山色，则遥青近青，峰显峰灭；写山水则染绿云，上须眉，包括潇湘月色的改变，都仿佛是印象派画师的杰作。

魏源是湖南邵阳人，喝惯湘水，看惯湘山，在湘山湘水摇篮里长大，所以除写了不少反映鸦片战争、充满爱国激情的诗外，还擅长山水诗，自称"昔人所欠将余俟，应笑十诗九山水"，以为吟咏祖国的自然山水是他义不容辞的职责。从这个意义上说，诗人数百首山水诗大都抒发了对祖国大好河山的热爱。而这首《湘江舟行》，除了是对大自然的礼赞外，更是一曲对故乡山水深情的颂歌。

（曹　旭）

江　南　吟

（十首选一）

阿芙蓉，阿芙蓉，产海西，来海东。

不知何国香风过，醉我士女如醇酘。

夜不见月与星兮，昼不见白日，

自成长夜逍遥国。

长夜国，莫愁湖，销金锅里乾坤无。

涸六合，迷九有，上朱邸，下黔首，

彼昏自痼何足言，藩决膏殚付谁守？

语君勿咎阿芙蓉，有形无形朋则同：

边臣之朋曰养痈，枢臣之朋曰中庸，

儒臣鹦鹉巧学舌，库臣阳虎能窃弓。

中朝但断大官朋，阿芙蓉烟可立尽。

　　《江南吟》约作于道光十一年（1831）到道光十八年（1838）间。这组诗仿效白居易反映现实、针砭时事的新乐府诗，对鸦片战争前夕社会上种种矛盾作了深刻揭露。黑暗腐败的官场，凋敝破败的农村，危机四伏的河工，蔓延泛滥的鸦片，一一出现在魏源笔下。此为其中之八。

全诗可分两大部分，前十八句揭露了外国侵略者大量输入鸦片带来的严重后果。后八句则尖锐地指出了鸦片屡禁不止的原因，具有强烈的战斗力量。

自开头至"藩决膏殚付谁守"为前半部分。"阿芙蓉"，系鸦片别名。篇首四句先指出鸦片之来由，矛头直指英国侵略者。"海西"，即印度，当时为英属殖民地，盛产鸦片。"海东"指中国，把鸦片从印度运入中国的，正是罪恶的英国殖民者！"不知何国"以下八句描述了吸食鸦片者的种种丑态，他们如痴如醉，昏迷颠倒，沉溺其中，日夜不辨，已不能自拔。"莫愁湖"，本为南京水西门外一湖名，相传六朝时有女子莫愁居此，故名。此处仅取"莫愁"之字义，指吸食者嗜烟如昏，无所忧愁。"销金锅"，本指南宋时豪富贵族在杭州西湖挥霍作乐所乘之游船（见《武林旧事》），此借指吸食鸦片之烟具。这八句，形象地勾画出了一幅英国侵略者用鸦片毒害中国人民的可怕图画，真是触目惊心！"湎六合"以下六句进一步揭示了普遍地吸食鸦片对国计民生、边防大业带来的严重危害。"六合"，指天地四方。"九有"，即九州。"湎六合，迷九有"，意为鸦片把整个中国都搞得乌烟瘴气，混乱不堪。下边进一步指出：上至"朱邸"——贵族官僚之家，下至"黔首"——平民百姓，均染上吸食鸦片的顽症，本不足道，但作者深以为忧的是，因此而造成"藩决膏殚"——边境失守、财用枯竭的严重局面。这里作者语气沉重，笔调峻严，其忧国忧民之心，跃然纸上。

"语君勿咎"以下为后半部分。作者一针见血地揭露禁烟无效的主要原因，不在于吸食者之有形的烟瘾，而在于统治者无形的

"大官瘾"，在于清政府的腐败。"朒"，"瘾"的假借字。作者自注："俗语烟瘾之瘾，字书无之，《说文》：'朒，病癥也。'今借用之。"诗人以其特有的敏锐眼力，精当地列举了朝中大臣诸瘾：守边大臣为"养痈"遗患（姑息纵敌），掌管枢要大臣为庸碌折中，文官为人云亦云，理财大臣为贪污盗窃。"阳虎""窃弓"用《左传》典，阳虎是春秋贵族季氏家臣，一度掌握过国政，曾到鲁定公宫中窃取国宝宝玉大弓。此用以喻指库臣们监守自盗。作者最后严正指出，只要根治了朝中大臣们各种顽症，即断了"大官瘾"，则鸦片泛滥蔓延，毒害国人之弊病定可立刻清除。显示了他独特的识见，也表明了诗人嫉恶似仇的斗争精神。

这首诗从内容到形式都继承了白居易新乐府诗的优良传统，即事名篇，直陈时事，一诗叙一事，主题集中。句式错落有致，诗语浅显流畅，用典较少，音节铿锵，朗朗上口。可见作者"效白香山体"是颇有成效的。但此诗更值得注意之处，却在于魏源不仅指出了吸食鸦片者的种种丑态，揭露了鸦片的种种危害，还把鸦片与有关国家民族生死存亡的"藩决膏殚"联系起来，诗的后半部分探究鸦片不禁原因时也不就事论事，而是触及到了封建社会官场带根本性的弊端，这就大大深化了主题，使这首诗具有了更高的思想意义。

(黄　刚)

天台石梁雨后观瀑歌

雁湫之瀑烟苍苍，中条之瀑雷硠硠，
匡庐之瀑浩浩如河江，
惟有天台之瀑不奇在瀑奇石梁：
如人侧卧一肱张，力能撑开八万四千丈，
放出青霄九道银河霜。
我来正值连朝雨，两崖偪束风逾怒。
松涛一涌千万重，奔泉冲夺游人路。
重冈四合如重城，震电万车争殷辚。
山头草木思他徙，但有虎啸苍龙吟。
须臾雨尽月华湿，月瀑更较雨瀑谲。
千山万山惟一音，耳畔众响皆休息。
静中疑是曲江涛，此则云垂彼海立。
我曾观潮更观瀑，浩气胸中两仪塞。
不以目视以耳听，斋心三日钧天瑟。
造物既我良不悭，所至江山纵奇特。
山僧掉头笑："休道雨瀑月瀑，那如冰瀑妙，
破玉裂琼凝不流，黑光中线空明窈，
层冰积压忽一摧，天崩地坼空晴昊，

前冰已裂后冰乘，一日玉山百颓倒。

是时樵牧无声游屐绝，老僧扶杖穷幽讨。

山中胜不传山外，武陵难向渔郎道！"

语罢月落山茫茫，但觉石梁之下烟苍苍，

雷硍硍，挟以风雨浩浩如河江！

　　这首诗约作于道光二十七年（1847），为纪行游历之作。作者曾自称"唯有耽山情最真，一丘一壑不让人"，"昔人所欠将余俟，应笑十诗九山水"（《戏自题诗集》），足见其对祖国山水的热爱和对写作山水诗的兴趣。作者以浪漫笔法，描述了天台山石梁瀑布的奇特景色，依次写出雨瀑、月瀑和冰瀑的不同特点，显示了他极善捕捉、摹写大自然千姿百态变化的大手笔。

　　开头七句为全诗第一部分。作者先比较了雁荡山龙湫瀑布、中条山天柱峰瀑布、庐山瀑布和天台山瀑布的各自特色，得出了"天台之瀑不奇在瀑奇石梁"的结论，并以拟人手法形象地勾勒出石梁瀑布的形态。硍硍，为水石撞击之声。诗人在对比中，注意同中求异，紧紧抓住它们最具代表性的特征，避免流于一般化。林昌彝曾评魏源"每作游山诗多得山之幽与山之骨，而非山之皮相也"（《海天琴思录》）。借来评其比较诸瀑一节，可称其多得瀑之骨而非瀑之皮相也。

　　自"我来正值连朝雨"以下八句为第二部分。作者以奔放不羁的笔触描绘雨瀑壮观。在狂风怒吼、松涛翻腾、虎啸龙吟的大雨中，瀑声轰鸣惊天动地，瀑水奔涌横冲直撞，连草木也似乎难以立足，写得惊心动魄。殷、辚分别指隆隆雷声和滚滚车轮声。何绍基称"默深诗如雷电，倏忽金石争鸣"（转引自《射鹰楼诗话》卷二），此处正可见之。

从"须臾雨尽月华湿"以下十二句为第三部分。展示在我们面前的，又是一派恬静安谧的月瀑之景：雨过云飞，皎月当空，除飞瀑声响外，万音皆息。诗人展开想象的翅膀，曲江之潮，宛在眼前，他陶醉在这奇妙的境界中，闭目聆听，尽情欣赏这如天上仙乐的瀑声，不由要惊叹大自然慷慨的馈赠，使江山纵情显示奇特景色。"两仪"，指天地。"斋心"，即集中思虑，排除杂念。古人祭祀前，要斋戒三天。"钧天瑟"，为古代神话传说中上天仙界之音乐。

自"山僧掉头笑"以下十二句为第四部分。作者借山僧之口，又画出冰瀑奇姿。诗人将其喻为"琼玉""玉山"，静止时"凝不流"，摧折时则"天崩地坼"，"一日玉山百颓倒"。真是愈出愈奇！诗中造成了一个人迹罕至、空寂幽旷的冰雪世界，并借老僧"山中胜不传山外，武陵难向渔郎道"之语进一步渲染冰瀑之奇妙，给它蒙上一层神秘诱人的面纱，更令人神往。"武陵"，为古郡名，即今湖南常德地区。陶渊明《桃花源记》载，一渔人误入与世隔绝的桃花源，备受款待，离去时，桃花源中人嘱其勿将秘密外泄。此句即用此故事，老僧自比桃花源中人，把作者比渔郎，意为冰瀑胜境难以描述，只有亲历其境，才能欣赏。

最后四句与篇首遥相呼应，再写石梁瀑布之浩荡声势，并结束全诗。

　　此诗层次分明，依内容之变换，逐一写来。想象丰富，夸张奇特，多次运用拟人手法，极富浪漫色彩。写来气势磅礴，一泻千里，笔力豪健奔放，奇峭雄拔，风格奇伟。前人曾评魏源"游山诗，山水草木之奇丽，云烟之变幻，潝然喷起于纸上，奇情诡趣，奔赴交会。……奇古峭厉，倏忽变化，不可端倪"（郭嵩焘《古微堂诗集序》），就此诗而言，确非虚语。

（黄　刚）

寰海十章

（选二）

城上旌旗城下盟，怒潮已作落潮声。

阴疑阳战玄黄血，电挟雷攻水火并。

鼓角岂真天上降？琛珠合向海王倾。

全仗宝气销兵气，此夕蛟宫万丈明。

《寰海十章》是由十首七律组成的大型组诗。作者自注作于"道光二十年"（1840），细考诗意，当多为1841和1842两年所作。这首作于1841年。这年五月，中英在广州交战，清军兵力虽数倍于敌，因缺乏准备，指挥不当，终遭惨败，英军兵临城下，尽占城北诸炮台，"靖逆将军"奕山束手无策，只得求降，于二十七日订立屈辱的《广州和约》。此诗即为此而作，诗中怒斥投降派之无能、无耻，称颂广东人民的英勇斗争，表现了作者强烈的爱国思想。

首联直称投降派与英人签订的《广州和约》为城下之盟，并谴责了投降派出卖、压制人民抗战，使斗争浪潮"落潮"的罪行。颔联正面叙写中国人民的英勇战斗。"阴疑阳战"，语出《易经》："阴疑（通凝）阳必战。"此处"阴疑（凝）"指英军集结来侵，"阳战"指中国人民为正义而战。"玄黄血"，语亦出《易经》："龙战于野，其血玄黄。"此指人民浴血奋战。"电挟"句形容广东人民向侵略者展开的猛烈反击。当时被三元里人民围困的英军在遭痛击同时又遇雷雨，狼狈不堪，诗即指此。颈联将锋芒又指向奕山之流。"鼓角"句系用《汉书》典，周亚夫率兵平乱，赵涉建议出其不意袭击，可使对方"以为将军从天而下也"。这里借此愤怒责问投降派，你们束手无策，一触即降，难道英军是从天而降的吗？"琛珠"，泛指财宝。"合"，应该。"海王"，即海龙王，此借指海上入侵的英军。此句为反话，系讽刺奕山等人以六百万银元充赎城费，并赔偿英商损失三十万银元向敌乞和之无耻行径。尾联意谓：清统治者全靠以财货求得苟安，侵略者的巢穴被珠宝照得通明。"蛟宫"为传说中海龙王宫殿，此指敌人驻地。古代神话传说，海龙王宫内因多珍宝，故海上有红光辉映。作者讽刺之中，饱含深沉的愤激之情。

　　林昌彝曾评魏源"诗笔雄豪奔轶而复坚苍遒劲，直入唐贤之室"（《射鹰楼诗话》卷二）。此诗语气激昂，斥责有力，讽刺辛辣，倾注了作者强烈的感情，表达上却多用典故，比较含蓄隐晦。魏源反映鸦片战争之作，多包含其对时局的关心和忧虑，何绍基称之为"包孕时感，浑洒万有"（转引自《射鹰楼诗话》卷二），的为允论。

（黄　刚）

　　　　揭竿俄报郐支围，呼市同仇数万师。

　　　　几获雄狐来庆郑，谁开柙兕祸周遗？

　　　　七擒七纵谈何易，三覆三翻局愈奇。

愁绝钓鳌沧海客，墨池冻卧黑蛟螭。

此诗作于道光二十二年（1842），系为三元里人民抗英斗争而作，表明了作者鲜明的政治倾向，读来颇为感人。

篇首两句以赞扬口气正面描述这场伟大斗争的动人场面。"俄"，极言义民参战之速，"数万师"，极言参战人数之多。"郅支"，为汉代一匈奴单于，曾杀汉使，后被汉将击杀，其首级割下，送至长安，"悬十日乃埋之"（《汉书·陈汤传》）。此借指英军头目义律。英军曾被诱入重围，诗即记此。三、四句愤怒揭露统治者放虎纵患的行径。"雄狐""庆郑"系用《左传》典。秦穆公伐晋前曾卜卦，辞曰："获其雄狐。"卜官释为"必获晋君"之兆。战时，晋大夫庆郑因对晋君不满，见危不救，致晋惠公被俘，秦穆公得以逃脱。此处以雄狐比义律等人，以庆郑喻广州知府余保纯。三元里战斗时，英军被困，即将就歼，奕山急令余保纯解救得脱。"柙"为关猛兽木笼；"兕"，雄犀。《论语·季氏》："虎兕出于柙，龟玉毁于椟中，是谁之过欤？""周遗"，周朝遗民，指中国人民。这两句斥责投降派为敌解围，让义律等人继续祸害人民。五、六句进一步抨击统治者的投降行为。用诸葛亮七擒七纵孟获反比奕山等人放走英军头目，辛辣讽刺投降派之无能。况且这批人"三覆三翻"——忽而主战，忽而求和，反复无常，变化不定，致使时局愈发难以测度，日显危急。最后两句直抒胸怀。《列子·汤问》篇有龙伯国大人钓巨鳌传说，李白曾自称"钓鳌沧海客"，后人遂以之喻志向高远又隐逸江湖之人，此为作者自喻。蛟螭为神话中龙类动物，古人挥笔书写时运墨蜿蜒如龙，故称"黑蛟螭"，此谓其冻卧墨池，系指作者感于时事，忧愁之极，愤而搁笔。

这首诗夹叙夹议，记事和抒怀紧密结合，全诗气势由篇首的高昂渐趋低抑，较为恰当地表现了诗人感情由喜悦到愤怒，到忧愁的变化。此诗几乎句句用典，使诗句在揭露和抨击投降派时，既犀利有力，又含蓄内敛，深化了表情述事的内涵。

（黄　刚）

张际亮

张际亮（1799—1843），字亨甫，号华胥大夫，福建闽侯人。一生未入仕途，遨游山水，纵情诗酒，以文会友，举止豪放。他注重诗歌创作，平生得一万多首，主张景从唐风，力反轻佻与沉滞，并对乾隆以来格律、性灵诸派多评判指责，于近代诗风的转变颇有贡献。鸦片战争时期，写了不少反映现实的诗篇。有《张亨甫全集》。

（时　萌）

传　闻

（四首选一）

轻敌徒矜战斗才，孤城仓卒亦堪哀。

翁山士马伤亡尽，支海夷獠笑舞来。

地险将军仍卧甲，天高使相但衔杯。

可怜碧血沉沦后，重见朱颜去不回。

　　《传闻》作于清道光二十一年（1841），写道光二十年浙江定海初次被英国侵略军攻陷之事。定海县在浙江省东北部、舟山群岛南部，僻处海隅，易受外敌侵袭，此次失陷，乃由于定海总兵张朝发轻敌所致。

　　入选的这首诗，作者一开头即感慨万千，向守将明示谴责。张朝发先前在台湾等处抗倭，虽建有战功，可是骄矜自负，所谓"孤城"，固谓定海之地形显露难守，实指武备久弛。英船初至，张以为随风偶然飘来，不施戒备。后英船咄咄进逼，知县姚怀祥谏以坚守待援，张竟仓卒应战，定海遂陷。一个"矜"字力重千钧，而"仓卒"一词则补充其骄恃之状，守土者失误，黎民哀哉！

定海的屏障翁山阻击战是壮烈的，兵马伤亡殆尽，宁死不屈；"支海夷獠笑舞来"则写西方侵略军嚣张进犯，如入无人之境。诗人以"伤亡尽"与"笑舞来"对照的手法，进一步严厉鞭挞了失职的守将。然而，国土的沦陷还不仅仅在于司防务者的颟顸，更在于统治者的腐朽。五、六两句就更深一层揭示了导致民族灾难的另一底蕴：尽管处于险要之地的将士眠不卸甲，枕戈以待，而衔命督师的高级官员却屈膝媚敌。"使相"即指原任协办大学士、云贵总督、两江总督伊里布。定海失陷后，道光皇帝派为钦差大臣执掌浙江军务，可是这个投降派首领竟然遣人向英船馈赠牛酒，并于镇海设宴款待英侵略军官。"地险将军仍卧甲，天高使相但衔杯"，这对仗工整的一联，通过鲜明的对照，抒发了诗人怒斥清廷的愤慨之情。"卧甲"何艰苦，"衔杯"何轻松，险地沥血，高天弥雾，国运垂危，难以药救，诗人的吟哦中深蕴着沉重的悲怆！

定海失陷，知县姚怀祥殉难，"碧血"即喻忠烈报国者。战火掠过，碧血沉"汭"（水之迂曲处），湮没无闻，而被掳去的民间女子也一去不复返了。"重见朱颜去不回"，诗人以深深的叹息收束全篇，郁勃之音袅袅不绝，令人荡气回肠。

（时　萌）

迁　延

（四首选一）

百万金缯贿寇还，明州父老痛时艰。

捷书互报中朝贺，优诏仍蒙上赏颁。

浪跋鲸鱼腥璧水，血分鸩鸟污珠鬟。

舟山鬼泣君知否？无数楼船瘴海间。

《迁延》原有四首，作于清道光二十二年（1842）。

入选这一首，写道光二十二年英国侵略军为收拢兵力攻掠南京，决计撤出宁波，据《夷艘入寇记》载，撤出前曾"勒索宁波绅士犒军费银一百二十万圆，许退出城池"。是诗痛憾强敌残恶无度，百姓输财遭难，官员虚功邀赏，描绘了一幅屈辱的历史画幅。

张际亮写诗，喜以对比取胜，揆之近代史实显系吻合，当时的社会生活，也实由抗争与妥协、贫困与糜烂、真实与虚假构成。运辞点染，亦为诗人创作之要诀。诗的开头两句，一"贿"一"痛"，涵义深蕴。入侵外敌占我领土，原属违背正义，为何定要"贿"之才退，这就说明半殖民地中国已无独立完整之主权可言。而宁波（明州）父老之为艰难的局势而"痛"，一是难以忍受敲骨吸髓，二是慨叹中华民族已若任人宰割的俎上鱼肉。诗人怎能不悲愤交并！

英军退出宁波后，受钦命防卫浙江的"扬威将军"奕经竟谎报战功夸说率部逼退英军，居然屡受清廷奖赏。"捷书"是诓骗，"优诏"是昏庸，上行下效，国运危矣！五、六两句痛陈百姓备受荼毒之状。"鲸鱼跋浪"喻侵略军肆虐，毁孔庙为宰牲之所，把泮池（璧水）也染腥了。"血分鸩鸟污珠鬟"句，诗人自注曰："妇女不从奸者鞭挞凌辱之，哭声震天，饮以药酒即哑矣，死复截其下体。"践踏学宫，蹂躏妇女，暴行多端，令人发指。统治者的虚妄，侵略者的残忍，诗人汇于笔底，构成了惨不忍睹的民族灾难图。

诗篇以强劲有力的反诘句作结，洋溢着警钟木铎的深意。"舟山鬼泣"，言舟山群岛一带百姓被屠戮之多之惨，此是陷于水深火热的华夏子孙的群像描写。英舰无数在南中国海横行无忌，末句极言山河破碎，国运危殆。"君知否"，其中"君"字可作两种理解：一是严厉责问最高统治者，可知百姓遭难之惨状否？或可解为唤醒大家之警觉。张际亮出身贫寒，一生未入仕途，平居敢说敢言，被目为狂士，所以这两种解释是合乎情理的。

（时　萌）

何绍基

何绍基（1799—1873），字子贞，号东洲，晚号蝯叟，湖南道州（今道县）人。道光十六年（1836）进士，官编修、四川学政。通经史、小学，工书法；诗宗苏轼、黄庭坚，为晚清时期宋诗派重要人物。他主张诗中应无"豪诞语、牢骚语、绮艳语、疵贬语"，所作以山水记游诗最为成功。有《说文段注驳正》《东洲草堂诗文集》等。

（时 萌）

山 雨

短笠团团避树枝，初凉天气野行宜。

溪云到处自相聚，山雨忽来人不知。

马上衣巾任沾湿，村边瓜豆也离披。

新晴尽放峰峦出，万瀑齐飞又一奇！

《山雨》作于清道光二十四年（1844）。

全篇写雨，而诗人避实就虚，着意描绘雨的神韵。首句一个"避"字，巧妙地道出了诗人冒雨野行的情趣。诗人戴笠策马徐行，横斜交叉的树枝极易拉牵短笠脱落，所以东闪西避，可以想见其逸兴遄飞之状。

飘忽无定的山雨是难以捉摸的。诗人善于借助周围有关事物和自己的主观感受来陪衬、渲染雨的神韵。"溪云到处自相聚，山雨忽来人不知。"云腾致雨，山溪周围的水云忽聚忽散，随风飘荡，即是雨的源泉，或者即是成团的雨雾，这是以拟人化手法描摹山雨动态。山雨倏忽之间飘舞无定，往往在人的不知不觉间悄悄来临，第四句刻画山雨的特有神韵，这与杜甫咏春雨的"随风潜入夜"句实具同样的情致。"马上衣巾任沾湿"句与开头"短笠"相呼应，暗示短笠只能遮及头部却不能遍盖全身，也渲染山雨濛濛细细随风飘洒特有的态势，这句是从诗人的感觉落笔的。"村边瓜豆也离披"，则是全凭视觉来道出瓜豆经雨后枝叶散乱纷披的样子了，是间接写雨态。

诗末匠心独运，重换一个新角度来描绘山雨。"新晴尽放峰峦出"，似乎离开了雨，实则欲擒故纵，着眼点仍然在雨，原来层峦叠嶂笼罩在雨雾中若隐若现，甚至掩没不见，现在"峰峦出"，就是说山雨悄然收去了轻绡似的帐罩。末一句忽而奇峰突出，笔势一宕，大写"万瀑齐飞又一奇"，仍然收拢到"山雨"的主题：积聚了的浓重的山雨，全从高处泻下，化为"万瀑齐飞"的奇观！诵读至此，我们不能不惊叹诗人体物工切、摹写入微的艺术功力了。

（时　萌）

滩　行

山转滩正拗，滩吼风又作。

风力胁滩起，百丈不可落。

声喧百雷霆，白舞千鹳鹤。

扁舟赴的猛，不费半篙著。

十里一瞬间，瞥似轻燕掠。

念彼上滩人，何处稳船脚。

　　"滩"，乃河道中水浅流急多沙石之处。此诗即描写滩行之特殊风光。

　　全诗旋律激急，一开头即声威慑人。山势急转，滩水亦随之转折，"拗"者，不驯也，可见疾若奔马，势不可挡。风掀滩吼，更加怵目惊心。诗人首写滩水的浩荡奔腾，着一"胁"字，笔力恢宏。风力固然不可能挟持湍流飞起百丈之高，施以夸张笔墨，意在形容山滩急转，更加风疾水急。两个比喻，尤示人以极其鲜明的印象；"百"雷霆，"千"鹳鹤，数字夸张，威力更盛；"喧""舞"二字，声态交并，笔意酣畅，气势纵横。其次是写水流湍急迅猛，借舟行之速以烘托之，连用比喻渲染，显得神采飞扬。先是形容舟随水泻若飞箭射靶之疾，毋需借半篙撑力；又形容舟若"轻燕"之

"掠"，轻而掠，已快速之甚矣；再点一"瞥"字，说视线只能大略触及，轻舟已经飞过，可称神奇之至。但诗人犹嫌不足，复以"十里"与"一瞬"对衬，更显淋漓尽致，简直与李白的"两岸猿声啼不住，轻舟已过万重山"有同样的精神飞越之意趣。诗意铺张至此，已臻极致，那么又如何收束呢？作者巧妙地虚拟悬念："念彼上滩人，何处稳船脚。"这个悬念的设置，妙在明处似说逆水上滩几无可能，实则还是意在反衬水流奔泻而下的急速，而且回顾全篇，把滩行的"行"字也体味得更加真切了。

这首诗一气呵成，笔姿骏利，不露雕琢，令人读来如临其境，摇撼心魄，神往不已。在何绍基的诗作中，堪称上品。 （时 萌）

朱　琦

朱琦（1803—1861），字濂甫，号伯韩，临桂（今广西桂林）人。道光进士，初官编修，迁御史。擅作乐府及五七言古诗，所著反映鸦片战争叙事感怀组诗，痛斥列强侵略暴行，颂扬御侮，世称"诗史"。晚年参与镇压太平天国的活动，殉忠清廷。有《怡志堂文集》《倚云楼诗》等。　　　　　　　　（时　萌）

关将军挽歌

飓风昼卷阴云昏，巨舶如山驱火轮，

番儿船头擂大鼓，碧海鬼奴出杀人。

粤关守卒走相告，防海夜遣关将军。

将军料敌有胆略，楼橹万艘屯虎门。

虎门粤咽喉，险要无比伦。

峭壁束两峡，下临不测渊。

涛泷阻绝八万里，彼虏深入孤无援，

鹿角相犄断归路，漏网欲脱愁鲸鲲。

惜哉大府畏懦坐失策，犬羊自古终难驯。

海波沸涌黯落日，群鬼叫啸气益振。

我军虽众无斗志，荷戈却立不敢前；

赣兵昔时号骁勇，今胡望风同溃奔！

将军徒手犹搏战，自言力竭孤国恩；
可怜裹尸无马革，巨炮一震成烟尘。
臣有老母年九十，眼下一孙未成立，
诏书哀痛为雨泣。
吾闻父子死贼更有陈连陞，
炳炳大节同崚嶒。
猿鹤幻化那忍论，我为剪纸招忠魂。

　　这首叙事诗，歌颂了爱国将领关天培奋力御侮、以身殉国的英雄事迹。清道光二十一年（1841）二月，英国侵略军猛攻广东虎门炮台，水师提督关天培率兵力战，而两广总督琦善妥协求和，早已暗中与英人订立丧权辱国的《穿鼻草约》，不发援兵。关天培及守台士兵四百余人战死。诗人于次年以满腔悲愤写下了这首壮烈的挽歌。

　　开首四句，描绘侵略军咄咄逼人、凶焰嚣张的气势，亦隐示国运黯淡，危若累卵，民族处于灾难深重之境地。"粤关守卒"两句，将关将军推入这首诗的主题地位，大家奔走相告，深庆防海干城得人，足见威望卓著，众望所归。关天培将军战略上重视入侵之敌，舰船万艘屯集虎门，严阵以待。战争，原是双方力量的对比。诗人从主客观条件预测了战局。"虎门粤咽喉"四句，言虎门地势之险，大虎、小虎二山对峙，峭壁高耸如削，下临深渊难测，据险扼守，顽敌难开。而侵略者呢,"涛泷阻绝八万里,彼虏深入孤无援",重洋远涉,战线漫长,孤军深入,后援阻绝。"鹿角相掎",言犹若捕鹿,执其角,掎其足,迎头痛击,又断其退路,喻入侵之敌处于绝对的劣势,是难以漏网脱逃的。那么,稳操的胜券为何丢失呢?当时原任两广总督林则徐已受投降派诬害革职离任,广东防务已被新任总督琦善蛀蚀空虚。虎门战役之前,在琦善操纵下,清军撤守珠江口沙角、大角炮台,门户敞开,引狼入室,将军虽勇,实难有作为啊!"惜哉"一句,抒发了诗人对国事的愤慨并对卖国贼的凌厉谴责,"大府(指琦善)畏懦","犬羊""难驯",力量的对比发生了质的变化,安得不成败局!诗人以议叙兼施的血泪之笔,记录了这一场历史悲剧。"海波沸涌黯落日"六句,在描叙败局之中饱涵着对腐败朝政的抨击,军无斗志,昔勇今溃,又岂是一朝一夕偶然酿成。当时虎门炮台守卒仅数百,而琦善拒绝派兵增援,《清史稿·关天培传》亦云:"二十一年正月,敌进攻,守台兵仅数百,遣将恸哭请益师,无应者。"敌众我寡,悬殊太大,焉得不败!自"将军徒手犹搏战"起为诗篇的第三部分,写将军壮烈殉国之状,叹其身后萧条,颂炳炳大节,诉痛悼之心,一个"忍"字,倾吐了诗人万斛哀思。

诗篇以描、叙、议相结合,鸟瞰了虎门之役的全局,褒忠勇斥奸邪,也许是诗人的本旨。题中"挽"字,更有痛悼国魂之深意在。

朱琦素擅以古歌行体写感时诗,风格浑雄,时人称"其诗多表扬义烈,规切时弊,足资史册考证"(宋鉴成《怡志堂诗集书后》)。

晚清时期，倾向进步的诗人多冲破和谐的抒情诗传统，致力于史诗化的叙事诗，此乃受压抑的民族心理要求得到宣泄之表现，朱琦即其中的佼佼者。　　　　　　　　　　　　　　　　　　　　（时　萌）

鲁一同

鲁一同（1804—1865），字通甫，江苏山阳（今淮安）人。道光十五年（1835）举人，以古文鸣于时，曾师事潘德舆，亦工诗，尤擅古歌行，风格朴质，不尚藻绘。留下描写鸦片战争之诗章不少，洋溢着浓烈的爱国情绪。有《通甫类稿》《通甫诗存》行世。

（时　萌）

荒 年 谣

（五首选一）

卖耕牛，耕牛鸣何哀！
原头草尽不得食，牵牛蹢躅屠门来。
牛不能言但呜咽，屠人磨刀向牛说：
"有田可耕汝当活，农夫死尽汝命绝。"
旁观老子有幅巾，戒人食牛人怒嗔：
"不见前村人食人！"

《荒年谣》作于清道光十三年（1833），是描写灾荒年代惨绝人寰景象的组诗，包括《卖耕牛》《拾遗骸》《缚孤儿》《撤屋作薪》《小车辚辚》五首。作者自序云："《荒年谣》，事皆征实，言通里俗，敢云言之无罪，然所陈者十之二三而已。"

　　《卖耕牛》这首采取纯粹白描手法，不加藻饰，然而语语辛酸，催人泪下。作者描绘这个悲剧的艺术构思层层推进：农夫卖耕牛，显然背悖事理，出于无奈。"原头草尽不得食"，惨境又深一层，牛无草可食自然已绝生命之源，那么遍地苗生的草何处去呢，不言而喻，已被人食尽了。牛的本能为耕田，但农夫已被饥馑逼至绝境，田园荒芜，犹若釜底抽薪，人不能存，何况畜乎！人畜皆求生不得，可见饥荒之大之深，发展至"人食人"，则人间已成血雨腥风的悲惨世界，再难更有甚者！铺展至此，已臻高潮境界，令人荡气回肠，悲愤交集。

　　作者虽未施藻饰，但也极尽运辞点染之妙。"蹢躅"一词语意双关，既与"踯躅"相通，"蹢"字又可释为"兽蹄"，这就是说，人畜皆徘徊不进，耕牛不愿捐生，农夫不忍卖牛，痛苦相通，辗转难释。"呜咽"一词极为传神，道出牲畜对灾难人间的控诉。表屠人之言虽只平平淡淡用了个"说"字，但明知畜类不懂人语仍向它说话，说明屠人愤慨已极，故以冷峻之语出之，操刀者亦有情，他亦不忍目睹人尽牛绝的惨象啊！而"怒嗔"显然非一人语，乃是饥饿者群象，共同的心声，一句反诘，血泪迸射，情见乎辞。

　　短短一首叙事诗，出现了三个人物，可见作者以小见大的艺术功力。尤令人注目者乃"旁观老子"，从其衣冠楚楚之状，可见其乃未受饥馑之害的上层士大夫，他在"人食人"境地犹守戒食牛古训，这与晋惠帝"天下饥，何不食肉糜"的说法相类。作者虽由于自身局限而对太平天国革命抱以对立态度，但此处却情不自禁，将处于饥馑之外的"方巾"置于狠加鞭挞之列，诗人良知不可泯，于此亦可见一斑了。

（时　萌）

姚燮

姚燮(1805—1864),字梅伯,号复庄,镇海(今属浙江)人。道光十四年(1834)举人,后三上京师会试均未中,一生未仕。姚燮诗作多达一万余首。前期创作受厉鹗影响,喜用僻典险韵,多游山揽胜之作。鸦片战争时期写下大量反映现实、歌颂爱国将士、揭露敌人暴行的诗篇,风格一变为苍凉抑塞。其长篇叙事诗传诵颇广。有《复庄诗问》。　　　　　　　　　　　　(黄　刚)

双鸠篇

郎心爱妾千黄金,妾身事郎无二心。

郎年十七妾十六,圆转朱轮得华毂。

与郎生小阆门里,与郎结褵在燕市。

阿爷爱妾郎爱娘,但看郎欢为妾喜。

与郎同水为一池,与郎同木为一枝,

与郎为带同一结,与郎为茧同一丝。

郎命妾所依,妾命郎所与。

不愿与郎分,但愿与郎聚。

郎为飞雁妾作云,郎作垂杨妾为雨。

妾身金缕衣,比郎光与辉;

妾腕玉条脱,比郎颜与色;

妾佩明月珰,比郎不断宛转肠。

妾妆郎共肩，芙蓉出渌摇晚妍；

妾眠郎共枕，鸳鸯回波落春影。

东邻窈窕女，对郎盈盈眉欲语；

西邻轻薄儿，对妾依依神为驰。

郎但知有妾，妾但知有郎；

明镜不掩怵灯光，牡丹不夺兰草香。

郎心与妾相始终，妾心与郎相终始。

不必同日生，但愿同日死；

不必同日死，但愿郎生妾先死，

不愿郎死遗妾生。

妾为影，郎为形；妾如珠，郎手擎，

妾为郎妇身分明。

妾为郎妇天鉴之，为郎之妇千人知。

郎饱妾共饱，郎饥妾共饥，

一饥一饱与郎共，山崩川竭无更移。

阿爷日久嫌郎贫，日日要郎离妾门。

阿娘恨郎不赚钱，要郎远客三城边。

三城何崦嵂！三城何岧峣！

三城溪水深，水毒溪无桥。

三城黑沙黑，黑沙同鸣髇。

三城多劫贼，劫贼凶咆哮；

劫贼杀人如杀鳌，白骨堆积城门高。

三城多白杨，白杨风萧萧，

萧萧飒飒啼怪鸹，其下有穴狐狸嗥。

老客停马不敢过，年轻出门郎奈何！

摘妾胸前玑，为郎换棉衣；

脱妾足下履，为郎易食米；

典妾金缠臂，为郎市鞍辔；

卖妾珊瑚翘，为郎置宝刀。

思郎光与辉，妾身尚有金缕衣；

念郎颜与色，妾腕尚有玉条脱；

忆郎不断宛转肠，妾佩尚有明月珰。

出门七月期，初六是良吉，

置得一杯酒，与郎作离别。

杯中一滴酒，心中一滴血。

不饮愁郎饥，饮之恐郎咽。

秋烟在镜芙蓉凋，秋风在衾鸳鸯影，

秋云不行雁影独，秋雨不雨杨枝憔。

阿爷向郎訾："不得千金弗还里！"

阿娘从郎嗤："千金不得毋来归！"

妾手掩面啼声低，妾手不敢牵郎衣；

向郎不语心依依，欲语又恐爷娘疑。

见郎屈一指，似郎为妾经年期。

十月开梅花，二月开桃李，六月菱荷香，

青青出蒲苇，但愿郎得千金归，

先向爷娘买欢喜。

卸妾玉条脱，何有颜色强！

解妾明月珰，何有辉与光！

脱妾金缕衣，为郎折叠空竹箱，

譬如生小不嫁郎，见之徒令心悲伤。

视妾双眉蛾，归来记取青不多；

记郎领中扣，归来与郎验肥瘦。

为郎不下堂，为郎不出房；

为郎安慰爷，为郎安慰娘，

为郎日焚香，焚香祝告天苍苍。

正月梅花残，三月桃李红，

七月出菱荷，蒲苇青茸茸。

日高听铃马，铃马辚辚过楼下；

日落闻行车，行车却向东南驰。

半年得一信，一年不得郎边书。

有客三城来，闻之欲语还嗫嚅。

三城多白杨，三城多劫贼，三城溪水深，

三城黑沙黑，老客停马不敢过，

年轻出门那归得！

阿爷从妾言："负汝青春年！"

阿娘向妾语："是汝命生苦。

怜汝命生苦，为汝重剪红罗襦，

紫为绣凤青天吴。

复帐六尺八，菡萏四角垂流苏。

画簟六尺三，缘以鸾锦椒泥涂。

东家郎，好辉光，劝汝弗爱金缕衣；

西家郎，好颜色，劝汝弗爱玉条脱。

东家西家郎，手中累累千金黄，

心中不断宛转肠，汝还弗爱明月珰。"

稽首爷娘前："爷娘听妾语：

爷娘之爱何敢逾！妾心区区当鉴取。

妾心区区天可盟，妾为郎妇身分明，

不能郎生妾先死，忍因郎死偷妾生！"

与郎不终始，妾身尚何俟？

不得郎骨归，妾心犹狐疑。

沉沉白日鹡鸰啼，暗暗夜色蝙蝠飞。

梦郎向妾笑，如郎同居时；

梦郎向妾哭，如忧出门无还期。

梦郎三城归，黄金百笏青骒骊；

梦郎流落不得归，面目黧黑无完衣。

阿爷逼妾嫁，朝呵暮骂相摧靡；

阿娘逼妾嫁，长荆短棘来鞭笞。

爷呵骂，岂不恫！

娘鞭笞，岂不痛！

思郎生死犹未明，妾不轻身为郎重。

前门鸣乌鸦，后门鹊声喜，

乌鸦何悲鹊何喜？

十月开梅花，二月开桃李，

今年六月无菱荷，蒲苇凋残北风起。

见郎入门来，见郎如梦里。

视囊不得米，视衣衣无襟；

马死弃鞍辔，茧足徒步如炮烀；

顾彼腰下刀，霉无光采生愁露。

郎归不止黄金千，那愿郎得千黄金！

记妾领中扣，与郎量肥瘦；

记妾双眉蛾，为郎憔悴青不多。

郎真死矣还如何！

望郎减光辉，光辉不如金缕衣。

望郎苦颜色，颜色不如玉条脱。

幸郎不断宛转肠，佩之还似明月珰。

爷娘怨郎身手穷，囚妾不使郎衾同。

生不同衾死同穴！妾虽无言妾已决。

含笑语爷娘："妾有玉条脱，亦有明月珰。

簇新金缕衣，折叠空竹箱。

为郎市卖赎郎罪，抵郎归有千金装。"

阿爷笑语妾："还尔鸳鸯飞。"

阿娘笑语妾："看尔连理芙蓉枝。"

鸳鸯遭网罗，安能到头白！

芙蓉经狂飙，狂飙摧之易狼籍。

朱绳三尺垂，不得高挂梧桐枝；

下有千丈池，可惜池水多淤泥。

为郎置鸩酒，鸩酒甘如饴；

但得生死常追随，此酒不减同心杯。

妾饮琉璃杯，郎饮白玉盏。

以斧斧木木不离，以刀断水水不断；

同茧之丝不同剪，同结之带两头绾。

稽首谢阿爷：不必悲咨嗟。

稽首辞阿娘：阿娘不必中心伤。

有婿长贫贱，有女不遂爷娘愿。

但愿爷娘寿考同百年。

郎死不值千黄金，妾死不值黄金千。

西邻来看妾，密纫条条罗袴褶；

东邻来看郎，仪容皎皎明月光。

东邻西邻长叹息：

"虾蟆抱桂光彩蚀，朽绠龙渊黝谁测！"

东邻西邻语我前，要我制作双鸩篇。

天缺不得女娲补，海缺不得精卫填。

闻我歌者当涕涟。

郎年二十妾十九，郎姓黄，

妾姓柳，郎揭审，妾箕帚。

双芙蓉，何恻恻；双鸳鸯，地下守。

朝打孔雀夜逐狗，孔雀雌雄狗牝牡，

天上所无陌路有，陌路何能避梃杻！

闻我歌者泪一斗，不谱吴筝谱燕缶。

《双鸩篇》为近代诗坛上的名篇。真，便是这首诗的最大特点。

首先是事真。这是一篇记载真人真事，以真实事件为原型的长篇叙事诗：清道光十六年（1836），诗人北上赴京师会试，居于北京。寄宿处前不久发生一对男女因受封建礼教逼害，双双服鸩酒自杀的事，为此而鸣不平的"东邻""西邻"详细地诉说此事原委，请诗人把这件事写下来作为纪念，且警诫后人。青衫尽湿，大受感动的诗人在这件事中感到世路的坎坷，触动了某些情结，遂以最大的真诚进行创作。故此诗情真、意真、景真、事真，婉转凄楚，读之不惟催人涕下，亦使人悲恸愤激，慨然不平。

事件的单纯致使抒情性更为强烈，使整首诗变成一首主题、事件单纯而情绪浓烈的咏叹调，是此诗取得感人艺术效果的第二个原因。整首诗中心人物为妾、郎、阿爷、阿娘四人，组成以郎、妾一方和阿爷、阿娘一方的一对矛盾，整首诗的发展过程，就是这一对矛盾产生、发展、消亡的过程。生小识于苏州，长大后结褵于北京的恩爱夫妻，因为女方父母阿爷、阿娘嫌男方的贫穷，棒打鸳鸯，致使郎与妾以死反抗。尽管追求自由婚姻与封建礼教的矛盾早在《孔雀东南飞》中就得到反映，并不新鲜，但在封建社会中，这对历久弥新的矛盾仍是压制、摧残青年最沉重的精神枷锁，是具有现实意义的社会中心事件，以诗笔傅彩，反映之，表现之，仍能引起广大青年男女的强烈共鸣，赢得一掬同情之泪。

本诗强烈的抒情性主要表现在两方面：一是结构，二是语言。结构上，全诗302句，282句采用女主人公——"妾"内心独白的形式，不仅阿爷、阿娘的态度、语言从妾的角度加以表现，且连男女主人公死后的场景描写，邻居的态度，也竟然以女主人公的独白形式来表现。如东邻西邻对女主人公入殓盛装和郎死后面目如睡的赞叹："西邻来看妾，密纫条条罗袴褶；东邻来看郎，仪容皎皎明月光。"302句中，只有最末20句才是作者的交代和感慨，这种写作方法，摄入汉乐府《战城南》神理而又有了发展。

语言上，这首诗把《诗经》以来赋、比、兴的用法推向极致。除以"金缕衣"比"郎光辉"，"玉条脱"比"郎颜色"，"明月珰"

比"宛转肠",并反复推进和变化外,还用赋法铺排比兴,如写男女爱情的"与郎同水为一池,与郎同木为一枝,与郎为带同一结,与郎为茧同一丝",此外,还用假设性带条件的比喻,即假设对方是彼物,自己则是与彼物紧密相关的此物。如"郎为飞雁妾作云,郎作垂杨妾为雨","妾为影,郎为形;妾如珠,郎手擎",而这类比喻,又随情节的变化而不断发展,如"秋烟在镜芙蓉凋,秋风在衾鸳鸯影,秋云不行雁影独,秋雨不雨杨枝憔","以斧斧木木不离,以刀断水水不断;同茧之丝不可剪,同结之带两头绾"。这些比喻,既组成全诗的骨架,又构成全诗的血肉。与上述比兴同样令人赞叹的还有赋法的运用,除铺排比喻句,赋的铺排法还起到描写心理、推动情节的作用。如写恩爱:"郎心与妾相始终,妾心与郎相终始。不必同日生,但愿同日死;不必同日死,但愿郎生妾先死,不愿郎死遗妾生。"如写别离:"妾手掩面啼声低,妾手不敢牵郎衣;向郎不语心依依,欲语又恐爷娘疑。"写郎归:"郎归不止黄金千,那愿郎得千黄金。"写自杀共饮鸩酒:"但得生死常追随,此酒不减同心杯。"均能打破赋铺排法可能带来的呆板,而贯流动于赋法。同一"梦"字,诗人凡五写:一写"梦郎笑",二写"梦郎哭",三写"梦郎归",四写"梦不归",五写"郎归成梦"。反复抑扬,曲尽其情,开诗学赋、比、兴奇局。既值得诗学家研究,也值得修辞学家研究。

自《诗经》公刘、生民发端,中国叙事诗可分二途:一为汉乐府《孔雀东南飞》为代表的乐府民歌体;二为唐元稹、白居易所创《连昌宫词》《长恨歌》《琵琶行》之千字律。唐以后诗人多走元、白道路，如清初吴梅村之《圆圆曲》等皆然。姚燮独承汉魏乐府风调，终于以真性情、乐府民歌参差的句式、独特的赋、比、兴运用，咏叹调式的抒情形式，取得巨大成功，使《双鸩篇》上可追攀《孔雀东南飞》，比肩乐天《长恨歌》《琵琶行》、梅村《圆圆曲》，下开民国乃至五四以来白话叙事诗，在中国叙事诗史上占重要地位。

（曹　旭）

岁暮四章

（选一）

春旱秋霖叠叠逢，岁华荏苒又穷冬。

横江千陌无春色，积雪山城变惨容。

遂泽民饥千灶冷，常平粟朽万仓封。

救荒莫补书生策，默祷句芒验土龙。

在姚燮手自编定的《复庄诗问》中，《岁暮四章》列入卷五"癸巳（1833）以前作五"。1832 年前后，浙江曾连遭旱涝灾害，这组诗当作于此时。这是其中第一首。作者以写实笔法反映了荒年岁暮民不聊生之惨象，猛烈抨击了统治者不管百姓死活的行为。

首联先交代遭灾事由。一年之内，连遭旱涝灾害，两季收成都无着落，眼看临近岁暮，灾民们何以卒岁？此诗一开头，便把这严酷的现实摆到了人们面前。颔联叙写灾区情景。农历年末，已近立春，江南万物即将复苏，但大灾之年，从农村到城市都全无春色，萧条破败，满目疮痍！一个"惨"字形象地点出灾区受损之重，也起到了渲染气氛的作用。如果说颔联是总写灾情的话，颈联则将视线集中在"民饥"这一点上加以挖掘。"遂泽"，泛指水陆各地，极写"民饥"地域之广。"千灶冷"，言"民饥"之程度，百姓已普遍断炊!"常平",指汉宣帝时首创之常平仓,谷贱时加价籴入,贵时减价粜出,以平抑谷价。清代各地亦设。而对如此民饥,清政府却万仓紧闭,任谷物腐烂也不粜出。正是统治者的见死不救,才造成了浙东"民饥千灶冷"的严重局面。作者以对比手法有力地揭示了这一点,这两句也是全诗重心之所在。尾联为作者之感慨。"句(gōu)芒",系木神之名,古时于春日祭祀。"土龙",以土捏成之龙,古人常用以求雨。书生(即作者)所献救荒之策既无补于事(不为当局采纳),便只好效法古人,默祷神灵,求其赐福给灾民了。这两句语调低沉,凄婉欲泣。诗人满怀忧民之心,但面对这人间惨景却无能为力,心情的沉重可以想见。

此诗感情起伏跌宕,由悲至怒,由怒生哀,显示了作者同情百姓疾苦、勇于揭露统治者不义之举的可贵精神。写法上则由面到点,层层深入,既勾勒全貌,又突出细节,并成功地运用了对比手法,加强了诗歌的批判力量。

(黄　刚)

旐帛

旐帛连江拥甲斿，胭脂满地泼春愁。
谁怜风雨屯军苦，绿酒红灯自画楼。

此诗作于道光二十一年（1841）春天。当时广东沿海战事正
急，浙东海防形势也很紧张，清廷急调各地驻军赴浙，以防英军进
犯，这首诗即以此为题材。

首句从甬江两岸满驻的军队，引发出对时局的忧愁。"旐帛"，
即大红旗帜，此指清军军旗。"斿"（liú），系古代旗帜上一种饰物。
在战事纷扰之际，将领们却依然过着醉生梦死的生活。"胭脂"指
"画楼"中妇人所涂饰之物。后两句也采用了鲜明的对比手法，一
边是风雨中坚守阵地的战士，另一边是画楼上歌舞饮酒的将领，具
有强烈的讽刺意味。

这四句中，前两句为铺垫，后两句才是重心之所在。作者以军
士辛苦和将领享乐作为对照，对不知国难当头的统治者给予了强烈
谴责和辛辣讽刺。作者正是看到了军中不平，深知依靠这样的军队
是难以御敌的，所以才会面对满地军旗联想到满地春愁，充满对时
局的深深担心。

（黄　刚）

郑 珍

郑珍（1806—1864），字子尹，别号五尺道人，贵州遵义人。早年曾受贵州学政程恩泽赏识，治经恪守汉学。道光十七年（1837）乡试中举，曾主编《遵义府志》，在本省作过几任小官。郑珍是近代宋诗运动的重要诗人之一，他的诗主要学韩愈、杜甫，不主故常，戛戛独造；然因他长期生活于下层人民之间，民生疾苦、社会动乱在其诗中有较多的反映。有《巢经巢诗集》。　　　（王镇远）

经 死 哀

虎卒未去虎隶来，催纳捐欠声如雷。

雷声不住哭声起，走报其翁已经死。

长官切齿目怒瞋："吾不要命只要银，

若图作鬼即宽减，恐此一县无生人。"

促呼捉子来，且与杖一百：

"陷父不义罪何极，欲解父悬速足陌。"

呜呼，北城卖屋虫出户，南城又报缢三五。

孔子说："苛政猛于虎。"（《礼记·檀弓》）这在漫长的封建社会中始终是一个真理。诗人郑珍于道光年间曾在家乡贵州境内作过几任训导一类的小官，对当地居人所遭受的压迫和欺压有较深切的了

1118

解，这首作于咸丰十一年（1861）的《经死哀》，就以他亲眼见到的一幕惨绝人寰的场面揭示了"苛政猛于虎"的道理。

诗的一开头便以"虎卒""虎隶"来称呼那些凶暴肆虐的差役，他们前脚走了一批，后脚跟来一群，催纳欠税，其声如雷，百姓闻之胆战心惊。因实在无法承受这捐税的重负，只能以死来逃避，故而在差役的呵责声中又响起了死者家属的哀哭之声，差役得讯，报告长官欠捐的老头已上吊死了。开头四句虽仅写了差役的呵责之声如雷，然由此可以想见其凶狠的面目。

"长官切齿目怒瞋"以下则重点写催纳捐税的长官之凶神恶煞，听说老翁已死，他便切齿瞋目地怒吼起来，"吾不要命只要银"三句绘声绘形地表现了他的冷酷凶残。尽管人已被逼死，然对欠税者丝毫也不宽免，甚至声称："如果人死了就可宽减，那么全县就没有活着的人了。"不仅道出了长官心如蛇蝎般的狠毒，而且也说明这催捐逼命的现象普遍存在，县中的家家户户都几乎劫数难逃。长官于是立即派人将老翁的儿子提来，不问青红皂白，先打了一百棍子，然后威胁说他因为无力缴税，令其父陷于不义，自绝于朝廷，如此大罪，实属十恶不赦。可见长官的强词夺理，反咬一口；然其归根结底还在于勒索钱财，所以又对其子说，想要解下父亲的尸体，就赶快交纳捐税，以扣尸要挟，更表现出官府的心狠手辣，需索无度。然而，等待儿子的又会有什么下场呢？"呜呼"两字含无限沉痛，最后宕开一笔，说北城人家为纳税而变卖房屋，然由于人死后久未收敛，尸体腐烂，蛆虫爬出了屋外，而城南又有消息传来，上吊的人又增加了三五个。这里的"北城""南城"都是泛指，说明被逼迫得家破人亡的绝非"其翁"一家,与"恐此一县无牛人"相呼应。可见诗人所描写的并不是个别现象,而是一个普遍存在的社会问题,这样就令诗的现实意义大为展拓,起到了指陈时弊的效果。

郑珍的诗风既有效慕韩愈、孟郊等洗伐雕刻的一面,也有继承杜甫、白居易的讽喻诗写得明白而通俗的一面。这首诗就较突出地体现了后一方面的特点,诗人以淳朴质实的语言写来,却将黑暗的现实揭露得极为深刻,尤其是通过一些颇具典型的言词,把"长官"的形象刻画得入木三分,丑态毕露,勾勒了一幅生动逼真的催税图。

(王镇远)

出门十五日初作诗黔阳郭外三首

（选一）

近行十几日，只如旦暮间。

远行十几日，恍若不计年。

澄澄沅溪流，荡荡东去船。

寒风峭白日，萧条异山川。

高堂一片地，一刻数往还。

颜色隔千里，忽然立我前。

倚篷久惆怅，此意谁复怜！

入坐长叹息，晚炊起寒烟。

　　此诗作于道光十七年（1837），这一年郑珍应乡试得中，这是中举之后，于行途中的作品。黔阳在今湖南黔阳，诗人离家十五天后到达这里，乡愁亲情，一时涌上心头，遂写下三首五古，此为第一首。

　　前四句以叙述的口吻说出了远行游子的某种心态。离家才十五天，但似乎已过了很久，长得不可以年来计算了，原因便在于"远行"。因为"远行"毕竟不同于"近行"，近行十几天，好像只是旦暮之间的事；而远行十几天，恍如隔了漫长的岁月，分析起来，无非是离亲人远了，空间的距离增加了时间的距离。这很平常的四句诗，却深刻地揭示了游子的心理。

接下去的四句并没有马上写自己如何思乡怀人，而插入了对旅途景色的描写。沅溪即今之武江，发源于贵州，向东流入湖南，至黔阳而与沅江汇合，所以正是一路伴送诗人东来的家乡之水。然而，毕竟山川改换，节候更易，已是深秋时分，寒风呼啸，犹如霜刃，黄叶飘零，一片萧杀景象，白日也显得暗淡了。这四句写景其实也不离抒发乡愁的中心，只是令诗意有了起伏，也点明自己"远行"的处境。"高堂"以下便直接写对家人的思念。父母称为"高堂"，诗人虽身在羁旅之间，但时时怀念父母，片刻之时，思念之心已几度往还；父母的身影虽远隔千里，却又忽如立于诗人之前。于是他倚着船篷，怅然若有所失，而望着江上来往的人们，暗想自己的思乡之情又有谁怜惜，于是回到舱中独坐，唏嘘叹息，遥望远处，晚间的炊烟正袅袅升起于平野之间，因为是深秋，那炊烟似乎也带上了阵阵寒意。如果说"高堂"四句是直接刻画思绪，那么"倚篷"四句则是以自己的动态来体现无法排遣的乡思。最后以炊烟作结，正逗出诗人的思念，貌似平淡，却含不尽之意。

全诗一片纯情，对家人父母的怀念本是人的一种心理活动，却于议论、写景、抒情和描述动态中表现出来，如行云流水，自然成文，然层层扣住思家的主旨。虽然像"寒风峭白日"的"峭"字分明是经过锤炼而得的，具有韩、孟硬健的风调，但全诗造语平淡，只是在炼意构思上颇费功夫。如开头四句写游子的思绪，十分契合真情；又如"高堂"四句刻画心理，也能曲尽其妙，写出了人人皆有而又未能道出的真切情态，所以黎汝谦称郑珍的诗"质而不俚，淡而弥真"（《巢经巢诗钞后集引》）。

（王镇远）

晚 望

向晚古原上，悠然太古春。

碧云收去鸟，翠稻出行人。

水色秋前静，山容雨后新。

独怜溪左右，十室九家贫。

　　春日的一个黄昏，诗人登上古原远眺，眼前是一幅煦和平静的原野美景，然而，诗人的心中未能忘却那些在贫穷中挣扎的人们……

　　"向晚古原上，悠然太古春"，其中用了两个"古"字，意在表现这里是人们世代休养生息之地，春去秋来，万古如斯。不仅原野是"古"的，一年一度的春色也永恒不变，所以也是"古"的。而且，古原正沐浴在夕照之中，春色正悠然宁静，更平添了平和安谧的气氛。所以这两句中虽没有形象的景物描写，却也给人以远离尘嚣、自然淳朴的画面感。看下面四句就更为清晰：自在的鸟儿正飞向远方，像是融化进了青云之中；稻子长得很高，其中间或所以看到行人的身影。"翠稻"句虽出于范成大"行人半出稻花上"（《初归石湖》）之句，然与出句形成工整的对仗，如绝无依傍。因为没有到秋水暴涨的时候，所以水面平静如镜；而雨后的山色更显得清新明净。这四句中前两句写动态，后两句写静态，但都不离详和安谧的气氛。但最后两句诗人突然说：那溪水两岸的人家，十室九贫。只此轻轻一点，可知诗人并没有陶醉在这如世外桃源般的太古春色之中，未忘人民的疾苦，从而深刻地反映了当时社会的状况。

此诗的结构新巧，前六句极力勾勒出古原令人神往的景象，结句笔锋陡转，形成了强烈的对照，遂令诗意给人以不可磨灭的印象。至于中两联写景的造语新警，刊落浮华，也是十分显殊的，体现了郑珍的诗功。

（王镇远）

贝青乔

贝青乔（1810—1863），字子木，号无咎，江苏吴县（今苏州）人。家境寒贫。道光二十一年（1841）冬，慷慨从戎，为奕经幕僚，对抗英战事多有切实了解。其诗多侧面地展现出鸦片战争时期的历史，歌颂英烈，讽刺腐败，纪事性强。他的一部分摹绘西南山水的诗篇，笔力颇健。有《咄咄吟》《半行庵诗存稿》。

（郁国平）

咄 咄 行

（一百二十首选二）

岭南高筑受降城，魋结披猖自败盟。
仰见雷霆天怒赫，轩弧舜戚复东征。

天魔群舞骇心魂，儿戏从来笑棘门。
漫说狄家铜面具，良宵飞骑夺昆仑。

　　《咄咄吟》共一百二十首，是诗人创作的七绝纪事讽刺组诗。纪事始于扬威将军奕经 1841 年 10 月奉旨赴浙抗英，迄于次年末奕经在苏州被"锁拿解京"，内容均据诗人在奕经军中耳闻目睹之事。诗题取"咄咄怪事"之义，充分说明其以揭露、讥嘲为主的特色。组诗约编定于 1843 年。

这里选录其中二首，可见其内容、风格一斑。

第一篇列于组诗之首，介绍奕经奉旨东征的背景。诗人在该诗小注中交代作品本事：英夷侵扰海疆，沿海守将或主战或主抚，难趋一致，而局势未见改善。后来朝廷派将率师进剿，又以巨款"厚犒之"，事稍息。不久，英夷又相继攻陷福建厦门、浙江定海、镇海及宁波郡城。朝廷震动，复命奕经"督师赴浙，并命各省会剿"。组诗以"东征"之始开篇，统领其他各章。"岭南"是唐代十道之一，治所在广州，辖境相当于后来的两广地区。汉武帝曾派公孙敖在今内蒙古乌拉特旗北筑受降城，唐中宗也命张仁愿分别在黄河以北的朔州、灵州、胜州筑三城，称"三受降城"，汉、唐据以防御匈奴、北房南侵。诗人借此指称当时广东沿海一带防备、抵御英国侵略者的情形。"魋（chuí）结"，同"椎结"，谓发髻形状如椎，这里指代英军。第二句斥责英国侵略军气焰嚣张，毁约滋事。"天怒赫"是说清朝皇帝为之震怒。"轩""舜"，传说中古代部落领袖轩辕（即黄帝）和虞舜。"弧""戚"，古代兵器弓和大斧。这里比喻清皇朝东征是正义之师，不可战胜之旅。诗人在组诗的首篇扼要叙说了英军猖狂侵我神州及清军"东征"的缘起，强调抗御侵略的正义性，同时通过奋扬军威以激励士气，从而使整首诗充溢着一股正义的力量和克敌取胜的信念。从单首诗看，这是正面表现清军之作，似与诗人"言怪事"（《自序》）的立意不相吻合。如果从组诗角度体味诗意，该作又别有作用：正是这支正义的师旅在抗英战斗中暴露出种种腐败、荒唐的劣迹，导致一次次失败，实在令人困惑失望、痛心疾首。于是组诗首篇和其他各章在应当和实际、使命和能力二者之间构成一种矛盾关系，从总体上强化了组诗的讽刺意图。

第二篇为讽刺浙江杭嘉湖道宋国经而作。诗人自注云：宋国经欲以奇兵制胜，募乡勇戴纸糊面具，装扮鬼怪，与英军作战。"时方白昼，跳舞而前"，结果非但没吓退敌人，反而轻而易举地被敌人枪炮击溃。诗歌十分辛辣地讽刺了宋国经愚昧的谋算。"棘门"是秦时宫门名，在今陕西咸阳东北。汉文帝到霸上、棘门、细柳三地劳军，唯周亚夫统率的细柳守军纪律严明，严格按章办事，其他两地将士允文帝一行随便进出，视防守如同儿戏。诗人借以说明，宋国经让士卒头戴鬼怪假面去"骇"敌人"心魂"，期望以此取胜，也是儿戏之举。后面二句用宋将狄青二则故事。一是狄青与西夏赵元昊作战，曾让士兵披发带铜面具，敌兵骇为天神降临。二是狄青与壮族侬智高作战，乘欢度上元节之际，半夜发动奇袭，攻破昆仑关（在今广西南宁东北）。诗人取二则故事中戴面具和奇袭的内容，冠以"漫说"（意谓莫说）二字，对宋国经不顾时势和作战对手的不同如法炮制面具奇袭战术导致惨败作了鞭挞。本诗选择的事件极富有讽刺性。诗歌语言夸张，"天魔群舞骇心魂"之后紧接以"儿戏"二字，"骇"字的惊奇感和力度顿时化为乌有，构成讽刺笔调。后二句以古人之成功映衬宋国经的失败，讽刺其不合时宜，构思颇巧，这些都增强了本诗讽刺的效果。

（邬国平）

莫友芝

莫友芝（1811—1871），字子偲，号邵亭，贵州独山人。清道光十一年（1831）举人，后曾客曾国藩幕府。莫友芝与郑珍友善，且同出程恩泽之门。两人声气相应，时称郑、莫。莫、郑之诗，有平易清丽的一面，也有恶熟恶俗、追求以议论和考证入诗的一面。陈衍《石遗室诗话》称郑、莫之诗为道光以来"生涩奥衍"一派。

（关爱和）

大河北百里间自去秋至今无雨雪

河上驱车傫大荒，平沙四野接苍茫。

惊风飒飒飘哀雁，落日萧萧黯太行。

二月桑榆无信息，三时云汉剧辉光。

何当手挽昆仑水，遍洒中原作岁康。

此诗作于清道光二十八年（1838）。道光年间，黄河由于长年失修，丰水期泛滥成灾，枯水期无水可求，黄河能造害而不能兴利。早春时节，中原地区千里沃野，本应是春光明媚、鸟语花香的季节。但由于去秋至今春，天不降雨雪，致使旱象严重。诗人驱车黄河北岸，竟如同行大漠荒原之上。平沙四野，遥接天穹，惊风飒飒，哀雁声声，更兼落日萧萧，给太行山脉笼罩上一种凄切荒凉的气氛。桑榆枝头，寻不见青青的嫩芽，百里河岸，看不到春天的气息。去秋、去冬、今春，三个季节以来，天空一直晴朗无云，不见雨雪。"三时"，本指春、夏、秋三个季节。《国语·周语上》："三时务农而一时讲武。"注："三时，春、夏、秋。"本诗中，用以借指去秋、去冬、今春已三季未有雨雪。"云汉"，即云霄、天空。

诗的前三联，写诗人所见。诗中借助大荒、平沙、惊风、哀雁、落日、桑榆"无信息"、云汉"剧辉光"等意象，描绘了干旱给大河以北平原沃野带来的灾难和危害。它既是"怨天"之言，亦是"尤人"之语。"怨天"之处在于三季无有雨雪，"尤人"之处在于紧靠黄河之水，却遭受干旱肆虐。故而在诗的最后一联，诗人驰骋想象："何当手挽昆仑水，遍洒中原作岁康。"幻想着有朝一日，手挽黄河之水，遍洒中原，永保人间丰年。黄河发源于昆仑山脉，故称其水为昆仑水。

此诗善于选用相同相近的意象，突出对干旱景象的描绘，并为手挽黄河之水、遍洒中原的想象做了有力的铺垫。诗歌语言明白晓畅，代表了莫诗中平易清丽的风格特点。

（关爱和）

曾国藩

曾国藩（1811—1872），字涤生，湖南湘乡人。道光十八年（1838）进士。咸丰二年（1852）回乡服丧期间，奉命在湖南兴办团练，号湘勇。以镇压太平天国有功，晋封一等侯，官至两江总督，武英殿大学士，死后谥"文正"。曾国藩为文初规模桐城派，后以雄奇瑰玮之风变革之，别创湘乡派。于诗尊尚宋代黄庭坚，又主张转益多师。其诗有雄厉劲峭之气，但亦流于平直粗率。有《曾文正公全集》。

（关爱和）

傲　奴

君不见萧郎老仆如家鸡，十年笞楚心不携。
君不见卓氏雄姿冠西蜀，颐使千八百人伏。
今我何为独不然，胸中无学手无钱。
平生意令自许颇，谁知傲奴乃过我。
昨者一语天地暌，公然对面相勃谿。
傲奴非我非贤圣，我坐傲奴小不敬。
拂衣一去何翩翩，可怜傲骨撑青天。
噫嘻乎，傲奴，安得好风吹汝朱门权要地，
看汝仓皇换骨生百媚。

《傲奴》一诗写于道光二十三年（1843）前后。此时诗人留居京师，先后任翰林院侍讲、侍读，国史馆协修等职。官职地位虽高，但一无实权，二无实事，不过是读书作文，储才养望而已。黎庶昌为曾国藩作《年谱》云："公居京师四年矣，宦况清苦。"此语正道出曾国藩当时的境况。

"傲奴"，指桀骜不驯之奴仆或听差之人。起首两句，以萧郎老仆、西蜀卓氏两个典故作比，引发诗人内心的愤懑感慨。"萧郎"，指梁武帝萧衍。"心不携"，犹谓心不离。"卓氏"，指汉代临邛富商卓王孙。此两句意谓：萧郎位高，其家老仆可宁受笞楚而不生离去之心；卓氏家富，可令千百人伏首帖耳，甘心为奴。"今我何为独不然，胸中无学手无钱。"今我为一介书生，无权无钱，故而无力笼络住"傲奴"，致使其"公然对面相勃豀。""勃豀"，即谓争吵。"傲奴非我"以下四句意谓：傲奴非难我未至圣贤，我责备傲奴对我不够恭敬，傲奴拂衣扬长而去，一副桀骜不驯的样子。"噫嘻乎"以下是诗人对傲奴的嘲弄，也不免带有几分自嘲。傲奴对我如此放肆、不恭，无非是因为我无钱无权。假如傲奴有一天改换门庭，进入朱门权要之地，遇上有权有钱的主子，看你还不赶快变换傲骨，转生媚态。

此诗以风趣、调侃的笔调抒写了作者对世态炎凉的叹喟，同时，也透露出作者不甘心于清苦之书斋生活的心态。　　　　（关爱和）

江湜

江湜（1818—1866），字弢叔，江苏长州（今苏州）人。入县学后，屡试不第，捐资官浙江候补县丞。江湜身世坎壈，穷力为诗，多抑塞困苦之词。写景之语，则擅长白描，遣意造境，颇具匠心。陈衍《石遗室诗话》称其"寻常命笔，每首必有一二语可味者"。

（关爱和）

雨 余

好游心自喜山程，复此前山放午晴。

溪水绿时真是酒，野花香得不知名。

雨余一笠行还佩，风处单衫着更轻。

便算为僧行脚去，何须归籍就诸生。

这是一首轻快的游山诗。作者性本喜爱游山，又值雨后放晴，其惬适心情自不待言。此诗开首两句，便洋溢着一种得意之情。诗人心情舒畅，看眼前景物便都觉得分外可爱。溪水碧绿，看色疑即是酒；野花馥郁，闻香不知其名。"绿时真是酒"，"香得不知名"，以极平易之语言，将溪水的清澈、野花的芬芳写得栩栩如生，对仗也十分自然，使人读之，如见绿水，如闻花香。

面对充满天趣的大自然，诗人心旷神怡，忘乎一切。虽然雨停，行走时还戴着斗笠；山风起处，方觉所着单衫更轻。大自然的风情，慰藉着诗人创痕累累的胸怀，似使诗人获得一时的超脱，得到快意的满足。若常得此天趣风情，就似行脚僧那样四处云游好了，何须归籍仍作穷老书生。"诸生"，明清时经省各级考试录取入府、州、县学者，称生员，也称诸生。江湜入县学后，以诸生终身，故有"何须归籍就诸生"之说。

《雨余》一诗以轻松悠然、洒脱旷达的笔调，表现了诗人在大自然的风情中，获得瞬间心灵解脱的快意。语言质朴率真，却十分耐人寻味。尤其是中间两联，堪称情真语挚之佳句。　　（关爱和）

湖楼早起二首

面湖楼好纳朝光，夜梦分明起辄忘。
但记晓钟来两寺，一钟声短一声长。

湖山朝来水气升，南高峰色自峻嶒。
小船看尔投西岸，载得三人两是僧。

这是两首描写湖上晨景的小诗。

前诗写客居湖楼，晨醒乍起时的情绪与感受。楼傍湖而筑，面湖临水，晨光涌入楼阁，唤醒睡人。诗人初起，夜间曾入梦境，情景分明，起身却忘记了。只依稀记起睡意朦胧之中，曾听到来自附近两所寺院里的一长一短的报晓钟声。

后诗写诗人临湖所见。晨光下的湖水，水气上升，袅袅可辨。远望南峰，高峻重叠，自是雄伟。近观湖面，见一小船驶往西岸，船上所载三人，有两位是出家的僧伽。诗人眼前，是一派静谧幽美的湖上晨景。

这两首小诗写得轻盈秀丽，清微淡远。诗人善于择取最富有特色的景物，捕捉心灵瞬间的感受，铺缀成诗，使诗显得似不经意，却无不真切、工稳。

（关爱和）

金 和

金和（1818—1885），字弓叔，号亚匏，江苏上元（今南京）人。贡生。金和亲身经历了鸦片战争和太平天国革命，其诗对这些重大的历史事件均有反映。金和的诗长于叙事，工于描写和对白，有以文为诗的特点。他的诗笔调轻松、幽默，锋芒寓于叙事之中，颇受《儒林外史》讽刺艺术的影响。著有《秋穗吟馆诗钞》。

（郭延礼）

围城纪事六咏

（选一）

盟　夷

城头野风吹白旗，十丈大书中堂伊。

天潢宫保飞马至，奉旨金陵勾当事。

总督太牢暗不鸣，吴淞车偾原余生。

九拜夷舟十不耻，黄侯自分已身死。

十万居民空献芹，香花迎跽诸将军。

将军掩泪默无语，周自请盟郑不许。

声言架炮钟山巅，严城顷刻灰飞烟。

不则尽决后湖水，灌入青溪六十里。

最后许以七马头，浙江更有羁糜州。

白金二千一百万，三年分偿先削劵。

券书首请帝玺丹，大臣同署全权官。

冒死入奏得帝命，江水汪汪和议定。

《围城纪事六咏》是金和的组诗。诗写于道光二十二年（1842年）。是年四月，乍浦陷落，英军进入长江；五月，吴淞口失陷，英军溯长江而上；六月中旬镇江失守，月底英军至南京下关江面。不久，英军向清政府提出议和条件，并于七月二十四日签订了《南京条约》。诗即写于此时。

诗开头四句写清政府投降事，作者用特写镜头突出"十丈大书中堂伊"，则具有讽刺意味。"中堂伊"，即指前协办大学士伊里布，这是一个典型的投降派。道光二十一年（1841）四月之前，他任协办大学士兼两江总督，在浙江与镇江的英军勾结，进行投降活动，以是颇为英军欢迎。诗小注中说他"在浙江时为夷所感服"，"感服"，实为讽刺语。因此之故，清政府又派他和耆英、牛鉴等人为全权代表，与英国侵略军进行和谈。"总督"二句，写牛鉴，他当时任两江总督，在敌人面前吓得连话也说不出来，犹如祭坛上的太牢。"太牢"，是古代帝王及诸侯祭祀社稷时用的牛、羊、猪三牲，也专指牛，这里隐指牛鉴。吴淞口一战，牛鉴向英国求和，陈化成率部抵抗。后牛鉴闻陈化成击伤敌舰两艘，他为邀功请赏，陈列总督仪仗，领兵往援，中途被英舰发现开炮轰击，吓得他魂不附体，仓皇中弃靴丢帽，混入士兵中逃窜。"九拜"二句，指江宁布政使黄彤恩。他曾赴英舰求和，百般屈辱，答应接受英方全部条件。由这一群被敌人吓破了胆的投降派代表清政府议和，其结果是可想而知的。诗人说："十万居民空献芹，香花迎跽诸将军。"一个"空"字写出了南京人民的希望落空，白白地长跪迎接这些文武官吏。"将军掩泪默无语"以下写谈判事。清王朝屈辱求和，英国却坚持苛刻条件，拒不答应。时以炮轰南京诟诈，时以决玄武湖水威胁。议和代表最后以开放五城市为通商口岸、赔款二千一百万银元的代价，签订了《南京条约》，第一次鸦片战争结束。《南京条约》是帝国主义强加于中国人民的第一个不平等条约。中国人民为之悲愤不已，就连浩淼的江水，也为屈辱的和约伤心哭泣。

《盟夷》是一首时事讽刺诗。全诗均是写实，诗人却能抓住重点，集中描写了南京和谈中的一组画面。诗人于悲愤之中，出以幽默之笔，将清朝官吏的惧洋媚外、帝国主义分子的骄横诟诈和盘托出，于看似平淡的诗句中，蕴寓着巨大的讽刺力量。寓悲愤、怒骂于嬉笑、幽默之中，是这首诗在艺术上的一个显著特点。　（郭延礼）

兰陵女儿行

将军既解宣州围，铙歌一路行如飞。
行行东至濑水上，乃营金屋安玉扉。
步障十重列纨绮，流苏百结垂珠玑，
天吴紫凤贴地满，珊瑚玉树灯相辉。
灵蠵之胏大蠡盍，椒花酿熟羊羔肥。
坐中貂锦半时贵，眼下繁华当世稀。
道是将军毕婚礼，姬姜旧聘今于归。
兰陵道远寒修往，春水吴船凭指挥。
良辰风日最明媚，雪消沙暖晴波翠。
双桥儿女竞欢声，新年梅柳酣春意。
卓午遥闻鼓吹喧，前津已报夫人至。
将军含笑下阶行，众客无声环堵侍。
彩船刚舣将军门，船中之女隼入而猱奔。
结束雅素谢雕饰，神光绰约天人尊。
若非瑶池陪辇之贵主，
定是璇宫宵织之帝孙。
顾身屹以立，玉貌惨不温。
敛袖向众客："来此堂者皆高轩，

我亦非化外，从头听我分明言。

我是兰陵宦家女，世乱人情多险阻。

一母而两兄，村舍聊僻处。

前者冰畦自灌蔬，将军过之屡延伫。

提瓮还家急闭门，曾无一字相尔汝。

昨来两材官，金币溢筐筥。

谓有赤绳系，我母昔口许，

兹用打桨迎，期近慎勿拒。

我兄稍谁何，大声震柱础；

露刃数十辈，狼虎纷伴侣。

一呼遽尖集，户外骇行旅。

其势殊讧讧，奋飞难远举。

我如不偕来，尽室惊魂无死所。

我今已偕来，要问将军此何语？"

女言缕缕中肠焚，突前一手搢将军。

一手有剑欲出且未出：

"我言是真是假汝耳闻不闻？

我惟捉汝姑苏去，中丞台下陈诉所云云。

请为庶人上达尧舜君，

古来多少名将钟鼎留奇芬，

一切封侯、食邑、赐钱、赐绢种种国恩外，

是否听其劫掠良闺弱息为策勋？

诏书咫尺下五云，万一我嫁汝，汝意岂不欣？

不有天子命，断断不能解此纷。

汝如怒我则杀我，

譬诸幺么细琐扑落粪土一蚤蚊。

不则我以我剑夺汝命，

五步之内颈血立溅青绉裙。

门外长堤无数野棠树，

树下余地明日与筑好色将军坟。

一生一死速作计，

奚用俯首不语局促同斯文？"

将军平日叱咤雷车般，

两臂发石无虑千百斤，

此时面目灰死纹，赪如中酒颜熏熏。

帐下健儿腾恶氛，握拳透爪齿咬龂。

将军在人手，仓猝不得分，

投鼠斯忌器，无计施戈矜。

将军左右摇手挥其群，

目视众客似乞片语通殷勤。

众客惊甫定，前揖女公子：

"聆女公子言，怒发各上指。

要之将军心，始愿不到此。

求婚固有之，篡取敢非理！

卤莽不解事，罪在使人耳。

若两材官者，矫命必重箠。

如今无他言，仍送还乡里；

将军亲造门，肉袒谢万死。

敬奉不腆仪，堂上佐甘旨。

事过如烟云，太空本无滓。

请即回舟行，食言如白水！"

女视众客笑且謦：

"诸君视我黄口㑵。

彼今大失望，野性讵肯驯？

山魈寻仇雠，蓄念愈不仁。

慨从军兴来，处处兵杀民；

杀民当杀贼，流毒滋垓埌。

兰陵官道上，若辈来往频。

不在霜之夕，则在雨之晨。

我家数间屋，猎猎原上薪；

我家数口命，惨惨釜内鳞。

弹指起风波，转眼成灰尘。

与其种后祸，终作衔哀磷。

阎罗知有无，夜台冤谁伸？

何如叫九重，天必无私纶。

或竟辣手作，公论自有真。

明知我此来，螳斧当巨轮。

宁犹计瓦全，惜此区区身？

诸君调停词，蔓甚我弗遵。"

众客更前揖："请勿变色瞋。

将军负贤名，毛羽凤所珍；

壹意希儒风，袭带殊恂恂。

此举大不韪，一旦传闻新，

万口鸣不平，可知詈申申。

恶声来有由，欲辨难鼓唇。

白璧自污之，罔值钱一缗。

悔过方不遑，恨无障面巾。

江东诸父老，相见惭相亲；

况敢犯众怒，兴戎自婚姻。

得罪名教尽，不复能为人。

斯人非寻常，四方战贼多苦辛；

大才虽非管乐匹，英风犹是奢颇伦。

女公子既世家裔，

幸为朝廷宽假熊黑臣！

他日之事愿以百口保，

某也官府某也乡缙绅。"

翁然长跪代请命：

"惟女公子为仙为佛为天神！"

女知众客意难拂，

乃曰"我为诸君屈，诸君前说姑置之，

我与诸君借一物：

我闻彼有善马名白鱼，日行千里犹徐徐。

我之发兰陵，辞家计已四日余。

老母痛哭常倚闾，两兄中庭握手空唏嘘。

若乘此马归到家，可及今日日落初。

自今我亦弃敝庐，卜邻别有秦人墟；

桃花林中奉板舆，从兄去读黄石书，

武陵隔绝痴儿渔。

三日五日间，我既迁所居。

秣陵蒋尉祠，归马其何如？"

将军此马不数驭，至此惟恐女不去。

急呼从者牵马前，四足霏霜耳披絮。

信是吴门布不虚，由来列子风能御。

女一顾此马，眉宇色差豫。

撒手始释将军衣，身未及腾鞍已据。

一声长谢破空行，电掣星流不知处。

女行数日军无骚，将军振旅胆气豪。

钟山之旁营周遭，宾僚迎拜将军劳：

斗酒劝釂新蒲萄，钲笳杂奏声谨呶。

云中匹马尘甚嚣，清光无恙来滔滔，

千金一诺券果操，将军迎縶归其槽。

马汗如血长嘶号，背上有物臃肿、

拳曲、纵横束缚三尺高；

乃是材官当时将去之聘礼，

封还不失分厘毫。

聘礼脱尽处，薤叶多一刀，

刀光摇摇其锋能吹毛；

将军坐此几日夜夜睡不牢。

　　《兰陵女儿行》是金和的三大叙事名篇之一，全诗一千五百二十二字，叙述一位兰陵女子以机智和勇敢战胜强暴的故事。诗中的女主人公是一位兰陵民女，其斗争对象，从"将军既解宣城围"看，则是一位声势显赫、靠镇压农民起义而发迹的"将军"。兰陵女凭着她的正气和机智，赤手空拳地战胜了强暴势力，在这个形象身上鲜明地寄托着人民的美好愿望，使这一艺术形象带有理想主义的成分。

全诗分三段。

第一段为开头二十四句，写将军豪华的婚礼，旨在烘托"将军"的权势和他惯于掠取女色、飞扬跋扈的本性。将军掩耳盗铃，以抢为娶："道是将军毕婚礼，姬姜旧聘今于归。"他得意忘形，满面春风，"将军含笑下阶行，众客无声环堵侍"，可见他视抢夺民女为平常小事。

自"彩船刚舣将军门"下一百八十一句为第二段，写兰陵女子的出场，以及她反抗强暴、终取胜利的经过。这是全诗的中心部分。女主人公一出场，以她迅捷爽利的动作，仙女一般的容貌，从容和缓、如泣如诉的语调，顿时吸引了读者，使人们同情她的不幸遭遇。在官绅名流云集、准备举行婚礼的客厅上，她从容自若，义正辞严地揭露了将军和他的部下如何用欺诈手段强夺民女成婚的罪行，言之悲愤异常。兰陵女乘其不备，上前一手揪住将军的衣领，"一手有剑欲出且未出"，质问将军她所言是真是假？并拉他到苏州去见江苏巡抚评理；如若不从，则与之拚命："不则我以我剑夺汝命，五步之内颈血立溅青绹裙。门外长堤无数野棠树，树下余地明日与筑将军坟。一生一死速作计，奚用俯首不语局促同斯文？"在这位兰陵女子的正义责斥下，平时威风凛凛、叱咤雷殷的将军，竟吓得面如死灰，呆若木鸡。权衡利害，迫使将军和他的僚属、乡绅向兰陵女表示让步："如今无他言，仍送还乡里；将军亲造门，肉袒谢万死。"兰陵女未轻信其谎言，并进一步识破了他的骗局：不过想借刀杀人，耍耍把戏而已。"慨从军兴来"以下二十句，针锋相对地揭露了官兵"杀民当杀贼"的反动本质以及将军"杀人灭口"

的诡计。她坚决要求去见皇帝伸冤："宁犹计瓦全，惜此区区身？诸君调停间，蔓甚我弗遵。"官绅们看到自己苦心设下的缓兵之计的骗局已被识破，只得前揖而拜，请兰陵女不要动怒："女公子既世家裔，幸为朝廷宽假熊罴臣！他日之事愿以百口保，某也官府某也乡缙绅。"于是众官绅"翕然长跪代请命：惟女公子为仙为佛为天神！"兰陵女此时才勉强答应。在将军府中的客厅上，面对众宾客，她毫无惧色，终于战胜了邪恶和强暴，保持了女儿自身的洁白和名誉。

"将军"以下二十八句为第三段，描写兰陵女设计借马，安全脱身。诗的结尾云："聘礼脱尽处，薤叶多一刀，刀光摇摇其锋能吹毛；将军坐此几日夜夜睡不牢！"可谓画龙点睛之笔。兰陵女勇敢的斗争精神，吓破了将军的胆，使其坐卧不安，这是全诗的理想所在。

这首长诗的主要成就，就是作者以鲜明的爱憎，塑造了兰陵女这一丰满的艺术形象。首先，诗人善于通过正面描写、侧面烘托、反面陪衬等多种艺术手段来塑造人物，使兰陵女这一艺术形象具有鲜明的个性色彩和较高的审美价值。长诗开头，诗人用华美的语言，对仗工整的词句，铺写豪华的婚礼场面，这一大段侧面描写，正是为了烘托气氛，一方面表现这位女郎的非凡，造成先声夺人之势；另一方面，主要在展现兰陵女富贵不能淫、贫贱不能移、威武不能屈的坚强性格，从而为下面与"将军"的斗争作铺垫。"结束雅素谢雕饰，神光绰约天人尊。若非瑶池陪辇之贵主，定是璇宫宵织之帝孙。"至此，女主人公才同我们见面。通过这段正面描写，使我们看到了这位气质非凡、颜如美玉的兰陵女的丰采。"颀身屹以立，玉貌惨不温。剑袖向众客"，拉开了战斗的序幕。长诗通过女主人公关于逼婚的叙述，义正辞严的理辩，把将军问得哑口无言，这些地方都是用的正面描写。在将军示意下，官绅们的两次调解，用的是反面陪衬的艺术手法，通过他们由巧言欺骗到惊慌失措、最后翕然长跪的表演，反衬出兰陵女的智慧、策略和勇敢。诗人调动以上这些艺术手段，正是为了从多角度、多侧面把人物写好写活。

其次，诗人通过富有节奏变化和个性色彩的独白、对话来刻画人物性格。在这首长诗中，女主人公的独白占了很大篇幅，她的语言富有节奏变化和音乐美。随着故事情节的变化，始而语言舒缓低沉，如泣如诉，叙述着自己不幸的遭遇；当主人公讲到官兵抢婚时，她愈说感情愈激动，继而怒火如焚，一个箭步向前抓住将军的衣领准备与之拚命时，语言的节奏便开始急促、昂扬，一连串的质问、斥责，把故事引向矛盾的漩涡，诗句也呈现出明显的参差不齐："我言是真是假汝耳闻不闻？我惟捉汝姑苏去，中丞台下陈诉所云云。请为庶人上达尧舜君，古来多少名将钟鼎留奇芬，一切封侯、食邑、赐钱、赐绢种种国恩外，是否听其劫掠良闺弱息为策勋？"随着语言节奏的这种变化，有层次地揭示出人物斗争性格的发展变化。

《兰陵女儿行》是金和的一首名篇，在他创作思想中具有转折的意义。这首诗写于诗人晚年，即太平天国失败后的同治六年至光绪十一年（1867—1885）间。随着时光的推移和历史的积淀，他对太平天国的认识似较二十年前有所变化。这从他的这首长诗中也看得很明显。诗人的同情明显地在被迫害、被凌辱的人民一边，而对靠镇压太平天国发迹的"将军"，其讽刺、抨击态度是相当明朗的。这首长诗使他的诗歌创作升华到一个新的思想高度，是他诗歌中的优秀之作。

（郭延礼）

王闿运

王闿运（1833—1916），字壬秋，一字壬父，号湘绮，湖南湘潭人。咸丰七年
（1857）举人。太平天国时期曾入曾国藩幕，后讲学四川、湖南、江西等地。清
末特授翰林院检讨，加侍讲衔。辛亥革命后曾任清史馆馆长，旋退隐。王闿运
为晚清汉魏六朝诗派首领。诗作多为五言，论诗主张"诗必法古"，为晚清拟古
派所推崇。有《湘绮楼诗集》《湘绮楼文集》《湘军志》等。其门人辑有《湘绮
楼全书》《湘绮楼说诗》。　　　　　　　　　　　　　　　　　（黄　刚）

圆明园词

宜春苑中萤火飞，建章长乐柳十围。

离宫从来奉游豫，皇居那复在郊圻？

旧池澄绿流燕蓟，洗马高梁游牧地。

北藩本镇故元都，西山自拥兴王气。

九衢尘起暗连天，辰极星移北斗边。

沟洫填淤成斥卤，宫庭映带飓泉原。

渟泓稍见丹棱沜，陂陀先起畅春园。

畅春风光秀南苑，蜿虹凤盖长游宴。

地灵不惜邕山湖，天题更创圆明殿。

圆明始赐在潜龙，因回邸第作郊宫。

十八篱门随曲涧，七楹正殿倚乔松。

轩堂四十皆依水，山石参差尽亚风。
甘泉避暑因留跸，长杨扈从且弢弓。
纯皇缵业当全盛，江海无波待游幸。
行所留连赏四园，画师写放开双境。
谁道江南风景佳，移天缩地在君怀。
当时只拟成灵囿，小费何曾数露台。
殷勤毋侁箴骄念，岂意元皇失恭俭！
秋狝俄闻罢木兰，妖氛暗已传离坎。
吏治陵迟民困痛，长鲸跋浪海波枯。
始惊计吏忧财赋，欲卖行宫助转输。
沉吟五十年前事，厝火薪边然已至。
揭竿敢欲犯阿房，探丸早见诛文吏。
此时先帝见忧危，诏选三臣出视师。
宣室无人侍前席，郊坛有恨哭遗黎。
年年辇路看春草，处处伤心对花鸟。
玉女投壶强笑歌，金杯掷酒连昏晓。
四时景物爱郊居，玄冬入内望春初。
袅袅四春随风辇，沉沉五夜递铜鱼。
内装颇学崔家髻，讽谏频除姜后珥。
玉路旋悲车毂鸣，金銮莫问残镫事。
鼎湖弓剑恨空还，郊垒风烟一炬间。

玉泉悲咽昆明塞，惟有铜犀守荆棘。

青芝岫里狐夜啼，绣漪桥下鱼空泣，

何人老监福园门，曾缀朝班奉至尊。

昔日喧阗压朝贵，于今寂寞喜游人。

游人朝贵殊喧寂，偶来无复金闺客。

贤良门闭有残砖，光明殿毁寻颓壁。

文宗新构清辉堂，为近前湖纳晓光。

妖梦林神辞二品，佛城舍卫散诸方。

湖中蒲稗依依长，阶前蒿艾萧萧响。

枯树重抽盗作薪，游鳞暂跃惊逢网。

别有开云镂月台，太平三圣昔同来。

宁知乱竹侵苔落，不见春风泣露开。

平湖西去轩亭在，题壁银钩连倒薤。

金梯步步度莲花，绿窗处处留赢黛。

当时仓卒动铃驼，守宫上直余嫔娥。

芦笳短吹随秋月，豆粥长饥望热河。

上东门开胡雏过，正有王公班道左。

敌兵未爇雍门荻，牧童已见骊山火。

应怜蓬岛一孤臣，欲持高絜比灵均。

丞相避兵生取节，徒人拒寇死当门。

即今福海冤如海，谁信神州尚有神！

百年成毁何匆促，四海荒残如在目。

丹城紫禁犹可归，岂闻江燕巢林木？

废宇倾基君好看，艰危始识中兴难。

已惩御史言修复，休遣中官织锦纨。

锦纨枉竭江南赋，鸳文龙爪新还故。

总饶结彩大宫门，何如旧日西湖路？

西湖地薄比郇瑕，武清暂住已倾家。

惟应鱼稻资民利，莫教莺柳斗宫花。

词臣讵解论都赋，挽辂难移幸雄车。

相如徒有上林颂，不遇良时空自嗟。

这首长篇歌行作于同治十年（1871）。是岁春，作者赴京，与张祖同、徐树钧同游圆明园遗址。王闿运目睹一代名园于颓垣断瓦之中，追忆百年来史事，感慨万千，不能自已，遂作此诗。诗出，京华上下争相传颂，徐树钧并为之作长序一篇。诗人围绕圆明园兴废下笔，以一园之兴废，象征有清一代之盛衰，全诗略按园之兴、盛、衰、毁次第展开，可分为四段。

第一段自"宜春苑中萤火飞"至"移天缩地在君怀"，追记建园经过，叙述当年盛况。开头四句为诗人眼中所见，写兵火后圆明园之荒凉破败，以此引出追忆之词。圆明园在北京西郊，本游牧之地。清兵入关后，康熙帝首先在此填土导泉，筑畅春园为游幸之处。旋又于畅春园西南辟地筑室，作为皇四子胤禛读书之所，并亲题名曰"圆明"，雍正帝即位后扩建成圆明园。园内景点数十，乔松掩映，山石参差，成为帝王避暑游猎好去处。乾隆帝更在园内模仿西式宫殿建"西洋楼"，模仿佛地建"舍卫城"，并将江南名胜仿制园中，一时气象万千，宏丽非凡。

自"当时只拟成灵囿"至"郊垒风烟一炬间"为第二段。写道咸以来清国势渐衰，统治者却骄奢失俭，愈加荒淫侈费，终招致园毁人亡。首四句乃上下段之过渡，已微露讽谏。接着作者从各方面铺写当时吏治腐败、民生凋敝、国库空虚、民怨沸腾，更兼外敌侵扰的严重局面，而咸丰帝对此内忧外患，在园中设"四春之宠"，终日寄情声色，不理政事，于英法联军进逼之时，仓皇逃往热河，圆明园被侵略者掠抢一空后付之一炬，咸丰帝亦于次年死于热河。

自"玉泉悲咽昆明塞"至"谁信神州尚有神"为第三段，叙作者凭吊遗址之所见所感。诗人一行由老监导路入毁后之园，徘徊其间，只见玉泉悲咽，狐兔啼泣，荆棘丛生，一派萧瑟。昔日巍峨庄丽的正大光明殿、贤良门，仅剩残砖颓壁；当年"三圣"——胤禛与其父康熙帝、子弘历（即后之乾隆帝）同来之镂月开云台，现在乱竹侵苔，阴风惨惨。壁上御书碑刻尚隐然可见，勾起人们几多感慨！面对涛涛福海，作者对以身殉职的管园大臣文丰深表哀悼，并再次追忆了十年前圆明园被英法联军劫掠焚烧的惨痛一幕。

从"百年成毁何匆忙"至结尾为第四段。作者抚今思昔，心潮难平，遂直抒胸臆，一吐肺腑。诗人首先感慨圆明园百年成毁何其匆促，从中实可见一代之兴废，希望统治者勿贪图安逸，要从这

"废宇残基"中得出应有教训——"艰危始识中兴难"。接着又针对清廷为穆宗立后而盘剥百姓、大肆挥霍之事加以抨击，指出百姓已困苦不堪，统治者应体察民瘼，再不要一味追求歌舞声色。最后叹息自己不遇良时，无回天之力，在哀叹声中结束全篇。

王闿运的政治和文学观点均较保守，反映现实之作寥寥，此诗是相当突出的一首。作者针砭时政，指陈君失，大胆直率。前人评其"模范唐贤"，"以监戒规讽终其篇"（钱基博《现代中国文学史》），的为允论。十九世纪七十年代的清王朝，早已百孔千疮，腐朽不堪，统治者早已丧失生气和活力，诗人劝谏可谓用心良苦，但决不可能有什么实际效果，这也正是这位正统文人悲哀之所在。

此诗熔叙事、纪游、议论于一炉，三者紧密结合，为其最大特色。诗首数句为纪游——写游园之所见，下即转入叙事——追记圆明园之兴盛衰毁，至第三段，行文上接篇首文字，再纪游园所见所感，内容却承第二段而来，写圆明园毁后之荒凉残破，最后为诗人所发议论。全篇呈纪游—叙事—纪游—议论之格局。然而叙事、纪游中又夹以议论，"当时只拟成灵囿，小费何曾数露台。殷勤毋伏笰骄念，岂意元皇失恭俭"即是极有见地的议论，而末段议论中亦杂以叙事。故此诗之叙事、纪游、议论可谓是有分有合，浑然一体，结合得天衣无缝。

这首诗意境开阔，从大处落笔，气势恢宏。风格凝炼典重，情感深沉抑郁，深情绵邈，文采斐然，章法井然，包涵古今，笼盖海内，有元稹《连昌宫词》、吴伟业《圆圆曲》之风，堪称诗史。

（黄　刚）

樊增祥

樊增祥（1846—1931），字嘉父，号云门，一号樊山，湖北恩施人。光绪三年（1877）进士，官至江宁布政使，护理两江总督。尝师事李慈铭，亦曾请业于张之洞。其诗宗中晚唐，尤推崇李商隐，为晚清中晚唐诗派代表人物，与易顺鼎齐名。为诗词藻华丽，对仗工整，喜用典故。古风叙事委曲尽情，近体颇清丽。有《樊山全集》。

（黄　刚）

前彩云曲并序

　　傅彩云者，苏州名妓也。年十三，依姊居沪上，艳名噪一时。某学士衔恤归，一见悦之，以重金聘为簉室，待年于外。祥琴始调，金屋斯启，携至都下，宠以专房。学士持节使英，万里鲸天，鸳鸯并载。既至英，六珈象服，俨然敌体。英故女王，年垂八十，雄长欧洲，尊无与并。彩出入椒庭，独与抗礼。尝偕英皇并坐照像，时论奇之。学士代归，从居京邸，与小奴阿福奸生一女。学士逐福留彩，寖与疏隔。俄而文园消渴，竟夭天年。彩故与他仆私，至是遂为夫妇。居无何，私蓄略尽，所欢亦殂，仍返沪为卖笑计，改名曰赛金花。苏人公檄逐之，转至津门，虽年逾三十，而艳名不减畴昔。己亥长夏，与客谈此事，因记以诗。先是学士未第时，为人司书记，居烟台，与妓爱珠有啮臂盟。比再至，已魁天下，遽与珠绝，珠冤痛累

月，竟不知所终。今学士已矣。若敖鬼馁，燕了楼空。唱
《金缕》者，出节度之家；过市门者，指状元之第。得非
霍小玉冥报李十郎乎？余为此曲，亦如元相所云："甚愿知
之者不为，而为之者不惑耳。"

姑苏男子多美人，姑苏女子如琼英。

水上桃花知性格，湖中秋藕比聪明。

自从西子湖船住，女贞尽化垂杨树。

可怜宰相尚吴棉，何论红红兼素素。

山塘女伴访春申，名字偷来五色云。

楼上玉人吹玉管，波头桃叶倚桃根。

约略鸦鬟十三四，未遣金刀破瓜字。

歌舞常先菊部头，钗梳早入妆楼记。

北门学士素衣人，暂踏毹场访玉真。

直为丽华轻故剑，况兼苏小是乡亲。

海棠聘后寒梅喜，待年居外明诗礼。

两见泷冈墓草青，鸳鸯弦上春风起。

画鹢东乘海上潮，凤凰城里并吹箫。

安排银鹿娱迟暮，打迭金貂护早朝。

深宫欲得皇华使，才地容斋最清异。

梦入天骄帐殿游，阏氏含笑听和议。

博望仙槎万里通，電斿难得彩鸾同。
词赋环球知绣虎，钗钿横海照惊鸿。
女君维亚乔松寿，夫人城阙花如绣。
河上蛟龙尽外孙，虏中鹦鹉称天后。
使节西来屡奉春，锦车冯嫽亦倾城。
冕斿七毳瞻繁露，盘敦双龙赠宝星。
双成雅得君王意，出入椒庭整环佩。
妃主青禽时往来，初三下九同游戏。
装束潜随西俗更，语言总爱吴娃媚。
侍食偏能餍海鲜，致书亦解翻英字。
凤纸缄来镜殿寒，玻璃取影御床宽。
谁知坤媪山河貌，只与杨枝一例看。
三年海外双飞俊，还朝未几相如病。
香息常教韩寿闻，花枝每与秦宫并。
春光漏泄柳枝轻，郎主空嗔梁玉清。
只许大夫驱便了，不教琴客别宜城。
从此罗帐怨离索，云蓝小袖知谁托。
红闺何日放金鸡，玉貌一春锁铜雀。
云雨巫山枉见猜，楚襄无意近阳台。
拥衾总怨金龟婿，连臂犹歌赤凤来。
玉棺昼下新宫启，转尘玉郎长已矣。

春风肯坠绿珠楼，香径还思苎罗水。

一点双星照玉壶，樵青婉娈渔僮美。

穗帷犹挂郁金堂，飞去玳梁双燕子。

那知薄命不犹人，御叔子南先后死。

蓬巷难栽北里花，明珠忍换长安米。

身是轻云再出山，琼枝又落平康里。

绮罗丛里脱青衣，翡翠巢边梦朱邸。

章台依旧柳毵毵，琴操禅心未许参。

杏子衫痕学宫样，枇杷门牓换冰衔。

吁嗟乎！

情天从古多缘业，旧事烟台那可说！

微时管蒯得恩怜，贵后萱芳成弃掷。

怨曲争传紫玉钗，春游未遇黄衫客。

君既负人人负君，散灰扃户知何益。

歌曲休歌《金缕衣》，买花休买马塍枝。

彩云易散琉璃脆，此是香山悟道诗。

前后《彩云曲》是樊增祥一生所作中最为时人所传诵者，其中《前彩云曲》作于光绪己亥（1899），时作者在京居荣禄幕府。"彩云"即傅彩云（原姓赵，后改名曹梦兰、赛金花），为清季名妓。此诗所记，即她与洪钧（字陶士，号文卿，同治状元，即《孽海花》中雯青之原型）的艳事。诗前有自序，已将全诗人意囊括，诗共一百零四句，自傅彩云归洪钧始，至傅彩云再操旧业止。

这是一首抒情味很浓的长叙事诗，全诗可分为四大段。

第一大段自开头至"打迭金貂护早朝"，写傅彩云归洪钧之事。傅彩云自姑苏至沪为妓，洪钧（洪曾任翰林修撰，故称北门学士）奔母丧南归，为其姿色倾倒，遂纳为妾，乘船至京，不胜欢娱。

自"深宫欲得皇华使"至"只与杨枝一例看"为第二大段，写傅彩云随洪钧出使之事。诗中"容斋"为南宋文学家洪迈。迈为绍兴进士，官至端明殿学士，曾出使金国，此借指洪钧。这段中，极力铺写傅彩云文词绮美，姿容出众，轰动异域，且得英女王欢心，出入椒庭，并坐合影。实际上，洪钧出使四国为俄、德、奥、荷，并未至英。据范烟桥《孽海花侧记》称，赛金花曾与英女王维多利亚之女德皇之后并坐摄影，而非与英女王合影。

第三大段从"三年海外双飞俊"至"枇杷门牓换冰衔"，写傅彩云回国后事。诗中晋韩寿为贾充之司空掾，曾与贾充女贾午通；秦宫为东汉梁冀嬖奴，与梁妻孙寿有染。此处均指洪钧奴仆阿福。傅彩云与之有私已久，事泄，阿福被逐，傅亦见疏。"拥衾"二句言傅彩云仍不思悔改。下述洪钧病死，傅再与男仆通，然所欢亦死，傅彩云遂再度为妓。

自"吁嗟乎"至"此是香山悟道诗"是第四大段，为作者针对此事所发之议论。首先，樊增祥认为男女情爱之事多因循佛氏轮回因果之说，诗中所指即洪钧早年负烟台妓爱珠事。当时传说，傅彩云即爱珠后身。诗人斥责洪钧背信负义之举，无疑是正确的，然将傅对洪之不忠，归为爱珠报应，显属荒诞。诗中数用唐蒋防传奇《霍小玉传》事影射此。霍小玉与进士李益（李十郎）有盟约，李后负约不往，霍积思成疾，一日有黄衫客强挟李至，霍小玉恸极而死，死后化为厉鬼作祟李家，使李益疑其妻妾与外人有私，家宅不宁。"散灰扃户"即李益防闲之状。

这首长叙事诗，后人多视为游戏之作，樊增祥亦曾自称"游戏笔墨，不足登大雅之堂"（齐如山《关于赛金花》）。然细加推究，似不尽然。诗末作者有"此是香山悟道诗"之语，自序亦借元稹《莺莺传》"夫使知者不为，为之者不惑"句申明写作缘起。而据钱基博所记，作者"尝语人曰：'祸水何能溺人，人自溺之，出入青楼者可以彩云为戒。'"（《现代中国文学史》）虽然，樊氏的女色祸水和因果报应观点不足取，诗中对傅、洪情事着意渲染，也流露出若干津津乐道和欣赏艳羡之态度，但从总体看，其劝戒规讽之意，还是明显的。

然而，相比之下，此诗更值得注意之处，还在其艺术上的成就。傅、洪二人与作者是同时代人，诗人大体是忠实于史实的，但他显然并未完全囿于具体事实。如傅能识英文，与英女王合影，与阿福奸生一女等等，此类虚构情节尚有不少。但因此系文学作品，故构思上的真假互参，虚实结合不仅是允许的，也更显示了作者诗笔，使诗歌扑朔迷离，更添风采。陈寅恪先生曾评元稹《连昌宫词》为融"史才诗笔议论为一体而成"（《元白诗笺证稿》）。移来评此诗，亦甚恰当。樊山为诗，向以善隶事著称，此诗大量用典，且熔铸古今，精当稳切，足可见其功力。他如叙事首尾连贯，委曲尽情，淋漓尽致；语言精丽典雅、沉浸浓郁；音韵和谐委婉、圆转如珠，亦足称道。全诗虽长达百余句，读来却一气流注，毫不费力，在晚清叙事长诗中，确可称翘楚。记傅、洪艳事，此诗为首作，清末民初以此为题材之诗、文、小说、戏剧，无不受其影响，当时传诵一时，实在是当之无愧的。

（黄　刚）

八月六日过灞桥口占

残柳黄于陌上尘，秋来长是翠眉颦。

一弯月更黄于柳，愁煞桥南系马人。

这首七绝作于光绪十三年（1887），诗题一作《灞桥旅店题壁》，时樊增祥在陕西任知县。"灞桥"，在今陕西省西安市东灞水上，旁植杨柳，古人多于此折柳送别。"口占"，乃不加思索随口吟成之意。此诗一、二句写柳，第三句写月，末句写人。

八月的关中，柳叶已纷纷陨落。灞桥地处黄土高原，时值秋天，陌上尘土飞扬，一派灰黄，以之比残柳，残柳之黄可想而知。首句先从色彩上写柳之黄，次句再从形状上写柳之态。"翠眉"，本谓女子之眉毛，此处以女子皱眉时之眉毛比喻残柳之叶，其弯、狭之态宛在眼前。第三句，作者将视线由枝头残柳转至空中之月。残柳与新月二者相似处在形——弯，色——黄。三句中，色彩渐次加深：柳黄于尘，月黄于柳。这不仅是写景，实际也烘托了作者感情，这杨柳残败，时光飞逝，引起他内心几多感叹！最后一句是点睛之笔。明白昭示：前三句之景，俱为"系马人"即作者眼中所见，而这一切又都触动他思绪，勾起他愁情。因有前三句的铺垫，所以最后一句之来，有水到渠成、呼之欲出之感。

此诗是一首悲秋之作，与宋玉《九辩》、马致远《天净沙·秋思》等佳作有一脉相承之处。樊增祥颇负才名，中进士后，却长期屈居下僚，郁郁不得志，这里显然是借诗抒发自己的悲愁哀怨。诗句情融于景，情景一体，愁字虽在末句出现，却贯穿全篇，景色全为愁人眼中所见，诸景皆涂上一层哀愁凄婉之色。语言清新，摹写逼真，颇为感人，当时曾脍炙人口，传诵一时。谭嗣同曾对此诗作过高度评价："往见灞桥旅壁，尘封俨然，若有墨迹，拂拭谛辨，其辞云云。读竟狂喜，以为所见新乐府，斯为第一。"（《论艺绝句》自注）

（黄　刚）

采 茶 词

分龙雨小不成丝，晏坐斋中试茗旗。

乳燕出巢蚕上簇，山家又过炒青时。

　　诗藻富丽的才子樊增祥，其《采茶词》亦笔触清新，具有山家浓郁的泥土气息。

　　雨往往是季节变换的前奏，光阴荏苒的象征——初夏景色雨中来。江浙一带山区，以夏历四月二十至五月二十前后称"分龙"，这一时期的雨称"分龙雨"，谓时节入夏，雨势转暴，因龙分域行雨，阴晴隔一辙而异。"不成丝"，极言雨的稀疏。故首句兼三得：一写了雨量，二写了时间，三写了地域。

　　田家少闲月，五月人倍忙。然而人们忙中偷闲，生活的节律永远有张有弛，"晏坐"句写的正是这忙中的闲、张中的弛。从"乳燕出巢蚕上簇"中我们可以知道，也许连下了几天雨，乳燕已经出巢，春蚕即将上簇，最忙的季节里突然出现一小段间歇，山农不必再冒雨采桑饲蚕，且炒青的季节也已过去，山农也不必老坐在炉边了。且将新火试新茶，正可以度过这段细雨霏霏的光阴。从"试"字上可知，所试"茗旗"，正是今年焙制的新茶。品试的目的，既是享受劳动成果，更是检验劳动成果，看看今年的情况，明年要不要改进等等。

眼下，一切都是恬淡安闲的。乳燕出巢的振羽声，春蚕上簇的沙沙声，品茶时轻轻的呷水声，炒青时节一过，晚春便在分龙雨中结束，与前来接班的初夏在冥冥中充满默契却没有一句语言。只有小雨，带着微微倾斜的不大的动势，使天地显得透明和朦胧。但正在这平和宁静之中，蕴藏着生命的"动"，潜伏着新的生活旋律——哺乳了一春的雏燕，学着试飞；饲养了一春的蚕儿，试着上簇；试茗旗，品茶，实际是品味生活，是前一个农忙结束，后一个农忙尚未到来之际的片刻闲暇，是两个生活强音符号间的一段休止符号。试上、试飞、试品，预示着生活新节奏的开始。而这种生命的搏动、生活的节律，又是在晚春与初夏交替的总的自然节奏中进行的，表现了社会生命节奏与自然节奏的高度和谐。读这首小诗，正可以体会到这种和谐，听到诗人曾经听到过的生活和自然博动的胎音。

（曹　旭）

黄遵宪

黄遵宪（1848—1905），字公度，号人境庐主人，广东嘉应州（今梅州市）人。光绪二年（1876）顺天乡试举人。历任清政府驻日本使馆参赞、美国旧金山总领事、英国使馆参赞和新加坡总领事。后任湖南按察使，协助陈宝箴推行新政，是近代维新变法运动的重要人物。戊戌后，获罪放废乡里。黄遵宪是走向世界，以"欧风美雨"铸就自己诗篇的诗人。主张"我手写我口"，要求表现"古人未有之物，未辟之境"。以反映近代一系列重大历史事件被称为"史诗"。诗风动荡开阖，恣肆宏深。尤擅五古。以描写日本樱花、伦敦雾、巴黎铁塔、美国总统竞选等异国风情和近代新事物，而成为近代"诗界革命"的旗手。有《人境庐诗草》。

（曹　旭）

纪　事

甲申十月，为公举总统之期。合众党欲留前任布连，而共和党则举姬利扶兰①，两党斗争，卒举姬君。诗以纪之。

吹我合众笳，击我合众鼓；

擎我合众花，书我合众簿。

汝众勿喧哗，请听吾党语：

---

① 按：这两句作者记忆有误，应为"共和党欲留前任布连，而合众党则举姬利扶兰"。

人各有齿牙，人各有肺腑；
聚众成国家，一身比尺土。
所举勿参差，此乃众人父。
击我共和鼓，吹我共和笳；
书我共和簿，擎我共和花。
请听吾党语，汝众勿喧哗；
人各有肺腑，人各有齿牙；
一身比尺土，聚众成国家。
此乃众人父，所举勿参差。
此党夸彼党，看我后来绩。
通商与惠工，首行保护策。
黄金准银价，务令昭划一。
家家田舍翁，定多十斛麦。
凡我美利坚，不许人侵轶。
远方黄种人，闭关严逐客。
毋许溷乃公，鼾睡卧榻侧。
譬如耶稣饼，千人得饱食。
太阿一到手，其效可计日。
彼党斥此党：空言彼何益。
彼党诋此党：党魁乃下流。
少作无赖贼，曾闻盗人牛。

又闻挟某妓，好作狭邪游。
聚赌叶子戏，巧术妙窃钩。
面目如鬼蜮，衣冠如沐猴。
隐匿数不尽，汝众能知不？
是谁承余窍？竟欲粪佛头。
颜甲十重铁，亦恐难遮羞。
此党讦彼党，众口同一咻。
某日戏马台，广场千人设。
纵横乌皮几，上下若梯级。
华灯千万枝，光照绣帷撤。
登场一酒胡，运转广长舌。
盘盘黄须虬，闪闪碧眼鹘。
开口如悬河，滚滚浪不竭。
笑激屋瓦飞，怒轰庭柱裂。
时有应者者，有时呼咄咄。
掌心发雷声，拍拍齐击节。
最后手高举，明示党议决。
演说事未已，复辟纵观场。
铁兜绣裲裆，左右各分行。
宝象黄金络，白马紫丝缰。
橐橐安步靴，林林耸肩枪。

咸带假面具，或手执长枪。
金目戏方相，黑脸画鬼王。
仿古十字军，赤帜风飘扬。
齐唱爱国歌，曼声音绕梁。
千头万头动，竞进如排墙。
指点道旁人，请观吾党光。
众人耳目外，重以甘言诱。
浓绿茁芽茶，浅碧酿花酒。
斜纹黑普罗，杂俎红毹毾。
琐屑到钗钏，取足供媚妇。
上谒士雕龙，下访市屠狗。
墨屎与侏张，相见辄握手。
指此区区物，是某托转授。
怀中花名册，出请纪谁某。
知君有姻族，知君有甥舅。
赖君提挈力，吾党定举首。
丁宁复丁宁，幸勿杂然否。
四年一公举，今日真及期。
两党党魁名，先刻党人碑。
人人手一纸，某官某何谁。
破晓车马声，万蹄纷奔驰。

环人各带刀，故示官威仪。
实则防民口，豫备国安危。
路旁局外人，各各揿眼窥。
三五立街头，徐徐撚颔髭。
大邦数十筹，胜负终难知。
赤轮日可中，已诧邮递迟。
俄顷一报来，急喘竹筒吹。
未几复一报，闻锣惊复疑。
抑扬到九天，啼笑奔千八。
夜半筹马定，明明无差池。
轰轰祝炮声，雷响云下垂。
巍巍九层楼，高悬总统旗。
吁嗟华盛顿，及今百年矣。
自树独立旗，不复受压制。
红黄黑白种，一律平等视。
人人得自由，万物咸遂利。
民智益发扬，国富乃倍蓰。
泱泱大国风，闻乐叹观止。
乌知举总统，所见乃怪事。
怒挥同室戈，愤争传国玺。
大则酿祸乱，小亦成击刺。

寻常瓜蔓抄，逮捕遍官吏。

至公反成私，大利亦生弊。

究竟所举贤，无愧大宝位。

倘能无党争，尚想太平世。

　　一八八四年秋天，美国举行大选。选举在共和党领袖、美国前总统布连和美国民主党领袖、纽约州长姬利扶兰之间激烈进行。这一年，黄遵宪恰巧在美国任清政府驻旧金山总领事，目睹了这场选举的全过程和种种怪现状。在甚嚣尘上的排华运动使黄遵宪对美国的民主制度由倾慕转为鄙夷的特定矛盾心态中，写下了这首半纪实、半泄愤的纪事诗。

　　诗分八段。第一段写选举总统的意义和庄重神圣的场面；第二段写竞选演说及演说的内容。其中以"远方黄种人，闭关严逐客。毋许溷乃公，鼾睡卧榻侧"和美国流氓在码头上用枪威胁："如敢引华人入境，当以此相赠。"（《续怀人诗》自注）深深刺伤了诗人的心，成了他写这首诗的最初动因之一。第三段写两党竞选时互相攻讦，均秽言满口，搞臭对方；第四、五、六段写双方拉选票时台前台后各种紧张而卑鄙的活动；第七段写投票表决及选出总统时庆贺的场面；第八段抒发诗人对美国民主制度、华盛顿、自由世界和选举方式的议论和感慨。从第一段至第七段，每段之间若断若续，每段写一个事件或一个场面，似乎相对独立而又联成一个整体。但从通篇结构看，《纪事》又可分为前后两部分：第一部分从第一段开始至第七段，内容重在"纪事"本身，描述竞选总统始末，风趣诙谐，语含讥刺。诗人用漫画式的笔调，将诗中的场景、服饰、选举过程和人物语言夸张变形，取得幽默、滑稽的艺术效果。应该说，诗人所见，诗笔所"纪"之事，是真实的，是美国选举过程中的流弊。这种流弊，在黄遵宪写作《纪事》诗十多年前，已在美国著名作家马克·吐温的作品里表现过。马克·吐温在小说《竞选州长》里，对美国竞选演说互相攻讦、拉选票和不择手段的种种肮脏卑鄙处，作了淋漓尽致的描绘和揭露：一个清白正直的候选人在对方的攻讦下成了"伪证犯、小偷、盗尸犯、酒疯子、舞弊分子和讹诈专家"，这种攻讦和迫害"终于很自然地发展到了一个高潮：九个刚学走路的小孩子，包括各种肤色，带着各种穷形怪相，被教唆着在一个公开的集会上闯上讲台来，抱住我的腿，叫我爸爸"。黄遵宪在《纪事》中所写的"少作无赖贼，曾闻盗人牛。又闻挟某妓，好作狭邪游。聚赌叶子戏，巧术妙窃钩。面目如鬼蜮，衣冠如沐猴"，种种"数不尽"的"隐匿"，和"少作""曾闻""又闻"等无中生有的造谣中伤伎俩，都可以在马克·吐温的小说中找到注解和出处。没有材料证明黄遵宪与马克·吐温有过交游，但以真实事件为背景，相同的艺术概括，却给东方诗国有千年传统的五古形式和西方新兴的短篇小说之间提供了可比性。

第八段为第二部分。这部分一变前七段漫画式调侃的笔调而发为庄重的议论，是对上述怪现象严肃、认真、虔诚、痛惜的思考，也是全诗的中心和主旨所在。由描叙转入议论，由感性转入理性。

首以"吁嗟"一词过渡，以便作感情和语气上的调整。"自树独立旗，不复受压制。红黄黑白种，一律平等视"追叙华盛顿开国及其国策、中心在于"平等"二字，可见，诗人的心理症结，仍在竞选两党排斥、歧视华工的问题上。无可否认，制度的先进带来生产力的解放和国家的富强："人人得自由，万物咸遂利。民智益发扬，国富乃倍蓰。"来美国前，黄遵宪便对美国的文明制度敬慕不已，来了以后，这种感情理智上并未消失："泱泱大国风，闻乐叹观止。"只是美国掀起排斥华工运动，歧视黄种人（包括作为总领事的诗人自己），只要是黄种人，无罪也要受鞭笞叫人无法容忍，这使黄遵宪对美国的一切，包括先进的社会制度产生一种下意识的"抗拒心理"。"纪事"前七段，正是这种抗拒心理下意识的流露。

皱着眉头看美国和为自己国家寻找借鉴的外交家的责任心，使黄遵宪敏锐地发现了竞选中产生的种种怪现象。"同室操戈"、"瓜蔓抄"、"大则酿祸乱，小亦成击刺"也许包含了某种不理解，但大都击中要害。尽管如此，黄遵宪政治上还是赞成民主选举的，国家领导，毕竟是选出来的好："究竟所举贤，无愧大宝位。"只是，"至公"的选举，没有理由要出现流弊，倘若克服这些流弊，岂不更完美？诗末六句，正强烈地表达了这一思想。诗人仿佛是一个远道来顶礼膜拜的教徒，对教义和圣地渴慕已久，在来到圣地后，先被壮丽的圣殿和缭绕的香火目眩了一阵，忽然看到佛头着粪而气得高声嚷起来，于是揭露圣殿主持人的失职和亵渎——出于对教义的信仰和纠偏补阙的虔诚。

以五古的形式，写美国总统大选这一新事物，以一个外交家冷峻的眼光和态度加以评论，不仅开拓了传统题材，开了近现代政治讽刺诗的先河，且在中美关系史和政治史上，无论对美国人还是中国人，都有积极的认识作用和借鉴意义。 　　　　（曹　旭）

今 别 离

（四首）

一

别肠转如轮，一刻既万周。

眼见双轮驰，益增中心忧。

古亦有山川，古亦有车舟，

车舟载离别，行止犹自由。

今日舟与车，并力生离愁。

明知须臾景，不许稍绸缪。

钟声一及时，顷刻不少留。

虽有万钧柁，动如绕指柔；

岂无打头风，亦不畏石尤。

送者未及返，君在天尽头。

望影倏不见，烟波杳悠悠。

去矣一何速，归定留滞不？

所愿君归时，快乘轻气球。

二

朝寄平安语，暮寄相思字。

驰书迅已极，云是君所寄。
既非君手书，又无君默记。
虽署花字名，知谁箝缄尾。
寻常并坐语，未遽悉心事。
况经三四译，岂能达人意！
只有斑斑墨，颇似临行泪。
门前两行树，离离到天际。
中央亦有丝，有丝两头系。
如何君寄书，断续不时至？
每日百须臾，书到时有几？
一息不相闻，使我容颜悴。
安得如电光，一闪至君旁！

三

开函喜动色，分明是君容。
自君镜奁来，入妾怀袖中。
临行剪中衣，是妾亲手缝。
肥瘦妾自思，今昔得毋同？
自别思见君，情如春酒浓。
今日见君面，仍觉心忡忡。
揽镜妾自照，颜色桃花红。

开箧持赠君，如与君相逢。
妾有钗插鬓，君有襟当胸。
双悬可怜影，汝我长相从。
虽则长相从，别恨终无穷。
对面不解语，若隔山万重。
自非梦来往，密意何由通！

四

汝魂将何之？欲与君追随，
飘然渡沧海，不畏风波危。
昨夕入君室，举手搴君帷。
披帷不见人，想君就枕迟。
君魂倘寻我，会面亦难期。
恐君魂来日，是妾不寐时。
妾睡君或醒，君睡妾岂知。
彼此不相闻，安怪常参差！
举头见明月，明月方入扉。
此时想君身，侵晓刚披衣。
君在海之角，妾在天之涯。
相去三万里，昼夜相背驰。
眠起不同时，魂梦难相依。

地长不能缩，翼短不能飞。

只有恋君心，海枯终不移。

海水深复深，难以量相思。

光绪十六年（1890），黄遵宪在伦敦任驻英使馆参赞，以乐府杂曲歌辞《今别离》旧题，分别歌咏了火车、轮船、电报、照相等新事物和东西球昼夜相反的自然现象。诗人巧妙地将近代出现的新事物，与传统游子思妇题材融为一体，以别离之苦写新事物和科学技术之昌明，又以新事物和科学技术之昌明，表现当时人在别离观上的新认识。因此，《今别离》既是乐府旧题，又有反映今人——近代人别离的意思。是当时"诗界革命"和黄遵宪"新派诗"的代表作品。

从结构上看，四诗各自独立成篇：首篇写轮船、火车载离人远去；次言抵达异域后，以电报向家人报告平安；三写寄相片慰离愁，却撩起更大的离愁；四写思妇从之不得，欲梦佳期，而东西球昼夜相反，眠起不同，佳期难梦。但在内在逻辑上，四诗又一线贯穿，首尾相衔，是一组小型组诗，表现了"今别离"的特点和近代人相思别离的全过程。

相思别离的过程，起点在于别离。古、今别离的不同，首先在于别离时的交通工具不同。不同的交通工具所激发的离情别绪，就有快慢、浓烈、强度和类型的不同。四诗的第一首咏火车、轮船，即以古代"行止犹自由"的车舟反衬对比，以火车、轮船的准时与迅疾，表现近代人别绪离情的突发与浓烈。全诗的核心是一组对比——

　　古亦有山川，古亦有车舟。车舟载别离，行止犹自由。

　　今日舟与车，并力生离愁。明知须臾景，不许稍绸缪。其中有发车之准时："钟声一及时，顷刻不少留。"有马力巨大的"万钧柁"，不畏石尤打头逆风，决无"愿得篙橹折，交郎到头还"（《那呵滩》）之可能性。其迅疾："送者未及返，君在天尽头"，"望影倏不见，烟波杳悠悠"。故其离情，既不似李白"孤帆远影碧空尽，惟见长江天际流"（《黄鹤楼送孟浩然之广陵》）之缓慢；更无郑谷"数声风笛离亭晚，君向潇湘我向秦"（《江上与友人别》）之从容。唯愿归时，"快乘轻气球"（海上飞艇）而已。

　　既已别离，辄起相思。相思何以慰——朝寄平安语，暮寄相思字。遂过渡到咏电报的第二首。

　　"朝寄""暮寄"，寻常家书而已，但驰书之快，迅疾如电，又与通常家书不同。其不同处有四：一非君手书；二无君默记；三无亲昵语；四经"三四译"，已难尽人意——实是近代电报通讯的特点，此以思妇的心理及口吻道出，遂贴切自然而有新意。更有甚者，"只有斑斑墨"以下六句，竟以南朝乐府民歌中谐音双关的艺术手法，以斑斑墨、门前树及江南常见的藕与丝，来描写与电报有关的电讯器材和电讯设施。"斑斑墨"，写的是电码；"两行树"，写的是电线杆；"中央亦有丝"，借莲藕之丝写电线中央的铜丝；"两头系"，写的是相隔万里之遥的两座电讯大楼。藕断丝（谐思）连，仅是谐音比喻；而电报丝却真的能传递相思之情，这比藕丝之喻又进了一层。整首诗以思妇接到远行丈夫的电报驰骋想象，展开内心独白，把相思之情与电报的特点高度融合在一起，如刘燕勋所说："结想俱匪夷所思，直入化境矣。"

别离愈久，思念愈切，慰尔相思，除电报外，还寄来照片——开函喜动色，分明是君容。自君镜奁来，入妾怀袖中。遂又写照片。

古代别离，虽朝思暮想，感情却因不能见面而抑制。经过长时间的别离，倘若"今日见君面"，则一定是夫妻重逢，"既见君子，云胡不喜"。那时的通讯往来，常常是片言只语，雁字鱼书而已，感情的表现形式也仅是"客从远方来，遗我一端绮"，或"呼儿烹鲤鱼，中有尺素书"。虽有"画图省识春风面"的方法，却从不用在"一种相思，两处闲愁"上。近代则不同，因为出现了照相术，能见照片上的"君面"，却不是真的相逢。即使把"君"的照片与自己的照片悬挂在一起，以便"汝我长相从"，但实际上仍隔着千山万水，别恨无穷。或者不如说，由于收到"对面不解语"的照片，更惹起了一股浓浓的相思离别之情。末由"自非梦往来，密意何由通"转入第四首。

思妇收到电报，怨无寻常并坐语，况经三四译；收到照片，恨对面不解语，仍觉忧心忡忡，自觉"蜜意"难通，于是寄希望于"梦"。忽然，她又想到，由于"君"与"妾"之间"相去三万里，昼夜相背驰"。昼夜既相背，眠起即不同，"恐君魂来日，是妾不寐时"。妾处"举头见明月"，君处"侵晓刚披衣"。彼此既不相闻，故"魂梦难相依"。比起以为"海上生明月，天涯共此时"，相思可以"梦佳期"的张九龄，以及自信"但愿人长久，千里共婵娟"的苏东坡来，不仅"以至思而抒通情，以新事而合旧格，质古渊茂，隐恻缠绵"，且确是咏古人未见之物，发古人未发之情，"辟古人未曾有之境"（陈三立语）。

（曹　旭）

登巴黎铁塔

塔高法国三百迈突，当中国千尺。人力所造，五部洲最高处也。

拔地崛然起，峻峥矗百丈。
自非假羽翼，孰能蹑履上？
高标悬金针，四维挂铁网。
下竖五丈旗，可容千人帐。
石础森开张，露阙屹相向。
游人企足看，已惊眼界创。
悬车倏上腾，乍闻辘轳响；
人已不翼飞，迥出空虚上。
并世无二尊，独立绝依傍。
即居最下层，高已莫能抗。
苍苍复大圜，森芒列万象。
呼吸通帝座，疑可通肸蚃。
自天下至地，俯察不复仰。
但恨目力穷，更无外物障。
离离画方罫，万顷开沃壤。

微茫一线遥，千里走河广。

宫阙与城垒，一气作苍莽。

不辨牛马人，沙虫纷扰攘。

我从下界来，小大顿变相。

未知天眼窥，幺么作何状?

北风冰海来，秋气何飒爽!

海西数点烟，英伦郁相望。

缅昔百年役，裂地争霸王，

驱民入锋镝，倾国竭府帑。

其后拿破仑，盖世气无两。

胜尊天单于，败作降王长。

欧洲古战场，好胜不相让。

即今正六帝，各负天下壮。

等是蛮触争，纷纷校得丧。

嗟我稊米身，尪弱不自量。

一览天下小，五洲如在掌。

既登绝顶高，更作凌风想，

何时御气游，乘球恣来往?

扶摇九万里，一笑吾其傥。

光绪十七年（1891），黄遵宪卸驻英国使馆参赞职，调任驻新加坡总领事，离英赴任，途经法国巴黎，登上了当时才竣工两年多的埃菲尔铁塔。

埃菲尔铁塔矗立在风光旖丽的塞纳河畔，是庆祝法国大革命一百周年时由著名建筑师居斯塔夫·埃菲尔设计建造并命名的。塔基125平方米，塔身以250万只铆钉相接，用钢铁七千吨，高320多米。塔分三层，每层都有带高栏的大平台，每层平台设有餐厅和酒吧间，平均每年有350万人登塔观光，黄遵宪是中国人中最早登塔的幸运者。

“拔地崛然起，崚峰矗百丈。自非假羽翼，孰能蹑履上”，在人工的伟力面前，黄遵宪被巴黎大铁塔的气势慑住了。“高标悬金针”以下六句，写塔的装饰与构造，从下往上仰视：“悬车倏上腾，乍闻辘轳响”四句，写乘电梯“人已不翼飞”的过程；“并世无二尊，独立绝依傍”至诗末，写登塔所见所感。前十句极写其高，先以“无二尊”“绝依傍”“莫能抗”正面描写，复以“呼吸通帝座，疑可通肸蚃”侧面烘托，与李白“扪参历井仰胁息”、“不敢高声语，恐惊天上人”有异曲同工之妙。而“自天下至地，俯察不复仰。但恨目力穷，更无外物障”则以近代人的意识，充满了首次体验尝试的欢乐。尽管意思浅近，句法也简单，但却有一种进入自由空间的自信和自豪感，并以此写出塔异乎寻常的高度。自“离离画方罫”至“海西数点烟，英伦郁相望”写俯视下界官阙城堡，塞纳河千里一线，牛马人如纷扰的沙虫，似以“天眼”窥视人间所见。“数点烟”由李贺《梦天》“遥望齐州九点烟”来，此指登塔览海西而英伦三岛郁郁相望。“缅昔百年役”以下十四句，从塔顶纵目的空间转入到对塔下时间的追叙上，写欧洲战场，拿破仑的成败和"各负天卜壮"的英、法、俄、德、意、奥战争。诗人自注云："西历一千三百余年，法国绝嗣，英王以法王四世非立外孙，欲兼王法国，法人不允，遂开战争。凡九十余年，世谓之百年之役。"拿破仑发动雾月政变，建立法兰西第一帝国，1814 年放逐厄尔巴岛，次年重返巴黎建立百日王朝，至滑铁卢战败，流放圣赫勒拿岛病死，其功勋及命运亦令人可歌可泣。但这些战争和争端，在诗人看来，不过如"有国于蜗之左角者曰触氏"与"有国于蜗之右角者曰蛮氏"，"时相与争地而战，伏尸数万"（《庄子》）的蚁虫之争。登高怀古，原为中国诗中习见，但这里的"怀古"，不是怀先秦、两汉、六朝、唐宋事迹，而是怀欧洲古迹，遂令诗界生面别开。归结为"蛮触之争"，并非以传统的中国道家思想为座标，而是以当时不断普及起来的近代意识。同时，巴黎铁塔的高度，也显然在纷扰的世俗社会和邈远的历史之间，起了某种美学和哲学思想上的间隔作用。从"嗟我稀米身"至诗末，以登高而小天下的气势，反思了自身的价值和中国在整个世界上所处的地位。

与杜甫、高适、岑参等人登长安慈恩寺浮图相比，黄遵宪登巴黎大铁塔不仅气宇恢宏，心胸开张，且纵览世界大势，所见所感，具有近代特点和新思维，尤以在世界背景下希望自己国家和民族强盛的思想境界，与古人的登临有视野和层次的不同，正如巴黎埃菲尔铁塔的钢梁，不同于长安慈恩寺浮图的砖木结构。其"苍茫之气，不减少陵、达夫《登慈恩寺塔》之作"（钱仲联语），的是确论。

（曹　旭　高荣良）

八月十五夜太平洋舟中望月作歌

茫茫东海波连天，天边大月光团圆。
送人夜夜照船尾，今夕倍放清光妍。
一舟而外无寸地，上者青天下黑水。
登程见月四回明，归舟已历三千里。
大千世界共此月，世人不共中秋节。
泰西纪历二千年，只作寻常数圆缺。
舟师捧盘登舵楼，船与天汉同西流。
虬髯高歌碧眼醉，异方乐祇增人愁。
此外同舟下床客，梦中暂免供人役。
沉沉千蚁趋黑甜，交臂横肱睡狼藉。
鱼龙悄悄夜三更，波平如镜风无声。
一轮悬空一轮转，徘徊独作巡檐行。
我随船去月随身，月不离我情倍亲。
汪洋东海不知几万里，
今夕之夕惟我与尔对影成三人。
举头西指云深处，下有人家亿万户。
几家儿女怨别离，几处楼台作歌舞？
悲欢离合虽不同，四亿万众同秋中。

岂知赤县神州地，美洲以西日本东，

独有一客歌孤篷。

此客出门今十载，月光渐照鬓毛改。

观日曾到三神山，乘风竟渡大瀛海。

举头只见故乡月，月不同时地各别。

即今吾家隔海遥相望，彼乍东升此西没。

嗟我身世犹转蓬，纵游所至如凿空。

禹迹不到夏时改，我游所历殊未穷。

九州脚底大球背，天胡置我于此中？

异时汗漫安所抵，搔首我欲问苍穹。

倚栏不寐心憧憧，月影渐变朝霞红，

朦朦晓日生于东。

清光绪十一年（1885）秋，黄遵宪解美国旧金山总领事任回国，途经太平洋写下这首诗。

首八句紧扣诗题，写太平洋舟中望月。八句写四种景物：上有青天、明月；下有黑水、归舟。四种景物又重在写月，以"光团圆""照船尾""清光妍""四回明"极写月之大，色之清，光之明，形之圆。写月，固然在于八月十五，点明时在中秋，更在于暗写归程时间已历数月。"四回明""三千里"，一写时间，一写空间。下六句，皆由时空生发而出。"二千年"乃举其成数，实为一八八五年。由泰西与西历顺势推出：大千世界虽共此月，但西欧人看月，仅计寻常圆缺并无所谓"中秋节"。"世人不共中秋节"一语，突破了古代望月诗中地域和思想的概念。紧接着"船与天汉同西流"一语，诗人仿佛置身宇宙空间，从另一个陌生的星球上俯视银河系、看天上银河和地球背上的客轮同时运转，透明的银河，蓝色的地球，皎洁的月色，与灯火通明的船一起转动，这是一幅多么神异的图景啊！"船与天汉同西流"，既得之于天文地理，"舟师捧盘登舵楼"的知识，更得之于近代人的宇宙意识。

"虬髯高歌碧眼醉"以下十句，诗人由青天、明月、海水、归舟的夜景描写，转入对舟中人的剖析。诗人写了共处一船的三种人：白人、黑人、黄种人（由诗人代表），写了这三种人在夜深人静、鱼龙悄悄之际的三种不同情态：白人是"虬髯高歌碧眼醉"，半夜三更喝酒，带着醉意高声唱歌；黑人是"沉沉千蚁趋黑甜，交臂横肱睡狼藉"。显然过于疲劳，也有早睡的习惯；黄种人，诗人自己思多不眠，也许受白人歌声的干扰，"异方乐祇增人愁"，故徘徊而起，独作巡檐之行。

白人置同舟熟睡的黑人和沉思的黄种人于不顾，仍带着醉意地高声歌唱，不免趾高气扬，过于放肆。黑人在白人的歌声和喧嚣中仍沉沉而睡，疲劳的同时，又不免过于懦弱，不敢抗争。"梦中暂免供人役"一语，哀其不幸，怒其不争，微露轻视之意。黄种的诗人既不能像黑人那样沉沉入睡，又无法与高歌的白人抗争，在异方乐而增愁的情况下，遂只能走另一条对抗的道路——独自掩门外出，采取避而远之的态度，带着先觉者的清醒而又无可奈何。三种人，三种情态，既是舟中写实，又是当时世界大势的某种象征。看似散缓，实为警策。且以此转入下文，可仰视明月而作人生和历史的思索。

置身茫茫大海，四顾无人，举目无亲，孤寂感便会格外强烈，此时此地，仰观明月，使人感到唯有明月是可以倾心交谈的知己。"我随船去月随身"，为静观之得，"月不离我情倍亲"，见孤寂之苦。"对影成三人"由李白《月下独酌》"举杯邀明月，对影成三人"化出，以幻出三人愈显其孤独。月下"人家亿万户"由月绾结，写祖国四亿同胞在月下的悲欢离合。"岂知赤县神州地"以下七句，诗人突然以第三者的角度反观在月下倚栏凭眺的自己，称自己为"客"，并介绍客的国籍、出身和地理位置，"到三神山"，"渡大瀛海"的经历，描写"此客"久旅怀思，独欹孤篷的情景，反思过去的一切，对故乡故人充满思念。再由一"嗟"字挈领以下八句，首叹身世飘泊无定，一如转蓬；次以张骞、大禹相比，无可奈何中又带自豪。而此时此地，正处于神州脚底的地球之背。

"天胡置我于此中"至末六句总括全诗，以自己不能把握自己的命运而搔首问天，天不作答而月渐隐，霞渐红，诗人不寐，晓日已升。情既真切，景亦不隔。诗中数次换韵，每换一韵，则诗思益跌宕，情思益飘渺。尤以"大千世界共此月，世人不共中秋节"、"船与天汉同西流"诸语，以新事物和新思理入诗，开古人望月怀远诗新境界。

（曹　旭　高荣良）

度辽将军歌

闻鸡夜半投袂起，檄告东人我来矣。
此行领取万户侯，岂谓区区不余畀。
将军慷慨来渡辽，挥鞭跃马夸人豪。
平时搜集得汉印，今作将印悬在腰。
将军乡者曾乘传，高下句骊踪迹遍。
铜柱铭功白马盟，邻国传闻犹胆颤。
自从弭节驻鸡林，所部精兵皆百炼。
人言骨相应封侯，恨不遇时逢一战。
雄关巍峨高插天，雪花如掌春风颠。
岁朝大会召诸将，铜炉银烛围红毡；
酒酣举白再行酒，拔刀亲割生獍肩。
自言平生习枪法，炼目炼臂十五年；
目光紫电闪不动，袒臂示客如铁坚。
淮河将帅巾帼耳，萧娘吕姥殊可怜；
看余上马快杀贼，左盘右辟谁当前！
鸭绿之江碧蹄馆，坐令万里销烽烟。
坐中黄曾大手笔，为我勒碑铭燕然。
么么鼠子乃敢尔，是何鸡狗何虫豸？

会逢天幸遽贪功，它它藉藉来赴死；

能降免死跪此牌，敢抗颜行聊一试。

待彼三战三北余，试我七纵七擒计。

两军相接战甫交，纷纷鸟散空营逃。

弃冠脱剑无人惜，只幸腰间印未失。

将军终是察吏才，湘中一官复归来。

八千子弟半摧折，白衣迎拜悲风哀。

幕僚步卒皆云散，将军归来犹善饭。

平章古玉图鼎钟，搜箧价犹值千万。

闻道铜山东向倾，愿以区区当芹献。

借充岁币少补偿，毁家报国臣所愿。

燕云北望忧愤多，时出汉印三摩挲。

忽忆辽东浪死歌，印兮印兮奈尔何！

　　黄遵宪无心作诗人，一心想在政治上建功立业。但戊戌政变获罪放归以后，随着国运和政治前途的黯淡，回顾一生，觉得"平生怀抱，一事无成，惟古近体诗能自立耳"（黄遵楷《人境庐诗草》跋），从中可以看出，在放归后相当长的一段时间里，他改变了在英国使馆编《人境庐诗草》时"藉以自娱"的看法而有心作诗人了。"有心"，表现在他对国内外历次重大政治事变和战争，补写了一系列诗篇，以探讨当局政策的得失和战争胜负的原因。这首《度辽将军歌》即为放归后补作。通过清政府任命"实不能军"的金石家吴大澂上前线带兵打仗，纸上谈兵，空言误国的史实，揭示了战争失败的原因——清政府用人不当的昏聩。

艺术地反映这一历史事件，是通过塑造吴大澂这一骄矜无能的官僚形象来完成的。而塑造吴大澂的形象，诗人又是以"度辽将军"这枚汉印为线索来绾结的。古直《笺》引黄由甫语云："中东事起，吴大澂方为湖南巡抚。吴好金石，适购得汉印，其文曰'度辽将军'。吴大喜，以为万里封侯兆也，遂慷慨请缨出关。故题云尔。"

整首诗可分三部分。第一部分自首句至"待彼三战三北余，试我七纵七擒计"；第二部分自"两军相接战甫交"至"只幸腰间印未失"；第三部分自"将军终是察吏才"至诗末。分别写"战前"、"战时"和"战后"印的命运和汉印主人的种种情态，均由印贯穿。

诗一开始，诗人以"闻鸡夜半投袂起，檄告东人我来矣"，既隐括光绪二十年（1894）中日因朝鲜东学党之乱出兵而引起的战争，又写了吴大澂请缨出战的慷慨。然后叙其原委，是因为吴"平时搜集得汉印"——得了一枚刻有"度辽将军"四字的汉印，于是灵感突发，以为万户侯即此可取，遂请率湘军度辽。首八句点明诗题并围绕汉印"今作将印悬在腰"展开，定一篇突梯滑稽之基调。

次四句写吴在吉林与俄使勘侵界，建铜柱之事。《清史稿·吴大澂传》云："（光绪）十一年，诏赴吉林，会同副都统伊克唐阿与俄使勘侵界"，"立碑五座，建铜柱。自篆铭曰：'疆域有表国有维，此柱可立不可移。'于是侵界复归中国"。此以勘侵界事写吴大澂好大喜功和浮夸的个性。领兵以后，"人言骨相应封侯"，又进了一步揭出吴的妄自尊大，似乎封侯万里，在此一举。故率湘军加紧操练，"恨不遇时逢一战"，急切之情毕现。自"雄关巍峨高插天"至第一部分结束，诗人浓墨重彩，通过"大会诸将"的场面，"割生爰肩"的气势，"习枪法"的夸耀，"勒燕然"的期待，对淮军诸将挪揄为巾帼的嘲笑，以及"三战三胜""七纵七擒"的自信，把吴大澂骄矜跋扈、妄自尊大、无能而又贪功的形象刻画得淋漓尽致，生动妙绝。作者越是把吴大澂的自我感觉写得良好，越是表现他对战争的渴望，读者越能感觉失败的逼近、悲剧的降临。谁安排了这不可逆转的结局？

——"平时搜集得汉印，今作将印悬在腰。"

由于第一部分的铺垫渲染，人们对战争的胜负早有预料，故第二部分写战争十分简括，仅四句，中心词是：战甫交——空营逃——丢盔甲——印未失。落脚点在丢盔弃甲，空营而逃，在什么都顾不上的情况下，悬在腰间的汉印竟然保存得很好，未曾丢失。真幽默辛辣，简直无以复加。

仍以印为绾结，以"印未失"引出第三部分。"将军终是察吏才，湘中一官复归来。"尽管"二十四年，复降旨革职，永不叙用"（《清史稿》），贪功无能的人终于失去权力，但历史已铸成大错。谁之过？是吴大澂的昏聩？还是任用吴大澂的昏聩的政府？诗人以正笔写闹剧，吴大澂北望燕云，愿毁家报国，还有一个小动作——时出汉印三摩挲。以摩挲汉印，抒未泯之壮志。值得注意的是，至此，诗中第四次出现了汉印。从搜集得汉印——作将印悬在腰——

腰间印未失——出印三摩挲。层层展开，步步深入，产生了滑稽有趣的情节效果。只是诗人末两句："忽忆辽东浪死歌，印兮印兮奈尔何！"不啻是痛心疾首的呼喊。故钱仲联《梦苕庵诗话》说："悲愤之思，出以突梯滑稽之笔，集中七古压卷之作诗也。"

（曹　旭　高荣良）

哭 威 海

台南北，若唇齿；口东西，若首尾；

刘公岛，中间峙。嗟铁围，薄福龙；

龙偃屈，盘之中；海与陆，不相容；

敌未来，路已穷；敌之来，又夹攻。

敌大来，先拊背；荣城摧，齐师溃；

南门开，犬不吠；金作台，须臾废。

万钧炮，弃则那！炮击船，我奈何！

船资敌，力犹可；炮资敌，我杀我。

危乎危，北山嘴；距南台，不尺咫。

十里墙，薄如纸；李公睡，戴公死。

寇深矣！事急矣！

麾海军，急上台；雷轰轰，化为灰。

山号跳，海惊猜；击者谁？我实来。

南复北，台乌有；船子子，东西口。

天大雪，雷忽发；船蔽裂，龙见血。

鬼夜哭，船又覆；地日蹙，龙局缩。

坏者撞，伤者斗；破者沉，逃者走。

噫吁戏！海陆军；人力合，我力分。

如蠖屈，不得伸；如斗鸡，不能群。

毛中虫，自戕身；丝不治，丝愈棼；

火不戢，火自焚。

遁无地，谋无人；天盖高，天不闻。

四援绝，莫能救；即能救，谁死守？

炮未毁，人之咎；船幸存，付谁某？

十重甲，颜何厚！

海漫漫，风浩浩；龙之旗，望杳杳。

大小李，愁绝倒；岿然存，刘公岛。

"原稿本"无此诗，应为戊戌后放废乡里"有心作诗人"时补作。

清光绪二十一年（1895）春正月，日军继甲午海战后进犯中国海军大本营威海，守将戴宗骞与战南岸，失败自杀。日军占领南北岸炮台后，调转中国岸炮方向，又以海军堵塞威海东西二口，海陆夹攻已成瓮中之鳖的北洋水师。北洋舰队或沉或逃或俘，刘公岛陷落，海军覆灭，提督丁汝昌死难殉国。在举国震悼中，黄遵宪正解驻新加坡总领事职回国，闻讯更悲怆不已。黄遵宪曾任驻日外交官，他早在《日本国志》中就指出：日本目前的维新富强将成中国的祸患，向国人和政府提出这种严重警告是他《日本国志》的作意之一。战争结束，马关条约签订，袁昶携《日本国志》赴江宁对黄遵宪说:“此书早布，省岁币二万万。”但清政府对此置若罔闻，黄遵宪只能带着先觉者的孤独，继平壤之悲、大东沟之叹、旅顺之哀后，对威海的杳杳龙旗，作此长歌当哭。

首六句写威海卫险要的地理形势。作为北洋水师提督衙门的所在地，威海卫三面负山，一面临海，南北炮台，唇齿相依；刘公岛与两侧黄岛、日岛分东西口，呈“品”字形，扼守门户。虽有地利，奈无人和。刘公岛纵然固若金汤，如佛经中长八万四千里、高八万里的铁围山，也终如薄福之龙为小虫所食一般陷落。海军提督丁汝昌“虑南岸三台不守，炮资敌，欲毁龙庙嘴台炮，陆军统将戴宗骞电告鸿章，责其通敌误国，不果”(《清史稿·丁汝昌传》)。日本竹下主编《近世帝国海军史要》分析说:“清国陆海军的将领，互相嫉妒不和，面对我军的进攻，完全无意协力防守，旁观自保，致招惨败。”从战略上看，这种海陆军不和，是致命的败因，不战而胜负已定，即“敌未来，路已穷”。从战术上看，日军惯用包抄和偷袭后路的战法:“敌大来，先拊背”，我军又轻敌而估计不足，山东巡抚李秉衡集精兵于西北，荣城空虚，为敌所趁:“荣城摧，齐师溃。”紧接着便是南北炮台的失守:“南门开，犬不吠；金作台，须臾废。”其直接的恶果是“万钧炮，弃则那”。诗人痛切地分析说，这不是一次遭遇战的失败，那怕让敌人白占几条船——“船资敌，力犹可”。最可怕的是岸炮的丢弃，日军很快命令调转炮口，以我之炮，击我之船，即“炮资敌，我杀我”。一旦发展到这一步，则一败涂地，决无挽回之可能。“危乎危，北山嘴；离南台，不尺咫。”没有比这更脆弱的防守了——“十里墙，薄如纸”，简单的军事常识，无人理会——"李公睡，戴公死"。怎么办？"寇深矣！事急矣！"诗人连用两句"名词＋形容词＋感叹词"的结构，两个"矣"字，把诗人忧心如焚，由现实而产生的惊悚、绝望，表露无遗。

被困在威海的中国海军，除日夜受日军的夹攻、惊扰外，还面临严寒的威胁："天大雪，雷忽发；船藏裂，龙见血。"大雪奇寒，舰只冻裂，由于被困，"地日蹙，龙局缩"，难以伸展。正月十五夜，大风雪；二月初八，日军集中炮舰悉攻东口，丁汝昌率众将士死守东口，形势殊危。日舰又以深夜窃进，猛攻东北口，以五舰闯东口，定远号受重伤沉没，来远、威远亦毁，诸舰纷逃，无还击者——"坏者撞，伤者斗；破者沉，逃者走"——一场悲剧就此结束。

"噫吁戏"以下，诗人由对战争过程的描述，转入对战争失败的议论。失败的根本原因，在于——海陆军，人力合，我力分。以下连用五种比喻，阐发：保守、因循、内耗、作茧自缚是战争失败的原因。"遁无地"以下十二句，围绕天、地、人，揭示了这场战局中的众生相：地，是"遁天地"；人，是"谋无人"；天，是"天不闻"。在中国本土作战，竟然悲惨到这种地步！谋岂无人耶？天岂不闻耶？袖手旁观而已。"四援绝，莫能救"同样是嘲讽的反语。局外人如此，指挥战斗者又如何？"即能救，谁死守？"守者亦为降将军，意思翻进一层。炮未毁，船犹存，均应追究重大军事责任。

末八句分三层意思：一以海阔风高，龙旗杳杳的空镜头写战后的空寂，以表现悲怆、怅惘和黯然神伤的心理情绪。二对大小李

（李鸿章、李秉衡）坐拥愁城，无计可施的处境加以揶揄。三以刘公岛"岿然"而存，写周围帆樯，昔日房舍、炮台、海军提督府及一切人事之寂灭。

尤令人赞叹的是，全诗歌哭无端的悲慨，铺张扬厉的作风，竟以三言歌谣形式出之，在叙事、写景、抒情、议论中，把动荡开阖的写法与三言短促的句式在矛盾中统一起来，更显得音情顿挫，气韵沉郁，风格恣肆而悲凉。

（曹　旭）

上岳阳楼

巍峨雄关据上游，重湖八百望中收。

当心忽压秦头日，划地难分禹迹州。

从古荆蛮原小丑，即今砥柱孰中流？

红髯碧眼知何意，挈镜来登最上头！

　　登高、登楼，向来是中国传统诗歌的一个重要题材。从我们的先民对巨石和高山的崇拜，发展到汉魏六朝、唐宋大量的登高登楼诗赋，通过登临取得高度，或摆脱世尘束缚，或追求向上的力量，或扩大忧患意识的涵盖面。作为江南三大名楼之一的岳阳楼（另外二楼为黄鹤楼、滕王阁），以其特定的地理环境和便利的水陆交通成为南北商旅的云集之地，人文荟萃和经济繁庶的风景点。古往今来的诗人墨客无不登楼而赋，临风而歌，留下了无数脍炙人口的名篇。光绪二十三年（1897）六月，黄遵宪赴湖南长宝盐法道任，途经岳州，登岳阳楼，忽然看见几个红髯碧眼的洋鬼子拿着望远镜也在登楼，想起岳阳楼、洞庭湖和长江上下游大片地区已划入英国的势力范围，沉重的历史感和现实感汇聚于诗人笔下。

　　"巍峨雄关据上游，重湖八百望中收"，诗题《上岳阳楼》的"上"字，与"望中收"的"望"字，构成了诗人的动作线。望中

所见，一关一湖，关据上游，湖围八百。岳阳楼是岳阳城西门楼，
扼据洞庭上游，洞庭湖南为青草湖，西为赤沙湖，水涨时三湖合一
为"重湖"。此以雄关扼据，八百里烟波写岳阳楼重要的地理形势，
联系尾联，可以体会出诗人的军事和战略眼光，与何绍基岳阳楼题
铭"八百里长天一览湖边风月最宜秋"纯写"湖边风月"不同。

当此之时，帝国主义侵略势力由沿海向内地一天天扩大，瓜分
惨祸，迫在眉睫。"秦头日"用潘永因《宋稗类钞》载南宋谢石善
拆字，曾拆"春"字"谓秦头太重，压日无光"，讽刺秦桧擅权，
此指帝国主义势力扩张。诗人自注："近见西人势力范围图，竟将长
江上下游及浙江、湖南指入英吉利属内矣。"但茫茫禹迹，画为九
州，整个神州版图，决不容侵略势力任意宰割。"从古"二句，用
《诗经·采芑》"蠢尔荆蛮，大邦为仇。方叔元老，克壮其犹。方叔
率止，执讯获丑"语意，预言侵略者与中国大邦为敌，方叔终将用
奇谋打败侵略者，但是，当今的"方叔"在哪里？值此危难之局，
谁是中流砥柱，力挽狂澜的俊杰之士呢？激愤的语气中，包含着英
雄自许和英雄许人的豪迈精神。与康有为的"眼中战国成争鹿，海
内人才孰卧龙"（《出都留别诸公》）有异曲同工之妙。

"红髯碧眼知何意，挈镜来登最上头。"诗人自注："是日有西人
登楼者。"与诗人同登岳阳楼的"西人"，未必与中国人民处于敌对
状态。但他的"挈镜"而登，且登"最上头"，却引起了抱敌忾意
识的诗人的警觉。"知何意"三字，充分地表现了诗人的警觉，以
及由忧患意识转变来的敌忾意识。

登楼眺远，抒发自己的伤时之嗟和报国情怀，本是传统题材，

但诗人将"挈镜"的"红髯碧眼"与雄关古楼剪辑在一起,且始终以民族仇恨的眼光注视着他们,不仅点明了全诗的感慨之由,更给伤时、报国的襟怀,赋予了强烈的时代气息。　　　　(曹　旭　高荣良)

沈曾植

沈曾植（1850—1922），字子培，号乙庵，晚号寐叟，浙江嘉兴人。光绪六年（1880）进士。官至安徽布政使，护理安徽巡抚。宣统二年（1910）托病辞官居上海。学识渊博，精究刑律、西北史地和音韵之学，世所推重。善诗工书法。其诗艰深奇奥，力避平易，为同光体主要作家。有《海日楼诗文集》《曼陀罗龛词》等。　　　　　　　　　　　　　　　　　　　　　　　（王杏根）

题唐子畏雪景

虚室夜生白，千岩静天光。

嵯峨沉寥极，视听咸茫茫。

逸士卧敝庐，枯禅老是乡。

宁知天地闭，肝膈森清凉。

爱此万法俱，了无一丘当。

所怀竟云何？非圣焉知狂。

　　据沈曾植《恪守庐日记》云，此诗作于光绪十六年（1890），为题丁叔衡所藏画而作。又云："拟东坡《题王晋卿著色山水》诗，超超元著，固非常人胸臆所有。"唐子畏，即唐寅，是明代著名的画家。沈诗着意描摩唐寅这幅《雪景》所绘景色，以申述画的旨趣，复加评述，似与苏东坡《题王晋卿暮色山水》诗旨趣相近。

首二句"虚室夜生白，千岩静天光"，写天地山谷间一派雪景，纯白而光亮。"虚室生白"语出《庄子·人间世》："瞻彼阕者，虚室生白，吉祥止止。"沈氏用此既描述日光照耀下寥廓无际的白雪，并表达了画家明彻的心境。千岩万峰，银装素裹，在日光照耀之下，益显得寂寥静穆。一"静"字亦颇具形象，山间万物，为白雪所掩，草木冰封，一派宁静肃穆景象，在日光下尤其如此。至第三、四两句"嵯峨沉（xuè）寥极，视听咸茫茫"，更在"虚""静"二字所示的意境上加以展开描摹。万山是如此的高峻嵯峨，身披银装，耸立在白色世界里，令人觉得旷荡而虚静之极了。视听之间都能令人觉得雪中山间的这番景象真是空阔而深远。以上四句写山中雪景，均从高、深、远的宏大空间落笔，写山、雪、光，创造出一幅富有山野特色的雪景图，而其静穆寥廓的意境，犹历历在目。

显然，这里是一个远离世俗凡尘的清静世界，何况又在白雪、天光掩映之下，更是终老山中的隐士最佳的居处。故第五、六句写"逸士卧敝庐，枯禅老是乡"，"枯禅"，佛教徒因静坐参禅，长坐不卧，呆若枯木，也称枯木禅。这还是写画面，在"千山鸟飞绝，万径人踪灭"的雪村山野中有一逸士隐于山丘之间，似枯禅独坐，欲终老于此。"宁知天地闭，肝膈森清凉"用了《易·坤文言》"天地闭，贤人隐"句意，说如此清景，如天地闭塞，远离尘俗，致使人胸怀纯真，断绝邪念。

最后四句是写由画触发起一种感受和联想。"爱此万法俱，了无一丘当。""万法"，佛门通称一切事物和道理。这两句是说：唐画所绘乃是理想中之境界，得能万法俱备，虽追爱而莫及，因为现实环境中无一处丘壑能与之相当。这二句既是对唐画《雪景》图的意趣和风格的高度评价，又透露了沈氏对社会现实的不满情绪，是一点小小的牢骚而已。"所怀竟云何？非圣焉知狂。"用了《书·多方》"惟狂克念作圣，惟圣罔念作狂"之句。意谓画家的心中究竟怀着怎样的思想的？不是无事不通的圣明之士，又怎能了解这狂放不羁者所达到的境界呢？

此诗不仅写出了唐寅画清幽寂寥的意境，而且以画而会通禅理，寄托了作者淡泊寡欲、超凡脱俗的志趣，开拓了题画诗的一个新境界。

(王杏根)

陈三立

陈三立（1852—1937），字伯严，号散原，江西义宁（今修水）人。光绪十五年（1889）进士，授吏部主事。早年曾协同其父湖南巡抚陈宝箴积极推行新政，与谭嗣同、丁惠康、吴保初齐名，时称"四公子"。戊戌变法失败后，父子二人以"招引奸邪"罪同被免职，永不叙用。此后，遂漫游江南，以诗自娱，日趋消沉保守。其一生为学，综贯百家；所作诗歌初学韩愈，后师山谷，清奇拗涩，辞雄思深，力避俗熟，集中不乏伤时忧国之什。为"同光体"之重要诗人。有《散原精舍诗》二卷、《续集》三卷、《别集》一卷传世。　　　　　　　（聂世美）

夜舟泊吴城

夜气冥冥白，烟丝窈窈青。

孤篷寒上月，微浪稳移星。

灯火喧渔港，沧桑换独醒。

犹怀中兴略，听角望湖亭。

　　本诗作于光绪二十七年（1901）诗人自南昌移家江宁（今江苏南京）途中。诗题"吴城"，在今江西新建北一百八十里，地当赣江、修水合流共入鄱阳湖之口，历史上，是一个以盛产竹纸及碧绿酒而闻名的南方小镇。诗虽写景之作，实为言志述怀、感慨系之之篇，表达了作者面临民族危亡之秋，思图振作有为，决心使国家中兴的强烈愿望。

首、颔二联点题写景，下笔即紧扣一个"夜"字、一个"舟"字，写夜色苍茫，烟雾弥漫，孤篷凉月，轻浪拍舟，笔触细腻清新，着色素雅清淡，构成了一幅动静相间、色彩和谐的画图。诗中的一个"寒"字，既是对大自然的切身感受，亦不啻是对当时社会生活的真切体验，从而为下面的因景生情创造了必要的氛围。

"灯火喧渔港，沧桑换独醒。"诗之颈联承上启下，一方面续写孤舟夜泊之景，另一方面则别拓诗境，就景叙情，转柁有力。"沧桑"是指世事变化之大，而在诗中，暗喻戊戌政变和庚子事变等事件，隐含着清王朝腐败无能，帝国主义列强对我虎视鹰瞵、妄图蚕食鲸吞，国家备受屈辱、举步维艰的丰富内涵。诗云"独醒"，则语本《楚辞·渔父》："世人皆醉我独醒。"意谓正是这国事日非的巨大变化，才使诗人最终独自获得对现实和时局的清醒认识：民族危亡，迫在眉睫。

诗的末联揭出题旨，于一片凄清孤冷、苍茫幽暗的夜色中，显出感奋人心的亮光。叙述了诗人志存社稷，胸藏谋略，力图救亡，以使国家中兴的怀抱。据吴宗慈《陈三立传略》：三立"少博学，才识通敏，倜傥有大志。于光绪八年壬午举于乡，十二年丙戌成进士，授吏部主事。时先生尊人右铭中丞，扬历中外，有政声。先生恒随侍左右，多所赞画，藉与当世贤士大夫交游，讲学论文，慨然思维新变法，以改革天下，未尝一日居官也"。亦正因为如此，变法失败被革职后，诗人虽悲愤难抑，却一度仍关注国事，壮志不灭，以图再举。"角"是古代军中乐器，苍凉劲厉，催人奋起。《晋书·乐志下》："胡角者，本以应胡笳之声，后渐用之横吹，即胡乐也。"诗中的望湖亭当在吴城镇内，隔牛栏口（即修水入鄱阳湖之口），与星子、永修二县相望。

通观全诗，意象苍茫，脉络清晰，构思平中见奇，情感激越苍凉。颔联"孤篷寒上月，微浪稳移星"，尤见诗人遣辞运意之清奇峭挺，非同凡响，诚如陈石遗所云："散原为诗，不肯作一习见语……盖其恶俗恶熟者至矣。……然其佳处，可以泣鬼神，诉真宰者，未尝不在文从字顺中也。而荒寒萧索之景，人所不道，写之独觉逼肖。"此诗就是一例。

（聂世美）

晓抵九江作

藏舟夜半负之去，摇兀江湖便可怜。

合眼风涛移枕上，抚膺家国逼灯前。

鼾声邻榻添雷吼，曙色孤篷漏日妍。

咫尺琵琶亭畔客，起看啼雁万峰巅。

　　本诗与前《夜舟泊吴城》一样，亦作于光绪二十七年（1901）。前此七年，继鸦片战争后，腐败的清王朝于甲午海战中不敌蕞尔弹丸的日本，被迫签下屈辱的《马关条约》。前此三年，得到光绪皇帝首肯支持的变法新政，流产于顽固派残酷镇压的血泊中。而前此一年，义和拳运动在八国联军的屠刀下惨遭失败，北京沦于敌手，清政府于次年不得不再次签下又一丧权辱国的条约——《辛丑条约》。风雨飘摇，山河变色，中国正面临着空前严重的民族危机。这首诗即产生于这样的历史背景下，通过对乘舟夜行时所见所闻的描绘，表现了诗人对民族危亡的忧虑和对国事日非的怅恨关切。写来形象生动，情感浓烈，寄托遥深。

　　诗的开头两句字面虽写夜晚行舟，实则语意双关，别出心裁，以象征手法巧妙地将日常生活中的船与国家这一政治生活中的"船"融为一体，互相沟通，以使读者获得更为鲜明可感的深刻印象。诗中"藏舟",语本《庄子·大宗师》:"夫藏舟于壑,藏于山泽,谓之固矣,然而夜半有力者负之而去,昧者不知也。"设想新奇,譬喻贴切生动,写出了中国这只大"船"在列强践踏侵凌下面临覆灭危险,而国人竟仍然毫不知晓的麻木状况,其难言之隐痛,充盈于字里行间。"摇兀",摇晃意,指"行舟"颠簸摇荡于江湖之上,很令人担忧怜惜。

"合眼风涛移枕上,抚膺家国逼灯前。"诗之颔联明白如话,直抒胸臆,体现了诗人对时局、对国家前途命运的无比关切。戊戌变法失败后,诗人虽遭挫折打击,锐气顿减,英风销磨,写过"凭栏一片风云气,来作神州袖手人"的诗句,在编定诗集时还删芟了辛丑以前的所有作品,可是,诗人毕竟是新法的热烈拥护者和积极参与者,心灰而未死,其忧时爱国的精神仍然不时形诸于笔端:"先生既罢官,侍父归南昌,筑室西山下以居,益切忧时爱国之心,往往深夜孤灯,父子相对欷歔,不能自已。……庚子后,虽开复原官,终韬晦不复出,但以文章自娱,以气节自砥砺。其幽忧郁愤与激昂磊落慷慨之情,无所发泄,则悉寄之诗。"(吴宗慈《陈三立传略》)由此可知,诗人日后之能终保晚节,亦决非偶然。

诗之五、六两句复出以比拟象征手法,一方面实写舟人之如雷鼾声,一方面则隐指帝国列强对我中华之蚕食鲸吞。与此同时,又以明妍的曙光透进孤篷隙缝,表现了诗人对国家前途的一线希望。诗中"鼾声邻榻"典出岳珂《桯史》:"王师征包茅于李煜,徐骑省铉将命请缓师,其言累数千。上谕之曰:'江南亦何罪?但天下一家,卧榻之侧,岂容他人鼾睡耶?'"诗云"添雷吼",暗指列强的入侵。

"咫尺琵琶亭畔客，起看啼雁万峰巅。"诗之尾联回扣诗题，以景结情。收尾虽去路缥渺，却束题完密，余韵不尽，无愧诗坛作手。句中"琵琶亭"在九江附近浔阳江边，传为白居易当年送客之所。

前人论及散原诗，曾说他于"莽苍排奡中独饶气骨"，还说："其胜人处，存有轮囷郁勃之气行乎其间，非筋缓脉弱者所能学步。"（南村《撼怀斋诗话》）若以此诗之愤激郁懑、感慨沉深观之，庶乎近之。而用典贴切，语多双关，取譬设喻，平易自然，则又构成全诗在艺术上的最大特色，洵为《散原精舍诗》集中足以传世的佳构。

（聂世美）

严　复

严复（1853—1921），字又陵（一作幼陵），又字几道，晚号瘉壄老人，福建侯官（今福州市）人。少时赴英国习海军。归国后历任福州船政学堂教习和天津北洋水师学堂总教习、会办、总办。后协办通艺学堂，创办《国闻报》宣传变法维新，并发表《天演论》与《群学肄言》等部分译文。晚年思想保守，反对共和，反对"五四"新文化运动。有《严译名著丛刊》《侯官严氏丛刻》和《瘉壄堂诗集》等。　　　　　　　　　　　　　　　　（王杏根）

戊戌八月感事

求治翻为罪，明时误爱才。

伏尸名士贱，称疾诏书哀。

燕市天如晦，宣南雨又来。

临河鸣犊叹，莫遣寸心灰。

　　此诗作于光绪二十四年戊戌（1898）八月，时在戊戌政变发生之后。严复曾在《国闻报》连载所撰《拟上皇帝书》近万言，为光绪帝所注意。同年七月二十九日，光绪帝召见于乾清宫，垂询办理海军和开办学堂事，并命录《拟上皇帝书》以进。未及用，而八月六日政变猝发。严复即日返归天津任所，乃作此诗以感事抒怀。这就不难理解诗作开头两句"求治翻为罪，明时误爱才"，充满愤激之情。变法维新，本为求得国家大治，然而在以慈禧太后为首的顽固派看来，却成"罪状"。所谓"明时"，指政治清明的时代，也即指光绪帝亲政时期。因光绪起用的一批维新志士在政变发生后，或问斩，或罢官，或拘捕，严复本人也几罹祸，故称光绪之爱才为"误"。诗中"翻""误"二字，痛切地表达了作者对政变发动者的无比怨愤和对变法失败的满腹遗恨。愤激之情，溢于言表。此两句既表达了作者对戊戌政变后整个局势的评价与抨击，也深含严复自己因参予维新活动而遭不测的控诉和抗议。第三、四句"伏尸名士贱，称疾诏书哀"，是在第一、二句诗意基础上的进一步展开与深化。"伏尸"，指在政变中被杀的维新志士谭嗣同、林旭、杨锐、杨深秀、刘光第、康广仁等。他们于是年八月十三日（1898 年 9 月 28 日）在北京宣武门外的菜市口同时被处死，史称"戊戌六君子"。他们都是报效国家的"求治"之才，理应受到爱惜与重用，却横遭杀戮之祸，名士却成了卑贱的囚犯。这一"贱"字，乃是愤怒的反话，使对政变发动者的揭露和痛斥显得更加有力。"称疾"句，是指慈禧太后发动政变后，于八月六日挟光绪帝下"垂帘诏"，假借光绪帝的名义，说自己有病，吁请慈禧太后"垂帘听政，办理朝政"。"哀"字道出了此举非光绪帝真意，乃政变发动者的伪造。这二句不仅表达了作者对政变发动者的出离愤怒的无情的揭露与痛斥，同时也深含对被幽禁的光绪帝的眷恋和对死难的维新志士的悼惜。

　　"燕市"二句表面写的是天气，实指政变后的北京政治形势。但这二句因暗用《诗·风雨》"风雨如晦，鸡鸣不已"的句意，因而在全诗诗意发展的情感线索上，很巧妙地过渡到最后两句：似乎有"黎明之前是最黑暗的"意思在。最末两句，用了《史记·孔子世家》的典故：孔子未为卫国所用，乃入晋国，欲见赵简子，至黄河边，闻晋大夫窦鸣犊与舜华被赵简子所杀，叹曰："丘之不济此，命也夫！"于是不入晋而折回。这里，严复把同自己一样"求治"的维新志士如谭嗣同等"六君子"的被杀比作窦鸣犊、舜华，但又并不消沉，报国"求治"之志未泯，故以"莫遣寸心灰"句以自勉。严复后来回到天津北洋水师学堂任所后，仍致力于翻译介绍西方资产阶级的学术著作，努力于思想启蒙的工作，即体现了他不屈的斗志。

（王杏根）

送沈涛园备兵淮扬

（四首选一）

去年六月船南下，直北关山未解围。

沧海狂流横莽莽，晨光前路远微微。

相看白发盈头出，长恐青山与愿违。

垂涕为君通一语，华亭千载鹤孤飞。

　　此诗作于光绪二十七年（1901），时严复已移居上海。光绪二十六年庚子爆发义和团运动，随即八国联军进攻天津、北京。严复乃自天津北洋水师学堂离职，仓皇南下避居上海。值友人沈涛园补淮扬海兵备道护漕督，途经上海，乃赠诗以壮行色。沈涛园，即沈瑜庆，字爱苍，自号涛园，福建侯官（今福州）人。已故两江总督沈葆桢之子。官至贵州巡抚。同治五年（1866），沈葆桢创福州船厂并船政学堂，严复赴考就学，为沈葆桢识拔第一名。又兼同乡，故与沈瑜庆友善。"淮扬"，指淮扬海道，辖淮安、扬州、海州三府。严复在此向友人沈瑜庆倾诉了在庚子事变之后产生的对国家命运与自己前途的忧虑。

　　开首两句"去年六月船南下，直北关山未解围"，系指光绪二十六年（1900）五、六月间，义和团运动发展至高潮，作者由津南下，避地上海，而又闻八国联军进攻津、京，关山受困。"直北"，指北京、天津。当年均属直隶（今河北），位于直隶之北，故云。这两句既交代了自己的行踪，又写出了当年的国家形势。三、四两句"沧海狂流横莽莽，晨光前路远微微"，形象而概括地写出对国家民族前途的担忧。"沧海狂流"，喻世乱。语本范宁《穀梁传序》："孔子睹沧海之横流，乃喟然而叹。"作者深感内乱外患，祸及全国，所以说"横莽莽"。"晨光前路"，暗用陶渊明《归去来辞》"问征夫以前路，恨晨光之熹微"句意。此句意谓国家民族尚且处在黑暗之中，摸索前行，其所追求的光明前途，还很遥远。这两句虽表现了严复对国家民族前途命运的忧患意识，但也同时反映出作者感到了民族危机严重而一时丧失信心的消沉情绪。故第五、六两句自然写出了作者时不我待，欲罢不能的复杂感情。"青山"，喻归隐之所。这两句正面写"白发"，说"青山"，似乎在申说撒手国事的牢骚，实质上却是更深地表白了作者不忘国事、欲再度出而报国的紧迫感。末两句"垂涕为君通一语，华亭千载鹤孤飞"，当指"戊戌六君子"之一的林旭。戊戌变法期间，他为光绪帝召用，授四品卿衔军机章京，在政变中被杀。他是沈瑜庆的女婿，又是严复的同乡好友。这里提到他，是表示愿继续沿着烈士的路行进，同时也是对沈瑜庆的告慰和示敬。但不直语林旭之事，而用陆机之典，隐然写来，是顾及沈瑜庆的情绪。这两句典出《晋书·陆机传》，陆机，华亭（今上海松江）人。时成都王司马颖讨伐长沙王司马乂，任陆机为后将军河北大都督，因兵败被谗，为颖所杀，临刑时说："华亭鹤唳，岂可复闻乎？""鹤孤飞"，本此，意谓人死而物犹在。宋苏轼《宿州次韵刘泾》:"为君垂涕君知否,千古华亭鹤自飞.."严复之句袭此,以指林旭被杀,乃千古遗恨。自己欲继林氏遗志,以与沈瑜庆共勉。

(王杏根)

范当世

范当世（1854—1905），字无错，号肯堂，江苏通州（今南通市）人。少有才名，与同邑张謇、朱铭盘号"通州三生"以诸生终。曾应吴汝纶之邀，在保定莲池书院、冀州书院等地讲学。范以诗名世，兼长古文，为宋诗派、桐城派末代作家。　　　　　　　　　　　　　　　　　　　　　　　　　　　（关爱和）

天津问津书院薑坞先生主讲于此八年外舅重游其地感欲为诗乃约当世同用山谷武昌松风阁韵

有文支拄山与川，恍人有背屋有橼。
我立此语非徒成，眼下现有三千年。
远矣周孔隔地天，手语自听交鸣弦。
五德替代如奔泉，扫去碌碌留圣贤。
此事担当在几筵，耿耿一发天宇悬。
丈人家世留青毡，文字碧水流潺湲。
从来不与时媚妍，薑坞先生此粥饘。
百年乔木参风烟，公来再饮唐山泉。
龙堂蛟室来眼前，吾今只可烂漫眠。
梦里不须书绕缠，醒亦毋为世教挛。
眼见地塌天回旋。

　　此诗写于光绪十七年（1891）前后。此年二月，诗人至天津，在津期间，访问津书院，有感而发。"薑坞先生"，指姚范，字南菁，学者称薑坞先生。姚范为姚鼐之叔父，姚莹之曾祖。范当世续娶之姚氏，为莹之孙女。"外舅"，俗称岳父，即姚濬昌，濬昌为姚莹之子。

　　这首诗总写游访问津书院所激发的感慨。开首两句即突兀托出诗人的基本论点：宇宙山川有了阐发真理之文的支撑，便如同人有脊背，屋有椽木一样，可赖以挺立。"文"，特指阐发了宇宙间不可磨灭真理之文。《论语·子罕》："文王既没，文不在兹乎？"《集注》："道之显者谓之文。"

　　由这一基本论点出发，诗人先以周、孔之文为例，加以论证。周公制礼作乐，孔子皆弦歌之，使先王之礼乐教化可得而述。五德替代，历史演进，碌碌者遭受淘汰，圣贤之言、礼乐之道则万世长存。"手语"，指弹奏琴筝一类弦乐器。"手语自听交鸣弦"，意谓周、孔将先王之道付于琴弦，以求得保存和推广。"五德"，先秦时期的一种历史观，以金、木、水、火、土代表五德，以五德相克相生说解释王朝兴替的历史现象。"此事担当在几筵，耿耿一发天宇悬"，意谓先王礼乐教化，如耿耿一发，悬浮于天地之间，幸而得传，泽被海内，归功于几筵上为人供奉的周、孔神灵。

　　诗人为证实"有文支拄山与川"的基本观点，远以周、孔传先王之道为证据，近则又以"丈人家世"为证据。"青毡"，《晋书·王羲之传》谓王献之曰："夜卧斋中，而有人入其室，盗物都尽。献之徐曰：'偷儿，青毡为吾家旧物，可特置之。'群偷惊走。"后以青毡代称士人故家旧物。诗人岳丈姚姓有家学，世有文名，文章传世，如碧水潺流。诗人于此称誉不已。想当年，薑坞先生讲学于此，如今百年乔木已成参天之势，后人凭吊，历数就读于此的俊杰之士如入龙室蛟堂一般。"吾今只可"以下四句，描述了诗人怡然自乐的心态。远有周、孔之道绵延久远，近有丈人家世文名四播，我尽可烂漫而眠，不必担忧地塌天旋，缘因"有文支拄山与川"。

此诗重在立意。在诗体结构上表现出清代学宋诗派以议论入诗、以学理入诗的特点和对雄怪莽苍、硬语盘空诗风的追求。

（关爱和）

过泰山下

生长海门狎江水，腹中泰岱亦峥嵘。

空余揽辔雄心在，复此当前黛色横。

蜿蜒痴龙怀宝睡，蹒跚病马踏砂行。

嗟吁即逝天高处，开阖云雷傥未惊。

此诗作于光绪十二年（1886）诗人由冀州南归途中。诗中表现
了诗人对泰岱雄姿的向往和路经山下，未能攀游的惋惜。

"海门"，即海口。诗人家乡通州，为江北重要海口。开首两
句意谓：生长于海口而狎爱江水，胸怀中也常慕泰岱之高峻峥
嵘。后一句也暗喻作者胸怀大志，因而引出了后面两句。"揽
辔"，出《后汉书·范滂传》："滂登车揽辔，慨然有澄清天下之
志。"三、四两句意谓：自己空有澄清天下的雄心，今日路经泰
山之下，复见此青黑色的山脉横陈于眼前，更引发了心中的感
慨。痴龙：此处指泰山。《法苑珠林》引《幽明录》云，洛中有
洞穴，有人误坠穴中，见有大羊，羊髯有珠，取而食之。后出以
问张华。华曰："此痴龙也。"诗人借此典，比喻近宝山而未攀登，
眼看着蜿蜒起伏的泰山怀宝安睡，只得骑着病马蹒跚地踏砂而
行。回头眺望渐渐消逝的泰岱峰顶，如柱抵天，在云雷变幻之

中，岿然屹立，从容不惊。

此诗为对景抒怀之作。开首句"生长海门狎江水，腹中泰岱亦
峥嵘"，气势不凡，为一时名句。 （关爱和）

文廷式

文廷式（1856—1904），字道希，号云阁，江西萍乡人。少时在岭南入经学家陈澧之门。光绪十六年（1890）成进士，授编修，随即升翰林院侍读学士。他是维新变法运动的支持者，光绪二十二年遭劾被革职驱逐出京。戊戌政变后，出走日本。文廷式以诗、词名世，其作品感时忧世，多有寄托，风格雄奇瑰玮。有《云起轩词钞》《文道希先生遗诗》。

（关爱和）

夜　坐

迟迟初月上，扰扰沸星繁。

林宿羽声息，灯微魂梦安。

惊风动河汉，天道日艰难。

秋深此庐蛰，何似严陵滩。

　　此诗写于诗人被弹劾革职之后，表现了诗人对国事及个人进退的思虑与焦灼心情。

　　深秋季节，诗人夜坐，初月姗姗来迟，繁星沸沸扰扰。此时夜深人静，羽鸟归巢，声息俱无，灯火转微，众人入梦。诗中前四句，字面写景，却都与诗人的心境相关联，写出内心的孤独和寂寞。"羽声息""魂梦安"写万籁归寂，夜气静穆。"惊风"两句，突然笔锋一转，如一石投入平静的水中，原有的寂静平稳被打破。

"惊风动河汉，天道日艰难。"写天上之惊风，实喻人间之风波，意谓朝中政治风云的变幻，必然会带来社会的动荡。这种动荡，不是诗人所向往的维新变法事业的兴盛，而是变法事业遭到挫折，故而有"天道日艰难"之说。国事艰难，而自己又遭革职，拳拳报国之心，何处施展？"秋深此庐蛰，何似严陵滩。"则半是牢骚，半是愤慨。幽深而隐秘地蛰伏于此庐，何似后汉严光之退隐垂钓于严陵滩。"严陵滩"，地名，在浙江桐庐南，相传后汉隐士严光隐居垂钓于此。

此诗在短短的四十字中，包涵着复杂的思想意蕴，跌宕起伏，错落有致。诗人又采用为情设景的手法，初月、沸星、羽声、灯微、惊风、河汉等一系列意象的叠用，造就了冷郁压抑的诗境。

（关爱和）

康有为

康有为（1858—1927），字广厦，号长素，广东南海（今广州）人。光绪二十一年（1895）进士，官工部主事。光绪十四年他上书皇帝，建议变法。后发起"公车上书"，在京建立强学会。戊戌变法失败后，流亡国外。康氏的诗多感时伤世、抒发郁愤之作，能反映重大的政治事件和世界上的新事物。艺术上不受传统约束，想象奇特，语言瑰丽，形成了自己的风格。有《南海先生诗集》。

（乔大可）

秋登越王台

秋风立马越王台，混混蛇龙最可哀。

十七史从何说起，三千劫几历轮回。

腐儒心事呼天问，大地山河跨海来。

临眺飞云横八表，岂无倚剑叹雄才？

　　1879 年秋，二十二岁的康有为登上广州市北越秀山上的越王台，于是缅怀古人，感发时事，一吐胸中垒块。

　　首句破题，说自己在秋风萧飒之时立马越王之台，"越王台"，又称粤王台，相传是西汉初南越王赵佗所建。诗人登台远眺，自觉意气超拔，深感茫茫俗世，鱼龙混杂，良莠难辨，最为可哀，言外之意自是感叹自己少年才高而未能脱颖而出，超越时辈。颔联则以囊括四海、包举天地的气魄说出自己的感喟，前句用文天祥语。文天祥被俘后，元人劝降，要他举出历史上的兴亡之例，他回答说："一部十七史，从何说起！"意谓兴亡之事难以遽论，历来盛衰难料。下句用佛家语。佛教以世界的一次毁灭为劫，三千劫则何啻亿万年，其中无数的沧桑变幻、人物更替，谁知有多少轮回。这两句感叹历史、感叹人生，隐含对时世涌洞，前途未可逆料的担忧，由此表现了青年诗人一种隐约的忧患意识，真有陈子昂"前不见古人，后不见来者，念天地之悠悠，独怆然而涕下"的悲慨。杜甫有"江汉思归客，乾坤一腐儒"（《江汉》）的诗句，屈原曾作《天问》以抒忧泄愤，故"腐儒"句以杜甫、屈原自况，说自己心事浩茫，对于国家黎民的命运心忧如焚。"大地"句则以山河雄伟感发壮怀，因广州濒临大海，所以诗人说大地山河如跨海而来，奔赴眼前，激励自己的豪情。于是诗人胸襟为之开宕，他远眺着横亘八方的飞云，慨叹世上难道就没有倚剑天外的雄才？尾联中的"雄才"既与首联中"混混蛇龙"遥相呼应，以期英杰之才的出现，又隐然以"雄才"自况，表达了自己欲澄清天下的奇志。

此诗虽然是一首登览吊古的诗，但诗人突破了一般写景怀古的写法，纯以抒发感慨为内容，表现了康氏青年时代忧国忧民，以天下为己任的抱负。全诗气势磅礴，笔力雄放，境界阔大，音调高朗，自有一种不谐流俗、卓然独立的风调。如"十七史"一联以义句入诗，打破了律句前四后三的句式；诗中的用典也令语意更为丰蕴，增加了全诗的气势，梁启超评康氏之诗为"元气淋漓"，此诗足可当之。

（乔大可）

出都留别诸公

（五首选一）

天龙作骑万灵从，独立飞来缥缈峰。

怀抱芳馨兰一握，纵横宙合雾千重。

眼中战国成争鹿，海内人才孰卧龙？

抚剑长号归去也，千山风雨啸青峰！

这一组诗题下作者自注云："吾以诸生上书请变法，开国未有，群疑交集，乃行。"1888年，康有为赴京应试，第一次向皇帝上书，然因人微言轻，上书为顽固派所阻，并备受他们的嘲笑和攻击，遂于次年九月十一日出都，临行时便写下五首慷慨激昂的七律，留赠京中的友人，这是第二首。

诗的一开头就驰骋想象，塑造了一个气宇不凡的勇士形象。他设想自己骑着天龙，后面跟着诸神，在天际遨游，忽又独立于虚无缥缈的仙山之上。首二句显然受到屈原《离骚》"为余驾飞龙兮"及《远游》中"屯余车之万乘兮，纷容与而并驰"等句意的影响，所以起调即以庞大的气势、丰富的想象构成了摄人心魄的力量。同时也暗扣"出都留别诸公"的题目，诗人将出京远行，正如脚跨天龙，飘然而去。颔联写自己的品德虽然美好如芳草馨兰，但世间笼罩着千重迷雾，黑暗异常。这句正接首联而来，诗人骑龙行天，下视人寰，故有"纵横宙合"的说法。怀抱芳馨也本于楚辞，因屈原的作品中每每以采兰撷蕙来表示自己胸怀的高洁。康氏自己的诗中也有过"屈原已往罗含去，怀抱芳馨欲与谁"（《题从父竹荪广文画兰》）之句，因而"怀抱芳馨"显喻自己高尚的志趣，恰与阴霾混沌的世界形成鲜明对照。"眼中"句即由"纵横"句而来，诗人深知列强欲瓜分中国的虎狼之心，因此说中原大地已成帝国主义争夺的战场。"争鹿"正是"雾千重"的具体表现。"海内"句则接"怀抱"一句，诗人隐然以诸葛亮自比，具有雄才大略、匡时济世之方。然而在这沉闷窒息的政治氛围中，顽固派的势力很强大，诗人无法施展自己的抱负和才能，于是怅然出都。但他丝毫也没有丧失斗志和信心，所以尾联中说，自己抚剑长号，慷慨悲歌地离京而去，而宝剑长鸣，其呼啸之声将激起千山万壑的风雨。这两句比喻自己雄心未渝，将继续为变法大业而奋斗；同时体现了必胜的信念，相信自己的主张定会在千山万水之间得到呼应，掀起一场变革的疾风暴雨。

康有为的诗于当时所以能为"卓然大家"，因其诗体现了强烈的时代精神和宏放的艺术境界。如此诗中他的一腔豪情溢于笔端，正有揽辔澄清天下的迈往气概；而笔力千钧，奇思丽想，充满着浪漫气息，体现了康诗的典型风貌。

（乔大可）

槟榔屿督署秋风独坐杂作

（二首选一）

忧患弥天塞太空，树声争战起长风。

楼台寂寂无人到，廊外藤花开小红。

　　自 1900 年七月至 1901 年十月康有为移居新加坡，寓于英国新加坡总督署中，此时正值八国联军入侵北京，清政府仓皇出逃，以后便有了丧权辱国的《辛丑条约》。诗人虽身居异域，却深切地关注着国内的形势，故每每思君忧国，怨愤填膺。他在秋风中独坐，遂写下两首小诗，这是其中之一。

　　前两句写自己的忧患充塞于天地之间，秋风吹树，落叶纷飞，令人想起战争的风云。因此时的中原大地正经历着血与火的考验，诗人心系故园，面对异国的风吹树战，却想到了祖国的动乱与阽危。他另有《槟榔屿大庇阁阅报》诗，其中有"忽被黑云蔽天过，小童惊告失青山"句，也以风云喻国内形势。所以这前两句的寓意十分显豁。后两句诗人将笔锋陡转，由充塞天地的壮伟景象而转到自己所处的幽寂环境上来。"楼台寂寂"，阒然无人，独坐秋风之中，而小廊外藤花正红。诗人有意地用了"寂寂""无人""廊外""小红"等字眼，极言居处之清幽静谧，适与前两句的意象构成鲜明对照，反衬出他当时身居异域而不忘故国的心境。前两句可谓是他的心中之象，后两句是眼前之景，虚实相映，更烘托出诗人极端苦闷矛盾的情绪，也可见诗人艺术上的匠心。

（乔大可）

刘光第

刘光第（1858—1898），字裴村，四川富顺人。光绪九年（1883）进士，光绪二十四年因陈宝箴引荐，与谭嗣同等同授四品卿衔，参加军机处，推行变法，失败后，被害。其诗"笔力雅健，思路迥不犹人"（陈衍语），内容以写景与感时为主。有《介白堂诗集》。

（乔大可）

独临宝见溪危石上小坐

济游无胜具，览逸申遐想。

幽偶亦翔盘，奇寄自宣荡。

断术草丰茸，悬渊壁光晃。

木形回精凝，箕坐苏骿务。

是时春涧碧，小风扇蒲蒋。

我心欢素闲，山灵助孤赏。

鸟负溪日飞，鱼吞浸霞响。

岩语落猱玃，潭气发蛟象。

藏天水心宽，胎云石神长。

真境隐喧涂，即之鲜畴党。

脱屦便乘危，一坠援仙掌。

写景是刘光第诗的一个重要内容，而其中尤以峨眉纪游诗最为出色，胡先骕说："《介白堂诗》，最精之作，为其峨眉纪游诗……荒怪奇伟，至非阮石巢所能及关。不但阮石巢，古今来作者咏山水之作，殆未有若此者，惟太白兴到之作仿佛似之耳。"（《评刘裴村介白堂诗集》）可见推重之甚，选在这里的就是其中之一。

《世说新语·栖逸》中载："许掾好游山水，而体便登陟。时人云：'许非徒有胜情，实有济胜之具。'"因而这里"胜具"便是指身体轻便，诗的开头说自己因缺乏体力，未能登陟，于是只能临溪独坐，观赏逸趣横生的景色，驰骋自己的遐想。在这清幽的环境中自有游鱼潜溪，飞鸟盘空，因而诗人的心旌随之荡漾，产生了各种奇异的思绪。丰茂的草木遮断了道路，溪光反照于悬崖，石上晃动着波光。诗人木然静坐，精神似又重新凝聚起来；伸腿而憩，使僵直的腿得到复苏。首八句虽然是写自己的游踪，却句句点题，交待他由疲劳而于溪旁危石小憩。"是时"以下便是他的所见所感。正是春水澄碧的时候，轻风拂动着溪边的香蒲菱白，令人心旷神怡，诗人本来喜欢素淡闲适的情致，逢此佳景，自然会感叹山灵的赐福了。你看：鸟背负着溪边的斜阳飞向远处，鱼在水中喋喋，像是吞食着映在溪中的霞光。山岩上传来隐隐的声响，也许是猿猴的絮语，潭上烟雾升腾，犹如蛟龙巨象由此而出。苍穹的影子落在水中，石缝中包藏着云气，似乎令水更宽阔，山更高峻，这十句写独坐所见，扣住山和水两样物象，高下相对，自然成文。如"涧碧"指水，"山灵"谓山；鸟飞为昂视所见，鱼响为俯听所闻；"岩语"传自山间，"潭气"发于水中；水光映天为溪中之象，山岫出云则为想象崖间之景。总之，诗人抓住了溪水与危石，刻画出了独坐溪畔的特别感受。最后四句以议论出之，谓如此富于天然真趣的景色竟然隐没于喧嚷的人世之中，然却只有我一人来此领略奇景。所以最后说自己脱鞋登上危石，一旦下坠，则攀援仙掌，意谓危石间草木葳蕤，如同仙境。

狄葆贤的《平等阁诗话》中说刘光第"其诗多奇气，亦恒有缒幽凿险之作，然静穆之致，终流露于行间"。这首诗中就可见其既有"缒幽凿险"的祈尚，又不乏"静穆之致"的韵味，诗人于遣字造句上往往追求新生奇崛，如"幽偶""奇寄""断术""壁光""精凝""骭劳"等词都戛戛独造，又如"鸟负溪日飞，鱼吞浸霞响"、"藏天水心宽，胎云石神长"等句也都锤炼出之，句中意象的组合显然经过再三推敲。然全诗意脉舒展自如，景色的描绘与自己的感受和议论浑然一体，最后一结，真有超拔出尘之想，颇似大谢风调。此诗意在表现出"我心欢素闲"的清超气韵和向往自然真率的审美趣尚，真堪当"静穆之致终流露于行间"的评价。　　　（乔大可）

梦 中

梦中失叫惊妻子，横海楼船战广州。

五色花旗犹照眼，一灯红穗正垂头。

宗臣有说持边衅，寒女何心泣国仇？

自笑书生最迂阔，壮心飞到海南陬。

　　这首诗作于光绪十一年（1885）中法战争之后。中国军队虽然在镇南关和临洮两个战场上大败法军，但由于李鸿章等当权者奉行妥协政策，迫不及待地与法国签订了不平等的和约，这场战争终以"中国不败而败，法国不胜而胜"而宣告结束，这引起了当时正直的知识分子的愤懑，刘光第此诗就意在表现对投降派的讽刺和自己对国事的忧伤。

　　首句突兀而起，说梦中失声大叫，惊醒妻子。令读者顿生疑问：何事令诗人夜半惊呼，如此心神不定？故次句一言道破，原来梦中去参加了抵御帝国主义入侵的海战。这里的广州指广州湾，因当时法军占领越南，向北进犯则广州湾为必经之路，所以诗人的梦魂在此阻击敌舰。此时虽已梦回人醒，然入侵者船舰上的各色旗帜似乎还历历在目，环视四周，一灯如豆，始知殊死的激战不过是一场梦幻。"五色花旗"点明交战的对方是入侵的帝国主义。"一灯红穗"则正与此形成强烈对照，说明现实与梦境的截然不同，并逗起下面的感慨。"宗臣"显然指李鸿章等大臣。"寒女"则用《列女传》的典：鲁国漆地有一女子，过时未嫁，倚柱叹息。邻妇问她是不是想嫁人，她说："吾忧鲁君老，太子幼。"邻人以为这是"大夫之忧"，她却说："鲁国有患，君臣父子皆被其辱，妇人独安所避乎?""宗臣"两句显为反语，意谓世所宗仰的大臣们自有安边定国之方，何用我等普通百姓杞人忧天? 这是诗人的愤激之言，讥刺当政者懦弱无能，奉行妥协政策，而自己虽人微言轻，但也不能不为国担忧。尾联承此二句而来，既然国事有大臣们掌握，而自己的梦魂夜半犹来到南海，参加海战，岂不是书生的迂阔之想，十分可笑吗? 诗人虽以调侃自嘲的笔墨结束全诗，但一种内心深沉的悲痛已显然可见，他愿以血肉之躯来保卫国家的海疆。正是由于最高统治集团的懦弱无能，导致了现实的令人痛心疾首，所以诗人梦系魂萦，不能忘情国家的兴亡成败，壮心飞向那遥远的南海。

题为"梦中"，实由梦而逗出自己对时事的忧伤和对大臣们的讥讽，但用了正话反说的手法，所以表面是自嘲而实则针砭时局，令诗意含蓄委婉，然诗人的一腔激情并不因此而减弱。诗以亦梦亦真，亦庄亦谐的格调出之，而无限深意见于言外。　　　　（乔大可）

夏曾佑

夏曾佑（1863—1924），字穗卿，号碎佛，笔名别士，浙江杭州人。光绪十六年（1890）进士，历官至礼部主事、泗州知府等。1896年在天津与严复等创办《国闻报》，宣传"新学"。他也是"诗界革命"的倡导者，曾被梁启超称为"近世诗界三杰"之一。其诗深于言情，富有哲理，纡徐不迫，早期偏爱采摘新名词以入诗。有《碎佛诗杂诗》，今不传。

（梅运生）

绝　句

冰期世界太清凉，洪水茫茫下土方。
巴别塔前分种教，人天从此感参商。

　　这首七绝约作于光绪丙申至丁酉（1896—1897）年间，是"诗界革命"初期"颇喜扪撽新名词以自表异"（梁启超《饮冰室诗话》）的代表作，载于《饮冰室诗话》，梁氏另作《亡友夏穗卿先生》一文，也记有此诗，文字略有出入。

　　"冰期世界太清凉，洪水茫茫下土方。"《饮冰室诗话》释："冰期、洪水，用地质学家言。""土方"，指大地。意谓太古时期，地球上时或一片冰封，时或洪水泛滥。"巴别塔前分种教，人天从此感参商。"《饮冰室诗话》释："'巴别塔'云云，用《旧约》述闪、含、雅弗分辟三洲事也。"据《旧约·创世纪》载：洪水后上帝三子闪、含、雅弗东迁示拿，筑一城一塔，塔顶通天，以示团结。上帝变动他们的语言，使其分迁三洲，因而造成人类后来种族、语言、宗教的不同。"巴别"，即变动意。"参商"，二星名，商在东而参居西；此出彼入，喻永不能见。两句既称颂上帝的威力，又包含有批评。

此诗是"诗界革命"初期的产物，其时一些青年维新党人，对清末"扬风扢雅"的诗风极为不满，于是杂糅科学术语和儒、佛、耶稣三教典故以入诗，以标榜"革命"。首倡者即为夏曾佑，从之者有谭嗣同、梁启超等。梁氏后来对此段"因缘"作总结时说："此类之诗，当时沾沾自喜，然必非诗之佳者，无俟言也。"(《饮冰室诗话》)梁氏还认为，新诗应是新意境和旧风格的结合，新语言应当采用，但不必硬行塞入。夏、谭、梁等后期也改弦易辙，但夏氏这首诗，可以看到"诗界革命"初期的风气，在近代诗史上，仍有其意义。

(梅运生)

丘逢甲

丘逢甲（1864—1912），又名仓海，字仙根，号仲阏，出生于台湾省苗栗县铜锣湾，后移居彰化县。光绪十五年（1889）进士，授职工部主事，然他不乐仕进，长期在故乡台湾游幕和讲学。甲午战争失败后，不顾清廷割台的朝旨，和台湾人民一起为抗日护台而斗争，兵败内渡，定居广东镇平，仍以办理教育为职志。辛亥革命后赴南京，被选为参议院参议员，翌年返粤病卒。丘逢甲诗多抒发爱国激情，悲壮慷慨，凌厉雄迈，被梁启超称为"诗界革命之钜子"。有《岭云海日楼诗钞》。

（周 劭）

杂 诗

（三首选一）

共工触天柱，西北遂倾坠。

重烦五色石，复得天定位。

神娲抑何心？补天不补地。

东南大海中，遂令日生事。

灵鳌实天遣，受钩误贪饵。

岱屿与员峤，坐失神山二。

蓬莱固无恙，左股复割弃。

为天谋者谁？敢道无遗议。

诸仙各神通，坐视果何意？

闲愁落万古，茫茫渺难计。

> 徒劳炎帝女，填海作精卫。

　　这首五古作于光绪二十二年丙申（1896），题名《杂诗》，实际上是一首感时诗。甲午战争之后割台弃韩，清廷暂时得到苟安，似乎又回到酣歌恒舞的升平气象之中。"紫霄昼沈沈，钧天乐方张。王母宴诸天，游戏容东方。天公色然醉，玉女倾霞觞。列侍诸仙官，冕旒各飞扬"。（《杂诗》第一首）正是那拉氏和权贵们荒嬉的写照。但是丘逢甲从抗日护台之役苦战内渡，心境是不能平静的。这首诗和其他二首都是感怀时事、有触而发的。

　　"共工"，传说中的天神，与颛顼争为帝，怒而触不周之山，天柱折，地维绝，天倾西北。这里以共工譬喻日本。这样的危局，只得再烦能用五色石补天漏的女娲氏，才能使爱新觉罗氏重新坐稳江山，但对整个中华民族，女娲氏却不来管了。所以东南大海中，既割弃台湾宝岛，又丧失了韩国的宗主权，神仙所居的"三神山"，现在已经坐失其二了。"蓬莱"，也是三神山之一，西王母只要能在蓬莱安处无恙，也就不顾其他肢体的遭人宰割了。这样的谋国之臣，难道不怕世议的谴责吗？

　　诗的最后，还是说到自己和一些忧国忧民的志士，像传说中炎帝的少女一样，化为精卫鸟，想衔石以填东海，显然力弱势单，难以做到，只是徒劳而已。

（周　劭）

苦 雨 行

雨师昼夜驱龙行，一雨三月无停声。
乌沉兔没不敢出，仰视天日长冥冥。
冬寒凛冽春未已，浸淫木气浑归水。
稚阳欲茁老阴遏，乃张母权侵厥子。
寒风吹天不肯高，阴云四压天周遭。
娲皇补处今毕漏，石炼五色难坚牢。
尽倾海水向天半，惊波怒涛满空散。
竟无一片干净土，着足大地成泥烂。
雄雷嗼龂雌雷鸣，百虫朒缩户不开。
花藏柳匿避雨气，虽有羯鼓安能催！
物过为淫极必反，下士谈天叹天远。
恐将降魃来止雨，倒行逆施两俱损。
不然不日复不月，地晦天昏寒水发。
几疑世将入混沌，待起盘古冢中骨。
欲书绿章上青帝，请收政权屏阴翳。
膏雨和风各听令，万方重纪岁华丽。

　　这是一首用比拟的手法来讽刺朝政的古体诗，作于光绪二十二年（1896），其时光绪帝亲政已经有年，但政权还是牢牢掌握在慈禧太后叶赫·那拉氏的手中。她骄奢淫逸，不谙世界大势，招致两年前甲午战争的惨败，只得割弃作者的故乡台湾省予日本以求和。这使作者抱着莫大的痛愤，所以写作此诗，以天时的现象讽刺那拉氏压制光绪帝的恶行。诗意大胆露骨，矛头直指当时的最高统治者。其时除了提倡种族革命的革命党人作品外，更没有他人能写出这样揭露政局的诗作。然而他和黄遵宪一样，毕竟属于改良派，心中还寄奢望于屠阍的皇帝，而对革命党人则贬之为"旱魃"；并且他远没有料到两年之后的戊戌，这场"雨"还将要下得更"苦"；而十余年之后，他所指斥的"旱魃"，终将彻底制止这场"雨"。

　　诗的前六句，借淫雨连绵来譬喻光绪帝亲政后的朝局，诗人把金乌（日）、玉兔（月）、春天、温暖譬作皇帝，把淫雨、严冬、酷寒比作弄权的太后。七、八两句则更为明显，以年轻的太阳（稚阳）和连天的阴霾（老阴），分别比作光绪帝和慈禧，锋芒毕露。张母权以侵厥子，这是最明显不过的指摘。所谓"母子"，实际上光绪帝只是那拉氏妹妹的儿子和她丈夫咸丰帝的侄儿，她怀着个人的私欲才把他抱来当作丈夫和自己的嗣子而成为嗣皇帝的，这样，可使她不致成为太皇太后，而能再以太后的身份垂帘听政，并可随意来摆弄这位可怜闇弱的儿皇帝。

　　下面的十多句都是借天时现象来说明张母权、侵厥子的情境。寒冷的阴风吹得大地低沉，更无天高气爽的景色，天的周遭都是沉沉层云，压得城郭欲摧，纵有女娲氏的五色补天石也补苴不了千疮百孔的国事。整个国境犹如一片烂泥，更没有一片干净的土地可以立足。应该开放的桃花和抽芽的柳条，都被雨所压抑而不能竞芳争妍，纵有头脑清醒的人士，也对此无能为力了。

对这样的倒行逆施、滥施淫威的局面，谁也挽救不了，恐怕只有招来可怕的旱魃来制止淫雨，而这旱魃在作者心目中指的是革命党人，他们会起来彻底推翻清朝的统治，那时不但那拉氏要垮台，连他寄奢望的光绪帝也要一道完蛋，所谓母子相争，两败俱伤。

诗的结尾四句，他还是希望能屏除阴翳、膏风和雨，重新回复一个"岁华丽"的世界，也即是那拉氏能够深自悔悟，归政于光绪帝，重新恢复清王朝统治的太平盛世。这自然是梦想，同时也说明了作者在诗学上和在政治思想上，只不过是一个改良主义者。在诗学上，他只是反对心口不一、专事摹拟的诗风，并不想打破旧体诗的枷锁而另创新的诗体。在政治思想上，他也只停留在与康、梁同步的轨辙上，寄希望于孱弱无能的光绪皇帝，并不曾梦见到民族革命的伟大力量。

这首诗就内容而言，可谓是那个时代出类拔萃的罕见之作；即在艺术的造诣上，也写得有声有色，音节铿锵，可算得是丘逢甲的代表作品。

（周　劭）

梦 中

绣旗犹飐落花风，不信楼台是梦中。

十二阑干摇海绿，八千子弟化春红。

奔驰日月无停轨，组织河山未就功。

车下懒龙呼不起，钧天罢奏太匆匆。

　　这首七律作于光绪三十一年至三十三年间（1905—1907），时事日非，国亡无日，丘逢甲蛰居广东，积思成痾，写下了这首诗。题为《梦中》，是不是真正记述梦中之事，不必太认真。即使是梦，也是平时积思焦虑才造成梦境的。作者的述梦，也还是他所念念不忘的抗日护台往事。

　　中国古来的军旗，往往在大旗上绣上一个斗大的主帅姓氏，丘逢甲在台湾抗击日军时曾任统帅，绣着他姓氏的旌旗随风飘扬，但这个风竟是落花之风，表示是残春景候，百花已到凋谢的时节了。其时虽不一定有建坛拜将等礼节，但当时台湾的官署建筑还是历历在目，现在则只有梦中得见了。那些高楼杰阁、金碧阑干，只能在大海绿波中隐约摇晃，而他所率领的和项羽一样的八千江东子弟则早已化为"春红"，飘零四散。那些虽是梦境，实在是感慨万千的实事。

下半首说明时间过得飞快，离开作者在台湾抵抗日本侵略，已经历时多年。作诗时他已进入晚境，回到广东之后，百无聊赖，不愿再到北京去为清廷效力，感岁月之日徂，痛事业之无成，感慨万端。"懒龙"犹如一般所常用的"睡狮"，慵懒得只会沉睡在深渊的泥淖里，再也呼它不醒；但他还是希望它能破壁飞去，乘云腾踔，霖雨苍生。只是不要期待太久，时不我待，到了"钧天罢奏"之时，便为时太晚了。

（周　劭）

蜂

与君同死生，义不殊贵贱。

由来香国中，不立贰臣传。

这是一首咏物诗，为《虫豸诗八首》之一，其他七首为《蚤》《蝎》《蝇》《蛆》《蝎》《蚓》《蛙》，各就这些小动物的个性特点分咏，其主旨还是在比拟人，借以发挥讽喻。

蜂这种虫豸有一种特性，即是忠贞，古来称之为"贞虫"。它忠于蜂王，坚贞不贰，为蜂王做工，鞠躬尽瘁，死而后已，而且除蜂王之外，众蜂一律平等，无间贵贱。这种美德，在动物中是罕见的。而人类所缺少的，往往是蜂所有的这种美德。据丘逢甲那时的眼光，凡是不忠于皇帝及以贵凌贱、对外俯首帖耳、对内高踞小民头上的人们，是连蜂都不如的。

史传中别列《贰臣传》，创始于清高宗乾隆四十一年（1776），将国初由明降清的大臣数百人分别列入《国史列传》中的《贰臣传》甲、乙传，以儆为臣之不忠于一姓者。但《清史稿》并没有沿用这个名称，这是丘逢甲生前所不及知的。

因为蜂是以采花酿蜜为它的职务，所以称为众香之国，国内都是忠贞不贰的蜂子，所以香国史传中，自然用不着另立《贰臣传》了。全诗言简意赅，情趣盎然，而讽谕之意宛然。

（周　劭）

春 愁

春愁难遣强看山，往事惊心泪欲潸。

四百万人同一哭，去年今日割台湾。

这首七言绝句写于光绪二十二年丙申（1896），即清廷割弃台湾省予日本之翌年。丘逢甲于抗日护台的苦战失败后，已渡海回到广东定居。他当然不愿回到北京去做他工部主事的原官，而主和派对他抗日护台行动也使他忐忑不安于心。所以春天虽已到来，游山玩水的心境却是勉强的。想到甲午和乙未两年的往事，国难乡难，禁不住热泪盈眶，欲哭无泪，即使在春光明媚的天气，他的愁怀也是无可遏止的。当时台湾省的人口，连同闽、粤籍同胞在内，约有四百万，而今都已陷入水深火热之中，在侵略者的铁蹄下讨生活。自然，四百万人对此只有同声一哭了。

这首诗明白如话，然而能够深刻地反映现实，所以成为传诵一时的名句。

（周 劭）

乞夏季平重书文信国沁园春词
并拙作双忠庙联语二首

枯木寒鸦夕照迟，大书深刻壁间词。
淋漓元气千秋笔，俨雅堂前第二碑。

轮囷肝胆定交初，同吊双忠古愤撼。
留与南疆谈掌故，水曹楣帖状元书。

　　这两首七绝作于光绪二十五年己亥（1899），即戊戌政变之翌年，六君子遭戮，光绪帝被幽禁于瀛台，那拉氏重出听政，倒行逆施更加变本加厉，不久即酿成八国联军入京的惨祸。作者蛰居天南，忧国怀乡之情，不能自已，借晋谒唐代抗击外族侵略者的张巡和许远两位忠烈的祠庙，继宋代民族英雄文天祥所作的《沁园春》词，写下一副楣联，并请他的同年夏同龢重写文天祥的词和他的楣联刻石。

　　这两首诗是丘逢甲将唐、宋三位抗击外族侵略的英雄事迹，比作自己在台湾抗日护台的遭遇，对三位古代人物，深深表达了景仰和悼念之情。并且叙述了对作书刻石的同年夏同龢的友情和对他的书法的推崇。

双忠庙，在广东潮阳县东山，内有堂名"俨雅"。庙左有大忠祠，祀文天祥，第一首的枯木、寒鸦、夕阳，写尽双忠祠蔽败荒凉之致，二、三两句写夏同龢的书法，已经被刻就陷入壁间了。最后说明这是俨雅堂前的第二块碑，因文天祥所撰的《沁园春》词刻石当时已不存，此是第二次被镌刻了。"第二碑"是重复镌刻的碑，刘禹锡《哭吕衡州时予方谪居》诗："朔方徙岁行将晚，欲为君刊第二碑。"丘逢甲即是用这个诗意。文天祥《沁园春·谒东山双忠庙》词："为子死孝，为臣死忠，死又何妨？自光岳气分，士无全节；君臣义缺，谁负刚肠？骂贼张巡，爱君许远，留取姓名万古香。后来者，无两公之操，百炼之钢。　嗟哉人生翕歘云亡，好烈烈轰轰做一场。使当时卖国，甘心降虏，受人唾骂，安得流芳？古庙幽沈，遗容俨雅，枯木寒鸦几夕阳。邮亭下，有奸雄过此，仔细思量。"其中表明了自己的凛然正气，故为丘逢甲所称许。

第二首是叙述丘逢甲和夏同龢的志同道合的友情，他们因肝胆相照而结交，又同来双忠祠凭吊三位忠烈引起对古今时事的感愤。丘逢甲与夏同龢同中光绪己丑科会试，殿试夏同龢一甲一名进士，俗称状元；丘逢甲则列在三甲，授官工部主事，工部亦称水部或水曹。他在这首诗中说，这块俨雅堂前的第二碑，有了夏殿撰的书法和丘工部的楹联，将留在南方作为后人谈论的掌故，笔墨之外，颇有自负的意思。

（周　劭）

韩江有感

道是南风竟北风，敢将蹭蹬怨天公。
男儿要展回天策，都在千盘百折中。

这首七绝写于光绪三十一年至三十三年间（1905—1907），其时日本与帝俄以争夺殖民地为目的，竟以我国领土作战场，开交战国以第三国领土为战场之先例，辱国丧权，莫此为甚。韩江，是广东以韩愈曾贬官潮州而得名的一条江，虽对沦为战场的东北远隔数千里，但对国事蜩螗，南北无不燃起烽火，感慨不已。南方割台之役方才暂时平停下来，东北又酿成日、俄争夺满洲的祸端，这些事能怨恨老天吗？当然不能。主要还得靠人民自身百折不回的奋斗，才有回天之力，这是丘逢甲这首小诗的主旨所在。诗句明白畅晓，不用僻典套语，二十八个字都从心底发出，这便是他和黄遵宪所提倡的"我手写我口"的诗界革命口号的实践，和当时盛行诗坛的所谓"同光体"是有本质上之不同的。

（周 劭）

蒋智由

蒋智由（1865—1929），字观云，号因明子，浙江诸暨人。出身寒素，曾参与编辑《新民丛报》，后又与蔡元培等创设中国教育会及爱国学社。他是"诗界革命"代表人物之一，与黄遵宪、夏曾佑被梁启超推为"近世诗界三杰"。晚年自编诗稿，删略早期所作新派诗，思想趋于守旧。　　　　　　　　　　（梅运生）

卢　骚

世人皆曰杀，法国一卢骚。

民约倡新义，君威扫旧骄。

力填平等路，血灌自由苗。

文字收功日，全球革命潮。

　　这首五律是赞颂卢骚（今译作"卢梭"）的《民约论》所倡导的资产阶级民主、自由思想，首载于《新民丛报》第三号（1902年）。首联"世人皆曰杀，法国一卢骚"，是说卢骚因提倡民主、自由，受到法国以至于整个欧洲封建势力的迫害。杜甫对李白遭遇表示同情，曾有句云："世人皆欲杀，吾意怜其才。"诗人借用其句，对卢骚的遭遇，表示了无限的同情。卢骚是法国资产阶级启蒙思想家，生前备受迫害，被驱逐出境，后流亡到瑞士，又遭驱逐，其著作也遭禁止。颔联赞美卢骚所宣扬的新思想,彻底扫荡了皇权。《民约论》是卢骚的代表作。此书认为,如果国家是由订立契约而产生的,那么人民就有权废止旧约,重订新约。《民约论》所宣扬的民主、平等的思想,是反映了法国资产阶级对政权的要求,但对当时封建王朝赖以生存的皇权天授的思想,无疑是沉重的一击,诗人对此予以颂扬。颈联"力填平等路,血灌自由苗",诗人进而对法国十八世纪资产阶级暴力革命热情赞美。他们在卢骚等思想启示下,用血与力夺取了政权,铺平了通往平等的路,使自由之树叶茂条青。尾联"文字收功日,全球革命潮",说卢骚的著作将唤醒全世界人民,革命浪潮将席卷全球。这是诗人对全球性的资产阶级革命的兴起和获得胜利的期待和向往,当然也包括对当时中国推翻满清皇朝的资产阶级革命能进一步兴起的呼唤。邹容的《革命军》一书,就是抄录这两句诗作结尾的,可见在当时影响颇大。

蒋氏的这类诗作,是属于"诗界革命"的新派诗,思想上能突破传统。艺术上比早期夏曾佑的某些新诗,已有很大进步,有新的思想和新的意境,运用新的词语也比较自如,无生硬之感。梁启超对其评价颇高:"读竟如枯肠得酒,圆满欣美。"(《饮冰室诗话》)

(梅运生)

谭嗣同

谭嗣同（1865—1898），字复生，号壮飞，湖南浏阳人。少怀大志，能文章。甲午战争后，提倡新政，创办"南学会"。光绪二十四年（1898）入京，任四品衔军机章京，参加康有为、梁启超领导的维新运动，失败后，慷慨就义。谭嗣同的诗多为抒发壮志、反映现实的作品，风格恢阔豪迈；其写景抒怀之作，气象森严，境界阔大。有《谭嗣同全集》。

（乔大可）

晨登衡岳祝融峰

（二首选一）

身高殊不觉，四顾乃无峰。

但有浮云度，时时一荡胸。

地沉星尽没，天跃日初熔。

半勺洞庭水，秋寒欲起龙。

祝融峰，是南岳衡山的主峰，七十二峰之最高者。光绪二十一年（1891）秋天，年仅二十六岁的谭嗣同来到这里，在晨光曦微之中登上了祝融峰，遂写下这首气度恢宏的诗篇。

诗的起调就不同凡响，气势开阔，因置身于最高峰，众山尽在脚下，故云四顾无峰，"殊不觉"三字说明自己虽身登峰巅，然如履平地，意犹未尽。"四顾"句是实写，然也不乏夸张的成

1253

分，意在表现作者博大的胸襟，写景中已有人在。首二句扣住题面，交待了诗人的行踪，然一个意气风发的青年诗人形象已跃然纸上。颔联是首二句的补充，极言祝融峰之高峻雄伟。众峰不可见，唯有浮动的白云时而飘过，令人胸臆顿开。"荡胸"二字袭用杜甫"荡胸生层云，决眦入归鸟"（《望岳》）句，谓山中白云，舒展飘拂，可涤荡人的胸襟，由此表现出诗人壮怀激烈的精神境界。颈联写黑夜消逝、红日跃空的情景。诗从大处落墨，以简炼形象的笔墨写出光明降临人间的刹那壮观。前一句说太阳未出，大地沉沉，众星销声匿迹，这是黎明前的黑暗；后一句说天际出现了火红的朝霞，太阳像是刚刚冶炼过的火球，霎时光焰万丈，染红了天际。这里以天与地作对照，气象阔大，读来有震惊人心的力量。尾联写山巅远眺洞庭，由于祝融峰高耸入云，故下视人寰，连"气蒸云梦泽，波撼岳阳城"的洞庭湖也变得仅像半勺之水那么渺小，由此反衬出祝融峰的高峻。结句由洞庭湖而想到秋寒水落，恐憩息于湖中的蛟龙也无法安身，将飞腾而起。这两句是由登山远眺而触发的想象之词，并隐喻自己将奋发而起，可谓收束得住。

整首诗由登山而写到观日出，再由远眺而想到蛰龙欲起，舒展自如，一气直下，如行云流水，信手拈出而浑然一体。其中不仅写出河山壮丽，寓意也十分显豁。当时的中国，正处在内忧外患叠起丛生的时期，民族的危难激起了进步知识分子图谋改革的决心。青年诗人看到了古老中国已处在黎明前的黑暗，然而光明终将战胜黑暗，因而本诗中"地沉星尽没，天跃日初熔"二句不仅是眼前景象的记实，而且俨然是当时形势的写照。诗末句忽从记游写景宕开，发出蛟龙欲起的浩叹，显然诗人希望有识之士能奋起变革现实，抒发了自己跃跃欲试、建功立业的抱负。

（乔大可）

狱中题壁

望门投止思张俭，忍死须臾待杜根。

我自横刀向天笑，去留肝胆两昆仑。

1898 年 6 月，光绪皇帝在维新派的影响下发布变法命令，起用康有为、谭嗣同等人。但九月间便遭到以慈禧太后为首的顽固派之反扑，变法夭折，维新派人士受到追捕杀戮。谭嗣同却临危不惧，他劝梁启超等去国避难，自己却甘愿留下来，谋图营救光绪，事败被捕，身系囹圄，在就义前便写下这首绝命诗。

首二句用东汉张俭与杜根事表明自己对维新运动的信心和希望。张俭曾弹劾残害百姓的宦官侯览，览反诬他结党营私，朝廷下令捕俭，他"困迫遁走，望门投止（见门即投宿），莫不重其名行，破家相容"。杜根于安帝时上书要求邓太后还政安帝，太后大怒，命人把他装在口袋中于殿上打死，但执法者慕其高名，施刑不力，载出城外后得以苏醒，后诈死三日，始得逃窜。邓氏被诛后，杜根复官为侍御史。谭嗣同用张、杜事说自己思念着逃亡的战友，期待他们能重返朝廷，推行新政。后两句则直陈胸臆，表明了自己视死如归的英雄气概和对维新志士的怀念、仰慕。"去留"句根据梁启超的《饮冰室诗话》，说是指康有为和大刀王五。康有为在政变前夕潜逃出京，"去"即指康；大刀王五是一个侠士，谭嗣同少年时曾从其学剑术，政变后他曾与谭一起谋图营救光绪，所以"留"即指王。在谭嗣同看来，去留都是形势的需要，他们都像昆仑山一样高大。

此诗写在诗人就义之前，但他心中所想到的只是维新的前途和同道者的安危成败，诗中虽用了典故和"两昆仑"的隐喻，但因全诗自诗人心中喷涌而出，故正气凛然，感人至深。　　　（乔大可）

梁启超

梁启超（1873—1929），字卓如，又字任甫，号任公，别号饮冰室主人，广东新会人。光绪十五年（1889）举人。后从康有为学新学，倡变法维新，世称"康、梁"。戊戌（1898）政变后，流亡海外，创办报纸，积极宣传资产阶级的政治学说。民国后，任北洋军阀政府的司法总长和财政总长等职。晚年从事学术研究，有《饮冰室合集》。在诗学上，他倡导"诗界革命"，著有《饮冰室诗话》，提倡新意境、新语言与旧风格相结合的新派诗。其诗体式多样，有的诗"含渊古声"，有的则喜用散文化的句式，发表议论，抒发情怀。　　　　（梅运生）

志　未　酬

志未酬，志未酬，问君之志几时酬？

志亦无尽量，酬亦无尽时。

世界进步靡有止期，吾之希望亦靡有止期。

众生苦恼不断如乱丝，

吾之悲悯亦不断如乱丝。

登高山复有高山，出瀛海复有瀛海。

任龙腾虎跃以度此百年兮，

所成就其能几许！

虽成少许，不敢自轻；

不有少许兮，多许奚自生。

但望前途之宏廓而寥远兮，

其孰能无感于余情？

吁嗟乎，男儿志兮天下事，

但有进兮不有止，言志已酬便无志。

　　这是一首乐府体杂言诗，写于 1901 年。其时作者从澳洲回日本，改《清议报》为《新民丛报》，以"新民"为维新政治的首要任务。作者受进化论思想的影响，重视进取。这时期所写的诗文，如《少年中国说》《自励》和《志未酬》等，都表现了这种思想。

　　此诗以"志未酬"命名，并非写壮志未酬的感慨，而是按进化观念的要求，立志，酬志；再立志，再酬志，以至于无穷。以此来自励并勉励他人。诗以第一句命题，是乐府诗的常格。诗的前六句以自问自答的形式，说明：志，是无止境的；酬，也是无止境的。其原因就是世界在不断进化，而进化没有止期。写于同时期的《举国皆我敌》诗："一役罢战复他役，文明无尽兮竞争无时停。"也归结到这一点。接着四句是说贤者的立志应向更高的思想境界攀登。"众生苦恼不断如乱丝，吾之悲悯亦不断如乱丝。"言众生的苦恼值得贤者去怜悯他们，感化他们。《举国皆我敌》诗："先知有责，觉后是任。""牺牲一身觉天下，以此发心度众生。"康、梁等维新党人，都是以救世主自居，于此可见。"登高山复有高山，出瀛海复有瀛海。"则比喻贤者立志，不能自满自足，要不断向上攀登，申言立志与酬志是无限期的。"任龙腾虎跃以度此百年兮，所成就其能几许！虽成少许，不敢自轻；不有少许兮，多许奚自生。"一句一转折，两句为一层次，层层递进，间用"兮"寸语尾，使语意和情感得以停滀和回旋。"但望前途之宏廓而寥远兮，其孰能无感于余情？"诗人展望人类事业宏伟远大的发展前景，相信人们能感其所感，奋发有为，为上述六句作一小结，在情意上，又是一次较大的回环和停滀。"吁嗟乎"最后四句，发出强烈的感叹和呼吁：好男儿要为国事立大志，有进无止，酬志后再立志，把诗意推向顶峰。

梁启超在总结时人的诗作时曾提出："以乐府体，熔铸进化学家言"，即可成为"诗界革命之雄"。为了变革传统诗学中的叹老嗟贫、词深意曲的毛病，他鼓励诗歌通俗化，赞赏"与其文也宁俗，与其曲也宁直，与其填砌也宁自然，与其高古也宁流利。辞欲严而义欲正，气欲旺而神欲流，语欲短而心欲长"等见解，风格上要"和平爽美，勃勃有生气"。（以上引文，均见《饮冰室诗话》）这首诗，可以看出他在创作上也是朝这个方面努力的。　　　（梅运生）

感秋杂诗

（六首选一）

穷秋已多悲，散掷况逾半。

擎雨万荷枯，战风千叶乱。

块然一室外，凛凛星物换。

岂不怀壮往，碧海槎已断。

把膝诵《惜誓》，看云独长叹。

《感秋杂诗》大约写于 1911 年农历八九月之交，由六首组成，这是第一首。宣统三年八月十八日（1911 年 10 月 10 日），武昌起义成功，各省纷纷响应，海内外的改良派都受到巨大的冲击。康、梁等所提出的"君主立宪""虚君共和"等主张，已被现实的革命发展所否定，在急变的形势下，他们疲于应付，心境悲凉。梁氏此诗，正是在这种背景下写出的。

自宋玉悲秋，以摇落自比（见《九辩》）。后代诗人，常踵武之。韩愈作《秋怀》组诗，趋向清远豪宕，梁氏此作，颇近其体。秋天将尽，诗人动了悲愁，感叹时日掷人而去，秋天本来就会引起人们悲愁，何况进入深秋。开首两句，就以悲愁为全诗定下情感基调。"擎雨万荷枯，战风千叶乱。"悲中有豪。苏轼《赠刘景文》：

"荷尽已无擎雨盖。"雨打枯荷，风卷黄叶，是深秋典型景象的写照，也暗喻了满清皇朝的败落。隐含对武汉首事的某种赞美。1911年的秋天，是不平凡的，清廷的政治处境，急转直下，这既出乎清室也出乎维新党人的预料。梁启超由此而引发的情感，是很复杂的：既有震惊、忧愁，也有赞赏和痛快。虽然他的政治态度是反对用武力彻底推翻满清的。

"块然一室外，凛凛星物换"以下六句，主要是抒情。自己块然独处，然而天地之间已物换星移，时代更替。辛亥革命的成功，使流亡日本的梁启超深深感被时代所遗弃，一种失落感和孤独感油然而生。"岂不怀壮往，碧海槎已断。"情感由悲伤到悔恨和无可奈何。这是一转折。"碧海"，指日本海。《十洲记》："扶桑在东海之东岸……东复有碧海。"诗人身居东瀛，归国无计，故徒怀壮心，空有长叹。梁启超在流亡期间，在孙文和康有为、革命与改良之间，曾有过摇摆。他多次和孙文接触过，和康有为也发生过龃龉，还写过鼓吹革命的文章，但由于受康氏影响太深，又与光绪帝有特殊关系，而终于和革命派分道扬镳。现在面对辛亥革命成功的事实，甚至他想于八月下旬回国也受到阻拦，于是怀旧、悔恨和不满，一时都涌上心头。这两句就是这种心绪的写照。"把膝诵《惜誓》，看云独长叹。"由悔恨转到不满，不满中包含无可奈何的忧愁。诗情又一转折。《惜誓》，传为贾谊所作。《惜誓》前四句："惜余年老而日衰兮，岁忽忽而不反。登苍天而高举兮，历众山而日远。"贾谊贤而见疑，不被重用，只能空怀壮志。贾氏的遭遇和悲愤的心情，引起他强烈的共鸣。其时梁氏仍然认为，革命手段可以推翻满清，但后果严重，不可收拾，所谓"报楚志易得，存吴计恐粗"（原诗第三首），所以对革命派不接受他的方策，深表不满，但又无可奈何。以贾谊自喻，正是表达这种心态，以此结束第一首。其言外余响，都包含在这一结之中。

这首诗悲中含壮，忧思中有豪宕之气，婉而有骨，沉郁哀艳，神思激越，和宋玉的悲秋，叹老嗟贫，悲中含柔不同。在表现方式上，此诗采用逐层深入的方法，婉曲地表现了较为复杂的情感。读来回肠荡气，颇有唱叹之致。

（梅运生）

东归感怀

极目中原暮色深，蹉跎负尽百年心。

那将涕泪三千斛，换得头颅十万金。

鹃拜故林魂寂寞，鹤归华表气萧森。

恩仇稠叠盈怀抱，抚髀空为《梁父吟》。

这首七律是梁氏在 1900 年 6 月返国启程时所作。他在《三十自述》中说："庚子六月，方欲入美，而义和团变已大起，内地消息，风声鹤唳，一日百变，已而屡得函电，促归国。"这就是此诗写作的背景。

首联"极目中原暮色深，蹉跎负尽百年心"，写对国难深重的忧虑和自己救国事业无成的感叹。义和团起义，八国联军入侵，京、津沦陷，国家危机四伏，诗人深表忧虑。"暮色深"，正是这种心境的流露。梁氏将农民军起义和帝国主义入侵等量齐观，其观点是错误的。百年，极言时间之长。《三十自述》云："人海奔走，年光蹉跎，所志所事，百未一就，揽镜据鞍，能无悲惭？"所写的也是同样的感叹。颔联"那将涕泪三千斛，换得头颅十万金"，承上联申言救国无成，是因清廷守旧派的扼杀。一片丹心，换来的却是清廷的重金收捕，这是极度愤懑之词。光绪二十六年（1900），清廷《缉拿康梁上谕》言:"如有能将康有为、梁启超缉获送官,验明实系该逆犯正身,立即赏银十万两。"诗中正是针对此而发的。

颈联"鹃拜故林魂寂寞,鹤归华表气萧森",转言对光绪帝的怀念,并表明对故国的一片深情将始终不渝,诗境一大转折。据《太平御览》和《十三州志》记载,古蜀王杜宇,死后精灵化为杜鹃,因思念故国,常啼血哀鸣,这里比拟光绪,其时正被慈禧囚禁于瀛台。杜甫《杜鹃》诗:"有竹一顷余,乔木上参天,杜鹃暮春至,哀哀叫其间,我见常再拜,重是古帝魂。"光绪因变法而被囚,对诗人又有知遇之恩,诗中化用这些典故,表示对他同情、怀念和礼敬。"鹤归华表",事见《搜神后记》:"丁令威本辽东人,学道于灵虚山。后化鹤归辽,集城门华表柱,时有少年举弓欲射之,鹤乃飞。"诗人以此自喻,表明矢志故土,即使惨遭厄运,也义无反顾。"萧森",秋气肃杀,喻回国后将面临严峻的政治形势,祸福不测。中二联一事一境,一转一折,纵横跌宕,以吐胸中的块垒。尾联"恩仇稠叠盈怀抱,抚髀空为《梁父吟》",是对全诗的总结,中二联所言,即一仇一恩。"髀",大腿骨。"抚髀",典出《三国志·先主传》注引《九州春秋》:"备住荆州数年,尝于表坐起至厕,见髀里生肉,慨然流涕。还坐,表怪问备。备曰:吾尝身不离鞍,髀肉皆消;今不复骑,髀里肉生。日月若驰,老将至矣,而功业不建,是以悲耳。"《三国志·诸葛亮传》说:"亮好为《梁父吟》。"诗人化用这两个典故,表示自己壮志未酬,不能再坐以论道,纸上谈兵了。以此升华全诗。

全诗采用回荡表情法,将蟠结在胸中悲愤的感情,曲折地多角度地予以表达,风格沉郁,气韵幽逸。

(梅运生)

太平洋遇雨

一雨纵横亘二洲，浪淘天地入东流。

劫余人物淘难尽，又挟风雷作远游。

这首七绝写于 1899 年底旅美途中。诗人流亡日本一年多后，应美洲华侨的邀请，西去美国，筹款和策划联络，途经太平洋，在舟中作诗数十首，这是其中的一首。

上联中的"二洲"指美洲和亚洲，太平洋东接亚洲，西联美洲，故曰"亘二洲"。诗人置身其间，放眼远望，水天相接，其时正大雨滂沱，浊浪排空，浩荡的太平洋，滚滚地向东流去。起句雄阔，以极开阔的诗境，显现出诗人的胸襟，表达其波浪起伏的情感，使思与境偕。下联承接上联，言此次西去美洲，是抱着变革现实的图谋，要重振当年的雄风。戊戌政变，谭嗣同等被杀，诗人幸免于难，故自称"劫余人物"。苏轼词："大江东去，浪淘尽，千古风流人物。"(《赤壁怀古》)这里反其意而用之。"风雷"，既是实景，又有所喻意。龚自珍的诗中就有"九州生气恃风雷，万马齐喑究可哀"(《己亥杂诗》)之句，以风雷象征变革现实的力量。"挟风雷"，正是说自己矢志不退缩，要继续为维新事业而奋斗。诗人在同时所作《二十世纪太平洋歌》中说"誓将适彼世界共和政体之祖国，问政求学观其光"，也是表达这种政治意向。

　　这首诗是他的"以旧风格含新意境"理论的实践，其风格，就是《饮冰室诗话》中所推重的"气象壮阔，神思激扬"的诗风。

（梅运生）

秋 瑾

秋瑾（1877—1907），原名闺瑾，字璿卿，别署鉴湖女侠，留学日本时改名瑾，易字竞雄，浙江山阴（今绍兴）人。1904年赴日本留学，次年参加同盟会，回国后宣传革命。1907年徐锡麟起义失败，她被捕殉难。秋瑾的诗作具有丰富的时代内容，体现了强烈的爱国精神，风格刚健遒劲，浑雄豪放，具有浓郁的积极浪漫主义特色。有《秋瑾集》。　　　　　　　　　　　　　　　（郭延礼）

宝 刀 歌

汉家宫阙斜阳里，五千余年古国死。

一睡沉沉数百年，大家不识做奴耻。

忆昔我祖名轩辕，发祥根据在昆仑。

辟地黄河及长江，大刀霍霍定中原。

痛哭梅山可奈何？帝城荆棘埋铜驼。

几番回首京华望，亡国悲歌涕泪多。

北上联军八国众，把我江山又赠送。

白鬼西来做警钟，汉人惊破奴才梦。

主人赠我金错刀，我今得此心雄豪。

赤铁主义当今日，百万头颅等一毛！

沐日浴月百宝光，轻生七尺何昂藏？

誓将死里求生路，世界和平赖武装。

不观荆轲作秦客，图穷匕首见盈尺。

殿前一击虽不中，已夺专制魔王魄。

我欲只手援祖国，奴种流传遍禹域。

心死人人奈尔何？援笔作此《宝刀歌》。

宝刀之歌壮肝胆，死国灵魂唤起多。

宝刀侠骨孰与俦？平生了了旧恩仇。

莫嫌尺铁非英物，救国奇功赖尔收。

愿从兹以天地为炉阴阳为炭兮，铁聚六洲。

铸造出千柄万柄宝刀兮，澄清神州。

上继我祖黄帝赫赫之威名兮，

一洗数千数百年国史之奇羞！

　　《宝刀歌》是秋瑾的名作之一。1904 年，秋瑾为了寻求救国的道路，毅然忍痛与刚满七周岁的儿子、尚在襁褓的女儿作别，只身东渡留学。从诗中"几番回首京华望"看，这首诗大约写于离京时。

　　《宝刀歌》是一首咏物诗，通过赞颂宝刀抒发她的爱国激情和革命思想。诗一开头，作者便以深邃的目光和痛苦的思索把读者引向一个广阔的历史空间，诗人站在历史批判者的高度，审视着祖国五千年的历史。文明古国，危亡日深，人们尚沉睡在黑暗之中，不知做奴隶的耻辱。"忆昔"数句，通过历史的回顾，诗人希图以祖先开发中原的丰功伟绩，唤起人们民族意识和爱国情感的觉醒。

鸦片战争后，帝国主义的魔爪伸入中国的领土，他们到处横行霸道，烧杀抢掠，无所不为，整个中华民族呻吟在帝国主义和封建主义的双重压迫之下，人民过着牛马不如的奴隶生活。"几番回首京华望，亡国悲歌涕泪多。北上联军八国众，把我江山又赠送。"这几句诗概括地反映了近代中国，特别是1900年庚子事变以来中国被列强瓜分的历史。清王朝的封建统治者在"宁赠友邦，毋与家奴"的卖国政策下，对外国侵略者采取妥协投降的政策，把祖国大好河山拱手让给帝国主义。面对祖国危亡的现实，诗人一方面大声疾呼"瓜分惨祸依眉睫"（《感时》）；另一方面，又以昂扬的调子，饱满的战斗激情，鼓舞人民起来战斗："赤铁主义当今日，百万头颅等一毛"，"誓将死里求生路，世界和平赖武装"。在弱肉强食的帝国主义对外扩张时代，只有依靠"宝刀"（武装）才能救中国，只有拿起武器与帝国主义及其走狗清王朝进行战斗，才能拯救祖国危亡，这是中国人民从被人欺侮的苦难中总结出来的历史教训。秋瑾此时能认识到这一点，是十分可贵和有见地的，体现秋瑾作为妇女界的一位先觉者所具有的思想高度。

此诗旨在托物言志，诗人赞颂宝刀，意在寄托壮怀。诗作将赞美武器和抒发革命情怀融合为一，更显现出主人公精神面貌的风发飞扬，其英雄气概跃然纸上："宝刀之歌壮肝胆，死国灵魂唤起多。宝刀侠骨谁与俦？平生了了旧恩仇。莫嫌尺铁非英物，救国奇功赖尔收。"诗是咏宝刀，也是写人，而由对宝刀的赞美中，我们看到了诗人精忠报国的革命热情和大无畏的战斗精神。

与秋瑾英雄豪侠的性格相适应，秋诗的艺术风格是刚健遒劲、雄浑豪放的，具有浓郁的浪漫主义特色。《宝刀歌》正是这种风格的代表作。诗中献身祖国的爱国激情和对革命理想的热烈追求，是秋诗浪漫主义精神的灵魂；而诗中那磅礴的气势，高昂悲壮的调子，华美宏丽的词藻，又是这种精神的外化。这首诗的结尾数句，正是诗人通过浪漫主义的表现手法，抒发了她准备造就人才、组织革命力量推翻清王朝的强烈愿望。气势之雄伟，魄力之博大，简直很难令人想象这首诗出自一个女子的手笔。

秋瑾的长篇名作大多是七古，这首《宝刀歌》就是一例。她的七古写得气势磅礴，奔腾澎湃。随着激情的波涛，句式变化。诗中杂有四言、五言，以至十言、十二言的长句，读起来跌宕回旋，有一种起伏错落的节奏感。

这首诗也表现了诗人的一些弱点，比如诗中流露出一种种族主义倾向；在对待个人与群众的关系上，也仍有个人英雄主义的阴影，像"我欲只手援祖国，奴种流传遍禹域。心死人人奈尔何"？轻视人民群众的力量，这是资产阶级革命家共同的弱点，更何况当时秋瑾还未成长为一位革命战士。这种时代的局限，我们是不能苛求于前人的。

（郭延礼）

日人石井君索和即用原韵

漫云女子不英雄，万里乘风独向东。

诗思一帆海空阔，梦魂三岛月玲珑。

铜驼已陷悲回首，汗马终惭未有功。

如许伤心家国恨，那堪客里度春风？

  这首诗写于1904年（光绪三十年）赴日留学途中。当时同船的日人石井（疑指日人石井菊次郎）索和，诗人写了这首七律。

  诗开头写她东渡留学，用列子乘风的典。《列子·黄帝篇》云：列子乘风而行，随风东西，自由来往于空中。此本系神化了的列子故事。诗人用于此，亦兼有"乘长风破万里浪"意（《宋书·宗悫传》），旨在表现其英雄本色，以及抛家别子，不远万里东渡扶桑、寻求救国道路的雄心壮志。作为一个做了母亲的女子，这又是何等的不容易啊！首联二句，看似平淡，却有着丰富的历史内蕴和时代感。颔联跨越时空，想象自己到了日本。"梦魂三岛月玲珑"，日本美丽的夜月萦绕诗人的梦魂。"三岛"，指日本，因为日本本部是由本洲、四国、九州三大岛组成，故称。诗人是一位奇女子，她是以英雄自许的，回首灾难深重、面临瓜分的祖国，又深责自己徒活世上，未能对国家有所贡献。她在另一首诗中云："愧我年廿七，于世尚无补。"（《泛东海歌》）与此基于同一思想，均表现了诗人真挚的爱国热忱和"女国民"的自责意识，这与一些沽名钓誉、高喊口号的"革命者"相比，确有天壤之别。尾联二句，正表现了她面对国仇家恨，不甘袖手旁观而欲投身革命的精神。

这首诗不仅气势恢宏，在构思上也颇具特色，它超越时空限制，由眼前海上壮阔的境界引发诗人的灵感，诗思伴随着前进的江帆进入梦境，异国夜月的美丽，更激发了诗人对祖国河山的怀念和献身祖国解放事业的决心。诗的语言铿锵有力，掷地作声，是秋瑾诗中的一首优秀之作。

（郭延礼）

黄海舟中日人索句并见日俄战争地图

万里乘风去复来，只身东海挟春雷。

忍看图画移颜色？肯使江山付劫灰！

浊酒不销忧国泪，救时应仗出群才。

拼将十万头颅血，须把乾坤力挽回。

　　这首诗是秋瑾二次归国途中的作品。1904 年 7 月 3 日（光绪三十年农历五月二十日）秋瑾抵日本东京，入实践女校学习，次年春返国；1905 年夏，第二次赴日，同年 12 月返国，诗即写于此时。是时持续两年的日俄战争已结束。秋瑾航海归国，途中有人告诉她日俄海战之地，又见日俄战争地图，心中感慨万端。诗人从战图上看到祖国领土被帝国主义践踏，触目惊心。此时她仿佛看到了在日俄炮火下东北三省俱成灰烬的惨象，仿佛听到了人民在血泊中的呼喊和痛苦的呻吟。适有日人索句。于是她在舟中写下了这首脍炙人口的篇章。

　　诗从只身万里东渡留学写起，万里乘风，独来独往，一开始就感受到这位女主人公的风发飞扬的意气，一位女英雄的形象已跃然纸上。在那万里的海域中，有如翱翔空中的海燕在展翅高飞，呼唤风雷。颔联写诗人不忍祖国领土的惨遭侵略。"忍看""肯使"，均为反诘之词，意为"哪忍看""岂肯使"，这便更强化了抒情主人公对祖国东三省被日、俄帝国主义霸为战场、惨遭兵劫的悲愤心境。诗人赴日的目的志在救国，所谓"其奈势力孤，群才不为助。因之泛东海，冀得壮士辅。"（《泛东海歌》）因此，她向往着英雄豪杰的出现。在国难当头之际，希望有人能勇敢地担负起拯救祖国危亡的神圣重任。尾联二句，既是诗人内心革命激情的抒发，也表现了中国人民誓死不屈的爱国主义感情。

秋瑾这首七律气势磅礴，风格雄浑，具有强烈的战斗气息。诗的语言雄健明快，似觉豪气扑面而来。它饱含着诗人的爱憎，燃烧着诗人的激情，因而具有很强的艺术感染力。

（郭延礼）

苏曼殊

苏曼殊（1884—1918），初名戬，字子谷，后更名元瑛，曼殊是他出家后的法号，广东香山（今中山）人，母亲是日本人。十五岁留学日本，参加过中国留日学生的爱国革命活动。光绪二十九年（1903）回国，任教于苏州吴中公学，不久出家为僧，后南游暹罗（今泰国）、锡兰（今斯里兰卡）等地，返国后往返于上海、杭州、南京、芜湖、长沙等地，以任教、办报为业，并与革命党人来往，从事文学创作与翻译活动，后来还参加了南社，辛亥革命后思想日趋颓废。苏曼殊具有多方面的文学才能，诗歌、小说、散文的创作均有成就。其诗自然真切，佳趣天成，以抒写个人的情感为主，然也不乏忧时伤世之意。有《苏曼殊全集》。

（袁 真）

以诗并画留别汤国顿

（二首）

蹈海鲁连不帝秦，茫茫烟水著浮身。
国民孤愤英雄泪，洒上鲛绡赠故人。

海天龙战血玄黄，披发长歌览大荒。
易水萧萧人去也，一天明月白如霜。

这两首诗发表于1903年10月7日的《国民日报》附张《黑闇世界》。此年四月，沙俄向清政府提出长期控制东北的七项无理要求，二十岁的苏曼殊当时在日本成城学校学习陆军，出于爱国的热情，他参加了留日学生组织的"拒俄义勇队"，遭到他表哥林紫垣的反对，断其接济，迫令辍学返回原籍，在离日返国时，他遂以画和此组诗留别朋友汤国顿。

第一首以述志起势。公元前 258 年，秦兵包围赵国都城邯郸，魏安釐王派辛垣衍劝王尊秦为帝，鲁仲连往见辛垣衍说：如果不幸秦统一了天下，"则连有蹈东海而死耳，吾不忍为之民也"。这里诗人以鲁连自况，表示不甘沦为帝国主义的亡国之奴，而宁可如蹈海之鲁连，于天水茫茫之际寄托浮身，也应合其渡海归国的眼前之景。起二句表现了少年诗人的锐气与雄心以及对时局的忧患和愤懑。三、四两句更直抒胸臆，紧扣以画赠别的主旨。中华大地正面临着任人宰割的危机，诗人感时伤世，欲将举国人民对帝国主义侵略行径的愤恨与自己的一腔热泪凝聚笔端，洒上画卷，用以赠别故友。"国民孤愤英雄泪"一句正道出了诗人所担忧的正是国家与人民的前途和命运，而非个人的离愁别恨，立意高迈，表现了年轻诗人的抱负。

第二首的起二句也十分悲壮阔大，《易·乾卦上》中说："龙战于野，其血玄黄。"这里分明指帝国主义入侵之后所造成的时局纷乱，战争频仍。"披发长歌"语本苏轼《潮州修韩文公庙记》："公不少留我涕滂，翩然披发下大荒。"说自己在这时世多艰的形势下长歌当哭，虽置身异域，却密切关注着祖国的命运。"易水"句说自己如当年慷慨赴秦的荆轲，辞别故友，怅然而去。一种苍凉激楚的意绪已跃然纸上。诗人分明以荆轲自比，暗喻前路茫茫，自己也将去完成艰难而悲壮的事业。最后一句忽然宕开笔去，以景语作结：明月如霜，寒意袭人，增添了凄清悲凉的气氛，"一天"极言其广漠无际，似乎令读者看到了那清冷的月色给整个画面涂上了一层洁白。同时，诗人也以此暗指自己的胸襟坦荡开阔，明净如霜，于景中寓情，颇得"象外之象""味外之味"的诗家三昧。

　　这两首诗作于曼殊少时，故未有如后来作品中缠绵悱恻的基调，然颇能熔豪壮与凄惋于一炉，显然不同于一般歌咏时事者悲壮激昂的风格。如第一首中既有蹈海鲁连的雄豪气概，也不乏泪洒鲛绡的感伤意绪；第二首中既用了天地玄黄、披发大荒的浪漫笔调，也有易水萧萧、凉月如霜的哀惋画面，正是壮美与柔美的结合，阳刚与阴柔的和谐，从而组成了曼殊爱国诗篇特有的风调。　（袁　真）

本 事 诗

（十首选一）

春雨楼头尺八箫，何时归看浙江潮？
芒鞋破钵无人识，踏过樱花第几桥。

　　这是《本事诗》中的第九首，组诗抒发了诗人对一位女子的爱慕之情，至于具体的对象，一般认为是日本歌伎百助，也有人认为是日本姑娘"静子"，甚至以为是"一种理想的美人"（周作人语）。这第九首也是最著名的一首，其实是诗人的一幅自画像，写自己的凄凉孤独，正在于体现欲爱不能的复杂心理。

　　春雨绵绵，正象征着诗人心中的无尽愁思，而在烟雨迷濛之中，那楼头又响起了凄惘悲凉的尺八箫声，令人更觉哀惋，诗人心中不禁勾起了对故国的怀念。前一年的九月，他曾因患痢疾，居于杭州西湖之畔的白云庵南楼养疴，因而，此刻虽身在东瀛而又忆及西湖畔的山山水水，诗人以"浙江潮"代指心中的思念对象，不仅是以形象代替抽象的手法，同时也暗示了他心中起伏的波澜。后两句写自己茕然一身，在这铺满樱花的路上踽踽而行，诗中只给人一个剪影般的形象，没有太多的动态、色彩和心理的刻画，但已令人想见一个手持寒锡、漂泊于天地之间的孤僧。"樱花"二字则逗出了他心中的凄苦，樱花是日本的国花，妩媚高洁，但极易凋损，所以在曼殊笔下常为日本女子的象征，如前一首中就有"袈裟点点疑樱瓣，半是脂痕半泪痕"之句，又如《樱花落》中云："十月樱花作意开，绕花岂惜日千回。"那艳如绛云，落如红雨的樱花岂不正是诗人心中向往而又无法实现的爱的象征吗？

这首诗今人往往肯定其身处异邦而眷恋故国的爱国之情，然就全组诗看来，只是说自己动了归思，虽心怀爱恋，却不得不割断情缘，悄然离去，所以最后一首中更有"我本负人今已矣，任他人作乐中筝"之句。

（袁　真）

题拜轮集

秋风海上已黄昏，独向遗编吊拜轮。

词客飘蓬君与我，可能异域为招魂。

这首诗前作者有一段小引："西班牙雪鸿女诗人，过存病榻，亲持玉照一幅，《拜轮遗集》一卷，曼陀罗花共含羞草一束见贻，且殷殷勖以归计。嗟乎！予早岁披剃，学道无成，思维身世，有难言之恫！爰扶病书二十八字于拜轮卷首，此意惟雪鸿大家能知之耳！"雪鸿，即是曼殊从小随学的英文教师庄湘博士的女儿。1910年，曼殊由香港赴爪哇噜噼中华会馆任教，此诗即作于途中。

拜轮（今译作"拜伦"）是英国著名的浪漫主义诗人，他飘泊异域，寓居希腊，诗作充满热情，与曼殊的经历和个性十分合拍，因而也最得曼殊的仰慕。曼殊的《潮音·自序》中说："拜轮的诗像种有奋激性的酒料，人喝了愈多，愈觉得有甜蜜的魔力。它们通篇中充满了神迷、美魔与真实。在情感、热诚和直白的用字内，拜轮的诗是不可企及的。"这首小诗则从自己身世与精神的与拜伦颇有共鸣的角度来表示了对拜伦的崇敬。诗从眼前的景物入手，作者泛舟海上，秋风萧飒，黄昏夕阳，一片苍茫单调的景象。于是读着拜伦的诗，深为其激情与才华所感动，不禁心游神驰，凭吊起这异域天才。三、四两句则点明何以在自己的心中激起如许共鸣：因拜伦蓬飘萍转的命运正与自己的生涯相似，故虽异时异地，却不免缅怀英才，欲为之招魂。"词客"句虽脱胎于温庭筠"词客有灵应识我"（《过陈琳墓》）句，然善于点化，不露痕迹。

后来曼殊的小说《断鸿零雁记》中即将此段情景采入，录之可与此诗同参："余徘徊于舵楼之上，茫茫天海，渺渺余怀。即检罗弼大家所贴书籍，中有莎士比亚、拜轮及宝梨全集。余尝谓拜轮犹中土李白，天才也……遂叹曰：'雄浑奇伟，今古诗人，无其匹矣。'濡笔乃为汉文。"

（袁　真）